贾平凹 / 著

作家出版社

王立志 / 摄影

贾平凹　一九五二年出生于陕西丹凤县棣花镇，一九七四年开始发表作品，一九七五年毕业于西北大学中文系。现为全国人大代表、中国作家协会副主席、陕西省作家协会主席、《延河》《美文》杂志主编。出版作品有《贾平凹文集》二十四卷，代表作有《废都》《秦腔》《古炉》《高兴》《带灯》《老生》《极花》《山本》等长篇小说十六部，中短篇小说《黑氏》《美穴地》《五魁》及散文《丑石》《商州三录》《天气》等。作品曾获得国家级文学奖五次，即茅盾文学奖、鲁迅文学奖、全国优秀短篇小说奖、全国优秀中篇小说奖、全国优秀散文（集）奖。另获施耐庵文学奖、华语传媒文学大奖、冰心散文奖、朱自清散文奖、老舍文学奖、当代文学奖等五十余次。并获美国“美孚飞马文学奖”、法国“费米娜文学奖”、香港“红楼梦·世界华文长篇小说奖”、法兰西文学艺术骑士勋章。作品被翻译出版英、法、德、俄、日、韩、越文等三十余种。被改编电影、电视、话剧、戏剧二十余种。

山本

贾平凹

陆菊人怎么能想得到呢，十三年前，就是她带来的那三分胭脂地，竟然使涡镇的世事全变了。

陆菊人是纸坊沟的，离涡镇八里地，沟里有座九天玄女庙，也有三家会着小蛇的造纸作坊，陆家是长年给这些造纸作坊里割送毛竹。陆菊人八岁时，娘割毛竹被葫芦豹蜂蜇死，爹到镇上杨记寿材铺赊了一副棺，四年了仍还不起钱，杨掌柜提出让陆菊人给童养媳吧，爹同意了，并说好等陆菊人十二岁的生日一过就送去。陆菊人去镇上看过社火，知道有个杨记寿材铺，门口老放着一口漆黑发亮的棺，还在想，人死了就是没寿了，怎么还把棺叫寿材呢？也见过杨家的儿子，只有七八岁，两筒子鼻涕，和一帮子伙伴在土堆上玩"占山头"，他总是上不了土堆，一上去就被推下来，绕着土堆跑，还在喊：绳子系我呀，系咧我要飞了！陆菊人不愿意去做童养媳，嫌爹心硬，爹说：涡镇上有好日子，再说，纸坊沟离镇子近，我想你了会去看你，你想爹和弟弟了也能回来。陆菊人噘了嘴和爹嚷，但她到底没有嚷，

1

作者手迹

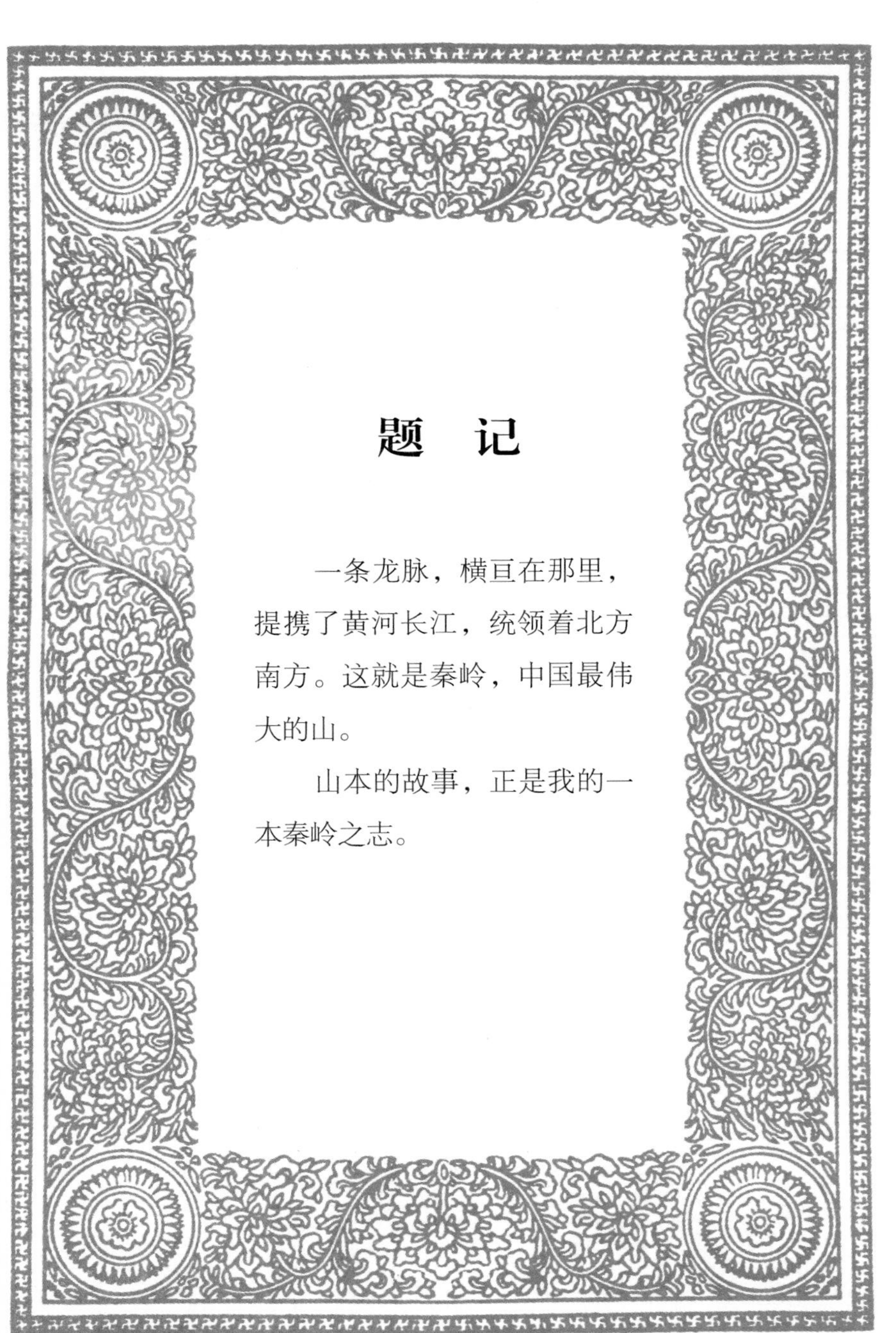

题 记

一条龙脉，横亘在那里，提携了黄河长江，统领着北方南方。这就是秦岭，中国最伟大的山。

山本的故事，正是我的一本秦岭之志。

陆菊人怎么能想得到啊，十三年前，就是她带来的那三分胭脂地，竟然使涡镇的世事全变了。

陆菊人是纸坊沟的，离涡镇八里地，沟里有座九天玄女庙，也有三家安着水轮的造纸作坊，陆家只长年给这些造纸坊里割送毛竹。陆菊人八岁时，娘割毛竹被葫芦豹蜂蜇死，爹到镇上杨记寿材铺赊了一副棺，四年了仍还不起钱，杨掌柜提出让陆菊人来当童养媳吧，爹同意了，并说好等陆菊人十二岁的生日就送去。陆菊人去镇上看过社火，知道有个杨记寿材铺，门口老放着一口漆黑发亮的棺，还作想，人死了就是没寿了，怎么还把棺叫寿材呢？也见过了杨家的儿子，只有七八岁呀，两筒子鼻涕，和一帮子伙伴在土堆上玩儿“占山头”，他总是上不了土堆，一上去就被赶下来，绕着土堆跑，还在喊：拿绳子系我呀，否则我要飞了！陆菊人不愿意去做童养媳，嫌爹心硬，爹说：涡镇上有好日子！再说，纸坊沟离镇子近，我想你了会去看你，你想爹和弟弟了也能回来。陆菊人虎了眼要和爹嚷，但她到底没有嚷，到九天玄女庙里磕了头，说：我去了就再不回来！话刚说完，庙梁上掉下来一条蛇。她拿了树枝子打蛇，蛇身上一坨大疙瘩跑不动，就往出吐，吐出来了一只哈什蚂。哈什蚂还活着，陆菊人就把哈什蚂放生到树林子里去了。

这事陆菊人没给爹说，从此也没给过爹笑脸。平日里去地里锄草，或到沟溪里洗衣裳，常常发呆，看纸坊沟两边的乱峰直起直立像插着刀戈，就觉得充满了杀气；听啄木鸟敲树的声音并不认为好听，而只感到树是在疼。反倒盼着十二岁生日快来。

一天傍晚，她坐在坡上的栲树下，望见九天玄女庙后边的山头都向西倾斜，上边布满了无数条路，好像是绳索捆绑了山头往前走，那云就烧红了，后来又褪去，天暗下来，星星便出来了。陆菊人喜欢看星星，她看着星星，星星就有光芒射下来，她就想：星星也长了根的，和这栲树一样吗？星星的根是长了光明，而栲树的根却长到黑暗里去了。露水开始潮湿了她的裤腿，要站起来回去的时候，看见两个赶龙脉的人站在崖湾下，那里是她家的一块儿地，种着萝卜。她听见赶龙脉的一个说：啊这地方好，能出个官人的。一个说：这得试试，明早寅时，看能不能潮上气泡。就把一个竹筒插在地里，却又拔出了两个萝卜。陆菊人没有阻止那人拔萝卜，看着他们扭了叶子，搓了泥，啃了皮，咬着走了，就也悄然回了家。第二天四更，她是先去萝卜地，果然见竹筒上有个鸡蛋大的气泡，手一摸，气泡掉下地没了。后来，赶龙脉的人来，她藏在树后，瞧着他们在看竹筒上有没有气泡，说了句：应该是真穴啊，咋是假的？垂头丧气地离开。陆菊人知道了这事，心系一处，守口如瓶，没有给任何人言传。十二岁生日一过，爹要送她去杨家，她说：爹，我不是你亲生的？爹说：你别怨爹，高高兴兴地去呵。你给爹当了一回女儿，爹没啥陪你呀。就流着泪煮了一盆鸡蛋，剥一颗让陆菊人吃了，再剥一颗让陆菊人吃了，还要再剥。陆菊人这时忽然想开了，自己给爹当了一回女儿，现在再去给杨家的儿子当一回媳妇，这父女、夫妻原来都是一种搭配么，就像一张纸，贴在窗上了是窗纸，糊在墙上了是墙纸。她不吃鸡蛋了，给爹剥出一颗，还给爹擦眼泪，说：我不要你陪金陪银，你给我块地吧，就咱种萝卜的那三分地。爹看着陆菊人，陆菊人的鼻梁上有三四颗白麻子，爹说：这行，算是给你个胭脂地。

陆菊人坐着爹牵的毛驴就去涡镇，家里的那只小猫过来呜呜地叫。猫是个黑猫，身子的二分之一都是脑袋，脑袋的二分之一又都是眼睛。陆菊人说：你想跟我呀？猫嗖地跳上来，坐在陆菊人的怀里。爹说：去吧，镇上有粮，老鼠多。那天是大雾，人和驴出了纸坊沟口，回头就不见了路，而涡镇，河滩里的白鹭全然起飞，竟都栖落在那棵皂角树上。

涡镇之所以叫涡镇，是黑河从西北下来，白河从东北下来，两河在镇子南头外交汇了，那段褐色的岩岸下就有了一个涡潭。涡潭平常看上去平平静静，水波不兴，一半的黑河水浊着，一半的白河水清着，但如果丢个东西下去，涡潭就动起来，先还是像太极图中的双鱼状，接着如磨盘在推动，旋转得越来越急，呼呼地响，能把什么都吸进去翻腾搅拌似的。据说潭底下有个洞，洞穿山过川，在这里倒一背篓麦糠，麦糠从一百二十里外的银花河里能漂出来。

秦岭里的镇子很多，但最大的也就是涡镇，三万多人居住，不算那些巷道，仅贯道的街横着一条，纵着三条，分布着菜市、柴草市、牲口市、粮食市，还有城隍庙和地藏菩萨庙。当然这些庙格局都小，地藏菩萨庙也就一个大殿几间厢房，因庙里有一棵古柏和三块巨石，镇上人习惯叫 130 庙。所有的街巷全有货栈商铺，木板门面刷成黑颜色，和这种黑相配的是街巷里的树，树皮也是黑的，在树枝与屋檐中间多有筛子大的网，网上总爬着蜘蛛，背上都是人面的花纹，偶尔树枝上站了猫头鹰，夜里啼叫，白天里一动不动，脸也是人的脸。那棵老皂角树就长在中街十字路口，它最高大。站在白河黑河岸往镇子方向一看，首先就看见了。它一身上下都长了硬刺，没人能爬上去，上边的皂荚也没有人敢摘，到冬季了还密密麻麻挂着，凡是德行好的人经过，才可能自动掉下一个两个。于是，所有人走过树下了，都抬头往上看，希望皂荚掉下来。镇子虽然三面环水，能出入的只有北面虎山下的一条路，但镇子有城墙，有四个城门。北城门上有城门楼，下边的门洞很大，旁边的小屋住着老魏头，脊背上长了个大疙瘩，好像老是背了个布袋，他经管城门，门扇上贴了“天亮开门，天黑关门”的告示；也负责敲更，夜里在城墙上就能分辨出城壕外的河滩上坐着的是一条狗还是狼，也能听出谁家的小二在哭还是河里的大鲵在叫。东门和西门也有城门楼却没有门洞，因为城门楼外就是河，岩岸齐棱棱的很高，鹳呀雁呀鹳呀还有斑鸠成年在城门楼上拉稀，白花花的像涂了石灰浆。南边的城门楼城门洞早前塌了，大豁口外长了一排砍头柳。这种柳每年冬天都要把头齐茬砍去，春来再发新枝，不砍头它就死了。透过砍头柳，能看见褐岩岸下的涡潭，再往左几百丈远，石头上拴着一条船。船公姓阮，头上生疮就老是戴顶草帽，平日就坐在船上，等候着人坐满了，顺河去十五里外的龙马关，再三十里到平川县城。第二天，船被纤工逆流拉了回来，载着烟草、布匹、瓷器、红糖、香料和应有尽有的日杂用品。镇子里的猪都圈养，鸡狗却随便走，猪狗是黑的，鸡也是乌鸡，乌到骨头里都是黑。天空中常有从虎山飞来的鹰，那些鹰盘旋着像是一条一条的棍，它们一来，乌鸡就要钻进拴在住户门前的高脚牲口身下。那么多的高脚牲口大半是驴，没有马，驴配马种要去黑河岸的东王庄，可驴马交配了生下的是骡子，骡子也就不少。而杨家的住屋在东背街的三岔巷口，门前有一棵桂树。杨记寿材铺却在中街上，门口长着棵痒痒树。寿材铺里出卖材质不一的棺，柏木料有八大块的，有十二、十六块的，也有杂木料，比如橡木、桐木和槐木。杨掌柜迟早都在铺里，一边和进来的人做寿材生意，一边还用芦眉子编着金山银山的纸扎，或没事了，就蹴在痒痒树下往街上看。他不能对街上人说：你来呀，你来呀！街上人家里没丧葬是不肯到铺子里来的，传说那门口常有鬼，尤其下雨的黄昏天，鬼会站在铺子的屋檐下一长行。杨掌柜自己便用指甲挠痒痒树，碗粗的树，在根部一挠，树全身酥酥地颤抖，以此能让人稀罕了过来。

※　※　※

陆菊人在杨家了十年，人出落得丰乳肥臀，屋院门外的桂树也高过了门楼，冬天不落叶，八月里花开了，全镇子都能闻见香气。

陆菊人是一大早开了门就扫落在地上的一层花瓣，那是褐色的、黄色的，金灿灿地闪着光亮，她会小心翼翼地把花瓣装进一个小布袋，凡是谁路经门前了，闻见了气味，一扭头，看见了她就在门道里，说：你家这么好的桂树！她就送一个小布袋，说：桂树是我家的，大家闻见了，也就是大家的。于是有更多的人特意要来走过，接受了小布袋，而眼睛还盯着陆菊人，赞叹着她越长越好看了。无论受到怎样的夸奖，陆菊人都安安静静，在家里忙家务，也到寿材铺帮公公料理生意，还要每年清明去纸坊沟的三分胭脂地里种麻，收获了把麻秆沤在河边再剥了麻丝拧成绳子给一家人纳鞋底。她没有想着到了杨家要改变杨家的日子，就像黑河白河从秦岭深山里择川道流下来一样，流过了，清洗着，滋养着，该改变的都改变了和正改变着。到了杨掌柜的儿子杨钟十二岁，割了礼，该是圆房的年纪，杨掌柜的老婆竟害病死了，红事和白事不能撞着，挨过了三年到头，涡镇的形势便越发不好了，许多商号货栈都关了门，而富裕人家纷纷在虎山的崖壁上开凿起石窟。杨家原准备张灯结彩，办几十桌酒席，结果布置完一间厦屋，炕上铺好新被新褥，中午只请了 130 庙的宽展师父和安仁堂的陈先生来证个婚。宽展师父是个尼姑，又是哑巴，总是微笑着，在手里揉搓一串野桃核，当杨钟和陆菊人在娘的牌位前上香祭酒、三磕六拜时，却从怀里掏出个竹管来吹奏。顷刻间像是风过密林，空灵恬静，一种恍若隔世的忧郁笼罩在心上，弥漫在屋院。杨钟说：这是笛还是箫？陈先生眼睛看不见，仰起脸来仁珠全是白的。陈先生说：这是尺八。杨钟说：尺八？是管长一尺八吗？我量量。陆菊人赶紧拿手掐他，杨钟跪着不再多嘴。尺八声突然惊悚起来，让人听得撕心裂肺，能感觉到自己的脸都有了些狰狞。陈先生说：哦，师父吹奏的是《虚铎》。宽展师父就收了声，又安静地坐在那里，揉搓野桃核，微笑着。陈先生也从怀里掏出个布包来，打开了，里边是一颗麦、一颗米，还有一页用蝴蝶蘸墨拓出的印纸，一页用蜻蜓蘸墨拓出的印纸，把麦颗和蝴蝶印纸给了杨钟，把米颗和蜻蜓印纸给了陆菊人，说：水火既济，阴阳相契，育物亲人，参天赞地。然后大家就开始吃饺子。这一顿的饺子包得多，还剩下了一筛子底。

到了晚上，杨钟和陆菊人坐上了厦屋的炕上，两人拿出麦颗米颗和两张印纸看，杨钟说：陈先生是郎中，他拿这些东西让咱化了灰喝啥意思？陆菊人看了半天，说：给你的是女的，给我的是男的。杨钟说：你咋知道的？陆菊人就脸红，说：你看么，你对着看么。这一夜隔壁人家的驴一直叫唤，杨掌柜在上房里没有睡，他防备着老鼠，就守着放饺子的筛子直到了天亮。

那年月，连续干旱着即是凶岁，地里的五谷都不好好长，却出了许多豪杰强人。这些人凡一坐大，有了几万十几万的武装，便割据一方，他们今日联合，明日分裂，旗号不断变换，整年都在厮杀。成了气候的就是军阀，没成气候的还仍做土匪，土匪也朝思暮想着能风起云涌，便有了出没在秦岭东一带的逛山和出没在秦岭西一带的刀客。

开凿石窟首先是阮家起的头。船公的独子天保和井家的大儿宗丞在县城里读中学，天保回来说县城那边的富户都在山崖上有石窟，一俟兵匪来，躲进石窟就万无一失，他家便在虎山东崖上开凿了个三间室的。阮家一开凿，盐行的吴家、茶行的岳家，接着是李家、樊家、窦家都在开凿，平日里这些人家把财富藏着掖着，还哭穷，这一开凿便暴露了殷实。于是一段时间里，街巷里人与人见了面，常询问着：你家还没开凿吗？有好脸面的，说：开凿呀，我心寻思是凿一间室的呢，还是三间五间室的？有的却见不得说石窟，一说石窟就来气：谁抢我呀？娘的个 ×，我还想抢他哩！问话的人说：你咋这躁呀？那人说：我穷我能不躁?! 娘的个 ×！问话的人也就躁了：你穷还有理啦？像你这号人该穷，死了都是穷鬼！双方吵起来，声音一个比一个大，后来就动了手。动手不在于挨了几下，要的是气势上压倒对方，提裤子，挽袖子，吹胡子瞪眼，再是配上抄家伙的动作。旁边的人赶忙来拉开，那人还在吼：娘的个 ×！有能耐你不要走么！话毕，自己倒先走了。

虎山的东崖有几十丈高，直棱棱的像是刀劈的，上面只长苔藓和稀稀的几丛斛草。石窟开凿在那里了，人从崖顶是难以下来，从崖根黄羊也爬不上来，即便拿手枪打吧，子弹不会拐弯，再好的枪法只能射在窟口，溅些火花，或许住到石窟里的人还要羞辱你，在荷叶里拉了屎，提了四个角甩下来。但出入石窟就艰难了，得拿两块木板，先把一块搭在沿壁凿出的石窝里嵌着的木橛上，走过去了，再把另一块木板搭到前边的木橛子上，又抽掉后边的木板再搭到前边去，如此来回抽木板搭木板，云雾就在身边，手能去抓，怎么也抓不住。杨钟很喜欢到别人家的石窟里去看，他手脚利索，可以在木板上小跑，嚷嚷着鸟飞过了，空中怎么就没留下痕迹？窟里的人问：哎杨钟杨钟，你家咋还没开凿呢？杨钟说：这我不管！再问：你家的事是你爹管还是你媳妇管？杨钟不回答，在木板上还做了个倒立，肚子亮出来，上边长着一层毛。

杨掌柜是和陆菊人商量过开凿呀还是不开凿，但一直拿不定主意，一是家里并没有多少积蓄，二是还想着真能有兵匪到镇子里来吗？就是来了偏偏就伤害了自家？陆菊人也问猫，那只猫已经很老了，终日都卧在门楼上的瓦槽里，睁着眼睛看屋院外来来往往的路人，看远处的城墙和站在城墙上的水鸟，猫始终没个回应。这么再挨过了半年，秦岭里过冯玉祥的队伍，又过白朗的队伍，再就是还有了国民军的69旅。冯玉祥的队伍和白朗的队伍在一百五十里外的方塌县打了一仗，又在桑木县的高店子打了一仗，冯玉祥的队伍把白朗的队伍打散到西边一带。没想逛山和刀客竟联手再打冯玉祥。后来69旅不知怎么又和逛山追杀刀客。涡镇外的黑河白河岸上常过队伍，一溜吊线地过，穿什么服装的都有，背着汉阳造，或者大刀长矛。每每队伍一过，老魏头就敲锣，镇子北城门关上了，没有兵匪进来。但后来的一支队伍就来拍门，门不开，几个炸药包子绑在一起便把门洞高楼轰垮了，抓住老魏头说：把钱财交出来！老魏头把锣和锣槌给了，当兵的把他压在地上剥衣服，才发现脊背上一个碗大的肉疙瘩，骂道：以为你藏着细软！在肉疙瘩坨上砍了一刀。这一刀把老魏头没砍死，躺了三个月，天天给挂在墙上的钟馗像祷告，竟然又活下来，只是从此，腰驼得更厉害，看人不看脸仅看脚。这支队伍进了镇，找到镇公所主任，主任姓常，要求各家各户有钱的出钱，有粮的出粮，没钱没粮的出驴出骡把粮草送出县境。才照办了，没过几天，又来了一支队伍要粮钱，主任说：不是才给了吗？谁知两支队伍是对头，主任被打了三枪，死在老皂角树下。后任的主任是巩铁匠的堂兄，他带上端枪的兵上门收缴，凶神恶煞的，队伍一走，他的小孙子就失踪了，第三天发现在虎山下一棵树上绑着，豺吃了下半身。虎山后沟里下来的豺比狼大，都是白面。没人再敢当主任了，涡镇的人成了乌合之众，是一群麻雀，一有风吹草动，就轰地惊散，杨掌柜这才下了决定也得开凿起石窟。

杨家父子在虎山东崖上选中了方位，雇了两个石匠，日夜赶工，陆菊人便一天两次提了瓦罐送水送饭。陆菊人的腰身明显有些笨了，髻绾得高高的，穿了件青花长褂，傍晚从虎山回来，累了，坐在北城门口那一堆乱石条上开口出气，老魏头和陈皮匠的老婆在旁边的榆树下说话，都没有看到她。他们好像在议论着恐慌，陈皮匠的老婆说：他伯，你说，这日子啥时候能好呀？老魏头说：天有尽头吗？从镜子里看天，尽头在虎山上，到了虎山，山那边还是天。啊你穿新鞋啦？陈皮匠的老婆把脚一收，说：你胡看啥的！唉，半夜里老是惊，醒来就一身汗，咱这镇上咋就不出个官人呀，有个官人就能罩咱们哩！陆菊人听见了，抬头往虎山上看，虎山湾下往西北的那条沟就是纸坊沟，纸坊沟里那三分胭脂地，她笑了一下，要去接话说涡镇迟早会有个官人的，但她没说，也坐着没动，却想：官人能是谁呢？即便将来公公过世了埋在那里，是杨钟吗？那猴一样不稳实的人是做官人的料吗？或许，是肚里的孩子?!陆菊人又笑了，但她笑得没声，把一口唾沫吐出来。榆树上的鸟往下拉粪，把一粒粪落在陈皮匠老婆的肩上，她蹬了一下树，鸟飞了，说：瞧这霉不霉，他爹这脚一崴，来祥去收皮子，明明收的是十张，拿回来成了九张，让人骗了，这鸟又拉在我身上，我才换洗了的褂子！老魏头说：乱世里鬼多么，家里不安宁了，你让来祥晚上来我家取钟馗画，你得祷告哩。陈皮匠老婆说：一幅画真起作用？一扭脖子，便看见了坐在乱石条上的陆菊人，陆菊人不停地吐唾沫，几只灰翅膀蝴蝶就在唾湿的地上飞。陈皮匠老婆说：杨钟家的，你吐唾沫哩？陆菊人不吐了，说：婶，婶。陈皮匠老婆说：是不是有身孕啦？你站起来，我看看。陆菊人脸开始泛红，说：四个月了。陈皮匠老婆说：四个月了？这月子要坐到五黄六月，咋选那么热的天气?！陆菊人说：人家要跟我来，我总不能不让来么。陈皮匠老婆说：也是也是，这由不得你。就过来拉陆菊人的手，又摸她的脸和肚子，说：快回去，天黑了，外边不干净。忍着吐，要么容易吸凉气哩。老魏头说：吐着也好，进门的时候回头再吐一口，给鬼留口痰，外边的鬼就不跟着你到屋里去。陆菊人应声着起了，陈皮匠老婆还在说：我得数说杨掌柜的，身孕都这么明显了，还让去送水送饭！

陈皮匠的老婆后来果真数说了杨掌柜，杨掌柜这才知道儿媳来了喜，就让陆菊人在家待着，他两头跑，既在石窟里干活儿，饭时了又回家取水取饭。这一日提了饭罐刚出了三岔巷，有声音说：老胳膊硬腿的还轻狂，这路都不会走了么！杨掌柜扭头一看，是水烟店的井掌柜提了一条大鱼过来，不远不近地还跟着三四只流浪猫，说：啊买这么大的鱼，给我留双筷子哈！井掌柜说：行啊，宗丞的老师来家了，你陪着喝几杯么！听说你快要当爷啦，别脚步踏不稳，把罐子提了个罐子系儿！杨掌柜说：嘿，嘿嘿。你家没也开凿个窟？井掌柜说：我哪富有？要说买条鱼我倒买得起，谁来打我主意，把这鱼提去好啦！就看见了那三四只流浪猫流着口水，眼睛都发绿，跺一跺脚，撵走了。杨掌柜说：你不富有？你那互济会的大洋怕是拿瓮装的！井掌柜忙朝四下看，低声说：你咋知道有互济会？杨掌柜说：你以为我只和死人打交道？井掌柜脸黑下来，说：这话你要烂到肚里！我告诉你，互济会的钱是众人的钱，黑河白河里的水那是水经过黑河白河的！转身就走了。杨掌柜兀自说了句：水经过黑河白河那黑河白河也湿呀！一时有些尴尬，也觉得这个时候不该说那话的，便打了一下自己的嘴。

盐行的吴家、茶行的岳家，开凿出的洞窟是一厅三间室的，还有厨房、水窖和厕所，杨家没那么多资金和劳力，只开凿了一个小窟，小窟里又套着一个更小的窟，就这也进度缓慢，差不多过了三个月还没完工，却意外地听到一个消息：井掌柜死了！

※　※　※

井掌柜的箱底真的不厚实，一家四口，也就开了间水烟店。秋后在龙马关收购烟叶时，别人都在货店里批发，他到烟农的地里去，只买每株烟苗上第三片和第四片叶子，回来晾干切丝。他的烟丝讲究，一斤烟丝要喷一盅白酒，再喷两盅黄酒，然后撒点辣面，拌芝麻香油，用白布包了再用油纸包了，阴在水瓮旁的潮地上，一个月后才打开。烟丝柔软香茎，颜色黄亮，井掌柜的生意就不错。但涡镇上有四家水烟店，毕竟他的店小，只能说还能坚持，他就谋划着成立个互济会。互济会是百多户普通人家集资，两年一个档期，各拿出一定的钱集中作为基金，谁家突然有了灾灾难难，或者急需开支，基金就提供帮助，但必须第二年年底还清，统一结算了，再进行下一个档期。互济会是秘密进行的，井掌柜是发起人，又善于计算，他就当了会长，掌管了全部资金。当他把那么多白花花的大洋拿回家，他老婆吓得浑身发抖，问哪儿来的这么多钱，钱多了就成阴票啦。井掌柜骂老婆说话不吉利，告诉了互济会的事，老婆还是害怕，说：咱这么穷的，咱敢管？井掌柜说：咱穷啦？我儿子多好的咋就穷啦?!

井掌柜骄傲着他的两个儿子，两个儿子确实都能行，大儿子井宗丞黑是黑，但能说会道，办事干脆，和阮家的阮天保在县城里读书，在县城里读书的也就是他们两个，而且阮天保只是初中二年级，他已经读到三年级了。小儿子长得白净，言语不多，却心思细密，小学读完后就跟着王画师学画，手艺出色了，好多活计都是王画师歇着让这个徒弟干的。因为有这两个儿子，井掌柜曾在皮货店和陈皮匠说话时，嘲笑过盐行的吴掌柜和茶行的岳掌柜：挣钱留给儿子？儿子不行你留下他也守不住，儿子行了，还用得着你留？陈皮匠心里酸酸的，他的儿子陈来祥太笨，说：啊，啊啊。偏这时陈来祥进来了，嚷嚷肚子饥了，问店里有没有吃的。陈来祥能吃能喝，力气大，却老受伙伴们作弄，刚才和卖凉粉的唐景、挂面坊的苟发明、杨钟在街上走，杨钟就把手按在屁股上放了个屁，立即又把手伸到他的口鼻前，说你闻闻这是啥，他竟真的闻了闻，惹得众人一阵嬉笑，他就不和他们玩了，独自回到店来。陈皮匠气得说：你肚里有掏食虫呀，早上吃了三个蒸馍，这才半晌午就饥啦？你也不问候你井伯！陈来祥说：井伯是熟人。陈皮匠说：熟人就不问候啦?！陈来祥说：井伯好！井掌柜哈哈地笑，说：来祥这身体结实么！

井掌柜是到龙马关收购烟叶时遭绑票的。认购的烟叶品质好，价格又合适，约定三天后一手交钱一手拿货，井掌柜就在烟农家多喝了些酒，背了褡裢一路头重脚轻地飘着往回走。走到碾子坪的那棵橡树下，嘣地掉下一颗橡子落在他脑袋上，他说：啧，天上咋不掉大洋呀，让大洋砸死我！仰头往树上看，树上就跳下三个蒙面人，当下把他压住绑了。井掌柜没有反抗，也没骂，说：兄弟，不要杀我！一个人说：你是长辈，不杀你，但你得配合！另外两个人就脱了他一条外裤，又拿了褡裢里他的石头眼镜，连夜去涡镇找他的老婆，吓唬着要一千块大洋。

井掌柜的老婆吓得半天说不出话，手只是摇，来人给她个棒槌，她握住棒槌手就不摇了，说水烟店生意小，哪里会有一千块大洋！来人说那互济会的钱呢？她说你们也知道互济会？互济会的钱不是井家的，怎么敢动呢。来人说你舍不得钱那就撕票啦！她只好从炕洞里掏出三百块大洋，又挪开板柜，板柜后墙上有个窟窿，窟窿里有个包袱，解开了，是两百块大洋。还有两个银项圈。来人说要一千块的，这不够么。她说我就知道有这么多。来人拿了五百块大洋，还要那两个银项圈。她说这是两个儿子小时候戴过的，得给儿子留个作念。但银项圈还是被拿走了。后半夜里，井掌柜一瘸一跛地回来，口渴得喝了一瓦盆浆水，说：丢人了，人丢大了！就睡倒在炕上。

互济会共有一千多块大洋，井掌柜先是悄悄埋了五百块，再把另外五百块分别藏在炕洞和墙窟窿时，老婆看见过，没想这另外五百块大洋就没有了。井掌柜在炕上给老婆叮咛：这事让谁都不要知道啊！互济会的钱不能少，咱得想办法补上。他想卖掉水烟店，又怕突然卖掉水烟店了会引起镇上人疑猜，就决定悄悄卖地。井家在白河岸有十亩水田，在虎山湾里有十二亩旱地，一直都租给当地人种着，井掌柜便要把二十二亩地全卖掉。

卖地头一天，突然下起雨，先还是街面的水潭里满是些钉子在跳，后来白茫茫一片，像是雨中的芦苇园子，还响午着就模糊了十字路口的老皂角树。井掌柜提了一坛酒到寿材铺来要和杨掌柜喝，当时铺子里还有陆菊人，还有安仁堂的陈先生。

杨掌柜有头晕的病，陈先生配制了一些丸药送过来后，雨大得没能回去，杨掌柜就留着喝茶说话。陈先生说：屋里暗，你把灯点上吧。杨掌柜说：你眼睛看不见，还要点灯？陈先生说：天暗了就得点灯，与看得见看不见无关。陆菊人知道陈先生是个怪人，也就把灯座移到桌上，添满菜油，点燃了芯子。杨掌柜漱着茶，还在说本该他去安仁堂请药的，陈先生倒送了来，偏下这么大的雨。陈先生倒感慨他这大半生了，总是在雨天有大事，五十年前也就是这样的雨天，他是跟了元虚道长学医，二十年前天也是下雨，被拉去当的兵，十年前他自己把自己弄瞎了眼回涡镇，雨大得黑河白河的水都涨了。杨掌柜就说：我也只知道你在县城的八仙观里要当道士的，没想等你回来了却是个郎中，竟然还不知道当过兵，自己把自己眼睛弄瞎了，这是咋回事？陈先生却不吭声了，雨落在屋瓦上，爆豆一样地响，突然就笑了，说：你这头晕病是怎么得的，啥时候头晕，头晕起来怎么个天旋地转，你给人说吗？杨掌柜说：说那有啥意思？陈先生说：昨天吃过的饭，今天还吃饭，上个月剃过头了，这个月就不剃啦？人这一生就是堆积日子么。杨掌柜说：照你这样说，我活得就没指望啦？这镇上多少人都家大业大了，我这铺子几十年还是这么个小生意！陈先生说：你呀，嘿嘿，咋说你呀，嘿嘿。杨掌柜也嘿嘿起来，说：你会算卦，你也给我算算。

就是这时候井掌柜进的门，他没有打伞，也没有戴草帽，浑身湿淋淋的，把酒坛子往桌子上一放，嚷嚷着下雨天不睡觉就喝酒，正好陈先生也在，咱喝他个不醉不散。陈先生说：听你这声，虚火恁大的，还喝呀?！陆菊人看井掌柜，果真眼睛赤红，嘴角溃烂。井掌柜说：这雨下得心烦么，喝！杨掌柜说：难得你能上我门，喝么，我这头晕半个月了，不敢喝也得和陈先生陪你喝！三人就喝开了，很快都上了头，井掌柜说：陈先生，刚才我来时你正算卦哩，你也算算我有没有坎，坎能不能过去？陈先生让井掌柜说出个汉字，再报个三位数，摆弄了一阵，说：你注意着别让水淹。井掌柜说：我不撑船，也不坐船，咋能水淹？陈先生说：从河岸上走过的时候小心栽跤。井掌柜说：我还不到七十八十哩，栽不了跤，即便栽跤就能掉到河里去？笑了笑，看着陆菊人拿了蓑衣苫门外台阶上的那副棺，怕水溅上去，说：这雨淹不了我吧，杨掌柜，生意怎么样？杨掌柜说：能怎么样。井掌柜说：我给你个生意吧，给我做个八大块的，柏木料！杨掌柜说：喝多了吧？我可不盼你死哩！井掌柜说：谁能不死？死了能睡上个好棺这就够了！

这场酒喝到天黑多时，喝罢了井掌柜提来的一罐，又喝了杨掌柜的两个小罐，雨是住了，井掌柜却倒在地上，瘫成一堆泥。杨掌柜和陆菊人把他抬到躺椅上睡了，陈先生也说他要回去。杨掌柜说：你行不行，要么等杨钟回来了送你？陈先生说：我行，你给我点个灯笼。提了灯笼就摇摇晃晃地走了。鸡叫过两遍，杨钟还是没有回来，陆菊人看着桌子下两三个空酒罐子歪着，罐子都醉了，一个罐子口还往外流着酒，就像是人死了还冒血泡，说：爹，杨钟是不是又要钱了？我到街上找去。杨掌柜叹了一口气，说：你回家歇去，我在这儿陪着井掌柜。

这一夜杨掌柜和井掌柜都在寿材铺里，第二天井掌柜酒醒了，到白河岸和买家签契约。买家当然要请他吃饭，吃了一碗觉得肚子疼，去了厕所。涡镇的厕所都是蹲坑在一间茅房里，墙外是粪尿窖子，黑河白河岸上村寨的厕所直接就是粪尿窖，苍蝇哄哄哄，井掌柜说：这脏得能蹲下？还是蹲在窖沿上了，一边拉，一边用蝇拍子打苍蝇。买家在屋里见井掌柜很久了不回来，喊道：旁边那堆石头是擦屁股的！过了一袋烟时间，井掌柜还没回来。买家就去了厕所，说：你是厕井绳啊?! 厕所里却没见了井掌柜，粪尿窖上漂着一顶地瓜皮帽。忙喊家人打捞，打捞上来，井掌柜死了。

※ ※ ※

井掌柜一死，老婆在灵堂上哭得恓惶，哭声里诉说着他这是啥命呀，绑了票都没死却死在粪尿窖子里。哭者无意，听者有心，这话传出去，涡镇一时炸了锅。陆菊人因有身孕，不能来吊唁，按风俗规程就蒸了两个大馍为献祭，杨掌柜拿着去了井家，她便在家里做起袼褙。做袼褙是把一些烂布片子铺在门扇上抹糨糊，铺一层烂布片子抹一层糨糊，铺抹成四层五层了，晾干了，将来蒙上好布可以纳袜底子和鞋帮子。陆菊人做着袼褙，脑子里老是纠结：这人的命说顽就顽得很，说脆就脆得很，跌进粪尿窖子里也能死？这一死，井家的光景也就完了?! 便又想着那天井掌柜能提了酒来寻人喝，他可是从来没有到寿材铺里喝过酒呀，还喝得大醉，又突然地把白河岸上自家的地也卖了，这肯定都与被绑过票有关！那么，这绑他票的是谁呢？井掌柜并不是箱底厚的人家，为什么就绑了他的票啊?! 陆菊人就不抹糨糊了，眼睛黏起来，心里是了一盆子糨糊，痴呆呆地看着猫。猫依旧卧在门楼上的瓦槽里，眼睛发黄，像琉璃一样，也在看着她。这个傍晚，陆菊人觉得猫的眼光很怪异，十分森然，她想给猫说句话，嘴张开了，却什么也没说出来，只咽下了一口唾沫。

井家突如其来的横祸，使镇上的女人都成了长舌妇，男人也成了长舌男，说什么话的都有。更糟糕的是井家的两个儿子都不在家。陈皮匠派陈来祥去县城找井宗丞，学校说井宗丞已经有半年没来上课了，不知踪影。而井宗秀跟着师傅在麦溪县给一乡绅家画祠堂，那相距一百八十里啊。陈来祥从县城回来后，换了一双鞋，又去了麦溪县。等到陈来祥和井宗秀回来，井掌柜的灵堂已摆了四天三夜。

井宗秀回来其实并没有先进涡镇，而是和陈来祥直脚去了白河岸，要寻买地的那户人家。村子里狗多，一个扑着来咬，十几个都扑着来咬，井宗秀从篱笆上抽出一根棍，抡着就打，给陈来祥说：你拾块砖！陈来祥说：拾了，伯是在他家没了命，咱也不让他好死！两人到了那家，男的都不在，只有个小个子女的，女的吓得头不敢抬。问卖地的契约在哪里，说在桌子上放着，问买地的钱呢，说还在桌子上放着，果然上房的桌子上整整齐齐放着契约和一垒银元。井宗秀又问：粪尿窖子在哪儿？女的领着去了山墙外，粪尿窖子很大，粪尿几乎要溢出窖沿子，女的扑通跪下磕头，井宗秀和陈来祥扭身又回到上房，扔了木棍和砖头，坐在椅子上了，说：有啥吃的？那女的就跟进来，说：你们不会让我们赔命吧？井宗秀说：要了你们的命我爹就能活啦?！那女的一下子长高了许多，朝着院子喊：他爹，他爹，井掌柜的儿子达理哩，没事的，你出来！院角的麦草垛里就钻出个人来，个头竟然比陈来祥还高，赶紧叙说了井掌柜当天被淹死在粪尿窖里的实情，又赶忙从厨房里往桌子上端了蒸馍和烧鸡，催促着老婆快去擀面。井宗秀在警告着：对谁都不要说我爹是跌在粪尿窖子里，他那么个大人，怎么能在粪尿窖子淹死呢，他是突然头晕，下台阶时跌倒的。那男的说：是的是的。井宗秀就从那垒银元里取出一枚，拍在了桌子上，说：今日就把那个粪尿窖子填了。那男的说：那总得拉屎拉尿呀，填了又到哪儿去挖个窖子呀？井宗秀说：我管你在哪儿挖，这个必须填！

井宗秀回到家，给爹料理后事，问娘互济金有多少，娘说，你爹死前没留下一句话，我也说不清，当时办互济会，好像各家的出资不一样，有的五个六个大洋，有的十个二十个大洋。井宗秀估摸了一下，百多户人家该集资上千个大洋的。又问娘绑匪索去了多少，娘说五百个大洋，再问那剩下的五百个大洋藏在哪里，娘说这我不知道，你爹没给我提说过。就扑倒在灵堂上哭：他爹呀，我的没活够的他爹呀！你丢下我们叫谁照应呀？他爹呀，他爹，你回来把我也引上走呀！井宗秀也没叫邻居的婆婆婶婶们来陪娘，他把院门关了，翻箱倒柜地在家里寻，没寻着，在院子里挖，也没挖出来。娘说：钱是大伙集的，你爹一死，人家肯定来追要，这点卖地的钱肯定不够啊。井宗秀说：你千万不能说绑匪索了五百大洋，别人若问起，就说把全部基金都索抢了，后边的事我来办。

但是，仅过了一天，阮天保从县城坐船回来，带了另一宗消息：县保安队剿灭了一股共党，把共党一个头目的头割了就挂在县广场的旗杆上。涡镇的人似乎听到过共产党这话，但风声里传着共产党在秦岭北面的大平原上闹红哩，怎么也进了秦岭？阮天保就说共产党早都渗透来了，县城西关的杜鹏举便是共产党派来平川县秘密发展势力的，第一个发展的就是井宗丞。为了筹措活动经费，井宗丞出主意让人绑票他爹，保安队围捕时，他们正商量用绑票来的钱要去省城买枪呢，当场打死了五人，逃走了七人，后来搜山，又打死了三人，活捉了三人，其中就有杜鹏举，但漏网了井宗丞。

绑票井掌柜的竟然是井掌柜的儿子井宗丞，镇上的人先都不肯相信，接着就感叹：没世事了，这没世事了！卤肉店的姚掌柜曾经托媒要把自己的女儿提亲给井宗丞的，他一边给人称肉一边唉唉着，说：多好的小伙，才几年的时间咋就学坏了?！来买肉的杂货店的孙掌柜说：你要庆幸哩，若亲事早定了，你现在哭都没眼泪了！盐行的吴掌柜和茶行的岳掌柜在街上遇见了，原本是互不招嘴的，吴掌柜却说：吃了？岳掌柜说：啊吃了。吴掌柜说：嘴油光光的，又吃好东西啦？岳掌柜说：哪有油呀，在前边店里吃了碗糍粑，凑合吧。吴掌柜说：还凑合？井掌柜是吃不上喽，那井宗丞想吃也吃不上喽！岳掌柜说：这倒是。我见过井宗丞和人打麻将，赢上一个钱了就会把钱贴在额颅上，生怕人不知道。啥人就有啥性子，张狂啊，人狂没好事，狗狂挨砖头！吴掌柜说：你能想到什么事了，这世上就能发生什么事啊！唐景正卖凉粉，不爱听这话，说：啥意思，你是早就想着井家出事哩?！两人当场就吵了一架。陈先生是当日托人从黄石峪养蜂人那儿买回来了一箱蜜蜂，架在安仁堂的屋檐下，蜂嗡嗡着飞出飞进的，人问：你怎么养起蜂了，是要治了病还再送一罐蜂蜜吗？陈先生说：让人来看的，蜂四处采花酿蜜是在削减自己的天毒哩。人又问：天毒？陈先生说：蜂有天毒，人也有天毒。人再问：人也有天毒？陈先生说：人不知道削减啊！而参加互济会的人家却慌了，给井掌柜吊唁过了，拿出收据向井宗秀的娘要集资。老婆子哭得说不出话，井宗秀出面，把所有拿收据的人请坐在屋里，跪下了，先磕了三个头，就破口大骂井宗丞不仁不义不忠不孝，受人引诱，害死了他爹，也害苦了乡亲。他说：互济金全部被抢了，这是大家的血汗钱，从口里一点一点省下来的，出了这事，我爹死了不能回还，做儿子的就要赔偿！我爹临死前为这事卖了家里所有的地，卖地的钱都在我这儿，可能还偿不够，但我记着，我不赖也不跑，保证三年里给各位付清。当下拿出了卖地钱，按比例给每人还了一半。众人见井宗秀实诚，话都在理上，也是同情了井家，装了所领的一半钱，站在井掌柜的灵堂前，说谁也不愿出这事啊，都不是富裕人家，又共事了一场，剩下的钱就不要了。井宗秀长跪不起，额颅在地上磕出了血。众人问：棺有了吗？井宗秀说：有，我娘一直病恹恹的，是给我娘准备的，没想我爹倒走在前头，我爹先用上。众人问：那墓呢？井宗秀说：还没地拱墓，暂不埋，浮丘着，等我挣了钱再买地下葬。井宗秀的主意拿定，众人都说：宗秀能顶事了！陆续散去。

按涡镇的习俗，浮丘指那些亡人殁的日子不好，犯着煞星，不可及时入土安埋，短的十天半月，长的也可能一年两年，那就得选择一个临时处架上棺柩，苫上雨棚，用土坯简单地垒个围墙。井掌柜的死不是犯着煞星而是死无可葬之地，这井宗秀的心疼得一块儿一块儿往下掉肉。他两次恳求宽展师父能让爹浮丘到130庙里去，宽展师父只是吹她的尺八，第三次再去恳求，宽展师父才点了头。130庙紧靠着镇子西北角，数十丈高的古柏就在大殿前，而三块巨石一块在殿后，一块儿在殿东，一块儿在后院角，井宗秀把爹的棺浮丘在第三块巨石边，不远处有一排野桃树，正结着指头蛋大的桃。

头七日进行的浮丘，二七、三七、四七，井宗秀都去给爹祭奠。到了四十九天的七七日，再拿了香烛黄表往庙里去，一片寂静，只有树叶子往下落，刚经过大殿前的古柏下，突然一只猫就卧在路上看他。庙里的流浪猫很多，以前他来的时候，常见有猫从草丛里悄然出来，又拖长着身子钻进篱笆里去，他还作想山林里老虎估计也是这般情景。但卧在路上看他的这只猫长得奇怪，头是身子的一半，眼睛是头的一半，尤其目光冷得像星子，他不免怔了一下。蹲下来给猫招手，希望猫能到他跟前来，猫却掉头离开了，尾巴竖起来像棍一样。这当儿，有了尺八的声音，时而恬静舒缓，时而激越狂放，井宗秀知道宽展师父又在礼佛了，她礼佛除了献花、烧香、供奉食物外，就是把野桃核打磨穿串，然后戴个手套揉搓，或者吹奏尺八。他往大殿里望去，殿门开着，宽展师父就在地藏菩萨像前坐着，而同时还有一个跪着祈祷的女人背影。这是镇上谁家的女人呢？井宗秀刚有了这般思忖，古柏的柏子像细雨一样洒下来，在身前身后的地上跳跃不已。

井宗秀去了他爹的浮丘处，那里的石香炉里却燃了一炷香，香的烟细得像一根绳子，端端地往上长，他一走近，就软散开来。井宗秀有些欣慰。更有些疑惑，往四周望了一下，王妈在远处的那块菜地里拔葱。王妈住在西背街，儿子开着一家瓜子店，她平日常来庙里干些杂活的。井宗秀说：王妈，这是谁给我爹上的香？王妈说：我才过来，这我不知道。是师父上的？井宗秀摇了摇头。王妈说：那是互济会的谁？井宗秀还是摇了摇头。王妈说：唉，你爹可怜啊。井宗秀的眼泪一下子就流了下来。

※　　※　　※

天越来越热，河里过来的水汽又重，镇街上的人就稀落了好多。男人都赤裸膀子，裤腰里还夹一圈核桃树叶，在屋檐的阴凉处叫苦着这身子成篓子了，一动弹到处漏水。又骂旁边卧着的狗，伸长舌头在喘，喘得人心里都生了草。井宗秀还是不知道爹把另外的五百块大洋藏在哪里，人就瘦了一圈，也不洗头刮脸，胡子长得把嘴都罩了。夜里没睡好，中午在竹席上泼水才眯瞪了一会儿，巷道树上的知了就把他聒醒了。知了是一只聒了，成百上千的都聒，声浪像火，一波涌一波地烧过来。井宗秀脑袋昏沉沉地想着刚才还做了一个梦，似乎又不是梦，他正吃饭哩，听到有一声叹息：有福的人不在了，我走呀。院子里并没有人，他说：你是谁？声音说：我姓银。他说：姓银？你往哪里去？声音说：真是和你没缘，我到齐门生家去。井宗秀琢磨梦里的声音，忽然醒悟是不是爹埋藏的大洋在说话，银货埋得久了会走失的，莫非那五百块大洋真的就走了？便不再睡，走到街上，问杂货店的孙掌柜：啊孙爷，咱镇上没有姓齐的吧？孙掌柜说：没的。又问：黑河白河岸上哪个村子有姓齐的？孙掌柜说：齐塬上可能有吧。齐塬在黑河的涝峪里。一个很大的塬坡，分散有几个村子。但涡镇人瞧不起那里，穷得只有红薯长得好，很少去过。井宗秀就出了镇往西北去，进涝峪到齐塬。塬上旱得庄稼全拧了绳儿，大路小路上到处都在冒土烟，只有地塄上那些荆棘上一些野酸枣泛了红，红得像血滴子。连着有三个村子，问了竟也没有姓齐的。井宗秀说：怪了，没有姓齐的齐塬？村人说：这里乞丐多，外人叫我们乞塬，我们也就这么叫，只是把乞改成了齐。井宗秀站在地塄下，望着那几颗野酸枣。一直等到黄昏，来了一只乌鸦，乌鸦在啄吃那些野酸枣，没有一颗掉下来，乌鸦就一口一口把野酸枣吃完了。

井宗秀垂头丧气回到镇里，天已经黑了多时，一些店铺门口的灯亮着，光芒乍长乍短。经过德裕布庄门口，有伙计正在那里拴一匹马，马全身乌黑，四蹄却是雪白。井宗秀一直爱马，但镇上很少有马，他当初跟画师出去学艺，就谋着有一日挣钱了一定要买一匹高头大马的，所以突然在镇子里看见了马，就跑了过去。没想那马不知为什么就惊起来，昂头嘶叫，用力地拽缰绳。伙计一时控制不了，眼看着拴马桩都歪斜了。井宗秀靠近去，嘴里发出吁吁声，用手抚摸马脖子，马随之双耳倒后，安静了下来。井宗秀说：镇上有了这么好的马！伙计说：这是龙马关韩掌柜的。井宗秀知道韩掌柜在龙马关是大户，家里开有布行，德裕布庄的布也是从那里进的货，韩掌柜来德裕布庄办事，肯定要回去吧，顿时倒有了个念头：

德裕布庄进的都是丝绸和各色细布，而涡镇一般人还是粗衣打扮，自织自染，又染得黑不黑蓝不蓝的灰色，如果能从韩家布行进些染料，办个染坊，或许还是好生意的。井宗秀为自己的想法有些得意，就往布庄门里张望了一会儿，觉得不安，退到三岔巷口等着韩掌柜经过时能拦住说话。巷口那里是一块三角土场子，靠北处有石磙子碾盘，井宗秀一蹲上去，斜对面的桂树上扑棱棱地响，起飞了一群蝙蝠，而桂树后的那家院门楣上挂着两只红灯笼，桂树的摇晃使灯笼的红光便忽聚忽散了开来。这是杨掌柜家的院门。

杨家院门上挂了红灯笼，是陆菊人临产就在今晚。鸡上架的时候，陆菊人的羊水便破了，隔壁的柳嫂在接生，但孩子横生，那柳嫂也没了办法，让杨钟快去瓜子店请王妈，王妈好佛，又是几十年里不知把多少人接到世上来的，她啥情况都经过。杨钟慌张地从院门里出来，一边走一边双手合十对着天作揖，脚下就绊了石头，扑通跌坐在地上。井宗秀在碾盘上说：杨钟，杨钟！杨钟从地上一时起不来。井宗秀说：啥事呀你恁慌的？杨钟说：你咋蹴在那儿？我以为是条狗哩！井宗秀说：把你爹烟匣子拿来咱吃几锅子，我烟瘾犯啦！杨钟说：要吃明日吃，我急着哩。井宗秀说：急着是火上了房啦还是媳妇生娃呀？杨钟说：就是媳妇生娃呀，生不出来，坐着躺着都生不出来么！我去背王妈。井宗秀啊了一声，顺嘴说的话还真给说准了，也紧张起来，说：你瘦猴猴的背不动王妈，我跟你一块儿去！街上有人叫着：烧——鸡，烧鸡来了——！端着灯恰好过来，听了杨钟的话，说：人生人怕死人，骑在门槛上会生的。井宗秀认得是卖烧鸡的五魁，五魁头上有癞疮，只是在晚上端着木盘走街串巷地叫卖，木盘里就插着一支烛，井宗秀说：五魁叔，这你不是说哄话吧？五魁说：我啥时候哄过人？杨钟说：你老光棍的，你能知道生娃？五魁说：你这啥话？我先前在安仁堂药铺里当过伙计，没吃过猪肉就也没见过猪走路?! 生气地走了。杨钟反身就往家里跑。井宗秀一个人又蹲在了碾盘子上，吃不上烟锅子，干咳了几下，眼巴巴盯着远处的马过来。但约摸过了两个时辰，韩掌柜的马还是没有过来，一颗流星倒极其灿烂地从天上划过，杨家的院子里传来婴儿哭声，井宗秀在黑暗里笑了一下，突然警觉：骑着门槛生，那就是骑门生，这骑和齐同音么，莫非我要寻的就是杨掌柜家？不一会儿，杨钟出来了，拿了一盒纸烟就往井宗秀怀里塞，说：吃啥子烟锅子呀，吃过纸烟没？你肯定没吃过，这我在县城买了一盒，仅给我爹吃了两支。井宗秀说：生啦？杨钟说：生啦，骑在门槛上了，快得就像拉泡屎！井宗秀说：啥孩儿？杨钟说：我的孩儿那肯定是带把儿么！井宗秀说：行！行！你比我小，倒当爹啊！杨钟说：多亏了你！井宗秀笑着说：我可没出力。杨钟说：是你和我说话哩，五魁叔才过来的，你要不和我说话，我出巷口了，五魁叔才进巷，就不会骑门生了。井宗秀从纸烟盒里取出一支点着吃上了，说：杨钟，你家最近还有啥喜事吗？杨钟说：再没呀！井宗秀说：没发过一笔财？杨钟说：你是说发财？前天耍钱倒赢了一块大洋。井宗秀说：噢，才一块大洋？孩儿是银货的。杨钟说：是呀是呀，白胖得就像是一大坨银子，软银子！井宗秀就再没说什么。

这时候，杨掌柜也出来了，将一条红布系在东门环上，这要告示过路人，此家有坐月子的，生人不宜入内。系好红布，看见了井宗秀，笑着说：宗秀，我听杨钟说了，谢谢你，孩儿满月的时候，你一定来喝酒！井宗秀说：恭喜恭喜！杨掌柜说：这半夜的，你咋还没回去？井宗秀说：啊天热睡不着，去严伯那儿了，我毕竟还欠他互济金的，他近日又腰疼得翻不过身。杨掌柜说：他那腰是老毛病，你爹还没入土？井宗秀说：我还给浮丘着。杨掌柜说：唉，多英武要强的人呀死无葬地！啊这样吧，你爹和我老交情，也是今日我有这喜事，我就给你爹个地方吧，只是远些，面积也小，在纸坊沟的坡上。井宗秀站着没动。杨掌柜说：那是三分地，你是不愿意？井宗秀扑通就跪下了，说：杨伯杨伯，你这话把我吓住了，你要给我爹块地方吗？你能待宗秀这么好，我该咋说哩！杨掌柜说：你起来，谁家还没个难处啊。井宗秀就是不肯起来，还在说：饥了给一口胜过饱时给一斗，这理儿我井宗秀懂，将来了，我一定还你老三亩，不，三十亩地！院子里再次传来哭声，这哭声和刚才的哭声不一样，尖锥锥的，又忽高忽低，在深夜里有了一些森煞。杨钟把井宗秀往起拉，说：膝子盖这软的，不就是三分地么，起来，起来，谁指望你还地呀，三亩三十亩，你今辈子能有那么多地吗？这是我孩儿在哭还是谁家的猫又叫春了？韩掌柜就骑着高头大马过来了，三人都扭头看着，井宗秀再没有去拦了说话。

第二天，杨掌柜领了井宗秀去纸坊沟确认了那三分胭脂地，井宗秀当晚就请了匠人安排拱墓，五天后把他爹安埋了。

※　※　※

埋葬井掌柜半个月后，陆菊人才知道了情况，在炕上大哭了一场。那天没有出太阳，阴得很瓷，街上逢了集，杨掌柜早早起来烙好了饼，并把醪糟罐子和鸡蛋都放在了车板上，他要去集上卖东西，恰出门时叮咛杨钟到饭时做饭，坐月子的早饭一定要吃结实，鸡蛋醪糟泡饼子，鸡蛋要煮嫩些，饼子不要掰得太大。到了饭时，杨钟在厨房里忙活，烟囱里直冒黑烟，陆菊人坐在炕上隔窗看着，还正想：烧个鸡蛋醪糟就这么大的烟，是房子走魂啦?！隔壁的柳嫂又过来了。柳嫂是每天都要来一趟照看陆菊人的，陆菊人就取了一堆花花绿绿的布让给孩子做小衣服，她告诉柳嫂，她小时候家穷，一岁前都是破布裹的，七八岁了衣服上还是补丁垒补丁，她那时就发誓过，等自己将来有孩子了一定要有穿不完的新衣服！柳嫂就啊啊地附和着，说：这孩儿有福！陆菊人说：他是有福，你瞧这眉眼，也长得好看吧！柳嫂说：他娘好看，他能不好看？陆菊人说：我长得一般，但我孩儿将来肯定高高大大，是涡镇最好看的男人！柳嫂说：和井宗秀一样！陆菊人说：井宗秀？你觉得井宗秀好看？柳嫂说：你觉得他不好看？两个人就咯咯笑起来。柳嫂能裁剪，但缝制的针脚大，陆菊人倒没看上，自己要纳，柳嫂说：你不要动，月子里干活，将来会落病根的，杨钟是第一回下厨房？陆菊人说：烟呛着你啦？平时让人伺候惯了，让他也伺候伺候我。柳嫂说：杨伯不在，去井家了吗？听说井宗秀今日给他爹坟上要立碑子。陆菊人说：他爹不是浮丘在庙里吗？有地埋了？柳嫂说埋了。我都不知道纸坊沟还有你家的地。陆菊人说：啥？埋到纸坊沟那三分地里了?!柳嫂说：远是远了点，但总算入土为安了。陆菊人立即大声地喊杨钟，杨钟应声来了来了，端了一碗鸡蛋醪糟泡饼，一进厢房门自己先用嘴吞吃了一口荷包蛋，说：下辈子我也坐月子呀，能吃好的！陆菊人说：我问你，是不是井掌柜埋到纸坊沟那三分地里了？杨钟说：是呀。陆菊人说：怎么能把那个地给了别人?!杨钟说：不就是三分地吗？种那么点麻，不够个来回路钱！吃吧，趁热吃，香得很！陆菊人脸色全变了，说：我不吃！你给我端走！杨钟说：你不吃？那我就吃呀！竟然就把碗端走了，在院子里吃起来。柳嫂撵出来说：你还真吃哩?!夺了碗又端回来。陆菊人嘘了一口气，说：柳嫂，今日逢集你不去吧？柳嫂说：我不去，只是拆了被子要到河里洗洗，我把孩子的屎尿垫子也带上？陆菊人说：让他洗！今日不做衣服了，你去忙吧。柳嫂出来，给杨钟说：月子里不能让她生气啊兄弟。杨钟却躁了：我咋逢上这么个吝啬媳妇！柳嫂说：这事得让她知道么。杨钟说：我爹送的，与我啥干系？柳嫂一抬头，猫就卧在门楼的瓦槽里，无论她进厢房出厢房还是在院子里，猫都是看着她。她说：与你啥干系？你不如个猫呀?!

柳嫂拿了被单往南门外的河里去洗，走到十字街口的老皂角树下，新的皂荚正嫩着长，旧皂荚还挂着，就有一颗掉下来，不偏不倚地落在脚前。柳嫂喜欢地说：呀呀，我还是个德行高的人！旁边经过一个人，说：不是德行高吧，是嫌你脏，让洗哩。柳嫂见那人不认识，说：你是哪里的，会不会说话？正好东背街的割漆匠刘老庚瘸着腿过来，背篓里装着一株带根的野桃树，别人还在问：腿咋啦？他说：在山上跌了一跤。问：又给庙里挖了棵野桃树？他说：咱给庙里做不了啥事么。问：那哑巴尼姑做野桃核串，那能保佑吗？他说：能么。问：那咋还跌瘸了腿？他说：要不保佑，就跌得没命了。柳嫂和人吵嘴，他也不满了外村人，插了一句：镇上人干净得很，就是有这老皂角树！那人说：既然人都干净，就没必要长皂角树了。刘老庚一时倒没话了，嘴张了张，却低头走了。柳嫂说：你看这皂荚挂在树上像啥？那人说：像刀子。柳嫂说：知道了吧？树都在仇恨你哩！但柳嫂到了河边，往水里照自己，果然头发又乱又脏，就砸碎了皂荚，还没洗被单，先洗起了头。

洗毕了被单，柳嫂回到家里还换了一身干净衣服，便听见院子那边陆菊人在哭，而且越来越悲切，她就喊叫：杨钟你媳妇咋哭了？杨钟这一年来跟着黑河岸彭家砭的彭拳师学武术，他又小又瘦，杨掌柜是想让他练着能把身坯子发开，他却迷上了武术里的轻功，这阵儿在院子把五颗鸡蛋放到一张刻了浅窝的木板上，然后双脚小心地踩上去，第一次踩上去碎了两颗鸡蛋，重新换个鸡蛋再踩上去，又碎了三颗鸡蛋。他不理会柳嫂，柳嫂又喊叫：你耳朵塞驴毛了听不见？你媳妇哭得那么凶，你不去看看啥事？杨钟一下子火了，拿起还没有碎的两颗鸡蛋，叭地砸在厢房的窗子上，骂道：你是哭丧哩?！柳嫂赶紧过来拉，说：让你去看看你媳妇有了啥事，你却在院子吼？你是当爹的人了，还不省心！那鸡蛋是你爹从我家买了给你媳妇吃的还是让你耍的？杨钟说：我练轻功哩。柳嫂说：练个狗屁。

陆菊人哭声不止，鸡蛋甩在了窗上，蛋清蛋黄鼻涕一样吊在窗格上，溅到炕上，她看着杨钟那个小脑袋上头发又脱了几片，红红的皮肉裸着，像火里烧出的柿子。杨钟噘噘嘴在给柳嫂说：我是打她啦？倒是她三更半夜的把我往炕下蹬。柳嫂说：甭说了，我脸都臊哩，你那事以为我看不出来吗？杨钟说：我有啥事？我只是没她大，没她高，可她再大再高还不在我身底下?！柳嫂说：今日咋没见把褥子晾出来？杨钟说：晾褥子又咋啦？那是孩儿尿的。柳嫂说：孩儿能尿那么大一片？以前晾褥子在院子里，现在晾到院外了，有了孩儿可以栽赃了?！杨钟恨道：你！出院门就走，双脚一颠一颠的，像雀步一样。陆菊人的哭声更大了。柳嫂就进了屋，说：哭吧，哭吧，落下眼病以后有你受的罪！低头瞧见孩儿的裹被解开了并没有再包，光嘟嘟的晾在那里，忙去包裹了，说：你哭，使劲儿哭！陆菊人却不哭了。

不哭了，眼泪还在流，大热天的只觉得头凉，脸凉，手脚冰冷，她没有转过身来，还望着窗外。院墙根的石缝里有了半条蛇皮，白花花的，像洗得淡了颜色的布，蛇是在夜里蜕的皮吗？蛇蜕皮一定是疼痛的，才一半还夹在石缝里，一半掉到墙根的草丛里。而檐角下的那张网上没见了蜘蛛，这张网一直以来总想着能网住天的，上边却落了片树叶，摇摇欲坠，突然就飞过来一只鸟，竟然一下子把网全部撞破了。陆菊人在想：怎么就送给了井家？后悔自己隐藏秘密，如果早说了，公公是不会送给人的。可为什么就没有早说呢？是自己命里没有呢，还是活该就是井家的？院子东边的墙里有了一朵花，花在行走着，噢，那不是花，是蝴蝶。

还在开春的时候，她看到过附在爬壁藤上的卵化成了幼虫，幼虫一直在吃藤叶，到了实在吃不动了，用尾部钩住藤蔓开始了吐丝，它吃进那么多的藤叶全变成了丝，丝就将它又包成了蛹，现在是蛹壳裂开钻出了蝴蝶？蝴蝶是杯口那样大啊，后翅上还拖着斑斓的尾巴，它向西墙角的杏树飞去，空中便有了一道金属般的光泽。

院门口有咳嗽声，进来的不是杨钟，是戴着草帽的杨掌柜提着一颗猪头，过门槛时猪头嘴里塞着的猪尾巴掉了，他一边捡着重新塞好，一边朗声叫：杨钟杨钟！人呢，人呢？柳嫂从厢房出来，说：你真舍得，卸了个整头。杨掌柜说：家里得有腥气啊！麻烦你又来照看了，杨钟不在？柳嫂说：两口子顶了嘴，他出去了。杨掌柜说：都是另一辈人了还顶嘴，这不成器的东西！柳嫂说：多少钱一斤？杨掌柜说：价比前几天又贵了，嘿，生意再不好还吃不上一颗猪头啦?! 前巷子的四爷说要续族谱，问我孙子的名字，你说叫个啥好？柳嫂说：你这爷当得操心的！杨掌柜听到了响动，见陆菊人从厢房也出来了，把褥子往靠在院墙的梯子上晾，就说：孩子得有个响亮名的，我想了个杨继富，又觉得富字叫起来嘴皱着，叫着嘴能张开的好，叫杨有贵？陆菊人知道公公是说给她听的，脚却被地上的猫食盆绊了一下，食盆里还有一些吃剩的东西，顺口说：剩剩。杨掌柜说：咋能叫这贱名字？陆菊人说：普普通通的孩儿么。杨掌柜说：杨家的后代咋是普通，我指望着出人头地哩，能当官的就当官，能富豪的要富。陆菊人说：唉，你儿叫杨钟，这钟从来没响过。柳嫂说：名字贱了好养。杨掌柜看着晾出的褥子上又有着那么大一片子湿，说：咋让孩子又尿炕了？柳嫂装着没听见，陆菊人也没有说话，低头就进了厢房。

※　※　※

入了冬，涡镇只有两种天气，就是刮风和不刮风。不刮风的时候，雾就罩着，家家做饭的烟和烧炕的烟也贴着地面，人一走过，就上身，像是着了火。一旦刮了风，风就带哨子，街道上的尘土唰唰地往一边吹，像流过的水，更像无数的蛇在蹿。所有的树都落了叶，树皮越发的黑，唯独那些柿树上还零星地挂着柿子，显得格外红艳，那些柿子是树的主人在夹柿子时特意给鸟留下的。天冷着鸟不多了，从虎山上飞来的鹰看上去有时是在盘旋，有时就是站在空中，它们高不可及，不肯落下来。而树丫上、城墙沿、房脊梁跳来跳去的都是些乌鸦，镇上人从来认乌鸦是吉祥鸟，喜欢着那密黑光亮的羽毛，更喜欢它的声音，一叫唤，呆滞的冷清里就有了活泛，而且能预警，如果所有的乌鸦一齐噪了，就是黑河白河岸上有了过往的队伍，或者狼，来了一群，龇着牙，好像微笑着，拖着扫帚尾巴。

杨钟经陈先生针灸了半个月后，尿炕的毛病终于止住，但无论什么偏方，用柏朵何首乌熬水洗呀，涂抹生姜、苦楝、大蒜捣成的膏呀，甚至把蛆在瓦上烧干研粉以童尿冲服了，头发还是脱，脱成了斑秃。陈先生也说这是触犯鬼神之病，不是药物能治愈的，陆菊人就强逼着杨钟一块到130庙里祈祷去。

两人收拾了一把檀香和一罐蓖麻油，一高一矮才走到中街，杨钟时不时要逃跑，陆菊人就拉住他的手，拉住手又怕外人看见了笑话，就让他走在前面，还把油罐提上。杨钟说：我这不是病么，练轻功练的，兀鹰在天上飞哩，兀鹰头上就没毛，可能我也会飞呀。陆菊人气得说：那你飞么，摔死了你，爹是年纪大了，剩剩还小哩！杨钟说：我在家里是重要啦?!陆菊人没理他，远远看到南门口外的河面上有了船，石堤上人影忙乱，心里想：阮家的船从县城回来啦，不知今日有没有进货了各种颜色的丝线，该给剩剩的裹兜上绣个蟾蜍才是。一般的裹兜上都绣花呀鱼呀或者兔子，陆菊人却偏偏就喜欢蟾蜍。自从圆过房后，她的个头又长了一截，胸大了，肩膀也厚实，尤其生了剩剩，腰粗一直没有细下去，就显得有些腰长腿短，因此多是穿过膝的长袄。我怎么偏偏喜欢了蟾蜍呢，是不是我越来越要长得像个蟾蜍呀？陆菊人为她的想法好笑，就笑了。杨钟说：你笑我了，我说得不对？陆菊人说：从庙里回来了，你提醒着我，得去买些丝线的。杨钟说：我给你说话哩，你当耳边风啦?!正要发脾气，斜对面却有人喊他，是阮天保在安记卤肉店里吃卤肉。涡镇有七八家卤肉店，最有名的也就是安家。杨钟说：吃肉呀，是今日搭船才回来？阮天保说：当爹啦？啥人都当爹啦！你不请我的客了，我请你吃，来个肝子？阮天保给杨钟说话，眼睛却在陆菊人身上溜。陆菊人装着没听见他们说话，拍了拍襟上的土，仰头看天。天上一群扑鸽忽地飞过来，似乎要掉到地上呀，忽地一斜又飞去了远空，像飘着的麻袋片子。她认得是城隍院里的扑鸽，城隍院早没有了城隍，那些年在那里办小学，阮天保和井宗丞是高年级，陆菊人陪着杨钟读低年级，阮天保是骗吃过杨钟带的葱油饼，说：我给你咬出个山字！就吃了两口，葱油饼上是有了个山字形，但葱油饼一半却没有了。那时阮天保的眼睛就小，现在人一胖更小，像是指甲掐出来的。杨钟在嘿嘿嘿地笑着，低声说：咱进去也切一盘？陆菊人瞪了一眼，杨钟就高声说：不啦，不啦，我还有事的。却把油罐子给了陆菊人，进去捏上一片肉放在嘴里。阮天保说：人和人比不成，哥还没个媳妇哩。杨钟舌头搅和着，说：你能缺女人？城里的花姐多嘛。阮天保说：这倒是，我是把十个八个的孩儿却一摊鼻涕似的甩到墙上，糟蹋了！听说孩儿能说话了开口先叫着谁，谁就会死的，你家孩儿一叫爹，会不会是……陈来祥就死了？陈来祥掮了一个梯子正从街上过，他横着掮，旁边人嚷：你是霸路呀，顺着掮！阮天保看见了陈来祥就作践陈来祥，陈来祥听到了，说：我没惹你，你嚼我啊?!卤肉店里的人都笑。陆菊人咳嗽了一下，提着油罐往前头走了，猫也跟着。

陆菊人进了庙，杨钟是随后也进来，却见在一个巨石上有人正翻修亭子，石下的人把瓦一叠三页往上抛，石上的人顺势接了，都不言语，一抛一接，节奏紧凑，轻松得像杂耍。杨钟觉得好玩，就说：我来，让我来！三下两下蹿上石顶，但他接不住抛上来的瓦，瓦打了手，又掉到石下，就碎了。石上人说：避远避远！不让杨钟接瓦了，杨钟说：我会轻功哩！有没有油纸伞？我能撑了伞飞下来，信不信？石上的人说：你抓着你头发就飞起来了，可惜头发太少！陆菊人觉得丢人现眼，喊了两声，杨钟还在和人打赌，她就去了大殿。

好久没到庙里来了，大殿的门面竟然重新粉刷了，陆菊人摸着墙，墙是白石灰搪了好，摸着门，门是深红色的也好，就隐隐约约地听见了尺八的声音。尺八声不是从殿里传来的，扭头往四下里看，也没有见到宽展师父。师父是在她的禅房里，还是又在庙西南角那些野桃树下？陆菊人听着尺八声，眼睛盯住了殿两边挂着的木牌，一边木牌上刻着：地狱不空，誓不成佛；一边木牌上刻着：安忍不动，静虑深密。她勉强还能认得这些字，却不懂其中的意思，她想着：这木牌上的漆掉片了，咋没换换？就进了殿给地藏菩萨前的灯中添油。灯碗子又大又深，她把一罐油全倒了进去，灯芯突然大了光焰，扑忽扑忽地闪，她便觉得是自己的心脏在跳。跪下磕了三个头，然后双手合起十指望着菩萨祷告，她说：菩萨啊菩萨，我男人头上出疔，老是脱发，看着让人心里发潮，那味道也不好闻，这是身上有毒了还是中了邪？你要治治他，总不能让他把脸也长到头上。正念说着，半空中扑哧一笑。陆菊人吓得差点叫出声，抬头看时，殿梁上就跳下来一个人，竟然是井宗秀。陆菊人顿时来了气，说：啊，你，咋是你?！起身便往殿门外走，脚在门槛上磕了一下，也没停顿，就下了台阶。井宗秀觉得自己是太唐突了，忙叫：妹子，妹子！陆菊人回头说：谁是你妹子？我可比你大几岁的！井宗秀撵出来，说：啊嫂子！陆菊人说：杨钟比你大了？井宗秀就尴尬了，嘴里含糊不清，说：嘿，嘿嘿，那我要叫你夫人，杨夫人。陆菊人还在生气着，但站住了，把猫抱在了怀里，说：我嫁的是杨钟，我算哪路子夫人？说完倒笑了一下，又把猫放下地，猫就在柏树下一跳一跳地接柏子，柏子接不住，总是落在它的头上。陆菊人看着井宗秀手脚无措的样子，说：你在殿梁上干啥哩，掏鸟啦？菩萨庙的殿梁你也敢上?！井宗秀便活泛了，忙解释庙里整修，他师傅来揽了活儿，他是在殿梁上彩绘的，说：刚才我不是笑你祷告，也不是笑杨钟病，你说杨钟把脸长到头上了，我倒是把头长到脸上了才笑的。陆菊人这才正眼看着井宗秀的脸，井宗秀的嘴唇上下巴上是长了胡须，有两三指长，但稀稀落落的。陆菊人说：就那几根，也叫把头长在脸上？井宗秀说：胡子稀，几天不刮了就邋遢的，你说杨钟身上有毒有邪的，我更有毒有邪呀，你瞧我这脸上不停地冒疔疙瘩，后背和肺心也都有哩。井宗秀的脸上是有三个疔，鼻梁上的那个比绿豆颗还大，陆菊人哦了一下，把手伸了出去，伸出去的手又举高了理了一下自己的头发，她说：脸上的疔不能挤的，痒了就蘸口唾沫涂涂。你们男人家咋都是这么大的邪毒？井宗秀却说：是了好，蝎子和蛇有了邪毒，人才怕的。陆菊人说：那你是蝎子还是蛇啦?！井宗秀又被戗住了，拿手在耳朵上搓，他的手上尽是五颜六色的膏子，耳朵也就成了花耳朵。他开始没话寻话了，说：啊杨伯身子骨还硬朗？陆菊人说：还硬朗。井宗秀说：剩剩呢，剩剩也乖？陆菊人说：也乖。井宗秀说：给孩儿咋起了这么个名？我听陈先生说人的名字重要哩，叫着如念咒，写着如画符，好名字能带来好运的。陆菊人说：还能指望他成龙变凤啊?！井宗秀又一时没了话，猫逮不住柏子，又在那里用爪子抓蝴蝶，还是抓不住，一抓抓了空。井宗秀说：啊，啊，啊我一直还要谢你哩，但你在月子里不方便去，后来师傅又找了我来干活儿，也就耽搁下来，今早上我还想这事的，偏偏就……陆菊人说：咦，要谢我，谢我啥的？井宗秀说：听杨伯说，纸坊沟那三分地还是你带来的胭脂地，这我得谢你呀，一辈子都要谢的！陆菊人这下半会儿没出声，嘴咧了一下，鼻腔里有了一个轻响，说：这你该谢！井宗秀看着陆菊人，陆菊人脸上没有恼，也没有笑，定得平平的，说：你既然说到那块地，我就给你说，我能把那三分地带来，那可不是一般的地……你明白我的话吗？井宗秀说：你是说……陆菊人却一挥手，头上的帕帕竟掉下去，她弯腰拾了，重新搭在头上，说：不说了，啥都不说了，以后就看你的了井宗秀！说罢转身就走了，再没回头。井宗秀像一截木头戳在了那里，而尺八声再次飘来，一时庙院里就像漫起了一层水。

※　※　※

那三分地确实不是一般的地啊，可井宗秀并没有弄明白陆菊人的话是指那块地供了爹安葬呢，还是再指了别的，他正犹豫说不说出地里埋葬的那些东西呀，陆菊人却一挥手，说走就走了。

井宗秀是在那个夜里请了一伙匠人在家里安排着拱墓的活计，但匠人们一离开，他独自又去了纸坊沟，他要亲自给爹挖出墓坑。后半夜，山黑风紧，星光暗淡，墓坑挖到两丈深，镢头碰出了火花，下面是一块石板，石板下是一个古墓。井宗秀还在想，爹的墓和古墓重合了是不是吉利？没想到古墓里埋的是武士，一具骷髅上有铠甲，连线已断，铜片散乱，两把铜剑、一件弩机、三个戈、四杆矛。周围分别还放着一只椭圆的有子母口有熊抱脸有兽蹄足的铜鼎、一只直口丰肩深重腹的铜镳、一只对饰着鼻钮穿环的铜扁壶、一只短柄豆形的铜熏炉，还有一只铜罐一只铜盘和一面铜镜。铜镜并不大，圆形圆钮，并蒂连珠纹钮座，座外一周符号纹，外面是文字，凑近灯火看了，不知从哪个字为句头，就以内容开始认：内清质昭明光辉夫日月心忽而愿忠然而不泄。井宗秀叫了声：天哪！甚至趴在了这些古董上，抬头看天，一片云正盖了月亮，再扭脖子看四周，只有草在风里摇晃，他脱下外衣把古董包了，放在背篓底，又在上边拔了些草盖上，天未明背回家来藏了。在古墓的基础上新拱了墓室，埋葬了爹后，井宗秀就去了一次县城，除了留下那面铜镜，其余的古董全卖给了亮宝阁，一下子攒下了一千八百个大洋。

井宗秀自此不露声色，甚至穿起了缁色褂，着草鞋，弓腰袖手，十天八天的连脸都不刮。再是去了龙马关找了布行韩掌柜，求人家能让他进些染料在涡镇也开个作坊，但韩掌柜以涡镇已有德裕布庄而染坊也应是德裕布庄经营的理由拒绝了他，却说：长得体体面面的咋是个穷命啊！送了他一件洋布衫子。井宗秀离开时，在门口又看见了那匹马，摸了摸马背，马响了个喷嚏，他返回到黑河岸上了，就把衫子脱下来，呼地扔到了水里，说：哼，我要你的衫子?！进了镇，正逢着盐行的吴掌柜给他娘过三周年冥日，宽展师父请了黑河白河岸上别的寺庙的和尚来放焰口，吴掌柜一高兴，提出了要整修130庙。整修庙宇肯定少不了重绘栋梁，井宗秀便把画师叫来承接了活计，思谋着有挣钱的名分了，才好慢慢地花销已有的钱财。

井宗秀虽然帮画师承接了活计，但画师从邻县带来了两个徒弟，并不特别重用井宗秀，也不肯把最核心的糊布技术教给三个徒弟。糊布就是在彩绘前先在栋梁上糊上白布，然后在白布上涂石灰腻子。而白布如何糊上去、糊几层，知道要用猪血，又怎样给猪血配料，他们做徒弟的全不掌握。每天一开工，画师就派井宗秀去张屠户那儿买猪血，用罐子接了新鲜的猪血回来，师兄杜鲁成已把白布裁好，师弟孟六斤还在调各种颜料，画师骂骂咧咧着，不是嫌手脚不麻利，就是恨没眼色：给我泡的茶呢？到现在了我还喝不上一口水！等到要调制猪血了，画师却不让徒弟们在跟前，支使着都到昨日糊好的殿檐头彩绘去。三人是到殿檐头的脚手架上，仰着身子一笔一画描绘，杜鲁成肚子窝蜷在那里，一会儿就呼哧呼哧直喘，但他一丝不苟，画笔不停地还要在嘴里鋻唾沫，很快嘴上就变得五颜六色了。井宗秀说：六斤，六斤。孟六斤却坐着吃烟锅子，嘴占着，嗯了一声。井宗秀说：你知道四脏吗？他们平日喜欢把世上的悲欢离合、酸甜苦辣，每一项都归纳成四样出来。孟六斤说：我只知道四香，桂花酥卤猪肉，新媳妇的舌头开缸醋，还有四脏？井宗秀说：有呀，烂眼窝连疮腿，小孩的屁眼画匠嘴。孟六斤就看着杜鲁成的嘴，拔了烟锅杆子，水淋淋地笑。杜鲁成说：六斤你是来干活儿的还是来吃烟的？孟六斤说：为啥不吃烟？咱把师傅当爷伺候，师傅把咱当贼防备，这徒弟就一辈子不出师？杜鲁成说：师傅给咱了饭吃，不出师就不出师么。来给我挠挠背。孟六斤说：你不说挠我不觉得痒，你一说挠我也痒得不行了。自个儿就解开怀捉虱，虱子越捉越多，干脆脱了衣服，翻过来，拿了木榔头在衣服的褶缝处挨个砸，砸出的血红哈哈一溜子。井宗秀说：我去上个茅房。从脚手架上下来，去了茅房没有屙尿，却翻过茅房墙悄悄去了画师居住的平房，就躲在了后窗外。井宗秀终于看到画师是把猪血倒在盆子里，猪血已经凝成块状，再把稻草剪了短截搅进去，双手不停地搓洗，血块果然就化了。然后把石灰粉往里和，一次抓那么一点儿，搅匀了，再抓那么一点儿搅匀，画师的后脖上似乎一直发痒，他的手就往后脖子上挠一下，后脖子上满是灰粉。直到盆子里的猪血和石灰搅得不稀不稠了，他往里插起筷子，筷子立住了，就端起杯子喝茶。喝茶并不是一下子咽掉，而噙了茶漱嘴，咕嘟嘟一阵响，然后一仰脖子咽了，才闭了眼歇息。井宗秀想：原来就这么简单么，师傅不肯传授?！不觉哼了一下。这一哼，师傅发现了，抓住井宗秀的头发把他从窗外拽了进来，说：我就靠这点儿吃饭的，你来偷我！井宗秀说：师傅师傅，你是我师傅！画师说：师傅叫在嘴，底下蹬黑腿！井宗秀说：一日为师，终身为父，你是我爹！画师说：你爹死了，你是咒我死？井宗秀说：我爹死了我才认你是爹！画师知道井宗秀已偷学了艺，说：你都看清了？井宗秀说：看清了。画师说：一窍不得，少赚几百，我今日是给了你几百两银子！井宗秀说：我谢谢师傅！画师叭地打了井宗秀一个嘴巴，说：这技术你不能告诉他两个！井宗秀说：我守口如瓶，死都不说！画师说：那我再教你，用这猪血腻子涂在原木上了，糊上一层白布，再涂一道，再糊一层，涂上三道糊上三层了才能在上面彩绘。

井宗秀很喜悦，表面上若无其事，重新回到殿檐脚手架上，还给杜鲁成和孟六斤说了四难听：铲锅伐锯驴叫唤，石头堆里磨铁锨。描绘到了晌午，画师来让杜鲁成去做饭，杜鲁成蒸了馍，烧了一锅菜汤，孟六斤嘟囔还是没肉啊?！画师骂道：我能有多少钱？你来把我杀了吃了！井宗秀就说：能有白馍吃就不错了，今天我生日，晚上我请大家吃卤肉！

到了晚上，井宗秀果真买了三斤卤肉，还买了一坛老酒，在画师的住屋里吃喝。孟六斤说：过生日该热闹的，可怜咱没师娘也没媳妇，我去把老尼姑叫来吹吹尺八？杜鲁成说：尺八那声音苦苦的，不中听。宗秀爱戏，你来唱一段。井宗秀说：我只是爱听，唱不了。咱给师傅敬个酒吧。画师却说：这一天是你生日，却是你娘受罪日，先给你娘敬酒，她没在场，你端一杯酒给那古柏吧。井宗秀端了酒杯出门往古柏去，吴家的一个伙计便匆匆跑了过来，叫：井宗秀，井宗秀！井宗秀说：你咋来这儿，啥事？伙计说：我家掌柜请你们师徒四人去家里哩。井宗秀就领了伙计又返回屋里，画师说：吴掌柜仁义，见我们活儿干得好，是赏我们礼物呀，还是提前要付工钱？伙计说：这我不清楚，掌柜蛮高兴的，可能有好事。画师说：咱的酒肉先放下，说不定吴掌柜七碟子八碗地给咱摆了一桌子！

四人洗了脸，鞋帽干净地去吴家，街上就碰见了打更的老魏头，老魏头说：宗秀，我刚才见鬼啦，舌头伸得老长，走到前边白世强家的后窗下突然消失了。画师赶忙掏了烟锅子，说：给我点烟！鬼怕火哩。四人心里毛毛的，再往前走，经过了白家的后墙外，传来婴儿的啼哭，接着隔壁人家在高声问：世强，生了？院子里应道：生了。又问：男的女的？又应：唉，不会生，女的。那隔壁的问话人停了一下，说：也好，也好，是皇后娘娘嘛！井宗秀便低声给画师说：这鬼投胎啦？没想画师却恶狠狠说：女人都是鬼投的胎！

到了吴家大门，孟六斤先进屋，立即又退出来。画师说：狗咬哩？孟六斤说：庭堂里人多得很。画师说：没见过世面！吴掌柜已经迎了出来，喊了声：把院门关了！院门就哐当关了，吴掌柜笑嘻嘻地招呼师徒四个进庭堂，果然里边有许多人。坐在椅子上的那个瘦低个劈头盖脸地就问：谁是井宗秀？井宗秀听到声音，觉得又高又尖，还想：这咋是公鸡嗓子?!杜鲁成拽了他的襟，说：问你哩。井宗秀忙从画师身后站出来，回答道：我是。那人说：就你们四个？井宗秀说：就四个，这是我师傅，他是师兄杜鲁成，他是师弟孟六斤。那人说：给我绑了！上来八个壮汉，拿了麻绳就绑。先绑的是画师，画师说：是绑票吗？我们干活儿吴掌柜还没付工钱哩。吴掌柜说：这是县保安队的长官！画师说：我们犯啥治安了，绑人？吴掌柜说：这我不知道呀！画师说：你不知道，你就把我们叫来？吴掌柜你没良心，我们给你干活儿哩，你给我们设鸿门宴！绑到孟六斤，孟六斤像杀猪一样叫，嘴上就挨了一拳，门牙吐出来，就再没吱声。杜鲁成块头大，他又浑身用劲儿，后腿弯子被踢了一下，跪在了地上，一根绳子没绑牢，又续了一根绳子。轮到井宗秀了，井宗秀倒把胳膊张开来让缠绳子。那人说：你能配合，那就绑松些。

全都绑完了，再用一根麻绳把四人拴成一串，一伙人打着火把把他们押着去了南门口外。月光下，水边早停靠了一只船，柳树梢上还站着一只鸟，黄颜色上有黑斑点，头和脸像猫，耸着双耳叫，它一叫，远处的石堤上还有了一只同样的鸟也在叫，声音沙哑，开始似乎在呼，后来又似乎在笑。那伙人不认识，说涡镇还有这么怪的鸟，井宗秀说：这是鸱鸺。

在县城里过堂，他们的罪状是共产党在平川县的残渣余孽。画师叫苦不迭，说他们一直给寺庙里做活儿，都是积德行善，怎么就成了共产党？孟六斤也说：共产党就是么，还残渣余孽?！井宗秀瞪了一眼孟六斤，说：你觉得吃亏了是不是？审问人就喝了一声：井宗秀！井宗秀说：在哩。审问人说：你哥叫井宗丞？井宗秀说：嗯？这才明白了抓他们的缘故，一时睁大眼睛看着审问人。孟六斤说：他哥就是井宗丞，井宗丞是个共产党！审问人没有理睬孟六斤，说：是你哥？井宗秀说：是我哥。可他是他，我是我，这就像树上长树股枝，一股枝往东，一股枝往西。审问人说：树股子是不是都长在一个树上？井宗秀说：那我爹我娘不是共产党呀！审问人拿出了一件东西，啪地拍在桌上，这东西是从井宗秀身上搜出来的，说：为啥你就有凶器？井宗秀说：这不是凶器，是抹石灰腻子的刮刀。审问人说：刮刀是不是刀？井宗秀说：算是刀，如果带刀就是共产党，那我还长着鸡巴，也是强奸犯了?！审问人说：你还能狡辩啊！杜鲁成说：他平时话少，他不是狡辩的，他说的是实情。审问人说：实情？那我问你，你管杜鹏举叫啥的？杜鲁成说：叫叔，是我本族的二叔。他一家被官府杀的杀了，没杀的也逃跑了，我不想姓杜了，把木字取了，要姓土呀。审问人说：是谁把杜鹏举的头从广场旗杆上取走埋了的？杜鲁成说：是我。他的头在那儿挂了半个月都臭了，总不能老挂在那里么。画师说：长官，这你审过了，他们两个是共产党的亲戚，我和小徒弟就没事了，让我们回吧。审问人说：你三个徒弟两个都是残渣余孽，你能脱离干系?!

结果师徒四人关在了一个牢里，画师和孟六斤整日骂井宗秀、杜鲁成，井宗秀、杜鲁成则悔恨不该给吴掌柜家干活儿。

※　※　※

吴掌柜和岳掌柜都是涡镇的大户，论财富吴家当然第一，但岳家族里曾出任过几届镇公所主任，场面上的势力又压制了吴家，自最后一届主任遭受孙子被害，镇公所瘫痪了，吴家就完全代表了涡镇。井宗秀师徒一被押走，传出是岳掌柜举报的，130庙没能整修下去，吴掌柜的老爹窝了一口闷气，肚子上长出个疙瘩来。这疙瘩先是杏仁大，后来核桃大，硬得像石头，以至于大到一个拳头模样了，人就死了。

杨掌柜并不理会吴家和岳家的明争暗斗，只是哀叹了井家，怎么就接二连三地出事？井宗秀有表姐在白河岸的万家寨，平常来往得并不多，可井家一出事，那个表姐就拉来一头毛驴，把自己的表姑接去了她家。那天，杨掌柜在门前的痒痒树下，看着井宗秀娘远去的背影，唉唉地叫着，拿拳头在树上砸，树上的毛就落在他脖子里，浑身都在痒。此后几天里，他是见人就说井家的可怜，一边说一边又在身上挠，他一挠痒，听的人都痒着也挠，这痒竟十天不止，好多人就把前心后背挠得全血啦啦的。后来，杨掌柜几次路过井家屋院，见院门挂锁，门檐瓦槽下有七八个鸟窝，一走近，成群的麻雀轰然起飞，隔门缝瞧着院角安放的那尊石土地爷身上都满是鸟粪。杨掌柜给杨钟说：家里不能招太多的雀，雀碎嘴多舌的就容易有事。杨钟便去井家掏鸟窝，正碰着有人翻院墙，拉住脚拽下来，斥问要干啥，那人说屋墙上晾着烟叶串子，杨钟骂你偷人呀，那人说井宗秀不得回来了，烟叶坏了可惜。杨钟一拳把那人打趴在地上。那人比杨钟还高，被打了不甘心，从地上捡砖头，说：你敢打我？杨钟说：打过了。那人说：你再敢过来打？杨钟偏往跟前走，那人把砖头撂过来，杨钟双脚一跃，没砸着，那人喊：打人了，打人了！杨钟说：你喊，让镇上人都来了认认贼！那人闭了嘴，顺墙根一溜烟跑了。

杨钟回家显摆他打了贼，陆菊人说：你和爹能不能去牢里探望他，看看是啥情况？杨钟说：能有啥情况，以前逮住的共党都杀了！杨掌柜说：闭住你的臭嘴！他是共党？陆菊人说：他是死不了。杨钟说：你是县政府呀还是阎王爷？陆菊人瞪了一下白眼，说：你往世上看看，凡是上有老下有少的人，他担待的事情多，一般都死不了。杨钟说：他爹死了，娘被亲戚接走了，又没儿没女，他有啥担待？陆菊人说：你不懂！对杨掌柜说：爹，人在牢里时间长了会想不开，出事么，有人去探望了，静静他的心，或许容易熬下来。杨掌柜觉得儿媳的话有理，就让陆菊人炒了一盒猪肉片子，又装了一袋子烟末，第二天和杨钟坐船去了县城。

父子俩出去了一天，陆菊人就抱着剩剩在院子的捶布石上坐了一天，没吃没喝，把捶布石都坐热坐软了。她给剩剩说：那三分地不是好穴？要真是个好穴了，你笑一下。剩剩只是抓她的奶，噙了狠劲儿吸。她说：你还没长牙哩就咬我！那是个好穴呀，我明明看到竹筒上起了气泡的，是好穴他该一切都顺当呀，是不是他爹埋的日子还短？你只知道吃，给娘笑笑。剩剩还是急迫地吃奶，奶是孩儿的粮食袋子，不一会儿这袋子就瘪了，剩剩仍是不丢口。陆菊人突然觉得自己操闲心了，说那么多话让别人听到会笑话，忙看看院门口，又看看院墙头，心里说：我不思量了！抱着剩剩站起来，看到门楼瓦槽上的猫也在看她，却又低声说：不思量咋能就不思量。这时候天上起来火烧云，瞬间把满院子都照得红堂堂的。

而杨掌柜父子在县城并没见到井宗秀，他们战战兢兢立在县政府门口打听，门口的哨兵背着枪，根本不让他们进去。父子俩看着县政府院边有一座高楼，心想那里肯定是牢房，就转到高楼后墙外，拍着墙喊井宗秀，没任何反应，就蹴在墙根把带着的猪肉片子吃了，赶往渡口，阮家的船已经返回，只好徒步走黑河岸的官道，后半夜鸡都叫三遍了才到家。

其实，这期间，县城牢里所有的犯人都不准探视，所有的案子也都没有结办，因为旧县长调离去了省城，而秦岭西南双水县的麻县长调来履职。麻县长是个文人出身，老家在平原，初到双水县任上原本一心要造福一方，但几年下来，政局混乱，社会弊病丛生，再加上自己不能长袖善舞，时时处处举步维艰，便心灰意冷，只兴趣着秦岭和秦岭上的植物、动物，甚至有了一个野心：在秦岭里为官数载，虽建不了赫然政绩，那就写一部关于秦岭的植物志、动物志，留给后世。他到了平川县，见平川县经济比双水县要落后，官场矛盾更复杂，社会治安更差弛，便以情况陌生要调查了解为名，呈上来的公文就一律压着未做处理。

这一日，麻县长从县南青柯坪乡回来，又采集了十几样所见的草木，回到办公室吃茶。天突然起了风，办公室的窗子未关，吹着桌子上的公文，竟然有册纸页哗哗哗地翻动起来，他近去看了，就是井宗秀师徒四人的案卷。麻县长当下起身：风能翻案卷，这是什么意思？是天意要这宗案子一吹了之？就坐下来阅读案卷，觉得这只是共党的家属亲戚么，并没有参与也没有包庇，已经关了一年也算惩治吧。于是，提笔批了文，就把人放了。

释放时，麻县长是站在窗前，窗前下有十几盆他栽种的花草，有地黄，有荜茇，有白前、白芷、泽兰、乌头、青葙子、苍术，还有一盆莱菔子。他喜欢莱菔子，春来抽高薹，夏初结籽角，更有那根像似萝卜，无论生吃或炖炒，都能消食除胀，化痰开郁。便对干事说：这是化气而非破气之品啊！一抬头，却见保安领着四个人从楼下走过，走到了大门口，那个黑脸汉子背着个老头，老头在敲黑脸的头，黑脸就放下老头，老头却骂起来，骂的什么听不清楚，后来黑脸就跪下拉老头衣襟，老头竟把衣襟撕了。麻县长就问干事：

那是什么人？干事说：就是要释放的那师徒四人。麻县长说：哪个是井宗秀哪个是杜鲁成？干事说：白脸的是井宗秀，黑脸的是杜鲁成。麻县长说：把他俩给我叫上来。

不大工夫，井宗秀和杜鲁成被带到办公室，杜鲁成呼哧着流眼泪，麻县长问：你姓杜？杜鲁成说：是，以前姓杜，后来姓土，现在没事了，我还是姓杜。麻县长说：你背的是你师傅，在吵啥着？杜鲁成说：他嫌我和井宗秀拖累了他，再不认我俩是徒弟，给我们撕袍断义、刀割水洗的。麻县长倒哼了一下，说：哦，这有意思。不认就不认了么，天下的宴席都会散的，你是害怕离开师傅了，你活不成？杜鲁成说：是师傅活不成。他有哮喘，要不得着凉，以前天一黑，我给他烧炕，半夜里炕一冷，还要再烧，在牢里没有火炕，我是整夜抱了他的脚睡的，孟六斤他做不了这些。说着哭出了声。麻县长一时无语，坐到办公桌后的高背椅子上了，拿眼看墙上他手书的条幅：云开见山高，木落知风劲，亭下不逢人，夕阳淡秋影。他说：别在我这儿哭！杜鲁成便不哭了。麻县长突然说：杜鲁成、井宗秀，你们给我听着，我要你们每人说出三个动物来，再给每个动物下三个形容词。井宗秀莫名其妙，看干事的脸色，干事也一脸疑惑。杜鲁成问：啥是形容词？麻县长说：你会个吃?! 井宗秀给杜鲁成说：就拿吃来说，你吃得香了，吃得臭了，还是觉得少盐没醋的寡淡，这都是形容词。麻县长说：你念过书？那你先说！井宗秀说：龙、狐、鳖，龙是神奇之物，云从龙，变化升腾，可大可小。狐漂亮，聪慧，有媚。鳖能忍，静寂，要么不出头，要么咬住什么了天上不打雷不松口。杜鲁成眼泪哗哗着却扑哧笑了一下，说：你咋说王八？麻县长说：严肃点儿，到你了。杜鲁成说：我还是不知道形容词。麻县长说：你怎么看你说的动物，由你说。杜鲁成难场了半天，说：涡镇上驴多，我说驴，驴可怜，它和马生的儿子，儿子却姓它的姓而是骡。再是牛，牛犁地哩，推磨哩，戴上牛笼嘴不让乱吃，戴上暗眼不让胡看，生前挨鞭子，死了皮蒙鼓，还要鼓槌敲。但驴和牛都犟。还有狗，狗忠诚得很，我爹在世的时候养过一条狗，我爹一死，它十天不吃不喝就在我爹坟头上哭。走狗走狗就是它能走。而且给它一根骨头它不停地嚼，没肉的，就好那个味儿。我还想说鸡，说母鸡，母鸡整天吃草屑哩吃沙子哩却下蛋，你不让它下它憋得慌。井宗秀说：多了多了，已说了驴牛狗，还说鸡？杜鲁成就问麻县长：我说多了？麻县长又笑了一下，说：啊杜鲁成，你师傅不要你了，你愿不愿意办差？杜鲁成说：办差？办啥差？麻县长说：就在县政府，县政府需要新人手。杜鲁成说：这不是拿我耍笑吧？干事在一旁赶紧说：谁耍笑你？你还不跪下谢县长！杜鲁成当即跪下磕了个头，说：还有井宗秀，我们是一块儿的，他脑子好使，比我强。麻县长却说：他不宜。麻县长在让他们说出三个动物和对三个动物的形容词时，井宗秀就疑惑这是县长吗？县长怎么给他们出这样的问题？麻县长和杜鲁成一来二往地说话，井宗秀越发觉得这不真实，好像在做梦，就掐了自己腿，腿疼呀，不是梦啊！杜鲁成一跪下，井宗秀也就跪下，说：真替我师兄高兴，我也给你磕个头！麻县长要去拉他，井宗秀已经把头磕了，又说：我还想再问县长一句话，你是说我不宜？麻县长说：是不宜。井宗秀说：你让我说动物，我哪儿说错了？麻县长说：以后有机会了，我解释给你。从茶壶里倒了两杯茶让他们喝，井宗秀端起来就喝，杜鲁成却没喝。麻县长说：喝呀。杜鲁成说：我不渴。麻县长说：我让你喝的。杜鲁成哦哦着，慌忙双手捧着杯子咕嘟嘟喝下去，最后一口了，茶水在嘴里咕咕嘟嘟响，干事以为他漱口，把痰盆端了来，他却一仰脖子又咽了。

杜鲁成当下就留在了县政府，井宗秀出来也没见到师傅和师弟，独自离开县城回涡镇。走到城外的黄泥岗上，还想着麻县长奇怪，竟然没治他们罪还留下杜鲁成，更想不到的是留下了杜鲁成而不是他井宗秀，回过头看岗下县城，乌烟瘴气的，他不喜欢这个县城了，就从裤裆里往外掏尿，尿射得很高，他说了一句：哼！

傍晚到了涡镇，南城门的豁口似乎又塌了些砖石，没有人，一群老鸹在跳上跳下，呱呱地叫。井宗秀觉得是回自家屋院呢还是到 130 庙里先前师徒们住过的那间小屋去，踌躇了许久，最后决定先见见吴掌柜，毕竟是给吴掌柜干活儿时被抓走的，吴掌柜即便对他不操心，他也要让吴掌柜知道他井宗秀又回来了。井宗秀知道自己身上的衣服很烂，又很脏，但他还是摸着嘴唇和下巴上的稀稀胡子拔起来，摸着一根，拔掉一根，到了吴家，嘴唇和下巴差不多是都光了。可一见到吴掌柜，吴掌柜并没有惊讶也没有问吃了没有喝了没有，只强调说这都是岳掌柜使的坏，然后破口大骂，足足骂了一炷香的时间，两个嘴角都起了白沫。井宗秀倒自己从桌子上端了茶，说：你喝一口，喝口。吴掌柜就拍着胸口说：我总有一天要让他为这事付出代价的！井宗秀你信不信？井宗秀看着吴掌柜脖子上暴着青筋，知道这两家怨恨深，不能说信，也不能说不信，便问这130庙还整修不，如果还整修，老画师跑了，他还可以再从别的县请别的师傅，其实不请人也行，糊布彩绘他都会的。吴掌柜说：井宗秀，你不敢得罪姓岳的是吧？我不怕，涡镇这个马槽里我就不让伸他个牛嘴！我爹都死了，还想修什么庙，不整修了，全当我把几百个大洋打水漂了，我有的是钱！井宗秀见吴掌柜把话说到这份上，也不愿还听他骂岳掌柜，就告辞了，来到街上。

天已经黑严了，街上有几家店铺已挂了灯笼。原本灯笼都纹丝不动的，身后忽地却扫来一股风，头上的帽子落地，又车轮子一样往前滚，正好一个人从横巷出来，捡了帽子说：谁的？井宗秀叫道：陈来祥！陈来祥说：我认得这是你的帽子，还以为谁扔过来你的头哩！井宗秀说：你狗日的，盼我掉脑袋呀？陈来祥说：你回来了，你咋回来了，杨钟和他爹去县城要探牢，人家不让探，杨钟回来哭着说你怕是再回不来了，我爹还说如果你真的被杀了，就让我拿席把你卷回来。井宗秀听了，一股子眼泪倒流下来，把陈来祥抱住，说：有你这话，我也不亏和你一块儿耍大。陈来祥却说：你老欺负我。井宗秀笑了一下，说：欺负你是和你亲么。陈来祥说：你没事啦？井宗秀说：没事，啥事都一风吹了。你回去替我给陈叔问个安，改日我去给他老人家磕头。又问道：这么晚了，你还往哪儿去？陈来祥说：你被押走后，我家里也是尽出怪事。我爹剥黄羊皮，黄羊明明被刀子戳死了，又整张皮剥下来，那黄羊竟还站起来跑了几丈远才倒下。老母鸡才孵出十二只鸡娃，天黑时我娘说把鸡棚门闩好，我说没事，它黄鼠狼子不知道咱家孵了鸡娃。第二天早上黄鼠狼子竟然就把五只鸡娃吃了，这黄鼠狼子在哪儿藏着，听见我说话了？还有，我正吃饭哩，一颗牙不疼不痒就掉了。家里闹鬼，我去找老魏头了。井宗秀说：闹鬼了你让宽展师父去吹尺八么，找老魏头？陈来祥说：老尼姑被龙马关的韩掌柜请去了，半个月没回来么，老魏头有张钟馗像，灵得很，好多人家里不安宁了借去敬上几天都起作用的。他胳膊下夹着一卷轴，要打开给井宗秀看，井宗秀没让打开。陈来祥说：你家里出的事比我家大，要么你先拿去敬敬。井宗秀说：我家里没鬼。陈来祥说：还没鬼？人都说岳掌柜像狼一样要咬吴掌柜哩，咋偏把你害了?! 井宗秀说：你啰嗦！推着陈来祥走了。

井宗秀感动着杨钟父子还去过县城探望他，就想着他得要谢忱杨家啊，才转身到东背街三岔巷去，看着陈来祥扑沓扑沓地走了，却突然记得陈先生的话：说谁像猴一样坐不住，那谁就是猴，说谁像猪一样懒，那谁就是猪。那么岳掌柜像狼一样咬吴掌柜，那岳掌柜就是狼么。井宗秀这时改变了主意，没有再去三岔巷，而直脚来找岳掌柜了。

岳掌柜吃罢晚饭，正坐在罗汉床上吃瓜子。他家的瓜子有干炒的，也有糖炒和羊奶炒的，试着用青盐、辣面炒，香是香，吃了又觉得口渴，要喝面汤。他喝面汤必须是头锅饺子二锅面的汤，厨房里一时包不了饺子，就煮面条，第一锅捞出来，再煮第二锅，才把汤端来。他一边喝汤一边让姨太太坐近来把脚放在床沿上供他看，姨太太说：脚有啥看的？他说：你不懂。喝过汤，他身子靠在床头，背后是垫着三个枕头，一会儿发困了，姨太太从背后取下一个枕头，他就睡平在了床上，说：我比姓吴的馅和吧？姨太太说：馅和，我脚麻了。把脚取下来。他又说：下午听阮天保说井宗秀放了，这姓麻的是咋当的县长？话刚说完，门房人进来说：掌柜，井宗秀来见你哩。岳掌柜一下子坐起来，说：井宗秀？这么晚他来见我？拿的刀？门房人说：空手。岳掌柜说：脸上有没有杀气？门房人说：脸平平的。岳掌柜说：那让来吧。

井宗秀进来，岳掌柜满脸堆笑，说：呀呀，你回来啦？我说么，井宗秀是好人，肯定会回来的，这不一根毛不少地就回来啦！几时回来的？井宗秀说：才回来，知道你关心，一回来就来见你。岳掌柜说：是呀是呀，一听说把你抓走了，我这心揪呀，揪得成宿半夜睡不着！井宗丞加入了共产党，又不是井宗秀送走的，井宗秀有啥事？我也纳闷，你是给吴掌柜干活儿哩，他了解你呀，怎么不保护，好歹也说一句公道话啊，竟然还把你骗到家里让抓走?！井宗秀就笑笑，说：吴掌柜胆小。岳掌柜也哈哈大笑，说：他在生意场上胆子比谁都大呀，那是条蛇，蛇都想吞象哩！回来了还整修庙吗？井宗秀说：我不清楚吴掌柜还整修不整修，就是他要继续整修，我也不干了。岳掌柜说：哦，给他干活儿能赚几个钱呀！你家不是有个水烟店吗？井宗秀说：小门店，以前雇个人在经管，我走后还不知关门了没。岳掌柜说：就是还开着，可以再干干别的，为吴掌柜蒙受这么大的冤，他是该给你弄个事干么。算了，别指靠他，你要愿意，就到我茶行或布庄帮忙吧。井宗秀说：多谢你待我好！你那里都是大生意，我不配去，去了也干不了。你在白河岸上的十八亩地不知有人租了没有，如果租了，这话全当我没说，如果没租，你看能不能让我种几年，租金我一分不少，每年再给你多缴两斗麦。岳掌柜拿手在头上抓帽子，没有帽子，突然就盯着井宗秀，说：啊哈你井宗秀，今日来是打我主意了！井宗秀说：这我不敢，是你话说到这儿了，我才临时冒出这想法，打嘴打嘴。真的就打自己的嘴。岳掌柜却说：好么好么，就租给你！井家正在难处我能不帮吗？我不是打哈哈，明日，你就找账房，他给你办手续！井宗秀千谢万谢。岳掌柜就拉了井宗秀的手，喊叫姨太太：你拿烟呀，沏茶呀，给大侄子接接风呀！又说：给你烫壶酒？

井宗秀没有喝酒，抿了几口茶就说夜深了你得歇息的就告辞了。岳掌柜还送他到二道门口，冷不丁问了一句：井宗丞的情况咋样？井宗秀吓了一跳，说：这我不晓得，我没这个当哥的了！岳掌柜说：咦，话不能这么说，打断骨头连着筋么，你要联系的！他是共产党也好，虽然政府寻你的事，可别人要欺负你，他谁也得掂量掂量呀！井宗秀说：唉，他只要不再给我带灾，我就烧了高香啦。岳掌柜说：这年头，咱涡镇啥都有，就缺个背枪的，枪是神鬼都怕呀！将来他要是……井宗秀说：他还有啥将来呀，不是挨枪子就是饿死了。

井宗秀后背上全是汗，一出岳家屋院，风真的吹起来，街巷里那些灯笼都灭了，树梢子在空中摇，那不是在摇，是在天上磨，磨得咕飒飒响。好久好久没有想到过井宗丞了，经岳掌柜一提说，井宗秀仰头长叹。夜黑得像扣了个锅，几颗星星隐隐约约，他不知道井宗丞该守在哪一颗星下，一时倒觉得汗全在冷，衣服也冰凉冰凉起来。

※　　※　　※

井宗丞是和杜鹏举的女儿杜英一块儿逃脱的，杜英知道她爹以前曾在方塌县的同济药房待过，两人去了后，才晓得那同济药房是共产党秦岭特委在方塌县的一个秘密联络点。掌柜姓叶，留下了杜英做店员，而介绍井宗丞去投靠了牛文治。牛文治是方塌县的土匪，手下有几十号人、十三杆长枪，其中却有叶掌柜早介绍去的共产党人蔡一风，蔡一风在给牛文治做保镖。

那时期，政府军的69旅联合着逛山头领林豹打刀客，而林豹趁机扩张，接收了刀客的一些旧部，又降伏了三合县黑水沟的土匪巩东才和方塌县黄柏岔的牛文治。林豹的势力比以前大了三倍后，就和69旅翻脸对抗起来。69旅很恼火，派人策反牛文治，牛文治果然反水，林豹便反收拾牛文治，两百人把牛文治的三十人包围在卧牛沟的小山村。但是，双方还没有交火，牛文治就被嘴里塞了一把狗毛绑起来了。绑牛文治的是蔡一风、李得旺、米家成和井宗丞。那天这四人一商量，由井宗丞、李得旺去报告牛文治：得到消息村里的王财主家有枪，并在家里发现了暗室。牛文治说：那就取来呀！井宗丞说：我们取不来，你去才能镇住。牛文治就去了，王财主矢口否认，李得旺就揭了墙上一幅画，后面有一个小洞，牛文治说：有夹墙啊?!王财主说：盖房子时是做了夹墙，但里面什么也没藏，不信你看看。牛文治把头伸进去，里边蹴着的米家成就给牛文治的下巴下支砖头，一支砖头牛文治头收不回来，吱哇着叫，外边的蔡一风、井宗丞、李得旺趁势拿绳绑了牛文治，里边再取了砖头，拉出来把狗毛塞在嘴里。四人把牛文治献给了林豹，林豹就嘎嘎大笑。林豹向来是一笑杀人，他手下的兵就喀哒喀哒地拉枪栓，枪头全指着蔡一风他们。蔡一风说：我有些热。把袄脱了，扔给井宗丞。林豹问：你是谁？蔡一风说：我是牛文治的保镖。林豹说：你是保镖你杀主子？蔡一风说：他反叛你，我就反叛他。林豹说：你叫什么名字？蔡一风说：蔡一风。林豹说：一股子风？好！就亲手拔了牛文治嘴里的狗毛。牛文治能说话了，不骂林豹，骂蔡一风。蔡一风说：你别骂我，是你犯了地名，你姓牛不该到卧牛沟。林豹说：豹子是吃牛的，你就是不犯地名，迟早也是我的肉。又是嘎嘎地笑，手下的兵就让牛文治跪在了地上，端枪要打时却没有打，用枪托敲脑壳，掏出脑浆，把一截麻绳塞进去，点了天灯。

随后，林豹认定蔡一风是条汉子，两人结拜了兄弟，任命蔡一风为团长，增拨了十杆枪和十箱子弹，仍让带着原班人留在方塌县，骚扰牵制69旅。蔡一风有了自己的一支武装，就接到秦岭特委的指示起义，而后更名秦岭游击队。他任队长，下设两个分队，一分队长是李得旺，二分队长是米家成。井宗丞原是个班长，提升成二分队的排长。

秦岭游击队在方塌、三合、桑木三县一带活动，自然就成了69旅和各县保安队的新对头，69旅和各县保安队围剿过几次，他们却从不正面交锋，敌来我撤，敌走我扰，在游击中倒一天天发展壮大起来。过了一年，69旅和逛山打了一次恶仗，逛山死伤过半，林豹带着残部就往西逃窜了。这天清早，游击队在桑木县的老君殿乡杀了一户富豪，正给穷人分粮，得到情报：69旅开拔去追剿逛山，桑木县保安队也派人去配合，几十人刚刚出发了半晌。游击队就决定，趁机灭了这股保安。当时天下大雨，游击队急速追到石家岭，老远见前边沟里一伙人，查看沟口泥脚窝子，其中有胶鞋印，二分队就斜插沟畔上的苞谷地到前边拦截，约定前边一打响，一分队就堵住后边打。苞谷已一人多高，地里的土又黏，人一进去脚上便有了两个大泥坨子，米家成要求队员既要快又不能弄出响声，没想地里的小道上就过来了一个老婆婆。老婆婆背着一个小孩，把小孩双腿紧紧地拉在前面，嘟囔着说：把婆的脖子搂紧，别让狼从后边抓了你！二分队的人一跑过去，老婆婆就吓得跌坐在地上，小孩就哭，井宗丞扑上去先捂住小孩嘴，老婆婆说：孙子病了，我背娃去山上庙里求了香灰药，我没钱，就手上这个戒指你拿去。井宗丞说：不说话！一个队员也跑过来，井宗丞让那队员来捂嘴，他就跑前去了。沟里终于响了枪声，游击队一前一后压缩着打，一顿饭时间就结束了战斗。

这次追来，保安被打死了十五人，俘虏了二十三人，蔡一风估摸桑木县城的防守该空了，于是又下令进攻县城，并让井宗丞带他的一排人在前边打先锋。井宗丞就让队员换上保安的服装，却问那个队员：咋没见那婆婆和小孩出来？那队员说：是不是从苞谷地跑了？井宗丞说：你去看看。那队员去了苞谷地又跑回来，说：人死了。井宗丞说：你把他们掐死的？那队员说：我没掐，是我把他们脸朝下按在稀泥里，按了一会儿我就走了，谁知道不禁按。井宗丞骂道：把脸按在稀泥里人能不死?！在身上摸了几遍，摸出个大洋，让那队员放到老婆婆那儿去。

游击队由井宗丞的排在前边开路，到了县城门口，站岗的在那里烧火，正扒出烤熟的红薯吃，见一伙保安进来，问：咋又回来了？井宗丞说：不去了。话未落扇过去一个耳光，那哨兵还以为要吃红薯，把红薯递过来，井宗丞一下子夺了枪，使劲儿一推，那哨兵就倒在火堆上，另外三个哨兵灰眯了眼，跟上来的队员拿枪要打，井宗丞说：不要开枪！一阵手榴弹便在头上砸，砸得脑浆出来，后边的部队冲进城里，直奔了保安队部。

保安队部设在城西北的德福街，原先是一家古董店，蔡一风曾在店里当过两年伙计，而保安队长在那时还仅仅是个兵，盗墓拿了几件陶器来，店掌柜说是赝品把价压得很低，从此怀恨在心，等到当了队长，以店掌柜给逛山走私文物筹备经费的罪名，拉到城外毙了，宅院充公就做了队部。这天保安队长的痔疮犯了，没有带队去跟随69旅，正在木桶里点了艾香坐上去熏，突然见进来了陌生人，抓住凳子上的枪就打，冲在前头的米家成一下子窝在地上。井宗丞连开七枪，保安队长当下毙命，喷过来的血却溅了井宗丞一身一脸，把眼睛都糊了。井宗丞抹了一把脸，骂道：这腥的！又到内间屋，保安队长的女人才擦洗了澡披衣服，衣服就溜脱了，吓得趴在地上磕头，白胖得像一堆雪。井宗丞举枪再要打，而跟进来的李得旺阻止了，说：蔡队长没说让杀她。用脚把地上的衣服踢到她身上。女人忙裹了衣服就从床下拉出一个提兜，说：里边有金条和大洋，饶了我。李得旺拿了提兜吆喝大伙撤走，米家成还坐在那里，睁着眼睛。井宗丞说：撤！撤！米队长你还看啥哩？米家成眼睛仍睁着，一动不动。井宗丞去拉他，一拉却倒了，屁股下是一摊血，这才发现人已经死了。井宗丞吼叫了一声，忙叫人背了米家成快走，他回头朝保安队长的头上又补了一枪。

蔡一风是带着其余队员去的县政府，县政府在一座两层的木楼上。刚到楼门口，县参议长出来，一边用牙签剔牙，一边回头和门里的一个人说话，门里的人见一伙人端着枪冲了来，大叫一声转身就跑，蔡一风一枪将他撂倒，那参议长回头看了，扑沓就坐在了地上。

上了楼搜查，政府职员全趴在地板上，蔡一风用枪指着一个，说：起来！那人说：不敢。蔡一风猛地瞧见前边站起了一个人，一枪又打过去，原来是楼过道头放置着的插屏镜里照出了他自己，玻璃哗啦碎了一地。他再说：起来！那人站起来，稀屎从裤腿里往出流。蔡一风说：给我老实话，谁是当官的？那人就指一个说他是厘金局长，厘金局长就被抓起来。再指着一个说他是一科科长，一科科长也被抓起来。连着又指了二科科长三科科长，全抓了。蔡一风问：县长呢？就听到另一个房间里有响动，忙冲进去，有人已经上在窗台了要往下跳，蔡一风的警卫员来不及开枪便把手榴弹没拉弦砸过去，那人腿断了，没有掉出窗外仍掉进屋里。蔡一风问：他是谁？指证的人说：县长，县长，我不说不行啊，你不要怪我！

井宗丞从保安队部出来后往县政府跑，身后一个队员说：排长排长，你咋流血哩？井宗丞以为是保安队长喷在他身上的血，说：那不是我的！街两边的店铺哐里哐当上门板，有人把门口的东西往家里抱，撞倒了一个桶，泔水像蛇一样就流过来。经过一个拐角，那里有两个当铺，门里却跑出了两个队员，好像还在争着什么，井宗丞就喊：嗨，到当铺干啥去了？两人跑了几步又站住，一个说：啊蔡队长眼睛不好，我看见那里有眼镜，拿了一副。他摊开右手，果然是一副硬腿子大石头镜。井宗丞说：左手！左手摊开了，是一块银元。他说：这手里咋还有银元？竟然就把银元扔到房顶上去了。井宗丞问另一个：你呢？那个眼睁着，不说话。井宗丞说：张嘴！嘴一张掉下来一块银元。井宗丞用左手指着他们，骂道：你两个狗日的，啥时候了还敢抢劫？为一块银元就不怕店里人把你们拉进去剁了?！两个队员赶忙回话：我们错了，不敢了，再拿人家一针一线你用枪崩了我们。说完也往县政府方向跑，又回头说：这事你千万甭给李队长说啊。井宗丞指着那两个队员说：滚！却发现指着的左手小拇指怎么短了，再看，半截吊下去，只连着皮，一下子就觉得疼得不行。

跑到县政府门口，蔡一风已经释放了别的职员，也才将县长、参议长、厘金局长和三个科的科长枪决，尸体就整齐地摆在木楼门口，地上是一摊一摊血，血是黑的，腥气难闻。井宗丞后悔着没把保安队长的尸体也摆在这里，就看见了那两个抢劫的，又骂道：你俩肯定看见我指头断了，故意不说！蔡一风过来问：你受伤了？井宗丞说：可能是保安队长那一枪射穿了米分队长又打在我手上的。蔡一风说：唉，米家成命这么短。井宗丞说：谁死都不该是他死啊！蔡一风说：所以我把三个科长也枪决了。就喊叫：谁是桑木县城人？一分队的一个班长应声：我是。蔡一风说：你知道医院在哪儿，派人陪井排长去包扎手！桑木县有个教会医院，去了，井宗丞的左手已肿得像棉花包，医生说如果不行就得把左手截了。那班长就打医生，说：你这成心要毁他是不是？当兵的没了手当什么当！医生说：这我没办法治。井宗丞说：左手不握枪，咋都行，只要不让我疼！治疗时，医生又说手没有发黑，还是别截，结果左手保住了，只把小拇指剁了。

连着两个仗是游击队创建以来取得的最大胜利，共缴获各种枪支九十八支、子弹一百零三箱、手榴弹三百颗，没收商号布匹十二驮子、现大洋五千块，一起运回山中，基本解决了部队的冬装问题。不幸的是牺牲了米家成和四个队员，受伤的有九人，都是皮肉伤。井宗丞截了小拇指算为断骨，气得他说：往后掏不成左耳朵了。但他英勇，从此当了二分队的队长。

※　※　※

井宗秀能安安全全地回到涡镇，又能很快地就租到岳家的十八亩地，陆菊人真是高兴，更从心底里服气着这个男人。那天，井宗秀来杨家谢忱，给杨掌柜带了顶毡帽，给杨钟带了个铜嘴儿旱烟锅，又给剩剩带了一封糕点，街上买来的糕点都是麻纸包了，用细纸绳扎着，但这封糕点扎的却是一条红丝绳。杨钟说：我以为他会在县城给我买纸烟的，就这么个旱烟锅，还不是玉石嘴儿！陆菊人把糕点让剩剩吃了，把红丝绳扎了头发，她知道这是头绳。

陆菊人扎着红头绳去河里洗衣裳，原本是带了在集市上买来的皂荚，但走过老皂角树下，树上还是掉下来了两个干皂荚，她喜出望外，就看到不远处一堆人围着，大呼小叫地看热闹。陆菊人问：那里啥事？旁边人说：刘锁子骂媳妇哩。陆菊人说：刘锁子没本事，就会打骂媳妇。旁边人说：那媳妇说一朵花插在牛粪上了，刘锁子就躁了。陆菊人提了篮子去了南门口外的河边，在石头上砸皂荚，砸得一堆的白沫，心里却说：一朵花插在牛粪上？那可能是花身上也有臭味，只能在牛粪上长么。说过，自己倒也笑了，一扭头瞧见右边的水面上有气泡，一朵一朵的像是在长蘑菇，她知道那里有了斗鱼。黑河白河里有斗鱼，但平日并不多见，陆菊人便好奇了，悄悄走过去，果然两条斗鱼都长得色彩斑斓，先是眼对着眼，一动不动，再是咬起来了，嘴咬嘴，不松口，后来双方竟绕着如同水中有个轴而旋转，就像是推石磨。丢一颗石子进去，斗鱼仍不肯罢休，不知怎么她就想到了涡镇上的人，在一群人里当然跳出来了井宗秀。她说：胡想些啥呀！开始洗衣服。陆菊人带的脏衣服并不多，但她整整洗了一后晌，直到乳房胀得难受，撩起褂子挤了挤奶，才往回走，而街上又乱哄哄的，是杨钟他们在杀猴。

三天前，老皂角树下就杀过李景明家的狗，听李景明说，这狗坐在他家院里的香椿树下，突然说了人话：老的太老，小的太小。狗说人话，这是忌讳的，当然就杀了。可这个后晌，有人看见虎山湾的龙王庙旧址上冒着紫气，忽起忽止，去见了原是醉卧着一只山猴，缚住抬了回来，老魏头说：独猴不吉。杨钟、唐景、巩百林他们就杀猴，猴肚子里竟然倒出一斗五升酒。

镇上接连出些怪事，人们还在诧异，又传出井宗秀在十八亩地里种铁棒笋，还要办酱货坊呀，一时间，舌头是软的，说啥话的都有。

涡镇是有人种笋，都是大叶子莴笋，铁棒笋只有黑河上游的铁关镇生产，那里的万祥宝牌酱笋很著名，秦岭十六个县都销售。但铁关镇的酱笋那是独有的水土和一套奇特的制作技术呀，好多人就认为井宗秀是穷急了，越穷越要折腾，越折腾那会更穷的。陆菊人却不这么看，井宗秀是穷，折腾了或许就日子好起来，如果不折腾那就一辈子这么穷着，世上任何草木，哪个不在努力着长，长高了哪个又不再要开个花、结个籽的？她只是不晓得井宗秀要种笋做酱货而具体有哪些措施。如若可能的话，也让杨钟跟着一块儿干。陆菊人还没来得及去问井宗秀，剩剩就发烧了，剩剩是动不动就发烧，她抱了去安仁堂找陈先生。

安仁堂在镇的西南角，门面不大，有个小院，院外那棵娑罗树却树冠长得像伞盖。全镇就这一棵娑罗树，花和苜蓿一样，果和核桃一样，镇上人一直传说哪一枝股上的花繁果多，枝股所指的方向，来年就五谷丰收。陆菊人抱着剩剩在树下看，想看看繁花多果的枝股是不是指向有井宗秀十八亩地的白河岸，但树上的花早谢了，连果实都落完了。放下剩剩，剩剩的眼睛灵活起来，见院门开着就往里跑，陆菊人拉住，一试额颅竟然不烫手了，她说：你给我作怪，一来安仁堂你就烧退了?！便听到上房里陈先生在和人说话。陈先生给人看病，嘴总是不停地说，这会儿在说：这镇上谁不是可怜人？到这世上一辈子挖抓着吃喝外，就是结婚生子，造几间房子，给父母送终，然后自己就死了，除此之外活着还有啥意思，有几个人追究过和理会过？算起来，拐弯抹角的都是亲戚套了亲戚的，谁的小名叫啥，谁的爷的小名又叫啥，全知道，逢年过节也走动，红白事了也去帮忙，可谁在人堆里舒坦过？不是你给我栽一丛刺，就是我给你挖一坑。每个人好像都觉得自己重要，其实谁把你放在了秤上？你走过来就是风吹过一片树叶，你死了如萝卜地里拔了一颗萝卜，别的萝卜又很快挤实了。一堆沙子掬在一起还是个沙堆，能见得风吗？能见得水吗？哦，德生，你去拿几颗娑罗果给剩剩耍吧，他喜欢这个。屋子里就出来了陈先生的徒弟，笑眯眯的，说：来啦？陆菊人说：先生正看病着？德生说：还没病人。陆菊人说：我听见他说话的。德生说：刚是给我说的。陆菊人进了屋，真的是陈先生一个人在那里坐着喝茶，她说：先生知道我来了？陈先生说：剩剩又病了？陆菊人说：你说这是咋回事，他几次发烧，额颅烫得像炭一样，一到你这儿却又好了！陈先生说：你已经给他治了么。陆菊人说：我哪会治！陈先生说：你见过山上的猴子相互抚摸呀、捉虱子呀，那就是猴子在治病。你一路抱他哄他拍他给他试额颅，也是给孩子治病的。陆菊人说：是这回事呀！陈先生说：以后孩子有个头疼脑热的小毛病，你就不用再往我这儿跑了。陆菊人说：那不行呀，这些年我都依赖惯了，就是不看病，听听你的话也好，不来这心里总不踏实么。说完去看炉子上的水壶，水壶里还有水，就伸手拿了挂在墙上的几件衣服。德生说：才穿了三天，不用洗啦。陆菊人把衣服又挂好，说：以后所有穿脏的衣服都给我留着，十天八天了我来洗。而这时，有个男的陪着媳妇来看病了，陆菊人便抱了扫帚去扫院子。院墙角站着剩剩，叫着让娘往墙头上看，那是一枝牵牛蔓，陆菊人似乎看到一个精魂努力地从墙根长出来，攀上了一根竹棍，再攀上院墙，在那里颤活活地绽开一朵花。她说：不敢掐啊！

来看病的媳妇嘀嘀咕咕给陈先生说她的病，好像在说发寒热，月经一来十几天干净不了，上次服了降火凉血药，现在都盗汗，经期不准了，不是提前就是推后，还腰痛得像刀剐一样。陈先生说：盗汗是气血虚，日期不准是肝脾亏。那男的说：先生，这肝长在哪儿，脾又长在哪儿？陈先生说：你不用知道，你知道长的部位了那部位就是病了。陈先生就开始给那媳妇把脉，一边让德生笔记，一边说：细软属湿，尺沉属淤滞，以酒煮黄连半斤，炒香附六两，五灵脂半炒半生三两，归身、尾二两为末。服六剂。另配服六味丸。德生去抓药了，那男的却说：先生你望闻问切哩，你看看我的气色，能不能发财？陈先生说：我看不来。男的说：近日是有宗生意，做好了利很大，可牵涉的事多，我又怕麻烦缠身，你能不能给我算算，做还是不做？陈先生说：我算不了。男的说：都说你能掐会算的，你是不肯给我算么，那我还得去庙里求神啊！陈先生说：这种事是得去问神，我只给你一句话，你去庙里了，不要给神哭诉你的事情有多麻烦，你要给事情说你的神有多厉害。

陆菊人扫地扫到窗子前，听了这话就不扫了，看着剩剩又在台阶上滚动娑罗果，她说：耍够了没？剩剩说：再耍一会儿么。陆菊人说：你不是生病哩，你是借着病来这里耍呀！

陆菊人和剩剩一回到家里，就给公公说了想让杨钟跟井宗秀种铁棒笋做酱货的事。杨掌柜觉得这好，又亲自去征询井宗秀肯不肯。井宗秀当然乐意，但杨掌柜拉着杨钟去了井家，杨钟却说：种笋的事我不干，做酱货的时候你来喊我。

此后，井宗秀就买了笋种，于十月份请雇农在地里埋下，第二年四月，笋苗长得欢实，便从铁关镇高价请了酱师，购买了上百口老缸。杨钟是一块把井家的院子腾空，搭盖起放老缸的棚屋。棚屋的梁架竖好，墙也用土坯垒毕，需要铺上绽板就上泥撒瓦呀，杨钟回家来向爹讨钱，说买些绽板，陆菊人却觉得能省就省，不必去街上买，她娘家兄弟前年盖房时剩下一大堆绽板，让杨钟去背些来就是。

杨钟去了纸坊沟，几年没见小舅子陆林，陆林长得五短身材，却是一身的疙瘩肉。陆林给杨钟拾掇了四大捆子绽板，杨钟竟懒得出力，掏钱雇人背送到镇上了，自己便和纸坊沟的几个赌友打麻将。到了傍晚回来，陆菊人说：你在我娘家吃饭了？杨钟说：吃了。陆菊人说：你瞧不起我娘家人，他们倒待你好，还帮你把绽板送了来。杨钟说：给钱了能不送？陆菊人问给了多少钱，杨钟说也就是一个银元。陆菊人气得骂：你把萝卜价搅成肉价啊，有那么多钱，在街上也能买十捆二十捆绽板的！

自此，陆菊人对杨钟彻底失望，便不让他和井宗秀合伙了，怕以后给人家帮不了忙还会添乱。不知怎么，也不愿再见到井宗秀，井宗秀还曾来过杨家，公公和杨钟都不在，她打老远见井宗秀过来了，便先进院关了院门，院门被敲了半会儿，她躲在屋里都不敢咳嗽。一次，陆菊人在院门口拣豆子，一簸箕的豆子，先把红豆子往出拣，红豆子太多，又从红豆子里往出拣黄豆子，几个娘们经过，见了她就说：呀呀，孩儿都是偷娘的光彩呢，你倒越发长得嫩面了，又红又白的！陆菊人说：丑死了，丑死了！她们说：还没见过你孩儿哩，长得像娘还是像爹？陆菊人却听到巷道拐弯处传来井宗秀和人的说话声：啊昨天来了那么多驮子呀？来送麦溪县的青颗盐的。啊那盐老贵呀！酱笋只能用这种盐么。啊你还要从铁关镇运水不成？咱白河里有涌泉嘛！啊，啊，你肯定是先想到这涌泉水了才要做酱笋的！几个娘们说：一定要像娘的！就咯咯地笑。陆菊人却极快地跑进院，呼地把门关了。杨掌柜坐在上房里喝茶，说：你请人家进来呀，咋关了门？陆菊人慌慌张张，不知所措，胡乱地在簸箕里拣豆子，嘴里不歇气地说：进来干啥呀，看啥孩儿的，不让看，谁都不见，我孩儿丑在哪儿，少鼻子缺眼啦？别人再好，那是别人的，我不见心不乱，好好养我孩儿长大，啥日子还不是人过的。杨掌柜听不懂她说的啥，纳闷了半天。陆菊人不停地拣着豆子，把拣出的黄豆又哗啦搅进了红豆里，不拣了，突然觉得公公不言语了，一下子愣住，软和了声音，说：爹，不要喝那些陈茶末子了，你也得给你买些秦岭雾芽么。杨掌柜咳嗽着，说：啥嘴呀，还喝秦岭雾芽?!

井宗秀买了青颗盐后，就开始去白河中取水。白河里有涌泉，涨水的时候看不出来，水流得小了，能看到河心里有一处往上冒泡，像是一簇白牡丹，冲不走的，不停地在那里开放。这是涡镇的一景，吴掌柜、岳掌柜他们富裕人家都讲究着取那里的水煎茶的。一切都准备停当了，酱师把大粗棵青笋切掉根，刨老皮，要加工腌坯呀，却不让井宗秀在跟前。井宗秀说：你不要避我，我是筷子，啥都想尝尝的。酱师说：你一尝就没我吃的了。井宗秀说：我先前跟着画师，他不教我和猪血腻子，我后来学会了，待他更亲，还到处帮他揽活的。你放心，咱既然合作，谁都不防谁，咱的酱笋就在镇上卖，亏了全算我的，赚了一分为二。酱师说：那你写个契约。井宗秀说：唉，你也就是个酱师，一辈子只是个酱师！把契约写了，按了指印，就让酱师拿着，以后，井宗秀知道了：一缸配菜，先用盐一斤，一层菜一层盐地杀水。第二天捞出，再用二斤半盐，一层菜一层盐地腌泡，每天翻缸一次。五天后，三天翻缸一次，直至十天，把笋捞出来在另一缸中压紧，加进次酱。再过七周，每天搅动一次。再再往后，把笋从酱缸捋出，又投入新缸，加新面酱，每天翻动一次。一月后，还是倒缸，加甜面酱，封盖存放一月。井家的酱笋终于做成，味道虽不如铁关镇的万祥宝，但也差不了多少，就起名了“井日升”。井日升牌酱笋价格当然比万祥宝牌要低，但在涡镇就销售完了。第二年，产量增大，卖到了黑河白河岸上的十五里方圆的村寨，又卖到龙马关和平川县城。

人人都说井家的酱笋赚钱，到底赚了多少又说不清，只看见那酱师出门也是长袍马褂，头上戴黑丝绒的地瓜帽，帽上还嵌了块碧玉。而井宗秀家的水烟店扩大了一倍，竟然开始返还他爹所欠的互济金。当初未还清的互济金，许多人都宣称不要了，现在井宗秀一定要还。

吴掌柜有个本族的侄子叫白起，一直在盐行里做事，也寻到井宗秀，说他当年也交给互济会三个大洋，只是收据丢失了。井宗秀有些怀疑，但还是付了。过了三天，白起在收购驮子送来的盐，正过秤着，突然倒地，抓土往口里吃，旁边人就说这是有鬼了，忙拿簸箕覆盖了，折桃木条在簸箕上抽打，白起不吃土了，才慢慢清醒过来。仅隔了一天，白起的媳妇也被鬼罚下，双目紧闭，声音变粗，大家听着是井宗秀他爹的口音，便问：你是谁？说：我是井伯元，白起赖了三个大洋，我才找他们麻达的。白起听了，脸色先是通红，再变得煞白，说：井伯井伯，那你是要我给你烧阴纸还是你要阳世的钱？说：把钱还给宗秀。白起一应口，他媳妇也恢复了常态，却是一头一身的汗，像是从河里才捞上来，问刚才是怎么回事，她说不知道。

鬼附体的事一发生，井宗秀赢得了一片好名誉，也让镇上人知道了井家是不能招惹的。吴掌柜却脸上没了光，在街上拉住白起骂，偏偏岳掌柜又来劝解，气得吴掌柜差点晕倒，回家睡了一天，自此有了打嗝的毛病，动不动就嗝的一下，就不多在人前说话了。

这样又过去两年，到了秋季，秦岭里有一股蝗虫从西往东飞，遮天蔽日的，一旦落地，咬噬声像河里发洪水，顿时成片成片的庄稼就都没有了。所幸蝗虫并没经过涡镇，人们还往老皂角树上挂红布条还愿，从黑河上游来贩棉花的人却说五雷出现在漫川镇。五雷的名字早有耳闻，是三合县新冒出的土匪，手下几十号人，狗是走到哪里就乍起腿要撒尿，留下气味而占领地盘，五雷一伙以居无定所、四处流窜、打家劫舍着来扩散社会对他们的恐惧。三合县距涡镇遥远，以前未多在意，现在五雷却出现在五十里外的漫川镇，涡镇人一下子心揪起来，有洞窟的人家开始收拾清理，还没完成的洞窟又加紧了施工。井宗秀没有洞窟，也不去开凿，倒迎娶了白河岸孟家庄孟星坡的大女儿。

还在井伯元活着的时候，媒人提说过聘孟家大女儿给井宗丞，而井家接二连三出事，这门婚姻再没了动静，等井宗秀又翻腾了上来，媒人却上门提出把孟家大女儿聘给井宗秀。井宗秀先是不同意，请教过杨掌柜，杨掌柜说：这是你爹手里的事，你爹不在了，你哥他又不能回来，活着和死了没啥区别，你要成婚了这家才是回全，井家就又有亮亮堂堂新光景么！井宗秀说：我还没见过那人的。杨掌柜说：只要不是瞎子瘸子，见不见那有啥啊。井宗秀就认了这门亲。一切都从简着，成亲的那天井宗秀只在家摆了几桌席，仅仅通知了一些亲朋好友。杨钟好热闹，当然少不了他，当叮叮咣咣的锣鼓一响，新娘子被井宗秀接进了院，他提着一串鞭炮，就跳到井家的门楼檐上放起来。烟尘雾罩里，见陈来祥来了，便高声问：拿的啥礼啊？陈来祥说：一条豹子皮，做褥子的。杨钟说：啊你让他们变豹子呀，那炕吃得消？陈来祥嘿嘿笑，说：坏㞞！你拿的啥？杨钟说：你家有皮货店，我从你家店里拿不成么！我在这里放鞭炮，你能上来?！陈来祥是上不来，却说：你媳妇没来？新娘子长得像你媳妇哩！杨钟说：人回娘家了！低头向上房里看，新娘的背影是和陆菊人一样高低，但转过身了，陆菊人是长脸长眼，新娘子圆脸，眼睛也是一对杏核儿，就骂陈来祥：你狗日的是瞎子！

陆菊人是在街上听说了井宗秀要迎娶孟家的大女儿，并不相信，还笑着说：有这事呀？他是该成婚的么。回到家里，向杨钟问这事是不是真的，杨钟吃甜瓜，把嘴埋在砸开的半个瓜里吞吃着，嗯了一下。杨钟咽了嘴里的瓜瓤，抬头见陆菊人愣怔在那儿，说：你不吃？陆菊人说：你有啥感受？杨钟说：不是很甜，还行。陆菊人说：我问你井宗秀成婚的事。杨钟说：人家成婚哩，我有啥感受？陆菊人说：天底下再没有女人了，还要娶孟家的？就是娶，也该是那二女儿么。杨钟说：我看好，是自己的媳妇，也是自己嫂子，这好么。陆菊人手一挥，把杨钟拿着的瓜撞在了地上，一摊瓜瓤就像流出的脑浆一样，她去收了洗晾的衣服在捶布石上捶，捶得啪啪地响。

陆菊人后来也知道了井宗秀娶亲的日子，杨钟还和她商量着拿什么礼去行情，她正熬煎着拿什么礼着好，而陆林从纸坊沟来说爹得了重病，她给杨钟说：这我得去看爹！在井宗秀娶亲的头三天就回了娘家。在纸坊沟住了七天，爹的病有了回头，说想吃水煎包子，家里没有麦面，为了让苞谷面做的煎包软和可口，天一露明，她就到坡上捡地衣。地衣是夜里有露水了就从草丛里长起来，太阳一出就又干在地上没有了。陆菊人绕过坡根的那个泉，纸坊沟的人都是在这个泉里吃水，却给泉起了个名字叫哭泉，她站在哭泉边瞧着水里自己的倒影，脑子里一阵嗡嗡，像嘈嘈杂杂的锣鼓鞭炮响，就摇了摇头，不喜欢了这泉，更不喜欢纸坊沟人给泉起了这么个名字。上到半坡，那几簇村舍里不停地有狗叫，她捡着地衣，这儿一个，那儿一个，形状都像小小的耳朵，就把无数的耳朵丢进篮子里，不理会了狗叫。说不清她是顺着那绳一样细的路往前边的平坎上去的，还是路在生拉硬扯了她上来的，竟然就走到了那三分胭脂地边。地现在是井家的了，坟墓隆起，满满当当占足了平坎，墓前竖着一块石碑，石碑已缀上苔藓。陆菊人偏过头，把目光移往坡下，便又瞧见了哭泉，明光光的，在荒沟里像睁着的一只眼在望天。

一只鸟呱呱地叫，陆菊人没有看到鸟在什么地方叫，声音却像在哭，她在坟地边站了一会儿，觉得是鸟在笑她，她也就笑起自己了，弯下腰用柴棍刮了刮鞋上的泥土，就到更高的坡上去了。等捡了半篮子地衣，下了坡，回到院门口，就叫着：爹，爹，我给你做水煎包子啊！隔壁院子却起了哭声。爹在炕上说：快到你叔那儿去！陆菊人说：咋哭得这恓惶？爹说：你叔刚才给我喊着说被土匪抢了。陆菊人放下篮子就去了叔家，叔坐在门槛上抹眼泪，而婶子呼天抢地地哭，把头在墙上撞，撞得脑袋晕了，又咯哇咯哇地吐。

陆菊人当天下午便从纸坊沟返回了涡镇，涡镇立即知道了纸坊沟遭了土匪的消息。土匪是见谁家屋院大、院墙高，就进谁家，连抢了三个纸坊掌柜，后来又进了陆老二家。陆老二问打头的那人：你是谁？那人说：我是五雷！陆老二说：是三合县的五雷吗？那人说：知道了就把钱拿出来！陆老二是一家纸坊的伙计，当天正好领了半年的工钱，说：爷呀，你咋就知道我领了工钱！全拿出来，还一个铜板一个铜板地数好。五雷骂道：你就这么个穷光蛋还把院墙修得这么高?！这消息让涡镇慌乱了，吴掌柜、岳掌柜便首先带了家眷，提着大箱小包地上了洞窟。吴岳两家一走，有洞窟的都走，没洞窟的便在屋里院里挖窟掘坑，能埋的东西全埋了，锁上门去周围村寨投亲奔友。

杨掌柜当然也要去洞窟，一家人已经走到北门外了，杨掌柜又担心自己不像吴岳两家主人去了洞窟仍有伙计照看，而寿材铺锁上门都走了，土匪没来，倒会有贼偷咋办？杨钟说：谁偷棺呀？杨掌柜说：人都会死的，买不起棺的多得很！杨钟说：谁想早死就让偷么！父子俩一吵闹，杨钟生气了，说他不去了，他就在店里看谁来抢来偷呀。杨掌柜说：你要死就死去，你还得管你孩儿哩！杨钟说：你都不管你孩儿了我也不管我孩儿啦！杨掌柜就有了哭脸，说：那咱凿的那洞窟是做样子啊?！陆菊人最烦的就是他们父子吵嘴，她说：你们都走，我去叫人给咱照看铺子。杨掌柜说：这时候你能叫谁去？陆菊人说：庙里的王妈肯定在镇上，她没别的事，如果她不行，老魏头一个人，让他去照看。杨钟说：那你快去快来，给人家一个大洋。杨掌柜说：干啥呀，给那么多钱？陆菊人已经走了。

陆菊人并没有找王妈，也没有找老魏头，而反身到了寿材铺，竟把门开了，还把那四扇活动的门板全卸下来，让铺子大敞着，站着看了一会儿，就转身离去。到街上了，却想着去洞窟还不知道待几天，就又到一家小店里要给剩剩买一包苞谷糖，店掌柜说：你没走呀？陆菊人说：你都没走我走啥的。店掌柜说：我把别的都埋了，就这些小末零碎的，我不怕。陆菊人倒笑了，心里说：我怕哩，我才给他演个空城计。一抬头，却见斜对面的井记水烟店锁着门，就疑惑了：井家并没有洞窟，也是没人在店里？

※ ※ ※

婚后第二天，按风俗新娘子要到娘家回门，井宗秀也就陪着去了孟家村。在孟家村待过两天，他就觉得无聊了，独自去趟县城。采买一批烟丝和酱笋纸袋，都打包装箱了要运回，没想当日码头上没有船去涡镇，便又去看望杜鲁成，一打问，杜鲁成也是跟随麻县长到黑崖底乡去了。井宗秀不免有些丧气，正寻着饭馆吃饭，却见阮天保穿了件绸褂子，呼呼啦啦从街上过来。井宗秀喊住，说：这是要上天啊?！阮天保见是井宗秀，说：宗秀呀！这褂子好吧，给你也做一件？穿上风一吹，真是要飞起来的感觉！井宗秀说：那是你们城里人穿的！褂子是翅膀啦?！阮天保笑了笑，就问几时进的城，听说现在是涡镇的富户了，来推销酱笋的还是到鸭子坑寻快活呀？县城里的妓院分两种，高档的是悦春楼，低级的是鸭子坑。井宗秀说：我要快活了就只配去鸭子坑？阮天保说：你来了我招呼你，咱现在去悦春楼！井宗秀便说了自己才结婚，来城里买些货。阮天保说：结婚了？哦，那你现在用不着下火了，我请你喝酒！拉了井宗秀去他的住处，当得知井宗秀还没吃饭，就拿眼在街上瞅，喊过来一个人：喂，叫你哩！去让你家饭店的掌柜弄一个烧鸡、二斤牛肉、一坛老酒送到我房子来！速度！那人跑去了。两人刚到住处不一会儿，果然送来了烧鸡、牛肉和酒，临走要钱，阮天保倒躁了：滚！保安队吃饭啥时候掏过钱?！那人一走，井宗秀说：你耍大啦！阮天保说：嘿嘿，一般般，才在保安队管了后勤。井宗秀说：好么，几时再把队长给咱当了！阮天保说：麻县长是有这个意思。井宗秀说：那我回去就在镇上吆喝啦！哎，你最近也该回去一次吧。阮天保说：我就不要回涡镇了，你在外边把事弄得再大，回去了还是说阮家的儿子回来啦！

这一夜，井宗秀就住在阮天保那儿，阮天保一直在说保安队的事，骂保安队长是个猪头，没本事，凭他舅是省警备司令部主任这层关系才当的队长，狐假虎威。井宗秀听着听着就瞌睡了。第二天坐船回镇，刚让人把货背到水烟店，便听见有锣声，街上的人像没头苍蝇一样乱跑，才知道三合县的土匪五雷来了。井宗秀的货来不及拆包，也来不及收拾店里的东西，索性哪儿都不去了，拉了条板凳就坐在了门口。

五雷一伙儿进了北门口，中街上家家户户窗关门锁，狗大个人都没有，说：不是说涡镇热闹吗，咋是空的？手下的说：你一来都跑了。五雷说：我有这大的名声?！手下的说：只有街角坐着个不怕死的。五雷说：让我看是谁！就往南走，看到了井宗秀坐在店门口的板凳上。五雷说：你叫个啥？井宗秀说：井宗秀。五雷说：你为啥不跑？井宗秀说：你来了总得有人招呼吃喝呀！五雷哈哈大笑，进了店坐下，果然井宗秀取烟锅、拿糕点，又烧水沏茶，眼睛却一直瞅着五雷。五雷说：你瞅啥？井宗秀说：整天都传说你哩，我今日是看到活的啦！五雷说：那你就好好看！把脸给了井宗秀，又转过身把后脑勺给了井宗秀，说：看够了吧？蹴在了板凳上吃糕点。井宗秀没有看到五雷有三只眼，倒是四方嘴、粗脖子，脖子后边长了个肉疙瘩。

土匪在涡镇大肆抢劫，瞅着店铺门面大的、屋院门楼上有琉璃瓦的，抬门扭锁进去了十家，但能搜到的粮食和钱财并不多，便穿了各种颜色的宽窄长短不一的衣服跑来给五雷报告。五雷很恼火，下令挨家挨户再搜，没搜出好东西的人家就把房点了，要跑走的人爱回来不回来！偏这时，一个竹篓子从街这边的巷里极快地往街那边的巷里移动，土匪中有人叫声：鬼！就有人说：背枪的还怕鬼？跑去把竹篓踢倒了，竹篓下是一个人，人是西背街元道巷的张双河，平日挑担在镇上卖油糕。这天人已经翻过了西边的城墙，又想着埋粮食的地窖没有隐蔽好，应该在上边铺一层土再堆上苞谷秆，便又翻过城墙往家里去。为了不被土匪发觉，他把竹篓套在身上，一有动静就藏在竹篓下不动，但他穿过中街时并不清楚土匪都在井记水烟店那儿，便被逮了个正着。土匪把张双河打得在地上滚，骂道：竹篓还长了腿?!你跑呀，跑呀！摁在那里要挑脚筋。张双河喊：宗秀救我！井宗秀就高声说：没事，张叔，他们在故意吓你哩！五雷说：谁故意哩？除了你井宗秀，涡镇上我见人杀人，见鬼灭鬼！井宗秀笑了，说：哎呀，你不要只让人怕你。五雷说：屁话，都不怕我，我起的什么事，又能起事？井宗秀说：你起事是为了出人头地，有人养活么，可把他脚筋挑了，杀了，再把这房都烧了，人都躲得远远的不敢回来，你吃啥喝啥？你放过他，也不要烧房，我让镇上的人全回来，以后涡镇也就是你个落脚的客栈、走动的亲戚家么。五雷还真的放了张双河，也没再烧房。井宗秀也就去洞窟把人叫了回来，吴掌柜便杀了一头猪二十只鸡，岳掌柜从地窖里搬出十坛老酒，招呼着土匪们吃喝。五雷也落得高兴，并没有再提说钱财和粮食的事，倒吆喝着众土匪：这肉烧得好，酒也没掺水，涡镇活该投咱的缘分啊！下令吃饱喝足了限天黑到鹞子坪去。岳掌柜便悄声夸井宗秀：多亏你周旋啊！井宗秀说：日弄着能让他们离开就是了。

但是，就在土匪离开涡镇时，出了一桩怪事，又惹出了祸来。

五雷有个表弟叫玉米的，他对五雷没在涡镇弄下钱财粮食愤愤不平，别的人都离开了，他偏不走，盘脚搭手就坐在岳掌柜的家门口，伙计禀告了岳掌柜，岳掌柜不敢出来，打发伙计去问还有什么事吗，伙计问了，又进来说人家提出要几包大烟土。岳掌柜让伙计把两包大烟土送出去，自己从后院翻墙跑了。玉米拿了大烟土，背了枪走到老皂角树下，迎面过来了陈来祥，挡住让脱衣服。陈来祥知道土匪走了，没想到还有一个，就脱了褂子。玉米还要让脱裤子，陈来祥不脱，玉米拿枪捅陈来祥腰，说：长得这难看的，还穿这么好的裤子?! 陈来祥脱了裤子，手捂着交裆蹴在那里，玉米套上了陈来祥的衣服，这才往北门口去。

老魏头这几天一直咳嗽，喉咙里像装了个风箱，曾在街上遇着陆菊人，陆菊人说你喝些蜂蜜水就好了。老魏头说：我哪有蜂蜜啊。陆菊人说：你是坐在井边喊渴哩，北城墙外树上有蜂巢，你去弄些呀。老魏头说：我吃豹子胆啦?! 紧贴着北城墙外是有着三四棵老榆树的，树上吊个盆子大的土疙瘩就是野蜂巢，那野蜂指头蛋大，能蜇死牛，自结了巢后，多年里都没人敢到跟前去。陆菊人说：纸坊沟有野蜂巢都是用火把去燎了取蜂蜜的，镇上人胆小，倒让它长到那么大！我家里还有点蜂蜜，明日我送你。但第二天陆菊人一家上了洞窟，等从洞窟里被叫了回来，又听说五雷走了，便端了半碗蜂蜜送来。老魏头在城墙上摊晾了切好的红薯片子，还用布包扎一根新的锣槌，说：我的儿和杨钟是同年同月生的，杨钟有这么好的媳妇，我儿十三岁上却死了。陆菊人忙说：还做锣槌呀，土匪不是走了吗？老魏头说：恶人是韭菜呀，割一茬长一茬的。说不定啥时就又来了。陆菊人说：也是，这衣服脏了就生虱哩。老魏头说：天咋不收了这些妖魔鬼怪啊?!

玉米一出了北门口，听到城墙头上有人说话，喊道：谁狗日的在骂？陆菊人和老魏头朝下一看，脸色都变了，忙趴下去。玉米往上打枪，亏得城墙宽，两边高中间低，墙土被打得唰唰响。老魏头要猫腰顺墙头跑，陆菊人把他按住，低声说：你一露头他才打个准，再说前边墙外树上就是野蜂，惊动了蜂也会蜇的。话一说完，她倒生了想法，说：把锣槌给我。老魏头说：锣槌？陆菊人已经夺过了锣槌，就往空中抛去。玉米猛地见空中有了东西，开枪便打，锣槌没打着，子弹飞过去却击中了榆树上的野蜂巢，野蜂一下子腾起来。陆菊人和老魏头赶紧把头埋在身下，一动不动，而野蜂是顺着射来的子弹冲出去的，就寻着了玉米，玉米一跑，野蜂轰的一团就罩了他。

五雷一伙儿走到虎山湾黑河上的桥上，井宗秀在送他，还介绍说涡镇总共就两座桥，白河水大，河面宽，冬季里架有桥，入夏桥就拆了，而黑河是石桥，用十八个碌碡做的桥墩，所以叫十八碌碡桥。突然听到枪声，五雷说：你们镇上有枪？井宗秀说：没有呀！他也觉得奇怪。五雷问：谁没有跟上？有人说：没见玉米。五雷说：这㞞！领了土匪又反身往镇上跑。

在镇北门外的沙滩上，玉米倒在地上，被野蜂罩着，那杆枪甩出了一丈远，也被野蜂罩着，土匪们不敢靠近，还是井宗秀说得用火燎，后来点了火把过来，野蜂是没了，玉米已经昏迷不醒，头肿得明晃晃的，眼睛不见了，嘴张不开。五雷问井宗秀：这是咋回事，蜂能把人蜇成这样？井宗秀说：这是野蜂，叫葫芦豹。五雷说：是镇上人使的坏？井宗秀说：谁能拿了野蜂蜇他的?！五雷说：这是在镇子里被蜂蜇的，你得管！井宗秀进镇里喊人，人是来了一群，里边有老魏头，也有陆菊人，陆菊人站在最后边，望着远远的虎山。虎山上的云像河水一样往天上流。老魏头一连串嘿嘿地笑，五雷说：你在笑？井宗秀说：他哮喘，喉咙里一响脸就皱着像是在笑哩。老魏头又是嘿嘿了一声，说：哎呀，这蜇得没个人样了么！蜂蜇了得用鼻涕抹，或者用尿洗。众人就开始擤鼻涕，白的黄的都捂出来，一把一把地抹在玉米的脸上、身上，但鼻涕不够了，他们喊：女的都转过身去！就掏了尿往玉米头上浇，嘴张不开，有人用柴棍撬开缝儿，让尿往里边流，又往耳孔鼻腔里射，但玉米还是昏迷不醒。

五雷问：哪儿有郎中？老魏头说：镇上是有个陈先生，但陈先生治不了蛇咬和蜂蜇，在龙马关有专治蜂蜇的郎中。井宗秀说：就是路远。五雷说：再远也要送去治，三天后我来领人！说完，拿了玉米的枪和怀里的大烟土，气呼呼走了。

派谁送玉米去龙马关呀？井宗秀正愁着，见陈来祥来了，就说：你力气大，你用你家毛驴驮他去治疗。陈来祥听说那个土匪被野蜂蜇了，才跑来要看笑话，见土匪身上还穿着他的衣服，当下就往下剥。井宗秀说：让你送他哩，你剥衣服？陈来祥说：这衣服是我的！他把衣服拿回家，拉来了一头毛驴，和张双河一块儿把玉米像粮袋子一样搭在驴背，要走呀，老魏头却说：他刚才骂了我，我扇他的嘴！脱了鞋就扇了三下。

陈来祥一路上故意走得慢，天快黑了才到龙马关，把玉米放在郎中家院门外，进去喊郎中，等郎中出来，玉米的鼻子上又趴着三只野蜂。陈来祥叫道：这蜂还能十五里路的撵来?! 几个人挥着衣服打飞了野蜂，再看玉米，郎中说：这人已经死了还拉来干啥?!

※　　※　　※

玉米一死，五雷一伙又来了，五雷说：涡镇欠我一条命啊！竟然就住进了130庙，不走了。

私下里，老魏头给人说过陆菊人急中生智引诱玉米枪打野蜂巢的事，镇上好多人也就知道了杨钟有个厉害的媳妇，还把她和陈来祥比，嘲笑陈来祥竟然被玉米剥了个精光。陈来祥说：人家有枪么，你们谁不怕？一只豹子会撵得成百只黄羊都逃窜哩！人说：这倒也是。咱镇上的都是些黄羊，空长着一对犄角。陈来祥说：有犄角只会窝里斗么！

唐景在南门口摆凉粉摊子，他的手大，抓凉粉抓得多，和别人一样一天能卖出一百碗，挣的钱却没别人多。他媳妇在家里嘟囔着让他学开面馆的畅掌柜，畅掌柜是馆里来了熟人，要向后厨喊：来三两碗面哟！馆里来了生人要喊：来两三碗面哟！三两碗就是把三碗面条分成两碗，两三碗就是把两碗面分成三碗。媳妇嘟囔着，唐景总是不吭声，媳妇就说：咳，我咋嫁这么个窝囊男人?！唐景烦得出门要走，走到门口了却叫媳妇：哎，你来，你来。媳妇出来，正是陆菊人从门前经过，前边跑着的是小儿，后边跟着的是黑猪，她背着一大捆芦苇。唐景说：我是窝囊，可你能生儿子，能干力气活儿，能诱杀土匪吗？噎得媳妇从此再不嘟囔。

涡镇人还在夸说着陆菊人，而五雷二反身住在了130庙里不走了，人们又都傻了眼，再不说了陆菊人的好，反倒抱怨这都是玉米的死导致的。杨掌柜当然听到了闲言碎语，在吃饭的时候，给陆菊人说：啥事情都要顺着大溜，别人能过去的事，咱也就能过去，啥时都吃不了亏。陆菊人说：爹，你是要给我说啥事吗？杨掌柜说：真的是你把那个土匪蜇死的？陆菊人说：是野蜂蜇死的！杨掌柜说：杨钟在家里不顶事，剩剩又小，全靠着你，在外咱不该逞那个能的。陆菊人说：我要不逞能，你儿就成光棍，你孙子就成孤儿了！杨掌柜一双筷子在碗里捞呀捞的，一碗苞谷面糊糊就稀汤寡水了，他说：野蜂在那树上叫人提心吊胆的，可这五雷咋就住下不走了？陆菊人给杨掌柜又盛了一碗，说：爹，不是有井宗秀吗，这话你要给井宗秀说哩。

井宗秀也是一夜之间嘴上起了燎泡，他不能不让五雷在涡镇住下，又后悔着曾说过让五雷把涡镇当个落脚点的话，既然自己用泥塑了个神像，那就得给神像跪下磕头，于是，他对五雷百般讨好，一样的肉，他让人做了“十三花”的蒸碗再送去，而七坛八坛的酒，不是让人提着去130庙，而是两人抬一坛，坛子上还必须用红纸写个福字贴上。他说话也是想尽办法，尽说些五雷爱听的。一次和五雷一块儿上厕所，他半天拉不出来，五雷却一蹲下去就完事了，粪便又特别粗，五雷伸手揭厕所墙头的瓦，要用瓦擦屁股，他从口袋掏出一沓麻纸，说他早给准备的。五雷说：井宗秀，你对我好！井宗秀说：我是涡镇人么，应该对你好。五雷说：我也是涡镇的呀！井宗秀说：是呀，是呀，你在涡镇就是涡镇的皇上，镇上人都是皇上的臣民。五雷哈哈笑，说：这话我当真的听哩！井宗秀说：臣民有供养皇上的义务，皇上也就有保护臣民的责任。五雷说：你这话啥意思？井宗秀说：这乱世老有人来欺负涡镇，以后就靠你啊！五雷说：你们以后把给政府纳的粮缴的税都给我了，我五雷在，看谁敢到涡镇来?!井宗秀就说：这好，这好！两个人站起来尿尿，把尿都尿到厕所墙上，他尿得很高，但他尿得让他的尿不能超过五雷的高。

虽然，土匪待过半月，在黑河白河岸上的村寨里杀人越货，倒没在镇上为非作歹，还抢回来了三头毛驴，让井宗秀给地里送粪、拉笋用。井宗秀也就常请五雷来家喝酒。

这一个晚上，再请五雷到家里喝酒，喝到耳热，五雷从怀里掏了双玉镯子给井宗秀的媳妇，媳妇收了，凑近灯下看成色。五雷说：喜欢不？媳妇说：太喜欢了！井宗秀说：东西是好东西，但什么样的马配什么样的鞍。媳妇说：咋啦？井宗秀说：戴这种玉镯的不是富豪太太，就是官家的夫人。媳妇说：那怪谁呀，是我的男人不行么！井宗秀说：好吧好吧，只要你能戴上就戴。媳妇把玉镯往手腕上戴，就是戴不上去。井宗秀说：你就没长岳家姨太太的那细胳膊么。媳妇偏要戴，取了一碗花籽油在手背手腕上抹，龇牙咧嘴了一阵，终于戴上了，说：我现在比他岳家姨太太戴得好！五雷说：姓岳的咋能那么富？井宗秀说：岳掌柜有布庄、茶行的，布庄的靠山是龙马关的韩掌柜嘛。五雷说：他那么富的，上次只拿了些酒，后来就再没个表示了，是不是让他出出水？井宗秀愣了一下，想说什么，嘴张了张又没说出来，弯腰用手指去把五雷面前桌上的酒渍压实了一抹，竟抹得干干净净，就想起又去火炉上提壶要续水。壶在火炉上咕嘟咕嘟地响。

五天后，井宗秀给岳掌柜暗示该多去见见五雷，岳掌柜就坐船在河心涌泉里取水，取了三桶，晌午把一桶提到庙里，庙里自从住进了五雷，宽展师父就只能每日去大殿礼佛外，都得待在禅房里，不可随便走动。岳掌柜在庙院没有见到宽展师父，看着那些还残留着的脚手架，心里忍不住有些得意，但把水提给五雷了，五雷却说:我以为你提的是油，是水呀！我是树吗只喝水?! 岳掌柜赶紧说：我已安排人给你碾米哩，碾出一担了就送来。这水可不是一般水，是从河心里取来给你泡茶的，你品品，同样的茶泡出来的味道就不一样了。他满头的汗，卸下礼帽就放在了桌上，开始要烧水泡茶。护兵却瞧着礼帽稀罕，用手摸了一下，摸了一块黑，五雷说：谁说我要戴这帽子?! 岳掌柜回过头来，笑了笑，说：啊，啊你要不嫌弃我戴过，你就戴上吧。五雷就把礼帽戴上了，却看着岳掌柜的头，头发脱得没有了一根，圆乎乎一个大圆肉球，说：你这头好。岳掌柜说：猪头，猪头。宽展师父从大殿出来，看到三四个土匪对着花坛子尿，低了头匆匆就走，经过五雷住的屋前了，五雷就喊：尼姑尼姑你过来！宽展师父过来双手合十,五雷说：你吃不吃猪头？接着就哈哈大笑，说：噢，尼姑不吃腥的！

岳掌柜受了羞辱，回来在碾好的米里尿了一泡尿，然后动身去了龙马关。龙马关的韩掌柜明日过六十大寿，他特意带了五匹布、三箱茶饼、六包大烟土、十斤木耳、十斤石斛、十斤牛肝菌、十斤蜂蜜，还有两桶河心涌泉水。在龙马关热闹了一天，第三天返回，走到十八碌碡桥西边的芦苇滩却被绑票了。当夜有蒙面人到岳家，限三日在十八碌碡桥上以五千大洋赎人。岳掌柜的姨太太赶紧让人去叫账房，账房那时在阮家打麻将，账房一走，打麻将的人就疑惑了，先前井伯元遭绑票，现在又是岳掌柜遭绑票，是不是共产党又来了？可平川县早都没了共产党，那支游击队一直在秦岭西北边活动呀。但如果不是共产党，是别的土匪，那镇上住着五雷，谁还敢在五雷的地盘上吃食？到了天明，只说五雷知道了这事肯定怒不可遏，而五雷却带着他的护兵在白河滩上打老鹳哩，他不会打老鹳，枪一响，成群的老鹳全飞了，连一根羽毛都没留下。五雷没有反应，有人就怀疑是不是五雷自己干的活儿，也传出岳掌柜送给五雷礼帽，五雷却看上了岳掌柜的那颗头，这正是预兆啊！

岳掌柜有两个女人，大老婆在县城经管着两个店铺，平日不大回来，岳掌柜和姨太太就住在镇上。姨太太和账房派人接回来了大老婆，三个人商量了半天，两个女人都不同意拿出五千大洋：哪有这么多？即便能拿出来，岳家不是全完了?！她们各自只肯出一千大洋，让账房去赎人。到了第三日的半夜，账房背了两千大洋去了十八碌碡桥，没能见着岳掌柜，反挨了一顿打，骂道：两千大洋你赎的啥人，赎个指头?！过一会儿，真的拿来一根血淋淋的指头，让账房再去拿钱。账房把指头带回来，两个女人哭了一顿，可大老婆让姨太太拿三千大洋，姨太太问账房账上还有多少钱，账房说还有一千大洋。大老婆对姨太太说：这么大的家业，账面才一千大洋?！你攒了多少私房钱？姨太太说：掌柜是能让我攒私房钱的人吗？上个月他在白河岸置了五十亩地，前几天又派人去收茶叶，哪还能有现钱！县城的生意好做，你该拿三千么。大老婆说：县城的店铺就那么大个门面，腿上长不了多少肉，我拿三千？拿骨殖去呀?！她们吵起来，谁也不肯掏钱，姨太太气得去喝闷酒，大老婆见姨太太喝，她也喝，结果两人都喝多，醉了一天不苏醒。账房只好拿一千大洋、五包大烟土在鸡叫头遍赶去十八碌碡桥，按约定的暗号学狼叫，三个蒙面人出来了，收了一千大洋和五包大烟土，问：就这些？账房说：岳掌柜放的账多，两个夫人都不知放的是谁，等掌柜回去了，收了账，会如数补的。蒙面人说：你等着。拉出岳掌柜，当着账房的面，说：你家女人不肯出钱，怪不到我们！说毕，用石头把他砸死。

账房从十八碌碡桥回来，屎尿拉在裤裆里，人就吓傻了，他儿子背着去老家下河庄，再没闪面。而收茶叶的四个伙计走到半路得知掌柜死了，把收茶叶的钱分了，各自逃散。岳家没了主事人，井宗秀就去给料理后事，按风俗在外死了的人不能进屋，岳掌柜的尸体停放在大门口，要买棺，两个女人又吵闹着不愿出钱，井宗秀拿了四匹布，还有一乘轿子，去换杨记寿材铺一副松木料的棺。杨掌柜倒没看上那轿子，说：这对我没用，他家不是有两把黑檀木圈椅吗？两把黑檀木椅子又顶了轿子。入殓的时候，拐子巷的胡婆婆来给岳掌柜洗身子换老衣，岳掌柜的鼻子被石头砸得陷下去，没办法整容，就在陷下去的坑里填了面团，又捏出个鼻子，才涂粉搽了胭脂。胡婆婆回家后呕吐不止，她儿子又来寻岳家的不是，井宗秀让姨太太把岳掌柜的一副石头镜和一个白铜水烟锅送了做补偿。到了下葬那天，镇上人是去了不少，岳家却没有置办酒席招呼，参加埋葬的先是有人把岳家门口挂着的铁丝灯笼提走了，说：咱给埋人哩，还饿肚子?!灯笼一被提走，学样的人就多，你顺手在怀里揣了柜台上的景泰蓝果盘，他趁人不注意把青花瓷罐塞在了袍子下，凡是能看到的小件东西几乎全拿了。有人就挑了那对大水桶往出走，井宗秀说：这干啥？那人说：我帮着挑水去！井宗秀说：怕是挑到你家去吧？放回去！

岳家的茶行关了门，德裕布庄关了门，连住宅屋院的门也关了，两个女人在岳掌柜的灵牌前不供祭品也不烧纸，还是吵。吵了三天，大老婆拿了七个大竹皮箱子的细软坐船回了县城，丢下话：再不回头看了！姨太太说：散吧，咱都散！便托付井宗秀帮她卖房卖店卖地了，她带上小儿子也要回娘家去。

井宗秀经管着卖房卖店卖地，把价抬得很高，吴掌柜说：井宗秀你行，他生前害过你，你倒还在帮他！井宗秀说：人都死了就不计较了，吴掌柜你是看不上他家屋院的，可那店面位置不错哩。吴掌柜说：啥价钱？两人手伸过去，在衣襟下捏了指头，吴掌柜说：你咋要得这贵?!井宗秀说：不是我要得贵，是人家定的价。吴掌柜说：我想想。吴掌柜回去动了心，盘点了一夜的银元，天亮要出门时，无风无雨的，上房檐头上却掉下来一块砖，正好砸着他家怀孕的母狗，母狗当下就流产了。吴掌柜觉得不吉利，改变了主意，不买了。粮庄的薛掌柜来问过白河岸包括井宗秀租地在内的那八十亩地，货栈的方掌柜也来问过那茶行，但都不了了之，只是挂面坊的苟发明和糖果店的杨小平合伙买了布庄的店面。交割店面的时候，当着众人面，姨太太问井宗秀：还有买家吗？井宗秀说：还没有。姨太太哭鼻子流眼泪地说：你是租着我家一块儿地的，你就把所有的地，还有这宅院、茶行的店面买了吧。井宗秀说：我是想买的，可我拿不出那么多钱呀！一时出不了手，也不急，我给你多打听打听。

隔了一天，井宗秀又去了岳家，说：是不是五雷来过？姨太太说：没来过，咋啦？井宗秀说：早上见了五雷，五雷问起你家的事，哦，没来过就好。姨太太说：他问起我家的事？我一直都疑心掌柜的死和他有干系的。井宗秀说：这话可不敢说！姨太太说：他是不是也瞅视着我卖房卖店卖地啦？井宗秀说：这事还是抓紧着好。姨太太就慌了，说：井掌柜，你要帮我啊！井宗秀说：我是尽力帮你的，只是实力不够么。姨太太说：你是有水烟店，又有酱货，你应该行的，你就出手把这些接了么。井宗秀说：唉，话说到这一步，是这样吧，把这所有打个包，我先付你三分之一，到开过年再付三分之一，后年全部付完。姨太太说：我已经是贱卖了，只图生个干净，甭说后年，就是开过年，我孤儿寡母的都不知漂到哪里去。井宗秀说：这房子地走不了，这涡镇走不了么。要么，我也是一根椽一厘地买不了啊。姨太太扑通倒在地上，大声哭起岳掌柜：掌柜呀！你回来把我也引上走呀！井宗秀说：你甭哭，我受不得人哭。伸手去拉，女人软得像面条，拉起来又要歪下去，他揽住了腰，腰那么细，女人的鼻涕眼泪就沾在他的衣服上。姨太太说：我不哭了。亏得有你能帮我，我还要好好谢你，那我就给你打个对折，你一次付清了，我和涡镇就刀割水洗了。井宗秀把女人扶到椅子上，说：那我只能东借西凑了。

出了岳家屋院，夜已经黑了多时，街上冷冷清清，并没有多少人走动，成群的蝙蝠飞过去，空中像是有扫帚在扫，嘶啦嘶啦地响。井宗秀长长出了一口气，突然想喝酒，就往一个酒馆走去。两边店铺差不多都关了门，门环上插着桃树枝，而有人却在那里烧柏朵火。井宗秀只顾往前走，说：咋烧柏朵了？那人说：你处理完岳家的事了？井宗秀说：完了。那人说：快来燎燎火，柏朵火驱鬼哩。岳家那么大的家业说没有了稀里哗啦就没有了，岳掌柜死了会是凶鬼啊！井宗秀说：我不用燎，他谢我还来不及哩！你是欠了他的债还是拿了他家的东西？说着，嘿嘿地笑，进了一条巷，巷道又窄又深，像是黑洞，嘿嘿声就骨骨碌碌往前滚，明明知道是自己的脚步响，却觉得这脚步向在撵他。而远处的巷口那里站着了一个，似乎是陆菊人，这么晚上陆菊人咋在巷口站着？井宗秀走近了，是一棵李树。

※　※　※

将老宅院完全做了酱笋坊，井宗秀就搬进了岳家的屋院。杨钟、唐景、陈来祥，还有铁匠铺的巩百林、卖油糕的张双河，都跑来在大门口放鞭炮，问新屋院整修不，若整修他们肯定不要工钱来出力的。井宗秀说不用不用，谢绝了，杨钟就从地上捡了鞭炮皮，贴在门口两个石狮的眼珠上，石狮倒像是活了，眼里凶着红光。

新家仍然保持着原来的格局，进大门是一面照壁，照壁后两对檐的厢房，一边是三间厨屋，一边是三间客舍。天井里一块元宝巨石，再是一个八角瓦缸，栽着睡莲。上房面阔五间，硬山顶，五架梁，苫灰色布纹板瓦，脊端施兽，两面檐滴水。庭内四大明柱，方砖铺地，摆有条案、方桌和四把扶手椅。穿过一道园门到后院，院中一棵石榴树，树下一口水井，两边又都是厢房，左手三间是仓库，右手三间还是仓库。再是上房，却是六间，墙头嵌石雕葵花图案，四扇格子门，方形镂花格子，下部浮雕宝瓶、仙桃和八仙八骏。六间每两间用板墙隔开，两边置有躺椅、酒桌、茶炉，还有两张罗汉床，供贵客来喝茶饮酒吸大烟土的。中间是一面顶箱柜，前边摆一屏风，上面刻着踩云吐火的麒麟。东边是道双扇小门，进去就是一面大床，床柱上、围板上、帐顶檐上全是雕花。井宗秀的媳妇一住进去，眼就睁得滚圆，嘴也张着，以为在做梦，拿手掐腿，腿疼的，才说：这是我的啦?! 她看什么都稀罕，尤其那个便盆还是铜的，大白天的就使用了一回，听着尿声都响得中听。井宗秀在第一个晚上把所有房间全点了蜡烛，一上到床上也来了劲儿，遗憾这房子到手得晚，没能在这里成婚。他指着双扇小门外的屏风给媳妇讲，知道那屏风上的瑞兽叫什么吗？叫麒麟。麒麟屏风原本是县大堂才能配用的，据说县政府做了新的要淘汰旧的，岳掌柜花了一笔大钱才弄来的。知道为什么在县大堂的屏风上要雕刻麒麟吗？麒麟是指栋梁人物的，栋梁人物就是国家的官员。井宗秀的媳妇不听这些，她在想，井宗秀在这床上怎么就有了那么大的疯劲儿和花样，而岳掌柜的姨太太瘦得竹棍似的那是有原因的啊。她就把戴了玉镯的那只胳膊高高举起，说：别人总该也叫我是太太了吧。

井宗秀的媳妇一夜一夜想这想那，就失眠了，总是天快亮了才闭眼睡去。第七天的后半夜，似乎睡着了，似乎还醒着，迷迷瞪瞪，后来就觉得有个黑桩子进来了，进来了在西间里喝茶，吸大烟土。她问：谁呀？回答说：蚰蜒精。再问：从哪儿来的？回答：麦草垛。她要起来，起不来，浑身瘫得没一丝力气。如此三个晚上的后半夜都是这样，媳妇说给井宗秀，井宗秀说：你做梦了吧？媳妇也说不清是不是做梦，心里总有一块石头压着，白天里恍恍惚惚。过了两天，媳妇到后门外的麦草垛上撕柴火做饭，就在麦草垛下竟然发现了一条蚰蜒，有酒盅子粗，吓得叽吱哇啦跑回来。井宗秀便去把麦草垛烧了，也烧死了蚰蜒。媳妇害怕再在这里住，井宗秀说：即便是蚰蜒精作祟，已经被我烧了，还怕啥？媳妇说：咱还是住老宅院吧。井宗秀骂了一句：你真是贱命！媳妇说：这屋院太大了，肯定有怪处，要不岳掌柜的光景……井宗秀说：他镇不住，我还镇不住啦?! 媳妇说：要么是他的阴魂不散，惹不起你了才来纠缠我。听说老魏头那儿有钟馗像，你去借了挂在家里。井宗秀说：不是房子的事，是你的阴气重，要去你去。媳妇说：你去么，你去了，你啥时要我，我都依你。

井宗秀只好去老魏头那儿借钟馗像，经过老皂角树下，树上就掉下来三个皂荚，便听见有人说：呀，我天天在树下它不掉，你一来便掉皂荚啊?! 井宗秀见是斜对面的一间小铺子里，康艾山正给一个妇女治牙，歪了头看着他。

康艾山是镇上的穷人，但也算是能人，没什么活计他不会的，年轻时和井宗秀的爹混得熟，逢年过节了两人跑过旱船，耍过狮子，尤其赤着膀子撒铁火，那身手舞起来眼花缭乱。井宗秀的爹一死，他好像也失了势似的，日子一年不如一年。先摆地摊玩猴，让猴穿了花衣裳爬竿，猴不听使唤，他用鞭子打猴，猴倒扑过来抓破他的脸，也就不玩猴了，又开了牙所，专门给人拔牙。他手脚利索，用钳子夹住病牙了，在患者的脑门上猛击一掌，患者骂道：你狗日的咋打我？他说：你看这儿！钳子上已经夹出了病牙。大家都知道了这种拔牙法，再拔的时候，患者拿眼睛盯着他的手，掌击不能用，半天牙拔不出来，而且满口是血。

井宗秀扔过去皂荚，那妇女说：给我，给我。康艾山说：你这牙得拔了。妇女说：你别用钳子夹了打我，我害怕！康艾山说：我用药线拴住牙，牙自动就掉了。妇女揣了皂荚，坐在凳子上，让康艾山用麻线一头拴了牙，一头拉出来缠在桌腿上，嘴里叽叽咕咕念叨什么，突然惊道：五雷来了！门口几个人撒腿就跑，那妇女跌下了凳子，爬起来钻进一条巷去，麻线掉在地上，线头上是一颗黑牙。但也真的是五雷过来了。五雷敞着怀，把肚子放在了前头走过来，也看见了人忽地跑散，粗声说：咋回事?！康艾山朝着巷口喊：钱呢？钱呢？没给钱！你一来都跑了么。五雷说：这是怕我五雷？井宗秀忙给康艾山使眼色，康艾山还是说：五雷轰顶么。井宗秀说：康叔，你胡说的……五雷说：他说得对，我改名五雷时就想要的是这效果呀！井宗秀哦哦着，说：进他所里咱喝喝茶？五雷说：他这儿有啥好茶，你住了深宅大院的，要喝茶该去你那儿，你不请么？井宗秀说：别说去喝茶，你就是住在那儿都行。五雷说：这是你说的话呀，那我就住过去啦！井宗秀顺口应酬，五雷偏以假就真，井宗秀后悔不已，却又想，新屋院那么大，他住进去，一身的煞气倒能镇压鬼祟，就用不着挂钟馗像了。便说：你能去住，那是我的福分呀！

两天后，五雷真的搬了过来，井宗秀和媳妇住到前院，五雷住到了后院。五雷有两把枪，一把盒子枪始终在腰里别着，一把长枪就挂在后院的上房门，他带的三个护兵住在客房，平常把枪也靠在客房门口。别的土匪由另一个叫王魁的领着还住在庙里，每日便有土匪来井家，出出进进，自此屋院里不再安静，但井宗秀的媳妇不嫌嘈杂，晚上也睡得稳实了。

井宗秀和五雷混得太熟了，就知道了土匪有土匪的行规，而且严密：五雷是大架杆，王魁是二架杆，下边还有三个小架杆，每个小架杆各人有各人的兵。他们把罗集点叫窝子，比如，130庙就是庙窝子，五雷住在井家就是井窝子。把吃饭叫填瓢子，把路叫条子。向导叫带子。人质叫票子，打人质叫溜票子，打死了叫撕票子。以前抢岳掌柜还在镇外的十八碌碡桥上，后来出去抢一个村拉了很多票子，就全押在庙窝子里，然后下帖子让家属来赎，如果等不到赎票子的人来，专门有溜票子的，割耳、抠眼、断指、挖鼻，拿着那些东西给票子的家属，如果还不来赎，就撕票了。五雷好的是从没有把票子带到井窝子来。

但遭罪的是宽展师父，她住在那间禅房里，溜票子的声响太森煞，一夜一夜都睡不好，就起来吹尺八。五雷在这里住的时候，还不反感吹尺八，五雷不住了，王魁却嫌尺八像鬼叫，过来大骂宽展师父，夺过尺八用脚踩了。宽展师父每个冬天都要陆菊人陪她一块上山采竹子，在那些山壁上没有过蚊虫蛇患的竹丛里寻找水分少的竹材，回来做尺八，每一支尺八都要经过上百次的试验，先后做出了几十支。王魁踩坏了一支，宽展师父又拿出了一支还在吹，王魁就去扇宽展师父的嘴，吓唬道：再吹，把舌头割了！那天，镇上有人家出丧，请宽展师父去超度，宽展师父的嘴肿着，还是断断续续吹奏了一曲，等返回庙时经过杨记寿材铺，陆菊人看见她嘴肿得厉害，就让她来铺里安身，宽展师父却只是微笑，陆菊人说：你来了白天帮着照料生意，晚上也看守门户么。就要给宽展师父支一张床。宽展师父指着一口新做的棺，意思是她要来住，就睡在棺里罢了。陆菊人说：那我晚上过来陪你！可陆菊人晚上来时，宽展师父又回到庙里去了。

也就在那个晚上，王魁在巨石上的亭子里喝酒，喝醉了，躺在巨石上，没想蚊虫却在嘴上叮了一下，竟昏迷了三天。蚊虫叮不至于有那么大的毒，土匪们就说是不是不让尼姑吹尺八，地藏菩萨不高兴了？王魁就再也不敢限制宽展师父吹尺八了。

庙门口有着土匪站岗，宽展师父已经很长日子没有出来了，而镇上的人更无法进庙里礼佛，陆菊人就备了一个石香炉放在庙门外的牌楼下，供善男信女在那里上香点烛。有一个年长的土匪，除了背枪外，他腰里别着个竹挠挠，动不动就把竹挠挠伸进后背上挠痒，这一天他到卤肉店里吃卤肉，店里人说起礼佛的事，他也是肉吃着高兴了，说：也是怪了，只要有人在牌楼下上香点烛，尼姑肯定就坐在古柏下吹尺八，树上的柏花往下落，像下雨一样。陆菊人也正好去买肉，就去和那土匪搭讪，求着能进去看看宽展师父。那土匪说：明日我站岗，你来吧。第二天陆菊人拿了一袋米、四棵白菜，还有一篮子挂面，让老魏头同她一块去。在庙里见了师父，出来后，老魏头却说他能看见鬼，刚才在庙院里就有几个，还说后半夜了街巷的鬼也很多，那些鬼并不是本镇里死去的人，面孔生，常是哭哭啼啼诉说着各自遭撕票的往事。陆菊人说：魏伯，你别吓我！老魏头说：我没吓你，这五雷一来，真的是鬼多了。陆菊人说：那这咋办呀，咱到老皂角树下烧些纸钱？老魏头说：烧是要烧的，这土匪总得有人管呀。陆菊人说：你是说让井宗秀？老魏头说：不知他管得了管不了呀。

※　　※　　※

住在了新屋院，井宗秀讲究起衣着整洁，而且一闲下来，手就在嘴唇上、下巴上摸着胡须拔，脸便迟早见着都白白净净。但是，常常是正坐四方桌边喝茶，或拿了鸡毛掸子清理门窗和屏风上的灰尘，突然就停下来发愣。媳妇说：你咋啦？他说：我想我爹了。媳妇说：你爹死了那么久，想鬼呀?! 他不愿意给女人多说，想自己现在住了这么宽敞的屋院，爹的坟却挤缩在那三分地里，这心思越来越困扰他，就筹划着要给爹迁迁坟。坟迁到哪儿？可以在自己的田里，也可以买另外的地方，一定要建成涡镇，不，就在黑河白河方圆一二十里内，都要是最大最体面的陵园。于是，他跑动了几天，都在虎山湾里和黑河白河岸上察看地形，回来自己倒先画起陵园的草图：墓丘高隆，石雕护栏，三级台阶必须是青砖砌起，墓碑要拥座和戴帽。两侧柏树密集，前面明堂广大，有石香案，有石灯、石马、石羊。再矗一面几丈高的牌楼。画完了，脑子里又琢磨，牌楼是木结构还是石结构，而做石的是选方塌县产的白石料呢还是龙马关产的墨石料？一时拿不定主意。街上有人叫卖饸饹：北沟梁的荞面饸饹来啰。第一次不吃怪我，第二次不吃怪你！媳妇说：他爱吃饸饹，我去买些。井宗秀知道媳妇所说的他是指五雷，心里多少有些不美，却也不好说别的，那五雷确实是喜欢吃饸饹，每次吃都能吃三大碗，汤宽油旺芥末放重，吃得满头冒热气。媳妇拿了个小盆出去了，井宗秀觉得有些燥热，就也出来随便走走。

井宗秀是先走到西背街，又顺西背街往南走，经过那个大坑洼，坑洼里长着赤麻和老鹳草，那些干枯了的籽荚长喙就粘在裤子上，像是被射上了无数的箭。到了南门口，在唐景的凉粉摊上吃起一碗凉粉，阮家的二叔叼着个旱烟锅过来，说：井掌柜呀，你咋过来的？井宗秀说：走过来的呀还能咋过来的？阮家的二叔说：岳家原先不是有顶轿子吗？井宗秀说：去吧去吧。阮家的二叔并不生气，却说：唐景，你真不省事，井掌柜想吃凉粉了，你应该送上门呀，让他大人大事的坐在这里吃?！井宗秀不吃了，起身就走。原本是从中街回去的，不知怎么脚就拐进了东背街来，呸了一口，心里想：这日子过不前去了，他捂着嘴用屁股笑你哩，日子比他强了，这话里不是凉水就是刺！东背街没有大坑洼，但砖石铺成的地经年失修，也是高高低低的不平整。井宗秀还生着气，一边踢着一个小石头，一边往前走，这么踢着走着，突然闻到一股香气，看见旁边的院墙上蓬蓬勃勃涌了一大堆蔷薇，花红的白的开得正繁。涡镇上的人家有喜欢在院子里种些花花草草的，可从来还没见过这么大藤蔓的蔷薇，那花好像在院子里开得装不下了，就爆出了院墙。井宗秀痴眼看着，一朵花就飞起来，飞过了墙头，在街空中忽高忽低，扭头看时，那不是花，是一只蝴蝶，而远处站着陆菊人。

陆菊人从道巷口刚出来，头上顶了块花格子帕帕，穿着一件青蓝掖襟袄，袄角翘翘的，手里有一卷深褐色的布。她也是猛地看见井宗秀，站住了，站住了就微笑着。井宗秀说：啊，啊夫人！陆菊人说：在看花呀?！井宗秀有些不好意思，说：这是谁家，有这么好的花？陆菊人说：割漆的刘老庚家。井宗秀说：咋能有这么好的花？陆菊人说：穷人家就不该有好花啦？井宗秀说：我倒不是那个意思，你才买了一卷布？陆菊人说：去年买了点便宜布，杨钟都看不上，我拿去给自己做件褂子呀。井宗秀说：啥布夫人穿了都是好布。陆菊人说：别夫人的，杨家不是官府也不是财东，让人听着了笑话我。井宗秀说：我说过要叫你夫人的，你就是夫人！杨伯和剩剩都好吧？多久没去你们家问候了。陆菊人说：有啥问候的，各人有各人的日子么，都忙忙的。井宗秀说：你告诉杨伯，我住到新屋院了。陆菊人说：全镇人都知道你住到岳家了。井宗秀说：不是岳家，是井家。陆菊人说：是井家。房子就像钱一样，今日在你手里了就是你的，明日在他手里了就是他的。听说你还要给你爹迁坟呀？井宗秀说：这事你也知道？陆菊人说：有没有这事？井宗秀说：有这事。陆菊人说：哦。井宗秀说：我爹那坟毕竟是太挤狭……陆菊人说：坟地是小了点，可你爹是要让你当官显贵的，你就只是当个岳掌柜那样的财东吗？井宗秀说：我爹要让我当官显贵？陆菊人说：唔，唔，我顺嘴说说，你忙吧。转身就走了。井宗秀撵上来，说：夫人，你好像话里有话哩，你听我说，迁了坟，那三分地就还你们了，我还要再给你们三十亩地作为对你们恩情的报答。陆菊人顿时站住了，说：井宗秀呀，你说这话倒让我伤心。那三分地不是三亩三十亩三百亩能还得了的，按说你要迁坟我是该心里高兴的，可杨钟就是那个样了，我不敢多指望他，剩剩又是杨钟的坯子……我只说你是个能行的，你却也……井宗秀说：我咋越听越糊涂了，夫人！陆菊人说：唉，我实在是不该说的。我就给你说了吧。陆菊人看了看四下，悄声把她当年见到赶龙脉人的事说了，再说了她是如何向娘家要了这三分胭脂地，又说了当得知杨家把地让给了井家做坟时她又是怎么哀哭过。井宗秀听着听着扑通就跪在了地上。陆菊人忙拉他，他不起来，陆菊人拧身再要走，井宗秀这才站了起来。陆菊人说：那穴地是不是就灵验，这我不敢把话说满，可谁又能说它就不灵验呢？井宗秀只是点头。陆菊人说：如果真是好穴地，你爹能埋在那里也是你爹的造化，也是杨家的缘分太浅。既然你有这个命，我才一直盯着你这几年的变化，倒担心你只和那五雷混在一起图个发财，那就把天地辜负了。井宗秀说：经你这一说，我知道我该怎么做了！我要给你磕头。说罢就磕了一个响头。陆菊人说：你不要给我磕头，要磕到庙里给菩萨磕去！井宗秀说：你就是我的菩萨！再磕了一个响头。陆菊人说：我这话，从没给我爹我弟他们说过，也没给杨家大小的人说过，你知道了就烂在肚里。还有，以后我见你是井掌柜，你见我也就是杨家的媳妇。我得去做褂子呀。

井宗秀又磕了一个响头，抬起头来，陆菊人已经一步步走远了。他仰天想要大喊一声，可仰天了，天上的太阳正悬在头顶，直端端地照耀着，他的身前没有影子，身后也没有影子，一时说不清是兴奋还是感叹，要喊出的声就变成了一股热流，嗖嗖地从脚底涌到了脑门，他觉得整个身子都在澎湃，肌肉一疙瘩一疙瘩的，衣服显得紧窄，个子也在长了。这时候他想起了那件还留在家里的铜镜，镜的铭文上是有昭日月光明五字，这铜镜应该属于陆菊人，陆菊人是配得上这面铜镜的。

井宗秀回到了家来，翻箱倒柜地寻找那面铜镜，但就是找不着，急得又把所有箱子柜子里的东西全掏出来，一件一件抖着再找，早已在家的媳妇说：你这是抄家呀?！井宗秀说：我记着有一个小布包在箱子里咋不见了？媳妇说：是不是块黑布包的？井宗秀说：对对对，你见到里面的东西了？媳妇说：我以为是啥稀罕物的，不就是个烂铜片吗，我把它支案板了。井宗秀去了厨房，果然案板下支着那个铜镜，就揣在怀里出门往制衣铺去，盼望陆菊人还在那里做衣服。

制衣铺就在槐树巷，而斜对面是一家剃头店，郑老汉正拉扯着他的小儿子去剃头。郑老汉前十多年一直在县城开饭馆，专卖涡镇的“十三花”蒸碗，老伴病逝了才关闭饭馆回到镇上。他有三个儿，却只偏爱小儿子蚯蚓，觉得蚯蚓是他老来得子，又五岁上没了娘，一切要做的目的是怎样不让蚯蚓干活儿，又怎样能让蚯蚓吃好的穿好的。大儿二儿不在家的时候，大儿的媳妇对蚯蚓说：缸里没水了！蚯蚓拿了桶要去巷口井台上。他说：你不要去！蚯蚓说：那咋做饭呀？他说：炒去！而饭做熟了，蚯蚓在外边玩耍没回来，他不让开饭，大儿子出门看见蚯蚓在巷中一棵杏树上摘杏，喊：吃饭啦！他说：你声那么大，是要把他惊得从树上跌下来？郑老汉宠惯蚯蚓，蚯蚓就一身混气，成天不是用稻草塞了谁家的烟囱，就是拿弹弓打坏了谁家檐下的灯笼。但这蚯蚓啥都不怕，就怕剃头，头发长得把耳朵遮住了，郑老汉哄说着才把他拉到了剃头店。

井宗秀到了制衣铺前，还没来得及往里看陆菊人在不在，郑老汉高声说：井宗秀，我该叫你井掌柜了，你也来剃头呀！井宗秀脚一拐，就走过去，说：剃么。郑伯，这是你那个小儿子蚯蚓？咋起了这么个名字！郑老汉说：名字好吧？蚯蚓是土里的虫，可地面上一有动静它就出来了，是地龙啊！剃刀匠的刀子还没挨着头发，蚯蚓便哭喊连天。郑老汉说：哭喊的啥，杀你呀?！井宗秀笑着说：蚯蚓蚯蚓，头发长了要剃哩，剃惯了不剃倒难受哩。蚯蚓睁眼见是井宗秀，说：爹，爹，你不要按我，我伸长脖子让他剃。郑老汉手一松，蚯蚓却一下子挣脱了。井宗秀说：啊人小性子还烈！郑老汉喊蚯蚓，喊不来，倒笑了，说：这碎屄就像我小时候。井宗秀，你现在可是咱镇上最大的掌柜了！井宗秀说：郑伯在县城见过世面，你得指教啊。郑老汉说：我没能耐，混达了十多年回来还是两手空空。我一直都想问你，你怎么一下子就发强了？井宗秀说哪里哪里，眼睛乜斜了一下制衣铺，陆菊人是从铺子里出来了。

陆菊人穿着新做的褂子，那褂子长到脚面，手里还拿着那件旧衣和一绺深褐色的布，可能是新衣裁制剩下的吧，出了铺，腰身扭动，褂子就款款地摆着，脚上的黑面红花绣鞋一下子露出来了，一下子又隐住不见了。陆菊人也看到了井宗秀，却只招呼了送她出铺的裁缝，朝巷口便走。井宗秀叫了声：哎，杨钟，杨钟，我问个话的。就跑过去。陆菊人站住了，眼睛看着剃头店，低声说：你咋又到这儿了，剃头呀？井宗秀说：我还要给你说件事的。挪身背向着剃头店，让郑老汉和剃头匠看不到陆菊人。陆菊人说：既然当着人说话，你不要挡我，这又不是做贼哩。偏往左站了一步，大声说：你杨伯还好，只是这几天咳嗽，没事的。井宗秀从怀里掏出铜镜，极快地塞进了陆菊人的旧衣里，也大声说：好些日子也没见杨钟了，还练他的轻功？陆菊人说：这是啥？井宗秀说：给你的。陆菊人撩起旧衣看了一眼，说：我一个妇道人家要这干啥？这时墙拐角闪过来一个妇人牵着一个孩子，孩子抱着一卷花布。陆菊人说：给孩儿做衣服呀？那妇人说：是呀是呀。哎呀，杨钟家的你这褂子也是才做的，合身得很么。陆菊人把旧衣一掖，伸手去摸孩子头上扎着的独角辫，说：你娘把你当女孩打扮呀，还给你做花袄啊！那妇人说：叫杨婶！认着你这杨婶，长大了娶媳妇就要像你杨婶这样的，又漂亮又能干！井宗秀说：这恐怕难了吧！说完就哈哈笑，陆菊人说：胡说啥的！那妇人也笑了，拉孩子进了铺。陆菊人说：这我不要。井宗秀说：这东西只有你才配的，上边有铭文，回去你看了就知道了。陆菊人说：那好吧，我给你保存着，说不准杨钟看见了就给倒卖了！你去剃头吧。啊你那酱笋好是好，就是价贵么！井宗秀说：那我求你一件事，你得答应。陆菊人说：咹？井宗秀说：你把这绺布给我。陆菊人说：剩了这一尺布，要它有啥用？井宗秀说：你给我。噢，我几时给杨伯送些酱笋去！陆菊人把布一给，转身就闪过了墙拐角。

井宗秀把那绺布揣在怀里，回到剃头店，郑老汉说：和你说话的是杨家的那个童养媳？井宗秀说：埋我爹的时候多亏了他们家让给了一块地，我得去问候一下。咦这制衣铺生意这么好的！剃头匠说：汪家媳妇又给孩儿做新衣吗？孩儿穿得像花疙瘩一样，她爹却一年四季都是两件衣服，冷了装上棉花，热了抽掉棉花，现在这人咋都是向下爱哩，再不会向上爱了！井宗秀笑着说：你这是说我郑伯哩?!郑老汉说：剃头，剃你的头！

井宗秀没想到剃头，但他现在要削发明志，也就剃头，还剃了个光头，而且决意从此只剃光头。他光着脑袋回到了家，媳妇坐在门槛上嗑瓜子，弓背缩腰，两条腿分开着还不停地摇晃，他踢了她的腿，说：难看不难看！媳妇说：你不秃不脱的，咋剃了个老葫芦？井宗秀把怀里的那绺布掏出来让用针线锁个边儿。媳妇说：就这一拃宽的烂布呀，我做抹布去。井宗秀眼睛一睁，说：你敢?!媳妇就把嘴闭了，老老实实寻了针线锁了布边。

※　　※　　※

陆菊人拿回了那个铜镜，连续三个晚上，杨钟不在，她就关了卧屋门在灯下要看上一会儿。这些年她听说过镇上是有人盗墓，也知道倒卖着古董很赚钱，而井宗秀为什么把这铜镜要给她，想必是知道他爹坟地的秘密了要回报她，或者不是回报，是把他最珍贵的东西送她留个作念？但铭文一共是二十个字，她认得出有昭日月光明，全句是什么意思，她搞不懂，就默声说：井宗秀你不给说写了个啥，你羞辱我！就把铜镜扔到炕上去，偏不去再理，纳起鞋底来。鞋底又厚又硬，必须先用锥子锥个眼儿针才能扎得透，这么锥着扎着，哧哧地拉扯着麻线绳子。鞋底上的针脚才纳了一行，她终忍不住看一下那铜镜，再看一下那铜镜，针就扎了手，她把手指伸在口里吮血，含混不清地说了句什么，自己的耳朵就发烧。她从炕上像兽一样爬过去，把那铜镜装好在小布袋里，下炕放在了柜子里的衣物下面。重新坐炕纳鞋底了，麻线绳子很长，几次把手指缠住，又下炕从柜子里取出了小布袋，放到墙头架板上的瓷罐里去。架板上是三个瓷罐，里边装着储存的桂花瓣，把桂花瓣倒出来，放进去了小布袋，再把桂花瓣又装进去，杨掌柜不会到这卧屋来，剩剩也摸不到那么高，而杨钟呢，他才不愿意动桂花瓣的。这时候院门环在响，她慌忙起身，一边抹了抹发髻，一边去开门，是公公从寿材铺忙完了才回来。公公说：杨钟呢？陆菊人说：还没回来。公公说：这野种！气呼呼进了上房，还说了一句：你得把他管住啊！

杨钟是没有可管性的，杨掌柜没办法，陆菊人也没办法。杨掌柜给井宗秀诉苦过，说井宗秀和杨钟年纪差不多，一块儿玩耍的，或许井宗秀的话会听。井宗秀说：是一块儿耍大的，而能制住他的只有井宗丞啊！果然他去劝过，杨钟说：咱都是属鸡的，你几月生日？井宗秀说：我九月。杨钟说：我正月，你小鸡还给老鸡踏蛋啊！他甚至看不上井宗秀的脸白，又没胡子，男人么，要那么白的脸干啥，戏上的曹操是白脸奸臣，可曹操还有一把黑胡子的！但杨钟还是认为在这涡镇上，井宗秀和他一样都是很想做事，也敢做事，至于能不能做成事，那得往后看的，他给井宗秀说：你若是个文的，我就是武的，谁要欺负你了，或者你有扛不动的什么人了，你给我说！他还建议跟他一块儿向彭家砭村的彭拳师学拳，井宗秀没去。

井宗秀几次经过小酒馆，都看到杨钟和一些闲人在里边喝酒。众人吆喝中，杨钟脱了上衣，那身竟长满了毛，列出马步，将一口气吞进去，肚皮子上就有了一个疙瘩忽上忽下。旁边人好奇那满身的毛，近去拔一根，说：你精瘦精瘦的倒有毛？杨钟说：练轻功才能长这毛，是飞毛！闲人们就起哄：飞呀，飞呀，给咱飞一下！杨钟便看见了井宗秀在门口，喊：喝酒，你进来喝酒！井宗秀说他要到南门口外接货呀，就离开了，一路上叹息着杨钟不成器。

后来，涡镇关于杨钟的故事就多起来，甚至玄乎得不得了，说他学了轻功后，身上的毛越来越凶，竟然就有了一种本事：发起功了能来去无踪。常常是和人喝酒，喝醉了，就把酒盅子扣在桌上，让大家闭了眼，他说谁要吃卤肉，就很快能从卤肉店拿来卤肉，他说谁吃烧鸡呀，不大一会儿又拿来了烧鸡。井宗秀不信这些，希望杨钟还是再到他的布庄或水烟店去干事，也算帮他赚些钱，能安生下来，可杨钟三个月再没露面。又传出三个月前杨钟喝了酒，说他能去南沟的鸟梢镇取个熊掌来，那里的饭店野味都做得好，可他一走，酒友们却睁开了眼，还揭了桌上的酒盅，杨钟就再没有回来。

杨钟十天半月不回家，杨掌柜和陆菊人都习惯了，并不在意，可一个月两个月没回家就急了，问过割漆的刘老庚，刘老庚说割漆是苦活，杨钟哪里会去割漆！杨掌柜又去安仁堂，打问常去那里的挖药人，挖药人说杨钟是跟他们挖过石斛，但他去是显摆他能在悬崖峭壁上的身手，也就是显摆了一次再没去过。杨掌柜便给陈先生说：常说儿子是来讨债的？陈先生说：那你前世欠了他么。杨掌柜说：我一辈子都不想他，可他有媳妇有孩儿呀！你给算算，他几时收心回来？陈先生说：你把他一双鞋在祖坟上烧去。杨掌柜拿了杨钟一双旧鞋去烧，却见坟上芦子草旋天而起，足有一丈多高。回来又给陈先生讲了，陈先生说：坟上出了事么，草那么高这是后辈出飞贼啊！吓得杨掌柜说：都怪我没常去坟上照料！陈先生说：你找一条埋人抬棺的草绳放在草丛里一块儿烧吧，或许就好了。杨掌柜回家把这事说给陆菊人，陆菊人哦了一下，半天闷着再没言语，两行眼泪流出来。杨掌柜只知亏待了儿媳，说：杨家的祖坟风水是好的，只是长荒了草么。自己出去寻找埋人抬棺的草绳。埋人抬棺的草绳平日是寻找不到的，就在寿材铺等了三天，终于等到有丧家来买棺，他也去丧家行了礼情，再等着下葬时索要了一条用的草绳。第七日傍晚，和陆菊人又去祖坟，把草绳盘在坟头，然后放火烧草。草不起明焰，只冒黑烟，像一片乌云罩在半空，待黑烟散尽，坟头上干干净净，而那盘草绳也被烧化，但盘形不变，如蛇一般，杨掌柜目瞪口呆，近去要拎，灰蛇却霎时消失殆尽。

杨钟是三个月后又出现在镇上，人瘦得皮包骨头，大骂那些酒友，说他正飞过一个崖头，突然从空中跌下来，胳膊腿就断了，在山里的人家养了这么多日子才好。他这话是真是假，没人知道，而奇怪的是身上的毛慢慢脱落，走路也和平常人一样，再不说扣了酒盅让人闭眼了他能飞空取物的话了。

到了六月初六，太阳正火，家家把箱柜里的衣物布匹拿出来晒，井宗秀的媳妇便在大门外拉起了长绳，搭挂了各种颜色的丝绸。井宗秀从外边回去，忙让媳妇把那些丝绸收回去，说：院子里哪儿晒不了，你晒在街面上?！媳妇说：我就是让人看的！有粉不搽在脸上难道搽在屁股上？井宗秀说：人家都是藏着掖着，你就那么爱张扬？媳妇说：你原来有啥的，都是我有旺夫命，现在有了，我咋不张扬?！井宗秀扇过去一个耳光，虽然没扇住，媳妇却坐在地上哭叫起来。她一哭叫，井宗秀越发生气，就又出了门，独自到街上酒馆去了。

没想到一壶酒还没喝，冰窖巷的王婆婆却来找他。王婆婆的娘家在虎山西沟岔，西沟岔一个远房侄子被王魁绑了票子，那侄子的家人就哭哭啼啼来找老姑，要老姑求井宗秀。井宗秀心情还不好，说土匪都是狼，肉到嘴里了能吐出来吗？他不行。王婆婆说：你能行，你和土匪是一家的。井宗秀倒火了，说：我怎么和土匪是一家？五雷要强占我的房子，我能不让吗，我咋就和土匪是一家了?！

王婆婆打自己嘴，说：都怪我不会说话！婶是穷人，也没给你拿啥，但婶当年是接生过你的，你生的时候是掉到尿桶里的，捞出来不会哭，是我提后腿在屁股上拍了三下，尿从嘴里流出来了才哭的。井宗秀叹了一口气，说：唉，我去给说说，但我说话能起作用吗？你为难我！

五雷是头一天夜里就到了130庙里看王魁他们溜票子，溜了三个票子，这天晌午得了半麻袋银元，心情正好，听了井宗秀的求情，就答应放王婆婆的娘家侄子。五雷说：我不在乎他了，得给你个面子！井宗秀喜出望外，起身却往门外走。五雷说：这就走啦？井宗秀说：让我去大殿给菩萨烧上香。五雷说：菩萨不放人你倒给菩萨上香呀?!井宗秀说：我当然得请你客呀！你叫上人，我上香了咱就去许记火锅店！五雷说：不吃火锅，有没有谁家店里红烧驴鞭的？井宗秀说：那就到拐子巷炒菜馆！井宗秀去了大殿，并没有给菩萨上香，转了一圈过来，五雷已叫了王魁等五个人，一行就去拐子巷。路上，井宗秀趁机又说了镇上人以往都是要进庙里烧香礼佛的，但现在有些不方便，能否隔出一道去大殿的路，五雷竟然也答应了。

这顿饭吃了五根驴鞭，喝了三坛子老酒，五雷他们没事，井宗秀却醉了。在饭馆躺了半天，醒来只剩下他一个人，刚到街上，票子的家人和亲戚十几个人齐刷刷就跪在他面前磕头。他赶紧扶他们起来，他们仍说了一大堆好话，但有一句他听在耳里：井掌柜是从来不说一句硬话的，可从来没做过一件软事啊！他心里挺受活，嘴上却说：哪里呀，哪里呀！满脸通红，脚步摇摇晃晃地往家走。

走到皮货行门口，杨钟在门道里铲一张羊皮，井宗秀说：杨钟，你在这儿干啥哩？杨钟说：你喝酒啦？喝酒也不喊上我！井宗秀说：你不学木工做寿材，倒来铲羊皮，你会呀？杨钟说：做寿材是盼人死哩，铲羊皮做褥子是让活人睡么。我啥不会的？世上的事只要我想学没有不会的。井宗秀说：你吹吧。杨钟说：那我给你说说熟羊皮的工序！羊皮放在大缸泡两天，捞出来挂在杆上用刀刮，刮了碎肉加土碱搓洗，再在缸里放盐放芒硝放苞谷面渥上十天，捞出来暴晒，再铺平了喷水，泛潮，晾干，就轮到现在用铍刀铲了。陈伯，我说得对不对？陈皮匠说：你狗日的比来祥灵醒！杨钟说：你那酱笋有熟皮子工序多吗？井宗秀说：你过来，你过来。杨钟走过来，井宗秀说：脑瓜子这灵的，你得踏实干个啥么。杨钟说：还让我去酱笋坊？井宗秀说：布庄、水烟店由你选。杨钟说：我是猴屁子坐不住么！井宗秀说：镇上谁不在做生意，你就这么浪荡下去？杨钟说：都做生意了那就有我吃的了！井宗秀说：你是刀客呀还是逛山?!陈皮匠说：我看杨钟就是个背枪命，宗秀你和阮天保熟，让阮天保在县城给寻个差事，免得他将来入了五雷的伙。杨钟说：我去当保安？哼，要背枪我也要当井宗丞！井宗秀一下子闭了口，眼睁得多大。杨钟却还说：你平常眯了眼，一睁这么大呀！井宗秀拧身就走，不再理他。陈皮匠说：杨钟杨钟，你狗日的信嘴胡说了！杨钟说：我说井宗丞又咋啦？他井宗秀不认了他哥，我认呀，小时候，我和井宗丞就投脾气嘛，如果他现在还在镇上，我两个呀……他跷起了大拇指，又对着井宗秀伸出小拇指，还在小拇指上呸了一口。陈皮匠忙来捂他嘴，没捂住，他高了声地说：我就说啦，谁给县政府举报去！

井宗秀踉踉跄跄进了家，酒劲儿又上来了，去扶卧屋门口的扫帚，扫帚却在跑，没扶住，就又去靠门帘，门帘也不让他靠，扑通就倒在门槛上。媳妇闻声从后院跑来搀他，说：你请大架杆喝酒哩，人家没醉你倒醉了！井宗秀硬着舌头，说：他回来了?!媳妇说：早回来了，我在街上买了些杏，他吃哩，我给你拿几个去。井宗秀说：杏？媳妇说：是南山沟里的杏，不酸，还是甜的。井宗秀身子刚一挨到椅子，就吐开来，人便软瘫成一堆泥。媳妇说：你就这样往椅子上吐呀？昨天才洗的椅垫。你吃的啥东西，能熏死人，粉条都没咬呀！媳妇嘟囔着，却奇怪井宗秀竟然没发火，嘴里含糊不清地念叨什么，凑近耳朵听了，听到的是：井，井宗丞，呀丞。

※　※　※

井宗丞当上二分队长后，69旅还在秦岭西南一带，而秦岭东北各县的保安队都张狂地要消灭游击队，游击队则今日化整为零，明日聚零为整，能咬就咬一口，咬住肉了连骨头都啃，咬不住了，就钻进山林，反复无常，神出鬼没，反倒声势一天比一天大起来。

也是在这几年，秦岭自遭过蝗灾，又连续旱着，十天半月里要刮一场风，黄风，成片成片的箭竹、龙头竹、木竹全都开花，竹林开花壮观是壮观，但开完花竹子就枯死了。随之是蝇虫丛生，遍布在大路小道上，蝇分青蝇和苍蝇，青蝇乱色，苍蝇乱声。不时传来某沟岔有了蟒蛇，常在月圆时分，嘘气成云，而采药的打猎的割漆的伐木的，还有那些脚客，一旦误入其中，立即身子僵硬，气短而死。更多的人，几乎是一个村一个寨的，都害起嗓子疼，轻者咳嗽，重者喉咙化脓，口水难咽，必须去山上寻七叶子树。七叶子树有结节，呈串珠状，三五个叶片轮生茎顶，那叶子熬汤喝了才能治。可怜的是到了春季，山里人无以为食，吃橡子和柿子拌稻糠磨出的炒面，吃草根树皮观音土，老老少少脖子上挂了钥匙，那种刻着槽的直把铜钥匙，不仅是为了开门锁，还是大便时能随时掏粪。厕所里野路旁总会看到屎疙瘩上沾着脓血，每个村寨里都有人屙不下来憋死了，或有人掏粪时血流不止，趴在那里半天就没了命。

游击队由每天三顿饭减到一顿饭，后来一顿饭也不能保障，去抄过几处富户，但是保安队闻讯就来围剿，只好又往更深的山林里钻。山林里多有野猪和熊，拿枪打了，野猪和熊都是一个秉性，会顺着射击的子弹冲过来，凶猛无比，人没有吃到野猪和熊的肉，反倒被野猪和熊吃了三个队员。蔡一风下令见了野猪和熊一定要避开，大家就用水浇老鼠洞来逮老鼠吃，捕鼠用木柴棍戳在鼠屁股里在火上烤了吃，或者发现黄檗树了，就在周围寻找死亡的羚牛。羚牛多有肚子里生了虫，见了黄檗树就啃皮，黄檗树皮有毒，能把虫杀死，但啃得多了，又能毒死羚牛。那些死亡的羚牛身子已经腐烂了，还有虫爬出来，像线一样，一窝一窝地蠕动。吃羚牛的肉有五个队员就中毒了，双腿变紫变黑，最后溃烂死去。又有三个队员逃跑去了川道，再发现有企图逃跑的，李得旺把两个队员丢到一个山洞里关禁闭。关了三天，队伍去一个村庄要抄财东家，那财东家竟在院子里修了个石楼，雇了保镖在石楼上往下打枪，难以靠近。相持了一天，还是井宗丞趁夜里从后院水道里钻进去才攻破，弄了三担米，三担面，四斗黄豆，六背篓萝卜、白菜，还有十几吊腊肉。回来把黄豆、萝卜和腊肉一起在锅里炖，每人吃了三碗，半夜里肚子胀得睡不下，井宗丞在地上双脚蹦跶，蔡一风也把肚子往木头上撞，却突然说：是不是王二狗还关禁闭着？井宗丞也想起来了，说：把这事咋忘了！蔡一风让人去放他们出来，费力撬开洞口封着的石头，喊了几声没有回应，进去看了，一个人死在那里，半个脸没有了，一条胳膊也只剩下骨头和皮，而二狗嘴上粘着血痂，也已死得硬硬的，像一根木头。

天灾严重，但税赋地租丝毫未减，仍是不按数缴齐，就抽地抽丁，农民只得东贷西借，而高利贷者趁机放账，驴打滚式地往上涨。饿殍遍地，民怨沸腾，秦岭特委要求各地农民暴动，游击队就化整为零，分头到方塌、三合、桑木、麦溪各县的一些乡镇去，配合地下县委组织发动群众。

井宗丞是带了些队员去了方塌县的毛坪乡，联络上了地下县委书记张白山，三十多人先去麻庙村集合，研究行动方案。麻庙村仅五户人家，早已断粮，为了填饱肚子，井宗丞就在一面山坡上点火，要烧死些野物，没想火烧起来，遇着刮风，竟连烧了四面坡上的山林，将三户人家的房也烧着了，这三户人家索性也跟了他们。吃过烧死的野物后，几十人翻过山到了上王村、西沟坝村，上王村、西沟坝村知道了山那边起了大火，三户财东跑了，他们砸开财东家门，把所有财物一尽分给了穷人，接着一路向西，往铁峪村、石坡寨、黄水洞村一带去。凡是一进村，就有穷人来举报谁家是土豪，谁家是劣绅，又都积极带路，于是所有的土豪劣绅都被放长工、烧地契、分地分粮。当然，跟随的人也多起来，已经有一百二十号人，虽都是乌合之众，枪支有限，却也使方塌县西南一带风声鹤唳。这一日到了百顷湾，那里是个大村，他们才绑了三个土豪，正从各家地窖里往外搜粮，遭到县保安队围攻，仓促撤离。井宗丞已逃到村外河边了，发现张白山没跟上，二反身又进村去找，刚拐进一条巷子就再遇上敌人，右腿中了弹受伤。他只知跑不脱了，就把枪塞进一家烟囱里，被俘后说自己是过路的庄稼人。保安队长把他的手拉起来一看，骂道：手上没茧子哪是种庄稼的！井宗丞只好承认是农民武装队的，而绝口不提他是头儿。保安队就在他腿上的伤口穿了绳子牵着，和另外被俘的八人一块经过几个县境示众。

到了麦溪县，麦溪县的保安队请方塌县的保安队吃饭，井宗丞他们被拴在饭场边的拴马桩上。偏偏县保安队有人就认得他，说：这是秦岭游击队二分队长井宗丞么！井宗丞也认得了举报他的是范哈子。范哈子也曾是游击队的，从山林逃跑后投靠了麦溪县的保安队。井宗丞说：你别胡说，胡说我没命啦！范哈子说：把你烧成灰我都认得！游击队在安村时我摸了一下那家女子的屁股蛋，你打了我一枪托，这仇我记着哩！井宗丞就骂道：我那时怎么就没一枪崩了你！保安队长得知俘虏了秦岭游击队的二分队长，兴奋地大叫：好了好了，我逮了条大鱼！但饭还未吃完，枪声四起，蔡一风领着人杀了过来，乱战中把井宗丞抢走了。蔡一风得知井宗丞被俘后，带人一直悄悄暗随着走过了方塌县、桑木县、麦溪县，终于抓住保安队吃饭之机冲进去。抢走了井宗丞，井宗丞腿已经走不动，被李得旺背着，李得旺双手能打枪，一边背着跑，一边打，井宗丞说：你把枪给我，我看到范哈子了。范哈子在乱战中跑到一棵树后的厕所里，刚露出半个脑袋往外看，井宗丞叭地打了一枪，范哈子竟身子趺了一下，趴在了厕所墙头，垂着了半个脑袋。

井宗丞被救出来，藏在了方塌县同济药房的地窖里，杜英就一直照顾养伤。养了两个月后，杜英晚上再到地窖里送饭就没上来。这样的情况连续了多次，掌柜知道了，给井宗丞说：我给做媒，你们就算结婚吧。掌柜白天里买了一对红烛，还拿来了一个结婚帖子，帖子上是别人的名字，说这是蔡队长那次攻打桑木县，从县长那儿缴的一个皮箱，皮箱锁着一时打不开，留在他这儿的，后来打开了里边有委任状和这结婚证书。掌柜当下刮掉结婚证书上的名字写上了井宗丞和杜英。井宗丞拿过看了，上边印着一段话：两姓联姻，一堂缔约，良缘永结，匹配同称。看此日桃花灼灼，宜室宜家，卜他年瓜瓞绵绵，尔昌尔炽。井宗丞说：这词多好，但我不愿结婚。掌柜说：为啥？井宗丞说：我这是革命哩，过不了日子。我不知哪天脑袋就掉了，即便活着，什么时候再来见她也不一定，何必担这个名呢？掌柜说：那你就不要沾她呀！生了气，第二天借故让杜英当特务送信，就没有再到地窖里去。井宗丞也不想再待了，第二天晚上趁掌柜不在，出了地窖要离开，偏偏掌柜和杜英进了门，掌柜说：你咋出来？井宗丞说：我胳膊腿可以了，晚上没人，出来透透气。掌柜说：伤筋动骨一百天的，你才两个月哪能全好了。井宗丞说：我把脚印踩到那门扇上。一跃子旋起，脚踹到了门扇的上沿。掌柜说：杜英有功劳！却讲了另外一件重要情报。

情报是杜英从特委带回的，说三合县工职校长尹品三是省党部委员，他搜集到了秦岭三个县的共产党员名单，并打算密送省主席，特委指示进行阻截。井宗丞说：那这只有我去干了！连夜要赶往三合县。杜英突然哭了，井宗丞说：你哭啥？杜英说：就你一个人去呀?！井宗丞说：你不放心了，给我个东西。杜英说：啥东西？井宗丞说：你过来。掌柜以为井宗丞要和杜英亲热，背过了身，井宗丞却说：你不是来那个了吗，听说带上一点红棉花了，能辟邪的。杜英说：那我跟你一块儿去！井宗丞说：你不会打枪，去了是累赘呀！杜英说：我可以掩护你么。掌柜也不好说什么，只叮咛杜英把井宗丞送到三合县了，连夜就得赶回来。

两人去了三合县，杜英并没有返回方塌县，在县工职学校周围秘密监察尹品三的行动。三天后，学校里的人收拾一顶轿子，估摸尹品三要去省城了，两人就埋伏在县城外二十里通往省城的路上。果然轿子经过，将抬轿人击毙，尹品三从轿子里滚出来，说：好汉，我一个教书先生，啥也没有，你把轿子拿去吧。井宗丞说：我坐轿子没人抬的，我要衣服！尹品三就脱了长衫。井宗丞说：再脱，往光里脱！尹品三脱了三件上衣，又脱了两条裤子，都没有名单。尹品三也就剩下个裤头不脱。井宗丞说：脱呀！尹品三说：裤头也要呀？井宗丞说：要！尹品三说：这里有妇人，我得留个遮羞的。井宗丞说：她是我的女人，什么没见过？脱！尹品三把裤头脱了，拿在手中。杜英夺过裤头，裤头内缝着一个口兜，撕开了里边有两张叠成小块的纸，果然是名单。井宗丞说：你老尿，就长着那么一点肉！一枪打去，把那老肉打掉了，接着又一枪打在脑门上，两人钻了山。

那山叫莲花山，山头上一簇五个峰，峰上都长着红豆杉树，更有成片成片的绿叶黄花的棠棣，又还是太阳要落，晚霞烧起，万般艳丽，两人就在草窝里做起那事。杜英还在经期，血把他们的腿上、肚子上都弄红了，也全然不顾，待折腾完，像鱼晾在了沙滩上张口喘息。就看着远处的鹤雉一边走一边鸣叫，后来飞到一棵红豆杉上了，将尾巴直竖起来，尾巴竟然长六七尺。又发现了棠棣丛中有着穿堂风。杜英在药店里待过这几年，已经能认识许多中药材，狼吃红肉拉白屎，屎里那些没有消化过的骨头就是穿堂风，专治人的疯病。杜英说：咱俩是不是也疯了？井宗丞说：咱这是庆祝刺杀成功呀！杜英就又想起山下的一幕，说：你只让那老家伙脱衣服，我真担心他身上有枪，突然拔出来了打你！井宗丞说：他有肉枪！肉枪也是没了子弹！杜英说：我给你说正经事哩，你只是坏！井宗丞说：咱现在就是正经事么！翻上来又压住了杜英。杜英还在喘着气笑，却哎哟了一声，井宗丞说：受不了啦？看到那石头堆里有一株隔山撬吗？我去摘些叶子嚼嚼，我受不了你受不了这草窝更受不了啦！他得意地告诉杜英，那草之所以叫隔山撬，是熬汤喝了，男人就不得了，即便对面山上站个女人也会把山撬翻的！井宗丞说着，杜英却不吱声，连身子都不动了。一侧头，有了一条蛇，黑褐色，三角头，酒盅口粗的，从杜英腿边爬过，杜英的左腿弯有着牙印。井宗丞一下子翻起身，说：它咬你啦?!扑过去就打蛇。蛇正往石头窝里钻，井宗丞要去抓蛇尾，如果抓住蛇尾那么一抖，蛇全身的骨头就碎了，可他刚一踩蛇尾，蛇忽地回身跃过来，他一闪，双手去掐蛇的七寸，掐住了，蛇先是竖直了，像一根棍似的，再甩过来打着了他的耳朵，耳根就裂开，往下流血，又如绳一样紧紧缠住了他的胳膊。他没有松手，一直在掐，一直在掐，他觉得力气都快用尽了，但这时候蛇的身子也软了，绽开了扑沓在地上。井宗丞拿了枪再打，打了三枪，蛇断了四截，他喊着杜英，杜英直挺挺地躺在那里，左腿开始发黑，人昏迷不语了。

井宗丞只知道人被蛇咬后要赶快挤出毒液，然后敷上蛇药，但他怎么挤也没挤出毒液，又不知还采些什么草嚼了来敷，抱着杜英就往山后跑，希望能见到个村子或是碰上个山民。好不容易到了山塆，山塆里却起了雾，隐隐约约的，村子里人声喧哗，好像是保安队在查询凶手，井宗丞忙抱了杜英藏在一丛金银花藤蔓里。但奇怪的事情也就发生，保安队要搜山，走到哪儿，哪儿的雾就浓，三步外什么都看不清，变方向再走，雾又移过来，还是混沌着辨不清路，而无奈返回村子了，雾竟逐渐淡薄。井宗丞抱了杜英再跑，一边跑一边说：雾都护佑咱哩，你没事的，没事！后来跑进一条沟里，沟里满是青冈树，又累又饿，才放下杜英歇息，不远处有了响动，以为是野兽，趴在树后看了，只是一个连夜进沟割竹的山民。井宗丞谎称是迷路了，问哪儿是东哪儿是西，哪儿能找到水喝，割竹人教他如何看树上的阴阳面判断方向，如何捏捏树叶摸摸草梢分析还有多远了就有水。井宗丞说：那被蛇咬了用什么草嚼烂了能敷？割竹人说：你被咬了？井宗丞说：是我媳妇。割竹人说：我就带有蛇药。去看了杜英，割竹人说：人走了。井宗丞说：她走不动的。割竹人说：走了就是死了。井宗丞这才试杜英的口鼻，口鼻没了气息，再摸身子，身子又硬又冷。

井宗丞没有哭，割竹人走后，就抱着杜英一直坐到天亮，怨恨自己不该和杜英在野外做那事，后来就发誓以后再不接近女人！说：你信不信？你要信啊！竟解开裤子，用手扇打，要把它扇死。没有扇死，又想杀它，但没有刀子，就从口袋摸出火柴点着了去烧，毛是烧焦了，烧伤了皮肉，他倒在地上哼哼，眼泪流下来。一夜过去，太阳出来的时候，在一个大石头前用手刨出了个坑，把杜英埋了，又找了许多花草盖在上边，而他并没有回方塌县，倒直脚往麦溪县去找蔡一风了。

※　※　※

这一年，麦溪县长李克服刚刚释放了部分被监禁的欠粮农民，却从省城又下来个催粮委员叫梁伍的，由当地恶霸程茂雨陪着，在清水村、白沙村、蒲梁村一带暴征粮款。有三户人家缴不起，被拉走了圈里的牛，扒了房上的瓦，当家的就喝老鼠药死了。有一户寡妇当着梁伍的面要上吊，梁伍说：找一条绳给她，她死了好卖这房子！百姓怨声载道，蔡一风和李得旺就分别带人到了麦溪县动员农民抗粮，但梁伍更变本加厉，逮捕了十二个抗粮群众。井宗丞来了后，他们同麦溪县地下县委的程国良、许文印商议，必须除掉梁伍，并以鸡毛信张贴为方式，以击鼓为信号，在十八个村寨暴动，攻取县城。

三月十七日，得知麦溪县的大部分保安被调去三合县协助清剿杀害尹品三的凶手，鸡毛信就传递了各个村寨，到了夜里，月亮明晃晃的，鼓声响起，一百五十人拿了大刀长矛镢头铁锨黑压压集中在白沙村的打麦场上。程国良、许文印还在做着动员讲话，蔡一风就领着去蒲梁村抓梁伍和程茂雨。蒲梁村的王书义是程茂雨的亲家，正接待梁伍和程茂雨喝酒，听到院外有嘈杂声，问：咋回事？王书义的媳妇进来说：有一伙拿枪的人进了村。梁伍和程茂雨夺门就逃。程茂雨跑得快，梁伍是个胖子，胳膊腿甩不开，气喘吁吁落在后边，叫道：这是来要杀我的，咱俩换个衣服！程茂雨说：换了白换，这一带人谁不认识我？你快跑！梁伍说：我腿抽筋了，你来扶我！程茂雨说：我先去梁村我老表家看有人没，收拾好地窖了你就藏下！便先跑了。梁伍坐在地上揉腿，还在骂程茂雨，李得旺领人追了上来，三杆枪指着梁伍的头。梁伍说：我手里有人命，该吃枪子的。李得旺说：节省子弹。后边六七杆长矛便戳了去，扑哧扑哧响，梁伍身上有了十几个窟窿，就流血流油地死了。梁伍上衣口袋上吊着的铁链子，带出来是一块怀表，李得旺把怀表给了蔡一风，在口袋再搜，没搜出什么，见梁伍嘴咧着，里边有两颗金牙，用枪托砸下来，李得旺自己装了，让别的人剥衣脱鞋。

已经跑到梁村口麦地里的程茂雨，见一伙人在杀梁伍，折向村左边的沟沿跑，而追他的是井宗丞一伙，程茂雨一急从沟沿掉下来，断了一条腿，爬进一蓬迎春花蔓里。井宗丞在沟里没见了程茂雨，大声喊：不见人么，往上追！自己却蹴下观察。程茂雨果然从迎春花蔓里往出爬，井宗丞就抓着他的头发拉了起来。程茂雨说：你是谁？怕是误会了。井宗丞说：我是井宗丞，来杀程茂雨的！程茂雨说：人都传说井宗丞青面獠牙的，原来一表人才么！你放了我，你要啥我给啥。井宗丞说：我要你这头哩！程茂雨说：你不要杀我，杀我血溅在你身上了，我就是雄鬼能寻着你。井宗丞扔开他，他拖着一条断腿就跑，跑出三丈远了，井宗丞一枪打了，说：我不会沾你血的。看着程茂雨倒在那里，身子往外喷血，喷完了，用刀割了头。

杀死了梁伍和程茂雨，蔡一风派三个人先去县城做策应，约好：后半夜里，暴动队伍一到城外就燃三堆火，策应的人看见火光了，立即打开城门。但是队伍途经蒲梁村时，程国良说王书义的民愤也大，坚持要铲除。而去了王书义家，人已逃跑，于是撬门拧锁把家抄了。抄出的大米盛了一大笸篮，好多人就寻各种布袋去装，有个叫畅八羊的寻不到布袋，扎了自己裤腿口，拿碗就把大米往裤裆里倒。蔡一风呵斥谁也不准带大米布袋，都带上个大米布袋怎么去打县城?! 布袋里的米又倒回笸篮。有人便从厨房里掏了灶灰搅进去，说：咱带不走，也让他王书义吃不成！而抄出来的衣服可以穿，一时长长短短花花绿绿的衣服都套在了身上，没抢到的就裹被套、床单和门帘。队伍再出发时，没见了畅八羊，估摸他是跑了，但他裤子里装了大米肯定跑不远，程国良让人出去找，找了一圈儿没找到。蔡一风就火了，要井宗丞走在队伍后边，再发现有逃脱的就枪毙。好的是队伍再没一个跑走的，而经过陈家村、赵下寨、南堡子，反倒有群众加入，队伍由原来的一百五十人扩大到二百三十人。蔡一风将这些人分为三个队，布置进入县城后由李得旺带一个队，收拾完城门口的保安后就去攻打县政府和监狱，由程国良、许文印带一个队攻打县粮秣局，由井宗丞带一个队攻打天主堂。到了城外，天已麻麻亮，点燃了三堆火后，城门却未打开。因半夜时分县政府那儿的几个保安也到了城门楼，城门楼的保安头儿派人去找妓女，派去的那个保安偏巧是策应者已串通好要打开城门的人。策应者看见火光却迟迟等不回来串通好的保安，着了急就掀开南门下石头顶着的水眼，钻出去见了蔡一风。蔡一风让李得旺带十余人又从水眼钻了进去，直奔城门楼，出其不意缴了十二个保安的枪械，把他们衣服脱光，用绳拴在一起，关在一间屋里，派人看守，其余人砸开了城门上的铁锁，放所有队伍进城。

程国良、许文印一队到了县粮秣局，杀死了门口的一名值班的管粮员，进得一间平房，床上还睡着四个管粮员，没等醒来就被刀捅死了两个。许文印用力过猛，捅第三个时刀捅透了身子扎在床板上，一时拔不出来，第四个就醒了，光身子从窗子跳出去。程国良和一个农民就撵，撵到一户人家门口，那人拍门：娘，快开门！程国良刀还没戳到，门开了，那人就往里进，跟上来的农民一镢头挖过去，镢头嵌在头上，那人倒在他娘怀里。程国良说：以为他是来叫援兵的。快走！农民也不要镢头了，两人返回粮秣局，许文印他们已打开了粮仓。井宗丞一队顺利攻入了天主堂，起获了三个大木头箱。打开看了，全是金银珠宝，又上了锁抬出来，要提神父，没想到神父爬上楼顶往下撒银元，农民见银元叮叮当当从天落下，一时胡忙抢拾，神父趁机骑马逃跑了。井宗丞气得大骂，命令把抢拾的银元都扔了，农民说：钱不咬手么，让我们拿了又不误事。井宗丞说：洋鬼子跑了还没误事?！农民说：你再说杀谁，我们就杀谁！井宗丞就说去三个人堵神父，其余的人抬着三个木头箱子跟我去县政府！县政府是城中的一座二层楼，去了后，一帮职员正被押了出来，李得旺指挥着焚毁粮册和档案，手里拿了一枚印章问井宗丞这东西咱要不要？井宗丞说：咱要这干啥。李得旺就把印章摔碎在石头上，说县政府的主任杀了，管账的杀了，一科二科三科的科长，还有一个收发员都杀了，县长没抓住，说是前日带了秘书去了秦岭专署没回来。两人遗憾地骂了几句，带人去捣毁县监狱，看守长企图阻止，被乱刀剁死，救出了十八个反抗缴纳粮款的农民，释放了全部犯人。

蔡一风指挥着把获得的粮食财物都集中到一起后，此时已是早晨，太阳从城外的东梁上冒出来，城里的市民出来看热闹，就站在街两边摇着旗子又放鞭炮。蔡一风说：县城里的人觉悟高啊！程国良说：我就看不起县城人，他们才虚伪油滑哩。前年69旅提了刀客一个头目在这里游街示众，他们就摇旗子放鞭炮。去年我的前任王伯栋同志被保安队抓去枪决，他们也是摇旗放鞭炮哩。蔡一风说：哦。两人正说着，一个穿长袍马褂的人就走过来说：两位谁是蔡队长？蔡一风说：啥事？那人说：你就是蔡队长呀，我要送给你一张画。从怀里掏出一沓纸，展开了画着一只鹰和一只熊。蔡一风说：啥意思？那人说：有鹰有熊，你是英雄！蔡一风说：你是干啥的？那人说：我是画家，你问问城里，任何人，没有不知道我的。蔡一风说：是不是谁进城了，你都送这样的画？那人说：给别人的画得小，给你画得大！

县长李克服其实那晚就在县政府，当李得旺带人在门前开了火，他就从后门逃走，出了县城，躲进一个农户家。那农户让他把制服脱了，礼帽摘了，换上一身粗布对襟袄，还给了三个馍，让他往北塬跑。李克服不脱行头，想着自己就任时间短，和群众未曾结仇，遂又返回城里找到蔡一风。蔡一风就让人把他监管起来。第三天，在县城东门外的骡马市上召开斗争李克服的群众大会，并准备斗争会后将其公开处决。大会由程国良主持，李克服被押上台，没有了礼帽，换上了白纸糊的高帽筒，高帽筒糊得大，戴不稳，井宗丞用铁丝拴了再勒在李克服的下巴上。李克服说：你是不是叫井宗丞？你上学的平川县中校长是我的同学。井宗丞说：他是他，你是你，别拉扯！把李克服的眼镜拽下来拿脚踩了。台子下口号连天价吼：推翻反动政权！打倒李克服！李克服没了眼镜，看啥都模糊，已没有正常言语了，只是不停重复：大伙听我说，大伙听我说。因为事前未做充分的思想工作，现场群众对是否杀李克服意见分歧大，相当一部分群众尤其老年人觉得李克服劣迹不多，曾释放过欠粮入狱的农民，又是逃跑了还自动回来的，罪不应诛。蔡一风和程国良就同意暂时把李克服安置在县城天佑德商号里。

又过了一夜，得到消息，方塌县和三合县的保安队联合了要来麦溪县血洗暴动力量，蔡一风一方面派李得旺去三合县侦察敌情，一方面派井宗丞带一百人到城南米家坡埋伏，阻击来敌。程国良问：李克服咋办？蔡一风说：现在是累赘，将来是后患。许文印七人便急速赶往天佑德商号。李克服正在厨房煮荷包蛋，见商号伙计跑进来，问咋回事，伙计说：有人要来杀你。李克服说：我信错人了。许文印已进了门，荷包蛋还没煮好，李克服指着凳子说：你先歇下，让我吃了再杀。吃毕了，又要求穿好制服，戴上礼帽，坐在那里了，说：从后心打，不要打头。许文印的子弹就没有打头。

※　　※　　※

麦溪县暴动的消息传来，五雷倒受了刺激，在后院里和井宗秀喝酒，喝得满脸酱红了，突然拍着桌子说：× 他娘的，我还得人多枪多啊，有一日也杀个县长！井宗秀媳妇拿来了柿饼，又拿了核桃在上房门口砸，柿饼里加上核桃仁下酒是最好吃的，她正砸着一个核桃，听了五雷的话，核桃一滑，锤子把手砸了，就哎哟一声。井宗秀说：嗯？叫你砸个核桃就能把手砸了？五雷不拍桌子了，半个身子却从桌面上俯过来，说：井宗秀，你有事瞒着我！井宗秀说：没啊！五雷说：我昨日才听说了，游击队的二分队长是你哥，一母同胞的亲哥？井宗秀就哭起来，说：你不说我倒把这个哥忘了么，他比我大得多，又一直在县城读书，我们谁不黏谁。五雷说：听说他弹无虚发，百步穿杨，你怎么就不玩枪？井宗秀说：各是各的心性，他爱武，我就文着，做我的画匠。喝，咱两个喝美。再拿一坛酒来！我们还要喝呀，喝……他给媳妇喊着，就摇摇晃晃站起来，走到窗子前，一手捂着嘴一手竟在窗子上摸，摸呀摸……五雷说：你文着？这年代文算个屄！你这干啥？井宗秀说：门呢？门呢？我吐呀，吐……五雷说：门在左边。井宗秀弯腰到左边，推开了门就咯哇一声，媳妇忙帮他捶背，说：你吐，你吐。井宗秀把手指在喉咙里抠了一下，真的就吐出了一堆。五雷哈哈地笑，说：井宗秀，你真没彩，一坛子酒就把你喝成这熊样了！

这顿酒就这样散的场。井宗秀被扶着回到前院，就扑沓在床上了。屋檐下的天窗里，太阳进来一道光，斜斜地照在床头，像个白柱子要顶住了他，他挪了下身子，却发现那白柱子里有了那么多的小东西，全都活活地动。他说：天黑了？媳妇说：天黑还有这光柱子?！他的舌头已经发硬，说：这柱子能爬上去吗？媳妇说：喝得不多呀，你就醉了？井宗秀说：醉了。媳妇说：能说自己醉了的都还没醉。井宗秀没再言语，竟就睡着了。

不知睡了多长时间，井宗秀又醒了，人已经睡在被窝里，是媳妇在揉搓着他那根东西。他说：睡觉。媳妇只是不听，还揉搓，他就完全醒了，说：它起来了你用去。后来真的起来了，媳妇便坐上去自己动，满足了，给井宗秀说五雷今日为啥喝酒，是他今日派人去龙马关踩点了。井宗秀说：踩啥点？媳妇说：他问过我韩掌柜是不是最有钱的。井宗秀一下子坐起来，说：他要绑韩掌柜的票?！媳妇说：你这阵坐起身了？我还不如个姓韩的！井宗秀却说：你去给我煮碗挂面。媳妇说：三更半夜的吃啥挂面。井宗秀说：吐了酒这我想吃么！媳妇穿了衣服去煮挂面了，井宗秀坐在那里吸起烟锅，嘟囔了一句：姓韩的被惦记上了。井宗秀自有了岳家的布庄，韩掌柜就不再认布庄是他的分店，几次要续生意，都被拒绝了，现在五雷在打姓韩的主意了，他心里骂着五雷狠毒，却多少有了些幸灾乐祸。媳妇端了煮好的挂面来，说：五雷这也是给你出气了。井宗秀戗了一句：给我出什么气？饭吃在人家肚里，我就不饥啦?！

过了一天，五雷给井宗秀说：你明日跟我去一趟龙马关。井宗秀知道五雷要下手呀，却说：咋想着要去龙马关？五雷说：听说龙马关有家烤羊宝店。井宗秀说：不就是个烤羊蛋么。五雷说：最近身子虚，得补一补。井宗秀媳妇扭着腰身去院里的莲缸换水，说：去了给我买件披肩，那里织的披肩好，岳家的姨太太就披过，我没有么。井宗秀没理她，说：哦补，补，我陪你去。吃过了午饭，井宗秀要找陈来祥，才走过魏家粉条坊前，一伙人蹲在那里下象棋，杨钟伸长脖子在看着，急得说：走车，走车！红方却回了一下相。杨钟说：臭了！红方说：观棋不语！黑方就又攻来一马，红将没法动了。杨钟说：让你走车不走车，是不是现在死硬啦？就这水平还在街上下棋啊?！红方恼羞成怒，骂道：你嘟囔不停，× 里灌了米汤啦?！两人便打起来。杨钟瘦小，根本不是那人对手，但杨钟出拳快，戳出一拳就闪开，等那人再抡了胳膊过来，杨钟跳起来又一拳戳中了那人脸，那人的胳膊却抡空了。井宗秀突然不想找陈来祥了，说：杨钟，喝酒去喝酒去！杨钟趁势跟了走，还回头骂：不打你了，我喝酒呀，臭棋篓子！

两人到了酒馆，井宗秀说：想不想赚钱？杨钟说：我爱钱，钱不爱我么。井宗秀掏出一封信，又把两个大洋放在信封上，说：你把这信交给龙马关的韩掌柜了，他还会再给你钱的。杨钟说：几时？井宗秀说：现在就去。杨钟说：啥信呀这么紧火？井宗秀说：我可告诉你，不能看！杨钟说：我能识几个字？看了也是狗看星星一片明么。井宗秀说：更不准让任何人知道，你给我把嘴管住！

翌日一早，刮着大风，五雷一伙真的去龙马关，井宗秀就跟着，一到关街上，尘土飞扬，罩得太阳都看不见了。井宗秀说：这天气怕是烤羊宝店关门了。五雷说：吃什么羊宝，弄韩掌柜呀，你熟悉地形才把你叫来了。井宗秀假装叫苦不迭，说：你这要害我了，这我以后就没法再见韩掌柜了！五雷说：叫上你了咱们就是一伙了，你要以后不想见他了，我这次就弄死他！从腰里拔出枪装子弹，又说：这枪饿着，许久没喂血了。井宗秀说：这枪一次能打几发？五雷说：五发。没打过这样的枪吧？井宗秀说：单发的都没打过。五雷把枪给了井宗秀，井宗秀翻来覆去看，五雷说：弄了这姓韩的，拿钱去省城买枪了也给你一把。井宗秀说：好，好……话音未落，枪却响了，五发子弹叭叭叭地射在了空中。井宗秀惊慌地说：这咋就响了？五雷拿过了枪，说：你胡动个啥，这一响关里的人还不都逃了?！忙让井宗秀带路，向韩家跑去。

井宗秀故意鸣枪给韩掌柜报信，其实韩掌柜在头天晚上接待了杨钟后就转移了家里重要财物，一家大小逃走了。五雷在韩家扑了空，什么也没得到，问看门的下人和厨房的老妈子，都说韩掌柜和家人到县城给保安队长祝寿去了。五雷一听也不敢多逗留，气得把中堂上写着“光前裕后”的匾抓下来踏了，又砸了一面楠木屏风，捅掉了檐下三个玻璃挂灯。二架杆王魁还恼不过，五雷他们都走了，他还跳上灶台要往锅里屙粪，这时候听见了马叫声。王魁出来就进了隔壁院子里拉马，上屋出来个人忙阻止，王魁说：马叫我哩，要跟我走哩！那人说：这是我的马。王魁说：就你这一身烂衣裳，你能有马？老实说马是谁的，不说就毙了你！那人说：马是韩掌柜让我藏的，你拉走了我咋给人家赔呀?！王魁掏出一颗子弹，说：你把这个东西给他。就把马拉走了。

井宗秀是在事后去了一趟龙马关，偷偷见了韩掌柜，韩掌柜哎哟叫着，让井宗秀坐在了太师椅上，率全家大小磕头。井宗秀也赶紧伏地对磕。韩掌柜给井宗秀收拾了一个箱子，里边是五百大洋，井宗秀不收。又送他家那个女仆，女仆白面细腰、眉清目秀，井宗秀还是不收。韩掌柜说：我是不是小气啦？井宗秀说：如果你老肯提携我，涡镇我那个布庄是你的分店就荣幸了。韩掌柜说：哦？你个分店那挣不下多少钱么，我一次给你五百大洋你倒不要！井宗秀说：你老是平川县的多大的人物啊，我就沾个名分！韩掌柜说：咦，这倒是有成大事的味气！那我就让你多挣些钱呀，平川县以西就你一家分店，当年岳掌柜的分店还只是零售，从今往后，秦岭西北西南五县的十个分店都从涡镇分店批发吧。我再送你件好东西，你肯定喜欢的。着人抬出一根木头来。这木头盆子粗，两丈多长，通体褐黄。井宗秀说：哎呀，这是樟木，还是楠木？韩掌柜说：沉香木。井宗秀说：虎山一带没有，我还没见过哩，这就是沉香?！韩掌柜说：沉香是沉香，沉香木是沉香木，沉香是从沉香木中提取的。就告诉沉香木产在二百里外的天竺山，雷劈了或风刮掉了，那断裂口流出的树汁结成痂就是沉香。而没被雷劈和风吹掉的要取沉香，就用烧红的铁棍在树上钻窟窿，让汁流出来。这根木头拿回去可以钻了取沉香，也可以锯成小片放在缸里泡酒。井宗秀说：我不取沉香也不泡酒，我就摆在分店里敬着，它是镇店之宝么！韩掌柜说：好，好，你让我看到年轻时的我了！说完，却问：那土匪还在涡镇吗？井宗秀说：撵不走呀。韩掌柜说：是不是麦溪那边又闹了什么暴动？井宗秀说：是听说了。韩掌柜说：唉，到处都是狼虎啊。县政府要粮要款那么凶的，这保平安的事就没人管啦！井宗秀说：多保重，你老保重。韩掌柜说：这是逼咱得有自己的武装么！

不久，韩掌柜就买了三杆枪，又招了十几个打手，看家护院。

※　※　※

韩掌柜的那匹马，五雷不会骑，王魁会骑但马不让骑，他是从龙马关把马拉出来时一骑上，马便尥蹶子把他甩下来，让别人牵回镇了，仍是一见到他便躁，浑身扭动着蹦跶。而井宗秀一走近，倒安静了，骑上去也乖乖的。王魁骂：他娘的 ×，是不是记我仇啦？拿了枪要打，五雷说：既然井宗秀喜欢，让他出些钱买了。王魁出价二十个大洋，井宗秀买了，王魁还说：把你那马褂搭给我。入冬来，井宗秀套了件马褂，黑绸子面，里边缝着九曲毛羊皮，井宗秀也就把马褂脱了给王魁。他把马牵回了酱笋坊，专门盖了间马厩，特意雇了东门里的孙老伯饲养。先前从县城到龙马关每日有一趟马车，孙老伯当过马夫，后来白朗的队伍过秦岭，那条路上的马车就停了，孙老伯才回到了涡镇。孙老伯回镇后两个儿子都不孝顺，晚景狼狈，也乐意来饲养马，就住在了酱笋坊，有吃有喝，也能和酱师拉拉话儿。这马就养得膘肥体健。

井宗秀再忙，每天都要过来看看马，骑上了在街上溜达。镇上人看到了，都说多漂亮的马呀，鬃毛那么长，屁股滚圆，还有眼睛，水汪汪的，比女人还漂亮！站在屋院门口的井宗秀媳妇看着井宗秀在马上颠着，她也晃着，嘚儿嘚儿颤着两个奶子，听了旁人的议论，脸慢慢沉下来：还真是的，他自有了马骑，就很少来骑我身上了。

井宗秀玩马是玩马，却严加保守着他和韩掌柜的协约，没敢露出一点蛛丝马迹让五雷察觉，也没给媳妇提说。但他毕竟一肚子得意，想起来就觉得这是不是那三分坟地在起作用，自己要干什么还真的就干成了！他不止一次地给马述说，还信誓旦旦道：我一定要当个官人的！每次说过了，马就很响地喷鼻子，昂首嘶鸣，他却又警告了：哈，你现在知道得太多了，不准说人话啊！就开始装修起原来的布庄门面，墙刷了，地上重新铺砖，柜台柜架全换，门框扩大，活动的门面板增加到十六页，白天卸开了让阳光全照进来，晚上关起了，外边的檐下就挂六个八角红纱灯笼。这一日清早，天上横着一道白云，从东边直到西边，像是流通了一条河，井宗秀就骑了马，要去下河庄看望岳家原来的那个账房了。

马噔噔噔上了街，街上还没有多少人，冷清着却显得干净和新鲜。苟记挂面坊门口，苟发明的爹正把吊出来的挂面上高架，那不是在上挂面，简直是吊瀑布。井宗秀说：苟叔，今日吊几缸面啊？苟老爹说：不多，也就三缸。井宗秀说：生意不错么！苟老爹说：你都高头大马了，我明年了要买个驴哩！自己就笑，嘴里没了两颗门牙，笑得扑哧扑哧的，但井宗秀已经走过去了。斜对面的油坊里，马六子把蒸熟的圆饼放入榨内，正指挥三四人抱着一根原木撞楔子，马六子看见了井宗秀，在说：遛马啦？井宗秀说：马岱呢，他没帮你榨油？马六子说：我那侄子能靠得住吗？怕是还睡着吧。井宗秀说：嘿嘿。严家油坊都用绞榨了，你还用撞榨？马六子说：要看油的好赖哩，他姓严的敢把油拿来比比？啊你停停，让叔也拍个马屁！竟跑过来举手要摸马屁股。井宗秀双腿一夹，马跑了。在中街的甜水井巷口，刘老拐子在他家门前做灶糖，一个人却对他说什么，他就生气了，大声训道：大清早的你在厕所墙外听人家尿尿？那人说：你小声些。我是路过的，偏巧就听到了么，以为是谁家媳妇，尿声发粗发散，后来人出来了是李家的小女儿，她怎么尿尿就没了哨音?!刘老拐子说：去去去！那人就走开了，摇头晃脑地还在说：他李掌柜不是人模狗样的吗，他小女儿都把哨子丢了！刘老拐子呸了一口，抬头看到了井宗秀，说：遛马了？你听听，这啥人嘛！井宗秀只是笑着说：做你的灶糖！你也做灶糖了？刘老拐子说：孩子整天嚷嚷要吃哩，苏家的灶糖那么贵，还不如我自已做些。井宗秀说：你真会过日子。刘老拐子说：吃别人的那是乞丐，吃自己的是财东啊！这时候，一只鸟从空中扑啦啦飞过，是水老鸹，羽翎银灰色，亮得像一团箔纸。马刚到了三岔巷口，出来了陆菊人和她的剩剩，陆菊人哦了一声，忙拉住往前跑的剩剩，马就站住了。

井宗秀还在想着水老鸹从来都是在河里翻毛亮翅的，怎么就从白河里能飞过镇子要去黑河呢？一定睛就看到了陆菊人，太阳刚迎面照着，陆菊人身上一圈光晕，由白到黄，由黄到红，忙从马背上翻下来，笑笑地站着。陆菊人说：遛马去？井宗秀说：我要去下河庄，你这是和剩剩到哪儿呀？陆菊人说：他吵闹着要出来玩，街上还没多少人，哪有耍猴的和卖炒栗子的。剩剩却说：我要摸马！井宗秀说：摸呀，摸呀。抱起了剩剩，让摸马脸，马头动了一下，剩剩吓得又不敢摸。井宗秀说：马耳朵往后耸了，那是马生气了，它现在耳朵耸向前，它是让你摸的，摸呀！剩剩摸了一下，马乖乖的，一个蹄子抬起来，放下去，再抬起来，再放下去。剩剩说：娘，娘，你也来摸。陆菊人并没去摸，说：土匪倒能让你骑马威风了。井宗秀说：他们骑不了么。一手扑撑着马脖子，一手竟将剩剩放在马背上，说：剩剩和马也有缘分哩，将来我骑了他也骑。陆菊人说：小屁孩骑什么马。你去下河庄？井宗秀说：去看望岳家先前的那个账房。陆菊人说：那是个可怜人。就从马背上往下抱剩剩，剩剩不愿下来，她说：大人有事哩！井宗秀就牵着马转了一圈，才把剩剩抱下来，剩剩却顺手抓了井宗秀的围巾，说：我也要！井宗秀和陆菊人对视了一下就全愣住了。陆菊人赶紧拉了剩剩，说：你咋是见啥都要哩！井宗秀系好围巾，看着陆菊人，说：刚才我看着你身上有一圈光晕，像庙里地藏菩萨的背光。正说着，一股风从街面上嗖嗖地扫过来，腾起灰尘，忙用手捂了一只眼，说：哎呀，快给翻翻，眯眼啦！陆菊人近去翻了他的眼皮，吹了一口气，眼睁开了，说：别胡说！干你的事去吧。井宗秀很老实地嗯了一下，骑上了马，马却侧头看着陆菊人，打了个很响的喷嚏，四蹄才蹽开去了北门，一出北门就不见了。陆菊人还站在那里，突然间，她觉得那马的眼神有些熟悉，想了想，像她娘的眼神，连那喷嚏也带着她娘的声音。

心情不错的井宗秀把马策得飞快，半晌午就到了下河庄，他说的是去看望账房，想着能把账房请回去负责经营布庄，而账房确实已经傻了，见了他竟然叫岳掌柜。井宗秀一向不愿意提说岳掌柜，账房将他认作是岳掌柜，他心里就不快活了。他没有再说请账房回镇的话，甚至连病情也没过问，在账房躺着的炕头上放了一个大洋，便怏怏回来。

到了家，前院没人，门道里放着一篮子青菜，鸡在那里乱鹐，撵走了鸡，去桶里舀水熬茶喝，桶里却也干着。提了桶到后院井里打水，便听到后院上房里有说话声，以为五雷和王魁他们在里边，便没在意，继续摇辘轳，嘣的一下，辘轳绳断了。这井并不太深，但井筒子细，井宗秀站在井口往下看，黑黝黝的看不清，这时候媳妇从后上房出来，低了头一边用手帕摔打鞋面，一边说：你回来啦？他要喝酒的，我给端了盘卤肉。井宗秀说：这桶掉在井里啦！媳妇说：掉了就掉了吧，一会儿护兵来了让他捞上来。井宗秀说：这咋捞呀？媳妇还是低了头就到前院去了。上房里有了喊声，五雷在叫：井掌柜你来喝酒！我这桶里还有水的。井宗秀进了上房，房里都是酒气和烟气，五雷好像才洗了脸，西间屋里的洗脸盆里水溅湿了地，而酒肉却摆在东间屋的床桌上，说：我口渴，想熬茶哩。心里想：这个时候他洗的什么脸？提了西间屋那半桶水往前院去，媳妇在对着镜子照。他说：你看着我。媳妇说：我补粉哩。井宗秀没有说话，便去熬茶。往常茶熬成琥珀色正好，但他熬了半天，熬得黑乎乎的，像是药汤，筷子一蘸能吊线儿。

井上的辘轳重新系了绳，而掉进去的桶无论用什么办法都没有捞上来。井宗秀说了几次要请淘井匠把井筒子扩大，却一直没有请淘井匠，媳妇再去打水，就只好换了个铁皮罐子，每次也就吊上来半罐子水。

天越来越冷，下过了一场雪后，又刮起风，风里像有着刀子，黑河白河的两边浅水都结了冰，涛声小了许多，街巷里那些屋院或店铺门口的石狮子，甚至石门墩，手一摸上去就把手粘住了。家境好的人家，差不多全穿上了毡窝窝，笨得像狗熊掌，但井宗秀的媳妇一直没穿毡窝窝，她嫌难看，还是那双绣花单鞋，脚跟就冻了疮。这天一早起来扫院子，冻疮已经很疼，走路不敢踏实，她说：赵屠户今天杀不杀猪？提些烫猪水泡脚能治冻疮的。井宗秀还坐在床上，他起床是习惯了吸几锅烟的，说：去提烫猪水，你就这贱命！为啥还穿单鞋？媳妇说:还不是让你好看吗?！井宗秀哼了一声。涡镇历来治冻疮都是用烫猪水泡脚或在火上烤化了猪板油来涂抹，媳妇就生了火，烤化着猪板油，门外便不断地传来哎哟哎哟的叫声，接着就一片哄笑。她推开窗子看了，自家的屋檐上挂了冰凌，对面那一排屋檐上全挂着冰凌，一家饭馆的伙计把一盆洗菜水泼出来，街上行走的人说：街面上都结了冰，你还泼水？伙计说：没事的，没事的。自已却滑倒了，铜盆子就在街面上滑，咚地撞在另一家门口的石门挡上。媳妇说：天这冷！今天初几了？井宗秀点第三锅烟，划了三根火柴，火柴都没着，说：潮了？今日冬至哩。媳妇说：啊冬至讲究吃饺子，你起来去买肉，我掏些萝卜的。她把烤化的猪板油涂抹在冻疮上了，烫得咝咝地吸气，然后穿好了鞋，提笼子去了后院。

后院西墙根，那里挖了个土坑，下边埋着萝卜，上边壅着白菜和葱，然后覆盖了苞谷秆，冬天的菜就这么储存着。这女人掀开了苞谷秆，屁股撅着掏萝卜，扭头看见井里往出冒白气，上房门咯吱开了，五雷枪挎在肩上，跺着脚，腿上的毡窝窝上还套一双扒滑的麻鞋。女人说：天一冷人口里冒白气，井里也冒白气，井是地的口？五雷说：是我的口！看着女人滚圆的屁股，又说：大蜜桃。女人低声说：你起来了。站直身，手里握个大萝卜，大声说：今日冬至吃饺子，我给包猪肉萝卜馅的！五雷说：又冬至了？给我留一盘啊！女人说：又出镇呀？五雷说：总得过冬嘛。

五雷他们一走，井宗秀先去街上买了肉，回来又到后院，把井台上的一块砖做空了，然后坐回前院屋的火盆边，一边取暖一边吸烟锅，说：一会儿陈皮匠来和我说个事的，热些醪糟吧。媳妇说：没水了。井宗秀说：去打么。媳妇说：你没看见我在包饺子吗？井宗秀说：嗯？媳妇嘴里嘟囔着，但还是手在腰里的围裙上擦了擦，提铁皮罐到后院去。井宗秀装了一锅子烟丝，刚点上火，听到后院啊了一声，他没有动，狠狠地吸了一口，憋着，没让口鼻有呼吸，突然一个长嘘，一堆烟雾就喷出来，并没远，罩了他的头。

一个时辰过去了，又一个时辰过去了，媳妇没有提水来。火盆上的炭烧化了塌下去，加上新炭，把新炭旧炭混合着架起来，陈皮匠来了。陈皮匠提着一吊肉，说是黑河的黄甫峪有猎户送来了一只狼，早晨才杀了剥皮的。陈皮匠问：那些人还在后院？井宗秀说：一早就出镇了。陈皮匠说：好，这肉你自己吃。井宗秀说：冬天里的狼肉有啥好吃的，柴得咬不烂。陈皮匠说：这狼肯定是头一天吃了山鸡或野兔的，拿来的时候毛油汪汪发亮，如果它七天八天没进食了毛灰突突的发锈，那肉才是柴的。你在砂锅里加些猪油了慢慢炖，肉味鲜得很哩！你媳妇哩？井宗秀说：她到后院井里打水了。哎，哎！水咋还没打来?！井宗秀朝后院喊了几下，把烟锅递给陈皮匠，说：我给你热些醪糟，暖和暖和。从柜里搬出一个瓷罐，舀了醪糟坯来倒进铜锅里，问：你家的醪糟今年拿啥做的？陈皮匠说：苞谷糁子。井宗秀说：咱涡镇都用苞谷糁子做，她娘家那儿用小米，你尝尝小米醪糟的味道重哩。哎，哎！你也往快些！井宗秀还在喊着媳妇，后院里仍是咕咚不响。井宗秀起身去后院，立即大呼小叫陈皮匠。陈皮匠跑去后院，井台上少了一块砖，却留着一只绣花单鞋，才知道井宗秀媳妇早掉进井里了。

这个下午，屋院里来了好多人，井宗秀的媳妇就是无法打捞出来。掉进去的时间太长，天又这么冷，人肯定是死了，要捞出尸体，只能扒开井口扩大井筒子，那就不是一天两天的事，众人问井宗秀咋办，井宗秀痛苦地说：那只有不打捞了，就以井做坟墓吧，咳，咋能想到她给自己选了这个地方。说完，眼泪流下来。众人说：生有时死有地，你也不要太悲伤。在让陈来祥、张双河、马岱他们从河岸拉沙石填井时，井宗秀吩咐：你嫂子爱干净，沙石要水洗的，不能有杂土呀！正摆设灵堂的，五雷一伙儿进了镇，他们把票子押在庙里，听说井家出了事，五雷跑来，看着井宗秀，说：上次把桶掉进去了，这次把人也掉进去?!井宗秀说：我倒了血霉啊！五雷转身坐到上房去喝闷酒，喝了一坛子后出来，往正填着的井里丢了一枚金戒指、一支银头钗、两个翡翠耳环，还有十个大洋和三身绸缎衣裤。

填埋了水井，在原址上修了个小花坛，冬天里种不了花，移栽了捆仙绳草。捆仙绳草一年四季都绿，枝蔓丛生，虽高不过两拃，但抓住一根枝蔓就能扯起一片子。但井宗秀先是在草丛里发现了许多蝎虿，这种黑色的虫子，长尾的是虿，短尾的是蝎，蝎又分雌雄，雄者蜇了人就在蜇处疼，雌者蜇了就牵扯得浑身都疼，于是又把捆仙绳草铲除了。而后来夜里总有鸟叫，叫声很怪，像人的打嗝。五雷就夜里睡不稳，把井宗秀叫起来，说：是不是有啥冤魂？井宗秀说：有啥冤魂，你大架杆还怕冤魂？他发现屋顶上落着一只鹖鸥，样子像鸡，身上的毛都脱了，只有翅上有硬羽，赤褐颜色。他告诉五雷，鹖鸥是千里之远，一处抛粪，这鸟是夜里来拉屎的，没事，啥事都没有。但五雷说：这地方我住不成了！领着护兵又住回了庙里。

五雷从此虽还和井宗秀来往，却疯狂地在黑河白河岸十五里方圆的村寨绑票。更是绑花票，把好多妇女头套了麻袋拉来，就关在庙里。开春之后，陆菊人的爹患鼓胀死了，她奔丧从纸坊沟回来，经过河滩一片蒲草丛，发现两只狗在那里撕夺什么，近去看了是具女尸，下身裸着，私处溃烂，竟还插着半截秤杆，而一只脚已经被狗啃没了。陆菊人忙跑回镇告诉了杨掌柜，杨掌柜叫了苟发明和刘老拐子还有杨钟去看了，恶心得都吐。要挖地埋葬，杨掌柜让杨钟回去拿些东西来，杨钟说：是送副棺？杨掌柜说：买张席，再买一卷烧纸。埋葬了女尸，刘老拐子回来给人说那死者是土匪绑的花票，他去过庙里，曾看见过五雷还和这花票在石桌上喝茶呢。涡镇好多有洞窟的人想再次逃到洞窟去，又怕五雷知道了反而坏事，就偷偷租用给了别的村庄的富户或家里有美眷的人家，而毕竟惊恐，又来找井宗秀：虽然五雷不在屋院住了，千万还得把人家笼络好啊！

井宗秀殁了媳妇，孟家庄的岳丈并没有怀疑过井宗秀，只叹大女儿命薄享不了福，倒有意思将小女儿再续嫁给他。这岳丈一生没儿，两个女儿虽相差三岁，却长得十分相似。井宗秀就给岳丈磕头，说井宗秀永远是大女婿，定会给二老尽养老送终的责任，只是他悲伤太重，害怕再续小姨子，看见小姨子就想起亡人，那一辈子都在阴影中难以自拔，这也对小姨子不公。他提出能否把小姨子嫁给五雷，乱世出英雄，五雷也是个人物，如果可以，这他可以从中作合。井宗秀这么说着，估摸岳丈会同意，小姨子或许拒绝，没想到小姨子说她若是男儿身，她早就使枪弄棒了，而岳丈却是坚决反对，嫌五雷凶神恶煞，这事就耽搁下来。过了半月，二架杆王魁来家喝酒，因井宗秀时常给王魁些大烟土，王魁倒来得勤了。两人喝到八成，都面红耳热，井宗秀便说了做媒把小姨子给他的话。王魁高兴，说：几时让我见人？井宗秀说：馍不吃在笼里放着呢，几十年都过去了，不在乎这几天。王魁说：早一天，孩儿就早有一天么，要不，夜夜都射到墙上去！给王魁说过后，第二天井宗秀竟又把小姨子的事说给了五雷，五雷说：姐妹俩长得像？井宗秀说：差不多一个模子倒出来的。五雷说：好！当天下午便带了两个护兵去了孟家庄。这岳丈听说五雷来了，把小女儿脸用灰抹黑，藏在另一家柴楼上，五雷端着枪在孟家要人：我的新娘子呢?！孟老汉回话小女儿到三合县她姨家去了，小姨子却洗了脸回到家来，五雷就把小姨子带回了庙里。

五雷有了自己的女人，弄了一堆酒肉在屋里，三天两夜不出门，一会儿叫着她的名，一会儿又叫着她姐的名，他分不清，乱叫着。等终于开门出来了，女人扶着墙走，他给护兵说：得给我寻些驴鞭炖炖，× 得都没屄了么！王魁却来找井宗秀，把刀子呼地扎在桌子上，问井宗秀咋回事，是戏弄他吗？井宗秀把刀子按倒在桌子上，解释他是去孟家庄要接小姨子来镇上与二架杆见面的，走到北城门洞那儿不巧就碰着了大架杆，大架杆问干啥去，他如实说的，大架杆说大麦先熟还是小麦先熟？就跟着也去了孟家庄呀。王魁说：那是我的媳妇啊！井宗秀说：都怪我说了实话，我只说你们是兄弟，谁知道他就把人抢了。王魁说：你能干个 × ！而以后再来，就认为井宗秀欠了他，要吃要喝，吃喝完了还要拿走几包大烟土，连一句客气话都没有。

井宗秀并不在乎王魁的要挟，甚至王魁几天没有来，他倒去找了他喝酒，那是一个皮球，要使皮球能弹跳，就得不断地给充些气啊。井宗秀把洗过的衣服晾在大门外的绳上了，站在那里看着街巷，远处的树都是笼着一团绿气，但他知道那些树还并没有爆出叶芽。而在白河黑河岸上种地的，有人扛着犁拉着牛，是立春了，要开第一犁的，他们经过时，说：井掌柜，天阴着你晾衣服，在等太阳吗？井宗秀回过神来，说：哦，等风哩。说过了，井宗秀也觉得自己有些好笑，就笑了一下，在春耕人走过去了，他也想着去镇外踏踏春吧，就去了老宅屋要牵马。

走在了街上，还没到老皂角树下，井宗秀总觉得身后有脚步尾随，他走慢，脚步就慢，他走快，脚步也快，回头一看是郑家的小儿子蚯蚓。蚯蚓一头的毛乱爹，像是个刺猬，脸色猩红，手里提了只田鼠。井宗秀说：在哪儿逮的？蚯蚓说：暖风一吹，田鼠就从地里跑出来了，多得很！井宗秀说：你这个蚯蚓也拱土了?！跟着我干啥？蚯蚓说：我学你走路哩。井宗秀说：滚！把蚯蚓轰走了。恰这时一只猫从巷子里跑出来，是黑猫，黑得油光乌亮的，跑出来了却又在当街上卧下，回头往来路看。井宗秀怔了一下，也就站住了，立在那里笑笑着。果然，一阵吱咕吱咕扭扭响，陆菊人从巷口推出了一辆木独轮车。陆菊人是满头的汗，她在出巷口的瞬间看到了井宗秀，忙一只手把披散在脸上的一撮头发往耳后别，车子就向左边倾斜，赶紧双手扼住车把，用力着，腰身就扭成了半弓状。井宗秀跑过去扶稳了车子，陆菊人已脸色通红，不好意思，说：啊瞧我这本事！井宗秀说：这路不平。杨钟呢，咋你推车子？陆菊人说：这我能干得了，去葛家米行贷了些米。井宗秀说：你家还贷米？陆菊人说：这几年铺里生意一直不好，这一到春上，一顿就紧巴一顿了。井宗秀说：那给我说一声呀！明日我让人送去几斗麦吧。陆菊人说：

千万别送，老掌柜的好面子，他才不让人知道他把日子过烂了。推了车子要走，却又停下，说：你还住在那屋院？井宗秀说：还住那儿。陆菊人说：我听杨钟说，陈来祥给你拿去的钟馗像，你也不挂？井宗秀说：我就是钟馗，看他有多少鬼哩！陆菊人说：这倒也是。推车子走了，猫又先跑在了前头。

井宗秀还在那里站了许久，才继续往前走，不停地碰见着熟人，有说井掌柜你好，多日不见人倒白胖了；有说井掌柜呀，生意是要做，但更要顾身子呀，怎么就瘦了？井宗秀一一点头，打着哈哈，又觉得身后有尾随的脚步，还是他停脚步停，他快脚步快，就不走了，说：你是我的尾巴啊?！蚯蚓说：我学你走路哩。井宗秀说：你不会走路呀学我？蚯蚓说：你走路沉，手在身后甩哩。井宗秀再不理他，也不去了老宅屋，要回去，他甩着胳膊在前边走，蚯蚓也甩着胳膊在后边走。走到家了，蚯蚓竟也跟着进了家。井宗秀说：喜欢跟着我？蚯蚓说：喜欢。井宗秀说：我让你干啥你干啥？蚯蚓说：干啥？井宗秀说：把我这脚上鞋脱了，再去那台阶上把那双鞋拿来给我穿上。蚯蚓真的就把井宗秀脚上的鞋脱了，取了另一双鞋换上。井宗秀说：去平了那个花坛子！蚯蚓说：不要花坛子啦？井宗秀说：不要！

连续三天，井宗秀把花坛子平了，用础子捶地，蚯蚓也都来。捶过的地上安了土地神石像，石像下埋着瓦罐，装了大麦、小麦、稻子、谷子和黄豆。

※ ※ ※

龙马关的韩掌柜自有了打手，还请了一个叫崔天凯的做教头，而且以龙马关是县城以西最大的码头为名，申请能给予特别保护，县保安队就派出了一个班驻守在那里。崔天凯曾是五雷手下的人，驻守班的班长又是涡镇阮船公的儿子阮天保，五雷就气不过，说：我卖面哩，他姓韩的敢卖石灰?！让王魁带人去灭了龙马关。去的人本该走旱路，偏要坐阮家的船。五雷送王魁他们到了南门口外，他坐在褐石岸崖上，让人去喊阮天保的爹，阮天保的爹来了问要到哪儿去，五雷说：去龙马关收拾你儿呀！阮天保的爹一听就不愿撑船，五雷抓一把树叶子扔进涡潭，浑水旋转起来，树叶就被搅拌着瞬间没有了，再扔一大把树枝进去，还是被搅拌着瞬间没有了。五雷说：人进去是不是转两圈衣服就被剥光了？阮天保的爹再没说话就去解了系在石头上的船缆绳。五雷这时给王魁交代：打赢了，把姓韩的姓崔的姓阮的一绳子捆了给我拉回来，韩家的钱财你们去分。如果没拿下，能杀多少杀多少，杀了割下一只耳朵做凭证，回来一个耳朵赏两个大洋！

王魁带人去了，结果失利，只带回来十二个耳朵，自己人倒死了三个。五雷把十二个耳朵用绳子穿了去见吴掌柜，吴掌柜掏了二十四个大洋做赏钱。五雷又派护兵去给杨掌柜捎话，限天黑送三个棺到庙里。杨掌柜气得心慌病又犯了，躺在炕上起不来，陆菊人以老办法，把银戒指放在锅里煮，煮出的水端给公公喝。杨掌柜说：做好的棺就这三个，我不喝了，让我死了先占一个！杨钟在院子里磨刀，说：一个木板都不给，让来抬吧，谁进来我就砍谁！陆菊人站在院子里看天，低声说：老天呀，这咋办？天上正上方，黑云从虎山后像是往外扔黑布片子，把天都扔满了。陆菊人在想：这要出乱子啦！只能去求井宗秀帮忙了。去找井宗秀？可井宗秀能办吗？就是能办，我去他家里找他?! 一时拿不定主意，一扭头，门楼上的瓦槽里卧着黑猫，黑猫正看她，她也就看着黑猫，陆菊人便在心里说：我去找井宗秀？如果能找，你叫一声。猫竟然就叫了一下。陆菊人拢了拢头发，给还在霍霍磨刀的杨钟说：你给我听着，不许到寿材铺去！出了院门，还把院门拉闭了上了锁，自己往井宗秀的新屋院去。

走到中街，碰着了白起，白起一见她要躲避，躲避不及，扭头给正从巷子出来的老魏头说：魏伯，最近吃过肉没？老魏头说：牙咬过舌头。白起说：我给你一疙瘩肉。老魏头说：你舍得给我肉？白起说：我早上在十八碌碡桥那儿拾到狼吃剩下的半头猪，给你切一块儿。老魏头说：狼吃剩下的？你知道狼是怎么吃别的动物吗？狼哈一口气，那动物就熏得不会动弹了，狼是毒口，咬过的动物狗都不动的，我不要。陆菊人就叫过了老魏头，问：你见到井掌柜吗？老魏头说：没见。陆菊人说：你陪我到他家去找。老魏头说：啥事？你脸色不好。陆菊人拉了老魏头，一边走一边说了缘由，老魏头也急了，说：那快，快。自己先小跑起来。到了井家屋院门口，院门都锁着。老魏头摇着锁子，说：锁着，咋是锁着，这锁的啥门啊！陆菊人一扑沓坐在门墩上，人像了个蔫茄子。老魏头说：这咋办？陆菊人看着老魏头，说：找不着井掌柜，只能直接去见他五雷。老魏头说：你直接见五雷?！陆菊人站起身，说：有你老哩么，他能把咱怎么样？老魏头说：你这是把我老汉箍住了！想了想，说：那咱就豁出去了！便又感慨：杨钟媳妇呀杨钟媳妇，你这女人行呀！陆菊人说：你老是不是觉得我不男不女啦？事情把我逼得没办法了么。老魏头说：那咱得把话想好，见了他要怎么个说。还在商量着，看见了陈来祥在一家糍粑摊上买糍粑，陆菊人就跑过去给陈来祥说了什么，陈来祥不吃糍粑了，却在旁边的酒馆里买了一坛酒，匆匆跑了。陆菊人再过来，老魏头问：你咋没叫陈来祥跟咱一块儿去？陆菊人说：他去不会说话反倒坏事的，我给了钥匙，让他去我家和杨钟喝酒去，最好把杨钟灌醉了，别发生事故。老魏头哦哦着，说：这杨家的门楼子多亏有你撑着啊！两人到了庙门外，庙门开着，奇怪的是没人站岗，老魏头说：咱就去见他？陆菊人说：见他！进了庙，一拐弯，却见五雷一伙人正在一块巨石前说什么，而井宗秀竟然也在场。

井宗秀是得知吴掌柜出了二十四块大洋后，他也拿了两匹布和三斗米送来庙里，正赶着五雷给土匪们发赏。五雷在清点带回来的耳朵，突然发现十二个耳朵各是两个两个一模一样的，就问王魁这是咋回事，这时陆菊人和老魏头进来。井宗秀吃了一惊，陆菊人说：你咋在这儿呀！井宗秀忙使眼色，他们再没说话，在一旁看着。王魁过去也把耳朵看了，确实是六对，问手下人这是谁在一个死人的头上割下两个耳朵，土匪里站出六个人，都发咒说他们是只割了一只耳朵，是朱三环、刘石羊、巩八宝在撤退时又跑去把剩下的六只耳朵割了。五雷说：狗日的骗我！这三人呢？他们说：就是死的那三个。他们去割耳朵，保安队的人来了，放枪把他们打死的。陆菊人趁机就说：大架杆，杨记寿材铺是有三个棺的，但都是人家交了订金，你们所要的三个棺能不能宽限几日？我们抓紧做好了就送来。五雷说：装什么棺！狗日的骗我哩还给棺?！你是谁？井宗秀赶紧说：这是杨记寿材铺杨掌柜的儿媳妇，我刚才拿来的三斗米就是她家出的。五雷说：你家咋肯拿三斗米？陆菊人说：你和井掌柜是一挑子，井掌柜又把我公公认的干爹，咱也是亲戚么。如果这三个棺不要了，你让我家把那三个兄弟埋了，也算尽一份心。五雷说：涡镇的妇道人家我见得多了，还没你这么会说话的！好吧，就把他们埋了，奠些酒，多给烧些纸，让他们在阴间里也当个富户！

陆菊人回到家，杨掌柜已经从炕上下来，用刀削了三个小木棺楔，还杀了一只公鸡，把小木楔蘸了鸡血，催督杨钟拿去嵌在那三个棺的内角，他说：睡我棺的人断子绝孙，永远不得托生！而杨钟并不理会爹的话，他在和陈来祥喝酒，喝高了，为一盅酒没有喝净和陈来祥吵起来。陆菊人一回来，陈来祥倒叫苦，说：嫂子，他酒量比我大，我快不行了，他越喝越来劲儿了！陆菊人说：收拾收拾，都不要喝了！便告诉了她去见五雷的事。杨钟红着眼说：你去见他？你咋能去见他?！他给你动手动脚啦？陆菊人说：这时候才知道你是丈夫啊？现在就去埋人！杨钟、陈来祥推木独轮车就走，杨掌柜把蘸血的小木楔扔了，拿上锨和镢头跟了去。四人从庙里拉了三个死尸出了北城门，在河滩里只挖了个坑就扔进去，壅土埋了。陆菊人就烧了一沓纸，说：我答应了人家的。打开酒壶要奠酒时，杨钟夺过去说：给他们奠什么酒，还不如咱喝了。自己仰脖先喝了一气，又递给陈来祥，陈来祥把酒却往每个人身上喷洒，说：酒也辟邪的，咱别沾上晦气。

五雷决意第三次再去龙马关，他亲自出马，要求手下人这次去了不割耳朵，只割生殖器。王魁窝了一肚子火，头一天去街上买了个卤猪头、两只烧鸡，一整夜都在喝酒，第二天没想却闹肚子，稀屎拉得提不住裤子，便没有去龙马关。五雷带人一走，王魁就派护兵去叫井宗秀，让井宗秀把陈先生叫来。井宗秀来了拿的又是一包大烟土，说用不着找郎中，泡罂粟壳子水喝了立马止泻，王魁喝了，果然不再跑厕所。五雷的女人熬了些小米粥，派护兵喊王魁来吃，王魁说：她送过来呀！护兵说：二架杆，这话有些大，我不敢传。王魁说：她本来是我的，她不伺候?！五雷的女人还真把小米粥送了过来，见着井宗秀，叫了声：姐夫！井宗秀说：真个是人靠衣服马靠鞍，我都认不出了！女人说：还不是托姐夫的福！王魁说：女人要经几个男人弄了才好看！女人说：啥话呀啥话呀！姐夫，二架杆肚子不好，我特意熬了些粥暖胃，你也端一碗？井宗秀说：我不吃了，你把二架杆伺候好，他可是他们伙里枪法最好的。女人说：这我知道。王魁说：你还知道啥？女人说：你眉毛重，胳膊腿上有瓷疙瘩肉。王魁说：老虎我也打得死！原本你嫁我的，我让给了大架杆，你问你姐夫。女人听了这话，倒吃了一惊。井宗秀说：这是真的。女人就说：还是这样呀，那你看不上我么。王魁说：想着你是黄鹂儿，只会钻高枝的。女人却努了努嘴，说：我站在哪儿，哪儿就是高枝！王魁就张狂起来，从床下拉出坛子要喝酒，井宗秀不让喝，他说：喝！三人坐下来喝了一坛子，王魁三番五次端了盅子给女人喂。

到了晚上，天阴得很实，没有星月，油坊的马六子家要盖新房，从黑河上游的莽山买了一批原木，因路途遥远，结了排顺水放行，结果在十八碌碡桥下截收时，木排散了，发现少了五根，而这五根又都是楠木、樟木、栎木和桦木。马六子大发雷霆，当街骂负责运木的侄子马岱：结排你不用皮绳用葛条，葛条你还只捆了五道，这是在水里放排呢还是在路上吆猪呢？为什么没先拜山神庙后拜水神庙？哪有放排人不在排上看上水下水清水浑水文水武水，我是怎样交代你的，你竟然在岸上跟着走？跟着走也不至于把大木头弄丢呀，肯定去沿岸的寨子里嫖了，狗东西去染梅毒吧，烂 × 烂鼻子！他骂得停不下来，站在城墙门洞口的老魏头说：马六子，你省些力气！马六子说：我骂我侄子哩，关你屁事！老魏头说：你骂，五雷回来了，你继续骂！马六子往门洞一看，果然是回来了一伙土匪，五雷就在一个土匪的背上，他不骂了。

攻打龙马关的人是回来了，走时是四十二人，回来的是三十人，背着的五雷昏迷不醒。

王魁询问了五雷的护兵，护兵说了详情。他们一到龙马关，大架杆一定要先解决崔天凯，当时活捉了一名哨兵，得知崔天凯住在东边一条巷里，就派三架杆提人头去。三架杆见了崔天凯，因为两人老家是一个村，一块儿投靠的五雷，三架杆说：大架杆让我提你人头，我不忍心，你赶快跑了，我杀个人砸烂脸给他冒充去。崔天凯却说：他明知道咱俩是乡党，会不会故意试探你？你放了我若被他看出破绽，他也会提了你的头，不如你也过来，咱一块儿给韩掌柜干。拿出酒倒给三架杆喝，三架杆犹豫不决，坐下来喝了几盅。五雷在巷口等着三架杆，三架杆迟迟不出来，以为出了事，就带人冲了进去，却瞧见三架杆和崔天凯在喝酒，一下子怒火中烧，举枪就打，崔天凯和三架杆当场就毙了命。这边枪一响，韩家大院里的保安和打手就扑了过来，分成两路，堵住了巷道南北口，一时枪响得像炒了爆豆。一个老汉牵着毛驴刚出门，老汉便中了弹，毛驴惊了往南巷头跑，五雷他们就跟在毛驴后面往出冲。毛驴咕咚倒下了，毛驴身后也同时倒下两个人。五雷喊了一声：上房！所有人都上房。龙马关的住房都是硬四椽的架构，房顶的坡度不陡，但房与房并不接连，住家户们还不知出了什么事，就听到屋顶上像跑了马，瓦片喀嚓喀嚓响。有人刚跑到院子往上看，巷道里的保安以为是还没爬上房的土匪，一枪就打死了，院里的鸡同时往起飞，飞得不高，站在了院墙上又从院墙上掉下来。另一个大院子里，三个妇女把晾晒的经线络在了籰子，抬出织布机正要把经线板缠绕在经轴上，房上飞来的子弹就把她们打倒了两个，血渍溅到经线上，白线就成了红线。还活着的一个就傻了，立在那里不会叫，也不会动，嘴张得多大。巷道又窄又长，中间还拐了个弯儿，巷里的人像狗疯子，嗷嗷地叫着，端着枪胡扑乱撵往上打，房上的人却猫一样腾挪跨跃着拿枪往下打。子弹没个方向，到处嗖嗖地响。在拐弯那儿，一阵乱枪里，地上躺着了三具尸体，别的人就退开躲了，房上竟有人跳下来，极快地用刀划死者的裤裆，五雷喊：不割了，快上来！退躲的又出来了三个，对着割裤裆的人射击，那人蹦起来再四仰八叉摔下去，半个脑袋没有了，手里还握着一截生殖器。五雷吼起来：我 × 你娘！就站起身双手往下打枪，巷道里又躺上了几具尸体，但随之更多的子弹打上来。五雷跳上另一高大房顶时，跟着的人有的跳过去了，有的却掉下去，掉下去的断了腿爬不起，五六个保安和打手扑上去用刀戳了。五雷身前身后有四个护兵，一个枪里打完了子弹，揭瓦往下砸，因为用力过猛，脚下打滑，从房背上滚到房檐，双手抓住了檐头，身子吊在空里。另一个护兵去拉，挨了一枪，肚子里的肠子流出来人就掉下去，肠子还挂在瓦槽上。而吊在檐头的那个，身上无数个窟窿在冒血，却始终没松手。已经顾不上了，几十人忙跳过六座房顶，向北头跑，一颗子弹像长了眼睛，偏偏从五雷的后腿钻进去，再从前边对襟袄的最后一个纽扣处出来，纽扣也打没了，他说了句：你打我的屌呀?！从房的后檐面滚跌了下去。五雷跌到后边巷道里，房上的人也就往后巷道跳。前边巷里人在喊：堵后边巷道两头！护兵背了五雷不敢从巷道两头跑，护兵说：都来保着我！见一户人家门开着就往里进，屋主却手拿了把毛镰不让进，后边上来的人就和屋主打，那人身上多处受伤，仍拿毛镰乱砍，正砍着，毛镰柄忽然脱了，被打死。护兵进了屋就寻后门，从后门出去又到另一条巷，二十多人也陆续从后门出来，逃离了龙马关。

※　　※　　※

龙马关一仗刚结束，69 旅就到了平川县城。69 旅几年来一直在秦岭西一带追剿逛山和刀客，共产党的游击队又在秦岭北部蓬勃发展，这三股武装都是你一打他就跑，你停下了他又打了来，69 旅便忙于奔波，精疲力竭。来平川县休整了五天，麻县长当然得供应粮草，却也请求能铲除涡镇的土匪。69 旅没有应允：像五雷那些毛毛小匪，秦岭各县都有，杀小鸡子用得着牛刀吗？但是，69 旅的旅长和麻县长曾经是小学同学，倒给了一些枪支弹药，建议县上组织一支自卫武装，可以挂名为69旅的预备团。麻县长觉得这也好，69旅一走，他便思谋着如何把县保安队和各乡镇大户人家的保镖、打手组合起来，攻打涡镇。杜鲁成把这消息给了阮天保，阮天保就问：知道不知道让谁去带队？杜鲁成说：这我不知道。阮天保低了头不语，闷上半天，牙缝里挤出一句：这就看县长怎么用人呀！平川县保安队百十号人，队长叫史三海，但史三海性情偏软，领不住人，保安队的佟西童、夏彪和阮天保都蠢蠢欲动，争权夺利。麻县长便先后把佟西童带一个班派去驻守县北的栾镇，夏彪带一个班驻守在县东流峪镇，而阮天保带一个班到龙马关。杜鲁成见阮天保恶狠狠的样子，就后悔透露了消息，忙说：阮天保，咱们都是从涡镇出来的，我才把这事说给你，你可千万不要去找麻县长，也不要给任何人提起，否则我就在县长那儿干不成了。阮天保说：轻重我能掂量，这世道里出门靠的就是兄弟，我不认爹娘也要认你杜鲁成的！再有啥消息，你及时告诉我，也多在县长那儿说我些好话。但阮天保当天就悄悄回到了涡镇，把消息又透露给了井宗秀。井宗秀既兴奋涡镇将不再匪乱，却又担心若打起来，镇上肯定要死人和毁坏屋舍，而自己与五雷来往多，会不会牵扯出自己的不是呢？就不停问几时来攻打，又会是如何攻打，打得赢是一种什么结果，打不赢了又是一种什么局面？这些阮天保也说不清。阮天保说：咱们从小在一块儿玩着，都是井宗丞做娃头，可惜他不在。井宗秀说：提他干啥，没了杀猪匠还吃连毛肉呀？这一夜，两人对麻县长的预案几度揣猜，做各种设想，直到鸡叫了四遍。阮天保黎明前搭船赶去了龙马关，井宗秀仍没有睡意，就找杨掌柜。

经过街上瓷货店，店家正支搭货摊子，和对面过来的吴掌柜说话。店家说：吴掌柜，你又不拾粪的，倒起得这般早，是去哪里呀？吴掌柜说：啊前头。店家说：忙啥事么，走得这急的？吴掌柜说：啊，碎碎个事。店家说：问你个话呀吴掌柜，明年你觉得这日子能好些吗？吴掌柜说：啊，差不多吧。店家说：吴掌柜呀，永远问不出你个明确话！吴掌柜说：是吗，是吗？就看见了井宗秀，便拉着到一边，说：井掌柜，我还说这几天去拜会你么。井宗秀说：你是长辈，还是叫我宗秀着亲。吴掌柜说：生意场上没有辈分么，五雷是在龙马关有事啦？井宗秀说：挨了一枪。吴掌柜说：不要紧吧？井宗秀说：躺着起不来啦。吴掌柜却对五雷受伤不置可否了，拍了拍井宗秀肩上落的头皮屑，夸这褂子在哪儿买的布料，还有这高腰皂面鞋是谁制作的，穿了得体。井宗秀突然有了想法，偏说：五雷作孽太多，天该收他了。吴掌柜说：你是说这一两天他会死呀？井宗秀说：即便不死，麻县长领人也要来除恶啊！吴掌柜睁圆了眼睛，却说：这是你说的？井宗秀说：不是我说的，但这绝对是真事。吴掌柜说：你以为呢？井宗秀说：我觉得好！吴掌柜说：好！好！真灭了这股土匪，我置几桌酒席！井宗秀说：这又可是你说的啊！吴掌柜说：到时你出面，咱招呼麻县长！两人笑着分了手。井宗秀走过了，又反身过来说：这事先不要给任何人提说。吴掌柜说：我正要给你提醒啊。井宗秀说：我还想了，你以前组织过热闹，听说巩铁匠上个月就睡倒啦？吴掌柜说：你是说撒铁火呀？来一场，要来一场，我给咱笼络人，巩铁匠不行了，他儿子巩百林会，唐景他二叔和老魏头也都会。井掌柜谢谢你啊！井宗秀说：让你出钱呀你谢我？吴掌柜说：多少钱买不来能睡个踏实觉么！

井宗秀到了杨家，院门开着，院里没人，门楼瓦槽里还是卧了那只黑猫，睁着眼一动不动，问：人呢？也不出声。上房的卧屋里，杨掌柜在说：是宗秀啊，你进来！井宗秀一边进上房，一边说：来了人你家这猫也不叫唤，我给弄条狗来看门。杨掌柜说：我不要狗。这猫不吭声，心里有数哩，你看见它眼睛森煞不？井宗秀说：不森煞。杨掌柜说：是坏人就不敢看它。井宗秀就笑起来，说：那我是好人哟?！进了卧屋，杨掌柜靠在炕头墙上，额颅上捂着热手巾，井宗秀叫道：你病了？杨掌柜说：你知道你伯是沉不住气的人，那天陈皮匠来我这儿串门，突然听到五雷半死不活的消息，我一高兴，披了件单衫子就去买酒，着了些风。接着就问：五雷还没死？井宗秀说：还没死。杨掌柜说：他躲过了初一，躲不过十五！井宗秀说：就是。把麻县长要来的事说了一遍。杨掌柜便喊：剩剩他娘，你拿酒来。

陆菊人在厨房里烧姜汤，她知道井宗秀来了，待要出来见时，井宗秀已进公公的卧屋去，她就在厨房里继续烧锅，火便在灶膛里嚯嚯嚯地响，像笑一样。汤烧好了，她悄声说：急啥哩?! 取了头上的帕帕，拍打起身上的柴灰，又坐下来擦鞋面，倒得意鞋穿半年了绣着的花还新鲜着。待到公公喊她，再对着瓮里的水照了一下影子，把帕帕重新裹在头上，端了两碗姜汤去上房，给公公一碗，说：你来啦？也给井宗秀一碗。杨掌柜说：我让你拿酒的。陆菊人说：你还敢喝酒啊！杨掌柜笑了笑，说：宗秀，咱把姜汤当酒，来，碰一下！井宗秀看了一下陆菊人，却说：杨伯，麻县长这回带人灭了五雷，听说要组建一个预备团的，隶属69旅，可能就驻守在涡镇。杨掌柜说：镇上还要有兵？额颅上挽起了一个疙瘩，说：前门走了狼，后门又来虎，你没开凿洞窟吧，得加紧也弄一个哩。井宗秀说：土匪在镇上，咱还能稳住他，不害扰镇上人就是，如果真是驻了政府的兵，那是刮地皮的，你就是有洞窟，能一年四季都住在洞窟里？杨掌柜放下汤碗不喝了，又靠在炕头墙上。陆菊人说：爹，你是让土匪走，还是不走？杨掌柜说：哪有不想送瘟神的？宗秀，你这不是来给我报喜的，我这病也是白得上了。陆菊人说：你和宗秀刚才说话我都听见了，他县上来人撵五雷，咱也撵么。杨掌柜说：你撵呀?! 陆菊人说：咱借着县上的势撵么，撵走了五雷，县上就是组建什么团，涡镇人有功劳，能少了涡镇人的？杨掌柜说：你甭插嘴，我和宗秀说话哩！陆菊人就不再吱声，到院子去了。井宗秀听了陆菊人话，倒把头垂下闷了半会儿，再把那剩下的半碗姜汤喝着，看着院子，院子里陆菊人在捉鸡，捉住一只母鸡，指头塞屁股里试着有没有蛋，连试着两只鸡，都把鸡又放了，捉到第三只试了，拿到一个瓦盆里，再用背笼反过口罩住。井宗秀喝完了姜汤，浑身出了一层汗，问：杨钟呢？杨掌柜说：几天没沾家了，宗秀，这日子不怕穷，就怕家里出个虫。我说啥话他都给顶回来，你得多说说他，或许还听你的。井宗秀应承着，却告辞了要走，杨掌柜说：你来就是要我出个主意吧？你伯老了，老猫都不逼鼠了，没给你能说出三个梨两个枣的。井宗秀说：来和你说说话，说啥话不重要，来说说我这心就不乱了。走到院里，却没见了陆菊人，他站在那里左右扭头，黑猫仍在门楼顶上的瓦槽里看他，他就出院门走了。

当天下午，井宗秀坐船去了龙马关，天擦黑又和阮天保再坐船去县城找杜鲁成，三人叽叽咕咕了一夜。第二天要见麻县长，发愁起了带什么礼。阮天保说拿酒提肉有些小气，买丝绸，别人送礼都是几尺一丈么，咱拿上三匹。杜鲁成说：麻县长是文人出身，官场上他不会长袖善舞，却也自视清高，送再多的吃喝和布匹他不一定乐意。井宗秀说：那去买幅字画吧。到了字画店，杜鲁成选了一幅书法：心将流水同清净，身与浮云无是非。井宗秀认为，麻县长毕竟是县长，还是选个奉承的词儿好。阮天保选了幅：此地自惭遗爱少，斯民竟说被恩多。井宗秀还是觉得词虽可以，但这是自谦话，既要气势大的，又要体现县长勤政爱民的，最后看到一幅：秦岭地，每嗟雁肃鸿哀，若非鸾凤鸣岗，则依人者，将安适矣；万千山，时勤狗盗鼠窃，假使豺狼当道，是教道也，安可禁乎。问店主：这词是谁作的？店主说：这是清朝秦岭道衙的旧门联。井宗秀说：好，就要这幅！买罢，三人便去了县政府。

到了县政府门口，阮天保却说他是县长的部下，去了不好说话，他就在大门口等着。杜鲁成便和井宗秀进去，麻县长也正在办公室读一卷诗文，见了条幅，夸道这联语好，书法也好。井宗秀立即就说涡镇的老百姓饱受土匪五雷的蹂躏，生活在水深火热中，推举他来恳请县长能为他们扫除恶患，如果县长能去，他可以在镇上组织一些人里应外合。麻县长因已决定了要攻打涡镇，瞌睡遇上了枕头，心里倒也暗暗高兴，就说：你们是不是三个人一起来的？杜鲁成说：是三个人，阮天保在大门外。我们都是涡镇的。麻县长说：看吧看吧，今早我一进办公室，那花开了三朵，思忖着是不是有三个人要来说好事呀?! 窗前的盆子里果然种植着一蓬草，开着三朵花。井宗秀说：是吗？我是山里人倒还没见过这种草能开花的。麻县长说：那我这个平原上来的人告诉你，这叫牵牛，一年生的蔓草，叶有三尖，互生。侵晨开花，受日光而萎，结实为球形，有蒂裹之，黑色的为黑丑，白色的为白丑，二丑都有毒，可以入药。井宗秀说：县长这么懂呀?! 杜鲁成说：县长现在研究秦岭动植哩。麻县长指着井宗秀，说：你是谁，来给我说这话？井宗秀说：你记不得我了，我永远记着你的恩德，当初你在这里宽大了我。杜鲁成说：他就是井宗秀，我和他一块儿被带去，你留下了我。麻县长说：哦，你以前有胡子，现在没胡子了。井宗秀说：我这胡子不好看，来见你把胡子剃了。麻县长说：我当初放你是放对了？杜鲁成说：他现在是涡镇的乡绅了，威望很高，一心要给政府做事的。麻县长说：凡做器先有隙而后则漏其水，若置兹卉地了来年必是花满街啊！井宗秀一时没听清麻县长的话，只是笑着。麻县长说：你这名字倒像是个女人，人也白白净净的，你怎么个里应呀？井宗秀说：我现在还无法说个具体，那五雷一伙既凶残又狡诈，但他有软肋，我只能见菜下碟，随变化行事。但我能给你保证，我会让土匪内部先乱起来。麻县长说：从这儿出去的字就是政府的牒文，在这儿说话就是军令！井宗秀说：如果我说了诓话，将来没起作用或者作用不大，你带人攻进镇了，你割五雷的头也割我的头。麻县长说：好！那你要求我做什么，给你一杆枪？井宗秀说：我不要枪。麻县长说：钱呢？井宗秀说：钱也不要。你如果愿意，派杜鲁成和阮天保也回涡镇，我们仨有个商量头。麻县长说：把阮天保叫上来。杜鲁成跑下去叫阮天保，阮天保问：县长是不是生气啦？杜鲁成说没有。阮天保说：是不是嫌我没在龙马关？杜鲁成说：没有。两人到了办公室，麻县长就说了攻打五雷的事，阮天保却说：派谁去攻打？麻县长说：我想好了，以县保安队为主，再把各乡镇大户人家的保镖打手叫上。阮天保说：这一半年龙马关保安班和韩家那些人捏合好像一个拳头。麻县长说：你还是和杜鲁成井宗秀先回涡镇做内应吧。阮天保就不再说了。麻县长说：这可是我上任来要做的第一件大事，成功了，我好你们都会好！

从县政府大院出来，阮天保说：这文人到底弄不成事。井宗秀、杜鲁成都不明白他的意思，阮天保说：麻县长趁这机会完全可以重用自己人么，他却还用史三海。井宗秀说：麻县长和史三海不和？杜鲁成说：保安队长的舅是省警备司令部的，他跟谁能和？井宗秀说：他能力怎样？如果派他来打不赢就坏事了！杜鲁成说：那么多人和枪的，何况有天保哩！阮天保说：是不是你给县长唆唆着让我也内应？杜鲁成说：是宗秀提议的。井宗秀说：笼子和笼襻拆不开么。见旁边有个厕所，便进去解手。阮天保倒说：唉，咱本来透个消息给宗秀的，怎么咱倒和他一起要做内应呀?！杜鲁成说：以前我们师徒四人的时候，做什么事情，都是师傅凶巴巴地说了算，可事情做着做着又全是顺着宗秀的意见走了，我也纳闷，这是咋回事。两人多少有些疑惑，见井宗秀从厕所里出来，手又在下巴上摸着拔胡子，杜鲁成悄声说：你看他像谁？阮天保说：个头和他哥一般高，他哥他爹都是络腮胡，他竟然没有几根，像他娘？杜鲁成说：以前倒不觉得，麻县长说他像个女人，我就越看越像的。阮天保说：还真是！就嘿嘿笑起来。井宗秀过来，说：笑啥的？杜鲁成说：麻县长说咱三个是三朵花，我和天保又黑又壮的，你才是花。井宗秀说：这县长也是信嘴胡说，哪有把男人比花的。杜鲁成说：我和天保都有胡子，你咋没有？井宗秀说：你们都谢顶了么，这头发好了就不长胡子，胡子好了就不长头发。阮天保说：你哥你爹胡子那么多却没谢顶呀！井宗秀说：你俩这话啥意思，说我不是男人？杜鲁成说：这可是麻县长说的。井宗秀说：知道不知道北人南相、男人女相？杜鲁成说：那你是雌雄同体啦？阮天保说：噢，是二尾子！在涡镇，二尾子是骂人不男不女的，井宗秀就扑过来拧阮天保的嘴，阮天保的脸皮松，把嘴唇一拧，半个脸的皮都离了位。杜鲁成就说：不是二尾子，涡镇的骡子多，宗秀是人里边的骡子！

※　　※　　※

到镇子后，阮天保要回他家住去，井宗秀不让回去，秘密地把他和杜鲁成藏在酱笋坊里。喂马的孙老伯就每天在门口瞭望，凡是有生人来，就咳嗽一声，杜鲁成和阮天保便躲到上房后间的席筒里去。而井宗秀便陆续带他的一帮子发小来，有陈来祥、苟发明、唐景、杨钟、巩百林、王路安，还有拐子巷的李文成、卖油糕的张双河、油坊马六子的侄子马岱、赵屠户的外甥许开来。凡是带了人来，讲了要起事的原委，问愿意不愿意干。当然，都答应跟着干，阮天保就交代：近日不要出远门，在家准备着家伙，不管是木棒还是铁锤，腰里都先得有一把刀子，一有风吹草动，就到这里集中。最后，阮天保把话说狠了：能把他们叫来，都是一块儿长大的兄弟，叫来了也就是蚂蚱拴在一条绳上了，谁也不能生了外心！

第五天傍晚，井宗秀和杜鲁成、阮天保正在酱笋坊里说话，孙老伯接连在院门口咳嗽，杜鲁成和阮天保还未藏好，孙老伯已和来人吵起来。井宗秀忙出来，原来一个土匪买了一坛酒经过，却要买酱笋，孙老伯不让进，说这里是作坊，要买到街上商铺子买，那土匪却说：我偏要在作坊买！井宗秀制止了吵嘴，说：你进来，我送你些酱笋。土匪进来了，还说：阎王好见，小鬼难缠。井宗秀笑着指着棚子里一个缸说：你多拿几包啊！土匪低头弯腰去取，井宗秀捡起旁边一个棒槌，在土匪后脑勺上一敲，扑通，土匪就倒在地上不省了人事。井宗秀叫出了杜鲁成、阮天保，说：进来了个土匪，咱把狗日的收拾了吧。杜鲁成赶紧去关院门，又趴在门缝往外看，阮天保却拿了刀子就在土匪身上捅。杜鲁成过来说：外边没啥动静，咱想想该咋处理。阮天保说：已经死了。杜鲁成去摸土匪的口鼻，果然是死了，说：咋就弄死了?!阮天保说：进来了还能让活着出去？杜鲁成说：那就快把后路想好，这少了一人，他们今晚不发觉明天就发觉了，发觉了肯定要在镇上搜人，咱必须趁天黑扔到河里去，或者就在院子里挖坑埋了。另外，宗秀你得连夜去五雷那儿，免得过后让他怀疑了你。井宗秀说：这是要想想办法，但也用不着太急，他死了好么，咱也不能让他白白死了。杜鲁成、阮天保听了他的话，倒糊涂起来。井宗秀笑了笑，说：我出去一下就来。过了一会儿，井宗秀领着唐景进来，杜鲁成说：背尸得个力气大的，唐景这瘦小的。井宗秀却让唐景在那土匪身上又捅了一刀，让去把张双河叫来。杜鲁成和阮天保这才明白井宗秀的用意。这一夜，联络的十一个都来过了，每人在那土匪的身上捅一刀，就捅成了个烂筛子。然后井宗秀把死尸装进一个大缸，上面灌满了面酱，堆在院角。

因要熬松香和桐油在棺上涂刷大漆，杨掌柜和杨钟忙活了半夜，也就睡在了寿材铺。天明陆菊人蒸了些红薯送去，公公弯腰又用生漆涂着布糊棺内合缝，吭哧吭哧，呼吸艰难。陆菊人说：爹，你歇着。杨钟呢？杨掌柜说：后半夜巩百林把他叫去了酱笋坊，说有事。陆菊人说：井宗秀找他？怎么是后半夜？出了铺门，就站在痒痒树下朝酱笋坊方向看，却见那上空红光一片，正说：爹，爹，酱笋坊那里是不是着了火？杨钟却在前边的墙角一冒头，回来了，说：咋呼啥呀，哪是着火了？拉着陆菊人进了铺子，把麻县长要带县保安队来灭五雷，而井宗秀、杜鲁成、阮天保正联络人做内应的事说了一遍。杨掌柜说：他们也叫你了？杨钟说：这么大的事能不叫我？陆菊人说：叫了你，你就走漏风声？杨钟说：我哪儿走漏风声了？陆菊人说：你给我和爹说了还不走漏风声？杨钟说：给你们说算走漏风声?！陆菊人说：你赌博输了钱回来咋不说？你是显摆井宗秀叫了你就说给我们，如果出去喝些酒了还能不给别人显摆?！杨钟说：我咋样都不对！气得蹴在了门外台阶上喘息。陆菊人给公公剥了个红薯，回头说：你吃不吃？杨钟不理。陆菊人又说：红薯趁热吃，问你哩！杨钟说：你不是不让我说话吗？陆菊人恨了一声，扔过去一个红薯。

杨掌柜出了门，也往酱笋坊方向看，上空真的是一片红，说：着火了？杨钟吃红薯吃得急，噎住了，手只是指着天，陆菊人说：狼撵你哩，不会慢慢咽？终于，一疙瘩咽下去了。杨钟说：瞧你们这眼神，那是火光吗？那是云！果然那里越来越红，是往上涌起了红云，不大一会儿晕染得满空都红了。杨掌柜说：哦，火烧云，一早就上火烧云那是要下雨呀！吴掌柜匆匆走过，一只手提着长袍的前摆，露出一双崭新的高脚白底鞋。平日吴掌柜都是长袍拖地，腆个大肚子，慢慢地走，今日却故意要让人看到他穿了一双新鞋？杨钟偏不说这新鞋好，也不看，把头抬得高高地望着痒痒树梢。其实吴掌柜并不是要露他的新鞋，他迈着碎步要去找井宗秀，才把长袍的前摆提起来。到了井家屋院门口，大声地咳嗽了几声，在门口的蚯蚓说：你要吐痰呀？吴掌柜说：我要见井掌柜，他听到咳嗽就知道是我了。要进门，但蚯蚓不让进。吴掌柜气得骂：你是井家的儿子，还是井家的狗？蚯蚓说：我是他的护兵！吴掌柜说：你碎屄还知道护兵，他是长官啦，还是土匪呀，有护兵？蚯蚓抱住吴掌柜的腿就是不让进，吴掌柜拿拳头在他头上敲，都敲出栗子色了还不松手。井宗秀出来，说：吴掌柜呀！吴掌柜说句：你啥时让这碎屄看门啦？屋里却传来一声：你说谁是土匪啦?!吴掌柜进去见坐着二架杆王魁，吓了一跳，慌乱笑了说：是我说啦？王魁说：狗说的！吴掌柜说：瞧我这 × 嘴！就弯腰往出退，说：我路过井掌柜的门口，你们说事，不打扰了。退到门口，悄声对送他的井宗秀说：没那事啦？井宗秀说：你想有还是想没有？吴掌柜说：那他咋在屋里？井宗秀说：与那事没干系。吴掌柜说：不敢日弄我啊！

送走了吴掌柜，王魁又开启了第二坛酒，还在骂井宗秀的小姨子：大架杆一回来她就不肯见我了！井宗秀说：人家毕竟还是大架杆的女人么。王魁说：屁，他现在不死不活的，前天跑了两个，昨晚又少了一个，她还傻 × 地伺候，是能亲她还是能 × 她?!井宗秀说：哦，有人跑了？王魁说：跑了就跑了。井宗秀说：大架杆伤成那样，你就该管么。王魁说：我是管了，谁敢再跑，他跑到老鼠窟窿也要把他逮回来！我生气的是她见了我嘴上不好说话了，眼里也没了话！井宗秀说：唉，你是二架杆么。王魁说：哼！井宗秀就再敬酒，两人喝完第二坛，已经到了中午，天突然变了，眼看着要下雨，王魁就一脚高一脚低要往庙里去，蚯蚓竟然还在门口。井宗秀要蚯蚓拉着王魁，别让倒了，蚯蚓拉着走了一会儿，说：我给你寻个拐棍去。就跑得再没影了。

王魁回到庙里，五雷的护兵正送陈先生出来，王魁问护兵：又请郎中啦，情况咋样？护兵说：伤化脓了，发烧不退么，二架杆你喝酒啦？王魁说：我咋不喝？大架杆伤成这样我心烦么！护兵说：是烦呀，他再不好，兄弟们这嘴就吊起来了！王魁从怀里掏出一个大洋，说：你也喝去，我来照看大架杆。那护兵拿了钱街上去了，王魁就直脚往五雷的住屋来。五雷的住屋是里外间，隔墙的小门上挂着布帘子，王魁要进里间去，却见五雷的女人在外间的火盆上熬汤药。柴火塌了，一时起不了焰，女人低头用嘴吹，屁股就圆嘟嘟地撅着，王魁从背后便搂住了。屋外，一股风进来，雨点子噼里啪啦下起来，风把帘子刮开了，五雷在床上发烧得迷迷瞪瞪，刚一睁眼，看见王魁搂住女人，女人回过头了，王魁趁势逮住嘴亲了一口，女人在推王魁，示意五雷还在里边哩。五雷大怒，却坐不起来，枪在床边的墙根靠着，硬爬着去取，从床上跌下来。里间屋一响动，王魁进去，五雷在地上还往枪跟前爬，王魁一下子骑在五雷身上就双手掐脖子。掐了好久，谁也没出声，五雷就被掐死了，舌头吐出来一拃长，王魁一松手，喉咙里倒有咕噜一声响。女人听出里间不对劲儿，但她没敢进去，还在吹火，药罐子突然一斜，竟扣在火上，灰忽地腾了个蘑菇，火全灭了。王魁出来把女人像兔子一样，提着耳朵压在外间的条凳上剥衣服，女人浑身僵着，还是没说一句话，拿眼睛看着王魁在摆弄她。摆弄完了，王魁再到里间拿刀剜了五雷的生殖器，说：我的女人被你 × 了这么长时间！

雨越下越大，先还是白雨，后来成了黑雨，天在傍晚就啥也看不清了，王魁在庙院里点了十二个火把，集合了全部土匪，宣布五雷死了。五雷的那个护兵喝得东摇西摆地回来，问：我出去时大架杆只是发烧，怎么说死就死了？王魁说：那你去问他！一枪把那护兵打得窝在泥水里，然后大声说：五雷是我打死的！为啥打死他？他让兄弟们枪吃不饱，肚子更吃不饱，我王魁要重起炉灶！再说：谁要走？土匪们还没缓过神儿，都不说话。王魁说：要走的可以走，我不拦的！土匪们说：啊走去哪儿？走了饿死呀！王魁就成了架杆，他再没设大架杆，也没设二架杆三架杆四架杆。

※　　※　　※

八月十二日，麻县长派人给杜鲁成送来通知，中秋节攻打涡镇，而黑河白河的上游却下暴雨，都涨水了。黑河的十八碌碡桥安然无事，白河上的木板桥被冲垮了，漂浮着树枝草根，甚至有旧房的檩条木椽和整垛的麦草，还有死猪死狗黄羊狍子什么的，偶尔也看到有人，白花花的一丝不挂，头朝下，起伏不定。往年这个时候，镇上的青壮年都拿了笊篱和带着铁钩的绳索站在岸边打捞柴火，胆大的腰里系了绳去河中拉那些木料和树。但今儿个能去打捞的人全在家里等候消息，只有一些老人、妇女、孩子，还有一些土匪去了南门口外看涡潭。涡潭自涨水后就一直旋转，旋转得越急，涡潭中间的坑就越深，河面上的浮木乱草进去之后瞬间就没了。井宗秀趁机和陈来祥、杨钟把装有尸体的那个酱缸抬出来要扔进河里。陈来祥和杨钟抬着，井宗秀在前面观察着人，一旦遇见人了，就说是给万家寨的表姐家送去，娘要吃鲜酱笋，干脆连缸一块抬了。仅顺着东城墙根抬了三四丈远，杨钟说：一涨水，河里该有丹鱼了，这种鱼你见过没，侧面有赤光，用它的血涂在脚底，就能从水面上踏过去！陈来祥说：还练轻功呀？好好抬！杨钟说：你不懂！没想脚下一滑，缸顿时在地上裂开了三片，酱流了一地。三人吓得脸都白了，只好把死尸拉起来要往城墙外扔。井宗秀说：别把酱溅在城墙上！就自己脱了衣服把尸体包了。扔了两次没扔过去，三人同时发力，一二三，扔了过去。又担心掉在墙外的崖岸上，陈来祥蹲下，让杨钟踩着肩往墙头跃，抓住了墙头沿爬上去，尸体其实已扔进了河里，杨钟再翻墙过来。偏这时前边来了面馆佟掌柜的媳妇，井宗秀就高声骂陈来祥和杨钟抬个酱缸就能把缸打碎了，要让他们赔。那媳妇说：真是可惜，这有多少面酱啊！弯腰去捡缸底，缸底里有残留的面酱，说她捡回去。杨钟不让捡，那媳妇说：怪可惜的不让捡？杨钟说：就是不让捡，我要给井掌柜赔的，这酱就是我的！竟把缸底再用脚踩了，酱流在地上，还往面酱上踢了踢土。

井宗秀急急火火还要找吴掌柜，要告诉吴掌柜中秋节那天在吴家院里置办酒场子，把土匪全集中灌醉，麻县长他们一来便可瓮中捉鳖。可去了吴家，家里人说吴掌柜在涡潭那儿看热闹哩，就又去了南门口外，果然吴掌柜在，而那时河面上漂过来一个人进了旋涡，也是赤条条的头朝下，可旋转时那尸体翻了过来，土匪中就有人说：那不是牛拴牢吗，他偷跑了怎么是淹死在了河里?！井宗秀吃了一惊，再看时，尸体不见了，他松了一口气，把吴掌柜叫到一边说了他的安排。吴掌柜说：是中秋节？井宗秀说：中秋节晌午。吴掌柜说：咋能设在我家？那打起来我家就没完整的家具了啊！井宗秀说：损失我过后给你补！吴掌柜回家去了，井宗秀又回到酱笋坊给杜鲁成、阮天保商议，让他们半夜转移到吴家后院外的苟发明家，到时一旦听到前边有枪声，便从吴家后院翻进来。阮天保说：用不着这么早就住到苟发明家，他媳妇窝窝囊囊的，做的饭能吃进去？你到时让吴掌柜在他家后院墙搭把梯子。墙那么高，杜鲁成胖得跳不进去。杜鲁成说：到时我从房顶上往下打。井宗秀同意后，再去一一见陈来祥、李文成、唐景、巩百林、张双河、杨钟、马岱、王路安、苟发明等，安排当天在吴家斜对门的饭馆里吃饭，事先藏好家伙，再备些石灰和麻袋，一旦吴家院里打起来，有土匪从院门往外逃，就在脸上撒石灰，麻袋套头，乱棒乱刀往死里打。

到了十三日晌午，井宗秀让蚯蚓跟着，装了一笼子核桃仁馅的点心和麻糖、酥饼，还有一笼子葡萄、梨子、枣，送去了庙里，王魁这才知道要过中秋了。井宗秀说：架杆有女人了，把日子过糊涂了！王魁说：是呀是呀，亏你有这心！井宗秀说：还有好事哩，后天晌午你们哪儿都不要去，吴掌柜在家设席款待哩。王魁说：好呀，那你再准备一对银镯子，全当是给我办婚宴的！井宗秀说：这没问题！心里却起愁，镇上没有银器店，一时到哪儿买银镯子？离开庙后，想来想去只好找陆菊人，他是见陆菊人戴过银镯子的，便支开蚯蚓，去了杨家。杨钟也在家，一听不同意，说：如果灭不了土匪，这银镯子不是没了?!井宗秀说：肯定灭！杨钟说：就是灭，银镯子再从死人胳膊上摘下来那不晦气？陆菊人却从手腕上卸下银镯子给了井宗秀，说：有啥晦气的，灭了土匪我这镯子还有一份功劳哩！

十四日的清早，王魁起来得早，刚刚到庙门外伸胳膊屈腿地活动，听到有什么叫，叫得怪瘆人的，扭头寻找，一只猫头鹰就在山门牌楼上。猫头鹰叫是要死人的，王魁说：今日我不出去，这死谁呀？便扬手打了一枪。枪一响，巷口的阴影里突然有人拉着毛驴跑出来，毛驴驮着两个大竹筐先是跑不快，那人使劲儿拽缰绳，毛驴跑前去了，那人又撵不上，一只鞋都跑遗了，王魁喊：谁？那人站住，说：不怪我，这不怪我，是掌柜让驮的。王魁近去一问，是吴掌柜的店伙计驮东西要去虎山崖的洞窟，已经去了五个驴驮，他是最后一个才到了巷口，看到架杆了就藏在阴影里，枪一响还以为是架杆要打他才跑出来的。王魁说：吴掌柜呢？伙计说：掌柜一家昨晚上就上了洞窟。王魁当下火了，喊护兵去把井宗秀拉来！井宗秀听护兵说了原委，心里叫苦不迭，后悔不该相信吴掌柜。一到庙门口，王魁叭的一枪就朝头上打来，他摸了一下头，头还在，头上的帽子也在，把帽子卸下，帽顶上的那个帽疙瘩被打掉了，说：真是好枪法！王魁说：你说姓吴的中秋节在家摆酒场子，他怎么就跑了？你们在耍我?！井宗秀就破口大骂吴掌柜，骂过了，说：他跑了还有我么，我来摆，就在庙里摆，咱三天三夜的海吃海喝！王魁说：他舍不得钱是吧，那我偏让他出些血本！

这个中午，王魁派人去破吴家门，上楼阁，下地窖，翻箱倒柜，是没有搜腾出大洋细软和大烟土，却搬走了三十二麻袋食盐、五个瓮的菜油、十三捆布匹、二十担稻子和二十担麦子，还有三缸烧酒和一缸米酒。街上的人都在看，不敢上前阻拦，倒感叹吴家的家业厚呀，珍贵的财物都驮光了，剩下的还有这么多东西！而当两个土匪最后往出赶三头猪，不是这头往北跑就是那头往南跑，收拢不住，两个土匪就指着人群说：来把猪吆到庙里去！没人过来。其中一个土匪朝街面放了一枪，子弹崩起来打到屋檐上，一页瓦哗地粉碎在空中。有三个人便帮着吆猪了。人群里有妇女低声问郑老汉：不是兔子不吃窝边草吗?！郑老汉却在瞅着小儿子，但人群里没有瞅到蚯蚓。

蚯蚓是跟着井宗秀到了南门口，井宗秀说：你是吃屁呀？一步不离的！蚯蚓说：我是护兵！井宗秀说：你带弹弓了没？蚯蚓说：带着，百发百中！井宗秀说：你到老皂角树上给我打些皂荚去，打好了就在树下等我！蚯蚓去了，井宗秀立即钻进荀发明家，阮天保和杜鲁成正吃饭，说了事情变化，阮天保说：你偏让姓吴的摆酒席，你是摆不起啦？井宗秀说：别人平白无故地摆酒席土匪容易疑心么，谁能料到会这样！我答应了我来重摆酒场子，就在庙里。你俩明日一早藏身在庙西北角围墙外，那里是庙里厕所的粪池子，庙里要打起来，就从粪池子的蹲槽下钻进去打土匪的身后。阮天保说：从粪池子的蹲槽钻进去？那怎么钻?！我要翻院墙，让杜鲁成去钻吧。井宗秀就说：不管用什么办法，必须在第一时间进入庙后院。然后又找陈来祥、唐景、巩百林、王路安、张双河、马岱，安排他们晚上就同他去庙里杀猪宰鸡，明日一早再过去帮忙挑水、淘米、洗菜、生火做饭，仗若打起来就拿刀棒守住庙门口。再去杨家交代杨掌柜明日一早假装在北门外沙壕里淘沙，等候县上的人一来，指引着直接去庙里。直到一切安排停当，去了老皂角树下，蚯蚓还是在那儿，却和一个人吵闹。

那人叫施四司，长着个长嘴，人叫他时也就噘了嘴，牙齿咬着发音死死死，他常常贩羊时猪价涨了，贩猪时又涨了羊价。那日从黑河北边的构峪贩了一批药材，给老皂角树磕头，蚯蚓也去了树下拿弹弓打皂荚，他说：你敢拿弹弓打皂荚，以后枪子就打你的头！蚯蚓就不敢打了。施四司祷告：如果这批药材卖给安仁堂大价了，你就掉下皂荚来！蚯蚓也仰头看着树梢，说：井宗秀要皂荚，皂荚你就掉下来！话说完果然掉下四个皂荚。蚯蚓捡了，施四司却说皂荚是树给他的，蚯蚓说皂荚是树给井宗秀的，两人就吵起来。井宗秀对蚯蚓说：行，靠得住！蚯蚓说：我一说你要皂荚，皂荚就掉下来了！井宗秀说：这好啊，事情要成啦！蚯蚓说：啥事要成啦？井宗秀怔了一下，给施四司说：你不是药材要卖个大价吗？就把皂荚扔给了施四司。施四司高兴地去了，蚯蚓不解，井宗秀便给蚯蚓买了一碗饸饹吃了，还给买了一包瓜子。蚯蚓说：明日干啥呀？井宗秀说：明日好好睡一天。蚯蚓说：过节呀睡觉？井宗秀说：睡觉。我睡觉，你也睡觉。

那三头猪被人吆着，有一头不知吆到哪儿去了，井宗秀带了陈来祥、李文成、唐景、巩百林、苟发明、张双河、马岱、王路安当天夜里在庙里把两头猪杀了蒸肉，心里仍惦记着明日阮天保、杜鲁成能否及时进入后院。等肉蒸出来，土匪们都来啃骨头，他说去上个厕所，到了庙院西北角。那厕所是有个小房子，里边有两个蹲槽，直对着墙外的粪池子。井宗秀看了看蹲槽，是有些小，用脚踹了踹，又踹掉了两块砖，就把踹下来的砖再松松放上去，出了厕所，见地上有一根木棍，拾起来扔到院墙外。

第二天中午，陈来祥他们在庙里做饭，井宗秀张罗着摆了一排七张桌子，招呼土匪们坐席，整盘整盘往上端肉，打开了一缸酒给每人都倒一碗。酒淋洒在桌面上，有土匪凑了嘴去吸，井宗秀说：不吸了，咱有的是酒！就掏出银镯子给了王魁，王魁当场给女人戴上，说：我现在是有女人啦！我会让兄弟们都有女人！众土匪哇哇叫好，拍桌子敲板凳，一时间胡吃乱喝，杯盘狼藉。

半早晨，杨掌柜起身去北门外沙壕里淘沙，陆菊人嫌公公年纪大了，手脚不便，她叫杨钟去。杨钟却不愿意，说：陈来祥他们去做饭了，肯定井宗秀给我大任务哩，我等着！陆菊人便独自走了。杨钟等了一会儿，仍没见井宗秀找他，杨掌柜说：可能没啥大任务了。杨钟说：没大任务为啥不让我去庙里？杨掌柜说：宗秀是不是嫌你沉不住气，容易坏事？杨钟说：我能坏什么事，我自己去！杨掌柜说:你现在去那里真会坏事的！杨钟说:这么大的事能不参加?!杨掌柜说：那你也指引路去。杨钟便嘟嘟囔囔不满着也去了北门外沙壕。两人在那里淘沙，原本是做样子的，而太阳端了顶，还没见县上人来，杨钟说：是不是不来了？我去山湾那儿迎接去。陆菊人说：淘你的沙！又淘了一会儿，杨钟说：我去看看阮天保杜鲁成在庙后墙藏好了没？说罢就走。陆菊人气得说：你是猴呀，就不能清静一会儿?!杨钟说：我是戏里的孙悟空！陆菊人说：把罐子提上！来的时候陆菊人是提了水罐子。杨钟说：我不渴。陆菊人说：谁让你喝呀！提上罐子了是没人注意你。

杨钟到了围墙西北角外，阮天保和杜鲁成已经在那里了，正为难着从粪池子的蹲槽那儿怎么钻进去，即便能钻进去，那也是弄得一身一头的屎尿。杜鲁成说：井宗秀让你来的？杨钟说：我怕你们没到位哩，咋藏在这里，熏死人啦！西边那儿有个豁口，草半人高的，藏在那儿多好！就领了阮天保和杜鲁成去了西边围墙外，没想那豁口在土匪住进庙里后已重新砌了。阮天保说：这墙能翻过去？杨钟说：你还声称是保安队的，这都翻不过去？阮天保说：要是往常，你说这话是寻着我揍哩！杨钟说：我寻些木棍插在墙缝里，到时候踩着就翻过去。记起粪池子那儿有根木棍儿，取了来，还没插好，庙里有了枪声，立即叫喊一片，枪响得更激烈。杨钟说：再跃，我抓手！阮天保一跃，杨钟抓住手了，阮天保又往下掉，杨钟身子失衡，脱了手，竟自己跌进了墙内。墙内的杨钟着急喊：把枪扔进来，把枪扔进来！但阮天保和杜鲁成没有把枪扔进去，折身又往粪池子那儿跑。

杨钟手无寸铁，就趴在草丛里，看着保安队的人和土匪在乱打枪，有三四个被打死了。他赶紧在地上捡了块砖头往巨石上跑，想占住高点，但石下已经有三个人在追着一个人打，那人也往巨石上的亭子跑，他就倒在那里装死，等追赶的三个人从他身边跑过，他又站起来，爬那棵古柏。在树上，看到那三个人终于追上那一个人了，那人打了一枪，追在前边的人哎哟倒在亭子的台阶上，另两个追着的人扑上去就用刺刀戳，那人就死在亭子的栏杆上。那两个人扶着受伤的人跑下巨石再往前边去，他从树上往下溜，想去亭子上捡那个死的枪，还没溜下来，再有三个土匪也往后院跑，跑着跑着不跑了，站在那里，三个人都没了头，然后柴捆子一样全倒下去。他又爬上了树顶，还想那三个人怎么突然没头了，是炸子射中了头吗？听说子弹蘸了唾沫射出去就是炸子，打到脑袋上脑袋就会爆的。便见王魁拉着他的女人跑过来，跑着跑着，一推女人，自己却跑向那厕所，回头连打了几枪，就蹿上厕所的小屋顶，屋顶是柴草苫的，踏上去似乎一脚踏空了，但很快又跳起来到了围墙上，回头还看了一下就跳了出去。

杜鲁成站在粪池子里从蹲槽洞往里钻，头顶掉了两块活砖，刚塞进去头，肩膀还卡着，咚的一声墙上掉下个东西，他在问：是啥？是啥？阮天保正要跳进粪池子，见掉下来的是人，来不及答话，也顾不得开枪，抡了枪托砸了去，那人就倒在粪池子里。杜鲁成抽出了头，那人已经从粪池子往出爬，爬一次，阮天保抡一枪托，连爬三次，抡了三枪托，那人就窝在粪池子里不动了。杜鲁成扯了那人头发，再从粪池子里拉出来，一看脸，说：天保你打得好，这狗日的是王魁！阮天保说：是不是？杜鲁成说：宗秀说王魁是大鼻子豁豁牙，就是他！阮天保说：擒贼擒王，我打的就是他王魁！王魁还昏迷着，两人就抽了他的裤带反绑了双手，又把头压住塞进他的裤裆里。

庙里的枪声不久就停止了，井宗秀领着麻县长和保安队长史三海清查人数，土匪被打死了十三个，俘虏了三十八个，就是没有王魁。问王魁的女人，女人说王魁翻后院墙跑了，麻县长很生气，问井宗秀：不是让你们内应吗，后院里就不布置人？井宗秀说：安排了杜鲁成和阮天保啊。史三海听说阮天保，鼻子里连哼了几下。井宗秀便大声叫喊杜鲁成、阮天保，杜鲁成在围墙外应声：在这儿！井宗秀说：到现在了你们还没进来?！杜鲁成说：王魁逮住了，逮住了！众人出了庙门到围墙外，王魁的头还塞在裤裆里，身子窝蜷着是一个圆球，而杜鲁成和阮天保则浑身的屎尿，臭不可闻。

※　　※　　※

十三具尸体拖出去摆在庙门口，王魁的头割了，被吊在山门牌楼上，而桌上的酒菜还热着，麻县长说：哈哈，这是关公温酒斩华雄嘛！就让史三海把保安队的人和各乡镇的那些保镖、打手都叫上桌吃肉喝酒。庙门外拥了好多人往里看，后边的把前边的一挤，前边的刹不住脚，跨进来了，又立即退出去，回头骂道：挨枪子呀你挤。麻县长倒招呼：进来吃，都进来吃！呼啦人全进来了，有的在捡地上的鞋和帽子，有的端了酒不换气地喝了，又端了一碗，有的从锅里抓肉，肉烫手，用柴棍插着了吃得嘴角往下流油。而郑老汉提了半个猪脸，一边喊着蚯蚓却一边朝庙门外走。蚯蚓没有跟他爹，直奔井宗秀去，气呼呼说：你打土匪哩你让我睡觉?！井宗秀顾不了和他说话，正给麻县长一一介绍着陈来祥、李文成、唐景、巩百林、苟发明、马岱、王路安、张双河的功劳，说他们打死了三个土匪，更重要的是控制了庙门口，没让一个土匪逃掉。麻县长亲自给每一个人都倒了一碗酒。井宗秀在人群里寻找杨钟，问：杨钟呢？杜鲁成说：他差点坏了大事，怕是臊了脸面，回家了吧。杨钟却从那一排平房里出来，说：我脸大得很！你们翻过墙啦?!井宗秀说：你钻哪儿去了，麻县长要赏你酒哩！原来战斗结束后杨钟从树上下来，他是看见把俘虏和王魁的女人押在了平房，就去从女人手腕上卸银镯子。女人不给，他说：这是我媳妇的，你不给？女人说：咋是你媳妇的，井宗秀送给架杆，架杆给我的聘礼。杨钟说：井宗秀问我媳妇借的！女人呜呜哭，双手抱紧还是不肯给。杨钟说：我把你胳膊砍下来！女人给了银镯子。他跑过来也接受了麻县长的一碗酒，说：我在后院拿砖拍倒了两个土匪，如果有枪，那十个八个都撂倒了！麻县长说：那引路的是你媳妇？杨钟说：是我的糟糠。麻县长说：哦，你替她喝一碗！杨钟端了又喝，但喝呛口了。

麻县长把史三海叫到一边要说事，却传来一阵惊悚的音响，麻县长侧了一下头，问：这是尺八声么，涡镇上还有人吹尺八？井宗秀说：庙里有个老尼姑，是她在吹。麻县长说：老尼姑倒吹得狂放啊！井宗秀说：是吗？这我不懂。麻县长说：她吹得好，等我和史队长碰头后，你把她请来给咱们再吹一曲。

在平房里，麻县长告诉史三海：平川县经69旅认可，要组建个预备团的，趁着今日的胜利，就直接宣布吧。史三海感到很突然地，说：我知道要组建预备团了，可我没想到让我来灭土匪就是为了预备团的成立！那谁来当团长？麻县长说：当然还是你当团长，参谋长让井宗秀干。史三海说：井宗秀当参谋长？平川县真的没人啦，让涡镇的一个小掌柜当参谋长，他连枪恐怕还没摸过吧？麻县长说：没摸过枪今后去摸么，这次内应中，他表现得有勇有谋。史三海就焦躁起来，在房子里走来走去，而尺八的音响时不时从窗子里飘进来，就大声喊门外的护兵：去，不让那老尼姑吹了，烦不烦！然后一歪头问：那预备团和保安队是啥关系？麻县长说：各是各的呀！史三海黑着脸，说：你是不是趁机把我撬出保安队了，让阮天保当队长？麻县长说：我可没这个想法，你去预备团不是更好吗？史三海说：屁好！就这么一个县，有着保安队却还要有个预备团，这是明摆着撬我么！那我把话说开，你利用我成立预备团就利用吧，我还是在保安队，如果不行，我到省警备司令部吃饭去！说罢就出去了，在院子里吹哨子，集合县保安队的人，那些一块儿来的各乡镇的保镖、打手没让加入，却把王魁的女人带着，说了声：回城！呼啦呼啦就走了。

麻县长和史三海争执时，杜鲁成其实就在窗外偷听，等史三海带着保安队离开，他就把听到的话给井宗秀说了。井宗秀立即喊过唐景沏了一壶茶端到平房麻县长那儿去，他给杜鲁成说：是不是？麻县长还真兑现他的承诺了！我怎么能当参谋长！杜鲁成说：现在不说参谋长，应该是团长。井宗秀说：我真的还没摸过枪的。杜鲁成说：历来都是不会打枪的才管会打枪的，何况枪只要练一练，狗都会扣扳机的。麻县长让你当你可别推辞。井宗秀说：史三海他不当，你和阮天保可以当么。杜鲁成说：我知道我的能耐，阮天保是块料，太独，在麻县长眼里，他和史三海是一路子人。井宗秀哦哦着，说：史三海这一要挟，麻县长还不知咋想的。杜鲁成说：正是史三海老是要挟麻县长，麻县长才有了组建预备团的念头，他是文人出身，软是软，但要犟起来也是头驴，咱得给他煽呼着。井宗秀说：他喜欢听尺八，咱把宽展师父叫去给他吹一曲消消气？杜鲁成却说他先去单独看看麻县长。

杜鲁成进了平房迟迟没有出来，井宗秀自己沏了一壶茶，坐在一张小木桌前，叫蚯蚓来陪他喝，蚯蚓跑过来，才喝了一口，井宗秀又不喝了，把蚯蚓骂走。蚯蚓委屈地走了，还躲在墙角偷偷看他，井宗秀兀自坐在那里，小木桌上的茶碗却动起来，桌面上就扑洒了茶水，一垂头，是自己的两个膝盖在摇，带着桌子晃。井宗秀就无声地笑了一下，又招手把蚯蚓叫过来。蚯蚓说：还叫我喝？井宗秀说：喝。蚯蚓说：你不骂我啦？井宗秀拿眼看着平房门，说：那房顶上站的是啥鸟？蚯蚓说：扑鸽。井宗秀说：扑鸽啥时候能飞起来？蚯蚓说：我打一下弹弓，它就飞起来了。井宗秀说：你数着数儿，数二十下看它飞不飞。蚯蚓就盯着扑鸽数数儿，平房门开了，走出杜鲁成，井宗秀忽地站起来，凳子一翘，把蚯蚓撂倒在地上，数的数儿就忘了。

杜鲁成通知着井宗秀和阮天保去平房里见麻县长，两人一进去，麻县长青着脸在那里坐着，说：保安队的人都走了？阮天保说：我还在。麻县长说：走了也好啊！就笑起来。他的声音有些尖，笑起来像打碎着玻璃片子。阮天保说：啥东西嘛，保安队还不受县长管了?！麻县长说：不说这个了。把你们叫来，我要宣布组建预备团的决定。他看着井宗秀和阮天保，井宗秀和阮天保都严肃起来，前倾着身子听他讲。麻县长却在讲社会纲纪松弛，百姓生灵涂炭，他作为县长虽无女娲补天之力，但仍心怀戚戚，夜里辗转难眠啊。讲涡镇是平川县的大镇，自古都是县西的锁钥之地，他查过县志，涡镇过去叫平安镇，就是说这里安了平川县就安，这里乱了平川县就乱。讲今日合力剿灭了这股土匪，取得了平川县近十年来从未有过的胜利，但不知明日来的是刀客呢还是逛山呢，或是共产党的游击队，仅靠保安队难以保安，必须有一支武装队伍。讲他到任以来深知体制败坏，党派不合，军阀林立，而他四处游说，多方周旋，终于取得 69 旅同意，组建这个预备团的，这合天理，顺民意，更是他在平川县终于做成的第一件大事。讲今日宣布成立，先委任井宗秀为预备团团长，有了团长，杜鲁成、阮天保鼎力协助，尽快完善预备团的建制，鉴于目前的形势，预备团就驻扎在涡镇，保卫平川县，威慑秦岭东南。麻县长讲完了，杜鲁成首先拥护，表态他和阮天保会尽力协助井宗秀。阮天保也表示拥护，却问：那龙马关保安班呢？麻县长说：龙马关保安班的事你就不用再管了。阮天保说：那我将来就回县保安队的？麻县长说：后边的事后边再说吧。

轮到井宗秀了，井宗秀说：我没有想到麻县长真的就组建预备团，我更没有想到让我来做团长，麻县长既然这般器重我，我只有热身子扑着干吧！可我是没使枪弄棒过，也没领过人，是半路出家啊！麻县长说：干任何事谁都可以说是半路出家，我以前也没当过县长。井宗秀说：当团长责任重大，我真担心没干好了辜负县长的信任，但让杜鲁成、阮天保来帮我，我这心才有些底了。现在是那些俘虏的土匪可以留下来改编，各乡镇的保镖打手，县长得给各乡镇的大户人家说到，都得留下来，涡镇的人我能吸收一部分，这就是预备团的基础和骨干，然后继续扩招。预备团吃住暂时涡镇还能解决，但也不是长久之计，最紧要的是枪支弹药。麻县长说：吃住你得自己解决，我可以给你个政策，涡镇方圆三十里你们纳粮征税。至于枪支弹药，我会再联系 69 旅，他们会管的。井宗秀说：这就好了！杜鲁成就先负责具体建制的事，阮天保就先负责操练，我们通力合作，让县长放心。麻县长说：呵，你倒这么快就想得周全啊！

随后，麻县长就让井宗秀把各乡镇来的保镖、打手和涡镇在庙里的所有人，还把那些关在房子里的三十多个俘虏，都在庙山门的牌楼下集中。井宗秀走到哪儿，蚯蚓也跟在哪儿，井宗秀喊：都集合！蚯蚓也喊：都集合！井宗秀就给蚯蚓耳语了几句，蚯蚓才一溜烟儿跑出庙了。百十号人集合起来，麻县长宣布了成立以井宗秀为团长的 69 旅预备团，众人齐声欢呼。蚯蚓和他爹在街上黑水汗流地跑来，喊：等一会儿，等一会儿！他爹拿着三大盘鞭炮，拉开在牌楼下了，蚯蚓要点，但他爹的火镰一时打不出火，杨钟跑来，说：我点！提了鞭炮就往牌楼上攀爬，爬上去了用火柴点着，顿时烟雾腾起，火花四溅，噼里啪啦震耳欲聋，炮皮就落下来满地铺红，连麻县长的头发上也沾了几片。麻县长说：那个杨钟像猴一样，爬得那么高！杨钟听到了，还来了个金鸡独立。杜鲁成说：他能飞檐走壁哩！麻县长说：涡镇是藏龙卧虎啊，你们好好干，真要从此平安，商贸繁荣了，说不定我会把县政府也迁过来的。

麻县长在天黑前离开涡镇，井宗秀、杜鲁成、阮天保一直相送到虎山湾。刚回到北城门里，吴掌柜的太太却从巷口出来叫井掌柜，井宗秀恼得没有理。杜鲁成说：什么掌柜不掌柜的，叫团长！吴太太说：怎么是团长了?！井宗秀说：回来啦，没事就回来了？吴太太说：井团长，你能到我家去一下吗？他快要死了，想给你说几句话。又问杜鲁成：是啥子团长？杜鲁成没好气地说：带兵的团长，杀人的团长！井宗秀说：他不是躲死才跑了吗，怎么却要死呀？吴太太说：你别生气，他就是那心小的人。听说土匪灭了就回来的，一进门，家里什么都空了，吐了一口血人就不行了。你别怪他呀，他没办酒场子，他是给我说，原本答应给喝酒的，后来想着在家里摆酒场子要打起来那不是会损坏家里的东西吗？谁知道土匪就把家腾空了！井宗秀说：这我不去！吴太太说：我估摸你不会去的，但我在想，现在土匪死了，抢去的东西能不能归还我们？井宗秀说：这你向土匪去要呀！头一拧就走了。

吴太太坐在地上放声大哭。

吴掌柜是第二天傍晚死的。镇上没有几个人去吊唁，吴太太在灵堂上哭了一会儿，就到院门口站一会儿，街上的人乱乱地往过跑，却都不是到她家来的，她就又坐回灵堂上哭。天慢慢地黑下来，门檐上挂着的灯笼蒙上了黑纱，光亮半明半暗，在风里摇摆。托王妈终于把宽展师父请来给吴掌柜吹尺八超度，吴太太却听到远处烦嚣鼎沸，问王妈这是什么声，王妈说：耍铁礼花呀。

※　　※　　※

庙山门的牌楼前是在耍铁礼花。耍铁礼花是社火的一项内容，逢年过节，白天里抬芯子、舞狮子，晚上跑龙灯的时候都要耍铁礼花。先前吴掌柜出面组织，唐景的爹和巩铁匠、老魏头一伙人热闹着耍，耍得黑河白河上下十五里内都知道涡镇的铁礼花好。但这十年里世事混乱，所有的社火都停了，当井宗秀给吴掌柜提出咱耍一回铁礼花，吴掌柜知道唐景的爹过了世，巩铁匠也瘫在炕上，就让巩百林和老魏头着手准备，而一灭土匪，老魏头就问巩百林：这铁礼花还耍不耍？巩百林说：没说不耍呀！老魏头说：吴掌柜不是早跑了吗？巩百林说：耍铁礼花不是给他姓吴的耍的，灭了土匪要耍，井宗秀当团长了更要耍！连夜，老魏头就在家里翻寻以前用过的刻有凹槽的木板、木勺、短木棒和草帽，又找废铁犁铧，没有找到废铁犁铧，就去了苟发财家。苟发财是苟发明的堂兄，怕耍不好。老魏头说：现在没人了么，以前你跟着我们耍哩，我不愿教你，现在我教你啊。两人拿了废铁犁铧一块去了铁匠铺，巩百林正收拾火炉子，说：这儿废铁多的是，还提了废犁铧？老魏头说：我也快死的人了，以后耍铁礼花就全靠你们了，一定要耍得好才是。铁礼花铁礼花就是铁犁铧，用废铁犁铧熔出的铁水，花才甩得匀显得艳的。巩百林说：噢，原来这样！明日一早我再找几副废犁铧，让老手艺不走样，你把别的家伙准备好了？老魏头说：木勺都在水里泡了。

第二天麻麻亮，蚯蚓就到了大街上，看见了一只老鼠他就跺着脚撵，老鼠并不往巷道里钻，顺着街跑出一段了还停下来回头看他。

这么跑跑停停了一会儿，到了老皂角树下，突然一个人从半空下来就把老鼠抓走了。蚯蚓吓了一跳，那不是个人，是雕鸮，长着个胖老头的脸。蚯蚓还从来没见过长着胖老头脸的雕鸮，但这种好奇很快就消失了，因为他看到有几家的门面打开了，主人还蓬头垢面着，却往天上看，他说：晚上要耍铁礼花呀！那些人说：今日天好！啊是不是?!蚯蚓跑过了中街，又跑了西背街和东背街，吆喝着晚上要耍铁礼花，听到的人没有不兴奋的，甚至就叫喊着孩子去通知周围村寨里的亲戚。这一天里，涡镇上人比往常多了许多，才到傍晚庙山门外牌楼前的土场上就拥满了，而老魏头、苟发财也早早在铁匠铺帮着巩百林熔铁水。

正熔着，卤肉店的张掌柜跑了来，神秘地说：知道不，吴掌柜死了！老魏头说：你和他有仇，就盼着人家死呀?!张掌柜说：我和他有什么仇？我娘和他娘还是表亲哩。老魏头说：忌妒才是最大的仇。张掌柜说：他有钱就有钱么，这不人就死了，要钱有什么用？他真的是死了！苟发财说:还真死了?!他不是跑了吗，怎么就死了，死到哪儿了？张掌柜说：他昨晚就回来了，一进门看家空了，吐出一口血，挨到今日傍晚就咽了气。这杨家的该有生意了！巩百林说：少一个吃你家卤肉啦！老魏头朝吴家方向作了一个揖，说：人死为大，嘴上多积些福着好。张掌柜说：我是给他流了一股子眼泪的，这不，拿了黄表要去吊唁啊。巩百林从屋里就也拿出了一卷麻纸，说：你用钱拍一拍，替我也送些烧纸，我忙着熔铁水哩，走不开。张掌柜从怀里摸出一个铜钱在麻纸上一反一正按行拍打，老魏头却给了一块大洋，说：用这个印。张掌柜说：哇，这舍得的！

铁水是熔得多，装了两个大泥槽里，一伙人就叫喊着抬去了牌楼前。牌楼前人黑压压的，井宗秀、杜鲁成、阮天保也都在，铁水一抬来，杨钟就开始把人群往四周推，要清出个场子来。杨钟凶着喊，见忽然刮起了风，风堵了他的嘴，还把他刮倒在地，爬起来拿了树条子乱打，就看见了陆菊人拉着剩剩站在那棵榆树根上，说：你站在那儿剩剩能看见？把他架到脖子上。陆菊人说：风把你刮倒了你以为上天呀？清场子就清场，拿树条子胡打啥呀！杨钟就把树条子扔了，去问井宗秀：你开场子吧？井宗秀说：你开。杨钟便站在了场子中间，大声说：原本是井宗秀团长来开场子，他须要我开，我就代表他开了。今日高兴，咱们耍铁礼花，现在都喊起来，让老把式上场！众人欢呼中，老魏头、苟发财、巩百林抬了铁水槽子，又都戴上草帽，拿了木勺、槽板和棒子，先是如狼似虎地吼叫着蹦跶了一阵，木勺舀了铁水倒在凹槽的木板上，然后棒子和木板一磕，迅速往上空打去，流星般的铁水在牌楼两边的树枝上碰击散开，黑夜一下子闪亮，满空都是簇簇金花。打向树枝上的铁水越来越多，又越来越高，老魏头又打出了金菊，苟发财怎么打都打不匀，老魏头叫他木棒和槽板相磕的时候，不一定用力，但必须要快，掌握住节奏，苟发财依着所教的方法去打，果然铁花就匀就亮，打出了金花也打出了金菊，说：就这点窍啊！你歇下，你歇下。老魏头说：不认师傅啦？偏舀了一勺，并不倒到槽板里，竟扬手向牌楼上一甩，顿时万珠铁屑，溅出火花，如蜂阵蝶群，还带着哨音。苟发财说：啊，你又留一手?!

陆菊人把儿子抱在怀里，她是第一回看铁礼花，就看呆了，世间真是奇怪，那么黑硬的铁，做犁做铧的，竟然就能变得这般灿烂的火花飞舞。更让她差点叫出声的是井宗秀冲进了场子中间，他并不是张扬人，也不会耍铁礼花，却在那降落的火花中蹦跶开来。老魏头、苟发财、巩百林都是戴草帽的，而井宗秀光着头赤着膀子，杜鲁成就在喊：小心烫伤！井宗秀根本不理会，他旋起身子翻跟头，足足有三尺多高。杨钟也跑进去了，似乎要比试着翻得更高，但他就是没有井宗秀翻得高，退出来了，不解地跟阮天保说：他平日不会旋跟头呀？阮天保说：他当官了嘛！杨钟说：不就是个团长么！阮天保看见了不远处的陆菊人，说：替你媳妇抱孩儿去！陆菊人没有搭理，只是目不转睛地看着火花，觉得井宗秀蹦跶着才有了那么多火花，他在火花里，火花就是从他身上迸出来，是一个火人，在燃烧。

陆菊人看得入神，剩剩却在拔他娘的头簪，陆菊人的发髻便散了，隔壁的柳嫂走过来说：剩剩剩剩，别把簪子弄丢了。陆菊人这才赶紧把儿子放下，重新拢发插簪，说：你让我丢丑！啊柳嫂也来啦？柳嫂是长舌头，总有着镇上的是是非非，她就偷声缓气地告诉陆菊人，北城门口来了个疯子，预备团的人不让进，陈来祥还动手打哩。她说：你想知道疯子是谁？陆菊人说：我想不到。她说：是井宗秀，哦，他是团长了，他以前的丈人，谁也想不到他成了疯子！陆菊人说：哦，人家来看热闹的为啥不让进？她说：疯子要找井宗秀救他二女儿的，井宗秀是当团长了，可他二女儿被保安队长带走的，井团长怎么救？陆菊人再看火花，火花里竟然就有了那女人，还是被保安队长带着出庙门时的样子：看见了她，想给她说什么，但什么也没说，灰沓沓的，只一声叹息，她听着石头一样沉重。陆菊人再没理了柳嫂，她把剩剩拉过来，用腿夹住了，在人群中瞅视，没有见到宽展师父，就又抱了剩剩离开了。剩剩说：娘，不看了吗？陆菊人说：咱到庙里去。

母子俩进了庙，有什么虫子在叫，虽然庙院外那么响动，虫子仍叫得清清楚楚，一跺脚声停了，不久又细碎连成一片。而王妈就在路边的篱笆上挂灯笼，已经挂了六七个用表纸糊成的灯笼，晃晃悠悠闪着黄光。陆菊人说：这么晚了你还在庙里？王妈说：师父让我等着她。陆菊人说：师父不在？王妈说：给吴掌柜超度去了。陆菊人吓了一跳，说：吴掌柜不在了?！王妈说：人命说顽实就顽实，老魏头被砍了一刀都没死，说脆也脆得像冰片子，吴掌柜一口气没上来，人就没了。前两年岳掌柜一死，听说有人在麦溪县城碰着了岳太太，拉着孩儿讨饭哩。这吴掌柜又死了，吴太太还年轻轻的……唉，男人的罪咋都让女人受哩！陆菊人没有说话，所有的虫子全在叫着，如潮水一般，她仰头嘘了一口，满天空里还在灿烂着，分不清哪是星光哪是铁礼花。剩剩在草丛里寻找虫的叫声，陆菊人说：师父啥时能回来？王妈说：这我不晓得。陆菊人说：你要肯，咱俩是不是去吴家一趟？

铁礼花耍到鸡叫两遍才结束了，地上再不是金花而成了一层黝黑的铁屑，人们在议论着今夜的铁礼花耍得好，却听到远处的哭声，这才意识到吴掌柜是死了，但没有几个人再去吴家吊唁，倒笑话着他聪明反被聪明误了性命。而北门洞陈来祥他们终于放行了疯子，疯子满脸是血地跑到了中街，大声叫喊着他的二女儿，见人就拉住看是不是井宗秀，当然不是，被拉的人说：井团长在前边！他又往前边跑，见门墩踢门墩，见树踢树。后来有人说：井团长在油坊里。他就去油坊，油坊的门关着，使劲儿拍门，马六子开了门便一顿臭骂，他还在说要找井宗秀，马六子拿门杠戳过去，他就久久地窝在那里不动了。路过的人谁都没有去拉他，甚至连询问一下也没有，只当是一只狗，一块石头，一个装着垃圾的烂筐子。但他们兴趣了他的二女儿到底好在哪里，五雷要她，王魁要她，保安队长也要她，于是就推测那女人脸蛋一般，身材一般，肯定是下边的东西好，像嘴一样能大能小会吸吮吧。笑声爆起，像无数的皮球在跳，又滚动着去了街的那头。

※　　※　　※

清理了三天的荒草杂木和砖头瓦块，又盖了三排平房，城隍庙的场院焕然一新，预备团就要驻扎进去了。宽展师父最为高兴，过来坐在院中那棵银杏树下吹奏了五天尺八。这五天里，银杏叶全黄了，像金箔一样，再纷纷下落，落成了一尺多厚。老魏头给井宗秀建议，既然恢复了城隍院，把那原来城隍爷的石像请回来供吧。在井宗秀的印象里，小时候就没见过城隍石像，问石像在哪儿，老魏头说庙院里的大殿几十年前便坍了，修北城门外的路时，拉去了好多殿基上的石条，会不会也把石像拉去铺路了？井宗秀就派人在北城门外的路上挖，是挖出了十多块石条，但没有见到石像。老魏头看见张双河，忽然想起张双河的爹当年参与过修路，遂去见张双河的爹，可那老汉十五年前进山伐木时被虎咬断过一条胳膊，从此吓瘫，一直睡在炕上，嘴能吃能喝，就是不说话。寻不着石像，也就没有再建个大殿，但营房依然还叫着城隍院。

土匪留下的粮食还不少，井宗秀又从家里拿来了几担稻子、谷子、麦子和黄豆，一时的吃住都没了问题。杜鲁成把俘虏的土匪和保镖、打手打乱了，组成两个营。至于涡镇的要谁不要谁，他听从井宗秀的意见，当然陈来祥、苟发明、唐景、巩百林、杨钟、李文成、王路安、马岱、苟发财不但要参加，而且是两个营的骨干。井宗秀还想在镇上多征召，午饭时就到老皂角树下去，那里聚集着一堆端着老碗吃饭的人，问谁愿意到预备团去，好多人都说：好么好么，一人得道，鸡犬升天啊！井宗秀说：这可是当兵，立生死状的。他们说：知道当兵是死了没人埋的人，可这年月，与其让别的当兵的欺压咱，还不如咱也当了兵！白起也在那里吃饭，地上正爬过一条青虫，他拿筷子戳了一下，青虫就被戳烂了，在地上蹦跶。白起说：这虫子还能蹦跶啊?! 刘老拐子说：它蹦跶着解疼哩。白起说：老拐叔，你参加不？刘老拐子说：日子过得艰难的，我也想蹦跶哩，可我老了，预备团不肯要了。井宗秀说：要呀，跑不动了，可以在伙房做饭么。刘老拐子说：那好，把白起也叫上。白起说：我上个厕所去。饭碗放在地上，人去了厕所，却再没有回来。

涡镇有了四十二人参加，就是没有蚯蚓，井宗秀还是嫌他小，要过几年再说。预备团在城隍院开第一天灶，饭正做着，屋里一时烟雾倒落，刘老拐子出来一看，蚯蚓拿稻草在屋顶上塞烟囱，把他撵下房，去抓又没抓住。这顿饭是玉米糁子熬成的稠糊汤，大家端了碗蹴在院里吃饭，半空里忽然掉下一只鹌鹑，不偏不倚就把阮天保的碗打翻了，拾起鹌鹑发现是石子打死的，还说：谁的弹弓这准的？蚯蚓在院门口说：我打的！刘老拐子扑过去要揍，蚯蚓竟不走，说：你要再过来，我就撞头呀！刘老拐子说：我还让你唬了?！往前又扑，蚯蚓真的就拿头撞院门，额颅上的血流下来。井宗秀就笑了，说：来吧，你来吃饭！蚯蚓跑进来，但已经没了碗，他从屋里找了个木棒在锅里一入，抽出来了伸长舌头舔着吃。吃了预备团的饭，就是预备团的兵，蚯蚓一口一个井团长地叫。

阮天保开始领着兵操练了。涡镇加入进来的人都没有打过枪，教他们射击时，杨钟是学得最快的，但他总是不按时集合，天一亮别人都到了，半晌午才趿着鞋来，不是说睡过头了就是他爹又让他先去开了寿材铺的门面，嘴里还吃着什么，一会儿右腮鼓一个包，一会儿左腮鼓一个包。阮天保说：把嘴里的吐出来！谁家没有地，还是没有店？就你的事多！杨钟吐出来一疙瘩熟红薯，说：当个预备团的还把我箍住啦？阮天保说：你现在是兵，就要箍你！杨钟说：谁能箍了我？我爹都不箍我，我受你箍？这算什么兵呀，是给我枪了，还是给我穿了军装，发了饷?！拧身就走了。

那夜看了耍铁礼花，陆菊人的脑海里就一直是井宗秀浑身火光的样子。她坐在屋里，风从门缝里往里挤，先是一股，再是一团，后来就是笸篮大的一堆，门全部被刮开了。她没有去关门，任着门成了走扇子，不停地开合着响。她真的高兴，井宗秀当上团长了，井宗秀怎么就当上了团长，或许这是那三分胭脂地起了作用？自己就暗暗有了些得意。连续三顿，她都是做扯面，面条扯出来像裤带一样又宽又长，煮熟了，泼上油，再拌上用肉、豆腐、木耳、香菇剁碎了做的杂酱。杨钟喜欢地端了一碗坐在院门口，吃得一头的水，说：咱这日子好啊！杨掌柜却说：明年有个闰二月的。她心里咯噔了一下，觉得是自己轻狂了，就说：啊爹，这我知道，过日子是要计算着吃而不是吃了再计算，只是剩剩看见了柳嫂家吃扯面就和我闹，我才和的面多了。就自己没敢多吃，端了碗去给剩剩喂。喂着喂着，却又想：这井宗秀一下子当了团长，该怎么个当法？那保安队长就瞧不起他啊，而他是和杜鲁成、阮天保一块儿闹起的事，杜鲁成、阮天保能服气吗？涡镇上那么多人也都参加了，又都肯受他管？剩剩说：娘，娘！她一回神，是自己把面条喂到剩剩的鼻子上了，就笑起来，说：好吃不？剩剩说：好吃。她说：好吃了就多吃点！

这一天，陆菊人要涨豆芽，刚洗着一个瓦盆，要泡上黄豆，杨钟一身的脏土回来了，她说：今日操练回来得早？成土蛆啊！杨钟拍着身上的土，拍得人像冒了烟，说：我不当兵了！陆菊人一下子愣了，说：果然出事了！问起缘由，杨钟说过了，骂道：得罪他阮天保，㞞，就得罪了！陆菊人说：那是阮天保的事吗？你这是打井宗秀的脸！预备团脚跟还没站稳，你就起这么个坏头，都像你这样，那预备团不散伙了?!杨钟说：散伙就散伙么。陆菊人说：你说的是屁话！抓起瓦盆就摔在杨钟的面前。杨钟是第一回见她摔盆子，倒害怕了，就去了上房。半天没出来，陆菊人进去看，杨钟却趴在公公的炕上睡着了。她拧着杨钟的耳朵说：起来！杨钟说：干啥？她说：你给我再去预备团！杨钟说：我都离开了，再能去？她说：再去！井宗秀才当团长，这时候正需要你帮他的，再去！杨钟说：人家坐轿哩，让我抬着?!但还是又去了预备团。

杨钟一走，陆菊人倒不生气了，把摔破的瓦盆又捡起来，已经是三片，一片一片放在了院墙头上。柳嫂和什么人在隔壁院里说话，一个说：你爷头疼还没治好？一个说：唉，吃了陈先生的药，三天轻了三天又重了，就是剜不了根么。一个说：是不是撞上邪了？这得到庙里去求求菩萨。一个说：听我爷说，当初塑菩萨时来的匠人是平原上的人，他做小工给和的泥。一个说：就算是他用泥塑的，塑出来那也是神啊，得去磕头祈祷的！陆菊人想说什么，什么也没说，又坐了半天，起身倒去了寿材铺。

寿材铺里，杨掌柜新收购了一批木板，正往后院里垒。陆菊人帮着垒完了，给公公沏上一壶茶，说：爹，城隍庙是啥时候塌了么？杨掌柜说：几十年了吧，咱家门外的桂树是庙塌后我从院里移过来的，那时胳膊粗现在都碗口一样了。陆菊人说：城隍庙塌后咱镇上就没安生过？杨掌柜说：就是。陆菊人说：用庙里的石像石条铺路时你没去？杨掌柜说：那几天我进山买木料了。陆菊人说：石像铺在路上一只手爹着使路面不平整，张双河他爹用锤子把手砸了，后来张双河他爹就让老虎咬断了胳膊？杨掌柜说：还有这事？陆菊人说：我听别人说的。杨掌柜说：原来张双河他爹断胳膊是报应啊！

寿材铺每日来闲聊的人多，杨掌柜不免要说起城隍庙和张双河他爹的事，很快这话就传开来，传来传去就成了城隍是守护镇子的神，城隍庙里有石像的时候，对石像是不敢不恭的，涡镇也就五谷丰登，生意兴隆。而现在没石像了，却驻进去了预备团，预备团原本可以驻别的地方，偏就驻进了城隍院，这都是天意，也活该井宗秀就是城隍转世。试想想，保安队长是带兵的，阮天保是背枪的，杜鲁成是县政府的人，他们都没有当团长，而井宗秀当上了，他一起身，五雷就死了，王魁就死了，连岳掌柜、吴掌柜都死了！

这些话当然也传到预备团，阮天保问杜鲁成：咋突然镇上有这谣言？杜鲁成说：有这谣言也好么，可以维护井宗秀的威望么。阮天保说：咱可是挨了个肚子疼。杜鲁成说：啥肚子疼？阮天保说：唉，这世道，你不敢谦让，一谦让你就啥都没有了。

杨钟每天夜里回来，陆菊人总要问预备团的事：今日操练了什么，你们团长训话了吗，中午吃的啥饭，你迟到了没有，和别人又吵嘴打架了？杨钟说：我好着哩！就爬上了她身上。杨钟折腾起来没完没了，陆菊人就不再出声，却推算着井宗秀应该比杨钟大几岁的，而井宗秀的媳妇死去两年多了吧。预备团家在镇上的人晚上都回家了，井宗秀是住在城隍院还是他的屋院，想喝一碗热汤谁去烧呢，谁给铺床暖被？有了这样的想法，这想法就像饭一端上桌子飞来的苍蝇，老赶不走，尤其杨钟来要她的时候，她说：咋能天天来，没够数呀？杨钟说：昨天吃了饭今天不是还要吃呀？她说：这会伤身子的。杨钟说：我行。她说：你行，我不行。她把杨钟掀下去了，黑夜里睁大着眼睛，却思谋起涡镇有没有个好姑娘呢？

这一日，杨钟又去操练，杨掌柜还忙在铺里，陆菊人把麻丝拴在上房门环上，用拧车子拧绳子，剩剩从街上玩回来了，喊着脸疼，陆菊人说：是不是和谁打架啦？剩剩说：风打我哩。过了一会儿又说：娘，流口水哩。陆菊人说：知道你又谋着吃呀！看着鸡，下了蛋给你炒。剩剩就坐在院中的捶布石上看着上房台阶上的草筐，草筐里卧着一只母鸡，脸憋得通红。拧成了一条绳子，再拧第二条，剩剩说：娘，谁扯我嘴哩。陆菊人说：院里没外人，谁能扯你嘴?!一看剩剩的脸，嘴是歪的，忙过去摸着，问疼不疼，剩剩说疼。陆菊人说：嘴歪成这样，你咋不早说？剩剩说：我看不见嘴哩。陆菊人不拧绳子了，要用针挑儿子眉心放滴血，却眼看着儿子嘴越来越歪，背了就去安仁堂找陈先生。

安仁堂里还是很多病人，陈先生给白起正说着什么，不说了，过来摸摸剩剩的脸，说：遇到毒风，面瘫了。吓得陆菊人说：严重不严重？陈先生说：针扎来得快，也得扎十多次吧。陆菊人说：风里还有毒？陈先生说：人身上都有毒哩，风没毒？就给剩剩头上、脸上扎上了十多根针，剩剩正好坐在一面镜子前，说：我成刺猬了?!陆菊人说：那是镜子照的。把镜子拿走了，再抱了他不让动。

陈先生继续和白起说话，陈先生说：这五服药先拿回去服，或许就好了，或许还不行，我再给你换方子。但我要给你说的是，不要一天到黑都想着我有胃病了，而要不断地感谢胃，它出了那么多血，现在还每天给你装了饭呀菜呀消化着，你要给它说好话哩。白起说：我不知道怎么就把人得罪了，就是没参加预备团么，好像我就不对了，丢脸了，活得不是人啦！陈先生说：风来了当然草木都摇的，惊蛰之后老虎豹子也动了，苍蝇蚊子也出动了么。我不管你参加不参加，你来我这儿就是病人，其实你这胃病就是你有了压力而得下的。白起说：我为啥没参加预备团，这里边有我的苦么，事情复杂么，你要不要听我说？陈先生说：我不听。世上的事看着是复杂，但无非是穷和富、善和恶，要讲的道理也永远就那么多，一茬一茬人只是重新个说辞、变化个手段罢了。白起说：那我这压力能过去吗，明天的日子会顺吗？陈先生说：这我说不清，或许明天和今天一样吧。人这一生都是昨天说过的话今天还说，今天有过的事明天还会再有。但我给你说，凡是遇到事，你没有自己的主见了，大多数人干啥你就干啥，吃不了亏的。

一个时辰后，剩剩头上脸上的针被拔了，陆菊人告辞着陈先生，说：我走啦。陈先生说：走吧。陆菊人背了儿子顺着西背街往回走，还在想，这陈先生真是涡镇上成了精的人，能看病还能说那么多让人开窍的话，只可惜自己就像是拿了碗在瀑布下接水，要么能接那么半碗，要么一丁点儿也接不上。剩剩在背上，老往下坠，她就走一会儿，躬了身往上耸耸。一伙儿女子叽叽喳喳地从前边跑了来，又叽叽喳喳跑进三道巷里去。她说：你沉得娘快背不动了！便觉得那些女子太咋呼，好像是一群鸟变的，配不上井宗秀的。这念头一起，她就摇头笑了：我这是咋啦，尽操些闲心，牵挂了人家出人头地地当官，还要牵挂人家的婚姻？嘴上就出了声：不管了！没想剩剩在背上说：娘不管我了？她说：不是说你。剩剩说：那你管谁？她说：管这蜂。

陆菊人说蜂是她看见了有几只蜂在他们头上飞，还寻思：我今日头上没抹桂花油啊！越往前走，蜂更多起来，一抬头，旁边的院墙头上涌堆的蔷薇开满了花。陆菊人停下脚步往上看，一时倒觉得那密密实实的花全都在绽，绽得是那么有力，似乎有着声音，在铮铮鍬鍬地响。这时候院门被拉开了，先伸出了一条腿，深蓝色的宽裤管，一只绣花鞋就落在台阶上，那么一点，跳出个女子来。那女子跳出来时猛地看见了院门外有人，要收脚已来不及，身子一歪就撞在陆菊人的怀里，剩剩从背上跌下来。女子赶忙抱起剩剩，吓得脸色煞白，说：呀呀呀，跌疼了，疼得嘴歪了！陆菊人把剩剩又抱过来，在地上捏了一撮土放在头上，说：没事没事。给女子说：孩儿面瘫了，我背他看病才回来。女子还是手脚无措，说：我以为没人的，就……陆菊人说：也是我吓着了你。女子说：剩剩，来，让我抱。再把剩剩抱了过去。陆菊人这才看清女子银盆大脸，眼睛水汪汪的，左耳下长着一颗黑痣，她说：你也认得剩剩呀？女子说：认得，他整天在街巷里玩的，都认得。伸手要给剩剩擦鼻涕，剩剩却哧溜一声把鼻涕吸进了。陆菊人说：哦，我剩剩是不是流鼻涕有名啦?！就笑起来，盯着女子，说：这是刘老庚的家，你是他家的……女子说：我是他女儿。陆菊人说：你是刘老庚的女儿?！你娘下世的时候我见过你，也就剩剩这么小，没想长这么大了，我怎么就在这街上没见过你？女子说：我一直在我姨家。陆菊人说：你爹咋能有你这么俊的女儿啊，你叫啥名字？女子说：我叫花生。陆菊人说：真是从花里生出来！又盯着女子看，忍不住在脸上摸了一下。花生一下子羞得脸红，面颊却像剥了皮的熟鸡蛋在胭脂盒里滚过一样，更显得好看。

※　※　※

回到家里，陆菊人安顿着剩剩在炕上睡了，出来才要继续拧绳子，却见杨钟从外边进来，把鞋上的泥往门槛上蹭。她说：哪里蹭不了在门槛上蹭?!想告诉说剩剩病了，但想着孩儿已经扎过针又睡着了，话到嘴边便咽了。杨钟不蹭了，在台阶上坐了，说：还有鸡蛋没，给我炒一盘去！陆菊人说：就那几颗了，给剩剩的。杨钟说：没菜，那我咋喝酒？陆菊人说：这半晌午喝的啥子酒！杨钟说：不给我吃鸡蛋了我吃鸟蛋！搭了梯子要在屋檐下掏鸟窝。陆菊人看着杨钟爬上了梯子，就怕梯子滑动，过去帮着扶了，说：你嘴就恁馋啊！哎，哎，我问你个话，西背街刘老庚成年进山割漆哩，他家竟能养得蔷薇爬了一院墙。杨钟说：他家是花好。陆菊人说：他女儿那么大了，长得又红又白的。杨钟说：是长得好。陆菊人说：你和刘老庚熟？杨钟说：他是个一锥子扎不出个屁的人，我跟他熟?!陆菊人说：恁丑的人却生了个俏女儿！杨钟说：谁知道是不是他的种。陆菊人说：你信嘴胡说！哎，今天咋回来这么早？杨钟说：阮天保狗日的先前爱糟践我，现在还是寻我的茬，河滩里稀泥糊汤的他让我往前爬，爬他娘个 × 哩！陆菊人说：你是不是又不干了？杨钟说：我不受他的气！陆菊人就不扶梯子了，喊：爹！爹！杨钟说：爹在铺子里。陆菊人说：你就这样没出息啊，甭说让你去帮井宗秀，想着你是个蛤蟆蝌蚪就跟着鱼去游吧，就这你也不行?!气得坐到了卧屋里去。杨钟还在檐下掏鸟窝，掏了一个没有鸟蛋，再掏一个还是没有鸟蛋，说：跟鱼游，游得尾巴掉了还不是个蛤蟆？还吭吭地笑，突然哎哟一声，院子里有了脆响。陆菊人跑出来，杨钟还在梯子上，他是掏出了一条蛇掉在地上。陆菊人站住了，靠在门扇上再没有理会。

鸟蛋到底没掏到，杨钟也就没有喝酒，到了太阳光从屋檐上跌下来一尺了，估摸爹该回来吃饭呀，爹知道他不在了预备团肯定又是一顿数落，他干脆到街上逛去了。走到三岔巷口，正不知往老皂角树下去还是进巷去转转，蚯蚓提了个炒面口袋，一边走一边抓着炒面往嘴里塞，鼻子上都是白的。杨钟一把扯住，说：去借个火，我吸烟呀！蚯蚓却翻白眼，说：快拍拍我后背。杨钟说：噎死你！拍了三下，蚯蚓喉咙通了，才说：你说啥？杨钟说：我吸烟呀没火！蚯蚓说：我饿得很，才在我叔的店里要些炒面。杨钟说：你干啥去了啊？蚯蚓说：一大早我跟团长到纸坊沟他爹坟上去了。杨钟愣了一下，说：井宗秀是不是给他爹……蚯蚓说：是井团长！杨钟说：你这个碎狗腿子！他给他爹说虽然井宗丞还没有回来但他已当了官啦?!蚯蚓说：你咋知道的？杨钟说：我啥能不知道！蚯蚓说：你说团长是多大官，和县长一样吗？杨钟却踢了蚯蚓一脚，也忘了要吸烟，倒自个儿去了酒馆。一壶酒喝了一半，才记起身上已没了钱，正好陈来祥胳膊下夹着个纸卷从门口往过走，就叫进来一块儿再喝。

陈来祥也是没去预备团了，阮天保总弹嫌他笨，打枪瞄不准靶子，扎马步又弯不下腰，说：你回去跟你爹铲皮子去吧！陈来祥回家后哭了哭，想着这都是土匪的鬼魂在纠缠他了才这么霉的。他是那天剿匪时守在庙门外一棵树后，枪一响，有个土匪往出跑，他伸腿要绊倒土匪再拿木棍打，一颗子弹射过来把土匪的头盖子掀开了，血和脑浆喷了他一身。此后夜里老做那土匪的噩梦，去给老魏头说过，老魏头说：肚子饥了都响的。他说：我听着是在说话，肚子里有鬼哩。老魏头就给了他钟馗像。

陈来祥虽然拿了钟馗像，心里还是不畅快，街上有一家门面没开张，他就蹴在那里自己跟自己生气，不远处的白起看见了就走过来。白起在镇上已经活成个独人，便去虎山挖药草，这日挖了一背篓药草回来，看见了陈来祥，走近去说：来祥，谁欺负你了？自己揪自己头发，不疼？陈来祥见是白起，没有理，还把屁股挪开了一丈远。白起说：我是毒药呀？连你都嫌弃！将背篓里的药草倒出来，把同类的进行分拣，说：款冬花三枝，忘忧草五枝。陈来祥忍不住了，说：忘忧草？白起说：叶子像蒜苗，开花又像百合，早晨开晚上就蔫了。陈来祥说：这哪是忘忧草，是萱草！白起说：萱草又名叫忘忧草，不知道了吧？还有更多的药草，你想认得不？陈来祥不说话，却看着白起在分类，白起说：这是连翘，没长叶子就开花，花黄得像金子，果实还生着的时候是青而圆的，一旦熟了是黄的，大张口。这是绞股蓝，延蔓生长，五片叶子攒在一起，结的籽有豌豆大。这是天花粉，叶子像甜瓜叶，有细毛，七月里开白花，结的果像拳头。这是白前，叶子像柳眉，花紫得好看，就是有些瘦。这是锁阳，你见过锁阳吗？陈来祥语气就软和了，说：没看出你还懂这多的！白起说：你以为呀！秦岭上的草你随便问，我都给你说。陈来祥说：吹吧，你顶多知道些药草。白起说：这你又不懂了，秦岭上哪有药草，是草都入药的。陈来祥说：是不是？一群人从街上走过，陈来祥就不问了，扭转了头，好像他不晓得白起就坐在旁边。那群人走过了，白起说：你故意避我？陈来祥说：你能去预备团你却不去，当然避你。又有三个人从街上走来了，白起偏坐近了陈来祥，说：啊来祥呀，我给你说锦灯笼草，它身上尽是柔毛，叶边又有齿，稍不留神齿就割手，但它的果实是五个棱，红红的像灯笼。还有漏芦，你肯定认不得漏芦，它顶上开一簇花，叶子薄得像纱，又像是鸟的羽毛。陈来祥就站起来走了。白起还在叫：来祥，来祥！陈来祥说：甭叫我！来的人看见了，说：来祥，你和谁说话哩？陈来祥说：我刚经过这里。那人说：听说预备团不要你了？白起马上说：来祥你也不在预备团了？陈来祥愤怒地说：我和你不一样！拍着屁股上的土走了。

杨钟把陈来祥叫进酒馆，两人喝着酒，杨钟说：你说我有行没有行？陈来祥说：你没正行。杨钟说：你真个笨得连话都不会说。陈来祥说：这不是我说的，是你爹给我爹说的。杨钟说：我爹可以说我，你不能说我。陈来祥说：那我再不说了，给你赔个情。杨钟说：

赔情一句话就完了？罚你去把酒钱结了！陈来祥真的去把酒钱结了。杨钟说：我要干个大事，让他们看呀，你跟我一块儿干。陈来祥说：井宗秀已经把大事干下了，还有什么大事？杨钟说：都要我帮井宗秀哩，他井宗秀越是干大事，越是有他哥的心结解不了，出去寻找井宗丞呀，你去不去？陈来祥说：寻找井宗丞？杨钟说：你要肯去，我不再欺负你。陈来祥说：阮天保欺负我是真欺负，你只是想让我脑子活泛。杨钟说：对着哩，我脑瓜子灵，你腿脚勤，咱俩合起来不得了！两人就约定这事不告诉任何人，明日一早出发。

第二天，两人出镇，都戴草帽扎裹腿，紧身袄系了腰带，外套一件褂子。陈来祥还多背了个背篓，里边有盘缠，有两双麻鞋，还有那钟馗画的卷筒。钟馗画原本陈来祥顺路要还给老魏头的，杨钟没让还，陈来祥说：别人还以为我装着一杆枪的。杨钟说：以为是枪了好，路上就没人敢惹咱！但是，井宗丞在哪儿？苍苍莽莽的秦岭里寻一个人，这就像牛身上捉虱子。一出了镇子，两人在虎山湾龙王庙旧址上丢石子，说好：石子丢在那块大青石上弹到了东边，就顺着白河下游走，弹到了西边，就逆着黑河往上游走。结果石子弹到了西边，两人就过十八碌碡桥，翻虎山后垭，下七里坪，穿流云沟，进入桑木县界。桑木县是八山一水一分田，比平川县苦焦，傍晚经过一个深坳，远远看到有一个村子，但往村子去的路上满爬着云，一走动像灰一样就腾上来，听到了有说话声，扭头看了四周并没有人。再看，是收割后的地里一束一束的稻草簇着，在风中嚓嚓嚓嚓地响。进了村，人家很分散，这一户与另一户都隔着土塄，土塄垒着石头，横石头压竖石头，长石头压圆石头，石头上全长着苔藓。陈来祥说：这垒得结实！杨钟说：小心狗咬！两人就各拿了一根木棒，但没有狗。地上的牛粪越来越多，牛虻悄无声地趴在身上，叮得火烧火燎地疼。进了一户人家，屋里黑乎乎的，一面土炕前的火塘边坐着一对夫妇，夫妇都惊慌地站起来，杨钟就拿出了钱，说借宿一夜，并吃两顿饭。说好了，两人也坐在火塘边，那家女人开始收拾锅灶，男人却出去了。树根烧成的疙瘩火已经没了烟，但也没起焰，红得像埋了个太阳。陈来祥说：能给咱做啥饭？杨钟说：

这边山里人有句顺口溜，土豆糊汤疙瘩火，除过神仙就是我。陈来祥说：我才不吃土豆煮糊汤！杨钟就问那女人：做啥好吃的？女人说：炝浆水烩面片吧。陈来祥说：有腊肉没？女人说：没腊肉。陈来祥说：杀个鸡么。女人说：养不成鸡，这里黄鼠狼子多。陈来祥说：深山肯定野鸡多，也没打过野鸡？女人说：去年雨水多。这时候屋后的树林子里有鸟在噪，杨钟往门外看了看，说：好，烩面片就烩面片，我们到河边地里摘几个辣椒去。给陈来祥招手，陈来祥出来说：没有肉了，吃烩面片一定得把辣椒放重。杨钟却说：咱赶快走！陈来祥说：不吃啦?！你是看见那女人眼烂着头发没梳？脏女人做的饭往往才香哩。杨钟说：她男人看咱的眼光不对，以为咱带着枪，他又出去了，后山的树林子鸟声乱着，多半是叫了人来要抢咱呀！陈来祥说：你不是说别人以为咱有枪就不敢惹咱吗？杨钟说：这社会有了枪就有吃有喝了，谁都想有个枪的。两人顺沟就跑，果然后边就有了呐喊声，忙藏在一块大石头后，看着七八个人拿着刀和绳索追来，见没人又返回去了，赶紧再跑，后半夜才到了口镇。

口镇算不上是桑木县的大镇，但在庚山峪外，远离县城，方圆几十里的山里人都在那里买卖，倒还显得热闹繁华。两人住在一个客栈里，为了不让怀疑带的是枪，当着店家的面，把画取出来，把画筒扔掉，睡在床上了，陈来祥还在唠叨多亏杨钟让及时离开，否则就遭殃了，却又问：我问那女人有没有打的野鸡，她怎么说去年雨水多，这啥意思？杨钟说：野鸡生蛋都在草窝里，雨水多了把蛋冲了么，即便有幼崽，幼崽也最怕雨呛。所以哪一年雨水多了，第二年野鸡就少。陈来祥说：还是你能。杨钟说：那当然了！去给我要一盆热水，在家时你弟妹每晚烧水给我烫脚的，不烫脚我睡不成觉么。陈来祥就去问店家要热水。

一觉睡到半晌午，杨钟醒来，陈来祥却坐在床边，问：醒来早？陈来祥说：我没睡，我怕都睡着了有人进来把咱抢了杀了。杨钟说：你没见我在门后放了铜脸盆吗，谁要一推门铜脸盆就响了，咱还不会醒来?！两人起来后，就到镇街上去，街上人很多，陈来祥一见有人肩扛的木棍上挑着狐狸和獾，就上前翻动，能说出这狐猎得不是皮毛最好的时候，那獾是三年的还是五年的，杨钟趁势打问这附近有没有游击队。猎人说前年他打猎时见过，都是一些年轻娃娃，穿啥衣服的都有，黑的白的还有花裤子。上个月他们村一个富户被抢了，是游击队干的，他听说了还跑去看，但他只看到那富户死在后门那儿，杀富户的人没看到。又问你家在哪儿？猎人说在留仙坪，离镇不远，六十里路。杨钟就和陈来祥去吃饭，饭馆里买了一盘炒腊肉、一盘烧兔、一壶酒、六个蒸馍，说：咱不能亏嘴！吃结实了，到留仙坪去。

去了留仙坪，竟没找到一个村子，山是直上直下的高，顶上有黄羊，要数黄羊帽子就掉了。还往深处走，树越来越多，并没有黑松林，而栲树槲树楞树都是高大粗壮，通身锈满了苔藓，枝股上又一嘟噜一嘟噜吊着藤蔓，颜色如烟熏过的黑，天就觉得不清亮。偶尔什么地方突然便冒出一股子云雾，云雾却白得生硬，好像要有妖魔鬼怪出来。陈来祥把钟馗画拿出来，说：要敬香着才显灵的，这没处挂么，又没带香。杨钟说：看我的！学羊叫着壮胆。杨钟练轻功时以发声聚力，也曾模仿过动物叫，他咩咩地学着羊叫，山塆后却出来了一只狼。这狼像是反穿了皮袄，还摆着个大扫帚尾巴，把嘴扎进地里呜呜叫。两人吓了一跳，杨钟说：它说啥？陈来祥说：那是土声，是叫狼群哩。杨钟撒腿就跑，陈来祥说：不能跑，你一跑它随屁股撵哩，你还会学老虎叫吗？学老虎叫，用老虎镇它！杨钟就手里握了块石头，口里连续地发出虎的呼啸。狼是站在那里不动，后来就掉头走了，两人才松了一口气，没想就在远处的林子里竟又冒出一只老虎来。陈来祥忙扯了杨钟往一棵青冈树上爬，那老虎也扑到了树下，幸亏老虎不会爬树，在树下坐了一会儿才走的。老虎走路慢，皮显得很松，像是披了件被单，杨钟和陈来祥直待到老虎无影无踪了，溜下树，才发现裤裆里有了屎尿。

回住到了口镇，陈来祥骂猎人日弄了他们，要找着了打一顿，可几天里再没碰见到那猎人。早出晚归，他们分别在口镇四周的村寨里打探消息，仍是没一点音信，陈来祥说：这是啥样游击队呀，钻天入地啦?! 杨钟说：咱应该再往偏远的地方找。陈来祥说：偏远的地方能有好日子过？杨钟说：真是游击队过的不是人的日子，咱才替井宗秀寻他哥的。两人就又往桑木县和麦溪县交界的红崖镇去。红崖镇他们谁也没有去过，走了两天，经过一个村时打问才走了一半路，而他们所带的盘缠已花去多半，杨钟提出把钟馗画卖了，陈来祥说：这是老魏头的不能卖。钱少了，你买荤面吃我吃素面，你要吃素面了我就喝面汤。晚上睡在一户人家的柴屋里，杨钟一觉醒来，屋外有月亮，屋里朦朦胧胧，陈来祥是把钟馗画挂在墙上，自个儿跪在画前叽叽咕咕说话。杨钟说：你干啥哩叫我睡不好？陈来祥说：你睡，鸡还没叫哩，咱一路都不顺当，我给钟馗祷告祷告。杨钟说：我也敬敬。就把房东给的那根蜡烛点了，端过来放在画前，没想伏下磕头时，头挨着蜡烛，把头发燎了一下，忙用手去摸头发，胳膊又撞了蜡烛，火焰倒向了画，轰的一声就燃了。两人赶紧扑打，火却燃上去引着了屋顶，屋顶是稻草苫的，顿时毕毕剥剥烧起来。火势一大，两人害怕了，大声叫喊，房东和邻居都跑来，柴屋整个都烧红了，不可能再救，只能把被子褥子全拿出来用水浸湿，搭在上房檐上，以防火势蔓延过去。杨钟和陈来祥跪下给房东磕头，房东气急败坏，让人搜他们身，身上只有了两个银元，背篓里就是些烂衣服和麻鞋，就把银元和背篓一块拿走，又脱了他们外衣，各打了一顿，轰走了。

※　　※　　※

杨钟和陈来祥没有找着游击队，游击队其实就在留仙坪北三十里的云寺梁。

云寺梁是一座山，在众沟丛壑间孤零零崛起的山，山上并没有寺，乱峰突兀，叠嶂错落，早晚霞光照耀，远看着就如一座庞大的寺院。它三面陡峭，无路可走，唯有南边有一条凿出的石磴能登顶，顶上却大致平坦，分散着几十户人家，都是石头垒墙，石板苫瓦，石磨石桌石槽石皿，人睡的也是石炕。地上险恶还罢了，还多怪兽奇鸟，有一种熊，长着狗的身子人的脚，还有一种野猪牙特别长，伸在口外如象一样。但熊和野猪从来没有伤过人，野猪吃蛇啖虺的时候，人就在旁边看着，而熊冬季里在山洞里蛰着，人知道熊胆值钱，甚至知道熊的胆力春天在首，夏天在腹，秋天在左足，冬天在右足，也不去猎杀。不喜欢的是啄木鸟，把所有树都凿裂，即便它常常以嘴画字，令虫子自己出来，人还是不喜欢。最讨厌的是西鸱鸺，夜里雌雄相唤，声像老人一样，开头如在呼叫，到后来就如笑，人就得起来敲锣，一敲锣它才飞走的。有一种虫人依靠它生活，那就是白蜡虫。这虫子长得像虱子，嫩时是白的，老了就变黑，人在立夏前后把蜡虫的卵置在梣树和女贞树上，半个月里就繁殖成群，麻麻密密缘着枝条开始造白蜡。白蜡的价钱很贵，云寺梁的白蜡也最有名。

云寺梁有程国良的老表，程国良就建议把游击队转移到这里休整，虽然会供给不足，却易守难攻，比较安全。于是这一天，祥云万朵，踊跃驱驰，游击队带了粮食、布匹、食盐和菜油，呼呼啦啦来了。但是，云寺梁从来没有过外人进入，听说游击队要来，三户人家连夜逃跑。有一户从石磴上下山已来不及了，就把绳索一头拴在树上，拽着绳索从峭壁上往下溜，先让老爹和媳妇溜下来，在他最后刚溜到一半，李得旺带人到了山顶。李得旺要寻梣树，说：让我看看白蜡虫是咋样造白蜡的。走到崖头，便见一棵梣树上拴着一根绳索，提了提，绳索绷得很紧，知道有人溜崖，问程国良：天上云都有鼓舞欢迎之状，这咋还有逃跑的，山上有没有土豪？程国良说：这我还不清楚。李得旺就拿刀砍了绳索，半崖下便传来一声惨叫。程国良去了老表家，让老表把山上的人家都喊来集合，老表跑得像猴子一样，半天后，各家各户的人都拿着腊肉或提着自酿的苞谷酒出来欢迎。蔡一风高兴，放话让大家好吃好喝，再闷头美美睡一觉，他自己就喝醉了，倒在一家的石炕上，直到半夜鸡叫头遍了，还没醒。

井宗丞因手上的伤未彻底好，没敢喝酒，也不去睡，负责着布岗设哨，由程国良的老表领着又把整个山头察看了一遍。察看完，井宗丞说：给咱上妇女！程国良的老表脸就白了，说：井队长，这，这老的太老，小的太小，有几个年轻的媳妇都是本家族的，使不得的。是这样吧，离这儿往东七里地有个村子，村里的铁匠铺有一个小娘们长得风流。井宗丞说：你这是啥意思？我是要这里的妇女集中起来把那些布给游击队做衣服。程国良的老表说：你把我吓死了！啊这就好，这就好。跑去要喊妇女，井宗丞叫住又问：你说离这儿不远有铁匠铺？程国良的老表说：他家的菜刀有名哩。井宗丞说：你把妇女召集了，还得去一下，让一天内造出一批刀矛来！程国良的老表额颅上就皱起了绳，口里像噙了核桃，吭吭哧哧话说不清。井宗丞说：你是不是要工钱？程国良的老表说：实在不行，就让各家垫钱，说起来各家都卖白蜡哩，卖白蜡糊不住个口啊。井宗丞说：就这样办，最后游击队会还的。程国良的老表说：再说要造刀矛，这我去恐怕那铁匠不认，那狗日的牛得很。井宗丞说：那我派人拿枪和你去，他不认人总认枪吧?!那一夜里，鸱鸺成双成对地在山上叫唤，仍是先是像呼叫，后是像笑，但没人出来敲锣，就叫唤到了天明。

云寺梁的妇女把那些布匹全做了衣裤，每个队员拿到了一套。剩下的布头子，奖励给了妇女，她们就大的做了孩子的裹兜，小的缝在自己的鞋尖，诚心诚意地腾出石炕让游击队的人去住。虽然还不到冬季，山上的夜里冷，石炕上没被子，她们天未黑就烧了炕。游击队的人先睡上去，很暖和，可越睡越热，身子像是在锅里烙，穿上衣服再睡，还是烫，就卸下门扇垫在炕上睡，又睡不着了，坐起来议论这地方穷，没个褥子，还议论这里不长麦子不长棉花了也不长好女人，姑娘都是黑黑，媳妇都是墩墩。而十天后，铁匠铺把十把砍刀和十二支长矛造好了，传来话让游击队去取。两个队员去了，却看上了铁匠铺的小媳妇，竟然趁小媳妇上厕所时，冲进来扛了就往铁匠铺后边的树林子里跑。小媳妇的裤子溜在腿弯上，杀猪似的喊，铁匠铺的掌柜和伙计过来救人，双方打开了，一个队员枪还来不及拉栓，头上就挨了一铁锤，当时倒下就死了，另一个胳膊上被戳了一刀，再顾不及拿砍刀长矛，跑回云寺梁谎报铁匠铺埋伏着口镇来的保安队。井宗丞忙带了二分队扑到铁匠铺，已空无一人，铺子的三间房子还正烧着，就眼巴巴地看着火苗子腾空，椽成了黑炭掉下来，檩成了黑炭掉下来，最后房子坍了，墙也坍了。井宗丞觉得蹊跷，把那受伤的队员叫来再问，那队员才说了实情，井宗丞一怒之下就把那个队员绑了，拉回云寺梁。

第二天，游击队接收了程国良的老表和山上另外三个人，蔡一风集合全体队员，布置了下一步的军事行动，为了严肃纪律，把那个受伤队员当众绑在东崖沿的一棵女贞树上，下令：不给吃不给喝，谁也别去管，让他自己反省。两天两夜之后，游击队的一分队、二分队继续留守在云寺梁，三分队去口镇南十五里的太峪村，四分队去口镇西北二十里的土桥镇。出发的队伍经过东崖沿，那个队员还在女贞树上绑着，下半身没了屁股，被豺狗子掏吃了肠子，而一只鹰正站在头上俯身啄眼珠子。

三分队进驻了太峪村，首先抓了周长安。周长安是村里首富，有三个院落、七十三间房子和二百六十亩地，常年雇着二十个长工。抓了周长安，当众烧了地契和借粮借款的合约，村里人都放鞭炮，但当程国良把周长安绑在打麦场的碌碡上，宣布要成立农民协会，谁要敢杀了周长安谁就当会长，因周长安有个儿子在桑木县当参议，倒没人敢出头。有个长工叫张栓劳，他不是太峪村人，他就要杀周长安，周长安说：你要饭来的，是我收留了你做长工，你要杀我？张栓劳说：你是收留了我，可你让我喝油，差点儿把我喝死。周长安说：我让你去买油，是你把半桶油洒了却用水灌满，那油吃不成了我才让你喝的，那是教训你。张栓劳说：你让我喝了半盆子，我今日也让你喝半盆子！就从周家端了半盆蓖麻油，竟用油烧煎，压住周长安往口里灌，还没灌完，周长安就死了。等下午收尸时，油都透过肚皮渗出来。周长安一死，张栓劳真的就当了农民协会会长。此后，张栓劳表现非常积极，农会再分了另外三个富户的田地、粮食和牲口。三分队就开始联络周围村子的穷人，也准备着新的农会的建立。

周长安的儿子得知了老家的变故，大哭了一顿，用木头刻了个他爹的人形，请和尚放焰口。他和县保安队长袁金辉是结拜兄弟，袁金辉在焰口放完后就带保安队来太峪村要剿灭三分队。程国良得知消息，又听老表说袁金辉是口镇人，就设了空城计，只留下两个人在村口的土围墙上放枪，其余人顺村外的沟壕跑了一晌午赶去攻打口镇，占据了袁金辉的老家，又卸门板又砸窗的，还放火烧了房子。待到保安队在太峪村扑了个空，再赶往口镇，三分队早已跑得没了踪影。过了七天，三分队又与四分队联合在土桥镇打掉了土桥镇十八家财东。

那段日子，秦岭区行政长官刘必达正好在桑木县，游击队接连在口镇和土桥镇取得胜利，刘必达大发雷霆，他亲自撤了袁金辉的职，从秦岭区调来一个科长，任命为保安队长，一边重新集合保安队，一边收买奸细企图从内部瓦解游击队。

第一个被收买为奸细的是王三田，他在三分队当班长，因为有了贼心，就越发殷勤，极力巴结程国良。程国良爱吃狗肉，凡到一地，王三田要想办法逮条狗杀了，让伙房里炖了端给程国良。有一天程国良接到情报，马谋子的外甥女嫁给了范村，马谋子可能去参加婚礼，在攻打土桥镇时有个叫马谋子的保镖逃脱，他就带了三分队去抓马谋子。一进范村口，没想就碰上马谋子，一阵乱枪将其打死，而婚宴上才酒菜上席，客人一哄而散，新郎新娘两家人也都跑了。程国良哈哈大笑，说：这是给咱摆的庆功宴么！几十人坐下来吃肉喝酒，王三田又在村里逮了一条狗来要杀，程国良说：你咋到哪儿都能弄到狗？王三田说：不是我能弄到狗，是哪儿的狗都在等着你哩。程国良又是哈哈大笑，拿了婚席上的纸烟就给队员们散发。纸烟在县城里也是稀罕物，原本他全收了起来，一高兴就说：都吸都吸，一人一根！散发到刘兴汉那儿，却不给刘兴汉，说：偏不给你，让你记个醒儿！原来刘兴汉在攻打土桥镇时不往前冲，抱着个肚子说疼，往后溜，有人就报告了程国良，程国良传话：朝头给一手榴弹！那个人就在刘兴汉头上用手榴弹砸了一下，砸昏了，等战斗结束后，刘兴汉醒来，血把身子都糊了。人人都有纸烟吸了，刘兴汉没得到纸烟，就对程国良有了仇。王三田趁机和刘兴汉亲近，劝刘兴汉别为一根纸烟记恨程国良，刘兴汉说：他让人用手榴弹砸我了个血头羊我不恨他，可他这是让我丢了脸，我就要恨他！王三田说：也是，士可杀不可辱！从此话说到一起，就成了死党，又以金钱引诱，收买了吕永、连伯洛、程西民三人，悄然变节。

到了春上三月，山就绿了，沟里水也旺起来，开始跳跃滚雪，风一直在天上跑跑停停，时不时能看到有桃花在崖畔笑着，而山顶的云涛却像露头的白熊呼啸过来了，又若无其事地散去。井宗丞毕竟是学生出身，他能欣赏这明媚的风光，蔡一风、李得旺、程国良、许文印全都嘴噘脸吊，因为在这青黄不接的时候，游击队难以筹到粮食，两顿饭改成了一顿饭，一顿饭也多是苞谷面糊糊里煮野菜，人都快瘦干了，做梦也变成果子里的蛀虫。刘必达在69旅于秦岭西南终于剿灭了刀客后，趁机集结了几个县的保安队再次围攻游击队，蔡一风就紧急通知各分队在云寺梁研究对策。最后决定三分队重进太峪村，为了加强力量，四分队也进去，二分队继续在云寺梁，一分队则在口镇、土桥镇一带流动。这样不至于被包围，若敌人攻其一方，流动的一方能立即支援，而另一方又从敌人的后路夹攻。

三分队、四分队在太峪村严加防守，加紧备战，农会就挨家挨户搜腾粮食，连老鼠窟窿都寻遍了，还是没东西给游击队吃，就开始杀鸡杀猫杀狗，后来把牛和驴也杀了。五月三十日，王三田一伙按事先约定，要在太峪村与连夜扑来的保安队里应外合，特意去站哨。鸡叫两遍后，许文印查哨走到村北口，见没人，问：谁站哨？黑影里王三田说：我在。许文印说：让你站哨，你在那里蹴着？王三田说：我刚才正拉肚子哩。许文印说：你在原地拉？王三田说：蹴在塄边，拉到下边壕里了。许文印说：没事吧？王三田说：没事，只是风大，吹得壕里的芦苇响。许文印站在塄边往壕里看，王三田一脚踹在许文印的腰里，许文印就掉落壕里，腰伤了爬不起来，被芦苇里跑出的一队黑影俘虏。随后，太峪村四个路口的哨兵全被杀死，刘兴汉、连伯洛、吕永、程西民接应保安队进村，到处搜捕。刘兴汉带路闯入村里的关帝庙，于前院厦房外用矛戳伤并捕了披衣出来上厕所的吕风歧，接着在相邻的厦房内捕了正光身子在一个尿桶里小便的王浪波、王廷碧四人，再到后殿里捕程国良。程国良却不在，只有方文强、千双林、严老三还在睡着，听见门环响，千双林侧头见进来一伙人，问了一声：谁？对方砍来一刀，千双林当下脑袋没了一半，方文强、严老三吓得再不动了。刘兴汉问：程国良呢？严老三说：程队长昨晚去了安家堡，还没回来。刘兴汉说：什么队长，尿！保安绳绑了方文强、严老三。连伯洛又带路去王家院，那里有游击队七八个人，程西民又带路去砖瓦窑，那里有游击队十多个人，刘兴汉、吕永又带路往村小学校区，那里有游击队二十多个人。王家院的都被抓了，押着到了砖瓦窑，砖瓦窑里抓了八个，逃脱了四个，这四个人都没有枪，拿着刀一路跑一路喊：敌人来了！这时候天开始放亮，小学校的人刚起来，炊事员到校门外的井里摇辘轳打水要做饭，听见叫喊，忙跑进校拉响吊在树上的钟绳，队员们还在取枪拔刀矛，校门外就响了枪声。双方打了一袋烟工夫，各死了几人。后来校内静下来，保安队冲进去，见一伙人搭梯子翻院墙要上房，又打下来三四个，别的就全逃跑了。再后来是保安队三人五人一组，挨家挨户搜查，到了一户院子，院子很大，保安队的问王三田：村里还有这么好的房子？王三田说：这原是周财东家的西院。没想上房门里就出来了张栓劳。张栓劳在睡梦里听见枪响，以为游击队在训练哩，又沉沉睡去，可枪声很乱，觉得不像是在训练射击，就起来要出去看看。但他已经很讲究了，出门必须要穿上得来的周长安的长袍马褂，还要戴瓜皮帽子。一出门就见院子里有了保安队的人，知道事情坏了，跑是无法跑，就立着只是笑。保安队说：屋里有游击队？张栓劳说：没有呀。保安队说：你是周财东？张栓劳说：啊，啊是。你们是来打游击队的？我去看隔壁住的游击队起来了没。说着就要出院子。王三田说：他不是周财东，他是农会会长，周财东就是他杀的！张栓劳一下子跑到东边厢房门口，门口正放着一把斧头，拿起来了，骂道：我就是会长，周财东就是我杀的！保安队围上来，端着枪用刺刀戳他，他拿着斧头乱砍，一时混乱，一个保安想冲进门里，要从后戳他，他一斧头砍去，斧头砍在了门框上拔不出来，七八个刺刀同时就把他戳着顶在了墙上，就被戳死了。王三田说：不能让他死了还穿这么好的衣服！去摘了帽子，剥了长袍马褂。

程国良是前一天傍晚去安家堡王希胜家，王希胜是安家堡的富户，却也曾是一个私塾的同学，他听说王希胜的儿子生前做大烟土生意时有着一杆枪，枪肯定还在，就想着以拜访老同学之名能把那杆枪弄到手。去后，王希胜很热情，从院子的梨树下是挖出了一杆枪来，但枪已经锈成了废铁。程国良说这年月有枪不容易，你倒这样糟蹋。王希胜却说枪是要靠人血喂养的，它吃喝别人的血，也就可能吃喝了自己的血，我不埋，或许我都没命了。招呼了程国良吃饭喝酒，挽留能住一宿唠唠嗑，程国良见没弄到枪，就不再住，却多喝了几杯酒，喝高了，已是后半夜才独自回到太峪村。到了村外，土塄下藏了许多村民，被告知村里发生了变故，程国良惊得酒醒，眼泪长流：都是我的过错！都是我的过错！村民拦不住，他还是进了村，走到王家院前的十字路口，有人叫：程队长！程国良扭头看时，从四面的墙角树后扑出来十几个人就把他按住。程国良看见了刘兴汉，拿眼睛恨恨地瞪，刘兴汉说：你看啥呀?！两个指头向程国良的眼睛戳来，程国良头一歪，左眼没戳上，右眼球被抠了出来。

刘兴汉、连伯洛、吕永、程西民等在日头冒花时分又赶往土桥镇，看到李得旺在一家祠堂前的土场子上骑马，就上去放声大哭，说保安队包围了太峪村，要一分队快去支援。李得旺是头一天刚夺来镇上盐行掌柜的一匹枣红马，正骑得兴起，听了刘兴汉他们的话，还在马背上就骂道：咋让人包了饺子？这程国良能耍嘴皮，打仗不行么！刘兴汉突然用长矛戳伤李得旺的大腿，李得旺滚下马来，连伯洛、吕永就把他捆了。土场外的杨树下有三个游击队员见状往跟前跑，程西民捡了李得旺的枪就扫射，三人死了一个，伤了一个，一个将受惊的马拉住，跃身骑上返回一分队部叫人，等人再到土场上，已没见了李得旺和叛徒。发现李得旺的一只鞋在土场子南边的地畔上，估摸是从村南的沟里跑的，追到沟里的梨树塆，没想当时刘兴汉故意把李得旺的鞋扔在土场子南边的地畔上的，而押着李得旺从北边沟里途经史家塬，先到了太峪村。

一分队后来也赶到太峪村，保安队早在村外三里地的石畔沟摆下阵势，双方激烈交火，一分队难以抵抗，追到老君坪。老君坪有个老君殿，一分队派两人去给云寺梁报信，其余人在太上老君像前烧香为李得旺祈祷，痛哭流涕。蔡一风、井宗丞接到报信率二分队连夜奔来，一、二分队集中兵力再打太峪村，保安队却已转移到了桑木县城，又往县城扑去。刘必达吸取了前几次被游击队攻破城的教训，将所有保安队都布置在城墙上，又将城里群众全集中，以防有生人混入。游击队来了后，无法攻下，又死伤七人，蔡一风只好下令先撤到城外沟道里。部队已一天一夜没吃没喝，见沟道的地里种的土豆还未出芽就去刨。种土豆是把土豆切了块儿再拌上鸡粪和草灰埋在土里的，刨出来在沟里的泉中洗了生吃，准备第二天再上塬攻城。没想到第二天一早，刚上到塬，忽然起了大风，从来没见过有那么大的风，人必须伏地，不抱住个大石头或抓住树，就像落叶一样飘空，而有的村民在放羊，羊全在地上滚，滚着滚着便没了踪影。游击队根本没法前行，蔡一风无奈撤销了攻城命令，退回沟道，随后进入莽山。

桑木县城再没有攻打，也多亏没有攻打，因为刘必达调来了方塌县一部分保安，夜里又运来一门山炮架在了城门楼，城门楼柱子上还五花大绑了程国良、许文印、李得旺。游击队彻底撤走后，由王三田负责把程国良、许文印、李得旺关押在城内的一个马房里，要在刘必达六十岁生日那天枪决。程国良的那个同学买通了看守马房的保安，送去了一坛酒和口信，又以三十个银元买通了王三田，在行刑时一旦程国良先倒下，不再向他身上开枪。五天后的中午，程国良、许文印、李得旺被押到刑场，保安队把他们的家人亲戚都拉来，让眼瞧着枪决。三人不停喊口号，刘必达让割舌头，割了舌头还给押解的保安呸唾沫，唾沫全是血，又把他们的喉管割破。但程国良并不装着昏厥倒下，一直睁着眼站着，枪一响，许文印、李得旺的胸部都中了弹，程国良是枪打在大腿上倒的。等家里人用草席卷了抬回家时，程国良因失血过多，半路上还是咽了气。

※ ※ ※

没有寻到井宗丞，杨钟和陈来祥回到涡镇就绝口不提他们外出的事，但老魏头一而再再而三地让陈来祥赔钟馗画。杨钟说：这死老汉！钟馗画真像他说的灵验，也不至于把人家柴屋烧了让咱半途而废！你偷你爹一张黄羊皮给他做褥子去！却又问：你家有没有熟好的狼皮？陈来祥说：有。杨钟再问：狼皮是不是做褥子睡了，半夜里毛奓起来会扎人？陈来祥说：我爹说过这话。杨钟就说：那就不给黄羊皮了，给个狼皮！陈来祥拿了狼皮去，总觉得吃亏，便复述了杨钟的话，气得老魏头在街上骂：没了钟馗画，以后涡镇上的鬼就没人管了，狗日的杨钟、陈来祥呀，让凶死鬼、病死鬼、冤死鬼、饿死鬼缠你们去！旁人边上说：井宗秀才当了团长，要管涡镇的天呀地呀，还管不了个鬼？你这话啥意思?!老魏头不骂了，大家才知道好些日子不见陈来祥，原来是跟着杨钟出去了，就说：跟啥人学啥人，多老实的陈来祥也要瞎呀！

井宗秀在杨钟再次离开预备团后心里很是恼火，但听到杨钟这次是和陈来祥寻找井宗丞，心里什么滋味都有，思谋了一番，觉得还是不能丢下杨钟，既然吊儿郎当惯了的人，就让去喂马吧。晌午吃罢饭，井宗秀让蚯蚓坐在马上，他牵着朝杨家去。蚯蚓抓着马鬃，却坐不住，就横着趴在马背上，卤肉店掌柜看见了，大声地呵斥：蚯蚓，你下来！马是你坐的吗？蚯蚓说：我没坐，我趴着，是团长让我趴的。就是不下来，井宗秀只是笑而不语。

杨掌柜在上房门槛上坐了，端着碗却吃不到嘴里，气得还骂杨钟：你咋不死在外边，还知道回来？杨钟说：没钱了我不回来？杨掌柜嗷的一声，说：别人生的是儿，我生的是讨债的！不吃了，把筷子拍在门墩上。杨钟说：那你欠了债么。陆菊人正在厨房给猫拌食，赶紧出来劝公公进上房屋去消消气，说：你养的狗你还不知道狗的德性？生的他啥气！出来却见杨钟把爹的饭碗端了吃，恨了又恨，还是忍了，说：井宗秀让你去找的？杨钟说：饭里盐轻。我要找的。陆菊人说：井宗秀才当了团长，你就给他下巴垫砖。别放那么多盐，骆驼呀？你是帮他还是害他？杨钟说：我这不是帮他吗，井宗丞回来多好，就用不着他阮天保了。陆菊人说：预备团又不是土匪逛山刀客，井宗丞回来了井宗秀还能当团长？你是猪脑子?！杨钟说：我啥不知道？什么国军呀土匪呀刀客逛山游击队呀，还不是一样？这世道就靠闹哩，看谁能闹大！辣子呢？饭这难吃的。陆菊人说：井宗秀还没闹大哩！杨钟说：拿辣子去。陆菊人说：你爱吃不吃的！杨钟就把碗往台阶上一放，向院门口走，碗没放稳，饭倒了出来。

杨钟一出院门，井宗秀牵了马过来，杨钟一见马就兴奋了，一把将蚯蚓抓下来，自己翻身骑了上去。杨钟是第一次骑马，马尥了三个蹶子，没把他抖下来，倒安静了，他竟能提缰绳在院前场子上转圈子。并没有碰着痒痒树，树都哗哗哗地摇动。陆菊人听见外边动静，出来一看，一下子变了脸，拿起个扫帚就把杨钟打下马，对井宗秀说：你咋能让他骑马？杨钟从马背上跌下来，喊叫着尾巴骨疼，说：马就是人骑的，我为啥就不能骑？井宗秀笑着说：骑吧骑吧。陆菊人还在对杨钟生气，说：你是团长啊?！井宗秀说：没预备团时我出门骑哩，有了预备团我倒觉得有些那个……我把马归到预备团了，以后送个信呀有个什么紧急事呀，谁都可以骑。杨钟也爱马，我还考虑让他养马管马的。杨钟说：啊这事我喜欢干！又要往马背上跃，陆菊人却把马拉进院拴在了树上，对井宗秀说：井团长，你刚才的话怕不对哩。杨钟嘻嘻地笑了，说：你也叫井团长？

陆菊人说：我叫团长就是要让你看哩！都像你这样子，他还咋当团长啊?！杨钟说：你别提我的事。陆菊人是没有再说杨钟，去上房里拿椅子让井宗秀坐，井宗秀渴了，倒是自己去厨房舀了一碗水，端出来喝了，要把碗再送回厨房，陆菊人说：就放在地上，一会儿让杨钟拿回去。井宗秀说：碗咋能放在地上？蚯蚓眼活，倒把空碗接了放到厨房灶台上。陆菊人说：对着哩，井团长，碗是吃饭的碗，不能放在地上的。你说以前你骑马，当团长倒不骑了，是你不配当团长呢，还是你当不了团长？不要说以后送个信呀紧急事呀谁都骑的话，你的马，你井团长就威威风风骑着，你高高地骑在马上了，别人才高高地拿眼睛看你！在上房里睡着的杨掌柜听见院子里说话声，喊叫：宗秀，宗秀，你进来！井宗秀问陆菊人：杨伯好着吧？陆菊人说：他叫你哩，你让杨钟和你一块儿进去。杨钟说：我不去，蚯蚓，你吃过饭啦？蚯蚓说：我不饿。杨钟说：你不饿，那就是你没吃么，你这碎㞞，要吃到锅里盛去！井宗秀就自个儿去上房，猫却坐在门槛上，一动也不动，井宗秀没有赶，从门槛边跨进去了。院子里，蚯蚓钻到了厨房，陆菊人喊：多盛些，辣子罐在案板上。又问杨钟：你真要去养马管马呀？杨钟说：这才是我干的活儿，蚯蚓你说是不是？蚯蚓正吃饭，说：我不知道。杨钟说：饭白叫你吃了！陆菊人说：真要去，我也乐意，可我给你说，这次去就要尽个心，再撂挑子，你就没了这个家，这个家也没你了！还有，马只能团长骑，杜鲁成不能骑，阮天保不能骑，你更骑不成！杨钟说：马是皇帝金銮殿上的椅子啊?！陆菊人说：就是！杨钟说：好好好，别让蚯蚓也瞧着我在家里过的啥日子！陆菊人说：蚯蚓没吃饭，他肯定也没吃，你去盛两碗饭，给爹一碗，给他一碗。陆菊人催促着杨钟，她也到了厨房，一人端一碗饭进了上房。上房里，井宗秀说：你顺顺气杨伯，他和陈来祥去找也好，没找着也好，我和我哥自小就吵吵闹闹的，都长大了，又人各有志么，他干他的，我干我的。杨掌柜说：唉，我为啥恨他？怕他坏你的事么，你俩年纪差不多，咋就……杨钟把饭往炕沿一放，说：我浑身没一两好肉，行了吧？井宗秀是姓井，你倒热惦，我都怀疑我是不是你亲生的，都这么不待见了，我到安口下窑呀！杨掌柜说：你敢！陆菊人就把饭也端给井宗秀，井宗秀不吃，陆菊人说：你陪着我爹吃一碗！爹，宗秀把马牵过来了，要杨钟以后给预备团养马管马呀，兴许他会收心哩。杨掌柜没了言语，井宗秀就端了碗，说：杨伯，谁家都有难念的经，吃饭，这糊汤面做得蛮香的。杨掌柜就吃起饭，扒了两口，又说：他善良是善良，就是不会做人做事，我这么大年纪了，管不了他一辈子，你现在是团长了，不论将来再干天大的事，都得承携杨钟哩！井宗秀说：不是我承携他，是他要帮我哩。杨钟，你俩先出去，让我和杨伯好好把饭吃完。陆菊人拉了杨钟又到院里，约摸两袋烟工夫，井宗秀出来了，拿着两只空碗，陆菊人接了，说：还吃不？井宗秀说：不吃了。却问杨钟：你说安口，你在安口有熟人？杨钟说：是有个熟人。井宗秀说：那我跟你商量个事。陆菊人就进厨房收拾锅碗，还没洗完，杨钟叫陆菊人，说：我们明日去安口呀，你把那间厦房腾出来做马圈，得买些草料。又问：马料里拌豌豆还是黑豆？井宗秀说：马在城隍院里有马圈了，饲养的也有孙老头，以后你负责就是了。

井宗秀走了，他是骑在马上走的，马后跟着杨钟和蚯蚓。杨掌柜从上房出来，说：他们要去安口？陆菊人说：要去安口。杨掌柜说：去那地方干啥？井宗秀可不敢信着杨钟呀！陆菊人说：他们没跟我说，去就去吧，我估摸井宗秀是不是想去招兵呀？杨掌柜张着嘴，哦哦着。

※ ※ ※

安口其实就是青冈洼，距涡镇一百里。秦岭西部和西北部有永坪、白川、澄家沟数个煤矿，而秦岭中和秦岭东也就青冈洼能出煤。青冈洼的煤质量不好，又多是些小窑，安全条件差，但因在平川、南阴、麦溪、安邑四县交界地，谁也管不了，逐渐成了逃荒逃债和犯了罪逃命人的安家糊口处，青冈洼就没人叫了，叫安口。杨钟是认识那里一个叫兰成的，兰成原本黑河岸构峪人，打麻将下老千被人追杀就跑去了安口。前四年兰成托人带话，说那里钱多人傻，杨钟去过一次，在那里却害病出了一头疤，不到十天就回来了。这次和井宗秀到了安口，已是第二天下午，井宗秀见一座独山下房屋连片，说：煤矿这么多人，是个镇?!杨钟说：煤窑还都在五里远的后沟的，这里算个屁镇，是安口街，也就一条街。引了井宗秀进去，街竟然是绕着独山在转，两边的人家门里都支着铲子，到处落着一层煤灰，狗不少，脏兮兮卧在那里，人过来叫两声，人过去了就再不吭气。所有的门上面安着天窗，井宗秀觉得奇怪，杨钟说：烧煤么，平日得通风去烟，再是这里人死得多，能让神鬼进来。果然前边起了哭声，有一家门里穿孝衣的人出出进进，近看站着两个人在问答，问：几时出的事？答：今日太阳端的时候塌的。再问：没了几个？再答：这回是三个。问的人就说：唉，这顺成一死，那一家老的老小的小往后指靠谁啊?！那人家的屋顶上有个烟囱，突然冒了黑烟，知道是死人的魂在飘散，井宗秀和杨钟呸着唾沫快速走过。转到山后街上，客栈和酒馆多起来，有白痴站在那里，裤子的交裆烂着，给任何人都傻笑，有醉汉就抱了树吐。一个女人摇摇摆摆过来了，轻声说：啊哥，暖脚不？井宗秀还在疑惑，杨钟说：咱是不是先住下？这里娘们便宜，只要给买吃一碗馄饨，她会成夜抱着你脚睡哩，或许你能选上一个带回去做媳妇？井宗秀气得说：咱是干啥来的？直接到窑上去！杨钟说：也好，这里的女人尿尿都是黑水，咱不要。

到了后沟的一个窑上，二三十个煤黑子刚从地洞里出来在那儿吃饭，一个个浑身乌黑，只有牙和眼珠子发白，咬一口蒸馍，说：我是在吃蒸馍吧？我还活着?！全哈哈笑着又赚了一天，但蒸馍噎住了喉咙，我给你捶背，你给我捶背。杨钟就给井宗秀说：一伙鬼么。井宗秀说：给他们散纸烟。杨钟散了纸烟，打问兰成，回答却是兰成早在前年冬就死了。两人登时闷了半天，突然有人喊杨钟，杨钟看着那人坐在地上收拾脚上的草鞋，问：你是谁？那人说：你不记得我啦？你看我这腿。他站起身，一个腿长一个腿短，撅着屁股。杨钟想起当年兰成就是让他带话来安口的，说：你是冉双全！冉双全拉杨钟在一旁，说：兰成在这里还是下老千，犯了众怒，那次下窑就被人砸死了，而一块儿在窑里的人都证明出了塌方事故。杨钟说：唉，死在这里了！在哪儿埋着？冉双全说：死了就拉出来，扔在旁边那坡上，埋到野狗肚里了。你咋这时候来，兰成没了，我可不敢带你和他们赌了。杨钟说：我是来带你走的！井宗秀便说了招些人到预备团的事，冉双全说：抓我壮丁呀？井宗秀说：你算什么壮丁。冉双全说：我是残疾，但跑得不比杨钟慢！就跑起来，果然倒快，跑到吃饭的那伙人跟前，指手画脚地说了一阵，那些人就不吃了往这边瞅。井宗秀招了招手，一些人起身竟跑了，剩下几个嘟囔着挖煤是埋了没死的人，当兵是死了没埋的人，都一样么，走过来说：到哪儿都行，看能不能保护我们。杨钟说：是69旅预备团的人了，谁还来杀你？你还要杀他哩！井宗秀却说：安口煤矿上就这二三十人？冉双全说：先前五六窑哩，现在人少了集中在这一个窑的，你说嫌人少吗？井宗秀说：是少。冉双全说：那就得寻周一山。井宗秀说：周一山是谁？冉双全却不说了，只是笑，笑得很诡。

当天夜里，杨钟要回街上住客栈，井宗秀却主张和这些窑工一块儿睡窑边的茅草屋。杨钟说：我咋看冉双全说话怪怪的，咱睡这儿安全不？井宗秀说：你怕啦？杨钟说：我只怕我娘，我娘却早死了。这些人脏，睡着了放屁你别怕熏啊！井宗秀笑了笑，说：我倒想知道那个周一山是啥人哩。茅草屋一共五间，四间是打通的，南北两排土炕，几十个破棉絮被筒，每个筒前都是一块砖做的枕头。东头隔出了一间，有门还有个窗子，窗子没有窗扇，原本是工头睡的，工头没在，井宗秀和杨钟就被优待了睡在里面。月亮明晃晃的，睡到后半夜，杨钟觉得浑身发痒，醒来刚睁开眼，却见窗口有五六个脑袋，猛地跳下炕，那些脑袋就缩了回去，急忙扑进通间，挤在窗口的人全跑了往被筒里钻，冉双全还没跑离，采住了领口就打。冉双全疼得叫唤，杨钟低着声说：你要吵醒团长?! 冉双全说：他还是团长？杨钟又打了一拳，就把冉双全往屋外拉，拉出来了，顺手把屋门打闭，在门鼻上别上了木棍，才问道：要给我俩下黑手是不?! 冉双全说：不是不是，我们只是看你们睡着了是啥模样。杨钟就拧着冉双全耳朵，说：屎朝上睡哩，能有啥模样！冉双全说：你听我说，你放下耳朵了，我给你说。杨钟就是不放耳朵，说：说！

冉双全就说，在安口下窑的原有百十多号，啥样的人都有，有今儿没明儿地活着，还窝里斗，见了工头却口就矬了。后来来了周一山，此人在方塌县当过保安，和刀客打仗时受了伤，昏倒在沟渠三天四夜，一个孤老婆子发现时，狗正啃他，把右脚五个指头全啃没了。老婆子轰走了狗，把他背回家，给吃给喝给治伤，半年后伤好了，他认了老婆子是娘，再没去保安队就来下窑了。他是经见过世面的人，慢慢就有了威望，凡是窑工的什么事也都是他出头，和工头甚至矿主交涉。

冉双全说，周一山更有一个奇怪的本事，就是窑上将要发生什么事情，他事先会梦到，没有不准的。比如，他梦到三号窑塌了，死了七个人，七天后三号窑真的就塌了，当时死了五人伤了两人，那两人疼得喊叫了三天也死了。比如，他梦到王长生有了孩子，王长生是个老光棍哪里会有孩子，大家说这回不灵了，没想半年后来了个讨饭的女人，工头让王长生收留下过活，那女人竟然有着三个月的身孕，王长生就媳妇孩子一下子都有了。周一山在八天前，说梦到安口要来个老虎赶羊的，可能要出大事，让大伙讨要了窑上的欠款就离开，这就逃走了多半人。没逃跑的人认为老虎赶羊与自己没关系吧，还在窑上留着，但周一山自己也藏了，他这一藏，又有一些人也都藏到街上去，窑上就只剩下这二三十人。

冉双全说：我都说了，你放下耳朵。杨钟说：你只说周一山，没说你们趴在窗口看啥的？冉双全说：你们一来，大伙就疑心应了梦啦，虽然不是老虎，跟你来的那人，哦他是团长，会不会是老虎变的？如果是老虎变的，一睡着了就会现原形的，这才偷看的。杨钟说：看到老虎啦？冉双全说：还是人，不是老虎，他睡得静静的，你只是咬牙。杨钟说：我咬牙？我是老鼠呀?! 冉双全说：是老鼠也好啊，老虎和老鼠都有一个老字么。

杨钟放开了耳朵，发现两人都赤身裸体，让冉双全老老实实去睡，他也回到隔间。井宗秀已经坐在炕上，其实在杨钟下炕去打冉双全时他就醒了，知道没啥事，便装着还睡，倒要看看杨钟会怎么做。杨钟进来见井宗秀坐在那里，说：你也醒啦？井宗秀说：你出去上厕所啦？杨钟说：我去问冉双全个事，哎，你是不是属相是虎？井宗秀说：是属虎。杨钟眼睁得多大，说：你还真属虎？这周一山还真有两下子嘛！就把冉双全的话复述了一遍。井宗秀说：人家说的是老虎，属虎的就是老虎啦？睡吧，睡吧，明日再说。就睡下了。杨钟说：睡就睡，我也困了。也睡了，把被子蒙住了头。

但井宗秀没有睡着，他琢磨周一山老虎赶羊的梦，心里咚咚地打鼓，他属相是虎，他跟师傅学画匠的时候，师傅不止一次地说过他是老虎托生的：老虎是独来独往，宗秀就不拉扯，啥事总是闷头自个儿干。老虎吃食是前爪护着食物的，宗秀也是把碗抱在怀里。老虎平时蔫蔫的，但一旦捕杀猎物时就凶猛残忍，宗秀也是呀，没啥事了就他显得无能，而一有了事还只有靠他，他有股狠劲儿。师傅那样说是在比较着自己的徒弟，他并没有在意，可周一山说安口要来老虎赶羊，偏巧自己是来招募的，莫非还真是老虎托生？这样想着，到了天明起来，窑工们都远远拿眼睛看他，他竟然就觉得浑身有了一股气，这应该是虎气吧，走路的步子就慢下来，眼皮耷拉，时不时还张嘴上下大幅度地嚅动，龇咧一下牙齿。眦裂了双目忽然又想到：如果我是老虎，老虎的威风是凭山的，正好涡镇在虎山下，那预备团还得有个名字中有山字的人啊！但预备团里没有。他就把杨钟喊来：你要找到周一山！杨钟说：他藏了呀。这到哪儿找？井宗秀说我不管你在哪儿找，我要周一山！

杨钟问冉双全知道不知道周一山藏在哪里，冉双全说他不知道。冉双全的神色不对，杨钟就用手卡住了他的脖子说你肯定知道，你不说就卡死你！冉双全说你放开手，我喘不上气了怎么说。杨钟手一松，冉双全便说这得给他三个大洋。杨钟给了三个大洋，冉双全领着井宗秀和杨钟去了十里外的一个小山村，绕到村后，指着一片树林子，说：你们去吧，我去他会恨我的。井宗秀独自去了，杨钟就一脚踹在冉双全的跛腿上，冉双全一倒地，他从怀里夺回了两个大洋。

树林子里啥树都有，深处是三间房子，靠近房子都满是些果树，核桃、梨、梅李、杏、柿子，竟然还有海棠和枇杷。井宗秀一见到那房的台阶上坐着两个年纪差不多的人，就知道左边的是周一山。周一山黑瘦，长脸，眉毛很浓，但耳朵却高出眉毛，肿眼泡，而且在不停地眨。坐在右边的那人正把一堆稻糠和碎瓷片拌搅了装进个布口袋里，又双手在口袋里捏弄，说：来生人啦，你昨夜没梦到吧？周一山说：好像也做了梦，醒来什么也记不起，我是不是治好了？那人说：还得七天吧，巩固巩固。井宗秀打了招呼后，直接就蹲到周一山的身边自我介绍，说明来意，还未说完，那人却从口袋里捧出了一个拼接完整的青花瓷瓶来。井宗秀惊讶地叫了一声。周一山说：他在练手哩，莫师傅是这一带名医呀，我就是住了他家治病的。那人又把瓷瓶打碎，再装在口袋去捏弄，说：只会个按穴、接骨。井宗秀说：你有病？周一山说：我梦多。你能找我，肯定知道我做梦的事。井宗秀说：是听说了你能预知。周一山说：预知有什么用呢，是好事你不预知它也来，是坏事了你早知道只能更恐慌，这不，我都躲藏在这儿了，你不是还找来了吗？我现在做不了那样的梦了，你还让我去吗？井宗秀身子怔了一下，他怎么也没有想到周一山废了本事！任何人盼不得自己能有奇异的动静，可周一山竟然就废了?！井宗秀看着周一山，周一山也看着他，眼睛眨得像闪电，井宗秀就在心里一边遗憾不已，一边更觉得此人非同寻常。他哦哦着，想要说出本事废了就废了吧，你名字里不是仍有个山字吗，但他不愿说破，话出口了却是：我还是要你去！周一山望起了那树海棠，树上还没有叶子，每条枝丫似乎都是尖刺，他说：你是兵吗，是不是枪就架在前边村口？井宗秀说：要是那样，还用得着我给你说这些话吗？周一山说：你要硬拉我的丁，我也没办法，你如果是来劝说我，那我给你说，我去不了，我是不愿意当兵才来安口下窑的。井宗秀说：戏里有三顾茅庐，你不是诸葛亮，我更不是刘备，不去预备团还可以住到涡镇么，这窑上是啥鬼地方，十天半月就死人的吧。周一山说：不是十天半月，每天都有死的。但我死不了，起码二十年里死不了。井宗秀说：噢?！周一山的眼睛又眨了，他说：我娘在哩。

说不动周一山，井宗秀就在五十多个窑工中招募了二十人返回了涡镇。临走时，却让杨钟继续留下打听周一山的娘家在哪儿，能把他娘接到涡镇，周一山也便就范的。杨钟这又找冉双全帮忙，冉双全坚决不肯了，嫌井宗秀招募了二十人就没有他。杨钟哄说这是井宗秀故意的，是要让你立个功了将来好提拔。冉双全同意帮忙了，却说：我就不明白为啥总要周一山？杨钟说：我也不明白为啥。冉双全说：是人才？杨钟说：或许吧。冉双全说：就算他是人才，你得不到么！我以前在构峪老家，一泡屎拉不到自家地里了，又不愿意让拾粪人拾去，我就拿石头把屎砸溅了！杨钟说：你啥意思？冉双全说：何必下那么大功夫要他去，把他弄死了咱也算立了功么！杨钟唰地变了脸，说：啊，呸！井团长给我的任务我就得完成，你狗日的敢伤了他一根毫毛，我就把你大卸八块！吓得冉双全回话不及，又掏出了那一块大洋给了杨钟，让杨钟一定守口如瓶，不敢将这话让井宗秀和周一山知道。

经过多方打探，杨钟和冉双全终于得知周一山干娘的家是在离安口街四十里外的方塔村。去了那里才听村里人说周一山虽然是个干儿，却孝顺得很，每月都要回来看望，杨钟就和冉双全花言巧语骗老婆子，说周一山在安口当工头了，派他俩来接干娘去那里住几天。从方塔村到涡镇路途远，他们雇了滑竿，呼呼扇扇的两天后到了镇上。井宗秀先让老婆子在酱笋坊的西厦屋里歇着，就叫了陆菊人来告诉事情的前前后后，商量着怎么安顿。陆菊人说：酱笋坊这里没人照顾，住到我家去吧。井宗秀认为不妥，说：我思谋还是送到白河岸万家寨我表姐家，我娘在那儿，两个老人又能说说话的，只是这些天要辛苦你去照料照料。陆菊人觉得这样也好，却说：咋就想到去那儿？井宗秀说：周一山是个孝子，倒让我想起我娘了。陆菊人说：也早该想起了！

把老婆子送去了万家寨，陆菊人也就没回来。老婆子住了三天，没见到周一山，才知道她来的是涡镇不是安口，陆菊人赶紧讲了事情的原委，她倒说：这地方好，人也好，周一山咋不肯来？就拉着陆菊人手，夸陆菊人银盆大脸的，眼睛多水灵呀，又能照顾人，问今年多大啦？陆菊人说她是杨钟的媳妇，孩子都比窗台高了。老婆子唉了一声，说：一山还没成家，我儿可怜，没这个福！陆菊人就说：只要你老把儿子叫来，婚姻的事就包给我了，涡镇这么大还愁没他个媳妇?!老婆子说：让他来，我让他来。从手上卸下一个顶针给了陆菊人，说周一山认得这顶针，拿去见他，他就会来的，陆菊人把顶针交给井宗秀，井宗秀又给了杨钟，让他再去安口一趟。杨钟说：为了周一山，你倒把你兄弟这么折腾？井宗秀说：不折腾兄弟折腾谁呀?！心里又担怕杨钟节外生枝，便派巩百林一块儿去。

四天后，周一山来到涡镇，见过了干娘，晚上井宗秀请他喝酒，周一山说：你这老虎到底是把羊赶走了！井宗秀说：是我这老虎要上山啊！周一山一愣，笑了说：正是正是，这也是命呀！可我这一来就得少活十几年了。井宗秀说：这话咋讲？周一山说：你知道庄稼怎么就算死了？井宗秀说：结了穗就该死了。周一山说：人和庄稼一样理儿，任务完成就没用了，上天不会让没用的东西还留在世间。我娘七十二岁了，就算长寿也只有二十来年，我为啥说过二十年里我死不了？我得养活娘呀。现在你们把我娘接来照看得这么好，那我就没用了么！井宗秀说：咋是没用了？咱们一块儿才要弄预备团呀，这不是折寿，反倒要给你延寿哩！

※　※　※

预备团扩大到近二百人了，麻县长送来三十杆枪、四十箱子弹和五十箱手榴弹，说明这只是一半，69旅以后还会供给的。井宗秀就把自家布庄里的布全拿出来，着手先做军装。但军装用什么样的颜色呢？ 69旅是黄色的，县保安队是蓝色的，当年黑河白河岸上过部队，有绿的有灰的有褐的，井宗秀倒拿不定了主意。这日，预备团的伙房没了柴火，阮天保带人在黑河边砍柳树上的枝股，从上游来了一只木排，等木排靠岸，放排人要进镇吃饭，便发现排上还绑着一只熊。阮天保问熊卖不卖，放排人说不卖，是给山阴县药材铺送的，人家要养了活取熊胆。阮天保说：屎！放排人一走，他去就把熊的一只掌剁了。拿回城隍院，吆喝着：有熊掌了，谁出钱买酒？院子的银杏树下，坐着井宗秀、杜鲁成和周一山在说军装颜色的事，杜鲁成提出白的好，布织出来就是白的，不用染，能省好多钱，还宣净，周一山摇着手说不行，白的不耐脏，当兵哩又不是去吃宴席做客呀，讲究什么宣净不宣净?!阮天保一吆喝，周一山应道：啊我还没吃过熊掌哩，我出钱买酒！井宗秀说：哪儿弄的？阮天保说：有福的人是天生的，我这几天正口寡哩就有人送野味了么！把熊掌让伙房人拿去拔毛烧炖了，阮天保出来说：你三个又纸上谈兵啊？井宗秀说：说军装的，预备团要和别的队伍的颜色不一样，刚才说到红的，嫌是共产党崇尚红容易被误会，用黄的嫌穿黄的兵太多，用白的吧，白的又不耐脏，你看啥合适？阮天保说：这事还问我呀，你不是请了高人周一山吗？周一山嘿嘿着：你这是笑话我哩。阮天保说：定颜色，周一山是从窑上来的，该不会说……话还没说完，银杏树上掉下来一条蛇。杜鲁成叫道：黑蛇?!果然是条黑蛇，黑得油光水亮的，井宗秀要去捉，蛇却极快地钻进院墙根石头缝里。井宗秀说：涡镇还从来没见过这么黑的蛇！周一山说：安口有。阮天保就说：安口啥都是黑的。周一山说：我是长得黑，你是看不见你自已。四个人都笑起来。这时候老魏头在院门外叫：蚯蚓，你们团长呢？蚯蚓说：你得喊报告。老魏头说：我报告你娘的×！蚯蚓说：那，那啥事？老魏头说：北门口一个人要见团长，在我手心写了个字，说团长一看就知道了。蚯蚓说：让我看看。但蚯蚓不认字，老魏头说：是个夜字。蚯蚓就进院来给井宗秀说了有人写个夜字要见你。井宗秀说：夜字？来人姓夜还是名字里有个夜字，他是让人叫他爷啊?!周一山说：如果是姓夜，不念夜，念黑。井宗秀睁大了眼睛，说：刚见了一条黑蛇，又来了一个黑人？便让老魏头去把那人带来。

那人来了，胳膊下夹了个草席卷儿，干瘦干瘦，就像一张人皮裹在木架上，走路不走直线，速度极快。到了井宗秀跟前，草席在地上剥开了，竟然是一杆枪，说：我是夜线子！井宗秀立刻脚踩住了枪，说：是黑夜的夜字的黑吧，黑线子？夜线子说：看来涡镇人还不知道我夜线子，我来投预备团是投对了！井宗秀说：你说什么，要投预备团？夜线子说：这枪就是见面礼。井宗秀哦了一下，说：是投对了！就喊蚯蚓：快把人招呼到房子里歇着，我这就沏壶茶！夜线子一走进西边那间房里，井宗秀就问杜鲁成和阮天保知道不知道夜线子，阮天保说不知道，杜鲁成说他在县政府时听说过马鞍山的许川垭是出了个强盗就叫黑线子。此人以前是山民，在垭口的地里干活儿，来了个行人问路，他见问路人有个大包袱，心生了邪念，就拿镢头把人砸死得了包袱。有了一次抢劫就有了二次抢劫，抢劫上了瘾，后来在一次发现抢来的行李中有着一杆枪，从此不再种地，明目张胆地干起杀人越货的勾当。许川垭一带百姓曾给县政府报告过，麻县长让保安队去缉拿，但一直没有缉拿到。杜鲁成说：不知他是不是那个夜线子。井宗秀说：看那眼神和走路的样子，不会错。杜鲁成说：他来投奔咱们了？预备团才成立，这影响就到那么远的地方啦?！阮天保拾起枪拉着枪栓，夸枪是好枪，却对周一山说：看见了吧，人家是带了枪来的！周一山还要说什么，井宗秀就拍了拍大家的肩，说：高兴，高兴，咱都去见见他。

熊掌做好后，周一山真的出钱买了一坛酒，大家就留下夜线子一起吃喝。夜线子也豪爽，先自个儿喝了三杯，再端酒一一相敬。一坛酒喝干后还都不尽兴，让蚯蚓又去街上买了一坛，就都喝高了，开始勾肩搭背，阮天保要夜线子讲讲他的经历，夜线子说：既然你们不知道，我也就不说了，一句话，弃暗投明啦！阮天保也便说：不说就不说了，谁还没干过几件烂屄事?！当场倒任命夜线子当排长，但夜线子的枪他得先用上。

吃熊掌喝烧酒又加上情绪激动，井宗秀从城隍院出来后，浑身发热，耳脸通红，正好碰着杨钟牵着马回来，就一把拉过去骑上了，骑上了马也兴奋，竟噔噔地往前小跑。杨钟一时还反应不过来，愣了愣，说：这，这你往哪儿去？井宗秀说：马到哪儿我到哪儿！马打了个喷嚏，就跑到街上，又跑向了北门口。井宗秀从来没有过这样信马由缰，一出北门口，太阳高照，马蹽开了蹄子，路边草丛顿时蚂蚱乱溅，有只野兔在跑，而湿滩的芦苇里突然啪啪啪地响，一排大雁起飞了，接着又是一排大雁起飞。井宗秀索性双脚拍打了马肚，马越跑越欢，近处的白河黑河先还是一片子玻璃、一片子星光，后来就成了丝的被子在抖，绸的被子在抖，连远处的山峦也高高低低一起跳跃。人和马到了虎山湾，顺着左边的路到了白河渡口，渡口上并没有人，那道木桥就横在河上，看着一会儿河在往下走，桥也在往下走，一会儿河是往下走了，而桥却在往上走。他就笑了笑，马又掉头往右跑，就跑过了两岔路口，跑过了龙王庙旧址，跑过了那一片才犁过的沙土地，便上了十八碌碡桥上。桥那边的大路上正有一个毛驴拉着一个板车，板车上人不是坐在辕上而是躺在那里睡着了，但毛驴还是拉着，头低着像鸡啄米一样摇个不停。井宗秀也要学着那人仰身在了马背上，但这时候才发现太阳没有了，没有了太阳天就低下来，而虎山上的云像染缸里拉出来的黑布迅速在空中铺开，紧接着就刮风，风是没形的，使黑云在垒堆，越垒越大，堆也越来越多，又几乎同一瞬间被什么砸开了，散乱成无数的黑疙瘩。井宗秀觉得怪异，勒住了马的缰绳还在看着，那黑云疙瘩又聚集了，很快扭成巨大条状由北向南冲过来，云就有了声，都是风，风成了黑风。

这黑风呼啸了两个时辰，涡镇上的城墙变黑，街巷变黑，在朦朦胧胧的黑里二十家的屋脊房檐毁坏，差不多的树顶折断，黑河白河的水也起了三尺浪，将阮家的船掀翻。井宗秀骑了马往镇上跑，马惊了似的，进了北城门口仍没有停下，顺着中街还是跑，就传来130庙里的尺八声。经过了老皂角树，黑风里像立着一锭墨，井宗秀才意识到皂角树皂角树，皂本来就是黑么。尺八还在响着，在忽断忽续声中，街道上更多地浮荡了树叶烂草，甚至灯笼和衣帽，鸡狗在滚蛋儿。马到了南门口，马又跑进了西背街，有人在喊：井团长！井团长！好像是唐景的媳妇，又好像是阮天保的爹，井宗秀使劲儿地勒马绳，马终于是停下了，却已经跑过了一条巷，他终不知道刚才是谁在叫他，这时候又有人在问答。问：先生先生，你咋坐在风里？答：我打个盹。问：你在风里还能打盹呀？这多黑的风！答：风黑着好。问：风黑了还好?！答：黑在五行中主水缘，能刮黑风是上天赐予的大吉之兆么。井宗秀听出那是瞎子陈先生，心里咚地像敲了鼓，就有意了：黑是上天赐予的大吉之兆？那今天吃了黑熊掌，见到的是黑蛇，黑线子来投靠，又突如其来漫天黑风，而陈先生的话怎么就偏偏让我听到，那么，军装就该是黑颜色，预备团也该是黑衣黑帽黑裹腿黑鞋和黑旗了?！这么想着，而黑风奇怪地戛然歇息了。

井宗秀在两天后召集了全镇四家制衣店，以他的要求做军装军旗。工作量大，担心出差错，就请陆菊人来协调监管。陆菊人说：黑的？井宗秀说：黑。陆菊人说：全都黑？井宗秀说：黑。陆菊人看着井宗秀，井宗秀的脸白生生的，她再没说什么，便去了东背街刘老庚家。

刘老庚才从北山割漆回来，父女俩在院子里生了一堆火，陆菊人一去，刘老庚又是取凳子让坐，又是让花生去沏茶，陆菊人说：咋生火的？花生说：我爹一回来我得给他洗衣裳，他总要生火么，当爹的还能害了女儿?！刘老庚说：漆毒不是你爹！陆菊人就笑起来，说：听你爹的，听你爹的。花生就从火堆上跳过去，跺跺脚，说：你是七（漆），我是八！又从火堆上跳过来，跺跺脚，说：你是七（漆）我是八，不怕你！刘老庚还给陆菊人说：你也让火燎燎，有的人怕漆，从漆树下跑过脸都肿的。陆菊人也就跳了火堆，说起给预备团做军装的事，想让花生去做她帮手。刘老庚便为难了，说：花生没出过门，见人也不会说话的。陆菊人说：这你放心，有我罩着哩。刘老庚问花生：你能行？花生却说：我愿意！刘老庚瞪了一眼，从腰带上取下烟锅子装烟末，花生赶忙从火堆上夹了炭点着，陆菊人又笑了说：瞧这女儿多孝顺！刘老庚吸了一口烟，说：孝顺啥呀！你要去就去，去了眼里要有活儿，但别抢着说话。

爹一同意，花生给爹洗完脏衣，就进屋收拾打扮，陆菊人便做她的参谋，先换了一件月白褂子，觉得不妥，再换上粉红褂子，换上了粉红褂子又得换里边的衬衣，花生的脖子上挂着个野桃核项链。陆菊人说：你也去过庙里？花生说：我爹给庙里栽野桃树时带我去过，宽展师父送我了一串，我却做了项链，好看吗？陆菊人说：好看。花生说：我爱听那尺八。陆菊人说：那以后咱多去庙里。花生就梳头抹油，涂脂抹粉，打扮得光光鲜鲜了，才一块儿碎步到的张记制衣店。井宗秀已在店里，说：这是谁？陆菊人说：她叫花生。

井宗秀说：吃的花生？陆菊人说：人家是花生下来的！井宗秀笑了，说：你娘家哪边的？陆菊人说：咱镇上的，你知道东背街有家院墙头冒出一蓬蔷薇吗？井宗秀说：你是说刘家？陆菊人说：她就是刘老庚的女儿。井宗秀说：哦哦。刘老庚还有这么标致的女儿？真是花生下的！一路上还说说笑笑的花生，一下子羞得手脚无措，给井宗秀问过安后，就立在一旁，脸还红着。井宗秀给陆菊人交代了所有事项，离开的时候还看了花生一眼，陆菊人要趁机说什么，但笑了笑，什么也没有说。

黑旗先做出来，就插上了四面城墙上，迎风招展。老魏头还是做看守，他看到黑旗就觉得他也是一杆旗，越发兢兢业业，日夜注意着黑河白河岸的大路上有没有再过部队，注意着虎山上会不会下来了野兽，注意着涡潭是不是爬出来了鬼。但自从插上了黑旗，飞来了更多的蝙蝠，原先天一黑蝙蝠就在镇上飞，天明就没有了，现在却整个白天都吊在城墙两边的砖石棱上。住在东城门里的陈省心，黎明早起要卖烧鸡，就看到那假做的城门上密密麻麻挂满了蝙蝠，恶心又恐怖，点了火把去轰赶。老魏头知道了，就破口大骂：那是老鼠变的吗？那是长了翅膀的老虎！别人不弹嫌你倒害怕，你是做了亏人的事心虚了害怕?！等到预备团全部换了军装，黑压压的一队从中街上跑去北门外沙石滩上操练，队列齐整，喊声震天，没有谁不在说这黑色军装实在威武，再有成群的蝙蝠忽地飞来又忽地飞去，便视为精灵天神而感到从未有过的安全。于是，好多人都讲究起在家里熬了茶慢慢品尝，连家禽都开始变懒了，猪毫无防备地在户外走来走去，狗终日在屋院中睡觉。

阮天保是负责操练的，他每天带兵在北门外沙石滩上列队跑步、射击投弹，或者用稻草扎了人形，端着刺刀去捅杀。他腰间插着短枪，肩上斜挎了夜线子那杆长枪，嘴上噙哨子，手里拿一根竹棍，让每个人都抱一块儿石头，从北门口跑到十八碌碡桥上了，再从十八碌碡桥上跑回来。唐景、王路安、张双河、苟发明、巩百林、马岱、李文成有的是力气，可以举起磨扇，也可以用肚皮顶起碌碡，就是跑不动，但阮天保需要他们跑，还要带头跑：别人跑你要能追上，你跑要让别人追不上！唐景、巩百林、王路安、张双河能过关了，李文成、马岱、苟发明仍是跑跑歇歇，阮天保就让他三个背一个粪筐，粪筐封严实，里边却塞根点着的雷管，如果按规定时间跑到龙王庙旧址，雷管不爆，如果跑慢了，雷管一爆，粪便就溅一头一身。李文成不满，说：这不是羞辱人吗？阮天保说：我要给你装上炸药，你就连尸首都寻不着了！为了再练胆量和狠劲，把蛇捉来比试谁能最快地拧下蛇头，把捉来的活蝎子蘸了面酱生吃。每每训练的时候，杨钟偏在河边遛马，阮天保不理他，他也不理阮天保，远远地看着阮天保把一堆七叶一枝花扔在地上，看着谁拧不下蛇头反被蛇叮了，就嚼着七叶一枝花敷在伤口，还得继续拧。再是训练那个吃了活蝎子又吐出来的兵，让两三个人把那兵压住，撬开口，拾起吐出来的活蝎子塞进去，大声说：咬！那兵就闭了眼睛咬。又问：啥情况？回答：像抹布，咬不烂。再大声说：咽！那兵就咽了。阮天保说：要我训练，我就要把你们全变成狼！

训练了几个月，预备团就有五个人病了，五个人都是镇上人。杜鲁成去家里看望，三个人病好归了队，两个说腰病还不好，出门老一只手撑着腰，后来竟真的腰疼得不行，就不来了。在城隍院吃过午饭，阮天保坐在白果树下给一只鸡腿上拴绳子，杜鲁成说起那两个病人的事，阮天保不吭声，把鸡放到院墙头，猛地一拉绳子，鸡就从墙头像石头一样掉下来。他再次把鸡放在院墙头，再猛地一拉绳子，鸡再次掉下来如石头。杜鲁成说：咱练得是不是有些狠了？这些人……阮天保说：军事训练都不狠，那当的啥兵？又把鸡放到院墙头上猛地拉绳子，这次鸡在半空时张开了翅膀，但还是掉在地上。他说：鸡就这样长翅膀哩！

蚯蚓原本想跟着杨钟遛马，杨钟不要他，骂：你是筷子呀啥菜都尝?！蚯蚓也就跟了那些兵练跑步、列马式，但没人让他动枪，他缠住阮天保要射击，阮天保说：滚，打你的弹弓去！涡镇的孩子向来玩弹弓，蚯蚓的弹弓打得好，已经不用木杈架了，可以直接用指头撑皮筋，但蚯蚓要用枪射击，说：我都是井团长的护兵了！阮天保说：现在哪还有护兵，是警卫员。蚯蚓说：我就是警卫员呀，警卫员能不学会打枪吗？阮天保就拿过一把刀给了蚯蚓，说：要想学打枪，你来扎我，就在我腿上扎。蚯蚓说：我扎呀？阮天保说：你扎！蚯蚓竟然就扎了一刀，阮天保的腿面上扎出了一个洞，往出冒血。阮天保说：这碎㞞倒像我小时候。就把枪给了蚯蚓，教蚯蚓射击。

但阮天保的腿伤化脓了久久不愈，训练暂时停下来，他在养伤期间去了一趟县城，回来却说了一大堆的新闻。他说，县城原先是三口甜水井，现在有两口打不出水了，大部分人只能喝咸水，把人喝得牙都黄了。监狱前边的那条古董巷遭了火灾，多热闹的巷子，上个月天打雷，掉下来一个火球，上百间的老房子呼呼呼就全烧了。他说，他进了一次馆子，是专卖烧鸡的馆子，咱陈省心家的烧鸡那算什么味呀，知道人家炖的是啥鸡吗？是从天竺山捕来的鹧鸪，样子像鸡，其实是一种鸟，它只在天竺山顶上有，吃竹实、喝露水，肉就香得很！他说，县城里治安不好，贼多，抬蹄就能割了掌，人都说这是文庙门口那棵千年的紫藤死了，世风日下。他说，他在街上看见了保安队长史三海，人两腮塌陷，面色黑黄，一看就是房事过多。史三海没有看见他，他就没前去问候，问候他干啥！他说，麻县长一头的头发都灰白了，据说是和史三海闹崩了气成了这样。先前他们不和，还顾些场面，现在史三海几次当众骂文人当县长㞞不顶！阮天保说着这话，杜鲁成、唐景、巩百林、冉双全都在场，杜鲁成就替麻县长伤心，说：那你没去看看麻县长？阮天保说：能不去吗，去了正碰上他怄气哩，肯定又怄的是史三海的气，但他没再说啥，只留我吃饭。冉双全说：留你吃饭？吃的山珍海味？阮天保说：就是红烧肉。冉双全说：你咋恁大的口福，麻县长请你吃红烧肉！阮天保说：我吃了些垫肉的萝卜，肉太肥。冉双全说：我就爱吃肥的。阮天保一脚踢过来，没踢上，冉双全一双瘸腿倒跑脱了。

又过了十天，阮天保还带兵在沙石滩训练，白河岸孟家庄有人担了两桶自制的柿子醋来镇上销售，他突发奇想，对三个兵说：来了个敌人的探子，去把他打一顿。三个兵说：那是卖醋的。

阮天保说：就是探子，去！一个兵没有去，两个兵去了把醋桶砸烂，又把那人压在地上打得哭爹叫娘，一条胳膊骨折，三颗牙掉了。阮天保过去，扔给了那人一个银元，说：这够你醋钱和治伤的钱了！返回来就开除了那个没去打人的兵，骂道：像你这熊样子还能当兵?!

周一山把这事说给了井宗秀，井宗秀很生气：这怎么行，预备团才建起，不能让人说咱又是土匪啦。他要和阮天保好好谈谈。但井宗秀还没来得及和阮天保谈，阮天保又去了县城，竟然五天没回来。井宗秀问杜鲁成：他再去县城给你打招呼没有？杜鲁成说：没有。井宗秀说：他是不是去了不回来了？杜鲁成说：这我不知道。井宗秀说：他是嫌没当团长？杜鲁成说：麻县长说好的我和他协助你呀。井宗秀说：那你不会也走吧？杜鲁成说：我不走，除非你让我走。

井宗秀就和杜鲁成，还把周一山也叫上，三人重新安排训练，决定因人而异，把预备团临时分为三拨，一拨集中那些体质健壮生性又好使强用狠的人，一拨是长得瘦小单薄但奸巧机灵的人，一拨就是老实蠢笨而能吃苦耐劳的人。第一拨夜线子和巩百林带领，第二拨苟发明、冉双全带领，第三拨陈来祥和原土匪中一个叫吴银的带领。训练的时候，或者杜鲁成去现场，或者周一山去现场，井宗秀除了每天早晨集合了队伍要训话外，别的事他不露面，不是待在城隍院东边的第一间房子里，就是低着头在院子中走。他走着还是八字步，双手在身后甩动，嘴上却叼棵纸烟，烟灰很长了也不弹，常常是伙房里的人和蚯蚓争吵什么，甚至是蚯蚓挨了耳光就又哭又骂，他还是在走，似乎就没看见也没听见。但是，井宗秀不知什么时候就记住了每一个兵的名字，了解了他们的身世家境。当训练结束，兵一窝蜂往回跑，一进了城隍院，看到井宗秀在院里走，立即都安静了，顺着墙根回宿舍里去，井宗秀偏就叫住了一个：张生喜，你过来！张生喜过来，说：啊团长你知道我名？井宗秀说：你叫生喜，咋就脸老是苦愁，你老家马川是富裕地方呀，是不是家里有啥事啦？张生喜说：家里没事，我就长了个苦瓜脸，团长还知道我是马川人？井宗秀说：我还知道你有痔疮，少吃些辣子！张生喜感动得就哭了。

不久的一个早晨，房上地上白花花的都是霜，林记肉店刚开门，就聚了一堆来买肉的人，还都是一斤二斤的在挑肥拣瘦，阮天保的爹也来了，他新穿了长袍马褂，戴着一副硬腿石头镜，林掌柜说：老哥老哥，今日头卸得大，王富要买呀，我说这是阮老爹的头！阮天保的爹说：你的头！林掌柜从柜台下提出一个猪头，果然脖子肉带得多，嘴里还叼根尾巴。阮天保的爹说：我就只吃猪头肉呀？今日要整扇子！林掌柜还是笑着，给别人割肉：要多少？二两？这咋下刀呀?!阮天保的爹说：你咋还不动弹呢？林掌柜说：最少半斤。干脆买个猪肝吧，猪肝便宜。小三，小三，阮老爹今日穿得整齐，你把猪头给他提家里去！阮天保的爹说：要整扇子！林掌柜怔住了，说：整扇子?!阮天保的爹说：天保当了县保安队长了，我要待客么。林掌柜说：天保当上保安队长啦?!阮天保的爹说：明日摆席，你也来啊！伙计小三掮了整扇子猪肉跟在阮天保的爹身后走了。估计还没到家，阮天保当保安队长的消息就传遍了半个镇。

杜鲁成和周一山知道后就去城隍院见井宗秀，井宗秀在他那间房子剪脚指甲，旁边卧了一只狗，剪下一些趾甲了扔给狗，狗吃了又等着再剪下趾甲。杜鲁成讲了阮天保当了保安队长的事，剪刀一抖，趾甲缝有了一滴血，他说：他还真的走了！又继续剪趾甲，再没吭声。而杜鲁成却跳起来骂：咱一块儿正闹事的，他就踹一脚！这是不是背叛？狗日的就是个叛徒！唾沫溅到了周一山的脸上。周一山擦了，说：他是不屈于人下的人，可我想不通的，他咋这么快就能当队长？杜鲁成还在骂：走就走得远远的，偏就在县上当队长，这是羞辱咱的池子浅？羞辱预备团不如保安队?!井宗秀还是在剪趾甲，一声不吭。杜鲁成一脚踢走了狗，说：你说话呀！井宗秀哼了一下，放下了剪刀，开始穿鞋，说：他爹是要摆席待客呀？杜鲁成说：他去当就永远在县城里去吧，他爹在镇上张狂啥，给咱示威？井宗秀说：去把摆席待客的场子砸了？杜鲁成说：我让夜线子去砸，他不仁了咱也不义！井宗秀说：一山你觉得呢？周一山说：不但不能阻止阮家摆席待客，还要帮着去张罗，更还要去县城给他恭贺。杜鲁成说：他踩了咱一脚，咱还要说把他脚垫疼了？井宗秀说：这一段时间里，你觉得和他合得来合不来？杜鲁成说：他和谁能合得来?！井宗秀说：那他一走是不是就解脱啦？杜鲁成看着井宗秀，井宗秀说：你真得去一趟县城，一是买份大礼给他恭贺，二是他走时身上有一长一短两支枪，保安队不缺武器，就得让他把枪还回来呀。杜鲁成鼻孔里出了一股气，说：我转不过这脸。周一山说：团长去重了，我去又轻了，还是你去的好。杜鲁成勉强应允了，井宗秀说：出了门，这脸都要笑笑的！就派蚯蚓去放鞭炮。

蚯蚓买了鞭炮，原本要提着从中街一直响到阮家门前，但他偷懒，捉了一条狗，把鞭炮系在尾巴上，一点燃，狗从北向南跑，鞭炮越响狗越跑得快，还没到阮家门口，狗的尾巴就炸没了。

※　　※　　※

阮天保是一到县城就去拜见麻县长，殷勤行事，顺着说话，麻县长就把他留下来，相当于当初杜鲁成的角色。有一天听说史三海病了，阮天保说：你是不是去看望一下？麻县长说：不去！阮天保说：门房病了，你都去看望的，他那儿咋不去了？麻县长说：我不看到他，全当他死了！阮天保说：他对你不恭，这是人人都知道的，但他是拿枪的人，还得把他笼络好，你不必去，我代你去一下，倒显得你大人海量！阮天保得知史三海养病，住在他的私宅里，就着人抬了食盒去。抬食盒的在前庭里被招呼了喝茶，他直脚却去了后屋，史三海赤条条睡在床上，双腿分开着，生殖器就那么晾着，上边生着菜花状的肉疙瘩。阮天保吃了一惊，说：队长咋得了瞎瞎病?！史三海说：你咋进来的，谁让你进来的？你是说我这是报应？阮天保说：哪里哪里。竟一时不知再说什么，而史三海却大骂：阮天保，以前别人来送礼，我就记着你狗日的没来送，今日你倒是来了，尽等着要来看我笑话的。我告诉你，老子这得的是香病艳病，你他娘的想得还得不上哩！阮天保一股气攻了心，说：你骂得好！从怀里掏出刀就捅过去。史三海一翻身，刀捅在屁股上，阮天保没收住脚，跌倒在床边，史三海就势又一滚，骑在了阮天保的身上。史三海还在骂：老子一直想收拾你哩，你倒送上门了！伸了胳膊去拿床头的枪。阮天保在下挣脱出手来，就抓史三海的生殖器，用力地捏，捏得能感觉到那两颗卵子像鸡蛋一样被捏碎了，史三海把枪拿到手里，又掉下去，便痛晕了。阮天保爬起来寻刀子，刀子还扎在史三海的屁股上，拔出来，在脖子上捅，在心口上捅。

杀了史三海，麻县长却突然害怕了，给了阮天保十个大洋让他逃跑，跑得越远越好。阮天保说：我不跑。麻县长说：你咋不跑？阮天保说：他是辱骂你，我才杀了他，我跑了我就是犯罪，还牵涉了你，我不跑我就是立功，你也是除暴安良。你让我把他取而代之，谁也动不了我，更动不了你。阮天保就当上了保安队长。

阮天保一当上保安队长，立即打发人告知了他爹，阮老爹就张灯结彩、买肉打酒，摆好了席面等待着镇上人的恭贺。预备团的鞭炮一响，杜鲁成又代表着井宗秀去了阮家，差不多的涡镇人就都去了。阮家摆的是流水席，来人够十个八个就开一桌，再够十个八个了再开一桌，如此从早到晚酒席不退。杨掌柜又犯了心慌病，嘴唇发青浑身虚汗出不了门，杨钟又没在，陆菊人和剩剩便去了。陆菊人到了阮家，门口的执事在喊：陆菊人三斤挂面二斤麻花一斤红糖！写礼单的是阮家在白河岸齐家村的外甥，说：她男人的名字？执事说：叫杨钟。写礼单的就写了杨钟三斤挂面二斤麻花一斤红糖。执事说：这个要写陆菊人，她在家里主事的。陆菊人说：就写杨钟！拉着剩剩进了院子。写礼单的扭头看着陆菊人，说：杨家是大户？执事说：一般人家。写礼单的说：她娘家是县城的？执事说：纸坊沟的。写礼单的说：你瞧瞧那背影，做太太的都走不出那种势么。陆菊人到了上房，向阮天保的父母恭贺后，却没有入席吃喝，拉着剩剩就离开了。出院门时，写礼单的看了一眼，再没抬头，执事说：你不是夸人家好么，咋就头都不抬啦？写礼单的说：她身上有股气，逼得我不敢看么。

陆菊人本来想着趁送了礼情后要到花生家串门去，剩剩是刚才看见了阮家的桌子上有炒瓜子，这会儿嚷嚷着要吃，就说：到前边店里买。母子俩便在中街朝北头走。井宗秀在饸饹店里吃饸饹，看见了陆菊人，叫着说：剩剩吃不吃？给你调一碗！陆菊人忙摸了一下领口，领口扣着，说：才吃过饭，他不吃的。剩剩却说：吃哩。井宗秀就笑着给买了一碗饸饹。剩剩在那里吃饸饹，陆菊人没有坐，背向着门口，说：这都过饭时了，你才吃饭？井宗秀说：我出去有个事回来错过饭时，伙房要做，没让做，也是想吃点酸辣东西，就过来了。陆菊人说：身上的衣服也都脏了……井宗秀拍了拍衣襟上的土，笑着说：这几天忙，才说要换洗啊，你是去阮家行情了？陆菊人说：你还没去吗？我放下礼就走了。吃饭呀穿衣呀，总得有人照顾，你也没想想？井宗秀说：也是忙，也是在这事上受过伤，就没想了。陆菊人说：我给周一山的娘应允过要给她儿找个媳妇的，那我也给你物色着？井宗秀说：去的人多吗？陆菊人说：人不少。你告诉我，想要个什么样的？井宗秀说：就像你这样。陆菊人说：我给你说正经事！井宗秀说：我也是正经话，我找你这样的那不可能了。陆菊人倒一时没了话，看着剩剩把饸饹吃完，说：擦擦嘴上的辣子！剩剩拿袖子擦嘴，陆菊人哎哎地叫着，用手帕把孩儿的嘴擦了，说：我走呀。拉着剩剩就走了。

陆菊人回到家，杨钟在院子里坐着，嘴脸乌青，像个茄子，问了句：你吃了没？杨钟却说：去阮家啦?!陆菊人说：街坊四邻的都去了，爹让我和剩剩去行个情。杨钟尖叫着如菜下油锅，说：你咋不嫌丢人啊！人家欺负我，你倒去行情，他阮天保别说当保安队长，就是当了皇帝关我屁事！陆菊人说：你就不懂个人情世故！不再搭理他。杨钟还在骂：别人拍马溜须哩，咱也这么没志气？没志气？陆菊人已进了卧屋，骂出来的没志气就真成了嘶的一声气。杨钟不骂了，却看见门楼瓦槽上的猫在看他，在地上拾东西要打，但没东西可拾，拾了个树叶扔去，树叶扔出去一尺远就落地了。

这个后晌，杨钟马也没遛，独自到酒馆里喝酒。天黑了多时，喝成一摊泥，酒馆的伙计背他回家。以前老是背他回家，陆菊人埋怨背他的人不劝阻杨钟，所以这次把杨钟背到他家院门的石礅上，敲应了门，伙计就先跑了。等到陆菊人开门出来，杨钟已从石礅上跌下来，左额的皮破了，满脸是血。陆菊人烧了些棉絮灰敷在了额上，杨钟第二天中午才醒来，醒来时，陆菊人不在家，额上的伤口好像湿漉漉的还没结痂，自己又逮鸡拔绒毛粘在上面。鸡的绒毛能止血，但粘上了一时取不掉，再去马厩，喂马的孙老头说：出事啦？杨钟说：出事啦?! 孙老头说：信封上插鸡毛那是急信，我看你额头上有了鸡毛。杨钟就拿手拽鸡毛，一拽，伤口的血流出来，又把鸡毛粘上了。孙老头说：你这样子快回去歇着吧，免得团长看见了训你。杨钟也觉得这个样子不见井宗秀着好，就说：他要问起，就说我拉肚子。

杨钟一连三天都没闪面，井宗秀问过孙老头，孙老头说杨钟病了在家。而陆菊人也见杨钟当天没回来，问过孙老头，孙老头说杨钟去高老庄给马钉掌了，说完孙老头打自己的嘴，陆菊人仅仅怔了一下，但也没多在意。两边都没见杨钟，杨钟和冉双全是去了龙马关。冉双全到预备团后，白天操练完，夜里常和镇上一些人打麻将，他还是下老千，被打了一顿，眼窝是青的。杨钟从孙老头那儿出来，碰着冉双全，冉双全用竹签剔牙，问：吃啥了？说：吃肉。问：在哪儿吃肉也不叫我？说：在阮家呀！杨钟一下子变了脸，说：你去阮家了？冉双全说：我陪杜鲁成去的。杨钟骂道：预备团也去了阮家，这是咋啦?! 冉双全倒没兴趣说这个，看着杨钟的额颅，说：巩百林苟发明也打你了？杨钟说：他们打我？凭什么打我？冉双全说：哦媳妇抓的。这些狗 × 的牌技倒比我高！杨钟说：你和他们打牌耍老千了？冉双全说：我总得把输的捞回来呀，你没事吧，咱到别的地方耍去。杨钟还想着预备团也去阮家的事，嘴上说：咱干着还有啥意思？冉双全说：让你赚钱你还有意见？走吧走吧，一打牌把啥事都忘了！两人就离开镇子，去了龙马关。

龙马关有杨钟的赌友，去耍了两天一夜，输得血本全无。第三天晚上往回走，杨钟想着到纸坊沟找小舅子借些钱了，再在纸坊沟赌。可后半夜路过一个村庄，村庄的人都关了门睡觉，冉双全却要大便，杨钟说：一天都没吃饭了你还屙呀？要屙往远些，别臭着我！冉双全就到一个麦草垛后去，正屙着，麦草垛里爬出一个女人来，冉双全裤子未提就扑过去把女人压住，说：你给我预备的？那女人不屈服，和他扭打起来，他毕竟力气大，撕断了女人裤带，把裤子都拉下来了。杨钟又困又饿，闭了眼歇着，听到厮打声，问咋回事，冉双全把女人拉了过来，一看，这是井宗秀原先的小姨子。女人当然认得杨钟，忙说：杨钟救我！杨钟说：阮天保没杀你？女人说：我是逃出来，脚崴了，藏在那里的。冉双全说：你们认识？杨钟就说了这女人的根根梢梢。女人说：你救我，我给你好东西。冉双全说：你有啥好东西，不就是长了个 × 吗，你给他不给我?! 一把夺过女人抱着的一个包袱，一扔，就拽起女人的两条腿往开掰。包袱正好扔到杨钟怀里，包袱散开，里边竟是一把短枪，当下吃了一惊，冉双全却把女人的腿重重摔在了地上，骂骂咧咧。杨钟拿起枪，确实是把真枪，就要问女人这枪是哪儿来的，冉双全已经骑在女人身上用双手掐脖子，就说：你住手！冉双全站起来说：她还有枪？我掐死她！杨钟说：枪又没打你。冉双全说：是没打我，可差点让我倒霉呀，你也别 × 她，她是白虎星！杨钟说：什么白虎星？冉双全说：你不知道呀？她下边没长毛，谁 × 了就会短命招灾的，怪不得保安队长死了！杨钟说：胡扯淡！保安队长是她杀的？让她走，让她走！冉双全去踢那女人，女人没有动，弯腰看了看，说：她咋这不经捏的？死了！两人忙用麦草盖了尸体，天也亮了，就没去纸坊沟，回镇要把枪交给预备团。

也就在这个早上，剩剩出去玩了，陆菊人没事，想去花生家拉拉话，去了，她爹不在，花生却在屋里哭哩，一问，才知是花生夜里梦到她娘在做饭，锅里尽是些芽菜，醒来想起以前家穷，整天都是吃糠咽菜的，花生说：我只说娘死了再不饿肚子了，谁知娘在阴间还是吃不好。陆菊人抱住了花生，说：那是你做了个梦么。花生说：这一定是娘给我托的梦。陆菊人说：是不是你娘的生日或忌日到了？花生想了想，说：就是，我娘是明天的生日。陆菊人说：那不是你娘在那边受苦，是她惦记你了，我陪着你，咱去你娘的坟上祭祭。花生倒感激得直叫陆菊人是干娘，陆菊人说：这使不得，剩剩认井团长是干爹，我怎么做你干娘？花生说：这和我认你干娘没关系么。陆菊人说：要认你就认个干姐吧。她们出了门，要到街上买些烧纸和香烛的，在巷子口却碰上剩剩和自家的猫，剩剩问娘去哪儿，陆菊人说到虎山湾呀，剩剩也要去，猫就不停地抓他。花生说：他要去就一块儿去，走不动了我背。这猫咋啦，把剩剩手要抓破呀?！撵开了猫，背了剩剩，没想猫还是跟着。

到了北城门外，突然跑出一只老鼠，猫就把老鼠捉住了，但没有吃，只拿爪子拨着，老鼠再跑，猫又抓过来，还是用爪子拨着。剩剩嚷着下去看猫玩儿老鼠，陆菊人说：你还是不要去了，就在这儿玩儿。剩剩便搂紧花生的脖子，不肯下去了。而猫抬头看剩剩，老鼠趁机跑了，陆菊人说：他不回去了你回去！猫是叫了一声，坐下来看着他们走了。

在虎山湾的坟地上，花生插上了香烛，烧纸时说：娘，娘，你甭再惦记我，现在家里日子好过了，我又认了干姐，我都好着的。娘，你听见了吗？就又是哭。纸烧着，突然，没风却旋起了纸灰，陆菊人说：你娘听到了，她在取冥钱的，你要笑的。花生说：娘，这些钱你要舍得花的，给你买好吃的吃，买好穿的穿，我以后还会常来给你钱的。就也满脸泪水地笑了。烧罢纸，两人都静静地坐在坟前，坟后的滩上到处是茵陈、紫菀、茼蒿、胡荽和蒲公英，蒲公英叶子像苦苣一样，还有细刺，中心就抽出那么粗的茎，有的茎端开了花，形色都如菊，有的花开过了，挂着絮，稍一有风，絮就忽高忽低地飞。剩剩一直在那里捏花絮，捏住了就往口袋里装。陆菊人叮咛剩剩不要装，让它飞，它飞落在哪儿了明年又是一棵蒲公英的。叮咛完了，便说出给花生找个婆家的话。花生突然听陆菊人说出找婆家的话，回过头来，脸就很快红了，说：我还小哩。陆菊人说：小是小，也得趁早订下呀，我是十一岁就订给杨家的。你告诉我，这涡镇上谁入眼？花生说：我不知道。陆菊人说：你觉得井团长咋样？花生说：姐说笑话。陆菊人说：你娘也在这儿，不是笑话。

花生说：这怎么可能，人家是团长，我只能配做个丫鬟。陆菊人说：咋不能，我慢慢教你么。花生说：你咋教呀，你让鸡像鹰一样飞，鸡最多只飞到墙头上。陆菊人说：没出息。他井宗秀以前家也那么穷的，受多大的苦，不是也当了团长吗?!花生不知道说什么，就去抱了剩剩。

从坟地回来，花生走得弯弯扭扭的，陆菊人说：你咋走路的？花生说：你在我后边看，我咋不会走了。陆菊人说：端端走，头抬起来走。花生又走，就咯咯笑。陆菊人说：别笑得太傻。你有些外八字？花生说：我最烦我这腿了，走路也有意往内收，但一走开了就忘，改不过来么。陆菊人说：先纠正一个脚，对，走端。进了镇，中街的石条街面铺得整齐，中间就有一条直线，陆菊人要花生踏着直线走。花生就踏着直线走，走得似乎很累，见四周没人了走几步，一有人便停下来。陆菊人说：没人看的，走你的。却在回头时似乎觉得有人拿了草席和锨什么的，从一条斜巷出来后又出了北城门口，陆菊人揉揉眼，说：刚才出镇的是不是杨钟和冉双全？花生说：我没注意。陆菊人有些疑惑，斜巷里就又出来了井宗秀和蚯蚓，井宗秀骑在马上，马下厮跟的蚯蚓仰头一直给他说什么。剩剩在喊：马！啊马！井宗秀抬头瞧见了，下马把缰绳给了蚯蚓，走过来。井宗秀的黑军装上扎着宽皮带，皮带上别着一把手枪，太阳在手枪上跳着光芒，他说：是不是想骑呀？剩剩说：骑！井宗秀竟抱起剩剩放在了马背上，让蚯蚓牵着马去遛遛。陆菊人说：不行，这不行。井宗秀说：让他也练练胆子。你们出镇了？陆菊人就蹭着鞋上的泥土，说：和花生给她娘上坟去了。井宗秀说：花生没娘了呀？花生早已是满脸通红，说：我娘去世得早。说完就含胸缩背站在那里。陆菊人说：我现在是她的干姐啦。用手轻轻拍了花生的腰，花生的腰挺直了。井宗秀说：哦，哦。陆菊人说：以后要有缝缝补补、洗洗涮涮的活儿了你就交给我这妹子。花生倒越发不会了说话，只是含笑。陆菊人又说：啊你有手枪了？井宗秀说：才有的。陆菊人说：那次保安队长来，腰里间别着手枪，蛮威风的，你当团长了，早也该别一把的。井宗秀说：这就是保安队长的那把手枪。陆菊人说：是不是？井宗秀说：我不爱带枪，杨钟和冉双全把它弄了来，杜鲁成须要我别上不可。陆菊人说：就是不用也得别上，这是个身份么！你说是谁弄来的？井宗秀就把这手枪的前前后后说了一遍，陆菊人脸上越来越不是了颜色，说：他背着你又去赌了？你那小姨子死了？就死了？突然一股子风，马从巷子里跑出来，四蹄刨地，大声嘶叫，没见蚯蚓跟着，马背上也没了剩剩，井宗秀啊了一下，就过去拦马，竟然没拦住，而紧接着蚯蚓背了剩剩也跑出了巷子，剩剩满脸的血，哭叫得像杀猪。陆菊人忙问咋回事，蚯蚓说他牵马到巷里，剩剩不让他牵，他松了手，马走到巷那头都没事，可一出巷口，冷不丁蹿出一条狗，马一惊把剩剩撂了下来。井宗秀就骂蚯蚓，陆菊人说：这怪不了他。一边把剩剩从蚯蚓背上抱下来，一边说：不哭啦，不就是擦破皮么。但剩剩一站在地上了又扑通倒下去，一摸腿，又尖声喊疼。花生忙去揉搓，剩剩哭得更厉害，陆菊人说：不敢再揉，这是伤骨头了。井宗秀抱了剩剩要去安仁堂，陆菊人不让抱，说：你抱着不好。井宗秀说：我是他干爹呀！抱了就跑，陆菊人和花生便跟在后边。剩剩一直在哭，半路上花生去店铺里买了块琼锅糖塞在嘴里，他含着还在哭。

安仁堂门前的娑罗树开了花，像苜蓿一样的也是紫花。有人来请陈先生出诊，已经走到树下了，陈先生又返回屋，说：这我不能去，剩剩来了。来人说：剩剩是谁？陈先生说：镇上寿材铺杨掌柜的孙子。来人说：没谁来呀。陈先生说：你听声么。来人听不见有什么声。陈先生说你不急，趁剩剩来前我教你几样喝水的偏方，就教：秋露时的草头上的水能消渴，柏叶上的水能明目。梅雨水可以洗掉癣疥，洗掉瘢痕。屋漏水有毒，但狗咬了，一洗便愈。猪槽水治蜈蚣和蜘蛛咬。知道半天河水吗？就是屋檐水，上天雨泽水是治疗狂邪的良药。正说着剩剩的哭声果然就传来了。陈先生说：流水不腐，但塘水善恶，前十天黑河岸枸峪死了几十头牛，我去一问，数日前有雨，那是有蛇虫之毒，牛饮其水所致。来人说：呀呀，你这是说我们峪的事吗？我请你去一是峪里也接连死了好多牲口，二是我爹我娘突然脚走不成路了。剩剩的哭声已到了院。陈先生说：

你家吃的什么水？来人说：先前在村口泉里挑，后来我从山洼里引过来一条渠，吃的是渠水。井宗秀抱着剩剩进来了，屋里人都站起来说：啊井团长！陈先生还在那儿坐着，说：井团长你寻地方坐。是咋个走不动？来人说：脚脖子软。井宗秀说：陈先生，快给剩剩看看，他疼得受不了。陆菊人说：先生正忙的，让先给别人看。你回去吧，看完了，我和花生背剩剩回去。井宗秀看了看陈先生，也就走了。剩剩还是哭。陈先生说：那我就不去了，你回去再不要给牲口饮峪水，你家也不要吃那渠水了，泉水是阴水。剩剩剩剩，井团长都走了，你还哭给谁看，撒娇呀？剩剩就不哭了。陆菊人笑着说：还真是的！把剩剩抱过来，给陈先生说：从马背上摔下来的，可能是腿上伤了骨头。陈先生摸了摸腿，说：是骨折了。陆菊人说：要紧不要紧？陈先生说：这得给他接好了要静静躺在炕上。陆菊人说：这咋能静静躺？陈先生说：那就用夹板夹上。当下取了药膏、绑带、两块木板条，跟剩剩说：你骑马啦？剩剩说：骑了。陈先生说：那马不是你骑的。剩剩说：我要骑。陈先生说：啊院子里咋飞来个鸽子？剩剩扭头往窗外看，陈先生突然一捏腿，剩剩啊地尖叫，陈先生说：好了，接上了！就开始涂药膏，缠纱布，放木板条，用绑带一层一层裹了，说：回去吧，以后要骑马就骑你家的扫帚。

杨钟和冉双全把枪上交给预备团，功是功，过是过，两者一抵消，就没有奖励他们也没有惩罚他们，但掐死了人，虽然是失了手，人毕竟死了，井宗秀责令他们去掩埋了尸体，回来就关了冉双全三天禁闭。杨钟到家看见剩剩的腿骨折了，说：这是报应啊！啪啪啪打自已脸。陆菊人坐在门槛上就看着他打，想着今日发生的事也是蹊跷，猫怎么一次两次都不让剩剩跟它呢？便抬头看猫，猫又是在门楼瓦槽里眼睛睁着一动不动，而杨钟的半个脸被打肿了。

※　　※　　※

转眼麦收过了，狼却多起来。李文成的娘晚上听到鸡扑啦扑啦响，起来没发现黄鼠狼子，却看到月光下猪圈里有了一只狼，狼用嘴咬着猪耳朵，用尾巴在猪屁股上打，要猪翻圈墙。忙喊李文成，李文成拿了顶门杠子出来，狼和猪已经翻出了圈墙，喊叫着就打。狼放下猪往南门口跑，李文成没撵上，却见老魏头敲着梆子叫着平安无事哟，走过来。李文成把他的梆子夺过来摔在地上，说：狼都来了，你还平安无事?！老魏头说:有狼啦？李文成说:狼进猪圈啦！老魏头说：猪叼走啦？李文成说：真叼走了我让你赔哩！两人赶回猪圈，猪耳朵上还流着血，老魏头一看猪尾巴，说：你养的是扁尾巴梢子呀，这种猪就是狼的菜么！

第二天，镇上进了狼的事就嚷嚷开了，老魏头用石灰浆在北门口的城墙上画大圆圈。涡镇一辈一辈传下来就是画白色的大圆圈吓狼，老魏头画完了北门口的城墙，又画中街人家的墙，甚至画到了城隍院大门上，杜鲁成说：这还了得！派巩百林带人去打狼。预备团的子弹少，不准打枪，只能拿棍。他们潜伏在虎山湾的沙滩，等到后半夜果然有一只狼，很快就被打跑了。但那只狼跑几十丈远，把嘴扎在土里，呜呜地叫，不久沙滩上就有了七八个白点移动，来了更多的狼，几十人举着棍冲过去，巩百林喊：狼是铁头豆腐腰麻秆腿！所有的棍就打狼腰打狼腿，狼群散开，有向白河渡口跑的，有向黑河十八碌碡桥跑的。巩百林他们撵到龙王庙旧址，见有一只狼还拖着一只吃了一半的猪，就围上去乱棍打死。把死狼和只剩下一半的猪拉回来，伙房里就割了猪肉要煮了吃，老魏头说：狼咬过的东西有毒哩。便把猪肉埋了，剥狼肉吃。吃过了，全说狼肉太柴了，不好吃。

狼是再没进镇了，井宗秀就集中人力去纳粮征税了。这是预备团第一次纳粮征税，组成了两拨人，一拨由陈来祥、吴银、王路安领着去黑河岸各村寨，一拨由夜线子、唐景、马岱领着去白河岸各村寨。半个月后都回来，夜线子他们征纳的多，陈来祥他们征纳的仅是夜线子他们的五分之一。问陈来祥怎么回事，陈来祥说县保安队已经在黑河岸各村寨征纳过一次了，井宗秀就非常恼火，阮天保明明知道麻县长给预备团划分了区域，他就是不顾了情面，也不该蝗虫吃过界啊！

井宗秀、杜鲁成、周一山一块儿找麻县长告状，麻县长那天刚刚吃过午饭，在书房里写字。麻县长已经习惯了在饭后要练练书法，平川县城里的好多店铺的牌匾都是他题写的。他一边写着一边听井宗秀的申诉，说：保安队现在扩大了一倍，那么多人要吃要喝的，他要征纳就让他征纳吧。杜鲁成说：保安队扩大了一倍？先前那么些人，县政府都控制不了，现在还扩大？麻县长说：我以为你们都是些兄弟，他扩大时我也没在意，可他提出把县保安队和预备团合二为一，我问那是以保安队为主还是以预备团为主，他说当然以保安队呀，我就起了疑心，你们这一来，我也明白了。井宗秀说：他这不是和史三海一样了吗?！麻县长没有说话，继续写他的字。井宗秀看了一眼，写的是：不读书有权，不识字有钱，不晓得倒有夸荐……折挫英雄，消磨良善……依本分只落得人轻贱。周一山说：字写得好！井团长，你知道这是谁的话吗？井宗秀说：县长的话？麻县长说：古人说的。看来啥朝代都一样啊！事情到了这一步，如果我再强制他，阮天保就和我不和，也和你们不和，平川县总不能上一个保安队长不行，这一个保安队长更不行吧？关系咱都维持住，至于征税纳粮么，以后你们趁早征纳就是。井宗秀说：现在，我知道你难，可这预备团是你一手组建起来的，你得多关照。麻县长说：这我当然清楚，69 旅答应的一批军火我就全要给你们么，还在争取让他们拨些军饷的。

麻县长话说得软作，但也都是实情，井宗秀他们就不便再申辩，回到涡镇，他们连续召开了群众集会，井宗秀一再讲预备团是大家的武装，它的宗旨就是要保护平川县，而首先要保护涡镇的，现在预备团初建，困难重重，举步维艰，需要全镇人的支持。他没有讲有钱的出钱、有粮的出粮，而是说饥了给一口那是雪里送炭，饱了给一斗那是锦上添花。也就在他自己宣布把他家的所有商行商铺都归于预备团后，几天时间里便不断有人捐钱、捐粮、捐物。这些钱粮物件存放在井家屋院，由周一山亲自登记造册统一掌管，老魏头也站在门口，一见人来便把锣敲得当当当，欢迎着又宣传着。

这天一早，马家油坊拉来了两缸菜油，魏家挂面坊拉来了两麻袋麦子，老魏头敲了一阵锣，见安记卤肉店的安掌柜挑了两个圆笼过来，担头上还挂了个大锅盔，老魏头又敲锣了，说：安掌柜，你没提卤肉？安掌柜立即说：不，不，我这是到女儿家的，外孙过满月。红了脸匆匆走过。老魏头呸一口，把锣夹在胳膊下，蹴在墙根，半天再没人来，就打盹了。这时，粮庄的梁掌柜挑了一担苞谷来，在门口遇见了王妈，王妈说：啊也捐呀？梁掌柜说：哪一年不是要缴粮的？与其给外来人还不如给了预备团，他们吃了喝了还能把屎尿留在镇上么！王妈说：但我没想到你捐这么多！梁掌柜说：我哪像你，给佛也只上一根香！苞谷过了秤，周一山就写了收条给梁掌柜。梁掌柜说：收条？预备团还返还吗？周一山说：预备团世事成功了，见条子三倍四倍地还！王妈说：呀，你这是放高利贷呀?!梁掌柜说：啥叫预备团世事成功？周一山说：你说呢？王妈说：井宗秀当了皇上？周一山笑。王妈再说：当不了皇上当个县长？周一山还是笑。梁掌柜却将收条撕了。周一山说：世上啥事都可能发生的！梁掌柜，即便一时还不了，你出的粮就是保护费。梁掌柜说：那咋个保护呀？周一山说：谁敢勒索抢劫粮庄，你就寻预备团！王妈说：我以后去买粮，他秤上亏我了，我也去寻预备团呀。梁掌柜说：我啥时秤上亏人了？你捐的啥？王妈说：我没啥捐，捐这老骨头呀？周一山笑着说：你就捐你的嘴吧，多在菩萨面前说好话！

半个月下来，预备团接收了两千个大洋、十担稻子、二十担麦子、十五担苞谷，以及大量的土豆、红薯、萝卜、白菜。夜线子、陈来祥他们又继续去征税纳粮，黑河白河两岸的村寨征纳不到了，往更远的沟垴峪底去，而井宗秀就又焦急起几时拨来新的军火。终于有消息了，但谁也没有想到，69旅拨来的五十支枪、百十箱子弹和手榴弹，一到县城，竟然被保安队截留占为己有了。事情相当严重，井宗秀和杜鲁成、周一山商议对策，先是想让杜鲁成再去见麻县长，鼓动麻县长以69旅的名义强制阮天保，但很快否定了，认为靠麻县长强制难以奏效，不如井宗秀亲自去见阮天保，晓之以理，动之以情，必要时也可以带上阮老爹，让他阮天保清楚即便不认兄弟们了他还是涡镇人。可反复一想，阮天保能这么干就是准备了翻脸的，去了不但不行，还可能受辱。那么，再忍一回？这是五十支枪呀，少了五十支枪预备团还算什么个预备团?！看来只有你不仁我也不义了，干脆武力去抢夺。但是，保安队原本实力比预备团强，还扩大了人马，能不能抢夺回来？抢夺回来了会出现什么局面？抢夺不回来又会导致什么后果？整整两天里，他们都在做各种设想，却就是定不下个方案。井宗秀说：唉，你周一山咋就不会做梦了啊?！提着裤子去了厕所。

井宗秀已经几天里不舒服了，肚子胀得像鼓，想拉，又拉不出来。他在厕所里吭哧了好久，勉强挤出指头蛋儿大一疙瘩，掉在地上还跳哩。他就大声喊蚯蚓。蚯蚓在城隍院外的街上站着，转动着脑袋四处张望，旁人问：干啥哩？蚯蚓说：等哩！又问：等团长呀？蚯蚓说：等军火！城隍院有人喊：蚯蚓，蚯蚓，团长叫你哩！蚯蚓跑进来，才知道井宗秀在厕所，就站在厕所门口问是要出去买酒喝还是喝茶呀要烧水？井宗秀让他去安仁堂叫陈先生来，蚯蚓说：你病啦？井宗秀不耐烦了，说：去叫人！蚯蚓跑走了，井宗秀看着拉下的屎蛋儿，骂了一句：他娘的，我成羊啊?！

蚯蚓去了安仁堂，陈先生却去了杨家看望剩剩。剩剩是躺了几十天稍微活动了，就在炕上待不住，爬下来扶着炕沿走，又叫嚷腿痒，拿手抠绷带。陆菊人不让他下炕更不准抠绷带，他就哭闹，把鼻涕抹在枕头上，又把枕头撕开掏出荞麦皮往炕上撒。杨钟回来了，说：你下炕走过来。剩剩就下炕走了三步。杨钟说：再走过来。剩剩又走过去三步。杨钟说：还行，那就把绷带夹板取掉吧。可过了一月，剩剩裤腿一个长一个短，走路一边倒，陆菊人和杨钟便背了剩剩去安仁堂，陈先生看了，说：左腿咋变成这样了？陆菊人说：那咋办呀？陈先生说：这得重新打断了再接。杨钟说：打断？你再把腿打断?！陈先生说：这我可做不了啊。杨钟说：你治不了当初就不要治么，现在长歪了你倒说做不了?！陈先生说：这也怪我，那时太着急。陆菊人说：这不能怪你，是绷带夹板取得太早了。陈先生说：我做不了，但有人能做，只是他住得远些。杨钟说：是不是在安口？陈先生说：是呀，你知道？杨钟没回答，把剩剩抱走了。回到家，陆菊人嫌杨钟不该那样对待陈先生，杨钟说：他既然做不了，我还和他有啥说的！就告诉了那次在安口碰见接骨郎中的事。两人就商量带剩剩去一趟安口，又担心自己去郎中不肯见，得和周一山一块儿去，或让周一山写一封信带上。但很快，听到阮天保截留了军火，井宗秀、杜鲁成、周一山又进了县城，陆菊人就劝杨钟暂不提去安口，孩儿的腿也不急十天半月的，过了这一段再说。

蚯蚓终于把陈先生叫来了，井宗秀骂蚯蚓你咋不到天黑了再回来？陈先生便替蚯蚓圆场，说了他怎么去了杨家看望剩剩的腿伤，又说了剩剩的腿怎么长歪了需要打断了重接。井宗秀说：咋能成这样，鸟屎屙到鸡屎上了，事上加事！需要打断重接就打断重接，别让孩子成了跛子！陈先生说：打断重接我不行，这得去安口找莫郎中。井宗秀说：哦，莫郎中我知道。陈先生说：你认识这就好，这几天让把剩剩送去给治治。井宗秀说：不用去，把他请来不就得了，以后伤筋动骨的事少不了，让他就留在预备团么！陈先生就开始给井宗秀号脉，井宗秀说：他要来涡镇了，不会抢了你的饭碗吧？陈先生说：他当军医啊？人不能见谁都服，但也不能谁都不服么。你干肠了，拉不来？井宗秀说：快把我憋死啦！陈先生说：头沉得很？井宗秀说：像扣了个铁帽子！陈先生说：耳内和耳后项侧疼得手都不能摸？井宗秀说：我知道上火了，你给开些泻药。陈先生说：病在肝上，肝火旺，我用柴胡加山栀、川芎、丹皮。不能用泻药，泻了伤身，开五服吧。井宗秀说：五服？陈先生说：最少五服，让蚯蚓给你煎，他有时间。井宗秀说：他有时间煎，我没时间喝么。陈先生说：这你得喝！说完就和蚯蚓去安仁堂抓药，蚯蚓还想尿一下，井宗秀说：速度！蚯蚓就夹着尿跟陈先生去了。

这个晚上，井宗秀喝了药，给院里人说，他不吃饭了，也不喝水了，任何人都不要打搅他，就关起房门，侧身躺在炕上吸烟。一盏菜油灯放在炕头，旁边靠一根劈柴，他是用小刀削劈柴，削下一薄片子没在灯上引火按在烟锅子上，吸着，脑子里仍琢磨如何才能更好地把截留的军火弄回来。烟是一锅子接着一锅子地吸，劈柴被削了一个凹槽，烟锅子也烧得烫手。到了后半夜，肚子里开始搅动，便似乎听到谁在议论起他的每一种方案，闭住气再听，原来是自己肚子里咕噜咕噜响，就无声地笑了笑，再继续吸烟，一时倒觉得他不是在吸烟，是他的五脏六腑都在燃烧了往外冒烟，后来便连续地打嗝、放屁，肚子也松泛了许多。身子稍一舒服，瞌睡就来，又吸过了两锅子烟，自语道：该睡吧，睡吧。眼皮子一耷拉，烟锅子从嘴上掉下来，撞着了劈柴，劈柴也倒了，发出哐当一声。这声音他是听到了，听到了也就听到了，眼皮子却沉重得动不了，而真的睡着了。睡着便有了梦，但他并不认为那就是梦，只是黄昏里街上的云卷起来，有白的，有红的，也有黑的，碌碡一样往前滚。无数的人便在云里往南行走，这些人他有认识的，更多不认识，但他知道这都是涡镇以前的人和现在的人，似乎还有以后的人。那时候他意识到这该是历史吧，那么，里边会不会有他呢？行人都不说话，表情严肃，一个接一个地前去了，而跟着的就有了牛、驴，甚至树木和房子，树走着走着就叶落枝断了，房子更是瓦解，是梁和柱跟着走。他终于看到了他自己，他在队列中个头并不高大，还算体面，有点羞涩。他悬着的心总算放下来，就看着他们走出了南城门口外，走到了涡潭。涡潭在旋转，涡潭的中间就有了一个巨大的洞，洞竟然往上长，越长越高，口子越来越大，把来的人、牛、驴、断枝落叶和梁柱砖瓦都吸进了。可以说，不是吸进去的，是所有的东西自动跑进去的，他就听到了它们在涡潭里被搅拌着，发出叭叭的响，一切全成了碎屑泡沫。这叭叭响其实是灯盏里的油干了，灯芯像受伤的虫子在挣扎，挣扎着就熄灭了。井宗秀终不知灯芯是几时熄灭的，这如同他并不知道自己是几时进入梦境一样。

周一山住在院西头那间屋里，后窗外就是银杏树，这些天他都是早早睡了希望能做个梦，在梦里获得些对付阮天保的启示，但几乎就没有了梦，即便影影绰绰有一些梦的片段，醒来又全然忘却。醒来了常常是在后半夜，便听到银杏树上有鸟的动静，因为总有鸟在那里，他差不多可以分辨出是乌鸦还是练鹊，还是百舌、伏翼、鹌鹑、鹭鸶，就再也睡不着，听它们碎着嘴叽喳或呢喃。这一夜醒来得更迟些，知道树上是两只山鹧，一只在发出滴溜声，尾音上扬，一只在发出哈扑声，尾音下坠，听着听着，好像是在说着井宗秀和阮天保的名字。他激灵了一下，再听，就吓得额头出了冷汗，同时又十分兴趣，双手却攥紧了：鸟在争辩着井宗秀和阮天保谁厉害，谁能成事。周一山就在那时脑子里闪现了一个念头，就起来披衣去了院后边的营房里，把夜线子叫醒。

在营房门外的黑影处，周一山说：你知道阮家屋院吗？夜线子说：大概知道方位。周一山说：不是大概，要准确是阮家屋院。夜线子说：唐景和李文成知道吧。周一山说：你带上蚯蚓。夜线子说：啥事还不让他们去？周一山说：去烧了阮家，把阮天保他爹他娘抓起来！夜线子说：啥时候？周一山说：现在就去。抓回来就押到130庙里的小屋里严加看守。夜线子就进营房去选人，选了三个家都不在涡镇上的，又把蚯蚓拉起来。蚯蚓睡得迷迷糊糊，说：我不尿。夜线子说：把嘴闭上，跟我走！一伙人就悄不作声地走了。

井宗秀起来的时候，太阳开始冒花，感觉神清气爽了，佩服陈先生的药好，也就想着去杨家看望剩剩。刚到了中街豆腐坊门口，鼻子呛呛的，便看见镇南头冒着一股黑烟，正疑惑谁家有了火灾，斜对面的店铺前一些人在嘁嘁啾啾说话，好像是在议论阮家的屋院被烧了，不知是不小心着了火还是被人放了火，一个就说：是预备团烧的。有人说：打嘴，这种事不敢胡说！预备团专门放了鞭炮，杜鲁成还去阮家道喜哩，咋能是预备团？那人说：认识夜线子吗？就是平日老眯着个眼，凶起来又睁得铜铃大的夜线子，我看见他一条绳把阮天保他爹他娘拉走了的。井宗秀吃了一惊，要走近去问个究竟，那些人却呼地散了。井宗秀还往冒黑烟的地方张望，想着如果是预备团烧了，那一定是周一山干的，顿时黑血就涌了头，转身回城隍院去。豆腐坊掌柜却出来问：井团长井团长，是阮天保在县城犯了政府的事了吗？他不是保安队长吗，咋就抄了家?!

周一山的屋子里，杜鲁成在，夜线子也在。夜线子是刚回来把一个筐子放在桌子上，和周一山正说话，抬头见井宗秀进来了，喜欢地说：团长，团长！井宗秀说：筐子里装的啥？夜线子说：搜了一下只有这五百个大洋，肯定还在什么地方埋得有，这得审问了再说。哎，我给你弄了个眼镜哩。井宗秀骂了一句：去！夜线子摸不着头脑，还在说：老家伙的眼镜是石头镜片，戴上不害眼。周一山赶紧把他推出门。井宗秀指着周一山，说：你烧房抓人啦?!周一山说：团长，我刚才去你屋里要汇报的，你不在……井宗秀说：我请你来是帮忙的，还是叫你来砸锅的?!鲁成你也参与啦？杜鲁成说：我也是才知道。他拉把椅子让井宗秀坐，井宗秀不坐。杜鲁成说：我还没见过团长生这么大气的，烟锅子呢？给团长上烟么。周一山把烟锅子拿过来，煨上烟丝了，井宗秀没有接，烟锅子就放在了桌子上。他说：你听我说。井宗秀说：我听你说啥？这么大的事你不吭一声说干就干了，你汇报呀，你怎么不汇报，先斩后奏是不是？你是外乡人，可我是涡镇的，你知道不?!周一山说：事情是我干的，我之所以先不告知你，就是怕你顾忌多，逼着你要下决心攻打阮天保的。你若觉得这事不好给镇上人交代，我来担这个恶名，但这事必须得这样干。杜鲁成说：那好，你说说必须这样干的理由！周一山说：团长你先消消气。杜鲁成说：说你的理由！周一山就先说起他听到的鸟语。杜鲁成说：别胡说呀，你能听懂鸟语？鸟在说要把阮家的房烧了，把他爹他娘抓了？周一山说：我真的能听懂鸟语，也是昨夜里突然听懂的，我也不知道怎么就听懂了，可以前我做梦灵验，这团长也了解。井宗秀一屁股坐在椅子上，阴沉个脸，但没有吭声，也没有看周一山。杜鲁成说：你也是太狠了，咱就是拿他家人来要挟要挟阮天保也行，不至于把人家房也烧了。周一山说：你没觉得阮天保势头猛吗？平川县这地面上怎么能容二虎？我还想挖了他家祖坟，扬了脉气，让他永远起不了风云。井团长找我来，我就得对井团长负责！杜鲁成说：宗秀，一山说得也对呀！既然事情到了这一步，你说咋办？井宗秀出了一口气，拿起桌上的烟锅子，周一山给他点着了火，他又把烟锅子放下，说：唉，陈先生昨儿看病时说了一句不能硬泻，硬泻了伤身，我现在才明白这话的意思了。说完头低着，手在下巴上摸着拔胡子。杜鲁成说：是太突然啊！这事肯定包不严，消息传出去，不等咱去打阮天保，倒是阮天保要来打咱们了。井宗秀抬起头来，说：赶快先封锁镇子，任何人都不得出去。趁阮天保还不知道他家的事，咱们今晚就去县城打他个措手不及。杜鲁成说：你决定啦？井宗秀说：去就得坐船去，擦黑必须赶到县城。69旅的那批货我估计都在保安队大院，这得先把阮天保调出来，让保安队群龙无首。能夺来那批货最好，万一夺不来也要打他个乱七八糟，灭灭阮天保的志气。打完后从旱路撤回，保安队如果来追，可以在沿途打埋伏，一处选在石碥沟口，一处选在龙马关前的金蛇湾。周一山说：哎呀，你这早有一套方案了么！井宗秀说：我这是让你绑架了的。周一山说：我哪里敢绑架你，现在看来，你昨天说你咋就不会做个梦呀，这是逼着让我给你加劲儿哩呀！杜鲁成说：你是给吊死鬼寻绳哩么。井宗秀脸上笑了一下，让周一山通知伙房做饭，就做米饭，多炖些肉，让杜鲁成就去集合队伍，说：安排完了，咱们再研究一下，把每一点遇到的困难都估计到，第一次出去，不敢有闪失。杜鲁成、周一山一走，井宗秀就喊着蚯蚓快把杨钟、李文成找来，杨钟和李文成一来，井宗秀对蚯蚓说：你还站着干啥，去，熬药啊！

※　※　※

按照方案，杨钟和李文成要先骑马到县城，李文成装扮了乞丐在保安队大院外盯着一切动静，杨钟去见阮天保，以井宗秀的名义约晚上在一品香酒楼吃饭。而预备团坐三条船到县城，分三股隐藏在大院前土场后的树林子里，一旦阮天保和杨钟离开大院去了酒楼，李文成学驴叫，预备团就冲进院里去打。

井宗秀给杨钟和李文成交代任务后，问杨钟：剩剩的腿长歪了？杨钟说：本来要带着他去安口找那个莫郎中的。井宗秀说：不用去，办完这件事，我让人把他找来就住到涡镇。杨钟说：那好哇，杨家可不能出个跛子！两人牵了马出了城隍院，李文成说：听说莫郎中比陈先生名气还大，让来涡镇人家能来？杨钟说：周一山都能来他咋不能来？说完却让李文成稍等一会儿，他便骑马往家去。在院门外喊：开门，开门！陆菊人一开院门，忽地一个马头伸进来，吓了一跳，便顺手扯着衣襟把杨钟从马上往下拉，说：下来！有谁看见啦？杨钟说：谁也没看见，就是要让你看的。陆菊人说：你这是威风啦？不该你骑的你骑，剩剩跌断了腿你还想丢你的命啊?!杨钟说：你别拉我，这是井宗秀让我骑的，骑了还要上县城的！陆菊人问咋回事，杨钟就把他执行的任务说了，陆菊人说：这么大的事交给你，你行？杨钟下了马，说：你瞧不起我，我还真的没能耐啦？涡镇上能骑马的除了井宗秀也就是我哩。陆菊人说：你是预备团的人，就叫团长，别井宗秀井宗秀的。多急火的事你回来干啥？杨钟说：我来不及吃饭了，回来拿两个蒸馍。陆菊人忙进屋取了两个蒸馍，还在蒸馍里夹上了油泼的辣子，杨钟却从身后双手抓住了陆菊人的奶，说：我还要吃这两个蒸馍哩！陆菊人说：剩剩快醒啦，回来了让你吃个够！杨钟看了看炕上的剩剩，剩剩还睡着，上去亲了一口，说：井团长说了，从县城回来后，他要把莫郎中弄到涡镇的。陆菊人说：是不是？剩剩这干爹没白认么！把蒸馍塞在杨钟怀里，看着他上了马，稳稳实实，样子还挺好地骑着走了。

李文成不会骑马，坐上去身子是硬的，虽然杨钟从身后抱着他，他仍是叫着我要掉呀，掉呀，说他不骑马了要走，杨钟骂三十里路你走到啥时候去，就让他横着趴在马背上，像驮着一麻袋粮食，这么下午到了县城。把马先拴在一品香酒楼门口，两人在面馆里吃了面条，看看天色尚早就溜达起来。经过一家糕点铺子，杨钟说：我去见阮天保总不能空手吧？买了一包提着，走了几步，却说：与其给他吃，不如咱尝尝。掏出来一人一个，吃过一个就逗开了胃口，竟把一包全吃了。天擦黑，往县保安队大院去，李文成因一路在马背上颠簸，又吃饭太急，就呕吐了，一时脸色寡白，走路脚软得趔趔趄趄，杨钟从路边捡了根木棍给他，说：这才像个乞丐。要分手了，竟说：乞丐系那么好的腰带?!把李文成的腰带解下来系在自己腰里。

史三海是住在县城自己的私宅里被杀的，阮天保当了队长后就吃住保安队大院，当杨钟进了大院，阮天保明明是抬头看了那么一眼，却转身走了。杨钟有些急，说：我们是光屁股一块儿长大的，你假装认不得我？手下人说：队长上厕所呀。杨钟就坐下来等，一等不见阮天保出来，二等不见阮天保出来，就高声说：你是屙井绳啊?！阮天保出来了，一边系裤子一边说：你咋来见我了？杨钟说：不是我来见你，是井宗秀要见你的。阮天保说：他人呢？杨钟说：他要请你吃饭，先骑马去一品香酒楼安排了，派我过来接你。阮天保说：咦，他要请我吃饭，他当团长了咋还想起来请我吃饭？杨钟说：他是团长，你更是队长，大拇指为大，小拇指为小么！他到你家已道贺过了，但觉得礼还不到，特意赶到县城来的。阮天保说：他比你强！就让人给他拿行头，换上了一顶硬檐帽子、一双皮筒靴子，腰带上别了枪，还把一只怀表的银链子拴在纽扣上，看着表说：请客也太晚了，我才吃过饭呀！把表装在上衣口袋里。两人出了大门，李文成就在不远处的一棵榆树下，忙往树后藏，阮天保就看见了，说：那是不是李文成？李文成已无法再藏，杨钟走过去拿脚就踢，骂道:嗨，你咋丢人丢到这儿了?！滚滚滚！李文成便也骂杨钟，杨钟夺过李文成手中的棍把李文成打走了。阮天保说：他不是也在预备团吗？杨钟说：他赌博，输钱了在营房里偷别人钱，就被开除了，回到家又输得把家里地抵押了，出来要饭哩。在镇上好久没见他，原来到县城来了，狗东西，到保安队门口讨要，这不是给你脸上抹黑吗？阮天保说：他爹在的时候那可是镇上的富户哩。杨钟说：他爹那时太凶，老吼咱的，活该他这样。阮天保说：你爹人诚实本分，你咋就也浪荡了？杨钟说：我浪荡那是没合适我干的事么，现在我不是能来接你了吗？阮天保说：你是个瞎瞎膏药，谁贴上烂讹谁的肉哩。杨钟说：我就贴你。阮天保说：嗯？杨钟渥了一下鼻涕，顺手拍了阮天保的背，说：你就这样看我哩！顺势鼻涕抹在背上了。阮天保也笑道：啊烂套子能塞墙窟窿哈。

到了一品香酒楼前，果然拴着井宗秀的那匹马，阮天保说：等我也会骑了，让你们团长把这匹马得借给我呀！上了楼，杨钟指着一个包间说：井宗秀在里边。他却站在楼梯口。阮天保推门进去，里边没有人，桌子上也没有摆酒菜，正说：人呢？便听到远处枪响得厉害，忙掀开窗帘，枪声就响在保安队大院方向，回头要问杨钟话，杨钟却顺着楼梯跑了。阮天保这才明白上当，叭叭打了两枪，从楼梯上撵下来，见杨钟已经骑了马从街道跑去，一连开了三枪，好像杨钟从马上掉下来了，但又没有掉下来，马就拐过一条巷不见了。

李文成见阮天保离开了保安队大院，便学着驴叫，杜鲁成带着一股人，周一山、巩百林带着一股人，夜线子、陈来祥带着一股人，同时往大院门口冲。门卫问：哪里的？回答：69旅的。枪就响了，四个保安倒在地上，三股人踏着尸体扑了进去。保安队的院子很大，分前院后院，前院靠东西院墙各有房子，房前十几棵一搂粗的柏树，中间是一个水池子，池中堆着假山。到后院要过一个园门，园门早塌了，架着几根木头，木头上爬满了藤蔓，里边有五间厅房，左右两排平房。吃罢晚饭后所有的保安都困了，打牌的打牌，下棋的下棋，喝茶的端着个茶壶问谁还有麦溪芽尖，上厕所的仍在骂站在厕所外的是瓷屃瓜屄，而有三个从藤蔓下出来，走到水池边了争夺起一包纸烟。大院门口枪一响，里边的保安全愣了，争夺纸烟的三个还在争夺，其中的胖子说：谁走火啦？话音未落，这边同时开枪，一个就栽到水池子里，一个倒在地上再也没动，胖子还站着，但脑袋不见了。保安们这才清醒，一窝蜂往后院跑，大喊：游击队来了！游击队来了！杜鲁成在骂：死让你死个明白，老子是预备团的！这时候后院里就有了枪响，十几个保安已经拿枪跑出来，把守住园门口往外打，预备团就倒了一个人。井宗秀忙让散开，一部分人便占领了靠东院墙的房子，一部分人占领了靠西院墙的房子，以柏树做掩体从两侧打，夜线子和巩百林他们跳进水池，趴在假山上正面打。一个人头上中了弹从假山上掉下来，吴银怕那人受伤掉在池子里呛水，接着往池边走，却拉出了两个，一个是预备团的，一个却是保安队的，预备团的那个已经死了，保安队的那个嘴里还冒泡，便在头上补了一枪。保安队在园门口招架不住，往后退，预备团就扑到园门口。保安队到了后院的厅房，人就多起来，又从厅房和平房的门里窗里往外打，火力比先前猛了许多。一时预备团不敢再进，保安队也不敢出来，双方相持，火星四溅，子弹像蝗虫一样到处飞。杜鲁成要组织人爬上园门墙了再上到平房顶上往里打，但没有发现梯子，唐景喊：文成文成，你来我踩着你肩膀上去！上了几次又没上去，陈来祥跑来给井宗秀说：前边的房子里有一堆枪支弹药。井宗秀说：赶快拿呀，能拿多少就拿多少！杜鲁成就不组织爬墙了，唐景、李文成、吴银等十几个去了前边的房子。果然四五箱子弹、四十箱手榴弹都没开封，枪是安装好的新枪，一数，正好五十支。周一山说：就是那批货，狗日的咋吃进去就咋吐出来！这边忙着拿枪支弹药，厅房里的保安趁机又冲出来，预备团当下死了三人，便退到大院门口。唐景是最后一个抱了一箱子弹往出跑，一股子乱枪射来，他的一条腿断了，箱子掉下去散开，子弹撒了一地，他爬着去捡。井宗秀喊：不捡了，快过来！但又是一股子乱枪射来，唐景的身子跳了几跳不动了。周一山对井宗秀说：得手了咱就撤吧，阮天保肯定快回来了。井宗秀说：把唐景抢过来！保安队已到了水池边，唐景是抢不回来了。周一山和夜线子打开一箱手榴弹，咕里咕咚扔过去七八颗，爆炸中，烟土腾腾，预备团一溜风地跑了。

阮天保知道了预备团在突袭保安队，他孤身一人又不敢贸然前去，那晚正好有七个保安派往县监狱要押解三个犯人去三合县，忙跑去监狱带了那七个保安再赶回保安队大院，预备团早已撤离。这次突袭，保安队除了一箱子弹外，所有截留的军火全部被抢走，而且死了十一人。预备团丢下的尸体有五具，阮天保把尸体翻过来认了，四个不认得，认得的一个是镇南门口摆凉粉摊的唐景，骂道：你不好好卖凉粉，来送的啥死?!就在水池子边烧了三堆火，照得通明，着人去请麻县长。

麻县长这天晚上在办公室点灯读书，读着读着，书面上的字都跑动起来，吓了一跳，再定睛看时是一只小虫子，小虫子有芝麻大，黑色的硬壳，他把书拿起来抖了抖，继续读，书面上竟然又跑动着一只小虫子。心想，是书桌下那些公文纸张堆积得久了生的虫子吗？但左右上下都查了并没有什么，便拿手拍虫子，又觉得书上有小虫子活该是有文化的小虫子，手掌拍下去故意又扣着，小虫子就没有被拍死。这时候远处的枪声响成一片，忙喊人去查看是怎么回事，不一会儿，有人来报告是涡镇的预备团和县保安队交火，他一下子慌了，说：胡说，海水怎么能冲龙王庙？那人说：就是预备团，我认得那个井宗秀，他带着人在保安队大院门口往里打枪。他说：啊，啊?! 那人说：你是不是得出面制止？他说：关了大门二门，谁来就说我睡了。噗地吹灭灯，觉得他看不见了什么，什么也看不见了他，就一动不动地坐在黑暗中。

保安队的人来请麻县长，门打得咚咚响，门卫不开，门被用脚在踢了，用石头在砸了，门卫只好开了门，一方问什么事，一方说请麻县长，一方说麻县长已经睡了，一方说睡了也得起来，一方说你是什么人口气这大的，一方说保安队的，阮队长要请麻县长去，抬也要抬去。麻县长只好起身去了保安队大院。火堆旁摆了张桌子，桌子上放着笔和墨，桌子边是张椅子，阮天保让麻县长坐了就喊抬木头。木头是放在院墙下从旧房拆下来的一根大梁，再拖出五具尸体，把头颅都搭在梁上，开始用锯子锯脖子。锯子锯得并不利索，锯下了，用葛条拴上，下面还吊个小木牌子。阮天保提了一个给麻县长，说：你认识这是谁的头？麻县长说：谁的？阮天保说：涡镇预备团唐景！你字好，你在木牌写上预备团逆贼五个字吧，明日一早我挂到街上呀！麻县长手抖得笔都握不稳，写了五个木牌子，还要再写三个，这三个只有牌子没有头颅，写的是井宗秀、杜鲁成、周一山。阮天保说：我一定要替你雪耻的！麻县长就瘫在椅子上起不来身了。

※　※　※

预备团从旱路往回赶，陈来祥的三营扛了缴获的枪支弹药走在前边，中间是夜线子的二营，断后的巩百林的一营。原本预备着要在路上打伏击，但保安队并没有追赶，大家便一下子觉得又饥又渴。经过龙马关外，关里的狗不停地吠，也就没有进去，有人开始说关里的浆水烩面片做得好，浆水是芹菜渥出来的，又是用猪油蒜苗辣椒丝炝过的，说得口水淋淋。有人就说烩面再好也就是个烩面，关里好吃的还是暖锅，人家的暖锅大，里边有腊肉片子、藕块、豆腐和豆腐皮，还有猪蹄、木耳、粉条，咕嘟咕嘟炖上一晌午了，一揭盖，那个香啊！就有人突然跑下路面，回来手里拿了个萝卜，说：啥好吃？萝卜最好吃！大家这才看见河边一畦萝卜，全跑了去每人拔了一棵，扭断叶子，并不剥皮，在衣服上擦了擦土，就咔嚓咔嚓边走边吃。过了龙马关五里地，那里的河面束起来，水流湍急，拐弯处的路就在山腰的石砭上。右手的坡上没有树，尽是半人高的白眉子蒿和黄麦菅草，风在其中回旋，东倒西歪出了无数个簸箕大的坑，左手下边就是河，水扑淹着像是呼吸一样，啪啦啪啦拍打着岩石。陈来祥提醒着：这里常闹鬼，别被鬼拉下水呀，要下去了，我可是只捞枪不捞人的！自己先摸摸头发，呸呸地唾几口，后边的人都呸呸地唾。陈来祥突然发现前边的路上有了一个黑影，忙让大家卧倒，再看，那黑影竟是一匹马，就是井宗秀的那匹马。陈来祥知道杨钟骑了马去诱骗阮天保的，站起身说：杨钟杨钟，你狗日的早回来了！但杨钟没有回应，马喷着响鼻，后蹄子在石路上刨，刨得起了火花。陈来祥又说：你要什么怪呀，有吃的了快给我一个蒸馍来！杨钟仍是没有回应，马在嘶鸣，但一直就站在那里。陈来祥走近了，马背上并不见杨钟，以为杨钟故意藏在马肚那边，转过去，还是不见，一扭头，杨钟趴在路下的石台子上。这石台子也就三尺来宽，不足一丈长，河水几乎漫着台沿。陈来祥急忙跳到石台上，流水明晃晃的，杨钟的大腿上一个窟窿，血流了一摊，差点把他滑下河去，就大声喊叫：杨钟不行啦！井宗秀闻讯从队伍后边跑来，杨钟已被抬上路，还昏迷不醒，他一手捂住窟窿，不让血再往出流，再让陈来祥用腰带紧勒大腿根，就叫着杨钟杨钟。杨钟睁开眼，说：得手啦？井宗秀说：得手啦！杨钟说：狗日的他枪法好，我挨了一下。井宗秀说：下一次你拿枪打他的头！你扛住，不要瞌睡啊！杨钟却咧了咧嘴，像是在笑，说：你应承了的，到安口，请，请莫郎，中。眼睛瞪起来，没见了黑珠子，全是白的。

井宗秀没让人把杨钟抬回涡镇，他解开自己绑腿，用布带子把杨钟紧捆在自己背上，要亲自把杨钟背回去，同时喊冉双全。冉双全跑过来，见了杨钟就哭了，井宗秀说：安口那个接骨的莫郎中你还认得吧？冉双全说：把他烧成灰我也认得。井宗秀说：你去把他请来。冉双全说：请接骨郎中？他治不了枪伤啊！井宗秀说：现在就去！冉双全说：那郎中势派大得很，我能请回来？井宗秀已经策马离开了，回头说：钱请不来拿枪请！从怀里掏出个东西扔过来，月亮下路面上跳着光圈，是两块大洋。

冉双全是第二天晌午赶到安口，莫郎中在午觉，被冉双全敲开了门，问：你哪儿跌打损伤了？冉双全说：来请你出诊的。莫郎中说：我从来不离窝。冉双全说：是平川县涡镇的预备团请的，你知道预备团吗？莫郎中说：是桶掉到井里，还是井掉到桶里，我都不知道。冉双全说：这你知道有个叫井团长的来找过周一山的吧，就是他请你的。莫郎中说：他请我干啥？冉双全说：治枪伤。莫郎中说：我只会接骨，不治枪伤。就把门又关了。冉双全把一个大洋从门缝塞进去再敲门，敲不开，就想这郎中真的是不会治枪伤的，白跑这一趟了。转念又想：既然能接骨，让他治治我这跛腿。他就坐在了门外吃烟，吃一烟锅子了敲一阵门，再吃一烟锅子了，敲一阵门。莫郎中火了，把门再次打开，说：你还让睡觉不？冉双全说：你能接骨，看我这腿能不能治？莫郎中就走出来，坐在台阶上了，说：你走过来。冉双全就朝莫郎中跟前走，莫郎中说：你跛得厉害么，七八年啦？冉双全说：八年。莫郎中说：八年啦不来找我？转身过去，再往前走。冉双全转了身往前走，觉得疑心，刚一回头，却见莫郎中把一根木棒甩过来，他身子一跃，木棒从身下飞过去，啊的一声拿了枪就打，莫郎中从台阶上窝在了台阶下。冉双全说：你没看见我背着枪吗，你还暗害我?!走近去看时，莫郎中却被他打死了。打死了人，冉双全倒害怕了，脱了外套把枪一裹，钻进树林子里逃跑了。

冉双全又过了一天赶回涡镇，杨钟的棺已停放在杨家的院子里。杨钟是井宗秀背到十八碌碡桥上浑身就变冷变硬，因为涡镇的俗规，在外死的人尸体不能进屋，在院子里净身、换衣、盛殓了，灵堂也设在屋檐下。冉双全得知杨钟死了，也到杨家来，在巷口见到拿着挽幛、烧纸的井宗秀和周一山，井宗秀说：你回来啦？冉双全说：回来啦。井宗秀说：你去安排，让人就先在城隍院住下，好吃好喝相待着。周一山便带了冉双全去城隍院，半路上周一山问：人呢？冉双全说：谁？周一山说：你请的莫郎中呀！冉双全说：我把他打死了。周一山吃惊道：让你请人家哩，你把人家就打死了?！冉双全说：死了就死了，反正他治不了枪伤，杨钟也用不着了。再说，他是暗害我呀，我能不开枪？谁知道那一枪偏偏打得准。周一山就问莫郎中怎么就暗害你了，冉双全把事情经过说了一遍，周一山说莫郎中最拿手的是把长歪的腿打断了重新再接，他甩木棒那是趁你不注意，一下子打断了减轻你痛苦哩，你竟然就把他打死了？冉双全这才明白，懊悔不已，却说：这事你不要给团长说。周一山说：我能不给团长说？你狗日的还不如个唐建！冉双全蔫了，说：那我给团长请罪去，让他扇我耳光，唐建？唐建是谁？周一山气得没理他。

唐建是唐景的儿子，三岁时掉到河里被淹过，救活后脑子出了毛病，但能吃又有蛮力。当晚见父亲没有回来，和娘趴在老皂角树下啼哭，井宗秀和杜鲁成百般安慰，说唐景估计没有死，这几天预备团就去交涉，以在押的阮天保的爹娘进行交换。但第二天晌午，县城来了个耍猴的，镇上人询问县城里的情况，耍猴人说县保安队锯了五个人头挂在县政府门前的旗杆上。唐建听了，怀揣了一把斧头进了130庙里去找阮天保的爹娘。院子里碰着宽展师父，宽展师父正要去杨家给杨钟超度，瞧见唐建头上冒火焰，就想说你干啥呀，小小年纪咋这么大的火？但宽展师父话说不出来，哇哇一团，唐建听不懂也不理，跑去了西南角那间关押阮天保爹娘的土屋，土屋门前有人在看守着，他爬上后墙的小窗，跳进去。阮天保的爹娘在草铺上睡着，老汉抬起头说：你是来救我的？唐建说：先睡好，不说话。老汉就睡下。唐建说：你儿杀我爹，我就杀你！一斧头劈过去，老汉的头成了两半。老婆子拿眼睛看着，却一声没吭，唐建说：你儿没杀我娘，我也不杀你。老婆子还是一声没吭。唐建再看时，老婆子死了，是吓死的，眼还睁着像鱼。

杨掌柜给杨钟选了一副最好的棺，又免费送给了唐景一副。唐建帮他娘用豆面捏出个人形，他一遍又一遍念叨着爹的名字，画眉眼，穿老衣，殓入棺内。杨家的坟场和唐家的坟场都在虎山湾后，相距不远，中间隔着一块苜蓿地和一棵柿树。两副棺一起被牛车拉到苜蓿地边了，一拨人抬杨钟的棺下葬，一拨人抬唐景的棺下葬。树上就飞来两只鸟，一样的红嘴，尾巴却一个黑一个白，大家谁都认不得这是什么鸟，鸟就嘎嘎叫，扑棱着翅膀啄。李文成说：唐景是比杨钟大好多岁，但杨钟生前老欺负唐景，咱得把唐景的墓堆高点。大家便给唐景的墓上多添了几锨土。然后跪在苜蓿地边磕头，他们不是给杨钟和唐景磕头，因为杨钟和唐景是他们的晚辈或平辈，他们给土地磕头，感念土地之恩。只有蚯蚓的爹没有跪，他说：人吃地一生啊，地吃人一口。

杨钟一死，杨掌柜一下子老了许多，埋葬杨钟时，井宗秀、杜鲁成都没让他去坟场，人们拉着棺出了镇街，他就一直坐在铺前的痒痒树下，看着天上的云聚疙瘩，疙瘩越聚越多，像无数的碌碡，喃喃自语：碌碡被风吹上天了，碌碡咋在天上滚？坐了很久，眼睛就模糊了，站起来往家里走，一进院门，倒在院子里啊啊地哭，直到送葬的人回来，哭得全是咳嗽，双手乱擦，说不清一句话来。从此虽然还能端碗吃饭，去上厕所，却浑身无力，一动一身水，便得躺到炕上。

陆菊人脸面浮肿，两眼干涩，披麻戴孝着纳褥缝被，制作老衣，设灵堂，油炸着各种献祭，烧纸奠酒，帮着跛腿的儿子摔孝子盆，拄着柳棍提了纸扎去坟场看着埋葬了杨钟，她没哭。旁边的人都奇怪她怎么没哭，但她就是没哭。隔壁的柳嫂说：她哭成泥了，谁张罗后事呀？埋葬完毕了，在回家的路上，柳嫂还是陪着陆菊人，说：我知道你心里苦，一直憋着，这下杨钟入土为安了，你就好好哭一场。而回到家了，公公半死不活在炕上，剩剩跛着个腿，她两头伺候，到底还是没有哭。一连两天，给公公端吃端喝后，剩剩又去了巷里玩耍，她才坐在上房门槛上，长长地出气。猫没有缠她，没有抓着她的衣服爬到肩头来，也没有在食盆里吃那么几口就抬头对着她说话，一直静静地卧在门楼上的瓦槽里，蜷一团，眼睛盯着上房檐下的开窗。她想着杨钟，自责着自己多年里没能照顾好丈夫，是她支持着他去的县城，甚至他临走时要和她亲热而她还拒绝了。人走了，去县城时活蹦乱跳的人怎么回来就是一具尸体，从此再也见不上他了，再也不让她操心了，生气了，埋怨了，吵吵嚷嚷了。屋里东西乱七八糟地堆放，那是家里富裕啊，厨房里没有那呛人的腾腾烟雾了，就一定是冰锅冷灶。以前总是嫌弃他这样不好那样不好，他不回家了还觉得清净安宁，骂他不要再回来，可他真的再也不回来了，这屋里一下子就空了，全空了！她满脑子里现在都是他的好处：他是给她高声乱叫，但她只要有一句话能压住他，他软下来就不再吱声，过后竟然还说我当时应该这样那样说，我就说过你了。他爱撒谎，看他的眼睛就知道他在撒谎，她一戳穿，他就嘿嘿地笑，笑得是那样傻。他从不和她一块儿出门，即便出门他要走在前边，她走不动，脚再疼，他不管，可谁要说句她的不是，他就扑上去和谁打架。他猴屁股坐不住，干任何事情常变主意，可往往他的主意事后证明又是对的。那一年她的戒指掉进了厕所，他掏干了粪池伸手在里边摸。她仅仅说了一句口寡得想吃鱼了，大冬天的他悄悄去河里凿冰，结果人不小心掉下去。就连他半年赌博回来，又喝得醉醺醺的，把三个大洋往她面前一甩，说：娘的 ×，给你！那得意的神情让她觉得可气又可爱，当然不能给他笑脸，她骂他，不让他上炕，他老实地抱了被子睡到厨房的柴火堆去了。她就这么坐着，能坐到天黑，鸡都开始上架呀，才起身去做晚饭，站起来已经瘦了许多，衣服骤然宽大。她到院外的麦草垛上撕柴火，蹴在台阶上择菜、削土豆皮，把灶膛里的火生着了，恍惚中他就在院子里练轻功，又爬梯子在屋檐下掏鸟窝，赶紧拉动风箱，扑沓，扑沓，她知道屋顶上的烟囱里正冒着了黑的烟。

这个清晨，她起来早，公公和儿子还睡着，在杨钟的灵牌前烧过了纸，燃上了香，她又坐在了捶布石上发呆。柳嫂在扫院前的巷道，没有扫完，进来要陪她说话。柳嫂是好心好意，但她并不希望谁来安慰她，她就拢了拢头发，揉了揉眼，尽量活泛着脸上的皮肉，还给柳嫂拿了板凳让坐着。柳嫂不坐板凳，就站在那里，问：你公公还行吧？她说：还行，只是终日不说话。柳嫂说：白发人送黑发人呀，遇到谁都难过这道坎。你也要想得开。她说：他把我闪在半路上。柳嫂说：唉，他是走得太早了，人生的景儿还没看完就这么走了。她说：走了也好，谁都要走的，早走了人还都念叨他，活个八十九十的，倒成了喜丧。柳嫂说：这话别人可以说，你不能说，他可是家里的柱子啊。她说：他从来也不是柱子，他这一走，把疼痛带走了，把怨恨带走了，把担惊受怕带走了，也把那些瞎毛病都带走了。柳嫂愣了半天，说：镇上好多人嫌你没哭的，我多是为你辩着，你这么一说，我都不爱听了。她说：我给你说的都是实话，呼天抢地是一种哭，眼泪往肚里流就不是哭啦？柳嫂说：人一死灯灭了，哭不哭死人听不到，那是给活人看的啊！你家的事我也清楚，他杨钟有对不住你的地方，没有你对不住他的地方，可即便吵吵闹闹了这么多年，他毕竟是你男人。她说：他也没死。柳嫂说：他没死？你怕是这些天忙得脑子有病了，他没死，你叫一声他，他答应吗？你献一碗饭在他灵牌前，他能来吃吗？她抬了头嘘气，说：你看天。当时天上鱼肚白，东边的太阳快要出来了，而月亮还挂在西边。她说：月亮就是落了，它还是在天上嘛。柳嫂没有看天，看的是陆菊人的脸，疑惑着陆菊人真的是脑子有病了，但这时院门外有了脚步声，柳嫂说：唉！就拍了拍屁股上的土要离开。

陆菊人没有送柳嫂，倒听到院门外的柳嫂在和井宗秀说话了，柳嫂说：啊拿这么多纸?! 井宗秀说：杨钟走了四天了，得给他多烧些。柳嫂说：人一死就积下日子了，都四天了。井宗秀就进了院门，他果然胳膊下夹着一大捆黄表纸，身后还跟着冉双全。陆菊人忙迎客进屋，在安放着灵牌的柜前放下一个稻草垫子，说了声：杨钟，井团长他们再来给你烧纸啦！但井宗秀并没有烧纸，冉双全扑通跪下去，燃着了火，然后就不停地把纸添上去。火光通红，有些烤灼，冉双全直往后仰身子。井宗秀板着脸，说：七七之内亡人的灵魂还都在屋里，你给杨钟说！冉双全说：我磕个头。井宗秀说：你说!！冉双全就看着火焰，火焰像一堆蛇在那里动弹着，突然叭地响了一下，一条焰就扑到他脸上。冉双全哎哟捂了脸，脸没有受伤，两条眉毛却全燎没了，他就在说：杨钟杨钟，都怪我，都怪我，我对不起你这个兄弟啊！陆菊人不知咋回事，看着井宗秀，井宗秀把陆菊人叫在一边，低声把杨钟怎么托付他请莫郎中，他又怎么派冉双全去安口，而冉双全却如何误杀了莫郎中，说了一遍。陆菊人哦了一声，瓷着眼，没有言语。井宗秀也就跪下去烧纸。陆菊人站了许久，后来上前拉他们起来，说：好了，不烧了，已经烧得很多了，杨钟在那边钱多得花不完了。你们也都尽了心，这也该是剩剩的命吧，起来，都起来。冉双全却说：其实腿有些跛有啥哩，我就是跛子，啥事都不碍么。井宗秀说：你烧纸！他对着杨钟的灵牌说：杨钟，没了莫郎中，我会再打听别的高手，你放心，这事我会负责到底的！话一说完，火焰软下去，却忽地腾起股灰屑，如树叶一样直到屋梁上，再纷纷扬扬地落下来。

带来的一捆纸全烧完了，井宗秀和冉双全去卧间里看望杨掌柜，陆菊人悄声吩咐井宗秀：不要提莫郎中的事。她就去了厨房煮起荷包蛋。她煮了八颗，分别盛在四个碗里，先端了两碗到上房的卧间，一碗给公公，一碗给井宗秀。井宗秀说：杨伯，你一定要给咱扛住。给我吃什么荷包蛋？杨掌柜说：你要吃的，这已经给你煮上了你就得吃。他是个短命鬼，即便不去打县城，他也会以别的事丢命的。你要吃，你吃我也就吃。井宗秀说：好，好，我吃。就吃起来。杨掌柜说：给剩剩吃了？陆菊人说：剩剩还睡哩，但我给剩剩和他冉叔都盛好了。杨掌柜说：谢谢双全也来给杨钟烧纸。冉双全说：杨伯，你看需要不需要抓些药调理调理，我现在就去请陈先生？杨掌柜说：给我调理啥，让我躺上几天也就好了。井宗秀说：你要吃自已到厨房端去！冉双全就退出去。陆菊人看着冉双全跛着腿出去，眼泪却唰地流下来，赶忙背过身去擦，没想眼泪像断线的珠子，再也控制不住，立时地上都湿了一片。井宗秀没有劝，杨掌柜却说：你不要哭，他撒手都不管老的小的了，他是个没良心的货，咱不哭他！自己嘴又张起来，没有声，拿手在炕沿上拍。

井宗秀、冉双全要走了，陆菊人送到门外，井宗秀说：你在，隔三差五我会来看看的。陆菊人说：你别再操心。就又问：是不是这下就和阮天保结下死仇了？井宗秀说：走到这一步是回不了头了。陆菊人说：那多防备着人家来报复哩。井宗秀说：是在布置着。陆菊人说：那你忙，就别再来看你杨伯和剩剩了，如果这边有啥我办不了的事，我去找你。目送着他们出了巷子，陆菊人回来，杨掌柜却从卧间出来，颤颤巍巍站在上房门口，他是听见了井宗秀的话，在说：唉，只说有了预备团涡镇就安生了，却没想到死了这么多人！人死不起呀，再不敢死人了啊！

※　　※　　※

预备团紧锣密鼓地布防着。第二营负责把东、西、南三面城墙划段包干，分各处备放枪支、弹药、滚石、檑木，守卫和巡逻人员日夜轮流换班。第一营、第三营连同镇上一些精壮劳力加紧修复北门处破败的城墙和门洞门楼。北门洞年久失修，好多石条散落在城壕里，重新抬上来，但已破碎了许多，再去虎山上凿取已来不及，就从镇内收集碌碡、石磨来做基础。蚯蚓平日哪儿都钻，知道谁家门前的土场上有碌碡，谁家后院里有石磨，就领着人去抬。抬了十个碌碡、十三个石磨，还不够，又领人去马家豆腐坊要抬那七个磨豆子的拐磨，拐磨小，马家人说：抬这有什么用，还不如去河里抱一块石头，把它拿走了镇上人还吃豆腐不？蚯蚓说：保安队打进来了还吃豆腐？吃枪子去！马家人说：你碎屄知道个屁！护住拐磨不让抬。蚯蚓想起西门楼那儿有座碾子，带人赶了去，正有人家在那里碾辣椒，不由分说让收拾了辣椒，就把碾磙子推下来，连碾盘都抬走了。城门洞开始砌起来，但是用石条垒城墙的内外层，中间得夯土和填充石砟，按老办法，在夯土和填充的石砟中要灌石灰浆，必须到窑峪。窑峪出石灰石，那里一姓阎人家祖祖辈辈都开石灰窑，涡镇历来用石灰都是从那里买的。陈来祥便在镇里征集骡子要去拉灰。镇上总共也就十二头骡子，陈来祥一一去说好话，人家都同意把骡子让出来了，却叮咛给骡子把料一定吃好，有一户还给了一口袋黑豆。陈来祥很高兴，牵了骡子从西背街路过杨家院外，突然把那袋黑豆扔了进去。

陆菊人收拾了一篮子祭品，刚提了要出门，院子里咚地一响，见是个布袋，拾起见袋子里是黑豆，觉得奇怪，往院墙上看，院墙上没有人，打开院门，陈来祥牵了骡子刚走过墙拐角。陆菊人说：来祥来祥，是不是你扔进的黑豆？陈来祥嘿嘿笑，说：你煮锅吃，涨豆芽吃。陆菊人说：你拿黑豆来也不进屋坐坐？陈来祥说：不坐啦，拉回石灰了我再来给我兄弟上根香。陆菊人说：拉石灰呀？陈来祥说了原因，陆菊人就进院提了黑豆袋给陈来祥，说：骡子要出力呀，你亏克它?！陈来祥又把黑豆袋放在骡背上，问：你这是要到哪里去？陆菊人说：剩剩他爹头七，我去上个坟。陈来祥说：都头七啦？那我跟你一块儿去。陆菊人说：谁要你去，快拉你的石灰。陈来祥说：去窑峪也要经过虎山湾的。两人就到了北门口，那里已集中了十一头骡和六个人，大伙便一块儿出了镇子。

到了湾里的两岔路口，有鸟不知在什么地方叫着，一只鸟啊地一呼，接着另外的鸟喔地一应，声音像是朝崖壁上扔石头。陈来祥他们向右要去十八碌碡桥，陆菊人向左要去杨钟的坟上，陈来祥叮咛，上了坟不要再走动，县保安队说不定什么时候就会来的，等他们拉石灰回来了会叫她一起回镇的。陈来祥他们一走，陆菊人走过一片草地去了坟上，点烛插香，烧纸磕头，她叫了一声：杨钟！突然就哭出声来，这一哭，就收拾不住，号啕大哭。哭声中，成群的乌鸦和阳雀在空中飞，它们不知是从哪儿飞来的，黑乎乎一片好像要覆盖住坟墓，但终没有落下来，不高不低地在搅和着。蜡烛只燃烧了一半就开始流蜡油，无论怎么拨烛芯，还是流，就流成一摊，而那插着的成把子的香，又不停地起明焰，她抓了几次土撒在上边，但很快还起焰。陆菊人说：你就是急！活着你吃饭狼吞虎咽的，死了还这德性，那都是给你的，你急?！烛是灭了，香燃尽了，烧过的纸由红变黑再软塌塌成了灰堆，陆菊人哭过了，痴呆呆坐在那里，她给杨钟说话。说人死了要过七七四十九天，四十九天里亡灵不会走远，不是在坟上就是回家里，你就两头跑吧，反正你腿脚利索。说我是七天了夜里没梦到过你，我问过爹，爹说也没梦到你，你以前是三天两头不沾家，现在也不到我们梦里来。只是你儿子昨天突然哭，我问他咋啦，他说你来看他腿了，你从来不管剩剩的，你死了倒管他！说你儿子腿吧，事情你该也知道了，那就再打听高手，这井宗秀也承诺了的，他说话是算话的。说你这一把子兄弟待你真好，你坏毛病那么多，偏还能有几个好兄弟，井宗秀、陈来祥、李文成……陆菊人往燃过香的地上一看，她不说话了，那儿不知什么时候爬上了一只蜘蛛，这蜘蛛并不大，背上的人面纹却十分清晰，她猛地感到这蜘蛛就是杨钟的亡灵，它是显了形告诉着他听见了她说的话。真的是你？陆菊人笑了一下，笑得没有声响，也没有容态，是脸上的肌肉刚要动弹就停止了，但她是笑了，满足了，便闭上双眼，那么坐着软成一坨，再歪下去，稀松如泥地瘫在草窝里了。

陈来祥他们牵骡子去了窑峪，几家窑场都停工了，说是没有现成的石灰，而阎家石灰场说可以卖，但石灰价要比平日多出两成。陈来祥有些窝火：这是给涡镇预备团买的，知道预备团吗？他们说当然知道，一看来这么多骡子就知道是涡镇来的，正因为是预备团的这才加价的。陈来祥问这是啥意思？他们说也已经知道预备团和县保安队打了一仗，县保安队吃了亏要打涡镇呀，人马驻扎在龙马关，昨天就来人在峪里收治安费，他们窑场交了二十个大洋，气得掌柜都病倒了。保安队驻扎在龙马关了？陈来祥心里一惊，却没有声张，想着得赶快把石灰买回去，就忍了高价，又寻思加价了我偏不付钱，说：买四十八麻袋，账先赊下，我给你打个欠条。但窑场人说：账可以欠，得交定钱。陈来祥火了，说：预备团交什么定钱?! 把枪取下来拉枪栓，窑场人一看阵势，一哄而散。他们就自己动手往麻袋里装石灰，石灰扬起来呛得流眼泪打喷嚏，骂着这帮狗东西不给咱们装，咱就多装些。其中有个叫留根的兵到窑后的房子里去找别的麻袋，麻袋没找到，却见那房子东间有锅灶，案板上放着三个锅盔，锅里还烙着一个，就拿了锅盔，给陈来祥掰了一块自己先吃起来，说：跟着陈营长有福，肚子饥了就有了吃的！别的五人也都过来吃锅盔，留根说要吃就吃美，我摘几个辣椒去。到窑左边的菜地里摘了些青辣椒，然后从灶上端了盐碟，七个人便辣椒蘸盐，吃一口锅盔，咬一口辣椒。吃罢了，用木勺舀了瓮里水又喝了一通，才把四十八个麻袋捆在骡身上，吆着回镇。

到了峪口，赶骡子正爬那一段石磴路，右边山头上冒出几十个人来，陈来祥还问留根：那么多人干啥呢？留根说：开石灰石的吧。枪声就响起来，他们忙藏在石崖下，陈来祥说：是保安队的，窑场人去报的信？又觉得就是报信，龙马关离窑峪六七里路，也没这么快，是不是保安队就在附近村收治安费，闻讯赶来的？就向山头回击了几枪，让一人牵两头骡子顺着崖根往前跑。留根说：我跑不动么。陈来祥骂道：都是你看见了锅盔要吃，要不咱早出峪了。留根说：你吃得比我多。陈来祥踢了他一脚。留根去牵一头骡子，没想骡子却惊了，往石磴路中间跑，缰绳还缠在他手上，人也被拉扯到了路中间，山头上的子弹便打过来，把留根打死了。留根一死，陈来祥红了眼，举枪又还击，但崖根下往上打看不见目标，而射来的子弹又在崖壁上乱溅，大喊：打呀！打呀！他们也知只有陈来祥有枪。那五人全不再牵骡子了，猫腰顺崖根溜，溜到崖拐弯处，藏不了身，不敢了。陈来祥从崖根跳出来，喊：我一打你们就跑！打了一枪，躲到一块儿大石头后，山头上都往大石头上打，那五人便趁机跑过了崖拐弯。陈来祥开始瞅机会，从这一块儿石头后，跑向另一块儿石头后，连跑了三个大石头，山头上都朝他打，竟然没被打中，终于跑出了峪口，有些得意，说：你打呀，打呀，下雨天老子都能避开雨点子！那五人说：营长，你是福将！陈来祥这时却哭了，说：我福他娘的 ×，留根死了，十二头骡子也没了！

陆菊人躺在草窝里，多天来的悲痛和疲劳在释放着，就感觉到她从头到脚的每一个关关节节都分离了，再后就是一根根骨头排列有序地平摆在那里了。躺了不知多久，说是睡着了吧，好像还醒着，说是醒着的，又迷迷糊糊发现身边的草一直在长，而且她身上也开始长草，心里说：杨钟当年身上长过长毛，现在我倒长的是草吗？长吧，那就让长吧。这时候就听到了隐约的枪响，睁开眼看见虎山崖上红光一片，是太阳正从一疙瘩乌云中炸出来，原来她长的并不是草，是太阳射来的光芒。又有了枪声，她拨了一下身上的光芒，忽地坐起来，枪声是不是从镇上传来的？听了听，好像不是，是从黑河岸的什么地方。疑疑惑惑张望了许久，便见远处有了一个黑影，黑影越来越大，是位小媳妇，头发纷乱，满脸汗水，怀里抱了个冬瓜。陆菊人迎上去问：哪儿打枪了？小媳妇说：不得了啦，保安队在窑峪抢骡子！陆菊人说：窑峪有了保安队?！小媳妇说：快跑快跑，枪子不长眼哩。陆菊人说：要跑你抱个冬瓜能跑得快？小媳妇一看怀里的冬瓜，哇的一声就哭了：我抱着我孩儿咋就成了冬瓜啦？我是在冬瓜地里跌了一跤，把冬瓜当我孩儿了！疯了一般又往回跑。陆菊人也跟着她跑，跑过了那片荒草滩，又跑过一片蒲芦地，到了那片瓜地，果然一个布包在那里，孩子竟然睁着眼睛一声未吭。小媳妇把孩子紧紧抱着又笑又哭，不停地在脸上亲。两人折身往来路上跑，小媳妇在说：姨，我叫你姨！陆菊人说：我没恁老吧？小媳妇说：那叫你姐，姐，多亏了你救了我孩儿，我要是抱了个冬瓜回去，我不被孩儿他爹打死，我也是上吊啦。陆菊人说：你是哪里人？小媳妇说：婆家在白河岸的羊儿村，娘家在漆树峪。我抱了孩儿回娘家了几天，漆树峪就看见过保安队的人，我原本要住几天的，我不敢住了就回羊儿村，经过窑峪，仗就打起来了。陆菊人说：漆树峪也有保安队的人？小媳妇说：姐，这咋就有人打仗的，有多大仇呀，是谁把孩儿塞了井里啦还是挖了祖坟啦?！陆菊人嘴里噢噢着，突然就不跑了。小媳妇说：姐，快跑呀！陆菊人说：你跑吧，我是涡镇的，我从那个岔路回镇呀。她叮咛着小媳妇把孩子抱好，看着跑远了。

陈来祥他们狼狈不堪地逃出了窑峪，返回到虎山湾的两岔路口，陈来祥让另外五人去镇上给井团长报告，他却往杨家的坟场去，但坟场没见到陆菊人，说：她不候我们就回去了？等他再从坟场往镇上跑，井宗秀、杜鲁成已带了人出了北门口到了沙滩，准备迎击撵来的保安队。大家在那里埋伏了直到天麻黑下来，并没有发现保安队撵来，就收兵回镇。井宗秀把陈来祥叫到他的房间大骂一顿，当下就把枪收了，撤了他的营长职。

陈来祥没犟一句嘴，出了城隍院，他想着死了留根，留根是原来的土匪，没人知道是哪里人，死了不会有家属来找他索命，可十二头骡子却是他一家一户借来的，骡子没了，十二户人家肯定要向他索赔的，爹能出这钱吗，爹能出得起这钱吗？垂头丧气地回家去，经过杨家院外，杨掌柜却拄着拐杖在那里往巷口张望，见了他说：来祥你回来啦，剩剩他娘呢？陈来祥说：杨伯你能下炕了？她没回来，我以为她早回来了，她还没回来?！杨掌柜说：没有么，剩剩在炕上哭着要他娘哩。陈来祥拧身就往城隍院跑，又找着了井宗秀，报告了陆菊人上午出的镇，到现在人没回来，会不会有啥事？井宗秀也急了，说：这几天风声这紧，你让她出镇，一块儿去的窑场？陈来祥越发气喘，说：不是我让她出镇的，今天是杨钟头七，她去坟上呀，我们一块儿走的，她就到坟上去了，我和另外人去的窑峪，我给她说在坟上等我们，拉了石灰了去叫她一块儿回，我到坟上去叫她了，坟上没了人，我以为她早回来了，刚才见杨伯，杨伯说她还没回来。井宗秀嫌他啰嗦，说：还不赶快带人去接?！把收回的那支枪又给了陈来祥，陈来祥说：那我还是营长了？井宗秀说：人找不回来你也就不要回来！

陈来祥没有带别的人，还是拉石灰的那五个，他们觉得已经丢了脸面，这次一定把任务完成，如果坟上找不到，就到黑河岸各个峪去找，即便再去窑峪，或许还能抢回骡子。出了镇北门口，才走到那道沙石梁上，似乎就看到远处有了人影，忙分散趴下，那人影却也不见。一时沙滩上静静悄悄，只有水鸟在河边扑棱着翅膀响，陈来祥不耐烦了，拉着枪栓，问：谁？远处应了句：是来祥吗？声音是陆菊人的，同时人影就出现了，走近来果然是陆菊人。陈来祥天呀地呀地叫着，问你到哪儿去了，这才回来?! 陆菊人只说了一句：我去纸坊沟我娘家了一趟。

※　　※　　※

十二头骡子一被抢，镇上人害怕了，原以为预备团和保安队结了仇，保安队若来打涡镇，也只是报复预备团的，而十二头骡子明明不是预备团的却也被抢了，如果保安队哪一天打进来，那就不是预备团的事了。好多人家便又收拾东西，有洞窟的准备上洞窟，没洞窟的要到别的村寨投亲靠友。他们在上洞窟和投亲靠友前当然要索回骡子的损失费，在向杜鲁成提出后，杜鲁成没有同意，只是说骡子是保安队抢去的，这得和保安队再打一仗，打败了保安队就什么都有了。杜鲁成的答复使他们不满，直接去找陈来祥，陈来祥像贼一样躲着不见，于是也不在北门口抬石条垒门洞了，都到皮货店来，有拿皮子的，有搬家具的，更多的说：陈掌柜，我们知道你拿不出钱来赔，我们也不强取硬夺，但我们就靠骡子过活的，现在没骡子了，就只能在你店里。他们言辞柔和，脸上笑笑的，陈掌柜吃什么，他们吃什么，陈掌柜喝什么他们喝什么。陈掌柜就拉了张骡子皮裹在自己身上，说：我疯呀，我疯呀！

这些情况井宗秀都知道了，总不能让那些人纠缠陈家呀，就准备用预备团的钱去赔偿。但周一山反对，认为都是镇上人，保卫涡镇应该人人都有份的，损失一头骡子算什么，再说如果这次赔偿，那保安队打进来了，毁坏了谁家房谁家的树，伤了人死了人，都来让预备团赔偿吗？周一山说得有道理，杜鲁成就为难了，他原本也不主张赔偿，却又说了眼下镇子里的状况，确实大敌当前得让镇上人心回全了才是。井宗秀在城隍院里来回地走，周一山都吸了三锅子烟了他还在走。杜鲁成说：那我还有些积蓄，我来赔偿算了。周一山说：这是你赔偿的事吗？预备团成立以来死了七个人了你都给赔偿?! 杜鲁成就不理周一山了，对井宗秀说：你不走了行不行？你走得我心更缪乱啦！井宗秀是不走了，说：你去把那十二户人都给我找来！杜鲁成说：这涡镇上的人心咋这烂么！起身要去皮货店，井宗秀却说：算了，我自己去。

在皮货店里，陈来祥的娘蒸了一笼红薯，熬了一锅白菜豆腐，那些人每人一手拿两个红薯一手端了烩菜碗，正吃喝着，井宗秀去了。井宗秀见陈掌柜裹着骡皮躺在那里，说：你咋没吃？陈掌柜说：我变个骡子让人家牵了去！井宗秀笑着说：你只能变一个骡子呀，让他们轮换骑？就对那些人说：骡子是保安队抢去的，不是陈来祥杀了卖了，他是预备团的人，你们不寻预备团倒来找陈伯的事？他们说：找杜鲁成了，他不赔么。井宗秀说：预备团里谁大呀？他们说：那我们就找你，你咋办？井宗秀说：咱镇上就这么十多头高脚牲口，赔呀！他们说：好，井宗秀！井宗秀说：我是预备团长！他们说：井团长，你怎么个赔？井宗秀说：预备团没养骡子，也没那么多钱，可阮天保家的房被烧了门楼和前边的四间上房，没烧的还有前院两边各三间厢房，还有后院的四间上房、东西各三间的厢房，还有地么，白河岸二十亩水田，虎山湾十五亩旱地，还有两条船，咱就打乱了分啊。你们去找周一山，他会给你们分得停停当当的。他们就不吃红薯也不吃烩菜了，说：这是个办法，到底你是团长！

周一山把阮家的地分给了十二户人家，每户两亩，但阮家的船和房子没有分，声明这些充公。当夜就让人拆除了前院的两边厢房，把后院改为团部。而第二天又传出消息，在拆除前边的厢房时，发现了夹墙，里边存放了八百个大洋，就把八百个大洋兑换成零钱，要分给全镇各家各户。晌午，周一山就在老皂角树下分钱，各家各户都来了人，队排了十几丈长。有人拿到了钱，在手里翻来覆去地看，安记卤肉店掌柜说：钻到钱眼啦！那人说：这是分给我的?! 安掌柜说：捏捏你的脸，看是不是做梦哩。那人真的打了一下脸，笑着说：镇上咋只有一个阮天保啊?!

分完了钱，杜鲁成问周一山：这八百个大洋是在阮家夹墙里发现的？周一山说：你还相信阮家有夹墙？杜鲁成说：啊，莫非你分的还是预备团的钱?！周一山说：团长说过要拿这些钱赔骡子么。杜鲁成愣了一下，说：你行，团长让那十二户人家变成蚂蚱和咱拴在一条绳上，你倒是把全镇人都变成咱绳上的蚂蚱了！周一山说：这得跟团长学么，你看过兵书没？杜鲁成说：没看过。周一山说：知道曾国藩吗？杜鲁成说：不知道。周一山说：曾国藩打了败仗，手下人给朝廷写的报告里有屡战屡败，曾国藩改成屡败屡战，这一字之改就……杜鲁成都已经走了，说：不就是多了些鬼点子么，逞什么能?！

但是，镇上的人倒从此安宁了，他们全部主动到北门口抬石条、夯墙土，没有石灰浆，还出主意用大环锅熬小米汤，把汤灌进石缝里和夯土中，夯土铁板一块，石缝也结实得如焊了一样。倒塌的一段城墙已经垒起了半人高，北门口也新修了门洞，城门不是安在与城壕同一水平线上，而是高出一丈有余，出城门向北有三丈远的坡道，城道尽头有一个急转弯向东延伸到城壕，易于防守。当年的门洞里是道木门，现在变成了铁包皮，还是两道，每个门扇上各凿了一个射击孔。

这一日，刚把第二道铁包皮门安装好，天就黑了，施工的人要去吃饭，留下预备团三个人值班放哨，便有两个人背着麻袋到了城门外。哨兵问：干什么的？一个矮胖子回说：我要见井团长！哨兵说：瞧你这要饭的模样，还要见井团长！那人说：我认识杨钟。哨兵说：杨钟成鬼了，你也是鬼?！那人说：和你说不清，你把你们团长叫来！哨兵说：你耍了个大，团长正喝酒哩，没空！那人说：他喝酒？他不想活了就让他喝酒吧。哨兵就躁了，说：你咒井团长?！叭地朝空放了一枪。

井宗秀是在城隍院灶上吃饭，听见枪响，放下碗就和一伙人往北门口跑，认得城壕沿上站着的是纸坊沟的陆林。陆林是陆菊人的弟弟，当年他埋葬爹时，陆林帮忙起土堆过坟丘。井宗秀说：你是陆林？陆林说：我不是陆林难道是陆木？井宗秀说：你咋胖得越发没个样子了！开了门让陆林和同伴进来，两人咚地把背着的麻袋扔在地上，麻袋还活着，咕涌着动。井宗秀说：给我送的啥东西？陆林说：你让你的人都走开，我给你说。井宗秀挥手让哨兵避了，陆林还对哨兵说：我是要得大吧?!然后在井宗秀耳边叽咕了一阵，井宗秀脸色一下子变了。

井宗秀这才知道陆菊人那天从杨钟坟上去了纸坊沟，给陆林交代着把井宗秀爹的坟丘先平了，免得保安队的人来挖。陆林也就在后半夜把坟丘扒平了。今日后晌，陆林要去山上砍柴，正在家门口磨砍刀，抬头看见有两个陌生人在山坡上转悠，心里就有些警惕。不一会儿那两人到了他家门口，打问涡镇井宗秀团长他爹的坟在哪儿，陆林说：你们是哪儿的？那两人说：我们是涡镇的，想给团长爹坟上烧个香。陆林说：是涡镇的呀，我打问个人，陆林在中街开了个豆腐坊，不知生意咋样了？那两人说：生意好，生意好。陆林就明白这是来挖坟扬尸的，却笑着说：哦，哦。那两人说：井团长能当团长，原来他爹埋在这么好风水的沟里！你领我们去。陆林说：人家不让外人知道么。那两人说：给你一个大洋。陆林说：领个路就给一个大洋？我换上鞋领你们去。他进了屋，突然说：进来一个人，帮我扶一下梯子。一个人就进去，屋里黑乎乎的，陆林拿块砖照头拍了一下，那人就倒了。外边的一个说：啥响哩？陆林说：墙头挂的笼子掉下来了。外边的一个也进了门，陆林又是拿砖头照头拍了一下。两个人都倒在地上昏迷不醒，陆林就拿绳子捆了，嘴里塞了棉花套子，移到了柴草屋，便去找村里的王存。王存是个光棍，家里穷得要啥没啥，陆林说：你想不想挣钱？王存说：多少钱？陆林说：一个大洋。王存说：是抢人呀？陆林就说了他抢了两个人，连夜能送到涡镇就给一个大洋。两人等到天黑，用麻袋装了，一人掮了一个来到镇上的。

井宗秀当下解开了麻袋，那两个人还都能出气，取了口中棉花套子，问是哪儿的，说是县保安队的，问在纸坊沟打问井宗秀爹的坟干什么，说是阮天保让来挖的，坟一挖井宗秀就该死了，即便不死也当不久预备团长了。井宗秀说：我就是井宗秀。那两个人爹呀爷呀叫着饶命，说如果放了他们，他们就返回县城杀了阮天保。井宗秀说：阮天保不是要来打涡镇吗？你俩就在这儿抵挡他吧。把棉花套子又塞到嘴里，扎了麻袋口，问哨兵：东北角那儿晚上开工了吧？哨兵说：晚饭吃过了，应该开工了。井宗秀让陆林两人又掮了麻袋跟着他去了城墙东北角，那里果然打着火把施工，巩百林指挥着把那段墙两边的石头砌起了，正往中间填土。井宗秀给巩百林说了句什么，巩百林却从怀里掏出一壶酒，说：你喝喝，我也喝，这一死就是雄鬼，别让它上咱身。井宗秀喝了一口，便自己亲手把一个麻袋丢进去，提第二个麻袋时，麻袋太重，陆林帮着一个抓一头抬起来往进丢，竟脚下一滑，自己也掉进去。爬出来见巩百林还喝酒，夺过来自己也喝了几口，还把酒往身上洒。麻袋丢在了墙体的中间，位置并没有摆顺，但土已经填起来，麻袋在动，发出呜呜声，巩百林说：这是好麻袋么，是不是拿出来？井宗秀说：让带走吧。更多的土填上去，呜呜声越来越小，土就把麻袋全埋了。石础和木锤从两边往中间夯，一点一点地夯，密密实实地夯，待到浇灌了小米熬出的汤，再填上一层土，陆林说：是不是还有呜呜声？巩百林说：早就没有了。陆林说：我这耳朵有毛病了。井宗秀一直没吭声，眼看着填了三层土，夯实了三遍，也浇灌了三次小米汤后，两边的石头再往上砌，他招待陆林和王存去城隍院吃饭了。

吃罢饭，井宗秀给了每人三个大洋，送着出城回去。过了一会儿，陆林却独自又返回来，说他不想回纸坊沟了，留下来当兵行不行？井宗秀当然欢迎，问那个王存呢，陆林说：他不当。不当就不当吧，我把你给的钱要回来了。说着把三个大洋丢在桌子上。

井宗秀让周一山给陆林登记造册，更换衣服，安排了住宿后，他就出了院门。院门口是挂着一只红纱铁丝灯笼，飞蛾纷乱在那里聚了一团。他说不来是要感激陆林呢，还是痛恨着阮天保，只是冷笑着，便觉得肚子胀胀的，往街上走去。蚯蚓自然要不远不近地跟随着。井宗秀并不理会蚯蚓，一边走一边仰头看天，月高云淡，繁星点点，无数的蝙蝠飞过，虽然悄然无声，但他却想到那空中肯定就有了痕迹的，如木轮车经过窄巷时车把东西边土墙上蹭出的痕迹一样。他说：鸡叫了头遍吗？蚯蚓立即跑近来，说：还没哩。他说：麻家铺子晚上还开门不？蚯蚓说：开门。他说：去买一封糯米甜糕和一包麻糖吧。蚯蚓说：你不是才吃了饭吗？他说：买了就在三岔巷口等我。

蚯蚓买下甜糕和麻糖去了三岔巷口，井宗秀已经在那里了。井宗秀没有自己吃，也没有给蚯蚓吃，从怀里掏出了那条褐布，搭在脖子上。蚯蚓说：这是要给谁送礼吗？井宗秀说：你就坐到那儿去！那儿是郭家屋院，院门关着，门檐下也吊着一对灯笼，光线暗淡，门两边分别放着石狮，石狮身上雕着石人，一个双手掩着口，一个双手捂着耳。蚯蚓坐在那里了，低声说：让我坐在这儿？这是天聋地哑么，让我不该说的不要说，不该听的不要听?!

井宗秀直脚到了杨家屋院外，桂树枝叶茂盛，瘫瘫地长在那里，门楼的瓦槽里有蓝光，那是猫还卧在那里，一片繁密的蛐蛐叫，他在月下敲起门声音很轻，但已经很响。陆菊人照料着公公和儿子吃过饭都去睡了，她自己在灯下纳鞋底，听见门响，以为是隔壁柳嫂，起身去开了门却是井宗秀，她怔了一下，随即高声说：哎呀你来啦！井宗秀也是大声说：白天就要过来看看杨伯和剩剩的，实在忙得抽不开身，晚上刚砌了一段城墙就过来一下，杨伯还没睡吧？杨掌柜在上房的卧间就说：宗秀又来看我啦！没睡，没睡！井宗秀便去了上房卧间，陆菊人也先在上房点了灯端进去，杨掌柜要下炕，井宗秀拦住了，自己就坐在炕沿上，把甜糕递过去。杨掌柜说：来了总带礼，花的这钱干啥！却打开了纸包，掰了半块放在嘴里嚅嚅着，说：把剩剩叫起来。陆菊人就站在上房门口喊：剩剩剩剩！剩剩没有回应。杨掌柜说：夜里你们还修城墙？井宗秀说：得加紧修呀！杨伯，我还要请教你呢，补修城墙是不是也该有个祭奠？杨掌柜说：当然要祭奠，让天知道着，天就会看着，有个照应么。以前造桥建庙，即便盖个大房是都祭奠的。井宗秀说：如果不祭奠是不是就会死人的？杨掌柜说：是呀，死了人那就是用人祭奠啦，所以要祭奠哩。井宗秀说：那好，我们也祭奠了。杨掌柜说：祭奠的是鸡还是猪头？如果是猪头，在猪鼻孔里插两根葱。井宗秀说：还插两根葱？觉得有些热，把围巾松了松。陆菊人在一旁看见了，说：我给你倒杯水去。井宗秀说：我不渴。杨掌柜说：猪鼻孔插葱可以充大象的。井宗秀哦哦着，又说：杨伯这几天身体还好？杨掌柜说：我咋样都行，只是操心剩剩那腿，哎，剩剩咋还没起来？陆菊人说：我喊过了，肯定也起来了。井宗秀就拿了麻糖，说：那我去看看剩剩。从上房出来，陆菊人低声说：天不冷，你还挂个围巾？井宗秀说：我这是特意来谢你的，你那天去纸坊沟没给我说，回来了也没给我说，你原来是办了件大事！陆菊人说：你咋知道的？井宗秀说：他们真的去了两个人。陆菊人说：动坟了？井宗秀说：才在打听坟的地址哩，就被陆林他们捉住送了来。陆菊人说：这就好，这就好。突然又问：是不是把那两人祭奠了城墙？井宗秀说：刚才我没给杨伯说，是把那两个狗东西压到城墙里了。陆菊人惊道：压到城墙里了?！陆菊人瓷在了那里。井宗秀进了厦屋，剩剩已经坐在炕上了，看见了井宗秀还迷瞪着，井宗秀把麻糖一晃动，他就忽地溜下炕，井宗秀笑着说：见我不动弹，一见麻糖就灵醒了?！杨掌柜跟跟跄跄从上房门出来，陆菊人还在那里瓷着。

※　　※　　※

修补起来的城墙还未垒垛口，县保安队就到了北门外沙滩上。警锣敲起，预备团冲出了北门，井宗秀想在保安队立脚未稳之时打他个措手不及，果然一阵交火，保安队就往后退。保安队一后退，预备团就往前攻，以为这样就可以攻到虎山湾后，但保安队退到那道沙石梁上射击，而预备团只能散开了趴在沙滩上，没遮没掩，就有两个人被打倒。前边一有人被打倒，后边就有人往回跑，一时乱了，预备团又撤回北门洞。这边一撤，那边又打过来。夜线子埋怨巩百林的第一营没有抓紧时间先占住沙石梁，巩百林又责怪夜线子的第二营为什么不及时跟上，而且有了后跑的。井宗秀训斥道：一次没打好第二次再打，吵什么吵?！夜线子就挥了枪喊：第二营的跟我冲，谁再拉稀扯淡给我丢人，我就崩了谁！井宗秀就让第一营赶快上城墙，居高临下射击，掩护第二营，第三营也紧接着冲出去，杜鲁成跑在最前头。很快，保安队又后退，丢下三具尸体。夜线子把三具尸体垒起来做了掩体，四个人趴在尸体后一齐放枪，保安队再次退回沙石梁。而沙石梁上突然冒出几十个衣衫破烂的人，大声喊：我们是要饭的，我们是要饭的！正射击的夜线子他们一迟疑，枪不响了，沙石梁就一下子扔来十多颗手榴弹，顿时炸得沙滩上沙土腾起，预备团倒下了两个人，更多的人不是受伤就是眼睛里钻了土末子，涩得睁不开，便又撤到北门里。夜线子在骂要不是有那些要饭的，他带人就打过沙石梁了，如果打过沙石梁，到虎山根也就三四里开阔地，肯定把保安队打跑了。井宗秀一直就在城楼上，场面他看得清清楚楚，纳闷的是那些要饭的哪儿来的，是保安队伪装的故意迷惑的，还真是要饭的被保安队沿途抓来的？杜鲁成说：是真要饭的，那面黄肌瘦的样子只拿得了打狗棍。周一山说：即便是真的，那也得一块儿打。阮天保只想着让他们在前边挡枪子，可他没想到他们容易乱，只要一乱往后跑，也会影响了保安队的人往后跑。井宗秀就决定再出去，全部出去，他和第二营走路中间，杜鲁成和第一营走路东边，周一山和第三营走路西边，集中火力，夺取沙石梁。城门一开，三个营一起往出跑，远处的保安队和那些要饭的也从沙石梁跑过来，能听见阮天保在喊：涡镇里粮多钱多女人多，杀进镇了，谁抢下是谁的！这边陈来祥、巩百林、马岱就大声叫骂：阮天保，我 × 你娘，× 你娘了！双方都往前冲。

老魏头和蚯蚓在城门楼上使劲儿地敲警锣，敲着敲着，蚯蚓就不敲了，从城楼上往下跑，老魏头一把扯住，说：你到哪儿去？蚯蚓说：我也要出去！老魏头说：你去送死呀？敲你的锣，也是给他们助威哩！两人再次敲警锣，就见沙滩上尘土腾起，两片黑乎乎的人群相对着跑，谁也想以速度和阵势吓唬住谁，但谁也吓唬不住谁，先还是你放枪他也放枪，你倒了几个，他也倒了几个，后来就各自趴在地上对射。黑河白河两边的蒲蒿和芦苇丛里鸟都在惊慌齐飞，它们不辨了方向，黑河里的雁和白鹤往白河飞，白河里的鹭鸶和老鹳往黑河飞，竟然就乱在两群打仗人的上空。在羽毛纷落中，两群人好像又都从地上站了起来，虽然中间还隔了那么远，似乎有一条无形的大锯在扯，那边的把这边的扯过去了，这边的又把那边的扯过来了。就这么扯了六七个来回，一群天鹅在白河的浅水滩上也要起飞，但它们起飞需要跑动十几丈远，飞过人群时还飞得不高，那边的不知怎么突然乱了开始往后跑，这边的立即就往前追。蚯蚓高兴地说：这是天鹅在帮咱哩！手舞足蹈倒忘了敲锣。老魏头说：快敲锣！锣都敲出了破烂声，这边追撵的人群几乎就要跑上沙石梁了，那边的人群刚到沙石梁下，沙石梁后又冒出一队人来，枪声越发激烈，这边的人再次退过来。蚯蚓说：咋还有保安队？老魏头说：保安队两拨轮换着？这狗 × 的阮天保！这边一后退，那边的全压过来，这边的就招架不住了，杜鲁成和夜线子还在最后边打边退，而前面就有人背着一个人急速地跑来。老魏头看见背人的是苟发明，背着的竟然是井宗秀，叫道：坏了，坏了！苟发明背着井宗秀进了门洞，很快，预备团也全部回来，杜鲁成就指挥：关门，关门，都到城墙上去！蚯蚓跑去看井宗秀，井宗秀两条裤腿上都是血，就哭着说：团长团长你咋啦？苟发明说：快去把陈先生叫来！蚯蚓就哭着跑走了。

预备团全部上了城墙，保安队就到了城下，有的刚跳下城壕，城墙上一阵乱打，便趴在壕底不动了。没跳城壕的就不敢再跳，在壕外往城墙上打。打了两个时辰，保安队进不了镇，甚至连城壕也过不来，就不打了，退到了沙滩。

北门外仗一开打，镇上的人都上了东、西、南三面城墙上，待北门外的枪声停了，各自派人从城墙上跑到北门楼来问情况，周一山就让北城楼上的人眼睛不要眨，观察着保安队的动静，让各城墙来的人都回自己岗位，天稍一黑就点燃火堆，再是让冉双全赶紧安排人做饭，饭做好了就送到城墙上吃，准备着晚上恶战。

井宗秀被背回城隍院，陈先生赶来治伤，原来是一颗子弹打穿了腿根，陈先生说：咋能打到这个地方?！井宗秀说：是不是伤了骨头？就站起来，骨头是没断，血却流得更多。陈先生忙让躺下，井宗秀又问：东西还在没？陈先生说：你摸么。井宗秀一摸，还在啊，就笑起来，说：啥枪法呀，连 × 都打不住么！陈先生涂了治刀伤的膏药，又让蚯蚓去伙房拿一个南瓜来，蚯蚓刚出门，杜鲁成、周一山来了。一见他们进来，井宗秀拉了拉裤子，生气地说：跑来干啥，不守镇啦?!杜鲁成汇报了在城墙上又和保安队打了一次，保安队现在是退了他俩才过来的，说：啥都安排好的，你没事吧？陈先生说没大碍，但要看伤口，井宗秀不让看，说：在腿根。杜鲁成说：腿根就腿根，咋不让看？井宗秀拉下裤子，说：差点就把东西丢了。杜鲁成一看就笑起来，说：多亏东西小。井宗秀骂道：这是毛里藏，你懂不懂？蚯蚓拿了南瓜进来，说：啥是毛里藏？周一山踢他一脚，说：你滚蛋！蚯蚓便站到门口去，听周一山说：这一枪打得怪，不论子弹是从前边来后边来的，那都会穿过屁股的，却怎么从腿根进去又出来就只隔三指距离，是不是你刚一撅屁股，一颗子弹斜着从上而下打的？井宗秀说：我也不知道弯腰撅屁股了没有。陈先生打开南瓜，掏出瓜瓤，一边说南瓜瓤治枪伤最好，一边敷上了，包扎起来。井宗秀说：一没伤骨二没伤屌的，一个小窟窿你包扎这么大疙瘩，让我咋走呀！陈先生说：就不让你走，得静静躺个七天。井宗秀说：好好，过后我谢你，你先走吧，别给人说我的伤。陈先生一走，井宗秀却让杜鲁成、周一山和蚯蚓用门扇把他抬到城楼去，说：我是团长，我得躺在那里。

但这一夜，保安队并没有攻镇。保安队也是要吃饭的，也是要睡觉的，或许他们就在沙石梁后搭了帐篷吃饭休息吧，但天黑得什么也看不见。到了第二天麻麻亮，往远处一望，沙石梁后不但没帐篷，连狗大个人影都没有，大家这才认为保安队早已撤了。心一松下来，瞌睡就从眼皮子上爬，有许多人趁势倒在地上，说：让咱白熬了一夜……话没说完鼾声就起来了。一伙妇女抬着筐子和木桶朝北门口来，夜线子问：是啥早饭？背了一竹篓碗和筷子的花生应道：蒸馍和粥，还有酱笋。夜线子说：谁说要吃肉喝酒呀?!花生一时倒不知说什么好。牙所康艾山的媳妇说：好好打仗，我给咱养猪酿酒的！夜线子就笑着打自己嘴，说：啥嘴么，还想吃肉喝酒？就跑下城楼，每人先抓了三个蒸馍，而仍有三个人在城楼上沉睡不醒。

陆菊人是给东城墙防卫的人群做饭送饭，饭送去后才得知井宗秀受了伤。她没作声下了城墙，一到巷里就着急往北门口跑，嘴里不停地念叨：没事的，他会没事的。但心里还是慌，就默想：如果从巷子到北门口，能碰着个穿白褂子的人了，井宗秀的伤就很重，如果能碰着个穿绿衣裳的了，井宗秀的伤就无大碍。然后就注意着能碰着个什么人，既希望很快能碰到，又害怕碰着的人真穿着白衫子，就心惊肉跳。这么走了一段，是碰到一些人，但都穿着黑衣，偶尔有一个人穿了件灰白色的，她心里说：这不算，这是灰的，不是白的！就又想：天还不冷，镇上人穿白褂子的多，能有几个穿绿的？那就穿了绿衣裳、红衣裳、青衣裳的都算是井宗秀伤无碍吧。这么跑过一家院门口，看着巷子口那边好像有个穿了青衣裳的，心里一喜，那人却并没有进巷来，是闪过巷口又过去了。正遗憾着，听见院子里喊：王路安！王路安！以为王路安在院子里，进了院才要问知道不知道井宗秀的伤情，却见一个老婆子把一个小布人挂在桃树上，一边说着王路安一边拿针往小布人上扎。陆菊人就生气了，说：你这阿婆，王路安在北门外正和保安队打仗哩，你倒在这儿诅咒他?！老婆子说：我就诅咒他！他爹在的时候盖房多占了我家一砖宽地界，他爹造孽死了，他又把厕所修在我家房后，让我家后窗长年不能开。我知道打仗了，让枪子打死他，王路安！陆菊人恨了一声，这才发现老婆子穿的是白褂子，一把拽下小布人扔到屋顶去，就从院子跑出来，说：她怎么就穿了白褂子，一把老骨头了不穿青褂子穿白褂子？褂子又那么宽，是裹被单还是门帘?！生了气，又出了一口气，说：穿白褂子就穿白褂子吧，刚才巷口闪过有人穿青褂子，这就抵消了。如果路上再有穿绿的红的青的，井宗秀就是没大碍！出了巷子，中街上人不多，没有谁穿着绿的红的青的衣裳，陆菊人心里就紧着，一言不发，往北门口走去。还没到130庙的牌楼下，一队预备团的兵，黑衣黑裤黑裹腿，狼撵一般地往城墙上跑，陆菊人站住看了一会儿，猛地见陆林身上穿了件绿衣服也跑了过来，她浑身一怔，脸上就活泛了，定睛看时，陆林并没有穿绿衣裳，而是他抱着一个绿色的木箱子，那箱子很大、很沉，抱在怀里，就觉得上半身都是绿的。陆菊人赶紧叫：陆林！陆林！陆林停下来，说：姐。陆菊人说：只要是有绿色的就好。陆林说：姐你说啥？陆菊人说：听说你参加预备团了，你也不来看看姐！你抱的是啥箱子？陆林说：来不及么，姐，这是子弹箱，保安队又来了。陆菊人说：不是都撤了吗？陆林说：夜里可能在黑河岸的哪个村子住着。陆菊人说：你们团长呢，他受伤了？陆林说：用门扇抬着在城楼上。陆菊人说：啊不要紧吧？陆林说：应该不要紧吧，你上去看看。陆菊人看了一下城门楼，城门楼上警锣在敲，哨子也在响，人跑来跑去的，说：正紧火了，我去了反倒碍事。还能到城楼上去，那可能真不要紧，不要紧了就好，我就不去了。看着陆林抱着箱子跑去，她又喊了一声：你小心着啊！陆林没回头，应道：嗯。她再喊：仗完了来家啊！陆林已经跑远了。

陆菊人心松下来，还要回东城墙去。进了东背街，有好多人在各家各户门前搬石头，那些石头要么是放在那里供人吃饭聊天时坐的，要么是在修院墙、猪圈时剩下的堆在那儿的，全被搬到城墙上去。陆菊人路过自家院门口，院门开着，公公拄了拐杖在院里张望，她说：爹你起来啦？杨掌柜说：刚才有人来搬石头，我让把捶布石和鸡食石槽都搬走了。陆菊人说：剩剩还没醒来吧？杨掌柜说：还睡着。陆菊人说：锅里有煮好的荷包蛋，剩剩醒来了，你和剩剩吃，要是凉了，添把火热热。说完就要走，杨掌柜却给了个麻袋，麻袋里装着灶灰，说：把这个带上，他们要爬墙了，就拿灰眯眼睛。这时候，北门口方向枪就又响成了一片。

保安队确实夜里是住在黑河岸的王家村，早上起来再来攻镇，还牵了一群骡子和牛，骡子和牛拉着平板车，车上放了梯子和草袋。他们在沙滩上把沙装进草袋，草袋垒起，人躲在后边向城门楼射击，火力极其猛烈。城楼上的人没想到保安队会用沙袋做掩体，一时没了办法。井宗秀在门扇上支起身子，下令城楼两边城墙上的人都到城门楼，对着一个垒起的沙袋包集中打，打掉一个，再集中打另一个，先后打掉了三个，别的沙袋包就不敢再往前推进。阮天保又把那些骡子牛每四头用绳子拴在一起，人分成几股在骡子牛后边打枪的打枪，掮梯子的掮梯子。骡子牛受惊竟跑过来，城墙上有人就喊：那头是我家的黑骡！好几个人也都认出了那些骡子就是被抢走的自家骡子，就不忍心打，而保安队刹那间就到了城壕，竟有一把梯子很快搭在了城墙上，而别的骡子牛后边的保安一齐往城楼上放枪，企图掩护爬梯子的人。巩百林说：咱咋老吃骡子的亏！照着骡子、牛连扔了三颗手榴弹。陈来祥端枪就往搭了梯子的那处城墙上跑，一个保安已经从梯子上露了头，陈来祥来不及放枪，抡了枪托就砸那保安的头，砸开了，脑浆溅了他一脸，眼睛也糊得看不清，还在砸。但下边还有人往上爬，王路安就喊：砸下边的！自己就拿枪打，梯子上的人掉下去了，而同时一股子弹上来，王路安仰身倒在了城墙上。梯子上又开始往上爬人，吴银连开了两枪，梯子上只掉下一个人，还有两个人快要爬上来了，吴银忙跑过去，保安的手已抓住城墙沿，吴银也拿了枪托去砸，却被保安抓住了枪托，周一山在远处喊：蹬梯子！蹬梯子！吴银用脚蹬，没蹬动，也不要枪了，双手抓住梯子头往前猛推，梯子向后倒了，把他也带了下去。城楼上一阵手榴弹，那些骡子牛全窝在那里，死的死，没死的也有前腿没了后腿，保安队就往后撤。夜线子趁机带了一队人从城门洞扑出来撵着打，保安队就跑过了沙石梁。夜线子二反身回来，在城壕里要找吴银，城壕里死着三个保安、三头骡子和一头牛，却没见吴银。喊着：吴银你没尸体啦？拾起了一只脚，脚上穿的不是黑鞋，又拾起了一只手，好像是吴银的，说：哥要给你埋个坟的！把那只手揣在怀里，就让人把死骡死牛拉回去吃肉。就在抬一头骡子时，骡子下却压着吴银和一个保安，两人都只是皮肉伤，但昏迷不醒。夜线子朝着保安打了一枪，吴银倒被震醒了，说了句：我是不是还活着？头一歪又昏过去了。

※　　※　　※

这个早晨，预备团死了三个人，王路安脊背上中了一弹，命是保住了，人却从此瘫了。吴银再次醒来后，吃了一碗粥，没事了，他就成了英雄。拉回来的死骡死牛全部分割掉，连续几天，预备团和防守东、西、南城墙的民众都有肉吃。牛皮给了王路安家，也奖励吴银一瓷罐煮熟的骡肉块。这瓷罐就放在吴银的铺位头，晚上轮班回来，大家肚子饥了，吴银却嘴在嚼着，蚯蚓总是说：你吃啥哩？吴银说：吃药哩！

保安队却还是没有撤回县城，就住在王家村，每日过来攻打一次涡镇，虽然都败了，似乎并不在乎败，就是不让你安生。预备团当然不敢离开北城门楼，轮换防守，东、西、南三面城墙上的人继续巡逻。如此过了五天，预备团又死了两人，更多的人疲劳不堪。死了的两个人原本要埋到虎山湾去，但虎山湾一时去不了，就埋在130庙后院，宽展师父没有埋怨，倒吹尺八为亡者超度。埋了人，杜鲁成看见旁边一小块地里种着辣椒，就摘了一大筐，想着给预备团每人口袋里装几个，太困了可以咬一口提提神。从庙里回城门楼，半路上碰着迎面来的冉双全，冉双全竟然是闭着眼睛，拍了一掌，说：你这货走路还能睡呀？冉双全睁了眼，说：路熟，瞌睡了能走。杜鲁成说：夜里做贼去啦?！冉双全说：前半夜不是警戒着吗？杜鲁成说：谁没警戒，你只是前半夜就乏成这样啦？冉双全打自己脸。杜鲁成说：清醒啦？冉双全说：清醒啦！杜鲁成说：别的城墙上情况咋样？冉双全说：早上我去检查了，还行，我现在再去看看。一瘸一跛地跑走了。

冉双全的任务是负责检查东、西、南三面城墙上民众的防守，他先去了东城墙，后到西城墙，东、西城墙上到处堆着石头和木头，饭也是用木桶提来都在城墙上吃，而到了南城墙，那里只有两个人守着，问人呢？回答是大伙不是家里有老就是有小，吃饭就都回家了，如果有情况，一拍钹镲，立马便来了。冉双全让现在就拍钹镲，那人说现在没敌情拍钹镲人来后知道是谎报，那以后敌人真来了，再拍钹镲他们就不相信了。冉双全又让喊人，把人都喊到城墙上来，那人破了嗓子喊。有人就跑来了，而冉双全却下了城墙，往四道巷去。四道巷里过来了三个人，前边的人见了冉双全，说：

没拍钹镲么，才吃了一半咋就叫喊了？说着打了个哈欠。前边的人一打哈欠，后边的两人也连着打哈欠，冉双全说：这哈欠还传染哩！自己也打了个哈欠。后边的人说：乏得很，这保安队咋就不快些来啊！冉双全说：你说啥，你盼保安队打进来?！那人说：不是不是，我是怕这样下去把咱整死了。冉双全踢了他一脚，自己身子不稳，靠在墙上说：蹽开蹄子，快去！等他们一走过巷子转弯后，他吱溜钻进一家院子里。

这是白老汉的院子，老汉以前在县城做过龚记客栈的账房，有一个出嫁的女儿，女婿在外做小买卖时被人抢劫打死，老伴也随后过世，他就和女儿回到镇上。冉双全虽在预备团，一有空就在镇上胡拉扯，认得的人多，胡吃乱拿，也便认识了那女儿，三来两往的倒相好起来。白老汉见冉双全是预备团的一个排长，又常拿些吃喝，就睁一只眼闭一只眼。冉双全进了院子，见女人在厨房洗锅，蹑手蹑脚过去，女人已瞅见偏装着没理会，待两只手从身后过来抓住了双奶，说：城墙上紧天火炮地喊人哩，我得走呀。冉双全说：那是我让喊的，你不去。女人说：爹在上房哩。却听见上房门吱的一声在关了，冉双全一只手就到交裆来。女人说：不摸了，我来那个了。冉双全手不动了，说：把嘴给我。女人拧过头两人刚亲了一下，院门口有人喊：白叔白叔！女人应道：我爹冒风了，头晕得在炕上睡着。门外喊：那你快到城墙上去！冉双全离开厨房，出了院子，女人听到他在喊：都往城墙上去！守不住镇了，保安队进来就见谁杀谁，血流成河呀！

保安队到底没有攻进镇来，也没有完全撤走，扼守了白河渡口和黑河的十八碌碡桥，而且又在两岸各村寨纳粮收税，看样子是要长久围困呀。镇街以前是三六九日逢集市，那是何等的热闹，也正是吃的用的长期依赖了集市，差不多的人家并不存有更多的米面和蔬菜，现在外边的不能进来，里边的不能出去，无卖无买，许多店铺都关门歇业，谁家的日子也都在精打细算了。每日送到城墙城楼的饭先还炒菜里有肉片，再就蒸馍、米饭和土豆片，后来几乎连蒸馍也没有了，只是粥，仅保障中午一顿在小米粥里煮些面条，吃米儿面。杜鲁成说：这口里老寡着浑身没劲儿啊！就动员七八家卤肉店都把肉拿出来，而三天后又不见腥了。寻到赵屠户，赵屠户说收购不来猪羊么，杜鲁成说：你肯定有办法，给你十个大洋，你得每天来烤肉，每个兵哪怕只吃一串的。赵屠户也是来烤肉串了，头一天烤出的肉吃着还香，第二天第三天有人就问：这是啥肉？赵屠户说：兔子肉呀！又问：兔子肉这么发酸的？仔细看肉，肉皮上有细细的灰毛，说：该不是老鼠肉吧？赵屠户说：老鼠肉营养比兔肉大。问的人就呕吐。陈来祥说：吃吧吃吧，老鼠肉就老鼠肉，你慢慢嚼，越嚼越香的。旁边人也说：你吃啥不香？围困了二十天，镇里真的没了吃的，预备团向富户樊家和窦家强行购买了一些粮食，吃肉几乎宰杀了所有的兔子，开始在街巷以流浪的名义见狗逮狗、见猫捉猫，许多人家就把自家的狗和猫用绳拴在家里，或外出时放到地窖里。杨家的猫没有拴，它仍是窝在门楼的瓦槽里，睁大着眼睛，只是再不跟着陆菊人出门，甚至也不肯跳下院里。赵屠户坚持每日来城墙上烤肉，他烤的只有老鼠肉，说：放开吃，老鼠多的是，光我那店里的就吃不完。但这话说过了一天，竟然再逮不住了一只老鼠，自己打自己嘴，改烤起了麻雀。

赵屠户开肉店，往常最烦的就是老鼠多，如今却盼着有老鼠捉。这天在屋里睡觉，一睁眼，挂在屋梁上的吊笼沿上站着一只大老鼠，而三只小老鼠正从吊绳上往上爬。他说：咦，训练爬绳哩。翻下床拿了棍子就打，四只老鼠就掉到地上，四处乱跑，他关了门窗撵着打，老鼠从门缝往出钻，又钻不出去，回头一齐呜呜，发出怪异的声音。赵屠户以前只知道老鼠发吱吱叫声，没想到竟还能呜呜，以为老鼠在哭，他说：你们跑不出去，跑出去也是憋死！也就把四只老鼠打死了。但奇怪的是，当天晚上，几乎所有人家的老鼠都在跑，跑在街上，跑在巷道，全从城墙根的水眼里跑出去了。第二天，赵屠户再没捉住老鼠，连发现都没发现，好多人家都在家里捉，也没捉住过。老魏头说老鼠精明得很，可能是赵屠户撵打老鼠发出的呜呜声是在临死前给所有老鼠发了信号。说得赵屠户心惊肉跳，收拾了烤肉架子不烤肉了，发誓从此啥肉都不烤了。但总得有肉吃，蚯蚓每日除了替井宗秀跑个小脚路外，便拿弹弓在镇上打麻雀。他百发百中，一天能打下四五十只，拿到城墙上，用筷子塞在麻雀的屁股里，在火堆上烤。

麻雀肉吃多了，人脸上就潮红，浑身燥热，裤裆里动不动就硬起来，家在镇上的就晚上回去一次，而镇上没家没眷的，便到厕所里自己解决。花生还在帮灶做饭，除了给东城墙上的人送，也有时做了好些饭，给北城楼这边送。这天她是将家里的一些麦面和苞谷面掺和在一起蒸了一筐馍，馍蒸得小，但勉强还能一人一个，刚到北门口，冉双全一看见先从城墙的斜道上跑下来，拿筷子一下子插了三个。花生说：你吃三个，另外两个人就没吃的了。冉双全说：嗯?！眼看着花生，花生就不敢吱声了。到了城楼上，那里的兵都来抢，花生看见个个脸上两块红，眼光发绿，赶紧跑下城楼，心想：他们会不会要吃人呀?！

到了五月初，镇上的麻雀都少见了，却有了布谷鸟在叫：算黄算割，算黄算割！站在城墙上，就能看到白河岸黑河岸的麦田渐渐地都黄起来，大家也着急，不知什么时候才能去收获。而就在一个夜里，白河岸突然有了一溜火光，像长龙摆动，人们还疑猜是不是保安队连夜打着火把撤走呀，说：你不撤呀，有能耐就不撤呀！但那火却越来越大，是连片的红光，浓烈的呛味便飘到镇上来，看样子不是打着火把在撤走，像是在烧哪个村子。到了天明，才发现烧的不是村庄是麦田，那都是涡镇人家的麦田。白河岸的麦子被点着烧了，黑河岸的麦田也被点着烧，浓烟罩了整个天空，黑灰像雪一样落在镇上的屋顶上、树上，行人的身上和头上。镇上人心大乱，有人在城墙上又哭又骂，哭这一年就两料，麦子烧了，夏粮没了，那喝风屙屁呀？骂阮天保，涡镇咋出了这么个孽种，狼吃的、挨刀的，天呀天呀，咋不炸个雷把他轰了，掉个星星把他砸了?！哭着骂着便又捶胸跺脚，自己的手打自己的脸：这是弄啥哩，保安队来打的是预备团，咱倒是跟着遭殃了?！他们怨恨起井宗秀不该去县城抢枪，不该烧阮家房杀阮家人啊！

井宗秀当然知道了民众的情绪，想着保安队这么围镇着，预备团战斗力不强，枪支弹药又紧张，怎么能消耗得起，人心一散乱，守镇就越发艰难，必须化被动为主动。于是他谋划着两个方案，一是打出镇去，夜袭王家村，一是派一支人马坐船去县城剿保安队老窝。把两个方案给周一山和杜鲁成讲了，周一山认为保安队之所以一时打不进来，就是镇上有城墙城楼，咱去突袭，人家不可能不防，或许还盼着能引蛇出洞，如果真那样中了计，预备团就有去无回了。至于去县城剿保安队老窝，更是一步险棋，去多少人？去的人多了，留下的人守不住镇子，去的人少了，又控制不住县城。杜鲁成则主张，要去县城，预备团全部去，就以县城为据点。井宗秀同意了不打出镇子夜袭王家村，但也反对预备团以县城为据点，如果是以前去也就去了，可现在一走，保安队进镇又是见人杀人、见房烧房，他说：你俩都是外乡人，不惜被血洗，那我也就成了第二个阮天保啦?！周一山说：第二个阮天保就第二个阮天保么，咱要的是事情弄成么，不管是涡镇还是县城，成了谁都拥你，你就是爷，成不了谁还认你，你就是孙子！井宗秀说：这不行！杜鲁成见井宗秀坚决不同意，他就没了主意，发牢骚：咱讲究是 69 旅的预备团哩，69 旅就不管了？周一山说：对了，这还得找麻县长。杜鲁成说：找他没用，保安队不听他的。周一山说：让他联系 69 旅啊。杜鲁成说：69 旅是不是还在秦岭东一带，就是在，他能调动了？井宗秀说：啊，麻县长调动不了 69 旅，他可以找秦岭专署，平川县保安队已经被阮天保变成私人杆子了，专署能组织各县的保安队来围剿么。当下决定：杜鲁成在后半夜搭船去县城。

杜鲁成去了一天，保安队又来攻打了一次。这次时间不长，好像是骚扰了一下就撤退到王家村，而预备团倒又伤了三人。战斗一结束，预备团做了调整，巩百林当一营营长，吴银副营长，排长分别是马岱、张双河、阚有田。夜线子当第二营营长，李文成仍是副营长，陈来祥当第三营营长，陆林副营长，排长分别是苟发财、孙庆、许开来。冉双全的排长被撤销。

冉双全在危急时刻还一有空就去白家院，已经连续三天的早上都没及时到城楼上，井宗秀很生气，撤了他排长的职，杀鸡给猴看。冉双全不当排长了，就发泄怨恨，说预备团肯定守不住涡镇，说得多了，连他自己都相信起来，便和白家父女思谋着出逃。他们准备了绳子，原想翻到东面城墙上了再用绳子吊着到墙外，但城墙的垛台上日夜都有人，而且不断地有人巡逻，无法出去，开始了挖地窖。白家的地窖本来就大，三人再朝城墙根白天黑夜地挖。隔壁的王路安瘫在炕上，老觉得哪儿响，媳妇说：你睡迷糊了，啥响，心口跳得响！王路安手捂在心口上，说：那声不是心跳声，你把瓮里水倒了，拿耳朵在空瓮里听。媳妇听了，说：真的有响动。王路安说：你去给井团长说。王路安媳妇去找井宗秀，没找着，就给周一山说了，周一山吓了一跳，以为保安队一方面在北门外攻打，一方面派人在东、西两边的城墙外往镇里挖地道。急忙去城墙上巡查了一遍，并未发现城墙外有什么异样，就到了王路安家，在空瓮里确实听到声音，好像是隔壁传来的。赶去白家，院子里果然有新土，一检查，冉双全和白家父女还在窖里挖着，就把人抓了。

井宗秀亲自审问，偏要在十字街口的老皂角树下，来了好多人要听冉双全怎么说，冉双全就全交代了。冉双全说：你把我招了来，是涡镇让我有了女人，我现在把女人还给涡镇，你要杀就杀吧。井宗秀说：你倒痛快，那我也痛快，你把你的女人也带走。井宗秀掏出了枪，他是练习过射击，却还从来没对着人，他把枪交给陆林。冉双全说：那枪是我送你的，让我看看那枪。陆林先一枪打死了白家女，再一枪打死了白家老汉，拿了枪让冉双全看，冉双全却已经昏迷了，就挨了第三枪。井宗秀当下下了命令：所有人坚守岗位，与镇同在，凡是上了城墙城楼的，乳妇不得下去喂奶，丁壮不许就地瞌睡。

※　　※　　※

杜鲁成到了县城，先去找刘六子。刘六子原也在县政府打杂，后来不干了，自己在城南街开了间土产店，县政府来了外地客人，都是从他店里买了木耳、蜂蜜、核桃、香菇和板栗做礼品。杜鲁成一去，刘六子吃惊地说：阮天保不是围了涡镇，怎么你在这儿？杜鲁成说：你也知道围了涡镇？刘六子说：城里人都知道呀，前日阮天保派人抓了十二个家是涡镇的却在县城开店铺或当伙计的，说是去要挟涡镇人反戈，如果预备团还不开镇城门投降，就杀那些人质。杜鲁成心里一紧，说：知道不知道这些人关押在哪儿？刘六子说：恐怕是已经带走了。杜鲁成没喝一口水就去了县政府。

这一天麻县长正在写一宗案例。十天前他到城南十里黄桥镇去训话，中午在一户财东家休息，这财东家在县河岸边，才坐了欣赏清风徐来水波不兴，一只青蛙却爬上身边的石桌。连续三天他在石桌前坐了看书，青蛙就每次都到石桌来。他有些好奇，说：如有事，你跳到我脚面上。青蛙果然跳上了他的脚面。他就站起来，青蛙也往前蹦跶，他跟着走了一里来路，河岸转弯处有个石堤，堤前是一深潭，便看到潭里浮着一撮头发，令人打捞了竟是一具死尸，身上还绑捆着一扇石磨。麻县长下令全镇人把自家的石磨拉来检查，拉石磨的都拉来了上扇和下扇，只有一个姓时的拉来的是石磨的下扇。把姓时的抓起来审问，果然是此人杀的。

麻县长得意自己办的这宗案子，见了杜鲁成，还津津有味地说着青蛙和人一样有灵性，你要观察它们，尊重它们，仁慈它们，你就也有了智慧，他姓时的哪里能想到我让全镇人拉石磨检查呢。杜鲁成说：县长你仁慈有智慧，姓时的杀了一人他该正法，但现在天下混乱，整天打仗，人死一片一堆的，这些人就白死了啊！麻县长说：国家的事我无能为力，我是穿不上好衣服可我能把我这一身破衣洗干净着穿啊！杜鲁成说：你没洗干净。麻县长说：你是说保安队围涡镇的事？杜鲁成说：涡镇被围了这些日子，镇子快守不住了，镇子一旦被攻破，那死人就不是十个八个，成几十几百的。麻县长说：我何尝不了解这些！没了史三海，却有了阮天保，乱世里靠枪不靠笔啊，我再壮怀激烈又有什么办法！杜鲁成说：你有办法，你一手弄起来的预备团既然是69旅的，你联系69旅去解围呀。麻县长说：一级是一级的水平。杜鲁成说：这我不懂。麻县长说：你肯定不懂，你在镇上你弄不懂县上事，我在县上我弄不懂省上事。你知道我为啥就去了黄桥镇，名义上去那里训话，我偏在那里一住十日？我告诉你，先是蒋介石和阎锡山是结拜兄弟，蒋又和冯玉祥是结拜兄弟，他们各部联合打张作霖，打吴佩孚。蒋介石势力大了，这天下就是蒋的，可冯玉祥、阎锡山又合起来打蒋介石。这次大战，蒋介石败了，省主席又换了冯玉祥的人，秦岭的69旅被冯玉祥正收编，你们预备团是69旅的，我现在还不知预备团是什么命运哩。杜鲁成不知道外边的事情变化这么大，心一下子凉了，说：你是说冯玉祥的部队可能还要剿灭预备团，也可能还要剿灭保安队，那就不论预备团还是保安队都只是个蚂蚁，手指头一捻就死了？麻县长说：现在就只能静观其变么。杜鲁成说：这啥时才能看到变，又能变个啥样子？你和69旅人熟，让他们先来解救我们么。麻县长说：我已经派人去联系了，你回去告诉井宗秀一定要守住才是，先守住是第一步，有了第一步才可能看下一步。杜鲁成说：我不回去，我就待在县城等着消息。

杜鲁成真的就待在县城，每日去找麻县长一次，然后回到刘六子的土产店，等候消息。三天里他吃不下饭，睡不着觉，后来就喝酒，把自己灌醉了。又怕喝醉了说出不该说的话，做出不该做的事，喝前都给刘六子说：我要醉了，你就把我捆在床板上。这天就又喝醉了，刘六子再把他捆在床板上，而到了晚上，县政府来人到土产店，通知说麻县长要见杜鲁成，刘六子赶回家，杜鲁成还醉着，睁眼听说麻县长找他，就要起身，身上还背着床板，先哇哇吐了一堆，才完全清醒。去了县政府，原来是69旅已被冯玉祥部收编为12师，12师派了一个连的兵力要去解救预备团。

杜鲁成离开涡镇的第二天，保安队再次攻镇，将从县城抓回的十二人五花大绑了拉在沙滩上，叫喊着不开北门就杀人。北门当然不开，保安队从沙滩上朝城墙城楼上打枪，城墙城楼上的却不能往下打枪，怕伤了那些人质。保安队趁机抬着梯子往城墙上靠，但保安队的人一旦爬上梯子，城墙上这才打枪，又一打一个准，保安队就拉着人质再退回去，枪杀了一名人质。被枪杀的人质是货栈李掌柜的独生儿子，李掌柜就疯了，他穿得鼓鼓囊囊的，拿了一把菜刀跑上城墙来，从衣服里掏着银元撂向城楼，也撂向城墙外，一边撂一边骂：我没儿了，我断子绝孙了，我要这钱啥用？我不要了！不要了！城墙城楼上的人愣住了，保安队的人也愣住了，没有打枪。李掌柜撂完了衣服里的所有银元，就开始脱衣服，脱得一丝不挂了，拿菜刀割下了自己的尘根也撂向空中，一纵身跳了下去。他跳下去竟然还站着，扑出城壕跑向保安队就抱住一个保安在交裆里捏卵子。那个保安倒在地上，他又抱住另一个保安捏卵子，在还要抱保安时，他头上中了一枪。城墙城楼一阵子枪响，保安队丢下两具尸体，便撤退了。

连续三天，保安队都是押着人质来喊投降，攻打一阵，攻打得并不激烈，却总要杀一个人质。中街五道巷的杨常五和西背街的柳长富再也承受不了，因为他们都有家人在人质里，跑下城墙要打开城门。管城门的是三个人，陆林带着，当然拒绝打开，双方推搡拉扯，杨常五突然就抱住了一个把守，让柳长富夺把守腰带上的钥匙，另一个把守来打柳长富，柳长富一口咬住那个把守的鼻子，鼻子都快要咬掉呀，陆林说：我 × 你娘！连开两枪，打死了杨常五和柳长富。

几乎在差不多的时间里，东背街的三个妇女，知道了自己的家人也被保安队押在镇子外的沙滩上，就嚷嚷着不守镇了，家里人不得活了，还他娘的守的什么镇?！她们要求见井宗秀，知道井宗秀在北门楼上没办法去见，也知道见了井宗秀也不会听她们的，看到陆菊人挑了一担水过来，就说：遇着你了好，你去给井宗秀说说情！陆菊人问了情况，说：我算什么呀，仗打得都红眼了，人家预备团长肯听我的？她们却说：你和井宗秀相好么，他井宗秀红眼了，谁的话不听还能不听你的？陆菊人生了气，说：嘴里胡说啥的，谁和谁是相好?！她们说：他是你孩儿的干爹，你们是不是亲家？亲家屁股蛋子，干爹分一半子！陆菊人说：你们是不是瞧我是寡妇就这么欺负?！挑了水桶拧身就走。她们说：你知道自己是寡妇了还不积点德？抓住陆菊人的水桶不丢手，水流了一地，而且大喊大叫，招惹几十人过来围观。围观的人竟也说：你就去给井宗秀说说么，一句话能救十几个命你不肯吗？那三个妇女见来人帮她们说话，便抱住了陆菊人，说自己的家人快要被枪杀呀，她们就不活了，不活了也要陆菊人一块死，看他井宗秀还守镇不！杨掌柜在桂树下坐着照看着剩剩，先远远见一群人和陆菊人吵闹，还埋怨陆菊人和人家吵什么，听着听着，那些人说的话难听，就气得浑身发抖，要站起来去给陆菊人解围，但站起来时用力过猛，眼前一黑，一下子栽倒在地上不省了人事，吓得剩剩哇哇大哭。

预备团和保安队对峙着，枪一直在打，门洞里死了杨常五和柳长富，城墙城楼上的人并没理会，陆林到底有些害怕，跑到城墙上给周一山说了，周一山说：这时不能乱！谁要叛变通敌，就立即解决！却也跑下来，门洞里横撂着两个尸体，别的把守还都愣着。周一山大声说：咋不小心，就中流弹啦?！把守立即醒悟过来，说：啊是流弹，是流弹！门缝就那么二指宽的缝儿，子弹竟就钻进来。周一山便重新布防把守，叮咛谁也不能靠近门洞，又和陆林把尸体背回城隍院，让陆林暂不去北门口，以免有人寻他的不是。周一山从城隍院出来，一伙兵又来城隍院搬弹药，搬了七箱，就问：还有多少？回答说：也就剩下这些了。周一山说：传话都让节省点。蚯蚓变脸失色地来说：出事啦出事啦！死人呀，几十人在打，打死人啦！周一山说：把舌头放顺着说！蚯蚓说：杨婶子要被人打死呀！周一山说：哪个杨婶子？蚯蚓说：是杨钟的媳妇。周一山跟着蚯蚓就往东背街跑，果然是陆菊人头发蓬乱、衣裳破烂，被人拉扯着要去见井宗秀。周一山拔枪朝空叭叭打了两枪，那些人才扔下陆菊人散开。周一山说：咋回事，谁要见井团长？一个妇女说：我要见，我家男人被保安队押着，再守镇他就没命了！周一山说：你以为让保安队进来了，你男人就有命，你也有命，大家都能活？大敌当前，谁敢内变，不等保安队进来我先打死谁！他扭住了那妇女，说：你姓啥？妇女说：我姓阮。周一山说：果然姓阮，是阮天保的内应呀！枪就指着了脑袋。陆菊人在地上，泥里水里，浑身疼得还没起来，立即说：她不是内应，她姓阮，娘家是镇外的，和阮天保不是一个族的。放她们走吧，她们家里人被阮天保做了人质，她们才急的。周一山说：不是内奸，那就都给我滚开，滚！那些人还不走，周一山又朝空放了一枪，那些人才哭爹喊娘地散开。周一山去扶陆菊人，陆菊人已经站了起来，北门口的枪声又突然大作，她说：我没事的，你快去城墙吧。扭头往街北头走，便见剩剩在桂树下哭，公公躺在地上。陆菊人忙喊着爹，哭得泪汪汪，杨掌柜眼睛睁开了，说了一句：我身上冷。陆菊人知道要坏事了，来不及背公公去安仁堂，就一边哭一边给爹掐人中，又拿头簪刺十指，刺到第七个指头蛋儿，杨掌柜的眼睛就瞪瓷了。

北门外的枪声大作，是保安队发起又一次进攻，预备团的弹药几乎用尽，井宗秀就让保留夜线子、巩百林、吴银、马岱四杆枪继续打，只放冷枪，一枪就要保证能打中一个保安，而别的人赶快从东、西、南三面城墙上尽快运滚石和滚木。井宗秀的伤并未痊愈，他还拄着拐杖，见周一山赶来，生气地说：你跑哪儿去了？周一山说：下边出了点事。他说：什么事有这里紧急?! 阮天保在沙滩上喊：预备团没弹药了，都给我抬梯子往前冲！周一山再没有给井宗秀说什么，将预备团的人快速组织了两拨，命令一旦保安队靠近，第一拨人把滚石滚木砸下，迅速闪开，第二拨再把滚石滚木砸下，轮番往下砸，绝不让保安队搭梯爬上来。陈来祥带着东城墙上的人，张双河带着西城墙上的人，像蚂蚁搬家似的，滚石滚木源源不断地运来。井宗秀还在喊：快！快！抬头却看到虎山湾那儿有了一群人，心里咯噔一下，问周一山：那些人是不是朝这边来的？周一山看了，说：是朝这边来的，阮天保又调了兵力？井宗秀说：今日要恶战了。周一山说：万一守不住了咋办？咱得有个对策。井宗秀就把拐杖扔了，说：守不住了就退到镇街巷打，他们不熟悉，搏斗起来咱不会吃多大的亏。你先让妇女都下城墙。周一山便大声喊：敌人攻了这么久攻不开，咱涡镇固若金汤，谁也攻不开的，但肚子饥了，妇女们现在赶快回家做饭，有面粉的烙锅盔，有大米小米的做捞饭，做最好的饭送上来！妇女们刚下了城墙还没到各个巷口，保安队的枪声又紧了，好像在集中了火力，但这一回火力不是向城楼城墙，而是向身后。原来他们也发现了远处跑来的一队人，还在问阮天保：是留在县城放哨的人吗？阮天保也莫名其妙，来的人却已经向保安队开了枪。阮天保指挥抬梯子的保安丢下梯子赶快转身还击，双方就都在抢占那道沙石梁，一会儿这边梁下的占了梁头，一会儿那边梁下的占了梁头。周一山说：是鲁成带来的！井宗秀也看见了梁头上站着有杜鲁成，就下令：开城门往出打，两边夹击，歼灭保安队！城门还没打开，咚的一声巨响，一发炮弹就在保安队队列里爆炸了，沙石尘土、人的胳膊腿，都到了空中。

杜鲁成引路，12 师的一个连赶到了虎山湾，他们只带了一门山炮，发了一枚炮弹，就把保安队轰得四零八落。预备团也从门洞冲了出来，保安队乱成一团，往北跑不能，往南跑不能，就东西跑。12 师的连队和预备团紧紧追赶，很快河滩上这儿那儿都是尸体，枪声逐渐停息，战斗就结束了。

打扫战场，保安队死了五十人，受伤六十二人，俘虏了三十一人，却没有阮天保，活的没有，死的也没有。拉出一个俘虏让他清点人数够不够，看还缺谁，清点了说缺四个人，一个是阮天保，一个是阮天保的护兵牛三，一个是阮天保的另一个护兵邢瞎子。他说：还缺一个呀。旁边的俘虏说：你把你忘了数。陈来祥踢了他一脚，说：让我美美尿一泡去！走到河边的那一丛蒲蒿前掏尿，发现蒲蒿里有个尸体，拽起脚拉了过来，俘虏说：这就是牛三。没想牛三又活了，陈来祥就骂他装死，抡起枪托打得在地上滚，再问：阮天保呢？牛三说：阮队长命大。陈来祥说：屁队长！他人呢？牛三说：他带着我和邢瞎子跑到蒲蒿里，我腿上挂彩再没跑得动，他和邢瞎子从河里游走了。

※　　※　　※

阮天保一头扎入河中顺水往前游，他是会水的，待游出十多丈远，冒出头来，身后还跟着邢瞎子。邢瞎子并不是眼瞎，而是长得像个熊。阮天保说：牛三不是也跟着吗，他淹死了？邢瞎子说：他没入水就被打了。阮天保说：把枪拿好！吸了一口气又没入水中，两人又朝河的东岸泅去。到了岸上，能远远看到涡镇北门外人影还乱，有人沿着镇的东城墙外跑，不断地往河里打枪，他们就穿过东岸上的官路，钻到山林里了。天黑赶到县城，发现满城都张贴了标语，全是冯玉祥的语录，知道世事已变，退避到城南山神庙里。阮天保哼了一下，说：我现在啥都没了，你还有爹有娘的，咱就此分别吧。邢瞎子说：那你到哪儿去？阮天保说：随便走吧，走到哪儿是哪儿。邢瞎子说：那我还跟你。阮天保说：为啥呢？邢瞎子说：两头夹攻着那是压根没活的，你却不死，命里肯定还有大事干哩。阮天保说：你不是也不死吗？邢瞎子说：我是你的护兵呀。阮天保说：好，那你就跟着我，先找个地方吃饭去！去了沟岔口一户人家，那人家的媳妇正坐月子，男人炖了一只老母鸡。邢瞎子说：你看，你想吃饭了这老母鸡就等着你么！把枪拍在桌上，他们没杀那男人，索要了几个大洋和两身衣裳，两人坐下来把炖好的老母鸡连肉带汤全吃喝了。

装扮成了山民，夜以继日，他们顺着沟赶到了秦岭西北处的一个镇子，一打问这是什么地方，说是麦溪县的墓坡镇，就住在了一个小客栈。小客栈的被褥脏，阮天保说：这怎么睡？重新再找了个客栈，邢瞎子累得没脱衣服就趴在床上睡着了，阮天保却又是睡不成，蚊子太多，他叫醒了邢瞎子，邢瞎子说：你睡觉就不觉得咬了。阮天保说：我睡不着！邢瞎子说：你身子贵！把被子的棉花套子抽出来，让用被单盖严了睡。邢瞎子说：这太晚了，寻蚊帐也没处寻，就凑合一夜吧，明日重找客栈。阮天保说：那你脱光了不要盖。到了天明，邢瞎子一身的红疙瘩，阮天保还是说他没有睡好。又换了新的客栈，阮天保在房间里睡觉，邢瞎子到镇上闲逛去了。镇上有个戏台子，但没有戏，好多人在那里下棋，邢瞎子站在旁边看了半天，午饭时买了些牛肉和酒回客栈，阮天保说：你知道我一上午干啥着？邢瞎子说：睡觉。阮天保说：我是划一根火柴看着火柴怎么燃尽，再划一根火柴看着火柴怎么燃尽，一盒火柴划完了，就等着尿来。你知道啥叫寂寞吗？邢瞎子说：我再出去转转，或许有好事哩。他又去了镇街，在耍猴摊上看看，在茶馆门口转转，最后蹴在牲口市上看买家和卖家手伸在衣襟下掐价。一个老汉过来说：你不是镇上人吧？邢瞎子说：东边村里的。老汉说：在做啥买卖的？邢瞎子说：逛哩。老汉说：我看着你是逛了一天了，这壮实的小伙想不想有个事干？邢瞎子说：想么。老汉说：那你明日中午到关帝庙门口来。邢瞎子第二天是去了关帝庙，那老汉直截了当地说要他参加秦岭游击队，如果愿意，现在就走。邢瞎子说：还有一人，我们一块儿的，我问他去不去。老汉说：你不要走露风声，走露了你就没命了！你去问他，要走，夜里鸡叫头遍，在河边那棵弯柳下等我。邢瞎子回客栈给阮天保说了，阮天保说：我只说可能入逛山、刀客呀，没想要去游击队？邢瞎子说：游击队势力是小，但也是个去处，依你的能耐，去上三年五年你又是那里的头儿了！阮天保说：你这么看我？邢瞎子说：大家都这么看你，你从不屈人之下的。阮天保笑了，说：那就去吧，也活该是涡镇人，和井家脱不了干系。邢瞎子说：哦，这我倒忘了，井宗丞就在游击队。阮天保说：他在就在吧。鸡叫头遍，两人去了河边，弯柳下却没有人，邢瞎子就认为是受骗了，要离开，阮天保说：再等，人就在附近。果然鸡叫三遍时，突然冒出三个人，其中就有那个老汉。他们连夜出发，但那三个人要邢瞎子、阮天保走在前边，邢瞎子却要他和阮天保走在后边，争执了一会儿，那三人还是走在后边，邢瞎子就让阮天保走在他前面，悄声说：他们要开枪，我给你挡子弹。阮天保说：谁敢！两天一夜后，在一个山坳子里，他们见到了蔡一风。

形势已经大变，冯玉祥的部队十万人在中原向共产党的红军发动进攻，红军仅两万人，分三路突围，一路就进了秦岭。秦岭特委指示游击队一方面与冯部12师周旋，牵制他们对进入秦岭内红军的堵截，一方面还要护送一位重病的中原部队首长尽快地通过秦岭去陕北延安。

当秦岭特委介绍阮天保、邢瞎子参加游击队，游击队开了一个会，讨论要接受还是拒绝，井宗丞表示反对，说：阮天保是平川县保安队长，他能和我们一心？蔡一风说：我曾经也是在土匪里干过，咱游击队里起码有十多人都是从敌人内部反戈出来的。井宗丞说：你们是从敌人内部拉出杆子的，可你们拉出杆子是你们原本就要借土匪发展力量反戈的，阮天保是打了败仗来游击队的。蔡一风说：是不一样，有身在曹营心在汉的，也可能有身到汉了心也就到了汉的。阮天保是带了三杆枪呀。井宗丞说：有枪就啥人都要呀？蔡一风说：咱现在能多一人就多一人，能多一杆枪就多一杆枪，你是不是听说了他和你弟是对头？井宗丞说：井宗秀是井宗秀，井宗丞是井宗丞，我们各是各的。蔡一风说：这就好么，他阮天保知道你在这里却还能来，咱就得信任他。井宗丞也就没再说什么，只要求不要把阮天保分在他的分队里。会议最后决定，游击队几个分队仍然是袭击干扰敌人，而抽出第一分队新任队长蔡太运带人去接应护送中原部队重病的首长过境，一分队长空缺后由副队长接任，而副队长暂时让阮天保干着，但两把短枪没收，只配给一杆长枪。

阮天保见到了井宗丞，很是热乎，说：哈多年没见，你倒比我高出一个头了！井宗丞说：我瘦么，瞧你胖得没脖子了，当保安队长真个是吸民脂民膏！阮天保笑着说：我只说我是吃粮背枪的人，没想你比我还强啊！井宗丞也就笑着。但两人谁都不再提说小时候的事，更不谈涡镇。井宗丞看到阮天保拿着一杆长枪，有心要压压他，也是要看看他的本领，就说：你来了我得招待你一下，请你吃烧雁腿吧。从腰里拔出短枪，照着河沟里的三只野雁，叭地打了一枪，一只就倒下了，另两只惊慌起飞。阮天保说：一只不够呀。举枪也打了两枪，空中的两只野雁正好飞过头顶，一只垂直掉下来，一只也垂直掉下来。火堆上烤了三只野雁，还有四个苞谷棒子，两人都吃撑了。到了晚上不消化，阮天保半夜里拉肚子，提着裤子往屋旁的厕所跑，而门前的场子上，井宗丞挺着肚子往那里的一截木头上撞。阮天保说：那撞着能克化吗？井宗丞说：拉稀啦？你胃不行么！

蔡太运带人去接应重病的首长，根据情报，他们赶到方塌县的银花河庄头村，没想庄头村在三天前遭到保安队的搜查，首长已经转移。他们就沿着银花河在各个沟岔的村子里打听，没有任何消息，而且被保安队包了饺子。那是一夜住在了一户财东家，财东见他们带着枪，很热情地让一个年轻的女人给他们做饭，又让他们就睡在厦屋里。那女人长得白嫩，给他们扫炕铺了新席，周瑞政说：你是女儿还是儿媳？女人说：儿媳。周瑞政说：还没孩儿吧？女人说：孩儿三岁了，睡得早。周瑞政说：看不出来！你是从县城那边嫁过来的？女人说：我娘家在邻村。周瑞政说：这地方还能出你这样标致的人?！蔡太运挥挥手，让女人走了，骂周瑞政：走到哪儿你都骚情！搭通铺睡下，半夜里周瑞政要小便，往上房左侧的厕所去，月亮明晃晃的，上房墙上挂着有柿饼串，过去要捏一颗吃，却见台阶上的竹竿晾着一件小袄，红颜色的，猜想这是那儿媳的吧，拿过来嗅了又嗅，朝上房的窗子瞅，不知道那儿媳睡在上房的东间屋还是西间屋，就把小袄拿去了厕所，动手摸弄自己的尘根。这时候，巷头起了枪响，厦屋里的蔡太运惊醒了，忙拉起另外的人就往外跑。刚出门，巷口那边有人在说：谁走的火？快！同时几个黑影往过跑。蔡太运他们瞧着那伙人前边是财东，明白财东安顿他们住下后就去给保安队报了信，回身打了一枪，便从巷子另一头跑开，枪声一时乱响，好的是月亮偏钻进了乌云，一切黑暗起来。蔡太运他们跑出村子了，才发现周瑞政没有跟上。周瑞政听到枪响，一股子脏水刚射在红袄上，还以为是自己的响声，说：我枪的子弹多哩！待清醒过来，觉得不对，保安队已扑进院子。蔡太运带人二反身进村要救周瑞政，才到一个碾麦场上，保安队四边围了来，他们蹴在碌碡后，一边推着碌碡一边打枪，但保安队的火力更猛，蹴在碌碡后不敢冒头，碌碡又难以推动，只好爬到场畔了沿着土塄根往村外跑。蔡太运跑得快，周作云、周有仁跟得紧，而薛宝宝来不及跳到场畔的土塄下，就藏在麦草垛后。麦草垛被枪打得着了火，再跑向第四个麦草垛时，第四个麦草垛后早有了保安队，便被活捉了。蔡太运、周作云、周有仁跑到村外，遇到一个土崖，土崖上长着刺黄檗、金樱子、串果藤，如果能上到土崖上，再跑一里地就可以钻进树林子了，后边的保安追得急，枪子嗖嗖地响，蔡太运趴下回击，说：分散开跑！周作云抓着串果藤先上了土崖，已经跑过一里地，快要钻进树林子时被打中。周有仁是机枪手，他爬了几次，几次都从土崖上又溜下来，最后是后退了几步猛地扑上去，人是扑到土崖上了，机枪却掉到崖下，他又下土崖来捡，被跑过来的保安按倒在地上。蔡太运是终于进了树林子，才发现脚上的鞋全跑掉了。

保安队活捉了周瑞政、周作云、周有仁、薛宝宝，带到高门镇。高门镇虽偏僻，但当地盛产龙须草和艾草，镇上人家差不多都编织龙须草鞋和针灸用的艾条，东西南北的商人来收购贩运，倒显得繁荣热闹。第四天高门镇逢集市，保安队在镇中二郎庙前的土场子上开大会公开铡人，会前薛宝宝站出来说游击队的瞎话，周瑞政就破口大骂薛宝宝是叛徒，你丢游击队的脸，丢你爹你娘的脸，你个孬种！骂得薛宝宝满脸通红，不再作声。保安队摆上铡刀，周作云昏迷着，被抬着把脖子放在铡刀下，周作云嘴张了些，没有出声，就被铡了。周有仁是自己扑向铡刀口，铡刀挫了，铡了三次头没铡断，保安队补了一枪。周瑞政又是骂：我 × 你娘，用挫刀铡，老子瞧不起你！他便被打了三枪，三枪都没死，血噗嗤噗嗤冒，他还在骂，又打了第四枪，才不骂了，嘴还一直张着。

高门镇铡了游击队三个姓周的，蔡太运又生死不明，消息传了来，游击队为他们开了追悼会，蔡一风又派井宗丞再带两人去银花河一带。为了便于打探情况，井宗丞化装成缯罗匠，另两人扮作乞丐，白天外出走村串寨，晚上在一座山神庙集合。这一日，井宗丞到了高门镇，特意去了二郎庙前土场上，想着就在这里十几天前铡了自己的战友，而现在地上没有任何血迹，又逢集市，货摊摆满，人群熙攘，好像什么事情从来没有发生，一时心如刀绞，腿软得走不动，就将缯罗担子放下，蹴在一棵青冈树下吃烟，心里念叨着周瑞政、周作云、周有仁的名字，悄声说：如果你们死后有灵，知道我来看望你们，树上的叶子就往下落吧。话刚说完，树上果然往下落叶子，冬天的树叶子都是枯了，颜色苍黑，而青冈树的叶子却血红血红，竟然一树的叶子全然落下，树落得光秃秃的，落叶几乎把他的脚面都埋没了。井宗丞顿时泪流下来，赶忙擦了，又悄声说：你们死得冤，我会给你们报仇的，你们能告诉我该去哪儿找到首长吗？如果有人戴了草帽在场子东边出现，那我就往东边去找，在场子南边出现，我就往南边去找。他睁眼观察着场子的四边，但四边久久没有戴草帽的人出现。自己又想：他们哪里能知道呢，若知道他们还不早接应到了吗？再说，大冬天的，又没下雨，哪能戴草帽的！但突然间前边的街口响了两枪，人群大乱，井宗丞立即警觉起来，丢了缯罗担子，只提了一只筐子，筐子的罗网下藏着手枪。他顺着人群往南边跑，猛地见蔡太运拿着一条扁担，腰里缠着扁担绳，迎面跑过来，两人都愣了一下，使个眼色，一块儿钻进一个巷子，出了镇，过河穿林，进了南山。蔡太运这才说：你怎么在镇上，是不是也来找首长？井宗丞说：你还活着怎么没回去汇报情况？蔡太运说：我没脸回去。首长没找到，五个人被铡了三个，我怎么回去?！我必须得找到首长啊！井宗丞说:你一个人怎么找？蔡太运说：我已经找到了，安排了住处，但首长病得严重，我来镇上买药。井宗丞一下子搂住蔡太运，说：你瘦了，瘦得都没人样了！从怀里掏出个馍让他吃，便问：刚才的枪是你打的？蔡太运说：我打薛宝宝啦。

原来，蔡太运扮作进镇卖柴火的樵夫，刚到药店买了几包头痛丸，店掌柜问：你是北山人？蔡太运说：嗯。掌柜说：北山人也买药呀？蔡太运说：北山人就不生病?！样子很凶。掌柜说：北山人头痛脑热了不是眉心放血就是水碗里立筷子驱鬼，倒舍得花钱买药？蔡太运这才缓过劲儿，说：我卖了柴火有钱呀！一仄头，却见街上一男一女走过，女的挺着大肚子，男的背影好像是薛宝宝。薛宝宝就是离镇三十里的薛家堡人，当时他们来找首长时，曾路过薛家堡，薛宝宝说他年初回家了一次，前不久有人捎了口信，说是媳妇怀孕了。蔡太运还说：那你回去看看你媳妇。薛宝宝说先完成任务，倒没回去。被捉住投降后，薛宝宝留在了镇公所做事，害怕游击队惩处家人，接了怀孕的媳妇也住到镇上。媳妇刚住过来三天，偏偏就让蔡太运发现。蔡太运把买来的药揣在怀里，尾随着薛宝宝和他媳妇，只想到个没人处下手，没想薛宝宝和他媳妇却往十字路口走，那里有三家龙须草鞋店和四家艾条店，店门口停了五头骡子，人也很稠。蔡太运就急了，紧赶了几步，踩住了薛宝宝身后的影子。一踩上薛宝宝的影子，薛宝宝好像受疼了似的，回过头来，猛地见是蔡太运，惊得嘴张开能塞进一个拳头。蔡太运说：我把你踩疼啦？薛宝宝说：啊，啊疼。蔡太运说：你这影子拖得太长么。叭叭连开两枪，薛宝宝和他媳妇就倒在血泊中。十字路口顿时大乱，蔡太运也趁机逃跑了。

井宗丞和蔡太运去了镇外山神庙，两个队员也刚刚返回，四人吃了讨要回来的六个黑馍和三个萝卜。两个队员一个叫来信子，一个叫来雷子，蔡太运就想起周瑞政、周作云、周有仁，说他没有带好他们，丢了命，还丢了四杆枪，尤其可惜了那挺机枪，哇哇地哭。井宗丞劝他不要哭，要他说说打薛宝宝的事，蔡太运不哭了，说他是一枪打在薛宝宝脑门上，天灵盖就炸开了，红的白的脑浆喷出来，而薛宝宝的媳妇他并没开枪，却倒在地上，身子下往外流血，他还说：我没打你倒流血?！猛地醒悟是孩子流产了。

下午，蔡太运就带着井宗丞他们进了黑沟。黑沟的黑是沟河两边都是黑土崖，水流就显得混浊，树长满了黑苔黑茸，而零散在河边或沟畔的人家，墙和门窗全被雨淋得发乌，那一堆一堆麦草垛、豆秆垛，颜色像腐败了一样，站着一群叫不上名字的鸟，叫声如呕吐。蔡太运说他寻着首长一行三人时，是藏在函玉川的一个山洞里，首长病得很严重，他才让转移到这沟里的张老仓家。张老仓可是个能人，会给亡灵念经，也会观看风水，还当着沟里的联保委员，当年游击队在这一带活动时却又和蔡一风熟悉，一直是表面上给政府干事，暗里帮着游击队。到了夜里，蔡太运、井宗丞他们到了张老仓家，井宗丞以为首长人高马大相貌堂堂，没想是个矮小老头，头上缠着带子，眉心上也有划破放血的小伤，张老仓还用艾条灸他的太阳穴。服过了头痛丸后，过了一个时辰，疼痛稍有好转，首长坐起来和井宗丞说了一阵话，就又躺下了。跟随首长的两人，可能是警卫，个头也都不高，但胳膊腿粗，身上别有三把枪，说话时就一直盯着对方，眼睛放光。首长睡了后，井宗丞、蔡太运和两个警卫，还有张老仓，一块儿商量下一步怎么办，警卫的意见是尽快走出秦岭，而蔡太运担心首长身体不好，尽快离开怕是不行吧。警卫说：首长走不动，就抬担架，你们准备担架吧。张老仓却说：我家屋后的地头有一棵老松，样子像龙，我学风水时师傅说如果有高官能在这里住多久，将来就能当多久的皇上哩。我不知首长是什么官，肯定是个大官，他还是多住些日子好。警卫说：现在最重要的是安全，不安全了还什么皇上不皇上的！警卫意见很坚决，又去请示了首长，首长也同意尽快离开，蔡太运、井宗丞就商议了一条离开的路线：从戚家岔进去，翻黄沙山，到板桥湾，走麻子峡，再翻牛背梁到零口沟，过了零口沟就出秦岭了。这一条路线虽然远又非常难走，但相对安全，加上以前游击队也经过，沿途各地都有些较可靠的人家，吃住没有问题。一切都定下来，就扎绑了副担架，一共七人，由张老仓父子护送，后半夜就抬着首长出发了。

张老仓和他儿子护送到沟垴，刚翻上一道垭，前边好像有人走过来，张老仓忙让一行人隐于树丛里，他迎上去见是沟里的黄伯项。黄伯项问：委员这是往哪儿去？张老仓说：东谢沟的马平川病得快不行了，他家人捎书带信地让我去看个墓穴。黄伯项说：就你一个人？我还以为一群人哩。张老仓说：你眼花了，哪还有人，有鬼哩！分了手，黄伯项就往垭下去，已经听不到脚步声了，一行人才过了垭。

但这黄伯项并没有走远，藏在石头后看着张老仓带着一伙人翻过垭，心里生疑，天明就跑出黑沟，给沟外乡公所的保安组报了信。保安组扑进沟里的张家，见张老仓不在，儿子也不在，只有儿媳妇正给孩子喂奶。问张老仓呢？儿媳妇说背着褡裢出去了，可能是又给谁家看风水，但她不知道去了哪儿。再问家里是不是住过游击队的人，儿媳妇说家里没来过陌生人呀，她也不知道油击队还是盐击队。偷偷拧了孩子的屁股，孩子哭起来，她就只顾哄孩子。一个保安就夺过孩子，说你给我打马虎眼？不老实说摔死这碎仔！儿媳妇还是说她什么都不知道，孩子就真的被摔在石头上，再没了哭声。儿媳妇一下子冲过去，抱了那保安的胳膊就咬，咬下了一疙瘩肉，另一个保安朝她头上便开了一枪。打死了两条命，保安组并没走，还杀鸡煮肉，开窖取酒，吃喝毕了埋伏在屋里要等张老仓回来。

张老仓父子护送到了板桥湾才返回，到黑沟已经是第二天傍晚，天开始刮风下雪，那是十几年来黑沟下得最大的一场雪，还在沟垴，鸟飞着飞着就石子一样坠地冻死，听到熊在树洞里也冻哭了，呜嗬嗬地叫唤。父子俩一进院门，儿子还在喊媳妇：快热热酒让暖暖身子！屋里的保安跑出来就把他们按倒在地上。这些保安也冷得不行，早把屋里能穿的衣服都穿在身上了，他们审问张老仓是不是给游击队人带路去了，张老仓见儿媳妇和小孙儿已死，就说：是带路了，护送的不仅是游击队，还有个更大的官哩，你们想追也追不到了！被咬伤胳膊的保安举枪就要打，旁边的保安说：先剥了衣服，要不打了到处是血。便一哄而上争抢着剥张老仓和他儿子身上的衣服，父子俩被剥得一丝不挂。张老仓儿子骂道：要杀快下手，不要让老子受冻！保安组长打了一枪，再向张老仓打时，连打了三下都塌火，张老仓便笑了，说：生有时死有地，我不该死在这里。我还有一罐子银元埋着，让我死在屋后地头的那棵松下，我告诉银元罐埋在啥地方。保安把他拉到了屋后地头，果然那棵老松一搂多粗，通身褐红，顺着地塄蜿蜒成龙形。保安组长说：听说你会看风水，真还给自己选了个好地方！银元罐埋在哪儿？张老仓说：你还行，我就给你说个消孽债的办法吧，你得挖出银元罐了，就势把我儿三口埋在土坑里。保安组长说：你先消你的孽债吧，埋在哪儿？张老仓说：就在院里的捶布石下。银元罐被挖出后，保安是把张老仓的儿子儿媳和小孙儿扔在坑里埋了，再把张老仓打死在松树下。雪越下越大，很快掩盖了血迹，张老仓窝在那里像卧着个碌碡，也成了座雪堆。

将首长五天四夜终于送出了秦岭，井宗丞、蔡太运他们又原路返回。经过板桥湾，又念叨起张老仓的好，觉得应该答谢答谢，就见一户人家院墙高大，估摸是个财东吧，翻进去收没了五十二个大洋和三件皮袄。临走时，财东千谢万谢，还送到山脚下，井宗丞见财东腰带上别了个玉石嘴儿旱烟锅，说：这也该是张老仓的！顺手拿了过来。可到了黑沟张老仓家，发现张老仓一家死绝。连夜出了黑沟，在沟外的王家街上活捉了一名乡保安组的保安问情况，才知道了是黑沟的黄伯项告的密，是乡保安组长陈述先带人枪杀了张老仓一家四口，而摔死张老仓小孙儿的叫孟银，开枪打张老仓儿媳妇的叫马磨子，剥张老仓父子衣裤的是刘小磊、石千成、巩有谦、毛来福、杨百会、施启新。他们就先捉了黄伯项，黄伯项有个瘿瓜瓜老婆，脖子下嘟噜着一疙瘩肉，出气像拉风箱一样，有两个孩子，一个男孩七岁，一个女孩四岁。将老婆孩子关在他家的地窖里，然后押了黄伯项又到沟外，让他以得了赏钱要请喝酒名义，叫来施启新、杨百会、毛来福，一一绑了装在麻袋用驴驮到黄家，关进地窖。再去骗叫来巩有谦、石千成、刘小磊，还是一一绑了装在麻袋用驴驮到黄家，关进地窖。最后要收拾陈述先，陈述先不好酒，就说弄来了个窑姐儿，陈述先来了，也被绑了驮到黄伯项家，要同七天前捉来的六人一块处决。黄伯项说：我把凶手都叫来了，你们放了我老婆和孩子吧。井宗丞说：你老婆和孩子可以放，但你得死！

处决了黄伯项和七个保安，井宗丞他们收拾了张老仓一家四口的尸体，盛入瓮埋在了松树下。靠着松树歇息，蔡太运感叹着松树长得真是一条龙，就想起张老仓以前的话，说：宗丞，咱们护送首长哩，我还不知道人家叫什么名字。井宗丞说：我也不知道。首长在这儿住了几天？蔡太运说：前后十天吧。咱们不知道首长的名字，将来他当皇上了，还记得咱们不？井宗丞说：他还真当皇上呀？就是能当，只当十天？咱们把咱们的事干好就是了，要操心就操心自己哪一天脑袋掉了。蔡太运说：也是。就给手下人喊：弄一只羊去，这嘴里咋想着了膻味！手下人说：黑沟里人只养奶羊，是给孩子喂奶的。蔡太运说：这我不管，我就是要吃羊！

※　　※　　※

杨掌柜休息了多日，慢慢缓过来，人却衰老了许多，他问孙子：剩剩剩剩，你说这世上啥最沉？剩剩说：石头最沉。他说：不是石头沉，是腿沉。剩剩不体会腿沉的事，他就又问：剩剩你说这世上啥最少？剩剩说：糖最少。他说：瞌睡少。自己倒笑了。腿沉得越来越迈不开步，而瞌睡少是他夜里总是半夜醒来就再合不上眼，他便天未亮起来了竟去厨房里做饭。陆菊人迷迷糊糊听见了风箱响，起来见公公做饭，说：爹，你咋没睡做饭了？杨掌柜说：做了你们起来就有饭吃。陆菊人说：爹一直不会做饭呀。杨掌柜说：我学着做，以后我来做饭。陆菊人说：爹吃了十几年我做的饭了，现在嫌我做得不香了吗？杨掌柜流下泪，说：我哪里嫌你做得不香，可我总不能让你做一辈子。我琢磨好久时间了，这杨钟没了，你还年轻，就这么下去呀？陆菊人说：爹，爹，大清早的你说啥呀！杨掌柜说：爹给你说的都是心里话，你得再找个人家，或者有谁愿意，就招过来，那以后不遭人欺负了。陆菊人明白了公公的意思，心里腾腾地跳，她说：爹，谁欺负我？谁能欺负了我?！杨掌柜说：那些人……陆菊人说：那些人是急了才胡说的。杨掌柜说：是胡说，可胡说了就会有人信的，这人嘴里有毒啊！陆菊人说：爹你放心，我行得端，走得正，谣言就是有翅膀它能飞多远？杨掌柜说：是真金不怕火炼，可何必让火烧呢？你别考虑我，我啥都行的。陆菊人说：爹，土地爷在院里，灶王爷在墙上，我给你说，我不会改嫁也不会招了人进咱家，我就伺候你，把剩剩拉扯大，杨家还是涡镇的杨家。杨掌柜扶着灶台，泪水涟涟。陆菊人说你歇着，你歇着去。让杨掌柜回上房卧屋了，她揭开了锅，锅里做的是苞谷面糊糊，还煮了土豆片，但公公的眼神不好，他没有发现那些苞谷面里生了虫，做出的面糊糊上漂着一层虫子，顿时自己的眼泪再噙不住，哗哗地往下流。她把锅里的面糊糊倒掉，洗锅添水，然后把那些苞谷面用细箩滤过，重新做面糊糊，眼泪吧嗒吧嗒还滴个不停。她在检点自己：为什么能惹得那些人说自己的不是呢，是自己和井宗秀走得太近了？井宗秀是杨钟的哥们兄弟，公公和她都帮过他，他又是剩剩的干爹，怎么就不能来往呢？杨钟在时没人嚼舌头，杨钟没了，真的就寡妇门前是非多了?!是非就是非吧，谁个人前不说人，谁个人后不被人说！陆菊人倒恨了一句杨钟：你不担沉你走了，让我受这号罪！却又想：这也怪不得杨钟，那些人是对井宗秀怨恨了又不敢对井宗秀怎样，拿我发泄了。那也好，只要不伤害井宗秀，就对我出气吧。陆菊人擦了眼泪，把饭做好，给公公盛去了一碗，又来叫醒剩剩，给穿衣服，说：这一身才穿了两天就脏成这样，你是土蛆呀！从箱子里再取了干净衣服给剩剩穿上，剩剩的鼻涕流下来，拿袖子去擦，她说：不许拿袖子擦！吃了饭出去和明德他们玩去。剩剩却说：我不和明德玩，他老问我干爹是不是又到咱家来了。陆菊人说：你干爹来看望你和爷爷，那算啥，就是来了又咋的。剩剩去吃饭了，陆菊人收拾被褥，用扫炕笤帚扫炕上的灰尘，太阳已经出来了，阳光从窗格进一束，灰尘就在那光束里活活地乱飞，她心里随之也乱了：那些人怨恨了井宗秀就拿我出气，可老说我的不是，会不会又对井宗秀不好了呢？她打开了窗子，就看到了门楼瓦槽上的猫，她叫着猫，想给猫说，以后自己还是再不去找井宗秀为好，也不要井宗秀来杨家啊。猫从门楼瓦槽上跑下来了，她却什么都没说，去了厨房。

陆菊人从此真的连门都少出了，只是陪着公公去陈先生那儿看病抓药，或者和花生去130庙里烧香礼佛。她是越来越觉得离不开了陈先生和宽展师父。陈先生老是严肃着，不苟言笑，那么高的医术给人解除病痛，她更爱听着他的说话，比如十天前陪公公去看病，陈先生给一个病人说：谁不得病？吃五谷就生百病么，都不生病，还要我这郎中干啥呀，是六指指呀？吃饭总不是顿顿白米细面的，是要吃些粗粮吧？烦心的事谁没有？天都有个刮风下雨的，痛苦、纠心、烦恼、委屈、置气、不如意，就是人一生中的必需的粗粮么，就是那些刮风下雨么。五天前再去抓药，陈先生又给一个病人说：你是给你活哩还是给别人活哩，啊？别想得那么多，你记住，许多想法最后都成了疾病。她就觉得陈先生是专门为她说的。而去了130庙，当宽展师父坐在那里诵经，样子是那样的专注和庄重，她和花生也就坐在旁边，稳稳实实，安安静静，宽展师父的嘴唇在动着，却没有声音，但她似乎也听懂了许多。诵经完了，宽展师父就一直微笑着，给她们摩搓着那桃核做成的手串，给她们沏茶，然后吹起尺八。花生竟喜欢上了尺八，宽展师父也就教花生，也让她学，但花生已经能吹响尺八了，断断续续还吹奏一首曲子，她吹不响，而且指头太硬，总是按不住那些孔眼。

陆菊人尽量变换着饭菜的花样，让公公每顿能多吃一碗。她做稀饭，今早是熬大米粥，明早就做苞谷糁汤，后天早上便又在粥里或汤里煮上了绿豆、扁豆和芸豆。面条也是这一顿吃捞面，下一顿吃卤面，调面的臊子里尽量地有豆腐、山药、木耳、黄花菜，还时不时做些糍粑、水煎包子、土豆粉黏黏和甜米甑糕。公公的身体一天天恢复过来，剩剩却仍是顽皮捣蛋，在外和一群孩子在土堆上玩占山头，他总要跛着脚不顾一切地就扑上去，即便被别人推下去摔得流鼻血，他用手一抹，抹出个大花脸又冲上去。在他占领了山头，别人来攻，他腿蹬不了，用手抓，用头顶，死命地斗打，有一次就把那个叫明德的打下土堆了，一双鞋还在土堆上。明德就叫：井宗秀！井宗秀！镇上的孩子们吵架，都以叫出对方父母的名字为最解气的骂，明德没有叫杨钟或陆菊人而叫着井宗秀，剩剩也知道是什么意思，红了眼，把明德的一双鞋扔到附近一个厕所的粪池里。明德哭着回去，他爹就领着明德来杨家寻事。陆菊人刚出了院门碰着明德爹，她清楚明德爹也背地里说过她坏话，见了面她还是扮个笑脸，说：啊他伯你吃过饭啦？明德爹说：气饱了！陆菊人说：哟，啥事这气的？明德爹说：你剩剩把明德的鞋扔到粪池了，你说这咋办呀?！陆菊人立即喊出剩剩，问是不是把明德的鞋扔到粪池了，剩剩说：他是败将，他还骂我！陆菊人当着明德父子的面就打剩剩，剩剩犟，不哭也不跑，站在那儿让她打。明德爹说：这鞋扔了就扔了？陆菊人说：扔在哪个粪池？我去捞。明德爹说：那鞋臭了还咋穿？陆菊人只好从剩剩脚上脱下鞋赔，明德爹才拉着明德走了。人家一走，陆菊人就抱住了剩剩，恨道：我打你，你为啥不跑？你就那么傻得让我打呀！撩起衣服看打青了没有，再去铁勺里给剩剩炒了一颗鸡蛋。

剩剩不再和明德一块儿玩了，而蚯蚓给杨掌柜送来了米酒和糕点，蚯蚓的腰里别了个木头手枪。剩剩又嚷着他也要木头手枪，蚯蚓不给他用木头做，说给你做了你就和我一样了。剩剩哭闹不止，陆菊人就拿红布包缠了用秃了的扫炕笤帚，做出的手枪比蚯蚓的还好。

蚯蚓之后还替井宗秀给杨家送过一次醪糟，陆菊人就告诉他：不准再来送了，送来也不收。果然再看到蚯蚓来，她就关了院门。蚯蚓在院门外叫着剩剩，陆菊人让剩剩不要出声。蚯蚓说：剩剩，送来的是琼锅糖，你不吃琼锅糖吗？剩剩说：我不在！蚯蚓说：你不在咋能说话？陆菊人开了院门就斥责蚯蚓，把蚯蚓赶走了，剩剩却因没吃上琼锅糖哭闹，陆菊人就哭剩剩那么贱，别人的东西你吃什么吃，又骂他死犟活倔，不听话，出去打不过人偏还和人打架，就说：唉，知道你这样，我就不该生你！说过了心里想：骂啥哩，剩剩的毛病，哪一样不就是杨钟的毛病，不就是自己毛病？当初并不爱着杨钟还不是嫁了杨钟，不想生孩子还不是就生了剩剩，一切错，都是自己须要错啊！以后陆菊人也不让剩剩单独出去玩，她陪着公公去陈先生那儿就带了剩剩，她和花生去130庙也带了剩剩。日子过得安然，院墙根那一蓬迎春花蔓就野蛮地生长，里边住了无数的蛐蛐在叫，脚一跺声就停了，过一会儿，又是一片响。

女人总是过几天心绪不好，气色黯淡，过几天了又精神起来，人也显得光鲜。陆菊人的好心情差不多半个月了，这天早晨她收拾了桂树旁的那盘石磨，要磨些苞谷，公公年纪大了不能一块儿推磨，她让剩剩去叫花生来帮她，花生人还没来的时候，她把一斗苞谷倒在了磨顶上，雾刚刚散去，一只鸟在桂枝上唱歌，她就有了一种从来没有过的清爽和愉快。觉得在这世上她不想要多余的任何东西，也不眼红和嫉恨谁，曾经遭受的那些苦和难，都过去了、忘了，现在上有公公，下有剩剩，家里虽不富裕也是有吃的、有穿的，这就多好啊！她拄着磨棍，仰头看着天，天上瓦蓝瓦蓝的，而柳嫂家的烟囱冒着炊烟，烟升到高处便全是云了。

花生来了后，花生说：姐今日抹了什么胭脂粉，脸这么红润的？陆菊人说：你一来，我还能红润个啥。两人抱了磨棍推起了石磨，石磨的上扇和下扇咬噬着，磨顶上的苞谷不停地往下漏，磨盘上的糁子和面粉就堆起来，发出呼呼噜噜的响。花生又说：姐，这石磨是一张口哩！陆菊人说：你咋能想到这？是口，其实是人的口，这张口把多少粮食都吃进去了。石磨并不甚重，推石磨却永远是原地转圈，推着推着，倒搞不清是人推着石磨转圈，还是石磨带着人转圈。花生突然就笑了，说：好像咱没走多少路，可一圈一圈的，这磨一斗苞谷，相当走到龙马关了。陆菊人说：是么，这就像过日子，一天一天我也就老了。花生说：姐才比我大几岁呀，你要老了那我也老了。陆菊人说：你可不敢这么想！你知道用牛推磨子为啥给牛要戴暗眼？花生说：怕牛发晕。陆菊人说：牛戴上暗眼不看了也就不晕了，你花朵儿还没开哩，别也想不该你想的事。花生说：我是学你样儿么。陆菊人说：好，好，咱都不老！

两人还笑着，蚯蚓又从巷里跑来了，手里拿着一包人参，问杨爷呢？这人参要给杨爷的。陆菊人说：你杨爷不在，杨爷也不要！蚯蚓说：旅长给的不要?!陆菊人说：谁是旅长？蚯蚓说：井旅长你不知道？预备团改成预备旅了，这是旅长要送12师的师长的，剩下一包，让我拿来给杨爷补身子的。陆菊人停下脚步，石磨便不转了，她说：预备团改成预备旅了?!蚯蚓把人参放在磨盘上就走了，陆菊人对花生说：团咋能成旅了？这蚯蚓胡说哩！但她不推石磨了，蹴下身捏了捏脚，说：真是胡说哩，啊，你杨伯在铺子里，让我半晌午了把那边小板柜的钥匙给他拿去，我咋就忘了！花生你歇一歇，我去铺子很快就来的。说完就小跑着出了巷子。

陆菊人出了巷子，却并没有去寿材铺，倒是急急要去陈皮匠家，想着预备团真是改成预备旅了，陈皮匠肯定是知道的。正走着，天上有一群白鸟排成人字形飞过，陆菊人要看是丹顶鹤还是黑头鹳，脚却踩着了一块儿半截砖，半截砖跳起来碰了脚脖子，一下子疼得跌坐在地上。揉了揉，脚脖子没有碰破，却想：我这是咋啦，去问陈皮匠什么呀？这才知道自己心里仍是牵挂着预备团和井宗秀的！她耳脸迅速地烧了一下，忙站起来，跺了跺脚，没事了，再拍打着身上的土，转身又回来了。

※　　※　　※

69 旅被收编后同冯玉祥原来的 12 师合成西北第 6 军，预备团更弦易主也姓冯不姓蒋了。来涡镇救援的那个连没有再走，多了些人数，多了些枪支弹药，还有了一门山炮。预备团虽然还是预备，却水涨船高，从此团变成旅。重新建制，井宗秀是旅长，杜鲁成是参谋长，周一山是主任，除三个营升为团外，再增设一个第四团，团长由救援来的连长王成进担任，而陈来祥则做团副。陈来祥不愿意，担心王成进是正规军出身，又是南方人，难以适应。井宗秀说：你那角色非常重要，能适应要适应，不适应也要适应，你必须去，也只能你去，明白吗？陈来祥不明白，但他毕竟听井宗秀的，还是去做了团副。

西北军官兵都是灰军服，荷叶帽，腰系皮带，在胳膊上佩戴圆形蓝底红边白字的臂章，预备团改为预备旅了仍黑衣黑裤黑鞋黑绑腿。6 军经过县城时，军长给麻县长说召见一下预备旅的人，麻县长连夜派人送信到涡镇，第二天一早，井宗秀、杜鲁成、周一山就赶到县城，先去见了麻县长，再由麻县长领着去见军长。但周一山说去两个人就够了，他找酒店订下酒席，见过了军长就和军长、县长一块儿吃顿饭。井宗秀觉得周一山不去也行，就让酒席订在一品香酒楼上，说：上次他阮天保没吃喝成，咱美美来一顿！井宗秀和杜鲁成见了麻县长，麻县长说 6 军晚上就要开拔，他因要安排筹来的粮草，让他们自己现在直接去。两人又打问着去了军部，竟也在原保安队大院，军长一见井宗秀、杜鲁成的装束，眉头皱起来，说：这哪像西北军啊！井宗秀以为会从此发军饷，就报告着预备团的起根发苗，强调了现在的困难。没想军长却说预备团的情况他大致知道，虽是6军的预备旅了，以前怎么着现在还怎么着，军饷自筹。井宗秀有些失望，说：那我们可换不了行头。军长便笑了笑，说：预备旅，预备么，老鼠尾巴上的疮呀！见过了军长，杜鲁成说：军长的话啥意思？井宗秀说：老鼠尾巴上的疮挤不出多少脓么。杜鲁成说：这压根没把咱们当一回事么！叫咱们来就是认认脸？他娘的，把团变旅那不是把猫叫了个咪?!井宗秀却说：叫个咪好啊，有这个咪更能逼鼠，趁势发展壮大啊！两人去请县长吃饭，井宗秀说：别苦愁个脸，笑着！杜鲁成就笑了一下，他一笑，脸越发像是个南瓜。

周一山在一品香酒楼订了包间，又点了八个凉菜十二个热菜，热菜是四炒四煮四蒸。点毕，估摸井宗秀他们一时还来不了，就到街上去买纸烟，纸烟铺子在县城广场边，广场上空空荡荡竖着一个旗杆，旗杆上没有旗，旗杆下却卧着两只狗。周一山买了纸烟自己先吸起一支，便见两只狗相对着汪汪叫，倒觉得有趣，待到后来叫声平缓下来，你一句我一句像是在说话，听着听着竟听出狗在说它们的过去，哀叹过去它们是山上的虎，现在却成狗了。周一山笑了笑，不再理会，转身回一品香酒楼，没想一到酒楼门口，店小二便说客人已经到了，忙跑上二楼包间，果然井宗秀、杜鲁成正陪麻县长喝茶说话。井宗秀把周一山介绍给县长后，就训周一山：你跑哪儿去了，也不接接县长？周一山说我去买纸烟了，没料到你们来得这么快。便给麻县长赔不是，再叫喊店家快上菜上酒。

麻县长似乎没有生气，谈兴高涨，酒菜上桌了，还继续说：偌大的秦岭里，土生土长的武装是不少，可是能打着6军旗号的只有你们预备旅啊！井宗秀和杜鲁成都在说着多亏县长啊，站起来分别给麻县长敬酒。麻县长喝过几盅酒，脸色通红，说他不胜酒力，头晕了，不能喝了，井宗秀还是把六盅酒合倒在一个碗里，再给麻县长添上一盅，说：我再敬你一盅，我喝这一碗！麻县长就把那一盅喝了，扶着桌子坐下，却手指了井宗秀，说：井宗秀你外表和内心不统一呀……手半天不放下来，井宗秀愣了一下，周一山忙过来倒茶，麻县长打了个嗝儿，手放下来了，说：还有这么好的酒量，海量么！井宗秀就笑了，摆着手说不行。杜鲁成已经喝得满头冒汗，脚底下拌开蒜，就说：宗秀能行哩，别看他长得白白净净，我和一山都没胸毛，他倒有胸毛哩！周一山说：井旅长从来没说过一句硬话，但从来没办过一件软事啊，你选人真是选对了！麻县长就说：啊，啊，是不是?! 周一山说：杜参谋长，咱俩给麻县长一块儿敬敬。杜鲁成说：敬，敬。提了一壶酒过来。麻县长说：我不能再喝了！杜鲁成说：你不要喝，让一山只给你添上，我也喝不了酒，但没有你就没有预备团预备旅，你又对我有知遇之恩，我把这一壶酒喝了，让我肚里难受去，我才能表达我的心情么！一仰头，咕嘟咕嘟把一壶酒喝了，眼睛就直起来。麻县长舌头开始发硬，说：豪气，你们都豪气！那我给你们说。说什么呢？他却一时说不上来，又打了个嗝儿，终于说：我说，平川县现在没了保，保安队，预备旅就该驻，驻扎到县城来，来么！杜鲁成也说话不连贯了，说：到县城？麻县长说：到，到县城来！杜鲁成就叫道：宗秀，你听到吗？县长说让，让咱到，到县城来！他就拍起手了，又对麻县长说：这好啊县长！涡镇说是好，但水池浅，浅水池子滩，游不了龙么。手一直在拍。周一山怔了一下，突然醒悟了刚才听到的狗话，便走出包间了，叫道：旅长旅长，这酒没有了，你来看再点些什么酒。

井宗秀出来了，说：点最好的酒么，县长的话你听见了，他怎么有这个意思？周一山说：我就给你说这事的，你同意预备旅进驻县城呀？井宗秀说：他或许也是为咱好。周一山说：县城条件是比涡镇好，但去不成。就说了他听到的狗话。井宗秀说：你能听鸟语还能听了狗话？周一山说：这县是不是叫平川？井宗秀说：嗯。周一山说：县城这地方原来是不是叫平川寨，平川县就是以平川寨起的名？井宗秀说：嗯。周一山说：你属虎，涡镇就在虎山下，古话说，虎落平川不如犬。井宗秀说：我知道了。就进了包间。

杜鲁成还在给麻县长说：要是驻扎到县城了，县长，我天天可以拿，拿酒去敬，敬你呀！他还在拍手，但没有响声，是两只手拍不到一块儿，拍空了。井宗秀拨了他一下，说：你坐下。杜鲁成坐在了椅子上，椅子滑了一下，杜鲁成差点跌在地上，说：我没醉，没醉。井宗秀说：县长，是你让预备旅从无到有的，我和杜鲁成吃水不忘挖井人，就是不认娘老子也要认你！杜鲁成说：就是！井宗秀说：你让预备旅来县城，你是对预备旅好，这我知道，杜鲁成、周一山也知道。杜鲁成说：知道！井宗秀说：但我想，县城大是大，周围又都是一趟子平，这是好处，不好处是进无攻，退无守。而城墙倒塌了一半，周围的每个县城都比平川县城坚固吧，咱不说方塌县十几年前逛山提了县长的头，单这几年，桑木、三合、麦溪也是多次被游击队攻了进去。既然这老县城不安全，何不就到涡镇去？涡镇是小，但它三面环水，一面靠山，人口众多，商贸还繁荣，你也曾说过把涡镇弄好了你也要去涡镇么。麻县长说：我说过这话？井宗秀说：你说过。麻县长说：我这酒真是喝多了，我说过？我要是说过那也在鼓励你们争个气，好好干么。井宗秀说：我们就是争口气地在干着，涡镇现在真的不是以前的涡镇了，你应该到涡镇去。县长你认为呢？麻县长看着井宗秀，井宗秀变成了两个井宗秀、三个井宗秀，而杜鲁成愣了半会儿，突然拍着脑门说：啊这好，这好么，宗秀你，你咋能想，想到这一点呢？麻县长眼睛黏得厉害，眼前的三个井宗秀又合成了一个井宗秀，说：你这么个想法，这行吗？井宗秀说：你是县长，你去了哪儿就是县政府，县政府在哪儿就是县城么。预备旅干啥的，是保护平川县的，保护县政府的，保护县长的！麻县长说：酒喝高了，脑子不转了，这我，我得考虑呀，考虑。井宗秀说：你是要考虑，就是决定去，这也不急，我们还得在涡镇给你修个县政府，一切安排就绪，再来接你。井宗秀看着麻县长，却给杜鲁成说：鲁成你倒酒，咱仨一齐给县长再敬一盅！杜鲁成站起来去拿酒壶，却一手捂了嘴，一手在窗子上摸，说：门呢，咋把门没开？周一山说：门在这儿。杜鲁成还没转过身，哇地就吐了。

第二天，井宗秀、杜鲁成、周一山返回涡镇。涡镇要比县城冷，屋檐上吊了冰挂，街面上也一层冰溜，虽然没有风，空气里仍像是有刀片子。差不多的人都缩脖袖手，小心翼翼行走，脸前就浮一团白气，忽上忽下。但孩子们却热闹着用竹竿戳那些冰挂，哐啷，哐啷，冰挂摔下来碎成一堆玻璃碴子，或者把凳子反放在冰溜上，推动了再跳上去，可以滑行十多丈。

井宗秀并没有多添衣服，还剃了发，光着头不戴帽子，杜鲁成在集市上买了好多木炭，给旅部的每个房间里生火盆。井宗秀也是不要。杜鲁成说：你是还兴奋着，血流得快才不觉得冷？井宗秀笑着说：也可能吧，选址的事我思忖了，想把县政府就搬到这里，旅部还是回城隍院去。杜鲁成说：这屋院住家做旅部是够阔气的，但做县政府就小么。井宗秀说：是小了点。如果把酱货坊移走，拆了我那老宅子重盖呢？杜鲁成说：那一排院前门都向东，就是新盖，门也只能向东或向北开，而天下衙门都是向南开呀。井宗秀说：嗨，我把这忘了！杜鲁成说：县政府还真搬来吗？井宗秀说：到现在你还怀疑？杜鲁成说：现在说他考虑，他如果考虑了不来呢？井宗秀说：他不来谁保护他呀?!杜鲁成就嘿嘿笑说：你是说他不来也得把他抢来！

自后的多日里，镇上人总是看见井宗秀骑着马在街巷各处走动，不像是在遛马，也不像是在巡逻，而衣服单薄，光头，围巾搭在脖子上，随着马步在身子两边甩动。

住在中街油葫芦巷口的马婆婆一直做柿饼买卖，秋后从黑河岸的峪里收购了硬柿子，褪去皮，一层一层在屋檐下的簸子上晾软，就又取下来坐在门口把软柿再捏成饼。她捏着柿子，拿眼睛看着街上行人，脚痒了，手便塞到鞋壳里抠抠，接着又捏柿子。卖醋的许灶挑着两桶醋往过走，说：啊马婆，你抠脚哩还是捏柿子哩？马婆婆说：我哪抠脚了？你醋坊哪一个瓮里不是漂一层蛆的！上次我去了一次，今辈子我都不吃了。许灶说：你不吃井旅长吃哩，这就是要给城隍院送的。马婆婆说：井宗秀升了旅长啦？许灶说：旅长啦。马婆婆说：那他咋还穿得像黑老鸦一样的？屋檐的瓦头上哐地就掉下一块冰挂，砸在了柿子筐上，马婆婆啊了一声，看见不远处站着蚯蚓，就骂道：你碎㞗用弹弓打的？蚯蚓说：谁是黑老鸦，你才是黑老鸦！一老一少吵起来。陆菊人正好从巷里出来，忙喊着蚯蚓你挨打呀，你跟婆婆顶嘴?!

陆菊人早晨一起来就在家里用麻纸叠衣裳，再过两天就到十月一日了，十月一日是鬼节，要给亡故的亲人送寒衣。陆菊人给婆婆叠了一套，里边塞上棉花，给杨钟叠了一套，里边塞上棉花，又叠了一套，塞上棉花了，说：给你两套！剩剩在旁边看着，说：你给谁说话？陆菊人说：给你爹。剩剩说：纸做的衣服能穿吗？陆菊人说：纸在阴间就变成布了。剩剩说：啥是阴间？一直坐在门槛上吸旱烟的杨掌柜眼泪流下来，见剩剩看他，起了身往屋外走。陆菊人说：爹，你出去呀？杨掌柜说：我到铺子去。陆菊人说：又没生意，你就在家里，我再给炕洞煨些火。杨掌柜已经到了院门口，说：门老关着哪里会有生意！杨掌柜一走，陆菊人给鸡喂了食，对门楼瓦槽的猫说：看好家啊！把叠好的寒衣和烧纸香烛装在笼里，拉了剩剩出了门。在巷道里，剩剩还在问：娘，咱要去爹的坟上吗？陆菊人说：去坟上，想你爹吗？剩剩说：我想见爹。陆菊人说：是你爹想见你。这时候就看到蚯蚓和马婆婆在吵嘴。她叫过来了蚯蚓，说：你还不快跑？马婆婆不打你，她儿子一会儿出来打你！蚯蚓说：我是预备旅的人，他打我?!陆菊人说：你们旅长忙啥哩？蚯蚓说：县政府要搬到涡镇，旅长忙着要选地方哩。陆菊人说：哦！但她觉得蚯蚓在撂天话，就说：那你咋没跟他？蚯蚓说：我嘴馋了想吃肉，但没钱，在卤肉店我说我是给旅长拿肉哩，他知道了就不让我跟他了。陆菊人说：打你的嘴！蚯蚓真的就打自己的嘴。陆菊人就笑了，突然说：我教你个办法他肯定又要你了。蚯蚓问什么办法，陆菊人就从笼子里取了一套寒衣，告诉蚯蚓：去纸坊沟旅长他爹的坟上烧了，他爹会托梦旅长让你还当警卫的。蚯蚓说：真的？陆菊人说：不哄你，快去快回。蚯蚓把寒衣塞在怀里拧身就跑，陆菊人又叫住了，给了他一包火柴，叮咛：火柴如果潮了，放在耳孔里暖一会儿再擦。这事不要给任何人说！

陆菊人和剩剩去杨家坟上送了寒衣，下午就回来了，纸坊沟比杨家坟地远了三四倍，蚯蚓却是小跑着去小跑着来，竟回来得还早。第二天一早，蚯蚓故意在旅部门前转悠，成心要碰上井宗秀。是看到井宗秀了，井宗秀也看到了他，但井宗秀没有理他。到了中午，蚯蚓再看到井宗秀骑着马过来了，就拿瓷片划破额头，血流下来，坐在街道中间。井宗秀勒住马头，说：你怎么啦，血头羊?!蚯蚓说：我给你当警卫！井宗秀一松缰绳，马又往前走。蚯蚓跳起来说：你爹没给你托梦？井宗秀没有理他。他看着井宗秀的脸，看出井宗秀的爹并没有给井宗秀托梦，跃了一下抓住了缰绳，说了陆菊人让他去纸坊沟送寒衣的事。井宗秀再次勒住了马，看着蚯蚓，问：十月一啦？蚯蚓说：我不知道。再问：你几时去的？说：昨天就去的。井宗秀往东南看了一下，东南方向有杨家，但中街的房屋高，根本看不到杨家的屋院，而东南的天空上浮着一朵云，像是一只风筝。井宗秀整了整围巾，说：把额颅上的血给我擦干净！

这个傍晚，井宗秀没有骑马，在130庙门口甩着手踱步子，他是在丈量从庙里的第一块巨石到街面有多长，如果前边盖了房子，影响不影响庙的山门？蚯蚓已经脸面干净，戴着了一顶破毡帽，遮住了额颅上的伤口，腰里别了木头枪和弹弓，又是井宗秀的尾巴了。庙里的尺八声潮水般漫来，有许多人要去菩萨殿送油烧香了，而先把红布带子系在山门前的树枝上，昭示着他们要祈祷的愿望或是愿望已经实现了再次来表达感激。有人竟用朱红漆涂染了山门两边石狮子的眼睛，蚯蚓在问：这是为啥？那人说：不觉得狮子活了？蚯蚓说：活了?!那人说：活了咬你！蚯蚓又和人争执起来，说：咬你！井宗秀到底觉得在这里建县政府仍是不理想，一时心里空落，便没理会了蚯蚓，自己信步往街上走了。

杨掌柜还在铺子门口割纸扎用的芦苇眉子，身边的火盆里炭塌了，才拿火筷子往起撬，看见有人提着一吊子猪肉，说：正财，你过来，过来！冯正财过来了。杨掌柜说：又买肉啦？冯正财说：咋能又买肉啦，十月一日了么，鬼都收衣收食的，多半年了咱也得油油口么！杨掌柜说：嘿嘿，让我这个口先油油。他伸出了左手的虎口，右手把那吊肉上的板油抠出一小疙瘩，在火上烤热了，涂在虎口的血裂子上，涂上这热油了血裂子就愈合得快。冯正财却说：啊井旅长，转啊！杨掌柜一抬头，是井宗秀也走过来。井宗秀说：我路过，看看杨伯。冯正财说：这肉，你拿去吃吧。井宗秀说：这我不能拿，你多半年了才油个口么。冯正财就笑着说：那我走呀。提着肉走了。井宗秀说：杨伯你也不歇着，身子刚恢复又忙活？杨掌柜说：割眉子也是歇着。你到火跟前坐，我给泡壶茶。井宗秀坐到了火盆边，把一双脚放上去，鞋底就嗞嗞地冒汽，说：是到十月一日啦？杨掌柜说：这日子是跑哩，明天就十月一日了。十月一日，涡镇的习俗除了给亡人送寒衣烧纸外，活着的人都讲究在家要吃一顿饺子的，自从有了剩剩，这一日杨掌柜都让杨钟把井宗秀叫到家里的。杨掌柜说：你明日不外出吧？井宗秀说：不外出。杨掌柜说：我还思谋着让谁给你带话哩，你却来了，那像往年一样，明日中午到家来吃饺子。井宗秀说：那好么。最近忙糊涂了都不知道十月一日到了，可能是吃惯嘴了，到时候竟就自己来了。杨掌柜笑着说：这就对了，宗秀，杨钟在不在，每年这一天你都要记着来吃饺子。杨掌柜把茶壶放在火炭上了，泪却流下来，忙低头吹火，揉了眼睛，说：灰呛了。啊，你把那个扇子给我。井宗秀进屋在柜台上取了个竹扇，杨掌柜一下一下扇起火，两人半天都没有说话，茶壶就开始咕嘟咕嘟地响。待到茶熬好了，喝着说话，他们都避免杨钟的名字而只说十月一日吃饺子，杨掌柜就提起了十几年前的事，他和井宗秀的爹也是在这里熬茶喝，井宗秀、陈来祥、巩百林还有马岱在桂花树下玩，说起中午吃过饺子，巩百林说他娘做的饺子是世上最好吃的，陈来祥说他娘做的饺子是世上最好吃的，两人争论不休，让井宗秀评断，井宗秀却说我娘做的饺子才是世上最好吃的，惹得他和井宗秀的爹在铺子里哈哈大笑。说完，杨掌柜问井宗秀：你还记得不？井宗秀说：我记不得了。杨掌柜说：这我记得！却发感慨：又是过十月一日了，现在却是你们这一辈闹这事了。井宗秀说：我们再闹这事，还得你老指教么。杨掌柜说：不中用了，自己都照顾不了自己了，昨日中午我路过皂角树下，那里坐了六七个老汉老婆的，低眉耷眼的在那里晒太阳，半天没人说话，即便有人说话了，别的人也只是点点头，我心里就想，唉，都是等着死的人了。井宗秀一时又不知再说些什么，正好蚯蚓满头大汗跑来，说：旅长你咋在这儿呀，我快寻疯了！井宗秀趁势告辞，杨掌柜站在门口送他，还在叮咛：

明日中午啊！

※　※　※

到了明日，陆菊人一早就让公公到街上去买豆腐和韭菜，公公回来却买的一块豆腐和一包地衣，说没有卖韭菜的，倒有人拿了这一包干地衣，他全买了，地衣是稀罕物，做馅要比韭黄好吃。陆菊人当然喜欢，当下就用水泡了地衣，自己拿了升子去花生家借面。开年以来，家里的粮食紧张，磨麦子不是在麦子里掺了白苞谷或黄豆绿豆磨出的杂粉，就是纯磨麦子也都一个罗到底地连麸子，而大前天花生家磨麦子，来她家借过细罗，说是她爹生日到了，罗些头遍粉要擀长寿面的。陆菊人便去问还有没有头遍粉，有了借她一升，过后她再还的。花生说：不就是一升面么，谁叫你还呀，全当我这当小姨的给剩剩送顿饺子！陆菊人说：我给土地神蒸些供品的。她端了面粉，小心翼翼地往回走，心里想：我这是哄了神啦！回到家，把一升面全和水掺了，面团揉了三遍，用湿巾盖起来放在案板上醒着，开始拣起地衣。地衣是长在沙坡草丛中的仙物儿，必须是雨后天晴了才有，也必须是太阳一竿子高前要去捡，大正午太阳一晒它就又没了。因为长在沙坡草丛里，它就常沾着沙子和草屑，拣得不净了吃起来牙碜。泡在水盆里的地衣全发开了，油黑油亮，一朵一朵，像开的花，陆菊人拿起一朵，细细地掰开每一个皱，把草屑捏出来，又在水里不断地涮，涮到没有沙子了，才放在筛子上，再去清洗另一朵。这样的活儿非常费时，她蹴在那里腿困了麻了，就坐在小凳子上，而坐在小凳子上，一直弯着腰，腰也酸疼，后来就干脆坐在地上。她不急不慌，一丝不苟，是那样地有兴致，好像是在绣花，生怕哪一针扎得不是地方，当清洗出一朵了，觉得那地衣不是长在沙坡草丛，是从自己手里生出来的，就想：地衣这名字谁起的，是土地冷了自己生出的衣服来穿，还是神看着土地裸着赐给了衣服？要赐衣服怎么不赐彩色的衣服，黑颜色真的好吗……黑衣黑鞋黑裹腿黑旗子，陆菊人不经意地笑了一下，她觉得自己的胡思乱想可笑。杨掌柜在院角的那一小块地里掐葱，又在墙根的那一棵花椒树上摘椒叶，花椒早都摘了，椒叶还有没落的，他说：椒叶是干了点，剁些搅在馅里能提味的。你去借面粉？陆菊人说：花生家才磨了麦，是头遍粉。杨掌柜说：杂粉就行了么。还没拣完吗？地衣好吃是好吃就是费事。陆菊人说：不费事，爹，我再用清水过一遍就好了。陆菊人终于把地衣拣洗干净，就把豆腐切成片，再把片切成小块，和地衣一块搅和了在案上用刀剁。她是从左边往右边剁，再是从北边往南边剁，刀提起来并不高，节奏紧凑，啷啷啷，啷啷啷，头上发髻奓着的一绺头发就欢乐地跳跃，同时脚在地上踏着点子，腮帮子在颤，衣服在颤，她感觉到衣服里的奶子已经变成了活活的兔子。剩剩跑过来说：娘，我也要剁，我也要剁。陆菊人脸却红了，说：剁好了，再剁成泥就不好吃了。一遍一遍地调盐、调花椒粉，调一遍，抄一口尝尝，又调一遍，再抄一口尝尝。就开始揉面团，揉了个没完没了。打到的媳妇揉到的面，陆菊人不觉就想到了杨钟生前的话，那时她揉着面团要蒸馍或擀面条时，杨钟坐在一旁就这么说，她生气偏就不再揉了。但现在揉着面团，似乎觉得杨钟还坐在灶火口那儿，看了一眼，灶火口什么也没有，心想再没人能给她说这话了，就小声说：你要有灵，你今日回来吃饺子，第一碗饺子先给你端上。揉好了面，擀开来，头遍粉真的是又筋又光，好像是用擀杖把一堆云碾开了，案板上铺上了一张白纸。陆菊人用碗底在纸面上按，按下的圆椭，一片一片垒起，就包饺子了。包饺子是陆菊人拿手的活儿，饺子皮包上馅后，只把皮子边折在一块，双手合起来一搣，那么快的一颗圆鼓鼓的又十分精美的饺子就捏成了。捏成的饺子一颗颗放在翻过来的丝罗底上，摆列得整整齐齐。杨掌柜在旁边看了一会儿，洗了手说：让我包些。杨掌柜要包，剩剩也要包，杨掌柜除了那天做过一顿面糊糊，从来没在厨房里动过手，他也来包，陆菊人很高兴，但杨掌柜先要把放了馅的饺子皮折起来捏紧边儿，然后双手也去搣，饺子不是扁了就是边儿太长。而剩剩完全是玩，包出来的简直是个死面疙瘩，包一颗扔在丝罗底上，杨掌柜说：要摆整齐，摆饺子没行，娶下媳妇没样。陆菊人就哧哧笑。杨掌柜说：你包的咋那么鼓，是馅要多吗？陆菊人说：搣的时候手心要虚着，外紧内空。她给公公和儿子示范着，而杨掌柜和剩剩仍是包出来的不好看。杨掌柜说：剩剩，咱不糟蹋了，咱到巷口等去。爷孙俩一走，陆菊人继续包饺子，她得意着公公是个慈善的公公，儿子是个可爱的儿子，更得意自己饺子包得好。就是呀，娘家那么穷的，小时候一年到头吃不上几顿饺子，而自己却能包得这么好，全镇上恐怕也没人能比她包得好了。她把一颗饺子包好后放在了手心，想象着这该是个什么小动物，便又看见了小动物的身上清晰地印着她手上的纹路，忍不住把饺子的两个角捏长了一些，认作是小动物的耳朵，再将自己中指上的纹也印上去。她是十个指头的斗纹。斗纹有福，这是陈先生来寿材铺时曾给公公和杨钟看指纹说的，公公是五个簸箕纹五个斗纹，杨钟是两个斗纹八个簸箕纹。我怎么会有福呀，陆菊人想到这里就笑了，说：有豆腐（福）?！包完了饺子，出门看太阳已经端了，鸡在院子里觅食，不知从哪儿觅得了一条蚯蚓，冬天里蚯蚓都在土里休着，怎么被它们觅到了，争夺起来，两只鸡各咬住一头，互不相让，蚯蚓就被拉直了像是在拔河。一声吆喝，一只鸡跑开了，飞上墙头急促地叫，陆菊人心情好，说：你还发脾气，骂我吗？猫在门楼瓦槽里看她，她低下了头，又抬头看了一眼，就进屋往锅里添水，往灶膛里点柴火。今日烧的是豆秆，点着了没有起烟，呼地起了焰，焰嚯嚯着像在笑，她压了压柴火，水很快烧开了，但井宗秀还没有来，她在锅里又添了些水，剩剩就跑进来了，说：娘，娘，饺子煮好了没？陆菊人说：你爷呢？剩剩说：爷还在巷口，我肚子饿了。陆菊人说：等一等，乖，那只冒疙瘩鸡在窝里，你等着它下蛋，蛋一下出来饺子就熟了。剩剩坐在捶布石上一眼一眼看着台阶上的草筐，草筐里卧着冒疙瘩鸡。鸡迟迟生下了蛋，井宗秀还是没来，剩剩就哭了，叫唤着他要吃饺子！鸡往往是半下午才生下蛋的，陆菊人觉得她在骗儿子了，这时候听到公公在院墙外说：这是从哪儿弄的银杏籽？果然杨掌柜和井宗秀就进了院门，井宗秀说：我在街上碰着蚯蚓他爹了，他去东召村弄的种子，我顺手抓了一把。说着见剩剩在哭，说：这咋啦？剩剩说：我要吃饺子。井宗秀说：吃呀吃呀！陆菊人赶忙就进屋说：水是开的，我现在就煮饺子！却站在水缸边照，水缸照着她的影子，理了理头发，还系上领口的纽扣。她听到了井宗秀让剩剩把种子埋到院墙根去，剩剩在问：这是啥种子？井宗秀说：银杏树种子。剩剩说：我要种花哩。井宗秀说：要种就种树，将来你和树一块儿长，长成大树。杨掌柜说：还指望这籽长大树呀?！井宗秀说：咋不能，养鸡成大鹤，种籽做栋梁么！陆菊人把饺子煮到锅里，饺子在水里沉到锅底，她也安静了。

饺子煮熟了，陆菊人先盛了四碗，井宗秀进来端，端了一碗，说：我就爱吃饺子！陆菊人却把他手里的碗夺了，说：你咋吃这一碗。给了他另一碗，把井宗秀端的一碗放在案板上，再说：那些是剩剩和他爷包的，包得不好。杨掌柜和剩剩都端上碗了，三个人坐在上房里的桌子上吃，陆菊人端了案板上的那碗饺子也到了上房，却把饭碗放在了柜台上杨钟的灵牌前。剩剩说：娘咋不吃？陆菊人说：给你爹先献一下。剩剩说：爹能吃？陆菊人说：魂会吃的。剩剩说：我要吃我爹魂吃过的。陆菊人说：魂吃过的就没味了。杨掌柜筷子不动了，井宗秀一颗饺子刚送进口也不再咬，陆菊人忙把灵牌前的碗端了吃起来，问：盐轻不轻，还要醋吗？井宗秀说：正好正好。陆菊人说：听说平川县的县政府要来涡镇，有这回事吗？井宗秀说：是我让搬迁的。陆菊人说：哦?！这一哦，井宗秀觉得话说那个了，补充一句：那里没有了保安队么。但陆菊人还是说：哦?！杨掌柜却兴奋起来，说：别人这么说我还不信，倒真的是这样了，好啊好啊，那县政府一来涡镇就是县城了，预备旅就是政府的了，你宗秀也是正经的官了?！井宗秀笑了笑，却说：我才要征询你们呀，县政府来了要在镇上哪里？这几天我可愁着寻不着个好地方。杨掌柜说：预备旅在哪儿县政府就在哪儿么。井宗秀说：城隍院房子是现成的，毕竟太小，况且预备旅又没了去处。杨掌柜说：五雷当年占了130庙的……陆菊人说：那使不得的。井宗秀说：咋使不得？陆菊人说：五雷当年在那里，已经是烧香礼佛的人不方便去，若去个县政府，涡镇就从此没庙了。井宗秀说：有没有庙这倒不是问题。陆菊人说：咋会不是问题，县政府预备旅管得了当下的事，能管得了生死?!井宗秀看着陆菊人，陆菊人却转身给杨掌柜去添第二碗了。井宗秀说：这倒也是，可哪儿能有合适的地方呢？杨掌柜说：镇上的空场子也就是柴草市场和牲口市场，但那场子占不得吧。陆菊人端了碗饺子给了公公，说：不是还有些凶宅吗，别人住不成，县政府倒能镇压住。井宗秀说：凶宅？突然说：瞧我这脑子，这脑子！杨掌柜还莫名其妙，井宗秀就狼吞虎咽地吃起饺子，他似乎都不咬了，不停地往嘴里塞。杨掌柜说：慢慢吃。井宗秀说：我还有个急事的，吃了就得走啦。陆菊人却又从厨房端来了一碗饺子，看着井宗秀的碗里快吃完了，不容分说就把端来的饺子倒在他碗里。井宗秀忙闪身，一颗饺子便掉在地上，他去捡，陆菊人已经捡了，吹了吹土，自己吃了。井宗秀说：我都吃饱了，咋又是一碗！他站了起来吃。陆菊人说：剩剩都吃一大碗的，你还吃不了两碗?!井宗秀是把碗里的饺子全吃了，起身就走。杨掌柜说：催耕不催食的，你有啥事这急的！看着井宗秀走到院门口了，还说：原汤化原食的，你不喝些汤？

※　　※　　※

中街南头的阮家，原本是兄弟俩各住一屋院，老大没儿没女，老二也仅有阮天保，老大死后两屋院合成一屋院，房子算不上多讲究，面积却是全镇的最大。那场火烧了门楼和前院的四间上房，而厢房和后院都在。预备旅把门面改造后，推倒那些残垣断壁，重新盖了三进房子。周一山负责施工，他主张简单着为好，就土木结构，穿斗式梁架，单檐悬空屋顶，小青瓦铺面，第一进是座厅房，中间做大堂，东西厢房分别是寝屋、书斋、厨间和茶舍，第二进第三进都是平房，第二进隔出三间，算是干事们的办公室，第三进一半是杂物间一半是打杂工的住处。井宗秀觉得办公室是不是太少，周一山说咱还要那么多机构吗，把麻县长伺候好就是了。井宗秀也笑了笑，说：聋子也得有耳朵啊。周一山就把第二进平房隔成八小间，至于伺候人要腿脚勤的、眼里有活儿的，选来选去，选出了六人，其中有叫王喜儒的，这名字好，让他做六个人的领班。整个房子的里外墙还没搪好，井宗秀就先把门牌挂出来了，门牌很大，上面没写平川，也没写涡镇，只是五个字：县国民政府。

选择了初八那天县政府入驻，涡镇一大早城门楼上、城墙的垛台上就插上了黑旗，锣鼓钹镲一齐敲打，几乎所有的人都拥在中街上。周一山在吆喝着人群往街两边靠，那店铺的台阶上、住户的屋檐下，就站不下了，有人爬到树上、坐在了房顶，前边却有了鞭炮声。周一山发脾气：有粉往脸上搽，这会儿放了一会儿县长来了放啥啊?！蚯蚓就跑了去用脚把燃着的鞭炮踩灭，而一群孩子在一团烟雾中捡拾未炸响的炮仗，有的将一枚再点着就又往人群里扔，但太紧张，扔出的是火柴盒，而炮仗就在手里炸了。

但是，谁也没有注意到，就在黎明时分，一群鸟飞到镇上，中午了仍还在空中飞翔。它们个头差不多一样，身子一拃左右，却有着身子五六倍的长尾，通体为栗色，头颈和羽冠深红，而两根尾纯白。人们都往街面上看热闹，只有陆菊人牵着剩剩走过来了，她往天上看，看到了这些鸟，对剩剩说：瞧，多漂亮的鸟！她这么一喊，人们才往天上看，确实是漂亮的鸟，却不知道这是些什么鸟，说是棕背伯劳，说是凤头百灵，说是血雉或朱鹮，好像又都不是。而同样在街上看热闹的花生和她爹也往天上看，刘老庚说他在深山老林割漆时见过这种鸟，这鸟叫绶带。花生却难以明白了，虎山上飞来的鸟都是白鹭、黑鹳、斑鸠、嗝鹛、酒红朱雀、金雕、红脚隼，而深山老林里的绶带鸟怎么就在今天飞到了涡镇，这是给谁绶带呢，是给那个麻县长，还是给井宗秀，或者是井宗秀给麻县长的还是麻县长给井宗秀的?

麻县长终于来到了镇北门口，他是坐着两个人抬的滑竿来的，跟随的是一行人和六七个毛驴，毛驴驮着几十个木箱子。麻县长到了北门洞就不坐滑竿了，他也不要敲锣打鼓鸣放鞭炮，甚至不要那么多人在街道上欢迎他，给井宗秀说：我这又不是初上任，万万不可扰民。你知道慈禧从北京西逃西安吗？欢迎的不该是我，而是我要感谢你、感谢涡镇民众的。他同井宗秀一道，步行走过中街，面带微笑地给两边的人群拱手致意。他们经过十字街口的老皂角树下，绶带在枝股间缓慢飞翔，长尾摇曳，如是风筝。麻县长驻足观望，说：有这么大的皂角树啊，这是什么鸟？井宗秀说：这我还叫不上名。麻县长说：吉祥！吉祥！井宗秀说：我在这里土生土长，还第一次见到这样的鸟，今天这么热闹，它们竟能待在树上！麻县长说：梧桐招凤凰么，得好好保护这棵皂角树。突然就说道：还记得第一次见到你，为什么留下杜鲁成而没留下你吗？井宗秀说：记得呀，我一直纳闷你让我说过三种动物，怎么就不肯留下我呢？麻县长说：我告诉你吧，让你们说三个动物，是我测究用人的办法。第一个动物的形容词是表示你自己对自己的评价，第二个动物的形容词是表示外人如何看待你，自我评价和外人的看法常常是不准的，第三个动物的形容词才表示了你的根本。你那天说的第一个动物是龙，形容龙是神秘的、升腾的、能大能小的，第二个动物是狐，形容狐媚、聪明、皮毛好看，第三个动物是鳖，形容能忍耐、静寂、大智若愚。大致是这样吧？我那时就觉得你不是平地卧的，怎么能屈伏在县政府里跑差，果然你就有了今天！井宗秀说：县长，县长，我能有什么能耐啊，这还不都是遇到了你！你和县政府能到涡镇，我现在还恍惚着像在梦里哩。麻县长笑着说：我也想象不到我能到了涡镇，好么，好么，咱们以后就通力为民众服务啊！感叹起来，回头对着杜鲁成说：乱世出英雄，井宗秀是不是个英雄啊？杜鲁成赶紧应道：是的是的。

麻县长的话是说给杜鲁成的，旁边人都听耳里，蚯蚓就拍手叫好，杜鲁成制止了，说：你咋在这里？蚯蚓说：我是旅长警卫呀！杜鲁成说：没你的事！把他推出随行的队列。蚯蚓就有些恼了，他到街边，虽然还跟着人群往南走，鼻子发酸，他希望井宗秀能看见他，让他也过去，井宗秀好像是看见他了，并不理会他，只是和麻县长说话。蚯蚓就蹴在一家屋檐下哭鼻子流眼泪，却有人在说：是蚯蚓吗？蚯蚓四下看看，身边没人，人都往前去了，声音是从旁边的门里传来的。门里黑，蚯蚓看了好大一会儿才看清里边坐着陈先生和陈省心，说：你也出来看了？陈先生说：我是来看病的，陈省心爹腿疼得走不动。你哭啥呢？蚯蚓就说了刚才的事，陈先生嘿嘿嘿的，像是咳嗽又像是笑，蚯蚓说：你也笑话我了？陈先生说：英雄也罢，阴谋也罢，他井旅长还认不认你？蚯蚓说：他肯定认我哩！陈省心却说：井旅长那么英武的人，咋就能对你好?！陈先生说：那是井旅长需要么。陈省心说：蚯蚓一身瞎毛病，井旅长需要？蚯蚓朝陈省心呸了一口，起身走了。

井宗秀一行人陪着麻县长走到县政府里了，街上的人才慢慢散开，在那个下午和夜里，他们在议论着麻县长并不是传说的满脸麻子，但这就是县长吗？虽然穿着四个兜的中山服，戴着礼帽、眼镜的，咋看都像是个教书的先生呀！到了第二天，伺候县长的那六个人出来在街上垒石台子，就有人向他们打听县政府里是什么样，麻县长是不是一来就坐堂了？王喜儒说，大堂体面得很，正面墙上悬挂了孙中山的像，左边是总理遗嘱，右边是冯玉祥的誓词。麻县长是坐堂了，他们赶紧都穿了长袍马褂跪下叩头，听候差遣。麻县长却让都起来，说：我们要建立新规章，改掉旧习惯，见我不要跪，现在人人平等，有事共同办。听的人一愣一愣的，说：哇，咱涡镇真有了县政府，以后打官司就不出镇啦！王喜儒说：什么涡镇涡镇的，是县城！

也就是从这一天起，北城门楼上有了插旗的仪式，虽然还是原来的黑旗，但晚上专人取下来，天明专人再插上去，风雨无阻。而且门洞口有了固定岗哨，四人一组，轮流换班，凡是进城入城的人都要盘查。老魏头不在城北门那一块儿守夜了，腰里挂了警锣，手里拿着梆子，开始各条街巷里走动。若平安无事，那梆子不紧不慢地敲着，能听见谁家窗子飘来鼾声，谁又起夜了，在尿桶里小便，分辨出是男的还是女的，女的是这家的女儿还是媳妇。总有几家的夫妇爱吵架，从巷子这头走过去还在咋难听着咋骂，从巷子那头再走过来了，哭泣却变成了淫笑，有了猫舔糨糊的音响。但如果有了突发事情，比如突然有黑影一闪而过，连问几声都不回应，比如碰着了一个人，这人并不认识，他就把锣咣咣猛敲，城隍院里就首先冲出一队兵来，接着所有的狗都在叫。

麻县长差不多住过一个月了，水土还没有彻底换过来，他觉得这里的水硬，肚子老胀。他一直有晚饭后散步的习惯，但晚饭后街上的人还多，不方便，就常在人都睡静了才出来。他一出来，王喜儒就提了灯笼陪他，他不让陪，王喜儒又不放心，说是回去睡呀，却远远地还跟在后边。

王喜儒是必须十天给井宗秀报告一次县政府那边动静。王喜儒就说了麻县长很安然，早晨起来都要读书，读书时谁也不许打扰他，中午就坐堂、看卷宗、写文稿，他现在熬煎的是尽早能健全县政府的机构，为劳动、土地、财政、粮食、文化等委员会的人没有到齐又没有资金而常常发火。对饮食没什么不满的，早饭都是大米粥或苞谷汤，喜欢大颗粒苞谷汤，就着酱菜。中午一盆豆腐青菜粉丝混菜，要么一碗米饭，要么两个蒸馍。晚饭常让他带来的勤务员白仁华一块儿吃，白仁华除白天给他跑小脚路，主要是晚上他散步后要给他按摩，按摩好像有瘾，不按摩就睡不着，白仁华也就睡在他的寝室。井宗秀哦了一下，再问：他是为机构不健全发火？王喜儒说：先是发过几次火，但白仁华好像去过老县城，还带来了个人，后来再没见发过火。井宗秀说：怎么是好像？一定要清楚白仁华外出了多少次，是什么时候外出的，来的人又是干啥的，这要及时给我报告！王喜儒说：我错了，我以后改。井宗秀就拍着王喜儒的肩，叮咛要把麻县长照顾好，可以来预备旅拿些油呀肉的，要保证喝茶取河心水，出去散步注意安全，不要到南门外的涡潭边去，说：他可是一县之长，领导着咱们哩。王喜儒说：没有你哪有他县长，是预备旅救了县政府么！井宗秀说：这话不能说！

※　※　※

县政府一迁来，预备旅就可以名正言顺地在全县范围内纳粮征税了。任务交给第四团，王成进和陈来祥就带兵各分了一路。王成进做事强横，能下得茬，该纳粮征税的必须纳粮征税，否则就不管你是老人或妇女，用绳索先捆了，拿眼看着卸磨拉驴、上房溜瓦，当场拍卖给村人，所得的粮钱少一两一分不行，多一两一分不要。几个月下来，见天都有装着大小麻袋的牛车归来。吆牛车的是雇来的窦百万，押车的是团里的樊哈儿，两人都一身黑衣，窦百万却多了个黑毛巾，在头上从后往前一扎。樊哈儿是秦岭外的人，说：我老家那里毛巾都是往脑后扎的。窦百万说：往前扎就翘出了两个犄角的，扎在脑后那是蔫驴的耳朵呀?！牛车走得并不快，两人在回来的半路上，经过一些村寨，总会拿纳的粮换些酒或烧鸡，而牛拉了粪，又都铲起来装入车后挂着的筐子里，一到镇，窦百万就把粪倒到自家厕所的粪池里。

预备旅的伙食明显地好起来，蚯蚓总是不断地拿了猪尿泡给街上的孩子，这些孩子就把猪尿泡吹圆晾干，做了灯笼，一到晚上提着灯笼跑，竟然是一串一溜十几个几十个。城隍院外的厕所边，鸡蛋壳越来越多，有人去那里挑粪往自家地里施肥，嚷嚷着镇上所有粪池里的屎疙瘩见风就散，而预备旅的屎疙瘩最黏，也最臭。豆腐坊的伙计给灶上送豆腐，一送就是四大筐，回来说城隍院里啥都好，不好的是苍蝇多，还都是绿头的。听的人就说：唉，啥时让我家也有苍蝇啊！于是，隔三差五，便有人去参加了预备旅。

西背街开杂货店的白布云领着三个人在城隍院门口张望，三个人都面黄肌瘦、衣衫破烂，杜鲁成从院里正出来，说：干啥呢？白布云说：我找井旅长。杜鲁成说：井旅长不在。白布云说：那你说话顶用不？杜鲁成生气了，虎着眼说：啥意思?！那三个人就说：让我们吃粮吧！杜鲁成没听懂，说：吃啥粮？白布云说：他们把当兵叫吃粮哩，这是我的亲戚，都是虎山湾后的资峪人，我介绍着参加预备旅。杜鲁成说：当兵不是吃粮，是刀刃上打滚哩。你们都有啥本事？那三个人一个说他伐过木，使过板斧也使过砍刀，一个说他种庄稼哩，但他能爬高上堤，说着一个箭步，双手就攀着了院墙头。杜鲁成没让他再翻上墙，问第三个，那人说他挖过药，为了证明他挖过药，一口气说了凤尾草、枇杷草、贝母、半夏、祖师麻，还有三叶樋、淫羊藿、桔梗、党参、天麻。杜鲁成忙把他制止，他说：谁都会得病的，你们没有郎中？杜鲁成说：咋就想着要参加预备旅？白布云说：穷得顾不住嘴么！你给井旅长说说，收下他们。杜鲁成说：井旅长肯定不收。白布云说：为啥？杜鲁成说：守镇的那时候，我知道你骂过陆菊人，你骂过吧？预备旅困难了你闹事，预备旅日子刚一好你就介绍人了?! 白布云说：那事情都过去了么，再说我骂陆菊人，井旅长还真记恨我呀？那井旅长他……杜鲁成说：你骂井旅长？白布云说：我不骂了。杜鲁成说：不骂了你就走，这三个人留下，与你没关系！白布云说：你让他们参加啦？杜鲁成字咬得真真地说：我是参谋长，知道不?! 当天晚上，灶上就吃的是稀粥和蒸馍，这三人每人拿了七个蒸馍，从手腕上一直摆到胳膊根，叫道：狗日的，咥美！

断了很久的盐茶驮子又接续着出现在镇上后，三六九日的集市就红火起来了。虎山湾后的三沟四峪，黑河白河两岸的七村八寨，人都背了背篓，挑着担子，或拉车赶驴的，拿着粮食果瓜、木耳、香菇、核桃、栗子、龙须草、葛条、熏肉、豆腐干，来集市上卖了，再买衣帽鞋袜、盐巴、茶叶、瓷器、灯盏、油伞、镜子、胭脂。以前是太阳到了屋顶开市，太阳从屋檐下跌落一丈了歇市，发展到除了整个中午和下午，早晨有了露水市，天黑了还有鬼市。逛市的买家卖家，有买了物的或卖了物的，有买了物再卖了物或卖了物再买了物的，买卖后都讲究一顿吃喝，当然也有不买不卖的，场场集市上就是为来了卖个眼、馋个嘴的，这便除了那些饭店酒馆七桌子八碗子的请吃和吃请，更有了越来越多摊子上的醪糟、馄饨、锅贴、凉粉、豆花、油糕、酿皮子、杂碎胡辣汤。到处人满，人都说话，话和话混在一起了，再没节奏，话就不是话，是市声，哄哄嗡嗡，嗡嗡哄哄，搅和着尘土，似乎把镇子浮起来。涡镇人有太多的兴奋，晚上坐在炕上一遍又一遍清点赚来的银钱，白天出门来脸上油乎乎的，衣裳明显的光鲜。但他们也有了烦恼，去上自家屋后的厕所，厕所里总是蹲着别人，街巷里到处有垃圾，墙根树下常发现尿渍，挑担背篓的人因为货物包裹太大，撞落了院墙上的一页两页瓦，门前的一串红指甲花老是被掐去叶瓣，甚至晾在豆秆上的衣服时不时少了一件。而那些深山人掮着木头卖了钱全买了糕点和烧酒，喝醉了就倒在谁家门口，吐一大堆，惹得狗吃了，狗也醉倒在那里。乞丐来了，小偷也来了。街巷里的店铺全都开张，又增加了几家客栈和草料店，专供外来人的食宿，这些客栈和草料店门口就出现了年轻的女人，打老远吆喝那些赶驮子的，若有意思来的，就欢快地招手，而不理不睬的，便撇嘴哼声：嘁！

原来的店铺主要集中在十字街口老皂角树一带，而中街的北头南头，或东背街西背街以及那些主要巷道里，隔几家住户才有一处店铺，住户是高墙大门讲究个门楼，店铺就两间三间的门面，十二块十六块的活动木板，早晨一页一页卸下，晚上一页一页装上。现在，差不多的住户也把临街巷的屋墙打开，或大或小地做起了店铺。这些店铺一半是自家经营，一半则租给别人。人人都谋着在这里发财，却不是人人都能做好生意，于是，来了的人又走了，走了的又有人来，门面房总是没空闲过。油坊斜对面的那三间门面，马六子亲眼看着新换了四个租户，先是黑河岸上姓乔的开了面馆，专卖𰻝𰻝面，𰻝字六十多笔画，他写斗大的字挂在门口，卖了不到一月就转让了。镇西背街一姓王的办成了葫芦头泡馍馆，顾客不多，两个月后又换成一个姓黄的卖胭脂粉和首饰，又是不行，再变成姓胡的卖扁食，扁食像饺子却不是饺子，是面擀成后切成四方片，包了馅要折三叠捏个长方形，但还是不行，墙上贴了转让字样。人都嘲笑这门面命苦，马六子却说：皇帝的女儿不愁嫁。果然很快就叮叮咣咣地敲打，旧门头被拆下了又装新门头。

安仁堂的椅子上却坐满了候诊的人，多数心脏上出了毛病，不是胸闷如压了块石头，就是时不时地疼，抽到后背上地疼。陈先生给这个号了脉，说：最近生意不好？这人说：唉，挨上了，取不离手了，狗把链子都带走了！又给那个号了脉，说：又挖了个金窖啦？那人说：金窖能有多深就多深吧，嘿嘿，我是不是太贪啦?！陈先生就说：悲也罢喜也罢，都伤害心脏啊！然后回头来，白花花的眼睛对着杨掌柜，问：你说是吧？杨掌柜坐在旁边的椅子上，他是由陆菊人陪着定时来抓药的，他不知道该怎么回答，杨记寿材铺生意可是一直照旧的。

市场日益热闹，井宗秀就让杜鲁成又负责起涡镇的经营，杜鲁成兴致变高，每天睡不了多少觉地忙碌，眼睛赤红，口干舌燥，给人说：忙得都顾不上尿净，裤裆里都是湿的。在第四团完成了一轮纳粮征税后，决策着去东背街西背街靠城墙盖门面房。门面房虽然盖得简陋，但格局一样，齐刷刷一排，倒显得壮观，就出售或租赁给外来人。接着，全镇的商号店铺统一登记，收缴营业税金。又提出要奖励王成进和陈来祥，给每人两间门面房。就在研究杜鲁成的意见时，周一山明确反对，他认为纳粮征税是干得不错，但那也是他们的任务，一、二、三团除了强化军事训练外，又再次整修城墙，把所有的垛台都建了碉堡，如果奖励王成进、陈来祥，别的团长就有想法了。就是奖励也不能奖励门面房，他担心的是，这样下去，那是过小日子呀！杜鲁成就和周一山争执起来，杜鲁成说周一山你也是逞能，啥事要不是你干的就都反对，周一山说咱是把鸡窝往高楼盖着哩，你却要把高楼盖个鸡窝。两人一争执，井宗秀就调整了杜鲁成和周一山的分工，还是让杜鲁成抓部队军事训练，由周一山管理内勤，却依然同意杜鲁成的意见，把门面房奖励了王成进和陈来祥，并宣布以后谁要有功劳都奖励门面房。但也从这次争执后，杜鲁成和周一山不和起来，是是非非，相互不满和抱怨，井宗秀就不时地按下葫芦了让瓢上来，瓢上来了再按下去让葫芦上来。

奖励的门面房，陈来祥让他爹又办了个皮货店，专熟各类皮子，而王成进则是租给了外边来的一个妇女卖头油胭脂粉，过了十多天，那妇女走了，来了个还是妇女，在卖各色丝线。有人就反映说，那卖头油胭脂粉和卖丝线的妇女都是王成进从外边领回来的，住几天就被撵走了。周一山问王成进怎么回事，王成进说：人家租房子做生意，我总不能租男不租女啊！周一山也不好说什么了，就叮咛蚯蚓常去那里溜达，注意些动静。几天后，他问蚯蚓，蚯蚓说：都是些女的。周一山说：啥样女的？蚯蚓说：有些脸熟，有些脸不熟，进去时油头粉面，出来时脸上的粉就脏了，腿叉着走。周一山给井宗秀说：不能让王成进去纳粮征税了，他肯定私吞了钱。井宗秀说：不让他去谁又能比他强呢？我知道他会中饱私囊，也就允许他贪污吧，只要他做得不要太过分。井宗秀把王成进叫来，劫劈头盖脸就问是不是在奖励的房子里招了些不三不四的女人，王成进矢口否认。井宗秀说：你看你那裤裆！王成进的裤裆上有一块白色的东西，像干了的糨糊。王成进说了声：这把他家的！忙用手去揉搓，再拿湿手巾擦，就承认了，说：男人么，何况又是当兵的，谁见了地不想把种子撒进去？这事还不行吗？井宗秀说：当然不行，你是团长！王成进说：有人嚼我了？这是他们 × 不上了就忌妒么。井宗秀说：不管你以前怎样，这是在预备旅，这是在涡镇，绝不允许今天一个明天一个的胡来！王成进说：那就固定一个？井宗秀说：不是固定，固定了你就得结婚！王成进就和一个卖瓷器的女人结了婚。

王成进有了媳妇，预备旅好些团长、团副就心动了，白菜萝卜各有所爱，巩百林便成了家，夜线子成了家，杜鲁成也找的是火锅店王掌柜的大女儿。杜鲁成还要把王掌柜的小女儿介绍给陈来祥，但那小女儿没看上陈来祥，嫁给了马岱。陈皮匠就急了，四处托媒，最后在黑河岸双贤峪为儿子定了一门亲事，说好了来年结婚。周一山给井宗秀说：你这口子一开，都谋算家了。井宗秀说：龙马关的韩掌柜就是在创业时给管家、账房以及常年跟着他的人都有股份，才后来发展成那么大的家业。周一山没再说什么，但这些婚事，他都以种种借口没去现场喝酒。而麻县长很高兴，每一次都出席，来了还要颁发结婚证书。证书都亲自写，写完了还在证书上抄写一首词：蘋叶软，杏花明，画船轻。双浴鸳鸯出绿汀，棹歌声。春水无风无浪，春天半雨半晴。红粉相随南浦晚，几含情。

后来，吴银也成亲，井宗秀要预备旅团以上长官都去，周一山无法推托也去了。所有人又都喝多，有的瓷着脸傻笑不止，有的突然哭鼻子流眼泪说想他娘了，杜鲁成却是话多，井宗秀说一句，他能说十句，而且有手势，不许谁插话，也不许谁不专注听，大家就只得给他微笑，为他的话点头，要去上厕所也不敢轻易走开。周一山沏了茶给他，说：你喝喝。替他擦嘴角白沫，他搂住了周一山，说：我就怕你又打断我的话，你没有，咱再喝六盅，六六大顺！周一山说：我实在喝不了啦。他说：你喝，你要喝，咱们的兄弟有了家，高兴啊，喝不了也得喝！家是啥？家是自己的窝，涡镇是啥？涡镇是预备旅的窝，安顿预备旅的窝就是安顿兄弟们的窝，爱自己的窝了才会爱预备旅的窝么。我是不是话多了？周一山说：是多了。他说：我的话多了，可我哪一句是说错了？周一山说：都对着的。他直着眼就看周一山，说：你这兄弟！兄弟！噗，突然口里喷出一股东西来，身子就往下溜。周一山笑着抖了抖落在自己胸前的粉条，扶他去炕上躺了，他觉得冷，却不愿去拉那新被，喊叫着周一山：你有才，我佩服你那脑瓜子！你把衣服脱下来，我冷，给我盖上。

酒场子散后，回城隍院的路上，王成进给周一山要提媒，周一山说：哦，你给我？王成进说：这女人除了鼻子上有个斑，哪儿都好。周一山说：井旅长不成家，我也就打光棍。王成进说：这我不敢给井旅长提媒么，井旅长的女人那就不是一般女人啊！周一山说：那我就只配斑鼻子?! 旁边跟随着几个兵，在交头接耳，其中一个说：主任，你不要了让给我吧，我不嫌，烂眼子歪嘴的都行。周一山训道：你个兵蛋子，成什么家！

就是这个兵蛋子，五天后的一个夜里疯了，满身是血地在街上跑，一边跑一边喊：我把它杀了！我把它杀了！老魏头打更碰着，吓了一跳，就敲锣。锣一响，北城门楼上跑下来几个兵把疯子扑倒在地，问把谁杀了？疯子叉开双腿，才知道他是把自己的尘根割了。

追查他自残的原因，是头一天晚上四个当兵的在酒馆里喝酒，回营房时路过西背街牲口市拐角，那里有几间房因没人住，坍了屋顶，只剩下几堵墙，周围人就把垃圾倒在那里。垃圾散发的气味很臭，他们小跑着要走过，却听见有哼哼声，往墙里一看，是白天在街上乞讨的一男一女正干那事。他们说：咦，要饭的都要耍活！就气不过，把那男的赶跑了，留下那女的，四个人轮流着上。前边的三个嘴里说着：屎臭了，屎臭了！还都把事情办完，最后一个却怎么都不成功，越急越不行，气得拿手打了几下，还抓把土捂上去。离开了牲口市，那三个说：你还问长官要斑鼻子哩，就你那本事?！百般作践取笑，这兵蛋子回到营房，觉得窝囊，使劲儿恨自己，脑子就坏了，拿刀把那一吊子肉割了扔到了尿桶里。

不追查还好，这一追查，风声传出来，预备旅的人只是当笑话讲，而镇上许多人家倒是心慌，晚上都不让媳妇和女儿出门，要出门也手里提着一把铁锨。这一夜，麻县长到街上散步，偏连续碰着三个女人都提着铁锨，问是咋回事，有一个女人说了情况，第二天麻县长就把这事告知了井宗秀。井宗秀很是气愤，大骂坏他的大事，让夜线子去抓了那三个兵枪毙。夜线子把那三个兵拉到河滩，三个兵说：蚊虫虫子都 × 哩，要饭的都 × 哩，预备旅也有人 × 哩，咋不让我们 × ？夜线子说：你们是长官啦，明媒正娶啦，县长发结婚证书啦?！那三个兵就求饶，说：都是屌把我们害了，你不要枪毙我们，我们也把屌杀了吧。夜线子说：杀了屌还是人吗?！打了三枪，把他们打死了。夜线子回来问井宗秀怎么处置那个疯子，是不是也枪毙了？井宗秀说：该奖的要奖了，该惩的也得惩。夜线子琢磨疯子已经不是个人样了，留着对别人也是个警示，就没有枪毙，疯子从此不再是预备旅的兵，疯疯癫癫在镇上跑动，也没人再管。

※　　※　　※

别人的生意都好起来，杨记寿材铺依然冷清，没有周转金再去进购木材，陆菊人在集市上买了两捆竹子、三捆芦苇和各色皮纸，打算着做一批纸扎。原先破竹眉和碾芦苇都是公公在干，杨钟偶尔也会帮忙，如今公公头晕气短，行走都扶墙的，他勉强还能坐在那里用刀子破竹眉，而碾芦苇就只能陆菊人自己干了。公公碾芦苇的时候是站上了碌碡用脚蹬，往前碾了，脚蹬在碌碡的后部分，往后碾了，脚蹬在碌碡的前部分，轻巧而欢快，像在杂耍。第一次见了公公这么蹬碌碡，自此就不害怕了公公那一张严肃的方脸，说话的言语多起来，还故意戗上几句，再软和几句，逗得他笑。公公笑起来仍是不露齿，嘴唇厚厚地窝着，像小孩的屁眼。但陆菊人不会蹬碌碡，她掌握不住平衡，何况女人家也不能站在碌碡上，尤其她的脚大。陆菊人就推着碌碡来回地碾。月光下，芦苇铺在地上长长的如一溜白带，碾过几个来回，芦苇就毕毕剥剥地响，上边跳跃着无数的光点，她觉得那声音都是从光点处发出来的，或者是，每响一声就亮出一个光点。陆菊人碾着碾着，全不知道了劳累，只是有趣，她便再推动碌碡快速地滚动，她的一条腿在换蹬的时候，有意翘得很高，似乎在脚触地的瞬间，借力就要飞翔起来。这让她想起了杨钟，那一次公公是病了，让杨钟也是在这里碾芦苇，他一边蹬碌碡一边做各种动作，过路人都叫好，就张狂了，说：我能把碌碡蹬上天！碌碡是蹬得飞快，却控制不住了，人掉下来，碌碡滚到街上，正好有人挑着两个瓮过来，两个瓮全被撞碎了。赔瓮的钱比买芦苇的钱多了三倍，公公事后知道了，骂：我咋就生下你这么个败家子！杨钟说：生我的爹咋就不是个大财东啊！陆菊人那时也恨杨钟不成器，现在却觉得杨钟有意思，便咯咯咯地笑起来。杨掌柜在旁边破竹眉，他是一只手拿刀在整根竹子的梢端那么一划，另一只手就把竹竿往身后拉动，刀子就像裁纸一样，整根竹子就分为两半，再将分开的一半又分开一半，套上了分离扣，这边的竹条只是往里塞，里边就出来了三支竹眉在飞动，如水流出了线，如蛇在蜿蜒。杨掌柜听到笑声，看了一下孙子，剩剩在旁边用木柴棍儿玩着搭楼，搭成了十层，还往上搭，神情专注，杨掌柜就不知道了儿媳为什么笑。他说：你歇一歇，活儿也不是一下子能干完的。陆菊人说：我不累，爹。她的额上鼻尖上全是汗，亮晶晶的。杨掌柜说：我累了，你给我倒杯水。陆菊人去倒了杯水端来，杨掌柜却并没有喝，看着孙子把木柴棍儿搭起了两尺来高，喜欢地叫：娘，你看，你看！楼却突然就倒了，孙子的欢叫变成了哭声。杨掌柜说：甭哭，倒了再搭么。孙子继续在搭，陆菊人说：爹，这些竹眉子芦苇眉子能做上百个纸扎吧？杨掌柜说：做不了上百，七八十是有了。陆菊人说：明日我让花生过来帮我做，那咱就往上边贴色纸，先做一批金山银山。杨掌柜说：噢，噢，镇上能画的只有我和宗秀，我老了，这手艺怕就灭绝了。听说在东西背街又盖了许多门面。陆菊人说：是盖了许多门面，我还想着去租一间咱开个分铺专门卖纸扎。杨掌柜说：咱这个店就可以了。那些门面都有人租了？陆菊人说：大半都租了，但都是外地人，镇上的倒没几家。杨掌柜说：镇上没了岳家、吴家，谁又有多少钱呀，宗秀他爹在的时候还有个互济会……唉，也就是这互济会把他……杨掌柜却不再说了。公公不说了，陆菊人站起来又去碾芦苇，月亮明晃晃的，就有了一片光波在前边不远处闪烁，定睛看时，是一群蝴蝶，竟然还是虎凤蝶。只说蝶群要落下来的，盘旋了一阵又往南飞去，陆菊人哎哟一下，话是没再出口，却心里作想：很少能见到虎凤蝶呀，怎么有这么多，要往哪儿去呢？

这一夜里，虎凤蝶是栖落到了花生家的院子里，但花生并不知道，她睡着了正做梦，第一次梦里有着色彩。刘老庚再次进山割漆，临走时叮咛花生没事就别出门，出门也别收拾得太光鲜。花生当然听爹的，白天里也关了院门，在家纳起褡裢，她给爹做的新褡裢已经做了五天，每一个针脚都要求着细密和匀称。她原本要在褡裢上绣只虎的，但她从没见过虎，连虎皮也没见过，听说猫和虎是一类的，猫是虎的师父，教授着虎如何扑剪腾挪，唯独没有教授爬树，留了一手。她便去陆菊人家观察那只猫了，猫要么在院子里走动，不急不慢，旁若无人，要么就卧在门楼瓦槽上，睁着眼，悄无声息，她就是凭着对猫的感觉在绣老虎。结果绣出的老虎头是整个身子的一半，而眼睛又是头的一半，老虎没有了凶恶反倒变得十分可爱。绣好了老虎，天差不多到黄昏，太阳照了院子，院子就西边的一半墙挡了光线是黑的，东边的一半却镀了金一样光亮，她就收拾打扮起自己了。她开始洗头，洗了头用手巾把头发上的水擦干，就想起爹了。爹在家爹会给她烧洗头水的，但她洗的时候让爹帮她把后衣领窝一窝，爹却不来，爹觉得不妥，她说：我是你女儿！爹还是不肯来。爹这阵还在山上割漆吗，用刀在漆树上划出人字形的刀痕，让树流出那白色的汁来，然后再刮下来收在桶里？花生实在不满意爹干的营生，漆树就那么受罪么，就那么周身上下的被刀割着？爹是心善得连鸡都不杀的，但他却割漆，这应该也是屠户呀！花生怨怪着爹，爹让她没事了别出门，她是没有出门，可爹不让她收拾打扮太光鲜，她这时偏不听爹的了，就在箱子里翻寻着新衣，还有新鞋，换上了开始梳头抹油，头油是陆菊人送给她的，里边有桂花香，就把头梳得油光水滑。又拿出胭脂粉要对着镜子化妆，镜子里她看见了她的脸是那么嫩白，白里又透了红润，就像是白纸糊成的灯笼，灯笼里又点着了一支烛。这用不着化妆么，爹不让收拾得太光鲜，她哪是收拾出的光鲜啊，她原本就是光鲜。花生得意着自己漂亮，从上房跑到厨房，又从厨房提了水浇灌蔷薇花，她脚下一直在跳跃，欢快得像一只小鹿。陆菊人两天了怎么没来喊她出去呢，她得出去到陆菊人家去吧？夕阳却又从院子里收去了。天晚了出门是不安全的，虽然预备旅枪毙了三个兵，镇子里再没发生过抢人抢色的事，可她每每在街上走，总有人迎面碰着了，眼睛就直起来，或者都已经走过了，还又折回来再看，她碎步就往前去了，能听到后边说：这是吃了啥喝了啥，长得这好看！她会小声说：这些人真烦。声音里却是一种喜悦。花生的脑子里不安分地想，一会儿想到这，一会儿想到那，又几次站在院子里看着天越来越暗了，细风在靠着墙的扫帚上发着铜的声音，她说：去给我姐捎个话呀，让她来么。但是，鸡已经上了架，她也点了灯，灯芯颤动了许久，还听到架子上的鸡偶尔叫了一下又悄然了，花生知道陆菊人是不会来了，明日一早她去找陆菊人吧，便吹灭了灯睡去了。

这一夜里，花生做了好多梦，等醒来的时候回想着是梦见了黑鹳在河里，长长的腿，尾羽和翅上的覆羽是那么黑，黑得有绿的紫的光泽，而颈上披针形的长羽突出地竖起来。梦见了虎山上有了一朵云，白得像棉花，又像是一只船，船怎么就飘浮在空中呢？梦见了在山梁上有了野菊花，虽然花都小，但连片着从山梁到后边的整条沟里都是，场面很壮观，一只林麝在奔跑，牙齿露出唇外，呈镰刀状，跑到一棵树下了，将屁股在那里磨，印出浅褐色的腥味东西来，留下了标记，然后就在草地上晒着腹下的香囊，香囊分开来散发出浓浓的奇香，蚊虫飞来，香囊又合起来，包裹了那些蚊虫。但是，花生没有梦到虎凤蝶，而虎凤蝶在后半夜落在了蔷薇花蓬上，和开绽的蔷薇花混在了一起。

黎明时分，老魏头一夜打更，把梆子已经揣进怀里要回去睡觉，经过了刘老庚家的院外，看到了蔷薇花蓬上有了那么多的虎凤蝶，甚至院墙的瓦棱上、门楼上也都是。老魏头长这么大，从未见过成群成片的虎凤蝶，他惊愕不已，蹑手蹑脚走近去，害怕有响动使它们倏忽飞去。但虎凤蝶没有纷乱，都静静地在那里，他看清了每只虎凤蝶都是小儿手掌般大，身上密密披着黑色鳞片和细长的鳞毛，而双翅则是黄色，上边有着虎斑形状的条纹。他拱了双手要捉一只，只怕弄不好伤着它的翅膀，或许伤不了翅膀又担心有一层黄的颜色，就像花蕊的粉一样掉下来。

老魏头急于想把这奇观告诉人，但这时天刚亮，镇上人还都睡着，起早的只有跑操的预备旅。预备旅每天泛亮都要跑操的，他们从城隍院出发沿中街跑到县政府门口，再绕东背街到北门口，再从北门口到西背街，然后由南门口返中街回城隍院。老魏头听了听那尖锐的哨音，预备旅才从中街往南跑，他就遗憾地摇了摇头，往巷口走去。没想就碰见了陆菊人。

陆菊人早早起来要找花生给她帮忙做纸扎的，她仍穿着那件白长衫子，绾着个大的发髻，问候了老魏头，老魏头告诉了刘家蔷薇花蓬上落满了虎凤蝶，陆菊人哦了一声，说：是吗？她独自赶到刘家，院墙的瓦棱上、门楼上并没有什么虎凤蝶，蔷薇花蓬上也是没有呀。叫开了院门，花生披头散发地出来，陆菊人说：咋没梳头？花生说：急着给你开门么。陆菊人说：再急的事也得把自己收拾好，你是女人。花生就赶紧进屋取梳子梳了头，还抹了油，出来，陆菊人站在蔷薇花蓬下，她的白长衫子和蔷薇花一个颜色，好像是身上开满了花。花生说：姐，你这衫子好看！陆菊人说：蔷薇花蓬上落了虎凤蝶？花生说：什么虎凤蝶？陆菊人说：这老魏头哄我。就告诉花生能不能帮她去做几天纸扎的活儿，说：我给你付工钱的。花生说：多少工钱？陆菊人说：如果按天算，一天给你七个钱，如果按件计酬，一个纸扎一个钱。花生说：一个纸扎我要一个银元！说罢就笑，说：你给我付工钱呀？你这么关心我拉扯我，我该给你的钱就海啦，我要你的啥钱！她看见了陆菊人头上竟有了一根白发，让陆菊人不要动，就把那根白发拔掉了。陆菊人说：这月初我就发现有白发了，这钱是要给的，劳动了怎能不给，你就是不要，我也给你攒下，将来了都陪给你。花生说：将来了陪我啥呀？陆菊人说：陪嫁妆呀！花生顿时不轻狂了，脸色通红，不言语了。陆菊人说：井旅长没去过你家吧？花生说：人家咋能来我家。陆菊人说：那你再没碰见过他？花生说：做完那批军服后，没见过他。陆菊人说：也好，慢慢在家里长，要开花就给咱开最艳的花。花生不知说什么话了，哼哼唧唧地说：姐，姐。就拿出了昨晚上试穿的衣服，陆菊人却嫌搭配不当，穿了浅色裤儿怎能再穿蓝袄儿呢，应该换件白袄儿，鞋帮子又太深了。花生听从她，便穿了件白袄儿和一双单鞋，两人说说笑笑往寿材铺去。

从五道巷到寿材铺要经过一个菜地，原本这是一姓秦的门前的土场子，姓秦的在县城夺枪的那一仗中受伤，后来死了，媳妇就改嫁离开镇子，锁了房，门前的土场子也被邻居挖开种着白菜萝卜。两人刚走过来，一群孩子在追打着一个人，是疯了的那个兵，一边跑着一边往手里的一个萝卜上吐唾沫，说：就不给你吃！陆菊人唬住了那些孩子，问干啥哩打疯子，孩子们说疯子在偷拔萝卜，他们说拔就拔吧，但要让他们看他是怎么尿的，可疯子拔了萝卜却不让他们看怎么尿，他们就追打着要夺下萝卜。陆菊人骂道：滚滚滚！把孩子们轰走了。但疯子却看见了花生，不跑了，嘿嘿地笑，把啃了一半的萝卜用手擦了擦要给花生吃。花生吓得跑过来躲在陆菊人身后，陆菊人说：你把萝卜给我。疯子说：我要给花生！陆菊人说：你也知道她叫花生？疯子说：我知道。陆菊人就对花生说：不怕，他不是坏人，你把萝卜接了。花生把萝卜接了，疯子就又嘿嘿地笑，陆菊人拉着花生就走，疯子没有追上来，在身后还是嘿嘿地笑。

在寿材铺里，花生生火打糨糊，陆菊人就用竹眉子和芦苇条扎架子，花生说：姐，那疯子怪可怜的。陆菊人说：是可怜。花生说：听说那三个兵枪毙了没有埋，都让野狗吃了？陆菊人半天没说话，低头扎了一个架子，又扎了一个架子。花生把打好的糨糊抹在白纸上糊在了架子上，两人再没作声，陆菊人在红纸黄纸绿纸上剪出了各种图片，花生又把各种图片粘上去，一件扎好的纸祭品基本就完成了。她们轮番地扎成一件又一件，开始研磨了各色颜料要在上面彩绘。陆菊人是不会画那些花草人物，杨掌柜又手抖得画不了，就只能画些云纹和水纹。花生见过陆菊人画的云纹和水纹，她取笑陆菊人画成那样她也是能画的。陆菊人就感叹镇上能彩绘的只有井宗秀了，但他不可能再画了，这手艺从此该绝啊。花生说：他能画？陆菊人说：130 庙的殿梁都是他画的。花生说：那是他画的?！陆菊人说：你以为呀，他要不当旅长就是个好画匠。花生说：是不是？他……却不说了，慌忙起身就到后院里去。陆菊人低头还在画着，说：当然是他。一仄头，花生的背影刚闪过后门框，而井宗秀却从街上直脚走了过来，身后跟随的是蚯蚓。

陆菊人赶紧站起来，抹了一下头，井宗秀先问候：做纸扎呀！陆菊人说：正说着没人能彩绘了，你就来了，真是的，说龟就来蛇！你今天不忙呀？井宗秀说：还不是忙着扩建门面房呀，路过这里总要朝铺子看一下，没想这么早你就做纸扎了，杨伯不是一直彩绘吗？陆菊人说：人老了，手抖得干不了细活儿，你别笑话我啊！井宗秀看着画成的云纹和水纹，说：画得不错么！蚯蚓却说：云纹和水纹咋画成一样？井宗秀说：本来就一样么！我给你画两笔吧。陆菊人说：那好那好。就喊道：花生，井旅长要画纸扎哩，你拿个凳子来。井宗秀说：花生也在你这儿？花生就出来，脸红扑扑的，给井宗秀拿了凳子过来，笑了一下，站在旁边就不语了。井宗秀看着陆菊人画好的纸扎，在上的是天的云纹，在下的是地的水纹，他在水纹里画了一条头朝右的鱼，然后在右边的地与天之间画了条头朝上的鱼，又在云纹里画了一只头朝左的鸟，又然后在右边的天与地之间画了只头朝下的鸟。陆菊人就呀呀地叫起来，说：你是说水里的鱼在天上就是鸟，天上的鸟在水里了就是鱼?！井宗秀说：是呀，啥都是转化的么。花生也惊讶得眼睛放光，井宗秀一抬头看见了，也愣了一下，花生就眉眼低下来。陆菊人说：花生，井旅长画得好吧？花生说：好。蚯蚓却突然说：旅长，王排长找你哩。井宗秀说：跑到这儿找我？王排长已经站在门外，井宗秀问啥事，王排长报告是北门口那儿抓住了两个要饭的，正在打哩，说要么绑个石头沉河要么打断腿轰走，他是看见井旅长到这里来了，才过来请示的。井宗秀说：没事啦打要饭的？王排长说：就是上次逃跑的那两个相好的要饭的，狗东西又来了。陆菊人心里噔的一下，说：要饭的就不能相好呀？王排长说：干那事让人看见了么。陆菊人说：要饭的能有啥好去处，是那几个兵要看哩还是他们故意要几个兵看的？井宗秀挥了挥手，说：去吧去吧，把人放了。王排长说：放了是让进来吗？放他们进来，别的要饭的就都来了。井宗秀说：别人能向你要你就高一头么，你穷了谁向你要?！王排长就走了。陆菊人说：花生你咋还站着，你去生火泡些茶么。井宗秀说：我也真口渴了，不能只干活儿不给茶喝啊！花生哎哎的就去了后院。陆菊人又拿过一个纸扎让井宗秀画着，却说：听说旅里那些头头脑脑的都安下家了？井宗秀说：我给你画一个老虎，你照着画就是了，祭品又不是庙的梁柱，有个模样就行了。这事你也知道啦？陆菊人说：有了家心就在预备旅在涡镇了。那你呢？井宗秀笑了一下。陆菊人说：虎头原来这样画呀！你不要笑哩，也该有个家啦。井宗秀说：我就好好当旅长，你不是盼我把事往大着干吗？陆菊人说：这和扬场一样，有风就多扬几木锨！可这不妨碍成家么。井宗秀说：你不知道……陆菊人说：我咋能不知道，以前那个媳妇伤了你，但世上有克夫的也有旺夫的。井宗秀就说：那你是给我物色好了？陆菊人抬起身要挪近一下凳子，但身子又坐下来，凳子没有挪，她说：你想要个什么样的？这花生可是个好女子哩。井宗秀眼睛亮了一下，朝后门处看，说：她还小哩。陆菊人说：小往大里长哩么，你要愿意，我慢慢给你养着。井宗秀用手抹脸，他有些害羞似的，陆菊人便说：好了，话给你说破了！她笑了，却又说：你心里明白就是，但我还得给你说，我给你养着她的时候，你不要吓着她，你懂吧？井宗秀说：嗯。还要说些什么，花生在后院里说：姐，水开了，泡金针还是雾芽？陆菊人给井宗秀使个眼色，说：金针味重，泡金针吧。花生端着放有两个茶碗的木盘进来，过后门槛时却打了个喷嚏，手一抖，盘子里的一碗茶竟全然泼在自己的怀里，烫是不怎么烫，袄儿却湿了一片。

这个早晨，井宗秀是彩绘了一个纸扎，又彩绘了一个纸扎，但他告诉陆菊人，他来并不是顺脚来的，也不是要彩绘纸扎的，就直截了当地要请陆菊人经营茶行。井家的家产都归与预备旅了，当然包括茶行和茶作坊，他估量过了，涡镇目前各种生意都好，但要赚大钱的还是茶叶，而能管好茶叶的也就只有陆菊人了。陆菊人一下子愣住，说：花生你出去看看，天上有没有太阳。花生走出大门，蚯蚓还在门外，回应说：太阳一竿子高，痒痒树都红了。陆菊人对井宗秀说：这不是说梦话呀?! 我指派你给我画个纸扎，你倒指派我这大个事！寿材铺是你杨伯经管的，我只是来帮帮手，生意做得快关门了。我去经营茶业？我是懂得茶从哪里进的货还是懂得茶要销售到哪儿?! 井宗秀说：我当旅长就会十八般武艺啦？我打枪还不如蚯蚓哩。有人懂得茶，你只是管理懂茶的人。你能行，你应该是个金蟾哩。陆菊人说：金蟾，啥子金蟾？井宗秀说：金蟾聚财呀，好多大财东身上都有玉蟾挂件，何况金蟾，那才是吸金哩。陆菊人说：金蟾就是个财神，与我啥关系？井宗秀说：你知道周一山是个奇怪人吧？陆菊人说：以前听杨钟说他会做应验的梦，后来又听说能听懂鸟语狗话的，人是怪怪的。井宗秀说：这是周一山说的，他说有一次你在南门口外的河里洗衣裳，他和王喜儒去河心取水，河畔的老鹳朝你叫，叫着叫着，他听出是叫金蟾金蟾。陆菊人说：他是在咒我吧，是不是笑话我腰粗嘴大像个蟾？井宗秀说：谁敢在我面前骂你，他是在抬举你！陆菊人说：我要是个金蟾寿材铺生意这冷清的？井宗秀说：这或许是这生意不对你的路么，在麻袋上咋能绣了花。陆菊人还是摆手，说：不行不行，我清楚我半斤八两，我管不了。井宗秀说：你绝对行。我不相信周一山了，我也相信我的眼光。让花生做你的下手么，杨伯也同意帮你么。陆菊人说：你把这事给你杨伯说了？井宗秀说：我就是见了杨伯才过来的。陆菊人唉唉地叹气，说：你这是编了个笼子套我么。井宗秀说：我咋起根发苗的，你知道，现在我把碌碡推到半坡了，你不帮我，你看看这儿还有谁帮我？陆菊人说：还有一句话，我始终不愿给你说，今日就给你说。你虽然和杨家是世交，但我是一个寡妇，以前风言风语就不少，为了不影响你，我很少见你了，也不想让你多来，如果现在我竟然去管茶行，那唾沫星子还不把我淹死了，也让你不明不白啊。井宗秀说：话说到这儿，我也就直说吧，我来找你，就怕的是你会这么想的，我有这么个决意前，和杜鲁成、周一山也议论过，我觉得周一山说得对，他说，闲话吧谣言吧，那是个贱东西，你越躲它越跟你。火烧起来，你泼一碗水，火是扑不灭的，反倒一碗水成了一碗油，火上加油，而你泼一盆水、一桶水，那火立马就灭了，死灰都不能复燃。陆菊人坐在那里没有动。井宗秀说：你给我说的我都应承着，我给你说的你也得应承么。你再想想，想好了，我正式牵了马来请你！说完，不容陆菊人再分辩，就出门叫上蚯蚓走了。陆菊人还坐在那里，没有起身相送。

※　　※　　※

回到家里，陆菊人问杨掌柜：爹，早上井宗秀来过？杨掌柜说：你刚出门，他就来了，给剩剩提了半篮子桑葚，说是才从树上摘的，还带着露水。陆菊人说：你同意让我去给他经营茶行了？杨掌柜说：他说得怪诚恳的，我就应允了，让他给你说去，他见你了？陆菊人说：爹你糊涂，我咋能管了茶业，他现在指望着茶行赚钱养队伍哩，这么大的事我能担起沉？杨掌柜说：他这时候需要人手么，能帮就帮他，没经营过那么大的生意，慢慢学着经营么，或者真就把那生意做好了。陆菊人说：那要做不好呢？杨掌柜说：好不好你没做呀。我当年开寿材铺有个念头就开了，这不一开就十几年，他井宗秀没想过当旅长，如今还不成了旅长。陆菊人再没吭声。剩剩号着肚子饥了，陆菊人就进厨房做饭。做什么饭呢？她说：剩剩，吃不吃糊塌饼？剩剩说：我就爱吃糊塌饼！杨掌柜也说：我给摘个嫩葫芦去。院子角有着一个葫芦架一个丝瓜架，杨掌柜去摘了个嫩葫芦。糊塌饼就是在面糊糊里拌搅了葫芦丝在锅里摊，做法简单，特别好吃，却摊起来饼容易烂，以前她摊过几次，没有一张摊得完整。陆菊人心里想：我今日就摊摊，如果能把饼摊得完整，那我就答应井宗秀去经营茶业，如果摊得全烂成一片一片的，那就坚决不去。她将公公摘来的葫芦用水洗了，切开，掏瓤，再用礤子擦丝，拌在和成的稀面糊里，打了两个鸡蛋进去搅匀，放上盐和五香粉，就在锅里抹上油，开始生火。锅烧热了，一勺面糊糊倒进去，一声尖锐的嗞叫，赶紧用铲子抹平抹薄。待到饼子成形了，试着用铲子翻，竟然完完整整地能翻过来！等一面烙过，再用铲子又翻过来，还是完完整整！陆菊人都惊奇了，说：你不烂?！快速地翻，来回地翻，饼子熟了，囫囵了一张。陆菊人没吭声，待饼子全做好，端给公公和儿子吃了，她坐在门槛上想哭。杨掌柜说：剩剩好吃不？剩剩说：好吃！陆菊人终于没哭，心里说：院门口要能走过什么兽，那我就去。杨掌柜在说：好吃了多吃几张，别噎着啊。剩剩说：娘，娘，给我捶捶脊背！陆菊人想：镇上能有什么兽呢？过来给剩剩捶背，说：爷让你别噎着你就噎住啦?！但是，陈皮匠从门口经过，扭头往院里看了一眼，看见了杨家人在吃饭，说：吃啥好的？杨掌柜忙说：你吃呀没？给你拿张糊塌饼！陈皮匠说：我不吃啦。杨掌柜说：不吃饼了进来吃锅烟么，急啥的！陈皮匠说：我收了些货，回店里给人家结账的。门口就出现一个猎人，背了篓，满头大汗。杨掌柜走过去要看收的什么货，陈皮匠让猎人放下篓，竟往出取了一只被打死的豹猫，说这可以做手套皮领子，又提出一只狐狸，说这能做围巾，最后拉出一只狼来，说：我熟过皮了，便宜卖给你，做个褥子。杨掌柜说：你能便宜卖给我？陆菊人手捂住了心口。

陆菊人还是不肯相信自己就能去经营茶业，吃过了饭，她没有领公公，也没有带剩剩，去了安仁堂，在她常常遇事拿不定主意了，就要找陈先生给她算一算卦。去了安仁堂，那里仍是有许多来看病的人，原本该轮到她了，她总是让别人先去看，见有一木盆里泡着一件门帘，就没吱声蹲在那里搓洗起来。陈先生也没理会，给一个病人号脉，说：病了也没啥丢人的，遗屎遗水有啥的，给你开五服药，一切会正常的。就对坐在桌子对面写药草的助手说：黄芪、人参、白术、甘草各一钱，当归、陈皮各七分，升麻、柴胡各三分，肉豆蔻、补骨脂各五分。那病人看了一眼陆菊人，说：谢谢陈先生，治好了我来送个匾。陈先生却已经在给另一个妇女号脉了，妇女说：我结婚八年了就是不生，你看看我真是命里就没一男半女吗？陈先生说：你是躯脂满溢，闭塞子宫，月经不调，坐不住胎啊。妇女说：我知道我这病，六年前抱养了一个儿子，那是在路边捡的，捡的时候孩子脐带缠在脖子上，瘦小得像个精光老鼠，哭都没有声，我抱回去用米汤油喂他，屎一把尿一把将他拉扯大了，只说这一辈子就指望他给我养老送终呀，没想他才六岁，才省些事，就出去寻他的亲生父母，亲生父母还就来认了他。这让我心凉了半截，他咋是这样喂不熟的狗呢?!陈先生说：这不怪孩子，甭说人，就是野兽都是这么个天性么，这命里有说不清道不明的关联。人常说生生不息，没有说养养不息。孩子认亲你不要阻挡，他就是知道他是从哪儿来的，该孝顺你还是会孝顺的。只要都为了孩子好，两边的父母可以成亲戚呀。妇女说：但我得自己有个亲儿的，你一定给我看看，我硬挣着也要挣着生个儿的。陈先生说：那你就一定不要贪酒食。妇女说：我不贪了，我忌口。陈先生说：我给你开药。对助手说：天南星、半夏、羌活、苍术、防风、滑石，上锉各一钱，水煎服一个月。妇女说：喝了这药，就能成胎了？陈先生说：或许成胎。妇女说：或许？如果不或许呢？陈先生说：你只要想着能成胎，一定要成胎，那就能成胎了。记着，不要怨恨现在的儿子。妇女口里嘟嘟囔囔念叨着走了。陈先生说：我泡的门帘要晚上洗的，倒让你洗了。陆菊人说：我也是闲着。陈先生说：你来要问我啥事？陆菊人说：求你给我算算卦。就坐到桌边来，把井宗秀旅长要她去经营茶行的事讲了一遍，说：我拒绝他吧，觉得他这是看得起我，信任我，可我真要去，他一个堂堂的旅长，怎么就寻到我，我是个寡妇，我怎么去，何况我干得了吗？如果让老鼠拉车，那老鼠会把车拉到床底下去了，坏了人家预备旅的事，别人耻笑还罢，这罪过我承担不起啊！陈先生说：就为这事纠结？陆菊人说：我都愁死呀！陈先生说：你给我说实话，你对井旅长咋样？陆菊人双手扶到膝盖上要站起来，但没有站起来，手又放下去，说：杨钟在的时候认他是孩子的干爹，孩子的爷爷也喜欢他，常来往的，都是熟人。陈先生说：那我给你说，喜欢一个人，其实是喜欢自己。你把自己想多了，你就有了压力，把自己放下，你就会知道怎样对待你的日子，对待你要做的事和做事中的所有人。陆菊人说：你让我想想。陈先生说：你想想。陆菊人把洗好的门帘拿去院子里晾了，回来，却说：陈先生，经你这算卦，那我就应承他了。陈先生说：我没有给你算卦呀。陆菊人说：还有啥让我洗的？

陆菊人帮着陈先生还洗了一件被单，轻快地往回走，老皂角树下又有了两个人在犟嘴，一个说：我是借了你的钱，上月初五不是给你还了吗？一个说：你哪里还了，还了我能不记得？一个说：我讹你了？一个说你就是讹我！一个说：皂角树在这儿，我敢对着皂角树发咒！一个说：给皂角树发咒？心不虚咱到130庙里去，谁说了谎话，地藏菩萨会让谁口舌生疮，说不了话，咽不了食！一个说：去就去！看见了陆菊人，拉住说：杨家嫂子，你给我去庙里见个证。三人就去了130庙。庙门敞开着，院子里没有见到宽展师父，往大殿走，篱笆外的路上却趴着一只蟾，浑身深褐，有着黄的斑点，眼睛发亮，肚子圆圆的，连同脖子下都鼓鼓囊囊，却没有鸣叫。陆菊人只觉得可爱，说：咋在路上，别人踩着你啊。俯身用手掬起来要放到草丛去，蟾却一蹦，瞬间不见了。陆菊人蓦地想起井宗秀说过金蟾的话，怎么偏偏这时自己碰着蟾，她站在那里愣了半天。两个犟嘴的人还在不依不饶地争执，陆菊人就进了大殿，仍没见宽展师父，就跪下去双手合十看着地藏菩萨像心里默念：我是蟾变的？还真是金蟾变的？突然一声响动，如风倏忽刮起，是尺八之音。循音看去，宽展师父坐在菩萨像座基的右边地上，柱子挡着，她进来时没有发现。尺八的曲子和那次师父在杨家吹的一样，陆菊人知道那叫《虚铎》，陆菊人轻声叫道：师父！宽展师父还在吹尺八，似乎没听到，但陆菊人认定师父是听到了。她把犟嘴的两人叫进来说：你们在这儿发咒吧。两人就跪在那里发咒，《虚铎》之音颤动着，触碰在殿的立柱上、墙壁上，又反弹着到了殿的梁上，幽然苍劲，如钟如磬。陆菊人就再没有给师父说话，磕了个头，站起来返回。那篱笆外的路道上，树荫一片，日光点点，竟然又是趴着了那只蟾，深褐色背上的黄斑闪着灿亮。

三天里，井宗秀把茶行和茶作坊整合了，重新挂了牌子，牌子上没有了井家二字，只写着涡镇茶行，开张的那天，井宗秀没有让陆菊人事先就到茶行里去，而是日头正端，他脖子上搭了那条布巾，牵了马过来请她。陆菊人死活不上马，说她坐不了，会摔下来的，井宗秀说：你坐上去我牵着。陆菊人惊讶着井宗秀张扬胆大，就说：这成什么体统，满镇子的人拿眼睛看哩，你是大旅长，给一个寡妇牵马?！井宗秀说：正因为镇上人预备旅人都看着，我偷偷摸摸让你管茶行，对你不好，对我也不好，我就要让所有人看着，我井宗秀高头大马请的不是一个寡妇，而是茶行的总领掌柜！同来的巩百林、陈来祥一伙人不容分说，就把陆菊人连拉带扯到马背上，前呼后拥地去了茶行。

使陆菊人没有想到的是，就在她到了茶行大门口，锣鼓喧天，鞭炮齐鸣，竟然宽展师父也在那里吹尺八。陆菊人赶紧下马，上前双手合十，说：师父，你咋也来了？宽展师父只是吹奏尺八，腾不出手口回应。陆菊人埋怨井宗秀，说：你请的师父？尺八是礼器法器，你让她在这儿吹奏？井宗秀说：尺八是礼器法器，今日就是乐器么！

※　※　※

茶行在涡镇上有一个总店，在老县城、龙马关，甚至方塌、三合、麦溪、桑木各县也都有分店，但陆菊人只经管茶行了十日，就出了两桩大事，天一下子要塌了。总店管收货发货的伙计姓谭，此人五短身材，其貌不扬，但双手能打算盘，更厉害的是记性超强，凡是一年之中哪个分店盈余还是亏损，镇上人谁买了茶没付款，茶行又欠着谁的茶钱，他说出来和账簿上的记录一模一样。谭伙计一年前相中了镇上糍粑店的女儿，常常给那女儿买丝绸丝线头油胭脂，还送了一副银镯子。陆菊人一来，先清理茶行的账目，姓谭的私吞了一笔货款和那女儿私奔了。而不久，龙马关分店的方掌柜又突然死去。龙马关分店在整个茶行里经营最好，陆菊人是鞭打快牛，让龙马关分店再扩张，方掌柜就收购了店铺左邻右舍的四间门面房，签合约的当晚叫了一帮人喝酒庆贺，一直喝到五更，站起来还要去拿酒，一头栽下去人就翻白眼没了气。接连出了两桩大事，茶行里一时混乱，茶作坊的领班姓殷，他和陆菊人没怨没仇，却就是看不惯陆菊人，当方掌柜的尸体从龙马关搬回来，好多人哭鼻子流眼泪，他竟哼哼着冷笑。旁边人说：人都死了你还能笑出来？他说：女人阴气重么，尤其是寡妇。去搬尸的有蚯蚓，蚯蚓说：你说谁呢？殷领班压根没把蚯蚓搭在眼里，继续说：她命硬么，自小就没了娘，来杨家做童养媳，还没合房，婆婆就死了，接着好好的儿子伤残，杨钟才多大呀又身亡，寻谁当不了总领掌柜偏让她当?！蚯蚓站在了他面前，跳起来扇了他个嘴巴。殷领班挨了打，一脚把蚯蚓踢倒在地上，蚯蚓的头就出了血，蚯蚓打不过殷领班，但他爬起来，往殷领班身上扑，扑一下，被踢出去，再扑一下，还是被踢出去，血糊了蚯蚓的眼，还是往前扑。夜线子正好过来，骂了一声：打你娘个 × 哩！镇住了殷领班和蚯蚓，但殷领班的话却传开来。嚼舌根的人多了，连夜线子也觉得殷领班说得还有道理，给杜鲁成说：恐怕是不能让女人当总领掌柜的。杜鲁成说：你也听闲话啦？夜线子说：上次有人议论旅长和陆菊人好，我那时不信，这次他让陆菊人当总领掌柜，这还成真的啦！杜鲁成说：别胡说！旅长和杨钟是发小，会有啥事！姓殷的那是个小人！夜线子说：姓殷的是个小人，可何必让陆菊人去当总领掌柜啊。杜鲁成说：周一山说她是金蟾么。夜线子说：金蟾？她是金蟾托生的?！杜鲁成说：你把意见给旅长说。夜线子说：你都不去说，我也不说。

风言风语陆菊人当然也都知道，她没有吭声，亡羊补牢着，一方面直接辞退了姓殷的，制定了收货发货的规章制度，一方面自家寿材铺出了一副棺，再给了二十块银元，安葬了方掌柜，还答应了方家的儿子也到茶行干活儿。一连数日，忙着处理事情，人劳累得瘦了一圈，花生就陪着她，到饭时劝她吃饭，到睡时提醒她睡觉。而在街上总有人看见她们了就交头接耳，花生便拿眼睛瞪那些人，又故意和陆菊人说这说那，不让陆菊人再听见，自己的脸倒阴着，显得拉长了许多。陆菊人说：笑笑。花生说：你笑了，我再笑。陆菊人笑了，花生也就笑了，陆菊人便催花生回家歇去吧，别寸步不离，说：我也要回家洗个澡呀！支开了花生，陆菊人却去了马瞎子推拿店。

周一山没事的时候常在推拿店，他已经上了瘾，一天不推拿，就像感冒了一样，浑身难受。陆菊人一去，周一山还趴在床上，说：哎哟，你咋来的？陆菊人说：走来的。周一山就不推拿了，要马瞎子避开，他说：旅长让我去看你，我说不用去看，她会来找你或者我的，你真的就来了。陆菊人说：你说我是金蟾变的，有这话？周一山说：这话我是给旅长说过。陆菊人说：那你看看我是口里吐金呢还是点石成金？我倒是去了没几天，姓谭的裹了五十个大洋跑了，方掌柜又死了，光给他家安葬费就二十个大洋。周一山说：没了百十个大洋都是小事，而要命的是人言可畏。陆菊人怔了一下，说：人都说你是奇人，你真的啥都知道。周一山说：你心里肯定骂我是奸人呢。陆菊人笑了一下，但她笑得像在哼，而且立即在说：我以为你和旅长都在这儿，他不在，那我就给你说吧，我是个妇道人家，头发长，见识短，才接手了这茶行，没想到接连出事，也惹得人说三道四，我现在是拿着火把进山洞，一进洞火把就灭了，非常恐慌，非常害怕！花生劝我不干这个总领掌柜了，剩剩他爷也说还是回来经管寿材铺吧，我是整夜整夜睡不着了，不知道我该怎么做。周一山说：你坐下，先呼呼气，人一旦被恐惧控制了，就没法冷静下来想事和做事，但我相信你不会，能理出个头绪的。你现在是来要看看我们的态度吧，想要的是继续在茶行，并以此为预备旅和镇上挣钱吧?!陆菊人说：这我是给旅长应承了的，可是……周一山说：先不要说可是，你告诉我，你对什么充满了热劲儿？陆菊人说：我既然来茶行，就想干出个名堂。周一山说：还有什么让你激动的事吗？陆菊人说：这倒没有。周一山说：这就是么，你是一个有承诺的人，你愿意让自己有自己想干的事，你能证明自己是能干成事的，你也就能充分运用自己做事有条理、也能与人打交道的本事，你是张开了翅膀只要别人说一声飞你就飞了的人！周一山并不看陆菊人，抬着头一直望着屋顶在说，好像屋顶有一本书，他在看着书上的文字朗读。陆菊人一时目瞪口呆了，说：你是在你做的梦境里，还是学堂里的先生授课？周一山的目光从屋顶移下来，盯着陆菊人，说：你说呢？陆菊人也盯着周一山，突然站起来，说：我得走啊。转身就走了。周一山没有惊讶，也没有相送，他在喊马瞎子来继续推拿。

陆菊人是在第二天约谈辛四眼和来长计，辛四眼是涡镇茶店的掌柜，来长计是茶作坊的掌柜，谈了三天，就把辛四眼辞退了，让来长计通知六个分店的掌柜三天后都回到涡镇。来长计说有的分店太远，派人去通知得走一天，来镇上也得一天，山高水长的，往常开会都是限五天到的。陆菊人说：往常是五天，我就要三天。结果桑木分店的掌柜孙见山就没有到。五个分店的掌柜加上来长计都汇报各自的固定资产和流动资金、长雇的伙计数和临时雇的伙计数、经营状况，以及今年增加收入的设想举措。陆菊人都一一给予充分肯定，再就讨论、研究出了一系列章程规则和年终奖惩制度。到了第五天，孙见山才到，赶上陆菊人讲话，陆菊人就承诺给各分店掌柜年薪增加三十个大洋，而利润超过往年一倍以上的，按比例在涡镇买屋院。接着宣布：来长计任桑木分店掌柜，闻西坡任龙马关分店掌柜，麦溪分店掌柜张天任和平川分店掌柜王京平对调，崔涛任三合分店掌柜，凌云飞任茶作坊掌柜。宣布完毕，孙见山说：那我呢，我到总行吗？陆菊人说：你到茶作坊负责收货发货的事吧。孙见山说：这茶行办起来，是我和井旅长筹划着开分店，第一个分店撑起来了，才有了另外的分店，我现在成了凌云飞的伙计啦?!陆菊人说：你不想在茶行干了要回家，茶行可以多给你一年的薪水。如果在镇上干别的事，你去找井旅长，看他能不能给你个什么官儿。

孙见山和辛四眼是找了井宗秀，井宗秀回复：陆菊人现在是茶行总领掌柜，一切都得听她的。便安排两人在旅里一个管了士兵的伙食，一个做了军火库的出纳。井宗秀派蚯蚓去把陆菊人叫来问些情况，蚯蚓去了茶行，却得知陆菊人和花生去了桑木分店，并要由桑木分店再去麦溪、三合、平川、龙马关各个分店实地考察一遍。井宗秀就对杜鲁成、周一山说：瞧这总领掌柜的！周一山说：好风水！杜鲁成说：你又逞能！风水和茶行总领能扯到一块儿？周一山说家里的风水其实就是女人，女人好了家旺，女人不好了家败，茶行也是个大家么。杜鲁成说：那杨家却出了个杨钟！周一山说：表面上她对杨钟没办法，可你想想，凭杨钟那个混劲儿，要不是有她，那还不知成啥地痞流氓哩。井宗秀捏弄着围巾，他在听着他们说话，就又摸着嘴唇和下巴拔胡子。杜鲁成说：一山呀，你一来这镇奇人就多了。周一山说：要说奇人，旅长才是哩。井宗秀说：我奇个屁！周一山说：不说别的，本来就没几根胡子还一长上来就拔，天都热了还用围巾。井宗秀说：我有么！便大声喊蚯蚓，蚯蚓从门外进来，他给交代：每日一定要去杨家一趟，看有没有什么事，能干的活儿就帮着干，干不了的及时来报告。

又过了半月，井宗秀和杜鲁成来到茶行，提了一条山溪斑，两尺多长，头扁口阔，四爪肥短，哇哇地叫着如是婴儿。陆菊人说：哪儿弄这么大的鲵，我可不敢吃。杜鲁成说：蒲岔峪的人在镇上卖，我就买了，是要送给麻县长的。陆菊人说：这是把饭端给我，晃一下又端走呀？井宗秀说：我们要去看看麻县长，你要去了咱一块儿走。陆菊人说：你们都是长官，我和花生去使得？井宗秀说：又不是谈公务，咋使不得，让麻县长也认识一下你们茶行人么。陆菊人说：那我准备上好茶叶。却把花生叫到后屋里更衣换鞋、梳头施粉，收拾起来。井宗秀和杜鲁成在前店等了半天，却见王喜儒三个人背了一篓子草从门前走过，井宗秀就喊住，问：不在县政府，咋背这么多草？王喜儒说：是县长让我们去山上挖的，我还没来得及给你报告的。井宗秀翻了翻篓中的草，认得是贝母、延龄、开口箭、天南星、手参、长果升麻、红皮藤、紫骨丹、岩白菜、莲子蔗、赤爬、赤地利、蝙蝠葛。说：这些都可以做药材的，他还懂得医？王喜儒说：他要求去挖只有咱们这儿才有的草木，至于懂不懂医，这我不知道。杜鲁成说：麻县长一到涡镇也奇了?!

※　※　※

王喜儒他们肯定是不知道的，他们已经是第四次到山上去挖，那些各类草木晾在麻县长住屋的台阶上，他详尽问清了名称和用途后，就一边仔细地观察一边用笔在纸上记录。王喜儒也曾问过：县长，你咋记这些？麻县长却反问：你咋就只陪我吃吃喝喝?! 王喜儒倒不知该怎么说，嗫嚅着，说：我是小人，伺候你。嘴里像噙了个核桃。麻县长来到涡镇后，先还是有许多治县的方略和想法，但下设的机构不健全，那些干事有的压根没随他来，来的又差不多走掉了，他托王喜儒无数次给井宗秀捎信带话，约井宗秀、杜鲁成他们来谈谈，而每次捎信带话后井宗秀没来，杜鲁成没来，伙食却明显地一次比一次要好。麻县长就明白了一切，开始让王喜儒他们去山上挖草或折些树枝，王喜儒他们倒干得认真。这个下午经白仁华又按摩了腰椎，他就伏案在笔记本上写起来：

蕺菜，茎下部伏地，节上轮生小根，有时带紫红色，叶薄纸质，卵形或阔卵形，顶端短渐尖，基部心形，两面一般均无毛。叶柄光滑，顶端钝，有缘毛。苞片长圆或倒卵形，雄蕊长于子房，花丝长为花药的三倍，蒴果。

大叶碎米荠，叶椭圆形或卵状披针形，边缘有整齐的锯齿。外轮萼片淡红色，内轮萼片淡紫或紫红。四强雄蕊，子房柱状，花柱短，长角果扁平。种子椭圆形，褐色。

诸葛菜，茎直立且仅有单一茎。下部茎生叶羽状深裂，叶茎心形，叶缘有钝齿。上部茎生叶长圆形，叶茎抱茎呈耳状。花多为蓝紫色或淡红色，花瓣三四枚，长爪，花丝白色，花药黄色，角果顶端有喙。

甘露子，根茎白色，在节上有鳞状叶及须根，顶端有念珠状肥大块茎，茎四棱，具槽，在棱及节上有平展的硬毛。叶卵圆形，先端尖，边缘有锯齿，内面贴生硬毛。花萼狭钟形，花冠粉红，下唇有紫斑，冠筒状，前面在毛环上方呈囊状膨大。小坚果卵珠形，黑褐色。地下肥大块茎，可食。

白三七，全体无毛，根状茎圆锥形，肉质肥厚。茎直立。叶三片轮生，无柄，叶片宽卵形，先端钝尖，茎部宽楔形。聚伞花序顶生，具多数花，花梗纤细，萼四片，条状披针形。

六道木，叶片菱形，卵圆状，茎部楔形或钝，缘具疏齿，两面被毛。花生于侧生短枝顶端叶腋，聚伞花序，花萼筒细长，花冠红色，狭钟形。核果。其叶含胶质，用热水浸提可形成胶冻做凉粉。

接骨木，皮灰褐色，枝条具纵棱线，奇数羽状复叶对生。聚伞圆锥花序顶生，疏散，花小，白色或黄色，花冠辐射状，具五卵形裂片，浆果黑紫色。茎皮、根皮及叶散发一种只有老鼠才能闻到的味，可头昏脑涨致死。

胡颓子，幼枝扁棱形，密被锈色鳞片，老枝鳞片脱落，黑色具光泽。革质叶长椭圆形，边缘反卷或皱波状。花生于叶腋锈色短小枝上，萼圆筒形，在子房上骤然收缩，裂片三角形，内面疏生白色星状短柔毛。果实可生食。

陆菊人和花生收拾停当，装了一罐毛尖、一罐金针、一罐竹叶青，都是上等的明前绿茶，出来了，还拿着小拇指尖沾了一下眼角。杜鲁成说：干啥都麻利，就是出门麻烦。陆菊人说：女人么。见县长呀，总得洗个脸。杜鲁成提了茶叶罐子，说：花生你咋老瞪我？花生说：没有呀，我咋能瞪你。陆菊人说：你别吓花生！她是眼睛大，看人像是瞪的。四人往县政府去，花生就跟在最后边，眼睛一直眯着。

麻县长一见他们，忙丢了笔和本子，起身迎接，说：哎呀呀，你们咋来了?! 喜儒呀，仁华呀，快把这些东西挪出去！井旅长你瘦了。井宗秀说：县长是你胖了才觉得我瘦了吧。麻县长说：我是胖了，这天长么，吃了睡，睡了吃。王喜儒、白仁华把桌上的地上的草和树枝收拾拿了出去。井宗秀说：怎么弄这些草呀树枝的，瞧这么多盆蕙兰！麻县长说：这两盆是蕙兰，那几盆是蝶兰、麒麟兰、荷瓣兰、素心兰。井宗秀说：哈，我这土生土长的山里人倒不如你外来人了！弄这些草木干啥的？麻县长说：我记录记录。井宗秀说：记录草木？麻县长说：既然来秦岭任职一场，总得给秦岭做些事么。井宗秀说：县长满腹诗书，来秦岭实在也是委屈了你。麻县长说：这倒不是委屈，是我无能为天地立心，为生民立命，为往圣继绝学，为万世开太平么，但我爱秦岭。杜鲁成说：我是秦岭人，我倒烦这山高沟深，我去过平原，人家那是一踚平，没有哪儿不长庄稼！麻县长说：秦岭可是北阻风沙而成高荒，酿三水而积两原，调势气而立三都。无秦岭则黄土高原、关中平原、江汉平原、汉江、泾渭二河及长安、成都、汉口不存。秦岭其功齐天，改变半个中国的生态格局哩。我不能为秦岭添一土一石，就所到一地记录些草木，或许将来了可以写一本书。井宗秀说：这也好，我也就放心了，只是秦岭上多的是草木，这咋记录得光，我从小长在这里，认都认不全哩。县长，这是茶行给你拿来几罐茶，你尝尝。麻县长倒笑了，说：茶也是草么，仙草！井宗秀就叫陆菊人把茶拿过来，陆菊人却在一边和花生咬耳朵，说：草木还能写书呀？花生说：县长是不是太闲？听到井宗秀的话，花生忙把茶罐交给陆菊人，陆菊人就拿茶罐给了县长，县长一揭开罐盖看了，说：噢，这做成针形的好。井宗秀说：茶行的茶都是茶期派人到茶场了，特意让那十八岁以下的女子，在腿面上搓成的。麻县长说：是不是就派过这位小姐？井宗秀说：就是就是。麻县长说：涡镇还有这么水灵的人！井宗秀就把陆菊人和花生介绍给了麻县长，喊王喜儒，王喜儒进来，井宗秀说：你烧些水来，让花生给县长泡泡咱们的茶。麻县长却说：你们来了，我倒要泡些我家乡的茶给你们喝，喜儒，去把河心取的水拿来。众人说：哦，那好，品品县长的茶，县长也知道用河心水了！麻县长果然就取出茶来，但那茶黑乎乎的，碎茶粗梗压成的一块儿砖形。陆菊人说：这是什么茶？麻县长说：黑茶。井宗秀叫道：黑茶？还有黑茶?!陆菊人近去闻了闻，并没明显的清香，麻县长用茶刀在茶砖上撬一个角，却见里边有星星点点的东西，陆菊人说：是不是发霉了？麻县长说：这不是霉斑，是金花，你瞧瞧。他拿了茶砖对窗外的光，说：是不是闪烁一种金色？黑茶讲究的就是其中有金花。陆菊人也没再说什么，王喜儒提了火炉进来，当下就烧起河心水。水开了，麻县长在茶砖上抠一撮在壶里，开始加进开水泡。第一泡，汤水立即褐色，漾着亮气，却泼去了再泡，泡出的汤水倒入杯中，是琥珀色，隐约闪泛着一种金色光华。井宗秀说：这色泽好！自己先端了一杯，杜鲁成、陆菊人、花生也都端起来，喝了一口，竟然是一种陈旧味道，面面相觑。杜鲁成说：这茶是不是没泡到？旅里有个排长是甘肃人，他说他喝罐罐茶，做一个铁皮壶放上过期的陈茶熬一个时辰，熬出了那么一口黑汁，筷子一蘸能吊线儿，苦得像中药。县长是哪里人？麻县长说：你说的是高原上人喝的茶，他们那儿不产茶，茶运过去时间太长茶就不新鲜了只能那样喝，我是关中平原泾阳人。你们再喝喝。各人便又喝了几口，口感还是说不来，但麻县长亲手泡的茶总得喝完，没想喝下一杯，香味则在满口腔里回荡，后味悠长，喉胸通畅。井宗秀说：嘿，我都出汗了，这茶陈酽，能把人喝透么！杜鲁成、陆菊人、花生也都浑身发热，脸上红润起来，说：是这样，是这样。麻县长说：知道这茶是大味了吧！你们喝惯了绿茶，初次喝这茶可能不适应，它是越喝越顺口。绿茶不能久储，黑茶却是讲究陈久，一年是茶两年是药，三年以后就该是宝了。它健胃消食，利肠通便，杀腥除腻，夏天破热解瘴，冬天生津御寒。《红楼梦》里有"该焖些黑茶喝"之句，知道《红楼梦》吗？苏轼知道不？苏轼说从来佳茗似佳人，他是以茶比美女，绿茶吧就像这位刘小姐，娇嫩婉约，含羞怡人，黑茶就如这位犹抱琵琶半遮面又蕴含勃勃生机的总领掌柜，洗尽铅华却历经沧桑卓尔不群。井宗秀拍手叫道：说得好，说得妥帖！花生早已满面通红，手脚无措，陆菊人便笑着说：我有那么老吗？麻县长说：哪里哪里，这是比喻。井宗秀和杜鲁成就哈哈大笑，陆菊人觉得话说得那个了，忙躬身作礼，说：谢谢县长夸奖。又拿了那块儿茶砖仔细瞧看，说：世上还有这等茶，既然是县长老家产的，咱茶行也可以进些货呀！麻县长说：我正要给你们建议，你倒有了想法。我来秦岭几个县了，一直还纳闷，秦岭里怎么就没这种茶？你们茶行若要做这茶的生意，我可以介绍你们去进货啊。陆菊人说：县长，你这肯帮我们，你现在就写一信，我让人去泾河畔进货。麻县长高兴，当下就取了笔墨写起信来。井宗秀就问陆菊人：你脑子快，立马就抓住商机?！陆菊人说：我觉得这黑茶在秦岭里有销路。井宗秀说：我也觉得是，秦岭里茶行多，还真没听说过谁家卖过黑茶，以后销路好了，咱们茶行不妨就专卖黑茶。真是天意，涡镇什么都是黑的，就该有黑茶！

陆菊人真的就派人出秦岭去关中平原的泾河畔了，她选中了账房和方瑞义，账房是老账房，为人精明稳重，方瑞义却是原龙马关分店掌柜的儿子，方掌柜去世后，陆菊人就把他留在了茶行。选定了第三天后上路，但陆菊人偏要有风天，她有个感觉，认作有风着好，就一直挨到第五天，第五天的夜里月亮有了晕，陆菊人就收拾了东西，翌日一早亲自在茶行里做了饭招呼账房和方瑞义。陆菊人给账房交代：县长说泾河畔有数家茶庄，他的信是写给范家茶庄的，但去了以后不一定就只去范家茶庄，而要把那里所有茶庄都一一考察，从茶的外形、叶底、发花、香气、汤色、口感上对比审评，选出最好的一家再签约合同，可以给咱们常年供货。交代完了，陆菊人给方瑞义说：你出去看看风来了没？方瑞义一出门，说了一句树梢子摇哩，风就灌了口，一嘴的沙子。回到屋，呸呸了几下，说：真个有风了！陆菊人笑了笑，却说：你账房伯签约了合同就返回，你得想办法留在那里当伙计，好好学习筛选、拼剁、比配、渥堆、炒作、烹汁、灌封、筑制、发花、风干、下架、检验一项一项工序。如果黑茶在秦岭里推销开了，咱们也可以自己制作，你回来就是大师傅了。方瑞义没想到会让他去当伙计，说：那我去几年呀？我得给我娘说说。陆菊人说：一年学会了一年回来，两年学会了两年回来，你娘我已经给她说好了，她会有人照看，我这里月月给你工钱，一分不少给你娘的。方瑞义就给陆菊人磕头。风把门窗已打得很响，房上的瓦也有了咯吱声音，陆菊人说：你起来，不要给我磕头，要磕头咱三个都去老皂角树下磕。这次我走的险棋，涡镇茶行的成败都是咱三人的事，咱们让老皂角树知道，也让老皂角树保佑了咱。就取出一个褡裢给了账房，取出一个背篓，背篓里是一捆棉被、一些衣服、草鞋和一只碗，给方瑞义说：背篓你背上，里面藏着百十个大洋，两套衣服，一套新的一套烂的。出镇到了龙马关前，你们把衣服换上，新的是你账房伯的，他是私塾先生，烂的你穿上，你不要和他一块儿走，但也不能离开他，不远不近，你是要饭的，明白吧？方瑞义说：我明白。三人出了门，风吹得尘土罩了天，街上人都抱头鼠窜，有骑毛驴的，人和驴全斜着，而鸡就滚蛋子。到了老皂角树下磕头，陆菊人又给方瑞义说：我的话记住了？方瑞义说：放心，我会护好钱的，一路我们就走小路。陆菊人说：要走大路！大路上人多反倒安全。方瑞义说：没事的，还真会有土匪啦？陆菊人说：世事这乱的光是土匪？心提起来，眼睛放活。方瑞义就又磕头，说：神树保我，不要遇到土匪，不要遇到那些当兵的，不要遇到刀客逛山还有游击队！

※　※　※

当一路红军从秦岭突围后转战去了陕西北部，国民 6 军恼羞成怒，就加大了在秦岭里围剿游击队的力度，而同时秦岭专署部署各县保安队建关设卡，严加布防，配合 6 军。形势急剧严峻，共产党西北工委将平原游击部调集秦岭，准备两支游击队成立红 15 军团。

井宗丞和蔡太运并不知这些情况，护送走了红军首长后，得知游击队在兰草镇就赶了去。兰草镇在桑木县和方塌县交界处，沟深林密，井宗丞没有去过，蔡太运也没有去过，他们四人中卢刚是兰草镇北沟堖人，知道那里路程，走了三天三夜赶到后，才了解到是阮天保大队在那里接应过突围的红军，6 军撵过来时候，红军的伤亡很大，阮天保大队就在 6 军后边骚扰，突袭了 6 军驻扎在那里的医院，双方恶战过一场，却已离开了兰草镇。而桑木、方塌的民团却仍在那里追捕受伤和遗散的红军战士，兰草镇口的鹅掌楸树上，就挂着八个人，有的断腿，有的没了胳膊，又都是眼珠子吊出来，舌头吐得多长。四人不能多待，往卢刚老家去。过了一个梁，翻了三个垭，沿途又发现六七具尸体严重腐败，蛆虫白花花的从耳朵里口鼻里往出涌，而腰里缠着的粮口袋被刺刀捅开的，流漏着炒面，还系着一个搪瓷缸子，上边印着一颗五角星。井宗丞记得护送首长时，首长的警卫员就有这样的搪瓷缸子，便断定这是红军的尸体，四人当即用手扒土掩埋了。到了卢刚家，卢刚的父母以放蜂为生，屋檐下架着三个蜂筒，都是滚圆的一截粗木，掏空了两头用泥糊着，只露一个洞，门前的山蜡梅、檫木和杜仲树下还堆放着六七个蜂箱，蜂飞出飞进，一片嗡嗡声。老娘见有人来，望了半天，卢刚说：娘，娘！老娘说了句是刚娃子？就抱了卢刚哭起来，不停地唠叨：我娃还活着，我娃还活着！老爹说：你哭个啥么，还有客人哩，快去做饭呀！老娘跑进上房，又跑出来，站在那里发愣。老爹说：咋啦？老娘说：我出来干啥呀？老爹说：我知道你要干啥？老娘噢噢着又去了上房，搭条凳从梁上吊下来的绳上卸一块腊肉，啪嚓，人和肉从条凳上跌下来。老爹在院子里说：你急啥的，狼撵呀?！把那垒蜂箱取下一个，打开了，就筛蜂蜜，才筛出一点，就用指头蘸着，给每个人嘴里先抹了一下，叫嚷着给你们喝蜂糖开水！

在卢刚家住了一天，有吃有喝，井宗丞却决定不住了，说兰草镇一带肯定遗散许多红军战士，咱们应该尽力去寻找带回游击队。第二天吃过一顿板栗焖鸡，四人用毛驴驮了些蜂箱，扮成放蜂人去了兰草镇东边的梁上。蔡太运、黄三七、卢刚仍以放蜂人的模样去了南沟，井宗丞背了一个竹篓扮着采菌的去了北沟，四人约定三天后在兰草镇会面。北沟林子很深，人家稀少，井宗丞沿途采了好多菌，到了一处，山势高大，河道狭窄，河中间突然有一个三间房大的巨石，竟然方方正正，上边还长着一棵黄栌树。看着石下水花翻白，如是滚雪，抬头望着山头巉岩错落，井宗丞想这巨石肯定是上边跌下来的，却不知是怎么跌滚的，又是何年何月跌滚。天色将晚，巨石顶端的黄栌树上还有阳光，沟道却暗下来，阴风袭来，井宗丞继续往前走，一簇槲树前就见有一户人家，院墙全是石头砌的，不甚高，却长满了苔藓，院门关着。他近去敲了一会儿，开门的是一老汉，右腮帮子有个大疤，皮肉紧绷，把嘴和鼻子就拉扯成了斜的。井宗丞说他是采菌的，路过这里想讨碗水喝。老汉反身进去端了一搪瓷缸子热水，井宗丞喝了，惊奇这深山老林里还有搪瓷缸子，搪瓷缸子上没有五角星，但明显是砸掉了，露出一块铁皮，就说：能让我进去歇吗？老汉让他进去，院子很小，北边三间土屋，西边一间草棚，东边空着，盘了座石磨。进了土屋，锅台后的土炕上坐着一个女的，年纪比老汉少了许多，像是其女儿，但蓬头垢面，见井宗丞看她，立即低了头，拉被子就睡下了。井宗丞不好再说什么，请求能借住一晚上，老汉说：有老婆了。看了一眼那炕上的女人，再说：要是没老婆，我让你睡的。井宗丞这才证实那女人是老汉的老婆，这么又老又丑的男人怎么有这么个老婆？心下就疑猜了许多，便说：我睡那草棚行吗？老汉说：睡草棚呀，你采了多少菌的？井宗丞明白，就说如果能让他住一夜，这些菌就分一半，老汉高兴了，对炕上的女人说：晚上我给你熬菌汤，喝了感冒就好了。把竹篓里的菌拿出来拣着，说这是蛋环菌，这是鸡冠菌，这是猴头、羊肚，哎呀，你还能采到牛肝菌呀！却扔出一个，说：这红蘑是有毒呀，这鹅膏黄也不敢吃！你怎么采这些？井宗丞赶紧说：我知道这几样吃不得，采回去晒干研粉了毒老鼠呀。老汉说：老鼠精得很，它才不吃的，给牛拌料吃了能毒肚里虫哩。

井宗丞在草棚里收拾窝铺，女人出来了，她是去了院角的厕所，见井宗丞在擦着一块砖上的土要做枕头，她从厕所墙外的扫帚上取下晾着的一件破衣裳，扔了过来，说：你垫上。秦岭里的人睡觉都是枕砖枕石的，从没再垫什么布的，井宗丞就问了一句：你不是当地人？女人没有回答就进了上屋。

这一夜里，井宗丞睡下后一直在想着怎么进一步证实这女人是遗散的红军，又怎么能让她相信他是要来寻找遗散的红军的，而上屋里就传来打闹声，打闹得特别厉害。井宗丞爬起来从上屋窗缝往里看，屋里柜台上点着一盏油灯，忽明忽暗如是鬼火，那老汉光着身子竟凶得像狼一样在那女人身上又啃又抠，然后就使劲儿打。井宗丞顿时愤怒，拍打窗户，老汉并不停止。井宗丞便踹门，没有踹开，老汉吼道：她是我老婆！井宗丞说：是你老婆能这样待她?！老汉说：我买来的她不叫我 × ？井宗丞几乎要掏枪毙了这个丑男人，但他把门踹开了，把枪又藏在怀里，只一拳就将那老汉打倒在地，拾起个凳子要往头上砸。那女人却在说：你不要打他，他是救命的，我娘家哥和妹全靠了他才落脚下来的。井宗丞把凳子扔了，说：你是什么人？那老汉竟爬起来从屋角拿了一把斧头，井宗丞就往外跑，女人在喊叫：我哥我妹在前边的沟岔里！

井宗丞已经八成猜出这女人就是遗散的红军，他没有再进上屋和老汉打拼，先稳住，就跑去了前边的沟岔，那里也有三间土屋，里边住着三个男的一个女的。井宗丞直接亮了身份，果然这四人也都是遗散的红军，其中一个叫元山的告诉说，他们五人都是在山林里先后遇到的，一块儿在山里跑，没吃没喝也寻不着出山的路，就在这条沟里碰上了钱老大。钱家兄弟两个都是光棍，房子也不在一块儿，而钱老二去年上山挖山药滚坡死了。白秀芝便给钱老大当老婆换了几袋粮食，他们也以白秀芝兄妹的名义住在钱老二的土屋。井宗丞要带他们参加游击队，他们当然高兴，当下把所有粮食都带了，还要把白秀芝也带走。天亮时，五人再到钱老大家，井宗丞没露面，钱老大倒热情称呼他舅他姨，元山他们也不回话，拉了白秀芝就走。钱老大急了，抱住白秀芝，元山就说他们都是游击队的，要回游击队呀。钱老大说：我不管游击队不游击队，要回你们回，我只要老婆！双手抱住白秀芝的腿，怎么掰都掰不开。元山就用刀砍钱老大的手腕子，手腕见了白骨，钱老大松开了，元山拉了白秀芝就跑出来。六人到了沟畔，井宗丞却突然问：刚才你们暴露了身份没？元山说：说了我们是游击队的。井宗丞说：他会不会出沟去告密？元山说：那得灭了他。白秀芝说：那是个可怜人，他不会吧。元山说：他可怜又可恨！白秀芝没再言语。大家继续往前走，过一条小河时，元山和井宗丞留在后边，一嘀咕，二反身去了钱老大家，钱老大还倒在屋里呻吟，两人寻了一截葛条，把钱老大勒死。

四天后，六人到了兰草镇北梁的山神庙，见到蔡太运、黄三七和卢刚，他们也各自找到数人，这些人全都扔了枪支，不是在炭窑上给人烧木炭，就是为人做短工，或者乞讨要饭，全都面黄肌瘦、长发破衣，形如饿鬼，见了抱头痛哭。连同他们四人，总共二十人，还有那头毛驴，驮了蜂箱又驮了带来的粮食，以及一只锅十只碗，前后分作三拨往西走，天黑到鹞子川的双塔河，进了一条沟，在沟畔的三间烂土窑里过了一夜。黎明翻山时，发现远处的山梁上有人影走动，蔡太运先去侦察，见是保安，返回来让大家分开隐藏，待到月亮出来再上山。这一夜，阴冷潮湿，裤腿都是湿的，根本无法睡觉，又不能生火，蔡太运就砍了藤蔓在两棵树中间结了网，让两个女的睡在里边，而男的全挤在三个大石板上。又担心驴叫唤，用绳捆了驴嘴。井宗丞和黄三七睡的石板距蔡太运他们较远，黄三七一会儿起来一会儿躺下，井宗丞低声说：你烦不烦呀?!黄三七说：你也睡不着？那姓白的是你在哪儿找着的？井宗丞说：睡你的觉！黄三七说：她比那姓刘的秀气。她受伤了吗？我白天见她脚面上有血，那脚脖子恁白的。井宗丞说：不是受伤，是来那个了。黄三七说：来了啥？井宗丞说：你屁都不懂。黄三七说：我是不懂，长这么大了还没见过 × 哩。井宗丞一把将他按在石板上，说：你狗日的别有瞎想法呀，她是红军，是战友！黄三七脸在石板上蹭得疼，说：我还不能说吗？自己人不 × 自己人，我知道。重新睡下，黄三七又起来去尿尿，半天不回来，井宗丞扭头看时，黄三七并没有尿，而是拿眼盯着藤蔓网里的白秀芝，手在摩搓裆里的东西。井宗丞拾起土疙瘩打过去，自己就弯过头睡了，黄三七过来也睡了，没有说话。

翻过了鹞子川，山更大树林子更深，安全是安全的，但不辨了方位，迷了路，几天都没有走出去。蔡太运又把二十人分成三组，一组从左手方向往出走，一组从右手方向往出走，谁如果寻到路了，就鸣枪，一组先留在原地，听到枪声再向枪响的方向走。元山带着两个女的和黄三七、卢刚分在留下来的一组，黄三七对两个女的很殷勤，问姓刘的：你是哪里人？姓刘的说：四川人。黄三七说：哦。又问白秀芝：你是哪里人？白秀芝说：湖北人。黄三七说：我也是湖北人，咱是乡党。卢刚骂道：你哪是湖北人？你方塌县黑沟的！黄三七说：黑沟我们那个村都是爷辈从湖北逃荒出来的，当地都叫我们是下湖人知道不?！黄三七又去拔了许多草编了草环帽，给白秀芝头上戴了一个，给姓刘的头上戴了一个，嚷嚷着戴了既能伪装又把脸衬得好看。就还到周围找花，找到一棵金樱子，金樱子开着一朵白花，把白花折下来要给白秀芝的草环帽上插。插的时候把三个花瓣弄掉了，就不插了，说再折别的花，却把残花要给姓刘的，姓刘的生了气，把花扔了，把头上的草环帽子也摘下来扔了。元山和卢刚就哈哈笑，元山说：黄同志，你不应该到游击队来。黄三七说：我咋不能到游击队？元山却不再说了。黄三七一时脸上挂不住了颜色，去把蜂箱从驴背上卸下来，再把粮食埋在一棵树下，又用树枝扫出一块儿平地，天就黑了。平地上三个男人睡在外边，两个女的睡在里边，一夜树林子里各种鸟鸣兽吼，都吓得睡不着，也不敢睡着，就起来生篝火。天亮后去重新把蜂箱和粮食袋子往驴背上捆，才发现蜂箱已破成碎片，里边的蜂蜜全被黑熊吃了，而埋在树下的粮食也没了，旁边有猪蹄印，知道是野猪偷吃了粮食。到了中午，寻路的两组竟然又转来转去地转了回来。井宗丞和蔡太运见没了蜂箱和粮食，大骂卢刚和黄三七，黄三七还犟嘴，蔡太运连扇了他几个耳光。

没有了粮食，大家就在山林里寻吃的，挖野菜，摘木耳，采菌子。这一带的菌子只有一种叫树花的，有轻度的毒，要在水里泡上一晌午了才能煮了吃。而裤裆果能吃，它开花是并生一起的，太阳照射了开放，天一阴雨就闭合，浆果鲜红透亮，也是人字形。鹅儿肠的茎能吃，它下半部贴地如葡萄状，上半部上升，叶子没叶柄，但吃起来多少有些石灰味。狗筋蔓的花能吃。刺龙苞的芽子能吃。黄三七在乱石堆里见到一种草，果实如双生刺刀形，摘下来尝，味道甜甜的，就吃了三四颗，没想裤裆就顶了起来，看着白秀芝眼睛发直。卢刚问怎么啦，他说身上像着了火，憋得很。卢刚问吃什么了，黄三七说了吃过的野果形状，卢刚说你这是吃了隔山撬。黄三七问什么隔山撬？卢刚说这是壮阳果。黄三七说：那咋办？卢刚出主意寻驴去，黄三七竟真的把驴拉到树林深处去了。没想这事让蔡太运看见，发了火：人饿得前腔贴后腔，你他娘的还有这劲儿？嫌伤风败俗，又担心他会对两个女的有了不轨，再加上是他让大家丧失了粮食，就要枪毙了他。井宗丞阻拦了，说：这不是他德行不好，他误吃了隔山撬。既然他那么大的劲儿，让他出去探路。蔡太运又担心让他去探路，或许他会逃跑，就又派卢刚一块儿去。

黄三七和卢刚一走，蔡太运和井宗丞杀了驴，驴已经瘦成了骨头架子，没有多少肉。生火烧水煮吃了一半，将剩下的一半挂在树上，计划着过几天再吃，半夜里来了豹子，井宗丞开枪打，没打着，豹子倒把那一半驴肉叼走了。

黄三七和卢刚是第三天返回来的，说翻过左手那边的山梁，再下沟，顺沟河走，又会回到兰草镇，而逆沟河一直通到大嘉山，那里全是原始森林，进去了根本出不来。沟里有三条岔，一条是死岔走不通，另两个岔是左右双岔，左边的岔也是死岔，只有右岔进去翻一道梁了就是泥峪沟，可以出去。他们在泥峪沟遇到一个山民，山民讲游击队就是从泥峪沟的蟠龙峡经过的，沿途见有高院墙的人家就翻墙进去要粮要钱，给了粮钱的都不杀，不给粮钱的就杀人，杀了人用血还在墙上写着游击队阮天保。保安队也一路追过来。大前天晚上游击队到了青瓦寨，把一户财东杀了，正杀猪要吃肉喝酒呀，保安队就包围了，枪打了一夜，保安队死了七人，游击队死了十二人，姓阮的没有捉住，现在泥峪沟一带各村都贴了缉拿阮天保的布告。井宗丞和蔡太运听了，骂阮天保太张扬，也遗憾离阮天保他们并不远的都没有会合，便带了大家往泥峪沟去，但没敢顺着泥峪沟走，从旁边一个山梁上去，沿梁走了十几里再到另一条沟，又走了半天，看见了一座庙院名叫净土寺，卢刚这才说：这地方我知道了，这下边的沟叫谢巴子沟，出了沟是野狐坪，我一个远亲就住在那里。

赶到野狐坪，卢刚的亲戚见来了这么多人，给做了一顿饭吃，又炒了一麻袋的苞谷和黄豆，就安排他们要到他家后山崖壁上的石窟里躲藏起来。从他家到后山崖要经过一家大户门前，大户家有四五个护院、三杆枪，其丈人在泥峪沟被阮天保杀了，对游击队恨之入骨，如果让他们发觉了就不得了呀。他们是半夜里悄悄从大户家门前的河滩绕过去，就住到了石窟。卢刚的亲戚进石窟时还抱了一堆槲叶，再三叮咛：住下了千万不要出石窟走动，他打探到游击队的消息了会来报信的，石窟里不能生火冒烟，就吃炒苞谷炒黄豆，口渴了后窟石缝里渗水，接了可以喝，尿尿随便，要拉屎，就拉在槲叶上，拉完了，提起槲叶四个角扔下崖去。卢刚的亲戚一走，井宗丞对蔡太运说：那大户家有三杆枪呀！蔡太运说：我也正要给你说这事，他凭啥有三杆枪！两人在半夜里悄悄出洞，被黄三七发觉了，问：到哪儿去？带上我。井宗丞说：又睡不着了？黄三七说：眼不见心不乱，偏偏白天一块儿走，晚上睡一个窟，我真怕犯错误。井宗丞说：那就跟着走。三人下了洞，黄三七才问去干啥，蔡太运讲了去抢枪，说：都没叫上卢刚，你去了要机灵些。黄三七说：这伙人里还有谁比我机灵！三人是鸡叫时摸到大户门前，院门关着，撬门会响，黄三七就掏尿在门轴窝尿，再用刀拨门关，门再没响。进院先把上房门的门栓用柴棍插住，到了东厢房，炕上睡了三个护院，都是头朝炕沿，枕着一块儿砖，墙上挂着一杆枪，黄三七先收了枪，蔡太运从一个护院头下抽出砖，那护院醒了，但砖已拍在头上，脑门就裂开了，又挨个去拍另两个，另两个都一声没吭死了。出了东厢房到西厢房，炕上也睡着两个护院，墙上挂着一杆枪，蔡太运取枪时，一个护院醒了，井宗丞拿枪托砸了一下，护院喊了声：有……井宗丞再砸了一下，嘴陷进去，要喊出的话再没有喊出来。而另一个护院睁了眼又闭上装睡。井宗丞故意用指头弹鼻子，他就是不醒，说：那你就好好睡着。竟然不理了。黄三七把收来的两杆枪背着，又把枪栓卸下来揣在怀里，说：不灭他啦？井宗丞说：他睡着。黄三七说：他肯定装睡的。井宗丞说：装睡了就叫不醒。只收了两杆枪，还差一杆枪，就踹开上房门，上房是睡着当家，听到响动已经披了衣服到了中堂，见门被踹开，大声喝问：谁？谁？来土匪啦！井宗丞说：不是土匪，是游击队。当家又喊：

来人呀，阮天保游击队抢劫了！井宗丞也不在乎了他叫喊，说：听说你有三杆枪，还有一杆在哪儿？当家这才清醒护院被收拾了，就求饶，说就两杆枪，再没有了。蔡太运见柜台上有一把锥子，一下子戳在当家的腿上，当家叽吱哇啦地叫，而卧屋里却起了女人的哭声，黄三七就扑进去。当家还是说再没有枪，蔡太运把锥子在肉里搅了搅，已经扎到骨头上了，发出咔咔声，当家又叫起来，仍是说就两杆枪，再没有了。井宗丞恨道：你不肯说，是不是？那你就永远不要说了！枪头塞进当家的嘴里，打了一枪，脑浆从后脑喷了出去。两人走到院门口了，还没见黄三七，叫了两声，也没回应，井宗丞二反身到上房去了卧屋，两个女的和一个小孩缩在炕上，而黄三七却倒在地上，背上插着把杀猪刀。井宗丞一下子眼红了，拿起枪就要打，炕上的两个女人说：不是我们捅的，不是我们捅的。井宗丞说：谁捅的？她们说：他进来不许我们哭叫，王护院就捅了他。井宗丞说：人呢？她们说：从窗子进来又从窗子跑了。井宗丞知道捅黄三七的是那个装睡的护院，倒后悔不及，转身就往厢房去，蔡太运把黄三七扶起来，黄三七昏迷不醒，忙拔了杀猪刀，从炕上拉过被单撕成条把整个腰裹了。井宗丞在东厢房里没见那王护院，在西厢房也没见王护院，到西厢房旁边的一个棚里，棚里安着一座石磨，棚柱上挂了筛子和罗，柱子后立着一卷席筒，还是没有王护院，以为王护院从院门跑出去了，才要去院门外撵，却瞧见席筒下露出一对人脚，他把短枪在衣襟上蹭了蹭，说：你要是一直装睡我就不理你了。朝席筒打了一枪，没任何惊叫，席筒也没倒，血流出来。

※　※　※

黄三七被背回石窟后还是没有醒过来，这一夜，大家都围着他，蔡太运特意让两个女的靠近在一左一右，白秀芝还把手帕搭在他鼻子上观察气息，那手帕就一直微微颤动。井宗丞过一会儿摸摸他的身子，他的脚开始冰冷，再是冰冷继续往上身去，等着后半夜，冰冷到了前胸，听到噗的一下，手帕再没了颤动。

掩埋了黄三七，两天后，卢刚的亲戚打探到方家河村有游击队，蔡太运和井宗丞便决定一行十九人往方家河村去。临出发前，井宗丞还在问卢刚的亲戚：那家大户是有三杆枪？卢刚的亲戚说：恐怕是两杆吧。井宗丞说：你不是说过有三杆枪吗，怎么又成了两杆？卢刚的亲戚说：我多说一杆是让你们小心点。井宗丞说：那你让我多杀了一条命。途中又路过大户家，大户家的两个媳妇就在院子里的萝卜窖坑里埋了当家，抱着小孩跑得没影没踪，就见门窗大开，有条野狗在刨着土丘，啃着露出来的一条腿。井宗丞开枪打死了野狗，几个人把土丘挖开，重新深埋了当家。井宗丞说了句：你不该死的……尽早托生吧，来世别再当大户。又提了那只打死的狗，往土丘上篩血，要死者不要做鬼了来纠缠他。

到了方家河村，村是个大村，南北的房子排列得很长，中间算是个街道，据说每七天有集市，周围的村人都来交易。但街道太窄，门面房里都摆着山货特产，这边的人咳出痰来能呸到那边墙上，那边人放了屁，声音能传到这边。街道上走动着游击队的人，同时还有许多眼生的人，但也背着枪。井宗丞一打问，原来秦岭游击队和山外平原游击队五天前才在方家河村会师的。两支游击队来会师前，沿途都打了几仗，秦岭游击队先在棋盘山伏击了6军的五辆卡车，打死十二个敌人，缴获了一批枪支弹药和帐篷被褥，但阮天保他们打泥峪沟打死了七八个保安，同时遭到袭击，损失了二十五人。平原游击队在庙台子村与6军一个团遭遇，战斗打了一天一夜，消灭敌人二十二人，自己牺牲了二十人，缴获了两挺机枪、三十支步枪，还俘虏十六人。但行军时部队在前，押解的俘虏在后，有两个俘虏趁押解员弯腰系鞋带时，突然夺了枪扫射，前边的部队立即转过身来回击，打死了十一个俘虏，而三个趁机逃跑，据剩下的两个俘虏讲，逃跑的三个俘虏中就有敌团长，他换了衣服，装扮成了伙夫。平原游击队长叫夏开轩，他为此事非常遗憾。更遗憾的是这支游击队成员大都第一次进秦岭，不懂得对山神的敬畏和有关防范，因在山神庙里溺尿，或在山上乱讲滚字，而真的跌崖摔死了六人，被山上落石砸死二人。夜行不打草惊蛇被蛇咬死三人，遇到土蜂不趴下而乱跑被蜇死一人，误食毒蘑菇而死五人。蔡一风对蔡太运和井宗丞出色完成护送红军首长的任务，又带回了十六名遗散的红军战士，给予了嘉奖。奖给了蔡太运一支缴回来的手枪和一只手表，问井宗丞：你想要什么？这里有一支短枪和一条宽皮带。井宗丞蹴在地上，说：都要。旁边的阮天保说：井宗丞，首长给你嘉奖哩，你架子大得不站起来！井宗丞说：我站不成。蔡一风说：受伤啦？井宗丞说：我打仗啥时受过伤！蔡一风说：站起来！井宗丞站了起来，往左边跨了一步，裤裆烂着，吊出来了尘根。原来他在山林时裤裆就剐破了一个口子，但口子小，还不碍事，来见蔡一风时从一个土坎上往下跳，跳下来滑了个马步，裤裆就撕扯了。蔡一风笑着说：天保，你褪下一条裤子给宗丞。阮天保穿了件黄呢子军裤，褪下一件，里边还套着一件黄呢子军裤，说：缴这裤子也不容易，我不能白给，你带回的十六人得给我，我们队伤亡大，得补充补充。井宗丞穿上了呢子军裤，说：天保，一条裤子就换十六个人呀？阮天保说：你的就是我的，我的就是你的，咱们不是穿一条裤子吗?!

调集平原游击队到秦岭来，是西北工委和秦岭特委的决定，两支游击队会师在了方家河村，西北工委的代表宋斌和秦岭特委的代表安朝山就在方家河村召开了两支游击队分队长以上领导会议，传达了西北工委的命令，整编两支游击队成立红 15 军团。于是，宋斌担任军团长，原秦岭游击队蔡一风任政委，平原游击队夏开轩任参谋长，蔡太运任副参谋长，下设五个团，井宗丞、程育红、阮天保、张福全、刘立诚分别担任一至五团团长。

刚成立了红 15 军团，蔡太运却病了，浑身发冷，关节疼痛，都以为是伤风感冒，先做了胡椒拌汤让喝了，盖上三床被子捂汗，井宗丞还打趣说：病了好，吃好的，能美美睡上几天。但三床被子盖着，蔡太运还是冷得打颤。又用瓷片划破眉心放血，冷是不冷了，却又发烧，蔡太运喊叫：被子着火了，被子着火了！蹬开了被子，还要把脚放到水盆里。井宗丞知道这是烧糊涂了，忙问什么地方有郎中，第四团的张福全说他的团里有个医生。把医生叫来诊治，就给蔡太运打了一针，没想烧没有退，人就完全迷糊了，做出许多怪异动作。他喊叫井宗丞，井宗丞说：我在哩，想不想喝水，我给你冲些蛋花水还是蜂蜜水？蔡太运却说：来了这么多人要打我，你怎么不开枪？开枪！快开枪呀！井宗丞说：哪儿有人？我在这儿谁敢打你！蔡太运突然弓起腰，双手死死抓住炕围子，而他的半个身子已经在炕沿外，说：我就不下去！咬牙切齿，粗声喘息，似乎是和人在搏斗。几次他被推下炕了，又双脚钩住炕围子另一头，奋力抗争，整个身子又挪到炕中间。井宗丞不知这是怎么啦，赶紧抱住蔡太运，但蔡太运还在挣扎，并且脑袋一直往后仰，好像是被谁掐住了脖子，手脚就无力地抖动。井宗丞喊：太运，太运，你醒醒！蔡太运的喉咙发出咯嘟一声，眼睛就瞪起来，没了气息。

蔡太运就这样死了，井宗丞命令把那医生叫来，去的人回来说医生逃跑了，再追问张福全这医生怎么就逃跑了，张福全这才说医生是他们在袭击 6 军时俘虏过来的，后悔不迭是他请医生给蔡太运看的病，狗日的医生这是成心害了蔡太运啊！蔡太运的死惊动了红 15 军团所有人，而原秦岭游击队的人都痛哭流涕，对平原游击队的人产生了怨恨和猜疑，而原平原游击队的人则议论蔡太运死在井宗丞的怀里，听说两人是秦岭游击队平起平坐两个分队长，整编后蔡太运做了军团副参谋长，他这一死，井宗丞该补缺了。这些议论并没有说井宗丞治死了蔡太运，也没有说蔡太运任了副参谋长而井宗丞心生不满。但闲言碎语又传到原秦岭游击队人的耳里，好多人不免也生出许多想法。井宗丞是亲自为蔡太运办理后事，设灵堂，烧纸钱，穿寿衣，入殓，最后选在村西头一棵野胡桃树下埋葬，他熬得两眼干疼，上嘴唇起了疔，一挤，半个脸都肿了。隆着坟丘，一个原秦岭游击队的人拿来两棵树往坟前栽，问：栽的啥树？那人说：左边的黄连木，右边的是朴树。井宗丞说：要栽栽松树柏树的。那人说：刘排长说黄连木也叫楷树，朴树也叫模树，蔡副参谋长是我们的楷模。刘排长是蔡太运的部下，也是同乡，井宗丞哦了一下，说：他倒懂得多。那人却说：那医生说逃跑了就逃跑了？你得追究这医生是怎么就到了红15军团，又怎么就能来给蔡副参谋长打了一针！井宗丞说：我想了，张福全团长是好心，那医生打针与人死也无关，算了。那人说：唉，蔡副参谋长死得冤，你也应该让大家穿白戴孝么。井宗丞说：这是部队，又是啥地方啥时候，你可以在这里哭么！井宗丞觉得话不好听，不再理他，那人竟又说：他是能打，秦岭游击队里就他能打仗，他死了也好，他死了你就不和他争了。井宗丞脸一下子黑起来，说：你是谁？那人说：我是刘排长的三班班长。井宗丞说：屁！你是说我盼不得蔡太运死吗？蔡太运死我高兴了吗？狗日的真是以小人之心度君子之腹！那人说：这不是我的话，我只是转说刘排长的话。井宗丞说：他说这话想干啥，证明他能说公道话？显示他对蔡太运忠诚？还是想蔡太运一死了趁机提拔了他当副参谋长？骂走了那人，井宗丞越想越气，估摸刘排长一伙人必然在散布这些话的，就给蔡一风说自己的委屈，指望蔡一风出面消除这些不正之风，蔡一风说：什么时候了还有人挑这个是非！这话别理，你待蔡太运怎样我们心里都明白。蔡一风并没有去追查刘排长和那个班长，只是三天后，他和宋斌、夏开轩商议，就任命了井宗丞当副参谋长。

但是，红15军团在如何粉碎敌人的围剿，确立今后的行动方案上，意见发生了冲突。以蔡一风、井宗丞为首的原秦岭游击队人认为，部队应该向秦岭东部发展，秦岭东部的群众基础好，地理环境又熟悉，便于灵活机动地与敌军周旋。而宋斌、夏开轩和阮天保他们却认为红15军团已经不是过去一个秦岭游击队了，以前的流寇式行动难以给敌人有效打击，不能大量地消灭敌人就不能完全地保存自己，应该向西南发展，那里的几个县都比较富裕，可以联合逛山，攻打占领一个到两个县城，成为自己真正的一块革命根据地。双方争执不决，宋斌难以拍板定夺，就采取了一种折中：先派人去联合逛山，如果联合成功就向西南去，若联合失败便向东。联合逛山的任务最后交给阮天保。

阮天保带了邢瞎子，便去了麦溪县，邢瞎子又找到他舅舅，经多方打听，得知前不久6军在高桥村和逛山打了一仗，逛山死了二十人，逃到了老巢达子梁，随后县保安队又在逛山梁广的老家活捉了梁广的父母，用二十条狗活活将其撕碎吃掉。阮天保和邢瞎子就直闯达子梁，说明来意，梁广正要借力复仇，同意红15军团来达子梁。阮天保带回消息，令宋斌十分高兴，率部队向西南转移，四天五夜到了达子梁下十五里的栾庄，再让阮天保去通知梁广，说是去通知，实则是要梁广来接迎，但阮天保去后，梁广却告诉红15军团就驻在栾庄，后天晌午他带人和红15军团长官在栾庄东的石佛庙村会面。阮天保有些生气，说：不是说好联合，让红15军团来达子梁吗？梁广说：是联手，不是联合。神指示在石佛庙村会面，再说达子梁地方小，我们待着都狭窄，你们来了，山泉也没那么多水喝。

※　※　※

达子梁是一座孤山，山少，没树，人家集中在山顶，房子院落又相互连通，钻这个拱门，穿那个夹道，常常是从东边进村从西边出村，或者就在村子里拐来拐去不辨方位。达子梁原有六十户人家，逛山占据后，六十户人家男女老少又全部成了逛山。逛山们手上都少一根指头，是经巫师念了咒后用刀剁的。巫师有三人，都是神灵附体，能看天象，能抬轿。抬轿也就是用木头做成一个小轿状的箱子，两人闭了眼抬起来把轿的一只脚不停地在一桌面上敲打画字，谁也看不见画的是什么字，但抬轿人知道，一个字一个字念出来，旁边的另一人记在纸上，竟然都是顺口溜。他们凡是有什么人生病，神就开药方，凡是有重大决策，神就下指令，他们从来深信不疑。

阮天保返回栾庄转达了梁广的话，蔡一风、井宗丞就破口大骂逛山是几十年的土匪了，哪会有联合的诚意。宋斌却笑道：他们是害怕咱们吞并么，既然他们害怕，这事情就好办，到石佛庙村会面就会面，他们想借力咱们，咱们也要借力他们，联手就联手，先粉碎了6军的围剿，他逛山到了咱们的案板上，肉怎么切还不是由咱们吗？第三天，宋斌、蔡一风、夏开轩和梁广在石佛庙村见了面，梁广先在村里埋伏了几十人，见宋斌他们三人没带一兵一卒，也就撤了埋伏，然后研究联手事宜，商定各在各地驻扎，每日双方派专人联络，一方面筹备粮草，加强备战，一方面双方组成侦察小组，查清6军动向后，再统一行动。

6军也获得红15军团去了秦岭西南方向的情报，但并不知道红15军团在联手逛山，他们随即撵来，就占领了棒槌镇。棒槌镇在三合县南三十里的朱雀峪口，因山像竖立的棒槌而得名。侦察小组发现在三合县到棒槌镇中间有个骆驼项，公路一边临河，一边是梁。梁三里处又有一条河斜插下来，河上有一石桥，路就急转了弯。6军驻扎到棒槌镇后，每日还有汽车从县城拉运粮草。情报传回来，宋斌、蔡一风、夏开轩便和梁广做出决定，在骆驼项打一次伏击。于是，制定作战方案，红15军团的人在夜里埋伏在公路急转弯前边的梁上，逛山他们埋伏在公路急转弯后梁上，一旦有敌军或敌军车辆进入，前边的封锁，后边的关闭，两相夹击。出发的那一夜，天下起了雨，走不到五里，雨越来越大，白茫茫一片，前边一丈远都看不清楚，行军不能点火把，即使点火把也点不着。沿着河畔往里小跑，河道涨了水，梁上也往下滚落石头土块，有人就失足掉进了河里，有人就被落石砸伤。红15军团的人已经过去，井宗丞带着几十人断后，他们抬着一门山炮，这也是红15军团仅有的重武器，距骆驼项还有一里地，一股子泥石流下来，偏偏将八个人一下子埋没了，其中四个人还抬着那门山炮。山炮露出一半顺着泥石浆往下去，井宗丞急了，叫喊着让人快拉山炮，山炮没拉住，把那跑去拉山炮的三人也带走了。而警卫员拦腰抱住了井宗丞，井宗丞没有被冲走，警卫员急忙抓住一棵树，将腿蹬在一块石头上，喊：踩我腿过来！井宗丞踩着警卫员的腿刚跳过来，那棵树就倒了，警卫员一下子没见了。已经走到前边的人见后边的人没有跟上，蔡一风返回来，见泥石流很大，就给井宗丞喊，让赶快往梁上爬，上了梁直接到石桥那儿埋伏，到时候把石桥炸掉。井宗丞查了查人，只剩下十二人，赶紧组织爬梁，总算天亮时埋伏在了石桥的东边梢林里。

雨是第二天早上开饭时才停的，宋斌、蔡一风他们埋伏在梁上，梁上都是农田，才犁过，下了一夜雨，地被泡软，几百人疾快跑过去，地就成了稀泥滩，每个人的脚上黏着大泥坨子。阮天保嫌跑得慢，命令都把鞋脱掉，脱掉了鞋又不知是雨淋过还是出的汗，头发贴在脸上，衣服贴在身上。而牛虻又很多，落在身上叮，火烧火燎地痒疼，一边跑一边手在身上拍打，根本拍打不了，就索性把泥从头到脚地抹了一层。跑到了苞谷地塄，下边就是公路，全部人趴在那里，等待着敌人到来。

井宗丞带着十几个人爬上了梁，一鼓作气从梁上的烂泥窝里跑到公路转弯处，再咕里咕咚溜下梁，再跑过一段河滩，再跑过崖脚上了石桥，再埋伏到石桥头的梢林里，都累得精疲力竭，趴在那里睡着了。井宗丞拿脚踢，说不能睡，谁都不能睡，睡着了就永远睡着了。于是大家在叽咕世上什么累，小时候吃奶累，长大了胳膊举起来累，一老腿沉，迈一步都累，而到死的时候睁不开眼，那是再没力气睁开眼皮子了。但早上已经过去，中午也过去，拿耳朵逮听着远处是否有了汽车声和枪声，没有，只是无穷无尽杂乱的蝉鸣，嗡嗡作响，响到你压根就觉得是那样的寂静，有人肚子发出了咕噜，有人在放了屁。天上是灰蒙蒙的，太阳像是湿的，又像是变霉了生着毛。桥头公路的左边有一棵鹅掌楸，或许是年岁大了，弯弯扭扭的树梢上并没有长多少叶子，但它在阳光下仍有了影子。任何东西都是在太阳里有了黑影吗？鹅掌楸的影子是他们趴在那里的时候就离开了树，跑出很远，几乎横穿了公路，然后是鹅掌楸又一点一点把影子拉回来，直拉到树根上，影子就不见了。井宗丞看见了就在不远处趴着的元小四身边长了一蓬细辛，细辛的蔓像红薯蔓，叶子肥肥的，就说：小四，瞧见了吗，那是细辛，把叶子摘下来装在口袋里。元小四说：细辛？摘叶子干啥？井宗丞说：你不知道细辛？炖猪蹄或焖鸡时放上细辛能提味哩。元小四说：还炖猪蹄焖鸡呀，这一仗还不知死活哩。井宗丞低声骂道：狗日的没出息，仗还没打哩就不活啦？打仗就要活着，不活着打的屎仗?！元小四说：就是活着，哪儿有猪蹄和鸡的？井宗丞说：你好好打，打完仗了，我来解决。元小四说：我吃一碗。井宗丞说：给你两海碗。元小四说：你说话算数啊！井宗丞却突然说：枪响了？大家的耳朵都奓起来，果然远处有了枪声。井宗丞就带着大家抱了炸药包往桥上跑。跑到桥上，极快地把炸药包捆在了桥石栏上，又觉得捆在桥石栏上如果只炸飞了石栏而炸不塌桥面咋办，就又抱了炸药包往桥下去，看到桥下两头有桥墩，把炸药包放在一头桥墩台上，还是担心桥墩太结实炸不动，而桥是石拱桥，炸中间肯定能成，可那下边无着落，安放不了炸药包，只好又跑上桥面。井宗丞在这时候非常自责，觉得自己事前没考虑好，他就先把自己扛的炸药包放在桥面中间，远处的枪声已响得像爆豆一样，就喊：快！快！十几包炸药堆在了一起，得留下一个人点导火索，其余的就撤，元小四说：我来点，我跑得快。给我一支纸烟！钱会社和元小四都吸烟，但钱会社一有钱就买纸烟，而元小四很少买纸烟，只买火柴，他天晴下雨都用油纸包了火柴藏在怀里，钱会社想吸烟了拿个火镰总是打不出火，他就把火柴划着递上，趁机也讨一支纸烟来吸。钱会社给了元小四一支纸烟，大家都撤了，元小四喊：往那崖洞子里跑，给我留个地方啊！火一划亮，先吸着纸烟，再拿烟头对着导火索点了，拔腿就跑。但人都跑到崖洞里来了，那一支纸烟都吸完了，炸药没有响，而枪声越来越紧，且越来越朝这边来。井宗丞说：咋还没响？要带人从公路上堵截过来的敌人，又不能在炸药没爆炸前就跑上公路。元小四说：火灭了?！井宗丞骂道：你他娘的只顾吸烟哩，你坏大事！元小四拿了火柴，再没问钱会社要纸烟，二反身再往桥上跑，他以为自己刚才手抖得厉害没点着导火索，刚跑到炸药包前，咚的一声巨响，天摇地动，崖洞里的人全都震得倒在地上，耳朵什么也听不见了，看着石桥上烟火笼罩、土石飞溅，突然间什么都没有了，而一块布在空中飘，后来就落下来，挂在已折断的鹅掌楸树茬上，那是元小四褂子的前襟。

从公路上逃窜过来了十几个人，跑到了桥边，发现桥没了，就往左手的坡梁上跑，井宗丞他们一齐开火，八九个敌人当场被打死，还剩了三四个就往河里跳，河谷很深，跳下去也是死，井宗丞喊：甭管甭管，顺公路往回打。所有人就往回打，眼看着敌人一窝蜂跑过来，梁上的人边跑边往下射击，有滑溜下来的，有滚了下来的，一哇声地呐喊，井宗丞他们也呐喊着往过跑。竟然倒在路上的敌人有一个并没有死，抓枪打死了两个战友，井宗丞朝那敌人连开了三枪，把脑袋打没了，蹦出一条舌头，他从没见过蹦出来的舌头足足一大拃长，喊道：查尸体，查尸体，看有没有活的！他们就沿途用枪挑翻着敌人的尸体，见那些断腿的、受了伤还装死的，就再打死，后来也不管死了还是没死，凡是见脑袋完整的都补一枪。待跑到转弯前，那里停着十二辆汽车，到处都是尸体，逛山的人正从汽车上往下搬东西，红 15 军团的人也都去车上搬东西，井宗丞他们挤不到汽车跟前去，就在地上捡枪，然后在尸体身上找有用的东西，没有可用的东西了，如果那衣服鞋子还好，就剥了衣服，将腰里的草鞋扔掉，换上皮鞋或者布鞋。

这一仗伏击取得了胜利，共打死敌人八十人，烧毁敌汽车十二辆，缴获长短枪三百支、被服二百套、面粉八十袋、大米六十袋、大肉三十扇、鸡二百只，以及大量的油、盐、花生、豆腐干、竹笋、木耳。但红 15 军团死亡十一人，五人受伤。而逛山断后，基本没有伤亡，又最先卸的军车，拿走了全部物资的三分之二。蔡一风、夏开轩、井宗丞对逛山的行为意见很大，要前去质问，平分物资，宋斌制止了。当天晚上各自回到栾庄和达子梁，红 15 军团有酒有肉地吃了一顿，井宗丞特意在地上画了个圈，放了两碗肉，说：元小四，这是肥肉块子，比炖猪蹄焖鸡还好，只是没放细辛，味道会差点，你慢慢吃。说完，他死死盯着摆在碗上的筷子，他觉得筷子在动。

※　※　※

账房从平原泾河畔的范家茶庄运回来第一批黑茶，涡镇人喝了没有不说好的，很快就销售一空。第二批货运来，陆菊人就批发到六个分店去，反馈回的消息也都是大受欢迎。陆菊人也就下了决心，让范家茶庄每年给涡镇发来五百担，同时，每次送茶的骡队来，都给方瑞义捎些东西，要么是褡裢或麻鞋，要么是腊肉或豆腐干，不值钱，但全是涡镇的特产和工艺，意思陆菊人明白，方瑞义更明白。

六个分店第一个月赢利几乎是以往半年的总和，陆菊人就将一千大洋先交给了井宗秀，井宗秀十分高兴，要请陆菊人和花生吃饭。饭订在麻记火锅店，井宗秀端酒敬陆菊人，一口一个夫人，说他没有委托错人，让陆菊人当总领掌柜是他除了建立预备旅外最可骄傲的事。陆菊人说：你别夸我，我只是进了黑茶，至于以后经营得好与不好，我也吃不准，这阵你夸我，别挣不下钱了又该骂我和花生了。井宗秀说：你这话就说得自信啊！陆菊人说：没墙还安个什么窗子？这我得谢你的！井宗秀说：谢我?！陆菊人说：在外你是旅长，我是卖茶的，到这儿了，我是你嫂子，你是兄弟，那我问你，你嫂子待你亲吧？井宗秀怔了一下，忙说：亲啊，这我知道。花生在火锅里才夹出一片肉，肉就掉下去了。陆菊人说：这话我以前咋都不会说的，花生花生，把肉夹起来，你吃着肉姐给你说，一个人对一个人器重也好，喜欢也好，感到亲了，自己就会发现自己的能力。花生说：嗯，嗯。陆菊人就嘿嘿地笑了，说：我谢你让我待你亲，有时也想，我待你亲什么呢，其实我还是待我的想法亲，在杨家十几年了，我有一肚子想法，却乱得像一团麻。现在我是把这团麻理顺了，我才知道了我要什么，什么是能要来的，什么是要不来的，也就理顺了我该咋样去和人打交道，咋样去干事。井宗秀认真地听着，点了头，说：你还记得我给你的那个铜镜吗？我后来倒越来越觉得你是我的铜镜，它照出了我许多毛病。陆菊人说：哦，你有啥毛病？井宗秀说：我还是心小、自私，比如那么多风言风语伤害你，我都没有出头露面。陆菊人说：过后我也想了，没有那些风言风语，我还没机会看清我哩，也没机会来经管茶行哩。井宗秀又端酒敬陆菊人，说：你有了自信，我也有了自信，等往后事情咱弄大了，我要给你盖个楼的，你活着就住在那儿，你死了那就是你的庙！陆菊人说：你不要许什么愿，我不要你盖个什么楼，今日花生也在这里，咱就打开窗子说亮话，我盼你把旅里的事镇里的事都办差不多了，就该办自己的婚事。一句话说得花生像个红蛋柿，坐不住了，起身站起来，说：姐，姐。陆菊人说：这有啥的，你姐现在啥话都敢说了，咱把话挑明了，免得宗秀又找了女人。井宗秀哈哈地笑，说：我到哪儿找女人去，这一天忙得鬼吹火，哪还有那份心思。陆菊人说：你现在是一旅之长，大长官了，你不找，少不了别人会给你找的。井宗秀说：这事我只听你的。陆菊人说：这就好么，涡镇我搭眼看了，还没有谁强过花生的，就在这周遭七里八镇的，花生也是万里挑不出一个来的。花生，你给宗秀敬一杯酒啊！花生说：姐，我喝不了酒么。陆菊人说：宗秀你瞧瞧，花生多老实！我去催催再加菜，喝不了酒，用茶敬呀，你这傻女子！她起身下楼，喊店小二再加一盘猪脑一盘猪血一盘豆腐皮。花生就红着脸起身过来敬茶，茶不冒气，凉了，转身去炉子上取水壶，胳膊和腿竟配合不到一搭。添了热茶双手捧过来，瞧见井宗秀在一直看着她，头就低下去，说：我敬你！井宗秀才要接，还没接住，花生却松了手，茶杯就掉下去，花生哎哟一声，手在空中没抓住杯子，脚本能地一挡，挡住了杯子掉下去没摔破，茶水洒在地上，竟是一片子颗粒。井宗秀说：没烫着吧？忙用毛巾替她擦鞋。陆菊人就进来了，羞得花生就到楼台上再不肯回来。陆菊人说：你动手动脚啦？井宗秀说：哪里，她敬茶时茶倒在她身上，我递毛巾让她擦的。陆菊人说：茶怎么能倒在她身上?！花生，花生！花生在楼台上说：我晾晾衣服。陆菊人说：今日把话挑明了，我再给你说一句，花生是你的，但现在又不是你的，柿子要水暖了才去涩味的，等我好好调教，配得上你这个旅长了，我再给你送去。馍不吃在笼子里放着，你明白吧？井宗秀笑着说：明白。

三天后，井宗秀带着杜鲁成、周一山给陆菊人送来了一双鞋，白布底，青布面，底儿上的针脚密匝，硬如铁板，面儿上绣着暗红色的花纹。陆菊人说：让我转交人的？她没明说花生，井宗秀却说：

送你的，咱这儿讲究给媒人买鞋么。陆菊人说：我可不是要给你当个媒人！井宗秀说：这我知道，但花生毕竟是你提说的么。陆菊人就大声说：那好，我穿上了！穿上了正合脚，说：你咋这会买的！井宗秀说：我往你脚上看了一眼，就知道该穿多大鞋的。

陆菊人很长时间就一直穿着这双鞋，她觉得自己的个头有些高了，连肩膀都宽了许多。这一日，从平原来的运茶骡队到了，陆菊人去仓库看卸货，才走到东背街那个土场子上，天阴得实实的，一颗雨落在脸上，旁边站着的一个女的就痴眼看她。这女的原是龙马关保镖崔天凯的女人，崔天凯死了，现在是苟发明的媳妇。陆菊人叫道：秋子，这天要下雨了吧？秋子还在看着陆菊人走路，说：啊，啊谁知道会不会下雨。陆菊人就想着真要下雨，这鞋就不能穿了，便拐进巷回家去换旧鞋。可换了旧鞋出来，天并没有下雨，再路过那土场子，秋子却拿了锄头在路上挖什么。陆菊人觉得奇怪，说：好好的路你挖啥哩？秋子说：人都说你是金蟾托生的，走过的脚窝子里都有金子哩。陆菊人说：这不是瞎扯吗，你挖出金子啦？秋子说：我挖得不深。陆菊人有些生气，说：那你好好挖，得挖六尺深！就走了。

从此的日子里，陆菊人做什么事总是把花生叫在一起，她要花生给她做伴，却总是把花生打扮得漂亮，花生给她头上也插朵花，她不要，说：有你在，我就老了，我收拾干净就行了。花生身条子好，该瘦的地方都瘦，该胖的地方都胖，就是走路有些外八字，陆菊人说：你咋和井宗秀走势一样？男人外八字着好看，女人外八字就难看了，收脚，收脚！花生一被提醒，把脚往内收，可一上台阶下台阶，或者一坐下来，脚又成外八字形了。陆菊人在没人时骂她没记性，有人时就咳嗽一下，花生就明白什么意思，把脚收紧了。花生也恨自己，晚上睡觉时用布条子把双腿捆上，第二天腿疼得趔趄，陆菊人说：唉，生就的腿脚总不能砍了去，美人都有一陋吧，人面前注意点就行了。因为要上缴营业款，陆菊人带着花生去了一次城隍院，那些当兵的见了花生眼睛都发绿，又不敢近来，兴奋地叫，叫得没言没语，杜鲁成骂着那些兵，周一山就说：花生真是一株会说话的花啊！伸了手要摸一下花生的脸，看是不是玻璃片子。陆菊人说：脏手！周一山知道井宗秀敬重陆菊人，他也称陆菊人是夫人，说：脏手脏手。就收了手。杜鲁成、周一山一离开，花生低声说：是不是我长得太那个了？陆菊人说：好着哩，你家院墙上的蔷薇是你家的，路人经过你家门前了，也能看到蔷薇的鲜艳，能闻到蔷薇的香气么。以后不管遇到谁，客气归客气，头要抬着，腰挺直，老弓着就成背锅了。

陆菊人没到茶行的时候她并不多喝茶，到了茶行就爱上了喝茶，差不多都有了一闲下来就要喝茶的习惯。每每泡上一壶茶，就和花生一边喝，一边和花生唠叨好多好多话题。

比如，做女人的，不管是老是少，不管日子富日子穷，自己要把自己收拾干净，尤其头上的髻、脚上的鞋。再忙再累，也得五日擦一次身，三日洗一次头，每日都得清洁下身。自己把自己收拾得体，别人不厌烦你，你自己也觉得精神。没事了能坐就不要睡，能站就不要坐，站着了靠住墙，不好，是从头到脚都贴住墙，拉你的筋骨，走路就不弓腰了，坐下也不是一扑沓。无论在外在家，要养成一坐下双腿合拢，更不要摇膝盖。不要啥事就一惊一乍。不要嘎嘎笑，也不要没声地笑。早晚用盐水漱口，吃了葱蒜就嚼些茶叶，身上迟早记着带香包，我给你个小镜子揣在怀里，和外人在一块儿了，过一会儿打个岔到避背处，看头发乱了没，脸上的粉匀不匀，牙上有没有东西。对人说话不要偷声缓气，不要把最后的音就吃了，看着人家说，但不要死眼看，不能乜眼看，不能眼珠子乱转。不要闲了就倚着门，尤其倚在院门上张望。吃饭喝水不能把嘴埋在碗里，不要出响声。少说话，要想着说，不要抢着说，最忌啰嗦。哦，有苦了不要见人就诉，有人会给你说一句两句同情话，那只能显得你可怜，而有人就烦你。和人交往要学会吃亏，大事上都得罪不了人，得罪人的都在小事上，在细微上做好了，大事也就能做好。不要小心眼，不要使小性子，不要疑神疑鬼。花生说：哎呀姐，你咋知道这么多！我娘死得早，我爹从不说这些。陆菊人说：你我都一样，野地的草么，我说这些就是咱从野草要长成庄稼苗子的。

陆菊人也教着花生怎么做饭，都是些家常饭，但面团怎么掺得匀，面条怎么擀得薄，怎么发蒸馍的酵子，怎么晒浆水，怎么用蒿秆草灰做碱面。陆菊人也教着用大青叶子熬出染布的靛，用淘米水翻洗猪肠子去腥味，用白矾涂了指甲然后才能把指甲花的红染上，麻秆在水里沤多长时间了可以剥层捶软，拧成绳子。陆菊人亲自炸果子让花生看，并告诉为什么要炸果子呢？果子其实就是花，花不是一年四季都开的，但人过寿时要献花，人死后要供花，就以面团做各种花形在油锅里炸出。做花形得把面团揉好，你多看了世间的花朵，花朵的形态都在你心里，逮住个大样，就由你随着心性去做了。炸果子的油不能用棉花籽油，不能用漆籽油，菜籽油清亮，炸出的果子颜色好。陆菊人还懂得些偏方，谁都有个头痛脑热的，总不能一有病就去请陈先生。常年多炖些萝卜吃，坚持晚上烫脚，早上一睁眼了叩叩牙，舌头在嘴里搅几圈让生口水，然后咽下去。没事就往上提肛，这样不会患痔疮，大小便时不要说话。捏虎口呀，眉心放血呀，脚底熏艾呀，搓耳朵背后呀，这些你知道。而眼上生麦粒肿了，白矾和唾沫涂涂，或者用门环蹭蹭就好了。心慌，把银簪子煮上一个时辰的水喝下。肋子下疼就深呼吸，出气出得越慢越长越好，还要发出嘘嘘声。胃脘疼，还是那样深呼吸，发出呼呼声，同时掐双手的中指尖。还有，毛毛病自已治，大病去找先生，但不管是毛毛病还是大病，一旦身上哪儿病了，就常常给病了的部位说好话，感谢它还在为你辛苦，万不可骂它、嫌弃它，就是家的某个家具不好使了，也不能动不动就说：不要了，换个新的！陆菊人还给花生提醒，这世上的鬼多，半夜里回家，在门外跺跺脚，唾一口痰，鬼是随着你，它去吃痰了就不会也进了屋。夜里睡觉突然觉得害怕了，那肯定是有鬼了，你不是也有尺八吗，把尺八放在枕头底下，或者闭上眼，左右手的大拇指压在各自的无名指根，攥紧，鬼就远离了，你也会安然入睡了。会立柱子吗？就是家里老出怪事，盛半碗清水，把三根筷子在碗里淋着水让它立，你就念叨它们，如果筷子立住了，那就是你念叨的那个亡魂野鬼和狐狸精，呵斥它，或求它，然后用刀砍筷子，说声：你走！把水泼到门外去。

记住，吃过饭的锅碗吃完就洗，不能过夜，过夜了鬼去舔锅碗的。

在这期间，陆菊人领着花生去了一趟白河岸看望井宗秀娘，老太太见了花生，就爱惦得不行，拉着花生问这问那，说头上的髻绾得紧实，说脚上的鞋花绣得细密，说笑的喜庆声音也软和，花生要去后院上厕所，她叮咛那里有狗是拴着的，你再拿个棍呀。花生一走，老太太就问：这女子没嫁人吧？陆菊人说：没么。老太太说：咱两家这么亲的，我不在镇上，你当嫂子的咋不把这女子说给宗秀？陆菊人没把话点破，说：我领她来就是让你过眼哩，你要看得中，我给宗秀提说，倒不知他愿意不愿意。老太太说：这么好的女子他还弹嫌？你就给他说，我做主了，他愿意了愿意，不愿意了也得愿意！陆菊人就笑着说：那我就给他提说呀！从白河岸回来，陆菊人给花生说了老太太的话，让花生过一些日子就去看看老太太：井宗秀是忙，你就要替他行行孝。花生说：这我知道，只是我还不是她的儿媳妇，我要去看，你得一块儿去。陆菊人说：我能陪你一辈子？花生说：我去了不知说些啥好。陆菊人说：我再陪你一次，第三次就不陪了。老太太人善，说话有趣，你不会说而她会逼着你说的。花生说：她那么大年纪了，脸上一个斑都没有。陆菊人说：看娘就看儿、看儿就看娘的，老太太人长得好，井宗秀才那么排场么。你看涡镇的男人，要么是长不开，要么就黑脸大汉，只有井宗秀高高大大却白白净净。花生说：他怎么没胡子？陆菊人说：胡子看着脏兮兮的，要胡子干啥。两人就嘻嘻地笑。

陆菊人开始给花生讲井宗秀的嗜好了。她说井宗秀爱干净，你迟早见了，穿得整整齐齐，从没敞怀露胸的，也没裤管挽得一个高一个低。你没去过他原来的屋院，那屋院整洁得不见个麦草渣渣，啥东西放啥地方不乱一点。以后呀，明天他出门你要把穿的衣服头天夜里就准备好，啥场合穿啥衣服，什么上衣配什么裤子，什么裤子配什么鞋，男人衣着邋遢了，那是媳妇的过错。她说井宗秀爱吃条子肉，尤其是用拳芽菜垫碗子蒸出的条子肉，杨钟在的时候，他来了就做过三次条子肉，他每次都吃得高兴。也爱吃饺子，别人喜欢吃馅多皮薄的，他却喜欢皮稍厚点，但要软。给他喝汤，就喝头锅饺子或二锅面的汤，那样的汤喝着好。他爱吃饸饹，饸饹主要是汤调出味，盐呀醋呀辣子呀胡椒花椒放重，把鸡蛋摊饼切成斜角片，再放些韭黄，还爱吃凉粉。要对男人好，就得知道他的胃，把他的胃抓住了，也就把他人抓住了。男人发脾气多半是没吃好。她说井宗秀看起来温和，但不是没脾气，人怎么能没有脾气呢？有人发脾气是吃了炸药一点就着，爆炸了就没事了，他可是忍无可忍时才发作，一旦发作，他就不理你，最怕的就是这种阴嘟子天。听杜鲁成说，他早晨起来几乎不说话，坐在那里要发半天呆，不知是没睡醒，还是他在考虑当日的事，总之旁边人不要给他说话，问他吃什么喝什么，他就烦了。遇着男人，即便是做了夫妻，女的都不要黏人，把男人黏得紧或者啥事都管，虽然你一心为他好，他也会反感。女人不能使强用狠，你把你不当个女人看待，丈夫就也不会心疼你，姐有这方面的教训，你一定得汲取。你见过狗撵兔吗？兔子越跑，狗越去撵，但兔子不能跑得太快，太快了就要卧下来等等，等到狗觉得能撵上了它会更撵，兔子跑得没踪影，那狗也就不撵了。陆菊人说：哦，我听杜鲁成和周一山说过，他夜里睡觉要去几次厕所，还磨牙，这都是肠胃不好。他们这些人吃饭没饥饱，睡觉没迟早，肯定肠胃都有了毛病，不能让他多熬眼，不能让他多喝酒，该你叮咛甚至数说要叮咛和数说，但千万别没完没了地啰嗦，更不能一数说这件事就把以前的事都提起。他在外边少不了有烦心的事，受气或者委屈，回来要给你说，就是他所作所为是错的，你要给他宽慰，不能也指责他，一定要待事情安然过去了你再说他的不对，男人就像兽一样，在外受了伤，回洞里舔伤，夫妻两个人的家也就是个洞。花生一一都点头了，却有一次问了一句：姐，男人是不是都花心？陆菊人说：你咋问这话？花生说：前日柳婶她们在一块儿说话，我听来的。陆菊人说：男人能有不花心的？不花心的是他没能力去花心。姐给你说，有本事的男人就像是筷子，见啥都想尝，就像是牛，见一块儿地都想犁。你要他不花心少花心，你首先是一朵花，你不要以为你过门了，是他的媳妇了，就松松垮垮、邋里邋遢，你一直要开你的花，时不时让他惊喜，他就离不得你，只对着你好。花生说：就像姐一样。陆菊人说：啊你说啥？花生说：若说开花，姐才是一朵大花哩，我看他对你最好。陆菊人说：胡说，我和你不一样，我是从泥窝子里过来的，要说也是个花，那也是长在牛粪堆上的，何况现在早败了。我是他嫂子呀，你怎么说这话！花生就笑了，自己打自己嘴。

※　　※　　※

麻县长在涡镇已过了多半年，井宗秀是偶尔来，来就请他外出，两次在涡镇，一次在黑河岸的洛门寨，还有在龙马关和商棣镇，都是些集会。他被前呼后拥地请上台，在一张藤椅上坐下了，下雨不下雨，有太阳没太阳，身后都有人撑着伞，他就那么坐着，由井宗秀讲话，井宗秀讲话完了，集会便结束了。但麻县长的生活非常好，安排得细致周到，井宗秀定期让人送来米面酒茶，米有白米、黄米和糯米，颗粒完整，晶莹剔透，都是在石臼里一点一点杵出来的。面粉更是有纯麦面粉和掺了豆子的杂面粉，豆是扁豆的、绿豆的、豌豆的、黄豆的，各样是各样的颜色和味道。酒当然是苞谷酒和米酒，还有醪糟。喝茶的水也全是从河心泉里取。麻县长越来越热衷于在县政府院里栽植些草木，让王喜儒把后院角一块空地挖开要栽忘忧草，却挖出了蚁穴，那是像瓮大的一个土核，层层叠叠的孔，忙乱着成千上万的蚂蚁，砸开了土核，里边有大拇指头粗的蚁后。麻县长就觉得自己如蚁后，有吃有喝，白白胖胖，不作战也不筑巢，但蚁后还产卵繁殖的，他却无所事事。在这一天，他在办公室里发现了一只老鼠，他没有去追打，也没告诉王喜儒让逮了猫来，就每日临睡前，在桌脚下放一些吃食，第二天一早再去办公室，首先要看看放的吃食还在不在，不在了，他心就放下来。麻县长仅见过一次老鼠的面，而一日复一日这么放吃食和查看吃食，他知道老鼠现在不是在哪一堆书籍下就是在柜子底，他希望老鼠能留下来，永远就在他的办公室里。这样的心情使麻县长脸上有了微笑，和王喜儒去了虎山和白河黑河岸上的各个峪里寻找奇木异草，镇上一些巷道他很少去，城隍院一次也没进去，却更多去安仁堂，那里有挖药人送来的草药，有许多竟是他还没有见过和听过。他差不多记录了八百种草和三百种木，甚至还学着绘下这些草木的形状。近些日子，他知道了秋季红叶类的有槭树、黄栌、乌桕、红瑞木、郁李、地锦，黄叶类的有银杏、无患子、栾树、马褂木、白蜡、刺槐，橙叶类的有榉木、水杉、黄连木，紫红叶类的有漆树、柿树、卫矛。他知道了构树开的花不艳不香，不招蜂引蝶，但有男株和女株，自己授粉。他知道了花柱草的花蕊能从花里伸长得那么长，甚至可以突然地击打飞来的蜂蝶。他知道了鸭跖草是六根雄蕊，长成了三个形态。知道了曼陀罗，如果是笑着采了它的花酿酒，喝了酒会止不住地笑，如果是舞着采了花酿酒，喝了酒会手舞足蹈。知道了天鹅花真的开花是像天鹅形，金鱼草开花真的像小金鱼。

晚饭之后，麻县长会把王喜儒叫来闲聊，他会突然来了兴致，吟了“秋波红蓼水，夕照青芜岸”。他吟古诗给王喜儒当然是对牛弹琴，于是问：你知道红蓼吗？王喜儒说：不知道。他说：枝茎细长，萼叶扶疏，枝节冷淡红，穗花玫红，你不知道？王喜儒说：那是狗尾巴草么。他又说：桑树为什么叫扶桑呢？王喜儒说：那是你给起的大名吧。他说：不是我起的，古人就这么叫的，扶桑扶桑，与人相扶而生么。他又吟“在天愿作比翼鸟，在地愿为连理枝”：你知道啥叫连理枝？王喜儒说：还是不知道。他说：石楠呀，上次你就采回来过呀。王喜儒说：哦，哦。县长你神，知道这么多！他说：惭愧。我可能也就是秦岭的一棵树或一棵草吧。便把自己的书房重新起名：秦岭草木斋。

一日，坐在书房里，脑子里胡思乱想，在秦岭里看的草木多了，见的飞禽走兽也多，就觉得有趣，先前读《山海经》，书中有各种怪兽怪鸟怪鱼，以为那都是些神话，没想他在秦岭里见到的动物常让他匪夷所思。比如有一种猴子通身都是金丝一样的长毛，有人一样的大眼，发出的声音和人说话的节奏也差不多，能大声呐喊，也会嘟嘟囔囔，只是听不懂。它们群居，雄猴内斗不断，一旦胜者，所有的雌猴就安然归其所有，但它却一定要咬死那些雌猴的幼儿。比如他见过像水牛一样却长着羊角猪鼻的羚牛，它竟然会哭，哭起来泪流满面。比如，一种叫毛拉虫的，冬天里就钻进土里，夏天里身上却长出一茎草来，花开得十分妖艳。比如，还有能在空中飞着就能交配的鸟，能哈哈大笑并且能笑得晕过去的熊，能危急逃跑时不断变换皮毛颜色的狸子，求爱终于成功了却又甘愿让雌性吃掉的螳螂。那么，记录秦岭的草木，也可以记录草木间的这些奇禽异兽啊！麻县长正想得激动，县政府的干事来说大堂里来了告状的。已经是很久很久没有人来县政府告状了，麻县长噢了一声，收拾了桌上那些草木记录本，也收拾了一堆乱七八糟的念头，当即庄严地坐了大堂。

大堂里是有着一个老头和年轻的两男两女，老头蹴在那里唉声叹气，两男两女却你争我吵，不可开交。经审问，原来这是一家人，老头姓苏，家住镇西背街三道巷，在中街十字路口，也就是老皂角树斜对面，有间门面，专门卖葫芦头泡馍。镇上有三家葫芦头泡馍馆，苏家的这馆生意特别好，据说有秘制的下锅香料，每日客多，都是七次八次地翻桌。苏老头有两个儿子，已经分家另灶，先是让两个儿子轮流经营两个月，但今年老头八十岁了，却变了主意，两个儿子各按单月双月轮换。小儿子经营的是单月，大儿子经营的是双月，没想有个闰六月，大儿子就连着经营两个月，小儿子两口就吵闹多一个月就是多少钱呀，还认为是当爹的知道有闰六月，故意让大儿子经营双月的。越是吵闹，苏老头越是坚持他的主张，小儿子两口就嚷着要告状，苏老头和大儿子两口也就来了。麻县长一听，按单月双月轮换确实不公平，问苏老头为啥要分单月双月，苏老头说：谁家的媳妇孝顺就给双月。小儿子的媳妇就说大儿子的媳妇怎么孝顺了，她只是嘴甜会来事，陪婆婆坐炕说笑，是多给了公公婆婆吃喝啦还是给公公婆婆多做了衣服鞋袜？麻县长听了，就判了苏老头把双月给了大儿子是正确的，这孝顺有供给吃喝的孝顺，有请医治病的孝顺，还有笑孝顺，就是待老人笑脸，言语柔和，逗着开心。在判断这场家庭纠纷中，小儿子两口和大儿子两口当然有争辩和相互指责，麻县长倒了解了另外一件事，即小儿子在他不经营饭馆时去放羊，蛇把领头羊的角缠了，他用镰砍去，把蛇尾巴砍掉了，蛇是跑了，可回到家，媳妇去地里拔萝卜，蛇又把媳妇脚脖子缠住，他这次就把蛇打死了。第二天他去柴市，路过巷口，看见一条蛇钻进了墙根石头缝里，到柴市买了一捆蒿，自己背回家往院子里一倒，蒿里竟然又爬出一条蛇。他就吓瘫了一月，去见宽展师父，宽展师父比划着，意思是说这是双蛇，一方死了另一方来报仇的，这蛇现在是钻进了你家后檐墙洞的雀窝里。他回家去墙洞的雀窝里看，并没有看到蛇，但还是拿烟油子在雀窝口涂抹，再采些重楼草捣烂塞进去，还用泥封住。没想三天后，来了一只燕子啄洞，他媳妇就打伤了燕子一条腿。可就在当夜，他家小儿的耳朵里钻了条蚰蜒，疼得哭叫连天，他媳妇便说是大儿子媳妇捉了蚰蜒放到他小儿的耳朵里的！大儿子媳妇委屈得哭，说她怎么能干那事，她是看到那只受伤的燕子叼了一条蚰蜒放在天窗台上的，是不是夜里蚰蜒自己下来趁小儿睡着了钻进耳朵的？麻县长说：孩子耳朵还疼吗？小儿子媳妇说：滴了些香油，蚰蜒出来了。麻县长说：你有证据说是你嫂子放的蚰蜒？小儿子媳妇说：我们有仇，不是她又能是谁？麻县长说：你是个刁妇！让人把她轰走了。

案子结后，麻县长回坐到办公室，还在想：这蛇和人一样也有报复？一时疑惑不解，门外就有了报告声，他没有理，那门就推开了，是王喜儒。麻县长正没好气，说：出去！王喜儒说：我报告了，你没吱声，我以为……麻县长说：出去！王喜儒退出去，拉上门了，再喊报告，麻县长应道：进来！王喜儒进来拿了一封信，说：有人送了信。麻县长说：念。王喜儒说：我不识字。麻县长看着王喜儒一额头的水，他突然笑了，说：撂到那儿吧，你坐下。王喜儒不坐。麻县长说：我叫你坐你就坐下！王喜儒坐下了，屁股担在椅沿上，侧过身面朝着麻县长。麻县长声音柔和起来，说：现在你不是跑差的了，我也不是县长了，你给我说说你们这儿的飞禽走兽爬虫游鱼什么的，拣长得奇奇怪怪的说，比如这儿的蜘蛛背上有人面纹，比如大鲵长着婴儿手。王喜儒放松了，说：你要问这事，那多了。大前年我看见过野驴，脸真像镇上黄东东他爹的脸，野驴在一丛黄麦菅草中卧着，我还以为是黄东东他爹在那儿屙哩，才喊叔，叔，它站起来跑了，才知是野驴。麻县长说：很好，就讲这样的故事。王喜儒说：我有一次到油坊沟表姑家去，老远看到有两个人在站着说话，好像又为啥事吵开了，话是蛮子声，听不懂。到跟前了，是两只黄羊，四脚着地跑了。可我明明看到的是两个人站着吵哩，即便不是人，那也是两腿直立的，黄羊能直立？麻县长说：再说，再说。王喜儒说：你见过竹节虫吗？长得和枯树枝一模一样的，分不清头在哪儿，屁股又在哪儿。还有一种鸟，叫铁蛋鸟，它要有危险了，就从树上掉下来，你怎么看都是石头。你见过双头龟吗？麻县长说：没见过。王喜儒说：我见过。这河里还有一种鱼，身上乌黑，但长着人牙，有两颗大门牙。纸坊沟前些年，发现有三条腿的兽，像是獾，又不是獾，前边一条腿短，后边两条腿长，跑得特别快。白河岸夹道村后边的土崖垮了，出来了一个太岁，软软乎乎一堆的，没鼻子没眼，你用刀今晚上切下一块儿，第二天早上它又长出来，看不见被切过。夹道村黄初明把太岁在瓮里养着，每天卖泡太岁的水，说那水喝了眼睛清亮，消脸上斑，镇上好多人都去买水喝，我没去。怪不怪？麻县长说：怪，这儿怪东西多。我在街巷里走，看好多男人相貌是动物，有的是驴脸，有的是羊脸，三角眼、一撮胡子，有的是猪嘴，笑起来发出哼哼的声，有的是猩猩的鼻子，塌陷着，鼻孔朝天，有的是狐的耳朵，有的是鹰眼，颜色发黄。我有时都犯迷糊，这是在人群里还是在山林里？王喜儒说：我也是脑袋太小。我们这儿女人都长得好，男人长得差了一点。但井旅长就长得排场。麻县长说：井旅长是排场，可怎么不长胡子？王喜儒看着麻县长，他不知道该怎么说了：啊，啊是说……女人才不长胡子？麻县长说：他是大雄藏内，至柔显外。你害怕他吗，怕说错话吗？他这种人厉害。王喜儒说：嘿嘿，井旅长是厉害，不厉害怎么当旅长呢。麻县长哈哈笑起来。笑着笑着，嘴里却掉下一颗牙，说：哦，骨折了。王喜儒就把牙捡起来，跑出去要扔到大堂的屋顶上。

※　　※　　※

城墙加宽加高之后，每个墩台都有了一个炮楼，井宗秀要求把炮楼的外墙全部刷成黑颜色，陆林就回了一次纸坊沟。纸坊沟因有几家造纸坊而得名，但沟垴的村子里也有一家专门做墨，陆老爹一生都是给纸坊砍竹，陆林不愿意子承父业，他去挖药，去打猎，还伙同别人在黑河里赶过柴排，学啥会啥，学会了就不再干，后来在墨坊也只待过一年半。在墨坊里，陆林是不干伐松树，伐下松树又在树根凿孔用灶灯烤炙胶膏的活儿，但也干不了在黑烟里加胶料香料制作墨块的活儿，他只在鞠篾起的圆物中燃烧柴火，火熄后去扫刮黑烟。陆林离开墨坊其实是他偷看过掌柜的媳妇在梢林里小便，还对人说那屁股白，白得像凉粉坨子，掌柜就把他赶走了。所以陆林这次来墨坊，还在村外路口就朝空叭叭打了两枪，一个伙计在地堰上摘黄花菜，说：你回来了，陆林哥？陆林说：谁是你哥，我是预备旅的副团长！伙计说：啊陆团长！你多时没回咱沟里的。陆林说：你掌柜在不在？伙计说：在哩，又得了个儿子，还在月子里。陆林说：这他娘的！你去告诉他，我陆林来了！他坐下吸了两锅子旱烟，才大摇大摆往村里走去。

墨坊的掌柜听到枪响，忙让家里人把两个箱子往夹墙里放，伙计跑来说陆林拿着枪来找你哩。掌柜说：他是来报仇了！坐在炕上的媳妇忙推开后窗让他跳出去钻山林，他已经上了窗台，却说：我跑了你和孩子咋办，这墨坊咋办？当初我赶走他又没有打他，他能把我咋样！就出了门去迎接。陆林见掌柜出来笑脸把他往家里迎，他就说：哈哈，你不是骂过，让我八辈子甭想进你家门吗？掌柜说：啊过去的事都是我不对，你现在是大人了，大人大量么。陆林说：你今日要不让我进，我就会坐到你家中堂去，你让我进了，我陆林就是这脾气，偏不进去了，我给你说一件事，说完我到后梁上，看能不能打个獾或者果子狸。掌柜就说：啊，啊，有啥事你尽管说，只要能办的尽量办。陆林说：你肯定能办。就说了让给预备旅送去一担墨块，涡镇的炮楼要刷外墙呀。掌柜说：用墨刷外墙，这不是用金子砌厕所吗？陆林说：你说涡镇是厕所？掌柜忙解释：不，不，我不是那意思。陆林说：不是你就装担子！掌柜说：能不能只装些黑烟？回去兑水就可以用的。陆林说：你是让今日刷了明日就褪色，还让涡镇臭着？掌柜说：那我再带上胶料和香料。陆林从院子旁的小路往后山走，路边的柴棚门口却站着一个女的，长了个银盆大脸，就问掌柜：这是不是柴长顺的女子？长这么大了！有家了吗？掌柜说：她还小。陆林说：你是不是要给你留的？掌柜说：这话不敢说，长顺虽在这儿干活儿，但也是我远房的亲戚，这女子把我叫爷哩。却对女子说：你把狗喂了？去厨房拿个馍。女子说：它不吃屎也不吃馍，只吃肉。陆林说：啥样狗，只吃肉？掌柜说：前几天在后山的草窝里捡回来了两只野狗崽子。陆林说：哦，我瞧瞧。两人往柴棚去，掌柜就给女子使眼色，女子还是没醒悟，倒问：嗯？陆林疑惑地看了一眼掌柜，掌柜便骂道：你咋和你爹一样没脑子，它不吃馍你去拿肉呀！女子这才跑走了。柴棚里果然用绳拴着两只小野狗，见了陆林就跳起来，前爪搭在栅栏门上，耳朵不停地动，但没有摇尾巴。掌柜说：狗见你多喜欢！陆林说：狗都知道我是个好人么。却突然叫道：这不是野狗，是狼崽子么！话一出口，狗崽子一下子跑回棚里，趴在角落呼哧呼哧出气。掌柜说：狼崽子？陆林说：你看那尾巴，看那眼神！掌柜说：哎呀，怪不得每天夜里有狼在山梁上嚎，是不是母狼来寻狼崽的？他娘的，我这是引狼入室了！说着就拿了个榔头要打狼崽子，陆林哈哈哈地笑，说：我把狼给你带走，你就给十个大洋吧。掌柜说：十个大洋？我给一担黑烟了，还得十个大洋？那这狼崽子我养着，拴在门口了可以防土匪。陆林说：预备旅在涡镇，这方圆敢有土匪？十个大洋不是我要的，是预备旅收你的保护费，以后谁要欺负你，就来找我，看我……陆林拿眼看周围，一只鸡背着个大翅膀从路上往过走，他一枪打去，鸡就没了脑袋，说：我崩了他！掌柜说不出话来，站在那里成了一根木头，眼睁睁地看着那只鸡没了脑袋却仍蹒跚走过来，走到他跟前了，倒在地上。

陆林再没有去后梁打猎，他揣了大洋，把两只狼崽子装在竹篓里背回了城隍院。院里人对这到底是狗崽子还是狼崽子争议不休，周一山说任何种子从地上长出来都是一样的两个嫩芽，长着长着，就分出谁是菜苗谁是树苗了。过了一月，两个崽子越来越像狼了，真的就是狼，井宗秀就让换了铁链子拴在了北门洞外。

炮楼的外墙刷了黑，好看是好看，却显得城墙头重脚轻，又去墨坊拿来了更多的墨块，稀释了把整个城墙都刷成黑的，从黑河白河两边的岸上看去，涡镇像是座铁打的城池。但是，越来越多的河鹳和苍鹭随之而来，它们在炮楼上、垛口上，拉出石灰水一样的稀粪来，这些稀粪淋漓在墙壁上，白花花的刺眼。井宗秀问怎样不让河鹳和苍鹭在那儿拉粪，能不能在城墙外沿罩上铁丝网？巩百林说那得用多少铁丝呀，即使罩了铁丝网，河鹳和苍鹭还会站在铁丝网上，拉下的粪依然会淋在城墙壁上，只有见到河鹳和苍鹭了去吆喝赶走。老魏头就从此白天里在城墙上走动，他怕敲锣引起误会，就把城门口的两只狼崽子拉着。人们便常见到城墙上突然间河鹳和苍鹭嘎喇喇地飞起，羽毛纷乱，总有两只三只便被狼崽子抓到了，老魏头却夺下来，往墙内的人群扔，叫道：烤了吃去！

城墙上的事可以放下，井宗秀又决定要在虎山崖上构筑工事，布兵设防，以前之所以保安队能兵临城下，就是没有利用好虎山崖，如果在虎山崖修战壕和堡垒，只需驻扎一队士兵，就完全可以扼守住进镇子的唯一通道。在虎山崖构筑工事并不需要多大，却极其不容易。任务就交给了巩百林，没想就展示了巩百林的精干和过人的聪明。崖头高高低低有一里长，修一道半人深的战壕，在东西和中间得有三个堡垒，还需有一排房子，崖上可以就地取石，木头也可以在崖后的树林子里砍，但还需要砖瓦和石灰，砖瓦和石灰就难以运上去。崖的正面陡如刀削，崖东有一条采药人走过的路，路要么被突出的石头挡住，需鹞子翻身式翻上去，要么顺着石壁的裂缝沿经过，得脊背贴在壁上慢慢挪步。十天内运上的砖瓦不到三百块，石灰仅一小堆，而且有两个兵就从半崖上摔下去，死得很惨。巩百林就到白河岸的村寨里以借用的名义招收山羊，六七十只羊每日在身上绑四块砖瓦或一袋石灰，往崖上赶一次，羊没有一只滚落过，半个月所有的砖瓦石灰全运了上去。再是崖上有什么事了需要镇上人去，或者镇上有什么事了需要崖上人回来，先还崖上和城楼上摇旗为号，巩百林以前在老县城见过有养信鸽的，便派人去寻来了那人，在崖上修了个土仓，培训了十只鸽子，这些鸽子就在腿上拴了纸条，来回传递。崖上的工事几乎构筑了三个月，那些山羊并没有退回去，每天杀一只吃了，白河岸上的村民到城隍院来讨要，井宗秀给人家付了钱，也没有责怪巩百林，倒还时常送去酒肉慰问。

山羊是吃掉了，山羊生来就是被人吃的，但鸽子巩百林看得珍贵，专门让一个士兵饲养，等工事构筑结束，巩百林就带着一排人驻守，没想却出事，死了那个士兵，还差点连巩百林也没了命。

那个士兵每天傍晚去土仓里撒食，发现鸽子越来越少，以为是飞去镇子了回来晚，并没在意。等到有一天已经很晚了，土仓里只有三只鸽子，害怕了，疑心是哪个士兵偷去烤着吃了，就藏在土仓后观看。后半夜里，月光像银子一样铺在崖上，一只鸽子是晚回来了，还没落到土仓外的大石板上，突然一个影子唰地过来，半空中把鸽子抓住，又极快地从崖沿跑去，他才认出那是飞鼠。这士兵知道以前采药人到虎山崖采的是半崖壁上的一种叫金钗的仙草，也知道有金钗的地方就有飞鼠，飞鼠以金钗为食了，生性凶猛敏捷，能在空中滑翔十多丈远，连拉下的粪也是中药里的五灵脂，可他不知道飞鼠也捕食鸽子。他是第二天把这事报告给了巩百林，巩百林勃然大怒，骂为什么发现少了一只两只鸽子时不查原因不来报告，便把他吊在树上抽打。这士兵被打得遍体鳞伤，他没有恨巩百林，恨飞鼠，但他无法捕杀飞鼠，认为只要把半崖壁上的金钗全连根挖走，飞鼠就不会来了。他用绳索一头系在大石头上一头系在腰里，慢慢地吊到半崖壁上去挖金钗，没想一只飞鼠噌地飞过来，那张开的翼像刀片子，他一歪头，没有伤着他，却割断了绳索，人就掉下去摔死了。而那个晚上，巩百林没有睡，就站在崖沿上流眼泪，于是看见了就在崖沿下三丈远的一个石角上站着一只鸽子，他说：鸽子！陪伴他的人没有看到有什么鸽子，但他嘴里发着咕咕的声音召唤，说鸽子不理他，也站着不动，竟然抓着树枝要去石角上捉鸽子，脚下一滑就也掉下去。幸好下边斜长着三棵白皮松，都只胳膊粗，却卡住他，陪伴的人吊下绳子才把他拉上来。

消息很快传回镇上，井宗秀、杜鲁成、周一山就从市集收购了七只野兔和十三只野鸡，还有三缸酒，特意上虎山崖为巩百林压惊。巩百林喝多了，就把一碗酒泼到崖下，嘴里不停地唠叨他不是看花了眼，石角上肯定是有一只鸽子，那鸽子是死去的那个士兵托变了来报复的。后来就醉瘫成泥，不省人事。井宗秀、杜鲁成、周一山一一察看了战壕和堡垒，就俯瞰着远处的黑河白河合围了镇子，镇子的四座城楼、南北三条竖街、东西两条横街，还有那七十二条巷道，巷道不直，屋舍弯曲，显得杂乱不堪。井宗秀说：咱在虎山崖上有了工事，明年或者后年，咱的积蓄多了，把镇子改造一下。周一山说：原来是这样！井宗秀说：你这话我咋不懂。周一山说：前几日我去河边，两棵柳树间挂着一个大蜘蛛网，蜘蛛网上全是些缠住的虫子飞蛾，竟然还有一个螳螂。树上站着三只鸟，黑头红嘴白尾巴，也不晓得是什么鸟，它们没有叫，却叼着树叶往蜘蛛网上扔，我一咳就全飞了。我不知道那是啥意思，你这么一说，我明白了。杜鲁成说：你神神经经的，明白啥了？周一山说：咱要改造镇子，就把所有的巷道都修成半截，但又要各个院子连通，即便谁攻进来，让进去就进了迷宫，寻不着出口，有来无回。井宗秀愣了一下，说：嗯，这主意好，就这么干！杜鲁成却说：咱在这里有了工事，谁还能攻进镇里去？周一山说：我是说万一，既然要改造镇子，那是顺手就能做的事么。井宗秀就笑着说：你俩咋老尿不到一个壶里？杜鲁成说：我是个粗人，你还是听一山的吧，你们拿主意了，我出力就是。井宗秀说：我今日偏要听你的，你看见西南角那块菜地了吗，在那里盖个学校怎么样？咱原先还有个学堂的，现在孩子们要上学不是去老县城就是去龙马关，县政府所在地倒没个学校！杜鲁成说：是得有呀，我本家一个叔叔是私塾先生，到时候我把他请来。井宗秀说：那好啊！我还想盖个戏楼的，你看在庙旁好还是在三岔巷那儿？杜鲁成说：盖戏楼？当然三岔巷地方好，尽量往巷西口，那里是柴草市场，楼前宽敞些。井宗秀说：还有，咱旅部也得修修，就是还在城隍院，总得恢复城隍殿，你们不知道，十多年前正月十五都要抬城隍巡镇的。周一山说：你现在就是城隍么，你以后早晚巡镇就是。说完了，又说一句：没人抬你了，你就骑上马。井宗秀说：这倒是。

三人心情正好着，在火堆上烤着野兔的唐建，拿了一个野兔头让井宗秀吃，井宗秀说：野兔头香，你给我呀？唐建说：我要给你说个事的。唐建是唐景的儿子，他说：我爹和苟发明一起跟着你起事哩，我爹福浅，早早死了就白死了？井宗秀说：你有啥事直说。唐建说：我觉得我可怜。井宗秀说：你不是当着排长挺好吗？唐建说：是好，要说论能力，他陆林都当了团副，这不提了，我唐建就是长得丑了些，当排长也满足了。我们排训练打靶是全旅第一名，又来修堡垒，可苟发明现在吃香的喝辣的……井宗秀说：说你的事！唐建说：你得给我个媳妇。井宗秀说：哦没媳妇，这你得自己找呀！唐建说：我咋找呀，西背街张家的女儿被娶走了，三道巷草料店的女儿被娶走了，中街靳家的、刘家的、马家的女儿也都被娶走了，东背街的石板巷一个，王家巷两个，拐子巷范家的、宁家的、武家的女儿都有了主儿，从镇北往镇南数，从镇东往镇西数，拢共八个寡妇也全被娶了么。井宗秀说：你这一说，能嫁能娶的这么多了！周一山笑着说：没了年龄相当的，你看谁家还有小姑娘，就对人家好点，让慢慢给你长么。唐建说：我肚子饥着，你给我画饼哩！我等到啥时候？不等人家长大，我或许就吃了枪子啦！周一山说：那你娶一个，吃了枪子不是害人家吗？唐建说：寡妇能剩下？井宗秀说：这我到哪儿给你找去！唐建说：还有个现成的，李中水不是上次死了吗，媳妇还在么。我去了人家不愿意，这得你去说一声。井宗秀说：你今年多大啦？唐建说：二十二啦。井宗秀说：人家三十啦，你找人家？唐建说：这我不嫌么。井宗秀说：好吧，我见了她试说试说。

从虎山崖回来后，井宗秀就每日两次骑了马巡镇，早晨大多数人还没起床，他已经巡查了回来，晚上，差不多人家吹灯都睡了，他又开始巡镇。早晚两头天都是黑的，但他都要穿上军服，挎了枪套，枪套里插把短枪，裹腿上还别把刀子。他一巡镇，蚯蚓必然在马后跟着小跑。井宗秀没有反对他跟着，也没有说跟得好，蚯蚓就喜欢马蹄踏出的清脆响声，他看见井旅长在马上随着响声晃动，他也在尽量使自己的脚步能撵上响声的节奏。月光朦胧，或店铺门面檐下的灯笼在风里摇摆，井旅长在马上，影子就在街面上和两边屋墙上，拉长缩短，忽大忽小。北门口的狼已经长大了在长嚎，猪在谁家的院里哼哧，有蛇在某个墙头上爬过，而成片的蝙蝠飞动，蚯蚓都不害怕，只觉得威风。

镇上从来都有着认干爹的风俗，孩子满月了，孩子是什么时辰出生的，满月的当天这个时候就抱了孩子提了一壶酒和煮熟了染上红色的鸡蛋，从家门口往街巷口走，碰见活的东西，比如人，比如牛马猪狗，就认定那是干爹。于是，井宗秀五次被碰着，喝了酒，吃了红鸡蛋，他就是孩子的干爹。

但是，井宗秀并没有去见李中水的遗孀提说唐建的事，而那寡妇竟很快成了炮手王灶火的女人。原本有人给王灶火提媒过黄花大姑娘，王灶火就是喜欢寡妇。他已经搬住到了李中水的老屋里，长嘴龇牙的土坯匠就给人讲，王灶火这炮手真是厉害，炕塌了一次，修一次，修了又塌了，他都去卖过两趟土坯了。唐建仍是不承认寡妇会成了王灶火的女人，王灶火那么黑，脾气坏得一躁就打人，下手又那么重，寡妇怎么能看上呢？他曾经数次到那老屋门前去纠缠寡妇，被旁边人劝住：人家是王炮手的女人了。他说：是我的女人！旁边人说：是你的女人？你有啥能耐，你比王灶火能打炮吗？比王灶火的东西大吗？鼻子大那东西就大，瞧你这塌鼻子！他就哭了：她是咱镇上的女人，肥水流到他人田?! 唐建到后来就真以为自己是寡妇的男人，只是王灶火强暴了她，他就没再找井宗秀，认为王灶火会放炮，井宗秀肯定偏宥的，便到县政府去告状王灶火强奸良家妇女。麻县长做笔录，问王灶火是拿枪拿刀逼着强奸的还是给喝了蒙汗药强奸的，唐建说：这我不清楚，反正他天天去了她家。麻县长说：天天去？唐建说：他狗日的瘾大。麻县长从案上取了一支毛笔，把笔给了唐建，自己拿了个笔帽，要唐建把毛笔往笔帽里塞，唐建去塞，麻县长就动，连塞了七八下，一次都没塞进去，麻县长说：这能强奸吗?！让人把唐建轰出去了，对王喜儒说：涡镇人口重，咋都爱寡妇?

王灶火知道了这事，没有恨唐建，有了唐建的纠缠反倒觉得自己的女人就是好，就给王成进说情，王成进在一次收粮纳税时把一户欠粮人家的女儿抢回来给了唐建。

王成进和陈来祥是过一段时间就外出收粮纳税，他们每一次外出，从来没有空手回来过，不是用木轮车运回麦子、苞谷、稻米和黄豆，就是牛也是拉来的，驴也是拉来的，牛驴背上鼓鼓囊囊驮着布匹、棉花、油篓子、盐袋子和炕上的灶上的各类用品。所抢的那家女儿，是老两口口口声声说缴不出粮食，王成进硬说人家是把粮食藏了，就让手下上房用耙子撸瓦，在村里卖了瓦。第二次再去，房子的瓦还没有再苫上，王成进还要逼着纳粮，老两口跪下求饶，王成进说：这一套我见多了！没纳上粮，就把他们女儿拉走了。拉回来给了唐建，唐建不敢相信这是真的，站着不动，王成进骂唐建，便自己动手把那女的绑在了他家的条凳上，说：你要是把她 × 了，她就是你的女人，你要是不行，你就自己把门牙拔了，从此把嘴给我闭紧！说着，他拉闭了门，就离开了。

唐建竟然没有成功。他去剥女人衣服，女人要求帮她解了绳索自己脱，可绳索一解，女人就往外跑，唐建采住头发就打，一撮子头发都被采下了，还摁着脑袋往墙上撞。女人已经被撞得要晕了，胡乱地踢了一脚，却踢在唐建的交裆，唐建往地上一缩，女人趁机跑出来。在巷里正遇上花生，花生见这女人面生，又披头散发，额颅上全是血，就拉着来见陆菊人，陆菊人问了情况，将那女人藏在茶行。

陆菊人和花生本想着把那女人送出镇，但北门口有士兵站岗，担心唐建会给他们说了，就难以再出去，让那女人暂时还待在茶行，再见机行动。果然是唐建先去了北门口说了，没想站岗的却嘲笑了唐建，又把这话传开去，便成了王成进给唐建弄来了个女的，唐建竟然还不如那疯子，疯子是死 ×，唐建压根就没长成，他一脱裤子，人家呸了一口就跑走了。这话说得难听，唐建听到了，觉得太丢人，又不能去辩解，在街上偏遇到疯子，和疯子打了一架，就跑去吊死在了西城墙上的炮楼里。埋唐建的时候，预备旅去了人，镇上也去了人，大家可怜唐建，给他身边放了个睡美人。涡镇有好多人家里都有睡美人，用竹子编一个人形的篓子，夏夜里睡觉太热了抱着凉快。而放在唐建身边的睡美人头上糊了纸，画了个人脸。

陆菊人和花生是在唐建的墓封寝口时才赶去的，拿纸在那里烧着，井宗秀看见了，过来说：你俩也来了！陆菊人却把井宗秀叫到一边，低声说：我估摸你在这儿，要给你说句话的。井宗秀说：在这儿等着给我说话？有啥事直接让人叫我，我就去茶行么！陆菊人说：不是茶行的事，你知道王团长给唐建弄来的那个女的吗？井宗秀说：知道么，那女的跑了，唐建才上的吊，这唐建性子太烈。陆菊人说：树股子硬了容易折，唐建也可怜，不说他了。你知道那女的是咋弄来的？井宗秀说：怎么啦？陆菊人说：那是抢来的！井宗秀说：你咋知道的？陆菊人说：我肯定知道，一点都没错，是抢来的。该怎么纳粮缴款就怎么纳粮缴款，可王团长他们不能纳不来粮了就抢人家女儿，这不是和土匪一样吗？井宗秀脸却一下子黑了，看了一眼还在隆坟堆的人，说了句：我知道了。扭头就走了。井宗秀还从来没有在陆菊人话未说完就走开的，陆菊人也是愣了一下，再去烧纸，花生说：姐，他不高兴了？陆菊人说：他嫌这里人多吧。花生说：你也是话冲了些。陆菊人说：是冲了，我也不知道咋话那么冲的。她用柴棍翻了下火堆，纸灰腾在半空了，她又说：高兴不高兴，我总想说呀。

但怎样才能把那个女人送出镇，陆菊人想来想去，从唐建的坟上回来，想到了宽展师父，就和花生直脚去了 130 庙。庙院里安安静静，宽展师父和王妈正在大殿里干木工活儿，制作了好多小木牌子，每个小木牌子还都有个底座。陆菊人和花生忙去帮忙，宽展师父就让她们把那些作废的木板条打扫了拿到殿外去。陆菊人不明白做这些小木牌子干啥呀，问王妈，王妈说当初吴掌柜要翻修寺庙，师父就想建个回向堂，但后来土匪住进来，至今回向堂也没建成，师父就想在大殿里设延生和往生的牌位。陆菊人这才看到殿的东西两边都各放了条案，左边条案后的墙上写着延生，右边条案后的墙上写着往生，两个条案上各摆了十几个牌位。陆菊人说：什么是延生往生？王妈说：延生牌位就是把活人的名字写上去，求得消灾避祸，延年益寿。往生牌位就是亡人的亲属把亡人名字写上去，愿菩萨接引了去极乐西天。陆菊人说：哦，还有这事！那让我看看谁想多活呀。走近延生条案，十几个牌位都没名字。王妈说：要立牌位那都要给庙里掏香火钱的，但师父先立的往生牌位就有杨钟哩。陆菊人又去了往生条案，果然十几个牌位中有一个就写着杨钟，顿时眼泪流下来，转身给宽展师父行了一礼。再看那十几个牌位中还有三个写了名字，一个是井伯元，一个是吴育仁，一个是程五雷。花生说：这井伯元是谁？陆菊人说：是井旅长他爹。花生说：吴育仁我也不知道。陆菊人说：就是以前的吴掌柜，翻修过这庙的。花生说：程五雷是土匪，咋还给他立牌位？王妈说：这些人都和庙有关，师父的意思是不管生前有德没德是善是恶，死了都是一样的，让他们灵魂安妥，重新托生个好人么。花生说：哎呀，王妈妈在庙里这么多年，该是二师父了！王妈说：哪里呀，我只知道个皮毛，代师父开个口。陆菊人就对宽展师父说：师父，立这些往生牌位好啊，这得花销木材和功夫的，我和花生要捐些钱，茶行也要捐些钱，改日我一并拿来。宽展师父口不能说，耳朵却听得见，双手合十了，王妈也念阿弥陀佛。陆菊人又说：我还有个想法，不知对不对。这几年镇上死的人多，死了的就都给立个牌位，钱还是我掏。宽展师父微笑着点头，让陆菊人提供名字。陆菊人就扳指头：唐景，唐建，李中水，王布，韩先培，冉双全，刘保子，龚裕轩，王魁，巩凤翔……一共二十五人。宽展师父就去她的卧屋里取笔墨了，王妈说：这么多人呀，你肯掏钱，就先给你捐个延生牌位啊。陆菊人说：我不要，要摆就给井旅长摆一个吧。宽展师父拿来了笔墨，一一在小木牌上写名字，写完了，陆菊人说：还有些人我不知道名字，但都是这几年在咱镇上死的，那咋写？比如被压在城墙里的那两个人，比如五雷手下的那些死了的土匪，比如在攻镇时死的那些保安，还有井旅长先前的媳妇，和冉双全在一块儿的那父女俩，被土匪害死的那几个女的。宽展师父想了想，就在一个牌位上写了：近三年来在涡镇死去的众亡灵。写完了，牌位整齐地安放在了往生条案上，宽展师父就在地藏菩萨像前磕头焚香。花生悄声对陆菊人说：姐，以后我不在了，你要给我在这里也立个牌位呀。陆菊人说：胡说啥，你年轻，我还指望你给我来立哩。花生说：那咱谁也不给谁立，咱一块儿活着。焚完了香，宽展师父从供案上取了两支尺八，一支给了花生，自己先坐地吹奏，花生也坐下去吹奏。

吹过尺八，陆菊人就给宽展师父讲了那个女人的遭遇，她的意思是让师父带着王妈和那女人一块儿出镇，如果北城门口有盘问，就说那女人的娘过世了，来请去吹尺八超度的。宽展师父当然乐意，四人就一块到茶行，陆菊人请她们吃了饭，给那女人洗了头，又换了她的一身旧衣，头上裹了块白布。那女的趴下给陆菊人和花生磕头，说：我还不知道恩人的名字哩。陆菊人说：你不要给我俩磕头，也不要记我俩的名字，你给师父和王妈磕头，她们送你回去。那女人说声：菩萨！头在地上磕得咚咚响。

宽展师父三人往北城门口走，在石牌楼前就碰见了井宗秀，井宗秀并没在意，点了一下头就匆匆过去。井宗秀从唐建坟上回来，一直不高兴，觉得唐建死得窝囊，又可怜又生气，而陆菊人数说他的话更觉得不舒服，像是石头压在心口上。王成进或许是做得过分，也不至于被说成土匪，何况从来都是纳粮缴税是难事，不强悍怎么能收那么多粮款，不当家不晓得当家的难，以前自己也是对官府强收粮款痛恨，可现在这么多人要吃要喝，预备旅要壮大，涡镇要扩建，一动弹就得有粮有钱啊！但井宗秀也是不满着王成进，更不满了陈来祥，就把这事说给了周一山。

井宗秀在他的房子里吸烟，一口烟喷出去，半空里一堆撕得匀称的棉丝，他还从来没有喷出过这样的烟团，那棉丝往下降，又觉得是麦秸渣子倒了他一头一脸。院子里，陈来祥和马岱、巩百林、陆林嘻嘻哈哈，各自显摆着自己团又挖苦着别的团，陈来祥就拿出了耳挖子，说：你有这个吗？巩百林说：不就是个耳挖子么。陈来祥说：我给你掏耳朵试试。陈来祥给巩百林掏耳朵，这耳挖子确实不是一般的耳挖子，它是一根细铜丝做的，陈来祥扣着掌，慢慢地把耳挖子伸进去，手指在弹动，耳朵里就有了一种细音，同时被搔得痒痒，十分舒服。巩百林说：这狗日的受活么！马岱和陆林也要给他们掏耳朵，掏过了都说：比用女人好！陈来祥说：这是王团长教的，我们歇下来就享受哩。井宗秀出现在了房门口，拿眼睛看着他们。巩百林低声说：旅长今日不高兴？马岱说：他平日英俊，生气了脸比陆林脸还丑！陈来祥说：旅长旅长，我来给你掏耳朵！井宗秀说：陈来祥，我让你到四团，你就学会了这个?！陈来祥一下子瓷在那里。巩百林、马岱、陆林见井宗秀生了气，也都散了，陈来祥还站在那里，说：旅长，这……井宗秀掉过头就出了城隍院。周一山给陈来祥招手，要陈来祥到他房子去，陈来祥去了，说：旅长咋当着这么多人训我？周一山说：你没想旅长为啥叫你去四团？陈来祥说：当团副呀。周一山说：你给旅长汇报过四团的事吗？陈来祥说：都是王团长汇报的。周一山说：王团长做了啥你都知道吗？陈来祥说：嗯？周一山说：王团长和旅长亲还是你和旅长亲？陈来祥说：难道？周一山说：你真辜负了旅长！陈来祥说：那……周一山说：你好好想着去。陈来祥蔫得像驴一样，耷拉着脑袋就回宿舍睡了。这一天是休息日，他一直睡到天黑，没有听他打鼾，却不起来吃饭。

井宗秀出了城隍院，直接去王成进家，王成进和媳妇做的捞面，两人吃得满头冒汗。王成进赶忙让媳妇去捞一碗，井宗秀说：我也肚子饥了！端起碗就吃。吃到一半，碗底下全是肉块子，说：你这生活不错啊！王成进说：好久没腥气了，媳妇上午买了一斤肉。她老家咋有这习惯，肉块子都要埋在碗底。井宗秀说：人家是待人实诚么。吃完饭，王成进又取烟匣子，但烟匣子里没了烟末，就再到屋外墙上卸晾着的烟叶串子，喊媳妇：你来给旅长揉些烟。媳妇出来，王成进悄声说：他从没到这里来过，今日咋来了？媳妇说：来看望你。王成进说：看望我？你没看出他生气吧？媳妇说：笑笑的，捞面吃得满嘴唇的辣子油。王成进说：肯定是为唐建死的事。就把揉出的烟末捧了一掬进到屋里，说：旅长，你吸烟。今日安葬唐建，你去坟上了？井宗秀说：你咋知道我去了坟上？王成进说：你鞋上有泥么。井宗秀说：别人都说你是个粗人，你心细得很么。王成进说：嘿嘿，要是心细就不会给唐建弄女人了。旅长，我以为是在给他做好事，谁知害了他，这唐建是啥命呀，还没见过女人×就死了！井宗秀没接他的话，只是询问纳粮缴款的事。王成进心放下来，一五一十、十五二十地报告着他们去了哪些村寨，哪些村寨纳缴得好，哪些村寨还得再去，末了就信誓旦旦给井宗秀保证一定会完成任务！还说：现在兄弟们成家的少，如果在外地碰上未嫁的或寡妇就多弄几个回来。井宗秀就笑了，说：主要还是纳粮缴款啊。王成进说：那当然，那当然。井宗秀说：陈来祥啥都好，就是有些憨，说话做事不大注意，你要好好领着他，出门在外，事不能做得过分，那不是他陈来祥，也不是你王成进，而是代表着预备旅哩，好事不出门，坏事传千里哇。别的事都少管，专心纳粮款，如果哪一天打仗，打死了敌人，再说领他们女人的事。王成进说：明白，明白。井宗秀拍着王成进的肩膀，还抓着摇了摇。

三天后，预备旅做了决定，几个团的工作轮换着做，夜线子的二团负责起了纳粮缴款。

※　※　※

从平原又驮来了一批黑茶，方瑞义还捎带一个大纸箱子，但大纸箱子运茶人送给了井宗秀。花生给陆菊人说：方瑞义会来事，咱啥啥都没有？可到了第二天，蚯蚓拿来了一个包袱，说是井旅长给的，包袱里是三个纸盒，纸盒上印着泾河牌水晶饼。花生说：水晶饼，怎么叫水晶饼？打开一盒，里边是六个糕点，皮白如雪，当下给陆菊人一个，自己也拿了一个吃起来，脆而不焦，油而不腻，里边包的竟是冰糖和玫瑰，特别特别可口。花生说：平原到底是大地方，做这么好的糕点！陆菊人说：方瑞义不给咱们，咱们不是也吃到了吗，谢谢你！花生说：谢我？陆菊人说：我让他生气了，这是送你的。花生说：哪里呀，他八成觉得让你生气了又给你回话的，我才是沾你的光哩。吃完了一个水晶饼，陆菊人说：你放着慢慢吃。花生说：咋能给我吃，剩下的都给剩剩吧。陆菊人想了想，说：这一盒你再吃一个，剩下的给剩剩，那两盒，一盒给宽展师父留着，一盒咱一会儿就给陈先生送去，好久也没去他那儿了。花生说：也行。就又取出一个水晶饼从中间掰开，一半给了陆菊人，陆菊人吃着，有一粒冰糖掉下来，正好落在桌子缝里，抠不出，她一手猛地一拍桌子，冰糖粒跳出来老高，另一手忙在下边接了，舌头就从手心舔了去。花生说：瞧这仔细的！陆菊人就咯咯笑，说：好东西么。花生说：姐，我看出来了，你这心老偏着宽展师父和陈先生。陆菊人说：给人家一盒饼就是偏心啦？花生说：这多长时间了，你一闲下来，不是去庙里就是去安仁堂哩。陆菊人说：是不是？去了心里踏实么。花生说：咋就踏实了？陆菊人说：我也说不清。又说：太阳月亮发光，这草呀树呀就都向着太阳月亮朝么。花生说：哦，那他呢？陆菊人说：谁？花生说：他呀！他却往你这儿朝哩。陆菊人说：你这鬼心思！我给他找媳妇哩他能不见我?！我可给你说，你要专了心爱他哩，你爱他了你也就发光，他被你的光照上了他就离不开你。花生却羞怯起来，说：这我不会。陆菊人说：那你不爱他？花生说：不是。陆菊人说：我也不是让你去给他骚情，爱他其实是爱你自己，把我这话记住。

两人收拾了一番头脚，还是用包袱包了一盒水晶饼，就出门从西背街向南头走。快到安仁堂时，要经过一个涝池，一伙孩子在那里热闹着。说是涝池，是以前这一片还是空地，镇上人都在这里取土打胡基，久而久之就成低洼地，下雨聚了水成了涝池，现在水干了，成了大土坑，孩子们就喜欢把条凳翻过来，坐上去了，从坑坡往下滑溜，快活得大呼小叫。陆菊人就发现了剩剩也在那里，剩剩没有条凳，向另一个孩子借，人家不借，他又想和人家一块儿坐上条凳，人家还不允，他就生气了，抓住人家的脚把鞋脱了，一扔，扔到了坑外草丛里。陆菊人赶紧喊叫剩剩，剩剩像土蛆一样跑过来，陆菊人就在他头上打了一下，说：你咋像你爹一样不讲理！去，把鞋给人家捡了送去！剩剩是去捡了鞋给了人家，却嘴噘脸吊，两道鼻涕流下来。陆菊人说：把鼻涕擦了！剩剩却吭唧一声把鼻涕吸了进去，气得陆菊人又要打，花生笑着过去捏住剩剩的鼻子说：擤，擤！把擤出的鼻涕甩出去，又拍打着身上的土，说：一会儿回去给你好吃的，笑一笑。拉了剩剩一块儿去安仁堂，陆菊人说：这地方闲着，将来咱在这儿盖茶作坊。花生说：坑这大的咋盖？陆菊人说：填么。花生说：那太费事了吧。

刚到安仁堂，剩剩高兴地叫：马！马！果然那娑罗树下有一匹马。陆菊人看了一下花生，以为是井宗秀在安仁堂，而院子里就出来了剃头匠几个人，接着也出来了陈先生。陈先生被人扶坐在了马上，有个背着褡裢的人拉着缰绳要走，陆菊人忙过去，这才看清那马并不是井宗秀的马，她说：陈先生，你这是要出诊吗？陈先生说：我去三合县凤镇几天。陆菊人说：去那么远！你把这个带上。就把装水晶饼的包袱塞进他怀里。陈先生说：啥东西？陆菊人说：路上吃。陈先生说：你爹的药还能吃几天，等我回来再给他配些丸药。马扑沓扑沓走了，陆菊人问剃头匠：陈先生咋去三合县凤镇？剃头匠说：刚给我看完病，三合县那人就来了，说他们那儿有了霍乱，死的人多，打听到陈先生医术高，就请了他去。陆菊人说：霍乱？三合县的凤镇有了霍乱？一时紧张起来，说：那你也不拦拦他，就让去了？剃头匠说：陈先生那脾气你又不是不知道，他决意了，我能劝下？陆菊人就拉了花生、剩剩往回走。花生问：啥是霍乱？陆菊人说：是病。我听我爹说过，他小时候县北一带有了霍乱，病一来人浑身发烧，上吐下泻，昏迷不醒个三两天就死了，而且这病传染，有的村是一家一家死，去抬棺埋人的人，抬着抬着自己也倒下去死了。花生吓得说：啊陈先生就去了……陆菊人说：他去救人哩，但愿他没事。晚上了咱去庙里得给他立个延生牌哩。

半个月后，陈先生回来了，还是坐着那匹马回来的。他瘦得皮包骨头，头发都花白，镇上人问起三合县凤镇霍乱的事，以及他又是怎样救治病人的，他却绝口不提。而陈先生坐马回到镇上的时候，蚯蚓首先看到了，他把这事告诉了夜线子，夜线子就去了十八碌碡桥。当晚，夜线子拉回来了马给井宗秀，井宗秀见马也是黑马，四个蹄腿上的毛竟是白的，很是喜欢，问从哪儿弄来的，夜线子说他在黑河岸上碰着一个人拉了这马，掏了钱买回来的。井宗秀说不是抢的吧？夜线子说咋能是抢的，我掏了五个大洋哩，预备旅总不能只有一匹马，以后遇到好马再还要多买些。这马就和原来的马饲养在了一起，井宗秀轮换骑着。

麦收八十三场雨，年前八月没下雨，十月雨仅湿了地皮，到了春上三月，天继续旱着，地上的麦子都是长到尺半就结穗，穗小得像苍蝇头。年岁不好，逃荒要饭的就多了，进镇来的哪个县的人都有，最多的是三合县的，问起三合县凤镇不是有霍乱吗？他们说是有霍乱，但他们不是凤镇人，远个八十里，没收下粮食又害怕传染，就跑出来了。这些人恓惶，却也不烦，见谁都阿伯阿婶地叫着讨要，缠得你无法走开。所有饭店门口更是蹲满了拿着破碗烂瓢的，见着谁进去拿了馍端了面条出来，猛不防就叼了去，被抢的人在后边骂着撵，他们一边跑一边啃馍，撵上了馍已经进肚。汤面条太热，他们伸手抓了几条往嘴里塞，烧了心，嗷嗷地叫着，却呸呸地往碗里唾几口，撵的人也就不撵了，说：吃吧吃吧，吃完了把碗放在地上。镇上好多人埋怨北城门口站岗的不该让这些要饭的进来，站岗的说这是井旅长让进来的，人家能到涡镇来，是人家眼里觉得涡镇富裕呀，客满酒不干么，谁都不来了，那涡镇也就成了蚊子不下蛋的地方了。

人一多，老魏头肯定要辛苦，他晚上再不能睡，整夜在街巷里转悠。一个晚上，风呼呼地刮，他到了东北城墙角，想着这段城墙中曾经压过两个保安，心里就瘆得慌，偏又见那墙角根卧着一个人，顿时吓了一跳。又摸头发，又呸唾沫，还拿了火镰撇出火花，那人还没有动，才认定不是鬼，近去拿脚踢，说：要饭的吧，别人都去庙院里睡，你睡在这儿？那人不动弹。他又说：嗨，你本事大，在风里还睡得沉呀?!拿锣槌去戳，那人抬了头，说：我发烧，怕是霍乱了，就没去庙里，离他们远些。老魏头一听，要摸那人额颅就不敢摸了，急忙跑去敲安仁堂的门。陈先生披衣出来，问了情况，说了句：怕啥就有啥了。老魏头说：啥是啥？陈先生说：他还能走不？能走，让他赶紧到我这儿来。老魏头说：我会不会被他染上了？陈先生说：还没确诊他是不是，即便是，你又没接触，没事的。你给我把井旅长叫来。老魏头说：这三更半夜的，我能进去城隍院？陈先生说：那你去叫剩剩他娘，让她拿两麻袋盐来。再找两三个有力气的，把锨带上，要挖个坑的。老魏头说：埋他呀?!陈先生说：话这多的！快去！老魏头沿街敲两户人家的窗子，叫喊着起来起来，屋里的男人不耐烦说睡得正香的你叫喊啥哩，他说陈先生叫你的你不去？把锨拿上去安仁堂！屋里人还在问啥事，他已经跑远了。敲开了茶行的门，陆菊人和花生正好在茶行里盘点账本，知道了情况，却拿不出两麻袋盐来，要紧急拿这么多盐，只能去找井宗秀，让井宗秀给盐行的人说，陆菊人来不及梳洗，取了个帕帕把头一裹，也给花生裹了头，两人就去了城隍院。在城隍院站岗的不让进，陆菊人大声地喊：井旅长！井旅长！偏巧杜鲁成起来上厕所，听见叫声就敲井宗秀的房间门，两人出来问是啥事，陆菊人说了老魏头的话，井宗秀说：出大事啦！四个人就去盐行敲门，掮了两麻袋盐往安仁堂跑去。

安仁堂里，先去的是三个人，都拿了锨，陈先生就指挥着在院子里挖坑，坑大小能躺下一个人，挖到一尺多深，正捶实坑底，老魏头领着病人来了。老魏头二反身去了城墙东北角，他把锣槌隔墙扔到了白河去，找了个木棍一头自己握了另一头让病人握着，拉着来见陈先生。刚到安仁堂门外娑罗树下，那人说他要屙，老魏头说：你往哪儿屙？就在裤裆里屙！他进院要陈先生去树下看，陈先生说：让进来呀！老魏头说：他走不动了，屙了一裤裆。陈先生说：哦，那八成就是了。取了针包就往外走，老魏头也便掌了灯跟着。

娑罗树下，那人又开始吐了，咯哇咯哇的声很大。陈先生问：你啥时觉得发烧？那人说：早晨就发烧，浑身没劲儿，天黑屙了三次。陈先生说：你是哪里人？那人说：三合县的。陈先生说：说老实话，是不是凤镇的？那人说：是，是凤镇的。老魏头就骂：你从凤镇来的你不早说？涡镇人给你吃哩喝哩你倒要祸害涡镇！陈先生说：他是成心祸害啦？要祸害他能一个人睡到城墙角？又问：从凤镇来的还有多少人？那人说：有三十多人。再问：都睡在庙里？那人说：嗯。陈先生就从针包里取出一根三棱针，在病人两条腿上扎，血流了出来，说：血黑不黑？老魏头说：黑得像酱。陈先生又用细针扎病人的十个指头，说：黑不黑？老魏头说：黑。这时候井宗秀、杜鲁成、陆菊人、花生把盐拿来了，陈先生给老魏头叮咛，让病人歇一会儿，他就招呼井宗秀他们进院，让把盐在坑里铺上一层，再用水桶从井里打水，不得桶底触地面，手接住桶底把水倒到坑里，连倒三四桶水，拿棍子搅拌，直搅得起了白泡沫，他说：让病人浑身脱光躺进去，把脱下的衣服烧了。才叫井宗秀他们进屋里说话。

井宗秀说：这肯定是霍乱了？陈先生说：是霍乱。井宗秀说：这能不能治？陈先生说：能治。但镇上还有三十多人来自凤镇，保不准有被传染的，这些人都住在庙里。井宗秀就对杜鲁成说：你现在就去召集人，先封锁了庙，看有没有犯病。陈先生说：有发烧的、上吐下泻的，就立马送过来。没有犯病的征兆，也要每个人发一包盐，一天三次喝一碗盐水。井宗秀说：还有啥预防的？陈先生说：得让喝马兰根水，我这儿马兰根不多，还得在集市上收购。陆菊人说：这事茶行来办，熬上几大缸马兰根水，凡是镇上人都让喝。你这儿有多少都给我，我和花生限天明就先熬一缸来。

井宗秀和杜鲁成急急忙忙走了，院里有了火光，是在烧病人的衣服，老魏头在喊：泡一个时辰了还泡吗？陈先生从药材屋里取了三大包马兰根，说：再泡一个时辰！就对陆菊人说：我睡屋炕上有一堆衣服，你挑上一身给病人，柜子底下还有一双旧鞋，不知他脚大小，如果不行，院台阶上有草鞋。陆菊人说：他泡过了还有啥要治的？陈先生说：泡过就能走了，不会再上吐下泻，但得歇几天，口干想喝水，就喝盐开水。一会儿让他们就在院角苫个棚，让他在那儿歇着。陆菊人说：那不如让他回庙里去住，那儿有空房子，我和花生去照看着。陈先生说：也好，让他先单独住一个房子。陆菊人搬过椅子让陈先生坐了，说：你快坐下歇着，要没有你呀，这霍乱一传开，那就不得了啦。陈先生说：我不累，花生你看看还刮风不。花生出去了一下回来说：不刮啦，天气好啦！陈先生哦哦着，却说：天气也就是天意啊。

泡过了两个时辰，那病人果然站起来，脖子也直端了，换了干净衣服，就趴在地上给陈先生磕头。陈先生说：不要谢我，是你命大。陆菊人和花生要带他去130庙，老魏头又拿了个木棍让把病人拉上，那人说：不用拉了，我能走。老魏头说：去了静静躺着，再别乱跑。那人说：不乱跑。又要给老魏头磕头，老魏头说：你狗日的是害了多少人没睡安然！花生发现那人穿的是草鞋，而陈先生的那双旧布鞋在老魏头的脚上，但她没有说破。

※　　※　　※

经查，130庙里三十多个凤镇来的人没有发烧和上吐下泻的，又查了全镇所有的人，也没有发烧和上吐下泻的，但老皂角树下摆放了四个大瓮，一个大瓮里是盐水，三个大瓮里是马兰根汤，蚯蚓就在那里经管着。凡是来来往往的人，都得喝半碗盐水，再喝一碗马兰根汤。而茶行门口，搭了个棚，棚里支了大锅，每天熬三锅粥，供那些逃荒要饭的来吃。差不多这粥熬过十天，杜鲁成便有些为难，说搭粥棚放舍饭是可以的，可这些人吃惯嘴了，就都在镇上不走了，哪有多少粮食！井宗秀就给周一山说：你去了解了解，有多少人是吃了两天还没走的，里边有多少青壮年？周一山说：我知道了，我知道了。杜鲁成说：知道了什么？周一山说：上次你去横坪镇招兵哩，还要不要？杜鲁成说：难招得很，当然要么。周一山说：你跟我来。两人去了粥棚，宣布青壮年的，愿意留在涡镇到预备旅来当兵的，吃的就不是稀粥，而是糊汤。于是，当场就留下四十人。杜鲁成说：我就没想到这一点。可你这是招吃货哩，吃饱了说不定就又走了。给四十人熬了两大锅糊汤，很稠，筷子插在饭里都不倒，全疯抢了吃，一下子没有那么多碗，就有十几个人拿了棒槌、木棍或劈柴，往锅里一蘸，伸长舌头舔着吃。吃饱了，要登记造册，其中有六个人说肚子撑了得去上厕所，却趁机跑了。

粮食是越来越紧张，连麻县长也早饭喝粥，午饭一碗炖紫芝菜两个蒸馍，过了午就不再食。而预备旅又增加了三十多人，也再不蒸馍擀面，顿顿是苞谷糁里掺了米熬的糊汤，这糊汤插不直筷子，用筷子蘸了能吊线儿，好的是里面煮了南瓜或土豆。井宗秀就开了会，重点研究纳粮缴税工作，指示夜线子和李文成要增加人手和下乡的次数，纳缴过的乡镇可以再找那些富户。李文成说：大多乡镇都纳缴过两三遍了，就是和方塌县、桑木县接壤的银花河一带去得少，一是路远，二是那里民风强悍，曾去过一次，几个村的人都起来抗粮抗税。井宗秀说：几个村的人集体抗粮抗税，肯定有人在背后主事，把情况摸清，摸清了，可以把麻县长用滑竿抬了去，该打他的牌咱要打他的牌，这话我给麻县长说。李文成就派人去银花河了解情况，回来报告：银花河一带拢共一个乡一个镇，乡里十二个村寨，镇虽不大，也有几百户人家。这里出了两个恶人，一个叫罗树森，交际广泛，和方塌县保安队长熟，据说还认识秦岭游击队的一个营长。此人不惹是生非，但若谁在他头上动土，则绝不手软，而且有一支短枪和一支长枪，为了练枪，经常是夜打香火头，能百发百中，他是乡里十二个村寨壮胆撑腰的。另一个就是瓜子老大，这是个孤儿，小小就出去在刀客里混，后来带了枪回来，在镇上窃据了一姓高的人家的偏正两院，又强占了姓姚人家的祠堂，改造成前后三拱屋院。他要是看中谁家田地，便以放债和供大烟为诱饵，暴利盘剥，到期即唆使长工犁其地据为己有，原田主不敢违拗，如此夺得两百亩好地，雇长工短工四十三名。他公开叫嚣谁敢来纳粮征税就往死里打，打出人命他来顶着。这两个人把持了银花河一带，却又是对头，罗树森处处防着瓜子老大，瓜子老大却嫌罗树森是他的威胁，一心想灭了罗树森。曾经有一次瓜子老大带人去罗树森的村子，罗树森吆牲口犁地，老远见瓜子老大向自己走来，他叫住牲口，留神察看，当瓜子老大到了地头，两人相距三十丈远，都不说话，四眼对着，最后是瓜子老大撤了。还有一次，罗树森正割麦，瓜子老大走来，提着短枪，罗树森放下镰，把长枪拿在手里，两人相持了一袋烟工夫，竟然你叫我一声哥，我叫你一声弟，互致问候，再各自倒退出二十丈，才散了。井宗秀说：瓜子老大是个恶人，这得除了，那个叫罗树森的，如果能把他收来，倒是个干将哩。

夜线子和李文成带人再去银花河，夜线子对李文成说：咱去先杀了罗树森！李文成说：瓜子老大是个坏人，应该杀了他，旅长不是让咱想方法收罗树森吗？夜线子说：杀罗树森！李文成说：这？夜线子说：你我都是半路里到旅里来的，我不是杜鲁成，你也不是镇上的陈来祥。李文成说：打仗还不是要靠咱二团吗？夜线子说：旅长待咱们不薄，可何必再要来个罗树森呢。李文成噢噢着，说：我听大哥的。先到了罗树森的那个村里，夜线子让李文成就在村外苞谷地等着，他要一个人去杀了罗树森，说：我会会他，看看他枪法有多准！进了村，罗家门口有好几个人在吵架，一个说地是我买的，地上的核桃树当然就是我的。一个说我当年卖的是地并没有卖核桃树，一个就说：我 × 你娘，你说的屁话！一个却说：我娘死了，我 × 你媳妇！骂得要打起来，大门里就走出一个人来，五大三粗，并没言语，坐在了台阶上拿了个刀在自己腿面上拍，吵架的顿时都不吵了，夜线子想：这肯定是罗树森！掏出枪叭叭叭打了三下，罗树森当即死在台阶下。吵架的人边跑边叫：罗驮子叫人打死了！夜线子一把拉住，说：死的人叫啥？回答说：罗驮子。又问：罗驮子就是罗树森？又回答：罗驮子是罗树森的侄子。夜线子不相信，往屋里进，屋里正跑出来一个老汉和老婆子，抱住死者直叫：驮子，驮子！旁边还有两个孩子哇哇地哭。夜线子说：罗树森呢？老汉说：他前日去方塌了，你是谁，你杀了我的侄孙子？夜线子这才证实杀的不是罗树森，顺门就走。没想那老汉扑过来抱住了夜线子腿，叫道：你不能走，你杀了我侄孙子你走?！老婆子已经在门外大声喊瓜子老大把罗家人杀了！快去叫树森哇！夜线子说：我不杀你，你硬让我杀你！就给了老汉一枪，出了门，对老婆子说：我不是瓜子老大，我是预备旅的夜线子！又给了老婆子一枪。台阶上的两个孩子拿眼看着他，说：我爹饶不了你。夜线子说：是不是？朝孩子开了两枪。出村到了苞谷地，给李文成说今日霉气，罗树森没在，他把罗家五口人都收拾了。李文成说：哥，这下和罗树森结下梁子啦！夜线子说：结下梁子，他就不会到预备旅了！

离开罗家村，他们便去了镇里要杀瓜子老大，李文成说：这回你歇着，我去拾掇那狗日的。夜线子说：我霉气着，你去吧。李文成说：都说瓜子老大凶，我偏要把他活捉来！李文成一走，夜线子不放心，就三人一组分成三路尾随着李文成进了镇街，一旦活捉不了，听见枪声，四处截击，哪里碰见瓜子老大就在哪里干掉。李文成进了镇，也不伪装，一把手枪别在腰带上，到了一家卖羊杂汤的店前，才坐在一条板凳上，一边买饭一边打问瓜子老大的家，店主朝店里喊：给爷来一份大碗的，辣子放汪！突然低声说：他来了。李文成扭头一看，一个瘦小个子，腰身一颠一颠地走过了。李文成说：是瓜子老大？店主说：你还没见过他？又大声喊：给爷再切一盘熏肠啊！刺溜进了店。李文成便叫了一句：瓜子老大！瓜子老大脖子上痒，摸下来一只虱，就叫住了旁边一个人，说你去养着，丢进了人家的衣领里，听见有人叫他，立定了脚，问：你是谁？李文成说：你现在阔了，就不认识我啦！瓜子老大说：有点面熟，是我在刀客那阵见过？李文成说：记起来了好！今日路过这里想拜会你，才打问府上哩你就来了！瓜子老大的眼睛却盯着李文成腰上的短枪，说：还有这样的好枪？让我瞧瞧。说着就过来动手了要看，李文成说：来拜会你就是要送你这个见面礼的。你甭急，让我退了子弹。李文成假装退子弹，突然对着瓜子老大胸部就开了一枪，瓜子老大应声倒地。但瓜子老大没有死，往起爬，李文成一脚踩住，先把瓜子老大的枪从怀里掏出来，再把两只胳膊要扭到后背。瓜子老大胸口血往出喷，但力气仍大，胳膊就是扭不到背后，李文成咚咚两拳，把瓜子老大的胳膊打折，扭到背后了，抽瓜子老大的裤带要绑，说：我要活捉你，才故意往你胸上打的！但这时，叭的一声，李文成却倒在了地上。

这一枪是瓜子老大的保镖打来的。瓜子老大就这一个保镖，半脸络腮胡子，头上却没一根毛，平时都是手持长枪，腰插两把短枪，为瓜子老大警戒。这天他跟随瓜子老大出来，走到烙饼店，进去买烙饼，听着外边枪响，跑出店四处观望，见一人把瓜子老大压在地上，便开了一枪。这边连响了两枪，埋伏在巷口的夜线子就开枪打死了保镖，再跑过来看李文成和瓜子老大，瓜子老大双手还没绑住，要爬起来，胳膊折着，正拿脑袋撑了地，身子弓着，忙三支枪同时开火，瓜子老大弓起的身就塌下去不动弹了。而去拉李文成，李文成后脑勺被子弹炸开，人也死了。

方塌县保安队长的母亲过寿，罗树森在寿宴上得知家人被枪杀的消息，他第一反应是瓜子老大干的，后证实凶手是预备旅，预备旅也打死了瓜子老大，他一语未发，从宴席上退下，在下榻的旅店里三天三夜眼睁着，只吃烟。保安队长要让他干个副队长，他没答应，离开了方塌。他没有回银花河，也没有在秦岭任何县镇出现过，从此下落不明。

直到过了五年，有人在方塌县城南青树坪的一个庙里，见一和尚眉眼有些像罗树森，但一交谈，和尚是下湖人口音，这就不是了罗树森。同年冬月，银花镇北八十里的兀梢山上，有猎人在一个石洞深处发现了一具黑熊的尸体，可能是野物临死前寻到这僻静的地方倒毙的，但这黑熊皮毛完整，内脏全无，是腐烂后又被虫蚁食去，连四只脚掌也干了，仅一副骨骼，割开皮毛往出倒骨骼，竟然堆出了类似罗树森三个字的模样，便又传说那黑熊就是罗树森变的。

※　　※　　※

预备旅开始在银花河一带纳粮缴款了，夜线子没有再去，他觉得用不着他了，和手下的一个营长在他家里喝酒。自李文成死后，李文成的媳妇以泪洗面，夜线子就有心让这个营长和那媳妇成家，但他有个要求：必须更名改姓，也要叫李文成。说：李文成是我的兄弟，我要他活着，你就替了他行不行？这个营长说：只要有女人，行。这个营长和那媳妇住到了一搭。

但是，去银花河一带纳粮缴款的又空手而归，报告的情况是，阮天保带着秦岭游击队一些人驻扎在了那里，纳粮缴款倒成了他们的事。这消息再报告给井宗秀，井宗秀有些不相信，问杜鲁成：阮天保现在是秦岭游击队的了？杜鲁成说：是在那边，还是一个什么队长，年前我就听说了，一直没敢给你说。井宗秀说：这事你也瞒我？杜鲁成说：我是怕你生气。他肯定故意要去那边的，我只是搞不懂，你哥应该知道他的底细吧，怎么就能收留了他？井宗秀哼了一下，说：好么，今生算是和他摽上了，好么。杜鲁成说：游击队一直都在秦岭东北部活动，他阮天保竟带人到了银花河，那你说咋办？井宗秀说：他要是远走高飞，我倒不理他了，他还来报复？活该他是要死在咱的地盘上了。杜鲁成说：那好，咱俩去银花河。井宗秀说：要去我和一山去，你得在镇上坐镇。井宗秀又去征求周一山意见，周一山说：你和你哥没什么联系吧？井宗秀说：有没有联系你能不知道？周一山说：这会不会得罪了那边，你哥该怎么想？井宗秀说：他们能收留阮天保，就不考虑咱了？周一山说：是不是你哥还不知道阮天保攻打过涡镇的事？井宗秀说：知道不知道，咱都得打阮天保。他带人到银花河那不仅仅是抢收些粮食，门扇上有了针眼的洞，就会挤进来笸篮大的风，还可能再来攻打涡镇哩。周一山说：那好，这几天咱加紧准备。井宗秀说：到时候你跟我一块儿去。

去银花河打阮天保，井宗秀就带了二团和四团，但人员有了调整。夜线子仍是二团的团长，马岱升为团副。陈来祥由四团团副任团长，苟发明任团副。王成进则成了三团团长，陆林任团副。陈来祥重新当了团长，陈皮匠高兴，杀了两头猪，抬了一个八斗瓮的烧酒送到城隍院，出征的二百人一顿吃喝了，每人都背了三斤炒面袋子，又在腰里别了一双新鞋。但出发时，井宗秀让杜鲁成跟着一块儿走，又把周一山留下了。

井宗秀一走，周一山就下令留守的部队加强岗哨，取消了集市，不准任何陌生人再进入涡镇，同时监管了所有的阮氏族人。姓阮的人家原本不多，又都和阮天保出了五服，现有的五户分散在四道巷、三岔巷、古井巷，屋院门口便有了背枪的士兵看守，不能迈出一步。这些族人被突然限制极其不满，其中有个叫阮上灶的就破口大骂。按辈分，阮上灶是阮天保的叔，平时做些贩猪贩羊的生意，却好抽烟土，家境一直没富裕起来，至今还是光棍。他是和王喜儒熟，王喜儒陪麻县长去山里采集草木时，他也陪着，因知道的东西比王喜儒多，麻县长夸过他几句，从此倒长袍马褂地穿着，像个人物。他在屋院里叫骂，说他家里没茶啦，他要喝茶，他不喝茶他就要死呀！看守的士兵当然不能让他去买茶，他就拿头撞门扇，撞得额上起了包，看守的士兵就跟着他一块儿去茶行买茶。阮上灶说：为啥就不让我出门？士兵说：你姓阮。阮上灶说：姓阮又咋啦？士兵说：部队去打阮天保，要防着你们趁机闹事。阮上灶说：阮天保不是被你们打跑了吗，咋还去打？士兵说：阮天保现在是秦岭游击队的人，又在银花河的银花镇了。阮上灶噢了一声，说：阮天保他东山又起了！士兵说：不许高兴！阮上灶说：我没高兴，我是说阮天保他又要回来啦，却把我们看守住了。士兵说：你老老实实走路，别给我邪，你跑我就打死你！到了茶行，阮上灶买了茶，又高声叫骂，陆菊人这才知道了这事，但她什么也没说，待士兵把阮上灶又带走了，她就去城隍院见了周一山。

陆菊人问：是把姓阮的都看管了？周一山说：真要谢你，还操心这预备旅的事！部队去打阮天保，镇上是不能有任何乱的。陆菊人说：阮天保是阮天保，这族里人是族里人，上次攻镇，这些人也没出啥乱么。周一山说：此一时彼一时啊。陆菊人说：你这样一做，把姓阮的全推到阮天保那儿了，那不等于在镇上就有了敌人！周一山说：正是这样呀，才要严加看守的。陆菊人还要说，周一山却笑了，说：茶行那边都好吧？陆菊人见搭不上话，说：你意见是我卖我的茶？周一山说：旅长原本要我和他一块儿去银花镇的，却又把我留下，他是把重担交给了我，我可不敢有一丝马虎，宁肯过之，不可不及。陆菊人说：既然严管着，那阮上灶却出来买茶了？周一山说：不可能！陆菊人就说了士兵带着阮上灶去茶行的事，周一山说：把他家的，这怎么行！就急忙走了。

阮上灶拿了茶往家走，半路上偏遇到了麻县长，麻县长和王喜儒刚从山里回来，王喜儒背了一篓草和树枝，阮上灶就喊：县长县长，我家里还弄来了一些奇花异草，你还要不要？麻县长说：拿来我看看。阮上灶就回家换了长袍马褂，提了一筐花草出来，士兵还跟着。麻县长说：你干啥？士兵说：我得守着他。麻县长说：他有啥守的！去吧去吧。士兵只好不跟了。阮上灶是傍晚从县政府出来，并没有回家，而跑到南门口外，柳树下还拴着船，他撑船就逃走了。

阮上灶在第三天逃到了银花镇，果然阮天保在一家富户的家里，一见面他就浑身抽搐，鼻涕眼泪都流下来。阮天保也奇怪他怎么到这里来，说：还抽烟土，瘾犯了？阮上灶说：抽还是抽的，就是好久没烟土。就说了你天保不在，井宗秀如何迫害阮氏族人，又说了井宗秀他如何带了人马要来银花镇打你呀，我是死里逃生来报信的。阮天保怕阮上灶说谎，再三询问证实了，让他住下吃了喝了再躺到榻上去吸烟土，便立即在镇内部署兵力，又派人把守镇外的三个山头，然后才回来看阮上灶。阮上灶说：天保，你也抽烟土了？阮天保说：我不抽，这家是富户，没收来的。阮上灶说：哦，烟土是好东西。阮天保说：你是不是还要回涡镇？阮上灶说：我还能回去吗?！阮天保说：那你参加红军？阮上灶说：啥红军黑军的，我都不参加，叔来给你报信就跟你。阮天保说：好。交代阮上灶去镇西杜鹃花垭，那里是进镇的要道，如果预备旅来了，想办法在他们待的地方燃火放烟。阮上灶说：为啥要燃火放烟？阮天保说：我让你燃火放烟你就燃火放烟！阮上灶还要说话，阮天保给他怀里塞了一包烟土，他不再说了。

井宗秀带着队伍顺着白河岸的官道走，担心动静太大，走露了消息，便从一条沟进去，翻过光头山，从另一川道往南。天黑时到了一个叫老鸦窝的地方，原想就地休息，夜线子却提议，前边五里有个大荆村，他去纳粮缴款过，村里有一户人家的儿子在逛山那里，一户的儿子在 6 军当兵，还有两户的儿子是原秦岭游击队的，那里的人都横，如果队伍在那里过夜，可以震慑一下，将来再征粮缴款时就顺当些。于是队伍又走了五里，住在了大荆村，没想村人还都热情，就在四户人家里歇下来吃饭。有两家是蒸了土豆，熬苞谷糁糊汤，一家做的是浆水面片，一家做的是小米干饭，炖了血豆腐，油炸小鱼烩了酸菜辣椒，正好有猎来的五只野鸡，将带骨的肉剁碎，用萝卜在肉中砸，去尽碎骨，滚油爆炒。吃小米干饭的有四十四人，大伙吃得特别香，但饭后竟然都肚子疼，屙稀，稀到第三次屙清水。去问房东是不是饭菜没洗净，房东一家三口却不见了，就疑心饭菜里被下了毒。把全村人抓起来，查房东，没查到，四十四人已经站不起身，开始屙脓屙血。夜线子一怒之下把那家屋院烧了，还要烧所有房子，一个老汉站出来说：不要一粒老鼠屎坏了一锅汤呀，你不要烧我们房，我们能治病。

原来，这村子在后沟坡上种有十八亩籽瓜，这种瓜不大，更不好吃，主要是收瓜子，瓜瓤却是止泻的良药。井宗秀就让夜线子押着村人去摘瓜，把全部的瓜都摘回来，堆得像粪堆一样。病人也不用刀切，拿拳头砸开了，掏瓜瓤吃，吃了还在屙，屙了继续吃，越屙越吃。到了第二天下午，四十四人基本上都止了泻，但人浑身发软，没有力气，只好休息两天。这两天村人更加殷勤，尽力量地把好吃好喝拿出来接待，而且各家做了饭自己先吃一碗。井宗秀就趁机让夜线子、陈来祥给各自的团进行战前动员，让大家明白形势的残酷，被下毒药也只是经历了小的破坏，而恶仗还在银花镇。

陈来祥新任了团长，他就特别紧张，所幸中毒的不是自己团里人，但他不停地要去看住在各家的士兵，担心出事。新兵太多，见他们嘻嘻哈哈地吃肉喝酒，就反复讲上次阮天保攻打涡镇时多么惨烈，说：这回去银花镇，不是他阮天保死，就是咱们死，咱们要不死，就得勇敢，让他阮天保死！还要让每一个人表决心。没想，士兵们越是表决心，越是恐惧，有的就大碗大碗喝酒，说：喝呀，谁知道以后还能不能喝，喝！就喝高了，醉瘫如泥。有的却熬煎得不吃不喝，夜里睡不着，老听见有咕咕的叫声，叫得心惊。

这咕咕声是一家养的鹌鹑在叫，养了几十只，顿顿要给井宗秀和杜鲁成煮鹌鹑蛋吃。这家房东说话咬舌，把鹌鹑蛋说成安全蛋，井宗秀便突发奇想，让煮了所有鹌鹑蛋给每一个士兵吃一颗，吃了就都安全。陈来祥拿了一堆煮熟的鹌鹑蛋到各家各院去发，到一家院外，听见里边一片鸡的叫声，进去后，五个士兵正在逮鸡，房东哀求：公鸡都给你们吃了，就这几只母鸡，要下蛋的。陈来祥说：吃了就吃了，不就是几只下蛋的鸡吗，把账记下，下次来纳粮缴款，给你顶款钱。但五个士兵每人提了一只鸡，站成一排，说：团长，你在场了好！就把鸡头剁下，在一个酒碗里滴了血，然后喊：一二！同时把五只没头的鸡抛出去，没头鸡还在空中扑腾，后来就掉在地上死了，有四只鸡的脖子朝着人，一只鸡的脖子朝着外，那个叫张安的士兵唉了一声，蹲在地上抱了头。陈来祥说：这是干啥哩？一个说：用鸡占卜哩。这五个士兵都是三合县凤镇人，他们说他们是才当的兵，枪是会打了，但从没有杀过人，这次去打仗才用鸡占卜的。剁了头的鸡如果脖子朝着自己那就是平安，如果脖子朝外那便是凶多吉少了。用鸡占卜是凤镇的习俗，以前他们凡是出门都这么做的。四个士兵喝鸡血酒了，但张安不喝，还蹲在那儿垂头丧气，陈来祥说：这是啥玩意儿，用死鸡算卦，那能准吗？过来喝酒，我再给你发安全蛋，吃了安全蛋神鬼都不敢撞的！张安说：你是涡镇人，你不是凤镇的。陈来祥说：现在就不是凤镇么！给你多吃一颗，仗打完了，我就提你当班长！张安这才把两颗鹌鹑蛋连皮咬着吃了，再喝了半碗酒。

又过了一夜，早晨队伍出发了，走了一天，傍晚到了银花镇西的杜鹃花垭。秦岭的杜鹃花多，别的地方都是灌木丛，而银花河一带的都是乔木，这垭上的杜鹃就成了林，全都几丈高，枝条粗壮，叶子有皮革质，闪着光泽，花在三、四月里开过了，花托还在，竟有碗口般大。在杜鹃林中还夹杂了另一种灌木，密密麻麻地结着浆果，红得如同玛瑙。杜鲁成惊叹着杜鹃树这么高大，又奇怪浆果怎么都是人字形。井宗秀说：不是人字形，是裤裆吧，这叫裤裆果。春上开花的时候那才是怪哩。两朵并在一起，有太阳了它就开放，没太阳了就闭合。杜鲁成说：麻县长不是喜欢采集奇木异草吗，等咱返回时采折些，他肯定稀罕哩。队伍刚坐下歇息着吃炒面，不远处喀喇喇有石头滚落，夜线子立即带人扑过去，不大一会儿，拉来一个人，穿着长袍马褂，背着一个褡裢，井宗秀见是阮上灶，说：咋是你？阮上灶指着下巴，啊啊着，却说不出话来。杜鲁成知道阮上灶的下巴掉了，走近去一手按着阮上灶的头，一手猛地往上推了下巴，阮上灶嘴活动了几下，说：哎呀吓死我了，原来碰上井旅长啦！井宗秀说：你怎么在这儿？阮上灶说：我到银花镇贩牲口了，才要去前边沟里我老姑家过夜呀，猛地见这么多人都背着枪我就吓得跑了，你手下的就抓我，一拳把我下巴打掉了。井宗秀说：贩牲口，牲口呢？阮上灶说：人倒霉了喝凉水都塞牙哩，上半年我来贩猪，银花镇的羊涨了价，这次贩羊，猪价又上去了。井宗秀说：你从镇上来的，镇上有没有啥情况？阮上灶说：我不是给你说了么，这趟生意又砸了。井宗秀说：我问你在镇上见没见到……他原本要说见没见到阮天保，话到口边变了，说：当兵的？阮上灶说：当兵的？牲口市都是牲口。井宗秀说：好了，你走你的路吧！

但阮上灶并没有走，他先是问井宗秀是不是要去镇上，这垭虽离镇子不远，天黑了，垭下岔道多，他可以带路，后得知队伍并不去镇里，就在垭上过夜，他就说他也不去老姑家了，要和大家在一起，晚上有个说话的。这一夜，队伍在杜鹃林里待着，阮上灶就和陈来祥靠在一棵树下睡。到了天明，阮上灶早早起来捡干树枝，捡了那么大一堆，就生起了火，吆喝着大家都过来，说：带盆子缸子了吗？烧些水喝喝。是有士兵拿了缸子过来，说：哪儿有水？阮上灶说：把缸子给我，我知道前边有个泉的。拿了缸子就朝左边的一个崖后跑，突然间有一颗炮弹打了过来，已经坐在火堆边的两个士兵就被炸死了。井宗秀刚在一丛裤裆果前尿尿，急问：咋回事？夜线子说：镇上打来炮了！井宗秀说：快让大家散开！杜鲁成就跑了来，说：阮天保怎么还有炮？知道他狗日的有炮，咱把咱那炮也抬来了！井宗秀却说：昨晚都没打炮，这刚起来就打炮？又是一颗炮弹打了过来，这一炮没打着人群，落在垭口右边的半崖上，石头炸起来砸伤了好多人。队伍已分成了两股，一股往垭口跑，一股往垭左边的那个崖下跑。炮弹还是三颗四颗地打过来，全都打在了火堆那一片地方。井宗秀带着陈来祥也跑到了左边的崖下，崖下有四五个大坑，坑里全趴了士兵，他才要爬上崖头查看情况，却见阮上灶又抱了一搂干树枝在点火，便喊：你不快躲起来点什么火?！阮上灶撒腿就跑。井宗秀突然就叫：来祥来祥，把阮上灶给我抓住！陈来祥抓住了阮上灶，井宗秀也不爬崖头了，问阮上灶：是不是你烧火放烟给阮天保提供目标的？阮上灶说：没有，没有。井宗秀说：那我试试。就让陈来祥把阮上灶绑在柴堆旁一棵树上，然后点燃了火堆，所有的士兵全往垭后跑。他说：阮上灶，如果一会儿炮不朝这边打，你就是好的，我会来给你解绑。说完，一群人迅速从崖底往过跑，还没跑过去，炮弹就打了过来，当场炸飞了五人。井宗秀刚四仰八叉地倒在地上，泥土哗哗地落在身上，又落下一块儿大的砸在怀里，看时，是一颗人头。陈来祥扑了过去叫：旅长旅长，你受伤了？井宗秀一翻身滚进一个草窝，喊道：往后撤，快往后撤！炮还在打着，却也听到了垭口下有了号响，陈来祥领人往后跑了几丈远，又领人跑回来，吆喝着敌人要攻上来了，都给我用枪打！顿时枪声就乱了。夜线子也带人跑了来，叫喊着机枪手，机枪手趴在一块儿土塄上，并没有开枪。夜线子骂道：打呀，打呀！机枪手说：还看不到敌人。夜线子说：往右边去，跑快些，把机枪保护好，人就是被炸了，机枪不能损失！又是一颗炮弹，爆炸声特别大，陈来祥跳进草窝要拉井宗秀，空中掉下来一个人，偏不偏也掉进了草窝。井宗秀说：他死了。陈来祥背起井宗秀就走，问了句：谁？一回头，掉下来的那个人没头没腿，身上还穿着马褂。

所有人又都跑回到杜鹃林，炮是不打了，垭口下的枪声却越来越近，差不多能听到敌人的叫喊声。井宗秀问夜线子：你听这枪声，他们能攻上来多少人？夜线子说：管他多少人！垭口前边有个土峁，咱都到土峁上去，他们就难攻上来！井宗秀说：不行，咱被打乱了，一时集中不起来火力，还是先撤出这里。夜线子说：要撤你们先撤，我给断后。就带了三个人，还有机枪手，去了土峁。井宗秀和陈来祥指挥大家撤到后沟了，一查人数，只有一百多人。不一会儿，前边的梢林里跑出一伙人来，把大家吓了一跳，才都趴在了石头后，看时却是杜鲁成他们。杜鲁成满脸是血，身上的衣服也少了一个襟，他背着一个伤员，跑过来说：谁带着绳子？快给路营长扎腿！放下了路营长，路营长的双脚被炸断，小腿的断口就张开着，皮肉像棉絮一样吊着。但谁也没带绳子，陈来祥就在树上扯葛条，旁边人说：不扯了，人早都死了么。果然再叫都叫不应，一摸鼻子，没有气息。杜鲁成就骂上了阮上灶的当：他娘的，阮家真没有个好东西！又骂夜线子不该领路走垭口。井宗秀制止了他，说：夜团长还在垭口断后哩。杜鲁成就让大家看看周围还有没有受伤的，受伤的都要带上，不能少了一个，说：跟着旅长从沟里上对面山！他却往垭口上跑去接应夜线子。

井宗秀带人到了山上，梢林里的野兽乱跑，成群成群的鸟往空中飞，还没到山顶，炮声又响了。从山上能看到夜线子、杜鲁成他们从土峁上撤下来后，跑上来三个敌人，他们回头把三个敌人打死后，过去捡了两杆枪，还想再捡另一杆枪，又是一炮打了来，炮弹就落在路上，烟尘散后，没见了机枪手，也没见了机枪。井宗秀眼泪唰唰流下来。

杜鲁成、夜线子也撤下来的时候，他们在杜鹃林和沟道里还收拢了被打散的三十人，等全部到了山上，炮是再没打，敌人也没有追来，安全是安全了，可再次清查人数，缺了二十八人。预备旅的所有人，井宗秀都是认识的，也都知道姓甚名谁，是哪里人，这些兄弟一下子没了二十八人，他拿手就扇自己脸，说：都怪我，都怪我！陈来祥眼泪长流，他说：这不怪你，是我不该留下阮上灶。井宗秀却面朝垭口跪在了地上，咚咚咚磕了三个头。井宗秀跪下来磕头，所有人全都跪下来磕头，天空上的云就像干涸后的水田，布满了大大小小的裂纹，先是惨白，再变红，红得要起火。

已经是到了下午，他们顺着山那边的沟底走，谁也不说话，只有喘气声和脚下偶尔踩翻的石头声，仙鹤草有半人高，没有花，果实成熟，但果实都是两头尖芒，就粘在人身上，犹如射来的箭头。沟底的小岔沟很多，走着走着不知该进哪个岔沟，正好遇见一个人，那人蹴在树下拉屙，冷不丁看见一群背枪的，吓得屁股不擦，一提裤子就往一堆垒垒石的缝隙里钻。陈来祥拉出来问是干啥的，那人说是放蜂的，陈来祥骂放蜂的你的蜂呢？那人才说他在野外一旦发现枯树窟窿里有野蜂，就用泥糊了树洞，仅留一个小孔，野蜂就在里边酿蜜，他是过十天半月了来扒开泥土割蜜的。井宗秀一听说是放蜂的，就说多半天没吃东西了，让割些蜂巢来。放蜂人就扒开个树洞，割了蜂巢给陈来祥，陈来祥吃了一口，递给井宗秀，井宗秀没吃，说：还有多少蜂巢？全割了，每人吃一块儿。放蜂人不敢违抗，带人走了两条小沟，把他发现的树洞全揭开泥巴，掏了蜂巢。蜂巢果然又甜又香，吃下似乎身上也有了劲儿，但每次割蜂巢，都抢着去吃，蜂就蜇了许多人，有的手上腿上起了红包，有的眼睛都肿成一条缝儿了。放蜂人说：没一点儿蜂巢了，这可以放了我吧？井宗秀说：从这个岔沟出去是啥地方？放蜂人说：是七里峡。井宗秀说：七里峡离银花镇多远？放蜂人说：十五里，出了七里峡就是镇南头。井宗秀说：你还是给我们带路。天完全黑了，放蜂人带路从岔沟进去又进入另一个岔沟，没想一路上又有三人被蛇咬了。夜里寻不着治蛇咬的药草，只好把被蛇咬的腿用葛条紧勒了腿上部，拿刀子在咬伤处划十字，使劲儿往出挤血。陈来祥怕蛇咬了井宗秀，要井宗秀在他和放蜂人身后走，放蜂人说：蛇是不惊动不伤人的，前边的人走过了惊动了它，它要反击，正好就咬后边的人。陈来祥又让井宗秀在前边走。但害怕放蜂人走在后边了会逃跑，他就在后边，说：你要跑，我就打枪的。放蜂人说：我不跑，你在后边拿个棍儿，不停地打着两边的草啊！

这么走出了七里峡，隐隐约约能看到峡谷外的馒头山。馒头山并不高，孤孤零零，样子像个馒头，夜线子说他以前来银花镇在馒头山下的饭店里吃过饭，绕过去就是镇子。便介绍镇子是南北两条街道，窄得不如涡镇的巷子，中间的房子又都是前后门通着，两条街实际上算一条街。井宗秀说：谁还有纸烟？给我一支。杜鲁成和夜线子有纸烟，但都吃完了，陈来祥把他的旱烟锅在胳膊肘下擦了擦那玉石嘴儿给了井宗秀，井宗秀接过来并没抽，说：哼哼，阮天保以为打退了咱们，他哪里能想到咱们杀了个回马枪！才要把队伍分为两拨，进镇后一拨走街北，一拨走街南，两头夹攻，却突然发觉馒头山有人影晃动，忙问杜鲁成你眼睛好，山头上是人还是树？杜鲁成看了，说：是人，还背着枪。井宗秀估摸那肯定是岗哨，既然是岗哨，进镇就必须先拔掉，立即命令队伍分散开藏好，让陈来祥带人去拔点。陈来祥选了三人，其中就有张安。张安说：要我去，就把我那四个老乡一块儿带去，能相互照应。陈来祥说：你们没打过仗，去两个就行了。加了张安的一个老乡，又加了另一个人。

陈来祥六人到了馒头山下，山是土多树少，层层梯田，有一条羊肠小道弯来弯去可以上去，但弯角处从山头能看到，只好猫腰跑过一阵就离开路，从梯田插过。梯田塄都高，张安手脚利索，首先爬上去了，伸手再拉别人。终于摸到山头，趴在塄沿一看，上边竟是平场子，场子中间有一土坯房，房门开着，里边燃着一堆火，两个兵一边喝酒一边烤土豆吃，而另外三个兵背着枪顺着场子四周转圈巡查。他们等着那三个兵又转了过来，一声咳嗽，扑上去摁倒，拿刀子就扎。两个兵不出一声死了，另一个是被张安的老乡摁倒了，但他力气小，又怕叫出声，抓了把土往嘴里塞，那兵就势翻起来，竟把他压在身下。陈来祥忙过去一刀扎在那兵的肩膀上，那兵才重新倒在地上。这边一响动，屋里出来一个人，问：啥响？张安忙说：尿哩，滑栽了。那人说：把舌头摆顺！陈来祥知道坏了，人家怀疑张安的口音了，果然那人拿了枪往过走，陈来祥就开了一枪。屋里另一人也跑出来，已经是三支枪同时响了。六个人都冲进了土坯房，里边只是还有一支枪，再没有了人。出来查看所撂倒的五个兵，四个是死了，肩膀上挨了一刀的那个没有死，从昏迷中醒过来，还要补一枪时，陈来祥说：留着留着，抓一个俘虏回去。就对张安说：你力气大，你先押了他下山，我们到后边再看看。这时天麻麻亮，张安端着枪押了俘虏顺着小路往山下走，五人分开从左右往土坯房后，房后也再没有了敌人，陈来祥笑着说：我以为多厉害的，顶不住收拾么！话音未落，轰隆一声，是手榴弹爆炸，便见刚走到平场子下边的张安和俘虏被炸得飞在半空。五个人忙跑过去，发现塄边的一片黄麦菅草丛里趴着一个人，裤子溜在腿脖上，手里还拿着手榴弹的拉绳，张安的老乡往小路上跑，而三支枪全指着那人。陈来祥说：你是谁？那人说：我是班长。陈来祥说：你扔的手榴弹？那人说：我的兵不能当俘虏！陈来祥一刺刀戳过去，骂道：你炸了我的兵！刺刀戳在那人肚子上，血水流出来，那人却冷笑道：我要是不出来屙屎，不是身上就这一颗手榴弹，我不会让你们活的！陈来祥朝他脸上打了一枪，又打了一枪，那脸就不是脸了。

跑下了平场子，小路上张安的老乡坐在一具四肢不全的尸体边，陈来祥问：张安死了？那老乡说：死了。陈来祥说：唉，我咋就让他去押俘虏！那老乡说：这也是他的命。

井宗秀听见馒头山上有了枪响，知道行动暴露了，就不敢再迟疑，下令攻镇。杜鲁成、夜线子就先带了二团去了街北，他带四团走到馒头山下，陈来祥他们也刚撵上，就往街南来。两条街都已经有了红军，而且街口用沙袋筑了工事，便从街东边一户人家进去，迅速地钻进两条街中间的民房里，红军发现了就拥了过来，而这些民房前后两边都有门窗，双方就你出我进，我藏你寻，出出进进，藏藏寻寻，搅和在一起了，打着乱仗。这时候太阳冒花，霞光还嫩，镇街被染成粉红，住家户有的刚刚起来，有的还没起来，一时间枪声像炒了豆子，鸡飞狗咬，啥人都在乱跑，穿黄的穿黑的，有披了褂的也有光着身子的，菜下油锅似的尖叫。双方都是能在街巷里民房里打仗，又都一样的如狼似虎，却没有了战术，没有了指挥，只是比力气，看谁手脚麻利，运气好还是不好。有时候推墙，推倒了墙从这间屋可以直接到那个院，你刚一推倒，墙那边却是敌人竟先跳过来，能开枪的开枪，来不及开枪的就扑上去夺枪，纠缠在一起抓眼睛、咬耳朵、踢交裆。有时候我跳过窗子去撵你，他又从门里进来撵我，我的战友把他打死了，你和你的战友跑过来打死我的战友，我再去撵打死我战友的，撵呀撵呀，又回到我跳窗子的那间房子。有时便在墙上挖个窟窿，把手榴弹撂过去，对方又把手榴弹撂过来，手榴弹还没炸，在地上冒着烟地转，再抓起来撂过去，就把对方炸了。

反正是打了一个晌午，预备旅先还一南一北往镇街中间打，打着打着，红军却把预备旅分隔成了三截，后来又形成预备旅集中在了街南，红军占据了街北。双方就在东西两条街上穿插着，你进了我退，我进了你退，像是在拔河和扯锯。井宗秀把东边街上的兵力分出一半到了西边街上，加强了进攻，西边街上就连续向街北推进，夜线子瞧着一处房子地基高想去占领，才冲过去，前边就钻出了六七个敌人，他刚一举枪，嗖的一颗子弹便打了过来，他一晃，打着了身后的一个班长，他一下子腾空扑进了房子。倒地的班长受了伤还拿枪在打，而同时身上被枪打得满是窟窿，血水就顺着街面流。房子里有四张桌子和凳子，桌子上摆着辣子罐和醋瓶子，知道是一家饭馆，夜线子就进厨房提了两麻袋大米堆在了门口，趴下来打倒了要跑过来的三个敌人，陈来祥带人趁机也冲进房，于是在墙上掏枪眼往外打，再占领另一处房子，再掏枪眼往外打，再占领另一处房子。

到了后晌，红军被压迫在了镇西北角里，预备旅的人从两条街上往西北角会合。那里有个大院，旁边是个土台子，可能以前是个土地庙吧，庙已经没了，只有石刻的土地爷和土地婆还在，那里安着一门山炮。双方又在那里对峙，陈来祥腿上受了伤，半条裤子都染红了，他自己还不知道，杜鲁成说：快包扎一下。陈来祥说：我不疼，可能是沾了别人的血。突然见一群人从大院出来都往土台子跑，杜鲁成喊道：狗日的炮在这里，不让他们上土台子！双方又一阵激战，预备旅人靠不近土台子，夜线子给陈来祥喊：绕过去从后边上！土台子上的敌人掉过枪口朝陈来祥他们打，夜线子先把三个撂倒在土台子沿，人没掉下去，帽子却飞在空中。陈来祥带人绕到土台子后，那里土台子还是高，一时爬不上去，便后退十几步来个冲刺，但还没冲刺到土台子下就被子弹射中了四人。而夜线子这边已趁机搭了人梯，扑上去了四五个。土台子上的敌人注意力一分散，那边陈来祥也上了，两边开打，就把敌人全打死了。夜线子说：狗日的咋没打炮，要打炮咱就攻不到这儿了。一看，山炮已经没了炮弹。

镇子上没有了枪声，突然间的安静使许多人都愣了一下，说：咋不打啦？四处张望，是再没见到敌人，就哇哇地喊着仗结束了，打赢了！井宗秀却觉得敌人不可能就这么全干掉了，让预备旅二反身回到镇街，从而向南再过一遍，这时候镇街上起了黑烟，黑烟还越来越大，夜线子带人就往镇街跑。果真还有着一伙敌人，一边往南跑，一边烧房子，街上的黑烟罩得啥也看不清，放了一阵乱枪，等烟雾稍稍散开，追到街南口，远远看见残敌已绕过馒头山下，往七里峡逃走了。预备旅并不准备追赶，井宗秀说：多放一会儿枪，把他们送远！所有人都举枪往天打了一通，然后往回撤，陈来祥猛地觉得腿疼，还跺了一下，竟疼得倒在地上，挽右腿裤子，腿肚子上一个酒盅大的烂口子，肉都翻了出来。他大声说：哎哟，我真的受伤了！几个兵赶紧过去包扎，还是走不成路，只好让人背了。

这一仗，总算把阮天保他们绝大部分都消灭了，镇上的几家富户出来欢迎预备旅，做了饭让大家吃，饿了一夜又饿了多半天，差不多的人吃饭太急过饱，都抱着个肚子坐在那里翻白眼。富户们又组织镇上人清理尸体，也不知是红 15 军团的还是预备旅的，一律装在架子车上拉到镇外的一块地里去埋。井宗秀和杜鲁成在土台子上着人拆那门山炮，怎么拆也拆不下来，杜鲁成说：既然都没炮弹了，拆回去也是废铁疙瘩。就把几十个手榴弹绑在一起，放在山炮底下炸响，山炮就废了。

从土台子上下来，井宗秀看着镇上人拉着尸体去埋，他一一查看车上有多少死去的兄弟，见一个，叫着死者的名字，用手在脸上拍拍，说：你怎么就死了，就死了啊?! 而后边的一辆架子车上，全然只装着七八个人头，要么身子炸得没有了，头颅还连着后背一张皮，要么纯纯是颗头，有的没了耳朵，有的没了半个脸。井宗秀认了认，认不出了哪个是预备旅的，就问杜鲁成：没见到阮天保的尸体？杜鲁成说：我也让人到处找过，就是没有，让这狗日的又跑了。

预备旅是五十一人死亡，井宗秀没有让镇上人埋掉他认识的人，又着杜鲁成负责去垭口、馒头山，一定要找全五十一具尸体，只有头的就找身子，连头和身子没有的找胳膊找腿，凡是胳膊腿上有着黑布的都找回来。而再征召了镇上七十人，分两批，第一批三十人由他带队把阮天保他们搜刮的二十担小麦、十担苞谷、十担黄豆、五十卷粗布车拉驴驮人背运回涡镇，第二批四十人由杜鲁成带队搬尸。

队伍要离开银花镇时，张安的那个老乡去一户人家拿了副滑竿要给陈来祥用，回来却说他路过土台子，一只狗在土台子后边使劲儿地叫，近去看了，那里有个窑洞，里边有死人。井宗秀跑去查看，还不是阮天保，而是三个大人、两个孩子和一个妇女。找了镇上人来辨认，说这人姓元，镇上最有钱的掌柜，阮天保就住在他家的。但这六具尸体都没有外伤，衣着整洁，耳朵里眼睛里往外流血，井宗秀说：炸塌洞口，把他们埋了吧。转身走开，心里想：这一家人肯定是看到阮天保他们要打仗呀，为了安全悄悄藏在这里的，没有被乱枪打死，是打炮时被震死的。

※　　※　　※

涡镇的人先看到回来的每一个兵都背着两杆枪、三杆枪的，又拉运了那么多粮食，敲锣打鼓，欢呼英雄，可是当得知牺牲了五十一人，那些没有看见自己的丈夫或儿子的就呼天抢地地痛哭了。井宗秀让人请宽展师父，要她连夜去白河黑河两岸的大小寺庙里把那些和尚都召来，准备等五十一具尸体搬回后举办一场焰口，为死者超度。自己又亲自去了杨记寿材铺，询问铺里还有多少棺，杨掌柜说只有十一个，他说得紧急招人再做四十个，杨掌柜叫苦这怎么做得出来，就是发动全镇的木匠都来做，也没有那么多现成的木板。井宗秀从来没有那么急逼过，他腮帮沉陷、双眼赤红，嘴唇上、下巴上有了稀稀的胡子，说：这你得想办法呀伯，所有花销预备旅来付，你一定得想些办法！

杨记寿材铺平日只雇着三个短工，全涡镇的木匠也就七人，把这七人都召集到寿材铺后院，七人中有三人说家里有木板，他们可以在家里做，做好了就交过来。杨掌柜知道这三人不愿意来是担心以后付钱时说不清，也就没再勉强，剩下的那四人和三个短工便连夜解板，刨的刨、凿的凿，叮叮咣咣做起来。杨掌柜估摸了一下，这七人即便不吃不喝不睡觉地干活儿，也不可能一下子做出几十个棺的，他就没吭一声，拄了个棍儿，天还没亮出了镇，往黑河岸的毛家村和高家寨去。毛家村和高家寨有六七个木匠，往日他们也做些棺卖给铺里，杨掌柜便谋算着在他们那儿再收些现成的棺，如果没有现成的，让他们加紧制作，或有木板的，把木板能先卖给铺里。

黎明前的夜特别黑，杨掌柜没有打灯笼，灰的是坑，白的是水，他熟悉这段路，也习惯走夜路，手里的棍儿不停地敲打路边的草，防着蛇出来。但他咳嗽得厉害，时不时就喘不上气来，要站住撑着棍儿歇歇。走到了虎山崖下，突然风雨大作，他后悔自己出门前没有看天象，身上的衣服全湿了，就在龙王庙旧址前的那棵柏树下躲避。柏树又粗又高，却没有多少柏朵，雨仍是落下来，往眼里钻，往嘴里流，但靠紧树身，毕竟能挡些风，不至于被抓了去。想着预备旅去打阮天保怎么就死去那么多人，比阮天保来打涡镇还要死得多！井宗秀和阮天保都是涡镇人，发小呀，咋闹到不共戴天呢，他们不共戴天了，倒使涡镇遭了殃！杨掌柜又咳嗽起来，喉咙里像是有着鸡毛，似乎一会儿没有了，一会儿又有了。他想着，井宗秀、阮天保都是他拿眼看着长大的，小时候他们和杨钟、陈来祥都一样的淘气，爬高上堤，两个膝盖上总是碰得结痂，又一样的不爱洗脸，不爱剃头，鼻涕吊得多长，可怎么井宗秀、阮天保倒能行了，是能行了才当了预备旅的头儿和红军的头儿，还是当了预备旅的头儿和红军的头儿才折腾这么大的动静？真个是要看什么神就看这神住的什么庙啊！杨掌柜是搞不懂了他们，他们小时候玩占山头，在粪堆上你推我下去，我推你下去，而现在却成了死那么多人，不管是预备旅的兵，还是红军的兵，那些人都是父母生的，都是血肉身子，还都有媳妇和孩子！杨掌柜站起身，要继续往毛家村和高家寨去，他听见了柏树在咯吱咯吱响，朝树上瞅了瞅，唉，柏树该是一百二三十岁了吧，也受这么大的风雨！喉咙里再次有了鸡毛，急迫地咳嗽，就是咳嗽不出来，人完全缩起来，在地上蹴成一疙瘩，而同时听到柏树的咯吱声越来越响，还奇怪得像是在呻吟，呻吟里又像是在说话：我随你，我随你。杨掌柜吓了一跳，仰头往柏树上看，这时候柏树被扭折了，轰然倒下，就压在了他的身上。

陆菊人在风雨刚起时也赶到寿材铺，没有见到公公，以为他是去另外的三个木匠家了，并没有在意，可忙活了一夜，半早晨该给匠人们做饭呀，公公还没有回来，心下就有些疑惑。立在桂树下张望，蚯蚓呼哧呼哧地跑着，喊住了要蚯蚓去那三个木匠家看看情况，蚯蚓却告诉了她：听说搬尸回来了！

是搬尸回来了，杜鲁成和五个兵背着枪，浑身的泥水，先进的北城门洞，拴着的两只狼崽子就拽着铁链子，使劲儿地叫唤。杜鲁成的气色不好，拿枪托子打了一下，狼崽子安静下来，后边的两辆木轱辘车也进门洞。门洞里有槽道，车轱辘卡在那里，每辆车都跟着五个妇女，连抬带推，车上蒙着的白布就鼓起一个一个圆包，似乎装着西瓜或者葫芦，一会儿滚到车厢这边，一会儿又滚到车厢那边。井宗秀在那里迎接，问杜鲁成：尸体呢？杜鲁成说：都在车上。将木轱辘车上的白布一拉，是一车厢平摆的人头。人一死，五官全变了形，一个个人头血肉模糊，不是斜着眼，就是张着嘴，惨不能睹，所有迎接尸体的人哇地就失声大哭。井宗秀说：咋都是人头？杜鲁成低声说：是费了好大劲儿把尸体都找到了，召雇的那四十人每人一律人背或者驴驮，天黑到桑树坪，他们把驴放了，人都逃跑，只抓回来了十个妇女。这十个妇女没办法把尸体搬回来，路又那么远，只能搬回来人头。井宗秀再没说多余话，脸阴着，再把白布盖了人头，让拉到庙前照壁下设灵堂公祭。

设了灵堂，一一安放人头，数了数，也只有四十七颗。井宗秀又问杜鲁成：牺牲了五十一人呀，怎么不够？杜鲁成说：是少了四颗，要么是什么都没有了，要么是只有半个脑袋。幸好少的四颗头都不是涡镇人，陈来祥找了四个葫芦，用面粉抹了一层，画上眉眼。宽展师父和十三个和尚尼姑在那里做法事，上香，转圈，再上香，然后在尺八声中反复念诵经文。井宗秀第一个穿了白布长衫，所有人都穿了白布长衫，跪在那里烧纸。雨仍然在下，雨浇湿了他们全身，分不清脸上流的是泪还是雨，但雨没有灭香，香一直旺旺地燃，而烧起的纸更是火势熊熊，纸灰冲天，再落下来，脚下的稀泥就成了黑色，每个人的白布长衫全成了脏兮兮的黑泥片子。

五十一个阵亡人有二十一个是涡镇人，其中五户人家在灵堂上大哭大闹，怎么劝也劝不住，怎么拉也拉不起。而巩百林的本族叔，已经八十六岁，拄着拐杖也来了，看了看儿子的脑袋，儿子的眼睛一直睁着，陆菊人用手抹，眼皮不合，把湿手帕在烧纸的火上烤热再敷，眼皮还是不合，老头说：儿呀，早死早托生！儿子的眼睛竟然愣愣合上了。他走到井宗秀面前，说：宗秀，给这么多人办焰口，从来没有的事啊！他们和你是一辈或者还比你小，就不必穿白长衫啦。井宗秀突然号啕痛哭，说：我没有保护好他们啊！

井宗秀一哭，那几户人家也都不再哭闹了，他们只要求着能把死者厚葬，周一山、杜鲁成就答应每一个死者配一副棺，坟头上还要竖一块碑，然后在镇中建一座塔，塔上刻上连同以前攻打老县城、保卫涡镇时所有阵亡者的名字，让他们英名永世流芳。再给每个阵亡人家发放十个大洋的抚恤金。

但是，在埋葬五十一位阵亡者时，杨记寿材铺抬来的现成棺是十一具，连日连夜新做出来还没上漆的是八具，一共十九具，还有两具已做成了一半，这正好是二十一具，井宗秀就让先把本镇籍的亡者盛殓入土，至于剩下的三十具，当然还要加紧制作。他就喊：杨伯，杨伯！没人答声，人群里也没有杨掌柜的身影。陆菊人就慌了，急忙往家里跑，担心公公身体不好又劳累了，在家里歇息，但跑回家，家里还是没有。剩剩和几个孩子在巷道里跳绳，她又问看见爷爷了没，剩剩说没看到，她脑子里轰轰响，在院子里火烧火燎地打转，而门楼的瓦槽猫还卧着。她说：我爹呢，我爹呢？猫没有反应，仍是睁着眼睛一动不动。等陆菊人再返回照壁前，杨掌柜被人背了回来，人已经死得僵硬。

整整一夜风与雨，虎山崖驻守的一班士兵并没有听到柏树扭折倒地的轰声，第二天后晌他们轮换下山，经过龙王庙旧址，打老远没见了柏树，跑近去，才发现柏树倒在那里，树底下还压着杨掌柜。

五十一具尸体还没埋葬，却又死了杨掌柜，人们像遭了电打雷击，瞬间失去知觉，半天缓醒过来了，想杨掌柜怎么就死在龙王庙那儿，多粗多高的柏树怎么就扭折了，又偏偏压在他身上？没有眼泪，也哭不出来，使劲儿地跺脚，拿了拳头捶打自己的胸膛。郑老头来了，康艾山来了，马六子来了，陈皮匠患了连疮腿，拄了根拐杖也来了，见陆菊人用手帕在擦拭着公公鼻孔耳孔里流出的血，血似乎没有凝固，还往出渗，就撕了手帕，搓了个布条塞进鼻孔耳孔，又为公公整理衣服，从怀里竟掏出一个豌豆面馒头来。陈皮匠说：这馒头是我给的，可怜老哥还没有吃啊！陆菊人说：你给他的馒头？你啥时给的？陈皮匠说：昨日天黑了多时，我正端了碗在店门口吃饭，你爹急急忙忙经过门前。我说你这是到哪儿呀，他说到毛家村高家寨去，还有馒头没，我说有是有，都不好，是豌豆面蒸的，他说豌豆面馒头有嚼头，就是屁多。揣在怀里了，还给我笑笑走了的。陆菊人说：毛家村高家寨有几户木匠，常卖棺给我们铺的，我爹肯定是去要找人家呀，半路上在柏树下避雨，让扭折的树伤了命。井宗秀感叹了半天，也要把杨掌柜安顿着一块儿公祭，陆菊人不，说她爹不是阵亡的，后事她自己料理，就背了杨掌柜回去。刚把杨掌柜扶起，杨掌柜嘴里流出一大摊血，已经发黑，像糨糊一样。花生说：姐，让我把杨伯的嘴包一包。陆菊人说：不包，你在后边扶着。她背起了杨掌柜就走，一边走一边说：爹，我还没背过你哩，你让我背，咱回。杨掌柜的身子似乎就轻了许多，而脸挨着陆菊人的肩，他再没流出一滴血在陆菊人的衣服上。背回了家，按习规在外边咽了气的人是不能停尸在家里的，陆菊人偏把公公背进上房，卸下门板停放在当堂。紧随而来的有井宗秀、杜鲁成、周一山和一伙乡亲，他们帮忙给杨掌柜洗身子、换老衣，而杨掌柜的七窍和肛门又开始往外出血，就一一用棉花塞了，再摆灵堂，点蜡、上香、烧纸。陆菊人让井宗秀他们都快去照壁那儿料理，那里毕竟是全镇的事，这里有花生在，需要了，花生再去叫他们来。

井宗秀他们一走，花生看着陆菊人拉了剩剩跪在灵堂前，说了句：爹，爹，你就也不管我们娘儿俩了?！而猫从门楼瓦槽里下来，悄没声息就进了屋，站在了杨掌柜的灵床边，突然地，杨掌柜却坐了起来。花生啊地叫了一下，杨掌柜又倒下了，陆菊人忙过去查看，叫着：爹，爹！杨掌柜没有气息，人是死的。花生说：姐，这是咋回事？陆菊人低头看到了猫，她说：以前听人说过，人死了猫是不能到跟前来的，来了会诈尸的，真的就有这事。她对猫说：你看过了，你去吧。猫就又回到了门楼的瓦槽里。

二十一具棺先将本镇籍的二十一人埋葬了，再制作三十具棺几天里根本不可能，更何况也没有那么多的木板了，马六子年长，他建议找些装粮食的板柜，把四条腿锯掉了当棺来用。井宗秀采纳了，就出钱在全镇收购板柜，一定要好木料、厚木料的板柜，很快也就把三十具尸体体体面面地埋葬了。杨掌柜是最后埋葬的，他卖了一辈子寿材，到头来自己竟没了个棺，陆菊人哭着说：没有木料，那就伐树解枝吧，宁可多停放几天，必须要我爹睡个最好的棺入土。她在镇子里寻树，镇子里多是柳树榆树和槐树，这些树木质都不好，木质好的树又都不粗，井宗秀说，要么把十字街口老皂角树伐了，要么在130庙里伐那棵老柏，陆菊人都摇头。陈来祥说：压死杨伯的不是龙王庙旧址上的柏树吗，把那柏树抬回来看行不行。一句话提醒了大家，便去了十六个人把柏树抬了回来，人们才发现柏树之所以能被风雨扭折，是下半部全空了心。树空了心无法解板，陆菊人却跪在杨掌柜的灵堂前，说：爹，这柏树活该是你的，最好的棺是四页板，给你的这是一页板啊！她就让把树截成了筒，更加掏空了里边，两边装了挡头，然后刨光雕凿，果然是一具极其豪华的棺。陆菊人就把杨掌柜下葬到了杨家祖坟地里。

※　　※　　※

安埋了所有的死者，那十个召雇来搬尸的妇女，杜鲁成并没有放她们走，让嫁给预备旅在这次作战中有功的光棍。妇女中有三人是结了婚，在银花镇都有了孩子，哭哭啼啼一定要回，杜鲁成没强留，而另外七个同意留下，就由她们选，各自选了一个。可已经给七个光棍准备了房子，也说好第二天一块儿办个仪式的，当天晚上，突然七个妇女就失踪了五个。那些光棍去追，远远看到五个妇女在河岸上狂奔，追不上，鸣枪吓唬，三人钻了山林没有找到，两个跑不及了跳河，光棍们跑到下游水里去挡，捞上来了都昏迷不醒。在邻近村里借了一头牛，把妇女横着搭在牛背上，拉着牛走动，妇女的口里鼻里是流出很多水，但人还是没活过来。村里人把尸体草草埋在河岸的荒地里。七个光棍只有两个成家，剩下的五个心总不甘，又去找阵亡的那些兵的媳妇，有的是托人说合，有的就自己直接上人家屋里使强用狠，惹出一些是是非非。这些情况井宗秀都知道了，井宗秀没有管，他是把自己关在房间里不吃不喝了两天一夜，出来的时候，两个鬓角都有了白发，而嘴唇上、下巴上的稀疏的胡子都三指长。蚯蚓一直坐在门口，说：你出来了，想吃啥喝啥？他说：先把便桶提出来，把主任给我叫来！

井宗秀向周一山了解去银花河后的这些日子里镇上的情况，周一山当然说了如何监管阮氏族人的事，井宗秀说：阮上灶是不是逃脱了？周一山说：是逃脱了，至今下落不明。井宗秀说：他是去给阮天保通风报信了。惊得周一山目瞪口呆，扇了一下自己脸，后悔他只是监管了防止在镇上捣乱，没想到阮上灶竟能去了银花镇。井宗秀说：我这次出去没弄好，太惨啦，是太惨啦！之所以没有抓住阮天保，又死了这么多人，都是吃了阮上灶的亏，我是把阮天保和姓阮的区别对待的，倒没料到打断的骨头还连着筋！周一山说：现在死的人都埋了，埋了也不是一了百了，死的人不瞑目，活的人也得出怨气啊。井宗秀说：你说咋办？周一山说：这次祸害了五十多人，以后谁知道还会出啥事，既然是埋在镇上的炸弹，只能留不得他们了吧。井宗秀问：一共有多少？周一山说：五户十八人，没了阮上灶，还有十七个。井宗秀说：是不是人多了？周一山说：斩草就得除根。井宗秀说：给我点一支纸烟。十七个，咱死的是五十一人啊，还不算杨伯。

五个光棍又有了一人和阵亡兵的媳妇配了对，剩下的四个一有空就在酒馆里喝酒，喝空的几个酒坛子你歪我倒的也都醉了，正骂着：× 都叫狗日了！店掌柜说：周主任咋在街上？他们才闭了嘴，赶紧从后门溜走。周一山是到了中街上，站在老皂角树下，干皂荚掉下了三个，但他没理会，拿眼看着几个兵从三岔巷拉来了一条绳拴着的七个阮族的人，又看着从四道巷也拉来用绳拴着的三个阮族人，就等着古井巷的动静。不一会儿，狗在咬，古井巷的七个姓阮的都拉出来了。周一山并没有说话，转身往北门口走，又上了城门楼，他身后是一溜十七个姓阮的男女老幼，两边的士兵都端着带刺刀的枪，阳光就在刺刀上跳跃。消息很快就在镇上传开，人们见面再不说往日问候的吃了吗，而是：你知道不？姓阮的都被抓到北城门楼上了！听到的人要说：抓姓阮的干啥？说话的人用手做一个砍的动作，说：这话不敢给人说！都在见人就说，都在说过了叮咛不要给人说，而最后就成了：为什么预备旅要抓姓阮的？是他们在这次攻打银花镇时派阮上灶去通风报信，才死了五十多人。被绳索拴了到城门楼上去，知道他们竟然是一路小跑着去的原因吗？那是五十一个冤魂在拽着推着他们走的。姓阮的这一下死定了，鸡犬不留，周一山已经去涡潭察看过了，要把他们像下饺子一样全投进去。有人就开始琢磨起那五户姓阮人家的房子了，是卖吗？能买吗？古井巷的那两个屋院可是个好宅子。

这一天，杨掌柜的头七，陆菊人拉着剩剩去公公坟上祭奠，走到街上，有一家放鞭炮，一打问，是蒋高富给儿子结婚。陆菊人觉得奇怪，蒋高富的儿子是阵亡了，结什么婚？旁边人说：是结阴婚。陆菊人这才噢了一声。涡镇以前是有过结阴婚的事，家里若死了年轻男人，如果谁家也正好死了女儿，媒人作合，将两人孩子埋在一起，就是结阴婚。陆菊人才要问女方是哪里人，是怎么亡故的，便见那四个光棍兵又喝了酒去找蒋高富，双方就吵起来。一方说：我儿连个啥啥都没见过，就死了啊！一方说：我们还活着，见过女人的 × 吗？一方说：别闹，今日是我儿的喜日子，我不会打你们，快走吧。一方说：你儿子的喜日子？你把分配给我们的媳妇从河滩挖出来给你儿子办喜日子?!一方说：分配给你们的？成家了吗？胡搅蛮缠，滚！一方说：不滚，咋?!你要给你儿子配婚也行，你得拿买钱呀！围观的人就起了吼声，有人喊：打这狗日的！一时就乱打了起来。陆菊人不好去劝解，拉了剩剩绕道就走，却有人在叫她，回过头来，是白起。

陆菊人没有理白起，白起却说：嫂子嫂子，我没得罪你呀你也不理我？陆菊人说：你啥时叫过杨钟是哥，却叫我嫂子？白起说：那我叫你总领，总领嫂子！陆菊人说：你有事？白起说：是有事，现在古井巷那两处屋院听说都在争，可三岔巷那屋院和我家紧邻，最适合我买么。陆菊人说：那你就买呀。白起说：我说的是阮家的屋院。陆菊人说：阮家的屋院又咋啦？白起说：这你还瞒我？谁不知道要杀姓阮的，那房就被预备旅收没啊。陆菊人说：杀姓阮的？谁杀姓阮的?!白起说：你还真不知道！就把阮氏族人如何通阮天保，预备旅又如何抓了十七人，一一给陆菊人说了一遍，陆菊人说：哦。但她不信白起，还说：预备旅杀人收房，你去找井旅长么。白起说：我不是和井旅长有过节吗，我才求你给说个话么。陆菊人却已经走了。走到130庙前，碰着陈来祥，问：是不是抓了姓阮的十七人？陈来祥说：嗯。陆菊人说：要杀呀？陈来祥说：血债就得血来还。陆菊人心一下子紧起来，脑子里闪的第一个念头就是：咋能杀人呀，杀十七个人？这是谁的主意，是井宗秀决定的？井宗秀咋敢有这种决定！陆菊人就把装着香烛烧纸的篮子交给陈来祥，又让剩剩就跟着陈来祥不要乱跑，她就急急地往城隍院去。城隍院里正好井宗秀骑了马往出走，看见了她，下了马，说：今日杨伯头七，你没去坟上？陆菊人说：才去呀。刚才在路上听到些话，我不知是真是假，过来见见你。井宗秀说：嘿嘿，你现在能一个人来城隍院寻我了！陆菊人说：瞧你咋成了这样，胡儿麻碴的！井宗秀就拿手摸下巴，下巴上的胡子多长，他拔下一根，说：我知道是面目全非了，有啥事？陆菊人说：要杀姓阮的人是别人胡传哩还是真有这事？井宗秀说：有这事。陆菊人说：那我给你提醒一句，这人命关天，可不敢任着气头了，你没想想，才死了五十多人，现在又要死十七人，那涡镇成了啥啦，屠宰坊也从来没一次杀过这么多猪和鸡呀！井宗秀说：你知道阮上灶通敌的事吧，就是他通敌才死了预备旅五十多人的。陆菊人说：看，这真是做盆子罐子如果有一个缝儿，必将以后要漏水的！当初周主任看管阮氏族人，我就给他说这会把这些人推到阮天保那儿去，绳怕细处断，果然就坏在阮上灶手里。先头是杀了阮天保父母，和阮天保结了死仇，看管了阮氏族人，逼得阮上灶通敌，现在再杀姓阮的十七人，这后果怎么得了！井宗秀说：事情已到这一步了，杀了他们，就一了百了。陆菊人说：这怎么能了，杀一个人，这人父母儿女、兄弟相好、亲戚朋友一大群就都结了死仇呀！井宗秀说：好了，这事咱不说了，到坟上替我也给杨伯磕几个头。骑上了马，往街上去了。

陆菊人从来还没有给井宗秀说话他拂手而去过，到了杨掌柜的坟上，她说：爹，是不是我不该去找他？我是不懂预备旅的事？剩剩磕过了头在坟前的地上拔捆仙草，抓住一根扯起一片，叫着说：娘，娘，拔这草编个花圈供坟上？陆菊人说：那草的名字不好。剩剩说：娘，娘，那边长的什么草？剩剩指着一种草，那草有一丈多高的茎，顶部开着小白花，聚结着像个圆球，而茎根长着六七层肥厚阔大的叶。陆菊人说：鬼灯擎。剩剩说：是鬼在给爷爷和爹擎着灯吗？陆菊人说：是呀是呀，有灯你爷爷和爹就不摸黑了。给剩剩说完，她又看着坟头，说：爹，我说话他不听，你说我咋办，管不了就不管了？她跪在那里跪了很久，说：不管就不管了！起身就往回走。剩剩撵上来，说：娘，你不管我了？陆菊人说：又咋能不管啊！剩剩说：那我要吃凉粉！进了镇，陆菊人在凉粉店买了凉粉，叮咛着吃完了就去茶行找你花生姨去。然后顺街往南走，剩剩还在问：娘你到哪儿呀？她没有回答，心里说：坟里的人不给我请主意，我找陈先生去。

安仁堂里，陈先生给人治外伤，陆菊人一看，正是预备旅那四个光棍兵，鼻青脸肿，胳膊腿上流着血，有一个手里还拿着一颗牙，说：先生，牙是不是骨头？陈先生说：是骨头。那兵说：好么，那姓蒋的，把我打成骨折了！陈先生说：姓蒋的不是打你，是打鬼的。那兵说：他就是打的我！陈先生说：鬼在你身上，他不打，你去阴婚去?! 那兵想了想，说：哦，哦，我才不阴婚哩。就笑了，另外的三个兵也笑了。陈先生把四个光棍兵送到了院门外，转身回来，陆菊人说：你还送他们呀？陈先生说：要送的。陆菊人就说起预备旅抓了姓阮的十七人的事，问该不该杀。陈先生说：别人来问过我这话，你也来问我？人在这世上要了解自己的角色和现状，我是个看病的，又是瞎子，我这里不说别的，只说病。陆菊人一时倒被噎住，不知道再说些什么。陈先生倒来了一杯茶，说：你喝。陆菊人说：是不是我脑子也有病了，不该操这份心？陈先生说：人么，你孝敬了你的父母，孝敬的不是我的父母，可我就敬重你，同样，你不孝敬你的父母，不孝敬的不是我的父母，而我就鄙视你。陆菊人说：是呀，我是为预备旅着想哩，井宗秀又不听我的，当然，他为啥要听我的，我又不是预备旅的人。陈先生说：他不是让你当总领吗？陆菊人说：我只是经营茶，别的我不熟悉。陈先生却说：我跟我师傅学医的时候，我还是个小道士，我是把不熟悉的东西尽量地变成熟悉，把熟悉的东西不断地重复，在重复中不断体会道教的东西，然后把我最拿手的东西进行发挥。陆菊人说：啊你这话我记住了，我还要给花生说，让她也记住。起身就要告辞。陈先生说：你不再坐啦？陆菊人说：你又不让说别的。陈先生说：好。陆菊人出了堂门，才到院子里，陈先生说：你把院子里晒着的那些荆芥、半边莲和灯芯草帮我放到台阶上，麻县长说要来看些草木的，这多天了都没过来。陆菊人在那里站住了，突然说：我知道了。陈先生说：知道了好。

陆菊人回到了茶行，花生和剩剩在玩，陆菊人给花生叽咕了一阵，两人就包了几封上等茶叶，和剩剩一块儿去了县政府。在县政府门口喊王喜儒，王喜儒出来，陆菊人说井旅长让来给麻县长送茶叶，王喜儒带着进去，陆菊人却让剩剩就待在门口，剩剩嘴噘脸吊，陆菊人说了句：听话！陆菊人和花生见了麻县长，送上茶叶，麻县长就问了茶行的生意怎样，又问起镇上的情况，陆菊人就把预备旅要杀阮氏族人的前前后后讲了一遍，请麻县长出面制止，说：这事现在只有你能制止！麻县长说：这年月人活得不如草木，但人毕竟不是草木呀，你们妇道人家还有这般善良，实在令我感动。这事我压根不知道，如果不知道，也就罢了，得过且过，可现在我知道了，我心里也放不下。能不能制止，我不敢保证，但我得去过问。陆菊人再没多说，退出来，剩剩是在门口，却在门口尿了一泡。陆菊人骂了几句，用干土撒了尿渍，花生说：姐，我又高看你呀！陆菊人说：咋啦？花生说：你竟然就直接说出请县长制止的话。陆菊人说：和县长不能拉家常，只有几句话就得说明说透么。你姐是不是变了？花生说：说话硬了。陆菊人笑了，说：我也觉得我说话不顾忌了，话硬其实不好。花生说：县长会给他说吗？陆菊人说：这我不知道。花生说：我看不一定说，说了他也不会听。两人再没说话，回到茶行，陆菊人却说想喝酒，关了门真的就喝起来。喝了，陆菊人还说我现在能晓得杨钟当年为啥要喝酒了，后来她自己就喝醉了。这一醉，第二天晌午都没醒来。

麻县长是当晚去见了井宗秀，他们说了很长的话，井宗秀同意不杀阮氏族人，却坚决要把阮氏族人赶出涡镇。第二天早晨，预备旅仍是一条绳拴了十七人，押着从 130 庙出来顺了中街往南游行示众。镇上人全挤来观看，指着、唾着，咒骂着他们罪该万死。游行示众到十字街口老皂角树下，许多人提前往城南门口外河边跑，要占个好位置等着看把十七人投下涡潭。但是，游行示众到了城南门口，又游行示众着返回到城北门口。出了城北门洞，一直经过虎山湾，到了十八碌礴桥上，押送的人群站定了，夜线子、陈来祥当着十七人的面杀了三只狗，警告道：从今日起，涡镇没有了姓阮的，如果发现有进来的，见一个杀一个！十七个人便跪在桥上，眼泪汪汪地向着涡镇方向磕头，然后一个搀扶一个上了黑河岸。人群里巩百林突然喊了一句：往西南！往西南，指的去四川的酆都，那里是阴曹地府所在地，以前涡镇人诅咒谁就是说：你往西南去！巩百林这么一喊，好多人都附和说：好！巩百林就逞了能，竟顺口编词，他喊一句，众人跟着喊一句：姓阮的，十七户，往西南，去地府，这里没了你的土，涡镇不是你的故！

※　※　※

陆菊人醉了，醒不来，她没有见到游行示众的场面，等她后晌醒来，听花生说十七人不杀了，被赶出了涡镇，陆菊人说：县长到底是县长！走出门来，太阳西照着，街上来来往往的人都忙着生计，见面在打招呼：吃啦？好像从来没有发生过什么。只是燕子比平日多了许多，在空中变着花样飞。燕子是最亲近人的，但它又不肯像麻雀落在门槛上、台阶上，它的巢筑在门顶上和前檐下，超然独处。而远远地过来了蚯蚓，有人在问：吃啦？蚯蚓说：没吃！那个人说：那快去吃呀！蚯蚓说：去你家吃呀？你给吃呀?！他走过来，头低着并没有看到陆菊人，经过一棵树，踢一脚树，经过谁家门口的石狮子，踢一下石狮子。陆菊人说：人家一句问候话，就真让你吃啊?！咋啦，谁打了你啦？这蹭的！蚯蚓说：旅长。陆菊人说：他咋打你啦？蚯蚓说：他痔疮犯了还喝酒，喝高了，还让我去取酒，我在酒坛子里灌了水哄他，他尝出是水就把坛子摔了，瓷片子迸起来打在我腿上，腿上青了个疙瘩。陆菊人说：他一个人喝？蚯蚓说：这些天都是自己在屋喝。陆菊人说：心里不美，喝闷酒了。蚯蚓说：仗都打赢了，有啥不美？陆菊人说：这你不懂。蚯蚓说：他也骂我啥都不懂，我要是啥都不懂，还能不让他喝酒？陆菊人说：要喝就让他喝么，别拿水哄他，你能哄了他吗？他就是打你骂你，你就坐在他那儿，啥话不说，看着他喝呀，你倒自己跑出来！蚯蚓说：他睡着了，倒在地上睡着了。陆菊人说：那快回去，让他睡平，别窝住了脖子，用热手巾给他擦擦脸。蚯蚓拧身要走，陆菊人又叫住，说：他痔疮犯了？蚯蚓说：十男九痔。陆菊人说：你还知道这些！回去让他睡平了，他还没醒来，你就去你杨爷的坟上，你能寻着你杨爷的坟吧？坟地那儿有鬼灯擎，挖些根，捣烂给敷上。这是陈先生教的偏方，顶用哩。蚍蚓一走，陆菊人拿眼又看起一家门脑上的燕子巢，巢里还卧着一只燕子，呢呢喃喃地说什么。她心里就想，几时燕子也在茶行的门脑上筑个巢就好了。

第二天，敷了药的井宗秀撅着屁股给预备旅训话，当场下令将那四个闹事的光棍关了禁闭。蚍蚓又跑来给陆菊人说这事，陆菊人不听，说：我忙着哩！陆菊人确实是忙，她收看着龙马关分店的报表。陆菊人认得的字不多，常常有些字她看着字，字也看着她，谁也叫不上名字，她就得把账房叫来认。但是，她能把所有数字都记得清清楚楚，不用算盘，仰起头，口里念念有词，一会儿或加或减地计算出来。蚍蚓受了戗，从院子里往出走，看见天井下的花坛上有十几棵指甲花，顺手掐了一下，花生正好进来，说：啊你手恁骚的，那花惹你了，你把它往疼里掐？蚍蚓说：妖婆子！花生说：你骂谁？蚍蚓说：昨日恁热惦的，今日就认不得我啦！陆菊人在屋里听见，笑着说：花生，给小军爷拿块茶点，他脾性还大哩！花生把一块绿豆糕拿来了，却只掰给蚍蚓了一半。

龙马关分店的报表上来后，桑木、麦溪、平川、三合各个分店的报表陆续都送来，总的生意不错，比上一季的收入多出了两成。花生说：是不是把这些情况给他说说，好让他高兴高兴？陆菊人说：偏不给他说，钱一多他脑子就又热了，吃些亏让他冷静冷静。却又问：你近日没见到他吧？花生说：在街上碰见过两次，但他明明是看见了，却像没看见的。陆菊人说：这一段时间，你也不要理识他，远远看到了就避开。花生说：这……陆菊人说：你听我的。咱把茶作坊扩建了，他会来寻咱们的。

扩建作坊，陆菊人当然看中的还是安仁堂附近的那个大土坑，那也是她们唯一可以利用的地方。但怎样把坑填起来，陆菊人并不想动用银钱去雇工，而让伙计在坑中竖了一根椽，椽头上挂个小旗子，又在坑边搭个草棚，盘一道灶，摆几张桌子，就对外宣布：茶行不再设粥棚了，设茶摊，任何人都可以来喝茶，条件是谁用石头掷中椽上的旗子，便喝一杯茶。老魏头来掷石头，掷了三个没有掷中，他还是第一个喝了茶，从此提了锣满镇子宣传。于是，镇上的人没事的时候都来掷石头，附近巷道里的石头全被搬完，有人就用竹筐或木轮推车去河滩运石头。黑河白河岸的人来镇上买卖，更是顺路在河滩里捡那么些石头来，买卖完毕了，就喝三吆五的以喝茶招呼人了。大土坑也每天都十分热闹，半个月过去，坑里的石头就积了二尺多厚。陆菊人就专门派了伙计一天到黑都在草棚里熬茶，她和花生倒不常去，忙活在茶行。

这一日，麻县长到安仁堂看挖药人送去的药草，也到大土坑边来，说：把这么大个土坑填了干什么？伙计不知道怎么回答，也不知该怎么接待，慌忙跑去茶行叫陆菊人。花生说：别人都以为咱这儿设的茶摊只是喝茶的，麻县长就看出咱这是要填土坑?!陆菊人说：要么他怎么是县长！两人赶到大土坑时，麻县长已经去了安仁堂。她们也就去了安仁堂拜见麻县长，如实地说了自销售黑茶后，茶行的生意兴隆，是多赚了银钱，而方瑞义也快从平原回来了，自己制作黑茶，就得再建一个作坊，但苦于寻不到地方，才填大土坑要盖些房子的。麻县长嚯嚯地笑，说：好啊，好啊！这种填坑的招数是井旅长的主意？陆菊人说：井旅长忙他的大事，既然茶行让我和花生经营，为了省钱我们得自己想办法。麻县长说：哦。生意要做大了，商号还是涡镇茶行吗？陆菊人说：是没有个响亮名字，不知我该不该讲，县长你能给赐一个吗？麻县长说：桃花得气美人中。陆菊人咹了一下，她没听懂麻县长说什么。麻县长就说：我说了一句古人的诗，就叫个“美得裕”吧。陈先生先拍手说：好，这名字好！陆菊人就给陈先生说：你这儿有笔有墨的，让县长题写了，我就做个匾去！麻县长却说了一件事，他说他在老县城的时候去过清油乡，乡里有个财东，几代都富，他对财东说你领我去你祖坟看看是什么原因，财东领了他去祖坟，大老远看见祖坟旁的柿树上有孩子在树上摘软柿子，财东说先等一等，等孩子下了树再去，要么孩子见主人来了，一急容易从树上掉下来。他就说，不用去了，他已经知道为啥富了。说完，对陆菊人说：你明白我的话了吗？陆菊人倒一时脸色粉红，说：我女人家的，又是一个寡妇，井旅长能让我和花生经管茶行，我们尽着力量折腾，再没别的能耐，还都是县长指点了销售黑茶才有了起色。麻县长越发高兴，当即就写了：美得裕。

陆菊人着人把麻县长的题词刻了匾挂在茶行门上，又在茶捆、茶箱、茶盒和每一个茶饼的包装纸都写上美得裕，发往各地分店。同时，给每个分店的大掌柜做了一身新衣：黑丝绒瓜皮帽，帽檐正中缀一块鲜红的四方形的珊瑚饰品，天青色的长袍，酱紫色的锦缎马褂，黑裤子，白底高腰皂鞋。这身新衣随着美得裕牌黑茶一块儿送去了各分店，陆菊人也趁机给她和花生各做了一套新衣，但她们没有穿，压在了箱底。涡镇四季分明，但春天和秋天都短，不觉进入十月，南北二山的杜鹃花刚开败，漫山遍野的枫树、栲树叶子又泛红，连翘一片一片地黄，松树更绿，桦树又这儿一棵，那儿一簇，五颜六色的丰富。大土坑差不多要填平呀，井宗秀突然心血来潮，提出要来看望。蚯蚓通知了在草棚煮茶的伙计，伙计立即汇报给陆菊人，陆菊人和花生在茶行里收购一批高山顶上的野菊，正在席上摊晾，说：哟，他要去就去么，倒有了派头先通知，是要我们准备着接待吗？花生说：他现在才记起咱们啦？姐，你说见不见？陆菊人说：隔的日子久了，你不想他了？花生说：姐！陆菊人说：见呀！

但陆菊人并没有立马就去大土坑那儿，竟和花生不厌其烦地收拾打扮起来，足足过了一顿饭时，才包了一盒野菊出门。陆菊人穿的是镶绲着黑色边儿的月白衣裙，花生穿的是镶绲着白色边儿的桃红衣裙。陆菊人是蓝裤子扎着黑带子，一双白布面儿的绣花鞋，花生是绿裤子扎着白带子，一双红布面儿鞋，鞋尖上绣着一疙瘩花。两人都是绾了个牡丹式发髻，陆菊人插的是根白簪子，花生插的是红簪子。一到街上，惹得所有人眼睛都发亮，迎面碰着点头招呼，走过去了，又都扭头回看，而那些预备旅的兵，训练结束了在小铺子吃面皮或在酒馆喝酒，这边的目送她们走过了，哇哇地喊，夹了尖锐的口哨声，那边的迎着她们嗷嗷地喊，笑着起哄。花生就不会走路了，说：姐，姐，咱是不是穿得艳了？陆菊人说：头抬起来！花生就抬高了头，仍是身子僵硬。到了大土坑附近，一出巷口，树上拴着一匹马，花生看见了，陆菊人也看见了，花生说：姐，他早来了。陆菊人说：不要往那边看，咱直接到草棚。井宗秀是在大土坑边转悠了一圈，又背起手用步子丈量东西长多少，南北宽多少，听见马在响鼻，回过头来，看见了陆菊人和花生摇摇摆摆从巷子里出来，他怔了一下，随即面带了微笑等待着她们看到他。但陆菊人和花生却端端进了草棚，他也就走了过去，进草棚口，大声地说：听说你们掷石填坑哩，没想还真把坑填起来啦！陆菊人说：啊呀，你咋来啦?！只说完全填好了，要给你个惊喜的，你倒先来了！井宗秀说：这已经让我惊喜了！陆菊人说：是不是？听说你要来，我们紧跑紧跑的还是来迟了。你觉得这里能盖十多间房子吗？方瑞义虽说还得些日子才能回来，但得早早把茶作坊扩建啊。井宗秀说：你想得倒比我远！陆菊人说：不早早打算，到时候你又该骂茶行没经营好。井宗秀说：是不是听说我爱骂人了？骂别人也骂不上你们啊！陆菊人说：当旅长么还能不添个脾气？好些日子没见了，人还精神，陈先生说人有了权身体也就好，也真是的！井宗秀说：好啥呀，这几个月又招了些新兵，忙着训练，也没过来看望你们。哈，今日都打扮得这么光鲜！陆菊人说：没打扮呀，是你久不见了的缘故吧。井宗秀说：光鲜，光鲜。眼光看着陆菊人，又滑向了花生。花生才要拿眼看井宗秀，却看见井宗秀正看她，脸一下子红起来，就又低头不动了。陆菊人当然睄见了这些，她说：咋不给泡茶呢，把咱拿来的野菊放上几朵。说话时她眼睛却看着草棚外，突然惊叫：咦，那旗咋没挂上?！就势出了草棚，喊：牛宝，牛宝！

牛宝是专门住在大土坑这里的伙计，他正和蚯蚓在远处逗马，蚯蚓说：马头朝西马尾朝哪儿？牛宝说：朝东呀。蚯蚓说：笨啊，朝下！听到陆菊人喊叫，牛宝应道：在这儿！陆菊人说：旗子咋没挂上？牛宝说：我看填平了，就把旗摘了。陆菊人说：再挂两天！看着牛宝重新挂旗子。

草棚里，花生从怀里取出了一个小纸盒，打开了往外捏野菊，野菊指头蛋儿大，黄灿灿的，她捏了一朵，再捏一朵，井宗秀突然掀了一下她的裙边，说：谁给你做的小红鞋？花生慌张，说：姐做的。井宗秀说：是吗？他还坐在凳子上，却一揽花生，花生没站稳，身子就倒在他怀里，花生忙往起站，嘴唇上已被井宗秀拨了一下，头上的簪子就掉下去。

一声咳嗽，陆菊人进了棚门，花生站直了，忙拿了杯子去泡水，而井宗秀坐着没动，手指头在桌面上轻轻地敲。陆菊人说：咋还没泡好。弯腰把花生的簪子拾了起来。井宗秀就说：不喝不喝，喝茶不是要掷石头吗，我还没掷哩。陆菊人说：那好，你也掷一下。井宗秀走出草棚，寻石头一时没寻到，顺手就把手枪掷了过去。手枪是打中了旗子，却落下来在石头上蹦跶了几下。陆菊人和花生都傻了眼，陆菊人说：枪要摔坏啊！井宗秀说：坏了就坏了吧，坏了再问敌人要么！

三个在草棚里再次坐了喝茶，一切都似乎自然了，井宗秀说：喝了茶，我请你们吃饭吧。陆菊人说：好么，要请就请我们吃好的。井宗秀说：咱到陈先生那儿吃蒸面去。陆菊人说：去陈先生那儿吃蒸面？井宗秀说：我来后你们不在，我去陈先生那儿坐了坐，他徒弟正做蒸面哩，我说多做些呀，饭钱算我的，说是和你们过来一块儿吃饭。陈先生也高兴啊！陆菊人说：你也真会请客！问花生：咱去不？井宗秀说：一定去！我现在回去买些卤肉和酱猪蹄，再拿一坛酒来，你们直接先去安仁堂！说完，骑马便走了。

井宗秀一走，陆菊人把簪子给了花生，说：簪子咋能掉了？花生说：他刚才突然拉我……陆菊人说：抱了你？花生说：嗯。陆菊人一时无语。花生说：姐，姐，我是没注意被他拉过去抱了一下，我……陆菊人说：没注意，为啥就不注意？抱了也好，他还是喜欢你么。她看着花生，把簪子重新给花生插在发髻上，说：他越是这样，你越要把持住你自己。他是旅长，他也是男人，男人的禀性我知道。花生说：那吃饭我就不去了。陆菊人说：不去咋行，去！狗撵兔，兔就要跑，跑得太快了还得停下来往后看看狗，兔跑得一溜烟没了踪影，那狗还会撵吗？花生说：这我掌握不了分寸么。

两人去了安仁堂，院子东南角却新垒了个石头圈，陈先生正在那里把几根劈柴往圈里扔。陆菊人说：陈先生，我这些日子没来，咋垒了圈，养猪啦？陈先生说：养猪了。走近一看，花生吓得哇了一声，那猪不大，但嘴特别长，伸着两颗獠牙。说：是野猪啊?！陈先生说：是野猪。一入冬山里的野猪常到住户家寻吃的，寻不着吃的了，把院子拱出多深的坑，住户家就只好晚上要在院子里放些吃食。构峪一户姓郭的，来我这儿看过病，他是在吃食里放了些酒糟，早上起来便抓住了呼呼大睡的野猪。这野猪拉来镇上卖，一时卖不掉，来给我说了，我就把它养了。陆菊人说：我还是第一回见人养野猪，这野猪长得比家猪凶多了！陈先生说：它在荒山野林里长大的，相貌肯定就变得狰狞了么。陆菊人说：这倒也是，可这野猪能养吗？陈先生说：能养。只是它不安分，平日给它扔些劈柴，它啃着有事干了，就不会再攻圈胡扑的。陆菊人说：它也啃木头？陈先生说：和老鼠一样，也要磨牙哩。陆菊人就和花生对视了一下，再没有说话。

※　　※　　※

春节里，茶行的各个分店的掌柜都要回来和家人团聚过年，更要进行营业汇报的，陆菊人就早早计算好这些人的薪酬，以及所发送的红包。过了腊月二十三，陆续就回来了几位，有的家是涡镇的，有的家在黑河白河两岸的村寨，凡是回来一位，花生就将准备好的薪酬和一份四色礼包先送上其家，那些掌柜果然高兴，便不回家去，住在茶行的客房里，一一接受陆菊人的约谈，然后等候所有的掌柜到齐了，茶行再要举办聚拜。六个分店的掌柜已经回来了五位，迟迟未回的只是三合县的崔涛。花生说：崔掌柜是不是不回来了？陆菊人说：这他不敢。花生说：那他就是心虚吧。陆菊人让花生再次翻各分店的营业记录，三合分店确实营业额最低。三合县人口多，分店的门面也大，以前的生意都不错，但崔涛去了以后，收入总是不行，陆菊人和花生曾去那里察看了两次，眼瞧着买茶的人不少，也暗示过崔涛。但全年下来，以全部分店的赢利数拉平，三合分店是低了平均线一成。花生问陆菊人：给崔掌柜的薪酬和红包怎么准备？陆菊人说：和桑木分店来掌柜一样吧。花生说：来掌柜赢利得那么多，崔掌柜肯定贪污了。陆菊人说：这话你知我知，万不可说出去。开分店肯定有掌柜会贪污的，咱也允许他贪污，但这里要有个度，别人上缴一千个大洋，你可以缴来八百个大洋，但要只缴六百个大洋，那绝对是不行的。花生说：咱年初定了制度，这第一年就要特别体现公平奖惩，什么也不给他，来年了换人。陆菊人说：崔掌柜这人以前倒是不错，他对茶业精通，正因为精通，他才营业额那么低账面又看不出破绽。再说，以后还得指望他和方瑞义一块儿制黑茶的。他之所以敢贪污，贪污得这么过分，我看他是不服我来做总领，也是试试咱们的能力哩。花生说：那就让他欺负你了？陆菊人说：我估摸他已经回来了，是先回了他家，明日会来镇上。明日即便不来，后日就来。他若来了，你笑脸相迎，安排好吃住。花生说：我可以笑脸相迎，但你得治治他，不能心软。

果然第二日崔涛回到镇上，他走路斜着，说是闪了腰，在白河岸的老家躺了两天，就揖了拳说：抱歉！茶行举办了聚拜，先是设宴款待，陆菊人一一敬酒，吃喝完毕，撤去席面，就听取各分店今年的营业汇报，哪些做好了，哪些还没做好，还有哪些困难是需要自己解决或需要茶行出面解决，再是畅谈来年的计划和安排。他们差不多都有个汇报稿，照本宣念了，就对茶行改变经营方向、推销黑茶的决定称道，夸陆总领善于理财，精于管理，今年取得这么大的业绩，明年以美得裕牌号继续扩张，前景真是不可估量。麦溪分店的王京平还检讨了他自己，说：年初陆总领制定了规章制度，说老实话，我听是听了，并没往心上搁，总领是妇道人家，年轻，又从没经营过茶，估摸茶行也不会有多大发展，我还是凭我的老经验办。可三个月后，别的分店都获了那么多利，麦溪分店倒还亏了，这才执行起总领的新办法，后来果然有了大起色，钱便撵钱，越能赚就越能赚。我是服了，人都传说陆总领是身长腿短的金蟾转世的，还真是！大家嘿嘿地笑，花生说：王掌柜咋能这样说话，总领是身长腿短吗？我看她是涡镇上最美的！陆菊人没有恼，她也笑了，说：花生你不要插嘴，我本来就长得一般么。王京平说：身长腿短这不是瞎话呀，蟾就是这个样的，有福相的女人也都是身长腿短，谁见过腿长得像两根细麻秆的能生了娃娃，能发了家，恐怕做姑娘也嫁不出去哩！我还要问问总领的，有人说修城墙时下了雨，你去送饭，泥地上留了一双脚印子，后来就在你站的地方挖土，挖出了一罐子银元？陆菊人说：别听那些胡说！经营茶行，是井旅长认为我做事能较真儿才让我来的，咱都一样，是给井旅长干活儿的，是给涡镇干活儿的。茶行今年收获不错，这都是各位掌柜心血换来的，我要是脚印子下有银子，那我啥也不干了，自己天天去挖好了！大家这下就笑得哄哄。王京平说：反正我认你是金蛤蟆！陆菊人说：蛤蟆可是个大嘴整天呱呱叫，你可别嫌我唠叨你啊！龙马关分店的闻西坡说：蛤蟆可是只吃不屙。花生说：嗯？闻西坡忙改口：是只进不出。花生说：咋能是只进不出，不是都有薪酬吗，薪酬比以前翻了一番，还有那么大的红包。陆菊人说：我已经有了想法，明年咱们实行银股制。大家都拍手叫起好来。陆菊人说：这还得给井旅长报告，他同意了才能定具体方案。大家又说：你给井旅长报告，你给井旅长报告！崔涛却起身去了厕所。汇报过程中崔涛已经是第三次上厕所了，花生问：崔掌柜你害肚子了？崔涛说：几天了一直都后跑的，刚才席上的红烧肉，看着馋得很，我也没敢吃。上完了厕所，他就坐在那里只是吸烟，别人吸烟都是旱烟锅子，他吸的是水烟锅子，把烟丝在手里捻呀捻成个小疙瘩了，按在烟哨子里，然后就吹纸媒，纸媒燃起火了，对着烟哨子便吸烟锅嘴儿，吸得烟锅子里边咕噜噜响，鼻里口里才云腾雾罩起来。轮到他汇报了，他不吸了烟，水烟锅子还拿在手里，说得很慢，说得也少，最后是：各位都赚了大钱，三合分店赚得不如各位多。三月份店铺的后墙漏雨，淋湿了上千斤茶叶，重新翻修房子，店门关了些日子，又花销了一笔。到了十月，两个伙计一个中了风干不成了，一个不干了。今年三合分店运气差呀，虽然费了九牛二虎之力，把我这腰累坏了，平日不敢搬重东西，犯起来了连炕都下不了，也伤了胃，吃太冷的疼，吃太热的也疼，还是没各位赚得多啊！崔涛的话没有人附和，他说话的时候大家都不看他，还这个咳嗽了，那个也咳嗽，或者挪了椅子发出嘶啦声。有人就指责旁边的谁放屁了故意挪动椅子，难道听不来屁响还闻不来屁臭吗？有人就拿手在鼻前扇，有人捂了嘴哧哧笑，过去打开了窗子，冷风立即钻进来，又把窗子关了。花生说：咱听崔掌柜说吧。崔涛却说：我说完了。他又吹着了纸媒吸水烟锅子，大家不再言语，屋子里一片寂静，只有水烟锅子的呼噜声。陆菊人问各位掌柜的还有谁要说话，回答没啥再说的了，陆菊人就总结了茶行本年的成绩，再次感谢着各位大掌柜的卓有成效的经营和付出的辛勤劳动，她向大家深深鞠躬，花生也跟着鞠躬。接着，陆菊人又特意表彰了三合分店遇到那么多的困难，崔掌柜还病着，能坚持在三合县，没有回涡镇歇过一天，令她十分感动。于是，当场又拿出一筐大洋，再奖每位掌柜二十个，剩余了六个，给了崔涛。大家兴高采烈地收了大洋，听陆菊人讲了来年的计划安排，全一哇声地说：明年会加劲儿干的，争取每个季度给茶行赚回三驮银子！

聚拜了多半天，散场时，陆菊人和花生一一送掌柜们出了大门，看着他们各自回家去了，就回到堂屋，花生说：端了半天的身架子，我都累了，我给咱好好泡一壶茶啊！陆菊人说：我只是脚疼。花生提了水壶到院子里取水，却见崔涛又从大门里进来，花生说：崔掌柜把啥东西遗了？崔涛说：我想给总领说几句话。花生说：哦，该你说的时候你只说了几句，现在倒要说？就拿嘴努了一下堂屋。堂屋里，陆菊人才要解开裤管的扎带，脱鞋歇脚，崔涛一进来，说：我要给你磕个头！扑通就跪在地上。陆菊人也没拉他，就势坐在椅子上。崔涛说：我明白你全知道我的事，我之所以回来得迟，是在家做好了准备，一是我提出不干了，二是你会要把我交给井旅长的。可你却给了我面子，和别的掌柜一样地礼遇，还当众表彰了我，多给了奖金。陆菊人这才脸上活泛了，拉他起来，说：你明白了我就高兴。这茶行原本是井旅长的，井旅长为了涡镇，为了预备旅，把它交给咱们来办，人要知道知遇之恩，被人信任了就得有责任把活干好。崔涛说：都是我的错！有你这样的总领，我算口服心服了。今年的奖金我分厘不要了，你就看我明年的业绩吧。陆菊人说：奖金发了就是你的，你抓些药，好好调养肠胃，需要治腰疼，我给你找王喜儒，他那儿有个姓白的，是给麻县长按摩的，也给你推拿推拿。明年我也就看好你！今日咱啥话都不说了，回去好好过个年吧。崔涛千谢万谢出了门。

一直站在堂屋窗下的花生就进来，笑嘻嘻的，陆菊人说：你在外边偷听哩？花生说：我学一手么。陆菊人一下子就把脚上的鞋蹬脱了，趴在旁边的榻上，说：快给我捏捏肩！花生捏着陆菊人的肩，说：姐，这些老男人平日里趾高气扬的，你倒把他们摆得顺顺的。陆菊人说：不是我能摆顺，人家都是些干事的人么，马拉车走的都是大路，咱经管着就是不能把车往床底下拉么。花生说：那是猫啊，我看崔掌柜就是个猫。陆菊人说：这你又胡说！往上，再往右，你不晓得右吗？花生说：你对人家和声细语的，就对我厉害！陆菊人嘿嘿笑着，说：你就是寻不着右么，噢，就那儿，就那儿，手轻点，你捏死我呀?!花生在右肩捏了一会儿，又在脊背上捏起来，说：姐，姐，他们说你是金蟾转世的，你这身子不长么。陆菊人没有吭声。花生还说：他们说腿长腿细生不了娃也发不了家，他们是说我吗？陆菊人还没吭声。花生低头一看，陆菊人已经睡着了。

※　　※　　※

一开春，青黄不接，粮食又紧张起来。去年实行粮食只能进镇，不能出镇，基本没让镇人和预备旅挨饿，也没有谁外出逃荒。今年北城门口取消了粮食只进不出的关卡，黑河白河两岸村寨，甚至龙马关一带的人也来，粮食集就又形成，除了众多小门面小摊位槼粂外，还有了许民冒、杜老森、韩成正三家粮店。但一些二道贩子同时以低价买，掺假拌水，抬价又卖给日求升合的贫民。他们把葵秆插入拌水的米里，经过一个夜晚，米粒涨大，颜色变黄，在上面盖一层好米，买米人只看到上边的米粒，讲好价钱要买时，他们挖的却是下边拌了水的米。也有晚上他们在装满面粉的瓮里倒进几斤水，第二天只零售。更有了贩粜粮食的串子客，这些串子客既有本镇人和黑河白河两岸村寨人，也有来自平原的人，把粮食运来卖了，再买上山货土产返回去，或者是把别的地方的苞谷黄豆运来，换取这里的小麦和米，斤半苞谷换一斤米，二斤黄豆换一斤小麦。串子客都是赶着骡子或毛驴，一个骡子驮八九斗，一个毛驴驮六七斗，为了增加粮食数量，减少牲口负重，他们跟在牲口后边，肩上还背着三十斤上下的粮袋子。粮食集一热，井宗秀就成立了监察队，严厉打击低买高卖、囤积居奇，凡采取搭皮苫面、染色掺水行为，一经发现，收没粮食，捣毁摊位，游街示众。并实行斗捐：卖粮的人捐百分之六的税，买粮的人捐百分之三的税。

涡镇的人当然就很杂了，预备旅加紧防卫，为了炫耀涡镇的和平繁华，也是为了给外来人产生一种震慑，四面城墙上更新了黑旗，预备旅每日操练都要列队从中街经过，步伐一致，口号响亮，把王成进当年带来的那门山炮也拉出来架在了北城门楼上。山炮一直是存放在 130 庙的一间平房里，拉出来后，好多部位都生了锈，用油擦拭了一天，架到了北城门楼上，但只有三发炮弹。炮弹自己造不了也没地方可以买，井宗秀就找麻县长，希望麻县长和 6 军联系，能拨一批炮弹来。他给麻县长讲，银花镇一仗是他心中最大的痛，之所以阵亡那么多人，就是吃了阮天保他们有炮的亏。现在咱们也是有炮啊，一门炮能抵几十个上百个兵，可没有炮弹，那就是一堆废铁疙瘩。他说的时候，还扳着指头念叨着那五十一人的名姓，鼻涕眼泪一齐流下。麻县长也受了感动，应允着他尽快联系 6 军，也是因为 6 军正好传来指示，要预备旅筹备一批粮食，到时候，去送粮食了也最好能把炮弹弄回来。井宗秀明白预备旅的存在也就是要随时帮 6 军筹备粮草的，他不能违抗，只是问这次 6 军要筹备多少粮食，麻县长说一百担。井宗秀叫苦这二、三月里百姓都是吃了上顿少了下顿的，镇上粮食集虽繁荣，每日出入粮食也就四五十担，这到哪儿去挖抓?！两人挠头交耳了半天，最后说定，由麻县长给 6 军通融，涡镇筹粮六十担，6 军给拨二三十颗炮弹，二十天后双方一手交粮一手交炮弹。说妥后，井宗秀要离开了，麻县长突然说：井旅长，我还有个事要给你说的。井宗秀说：什么事就给我命令吧，百分之百地完成。麻县长说：前几天从老家来了个老乡叫璩水来的，他原先是泾阳县警察局长，人长得高大威武，又极其干练，曾经缉拿了平原游击队的一个副队长，但泾阳县保安队长却邀功得赏，两人从此不和，他就不在泾阳县干了，希望到我手下做事。在我手下能有什么事做呢？我想推荐到预备旅去。井宗秀说：那好么，好么。却问：他人来见你了？麻县长说：他来见了我，没有住就走了。他走的时候说，如果他能到预备旅，让我通知来镇上的泾阳县串子客，这些串子客常在粮食集东头的货栈里歇息，串子客就能寻到他。井宗秀说：噢。他既然来过，你就喊我过来也见见么。麻县长说：我想到要叫你来的，但又担心当面突然提说这事，你若不愿意，场面就尴尬了，他也是当过警察局长的人，脸上挂不住。井宗秀说：你能推荐那肯定是人才，我个人真是求之不得，但你也知道，预备旅还有杜鲁成、周一山，我得和他们碰碰头，过几天我给你回话，这样好不好？麻县长拿出一包糕点，说是串子客从老家给他带来的，送给了井宗秀，又让王喜儒送客。

井宗秀一到街上，就变了脸训斥王喜儒：平原上来人见麻县长，你怎么不告诉我？王喜儒说：就来过两个人，一个县长说是他早年的同学，一个是串子客，是县长的老乡。井宗秀说：你给我提上心，凡是生面孔的人来都得及时报告我！经过一户人家山墙外的猪圈，顺手把糕点扔了进去。

井宗秀回到城隍院，把给6军筹粮的事交给了杜鲁成，他就考虑着麻县长推荐人的事，主意不定，就去上厕所，但蹴在蹲坑了，又干肠得屙不下，周一山却进来了，给他笑了一下。井宗秀说：你笑啥的？周一山说：是你给我笑呀，我才回笑。有啥好事？井宗秀说：谁给你笑，我是努屎哩。周一山就蹴在旁边的蹲坑，扑里扑腾地拉个不停，说：我这胃不行，只要喝几口冷茶，保准就得上厕所。井宗秀说：咳，我能拉一次肚子就好了。周一山说：你常年咋都便秘？你要多吃韭菜，多喝水，再就是不要熬夜，压力太大也容易干肠。井宗秀说：我正要给你说个事的。就把麻县长推荐人的事说了一遍。周一山已经屙完了，但他还得蹴在蹲坑上，说：麻县长的推荐，来了就得给个副旅长吧？他当过警察局长，缉拿过平原游击队的副队长，又能和保安队长闹翻，那就绝不是个平地卧的人。一个阮天保就把咱折腾够了，如果……井宗秀说：麻县长来到涡镇后，先头还来预备旅了几次，后来就再不闻不问，这会儿突然能推荐个人来，是他不满意了预备旅，想安插人了慢慢控制预备旅吗？周一山说：要是拒绝，怎么拒绝呢？厕所外的粪池里咕咚响了一下，井宗秀说：谁偷听着？周一山往起站，双腿全麻了，他扒着厕所墙往外看，一只扑鸽刚刚从粪池沿飞去，说：是鸟把石子扑拉到粪池了。井宗秀说：他竟然能见了麻县长，还有串子客，这些咱都不掌握。周一山没有再蹴蹲坑，就站着，说：这都怪我了。是不是清理一下货栈？北城门口得严查那些从平原来的人。井宗秀说：先不要查，让麻县长知道了咱会被动的，县政府那儿有人暗中盯着就行了。周一山说：这我安排，你知道他现在是住在哪儿吗？井宗秀摇摇头，用力努起来，脸上的皱纹聚起来又像是在笑，但还是没能屙下来，就烦躁了，说：不屙了，跟我跑马去！他提了裤子站起来，蹲坑里咕涌着蛆，苍蝇又嗡嗡一团。

两人从厕所里出来牵了马，井宗秀骑上去，让周一山就坐在他的后边，双手搂着他的腰，一抖缰绳，便出了北城门口，风驰电掣地向虎山湾奔去。周一山是第一次在马上，紧张地喊：我要掉呀，我要掉呀！井宗秀说：掉不了。缰绳甩打着马头，马跑得更快，经过那两岔路口，问：去白河岸还是黑河岸？却自作主张往右一拐，马便斜着过去了。几乎快到十八碌碡桥头，他说：你胃不好，又不爱动，以后每日我带你来跑跑马，颠上一个时辰，胃口肯定就开了。但没有回音，回头一看，身后没有了周一山。

周一山掉下马后，亏得屁股落地，尾巴骨疼得站不起来，就坐在地上，看着河滩上一道尘烟腾起，如偌长的导火索在燃烧，心里倒骂道：你个井宗秀，我都落马了你还往前骑！扭头却见龙王庙旧址后的崖壁上黑乎乎一片，定睛看时，那石缝石槽石嘴子，以及那些从石缝石槽石嘴子长出的荆棘上全挂着蝙蝠，它们聚集得太多，几乎是一疙瘩一疙瘩的。周一山这才知道镇上的晚上那么多的蝙蝠在飞，原来都是从虎山崖这里去的，但蝙蝠应该白天里在山洞呀，怎么却都吊挂在崖壁上？那蝙蝠突然骚动起来，先是上边的几只飞起，下边的左边右边的陆续飞起，十只百只，成千上万只，发出咿吱咿吱叫声，像扯着一面黑布去了崖头的树林，一层粪屎就落在他的头上，而同时他听那咿吱咿吱的叫声，似乎是：呀水呀水呀发水呀！

井宗秀策马已经过来，他有些不好意思，把周一山往起扶，周一山却说：你知道麻县长要给咱塞的人姓什么吗？井宗秀说：好像是姓璩。周一山说：名字呢？井宗秀说：叫水来还是来水，记不清了。周一山说：此人千万不能要，不但要拒绝，而且想办法得灭了。井宗秀说：咋突然有这想法？周一山就说了刚才听到蝙蝠的叫声。井宗秀说：真的？周一山说：你可以不信我，把我从马上颠下来，但你得信那些蝙蝠。井宗秀说：我哪不信你，哪就故意要把你从马上颠下去，哈你不掉下去哪又会听到蝙蝠叫！

下定了决心，但井宗秀并没有给麻县长回话，他不惧怕拒绝姓璩的了，瞅见麻县长那张不高兴的脸，而担心的是麻县长不再联系炮弹的事，所以就拖着。当王喜儒和白仁华再来报告情况，他就让他们从预备旅的灶上带半扇生猪肉回县政府，叮咛着麻县长爱吃肥肉，又爱喝醪糟，每天必须保障一顿醪糟坯做的白条子甜肉。

二十天后，预备旅筹集了六十担粮食用船送去龙马关码头，6军把三十颗炮弹也运到那里，双方交接后，炮弹又搭船回来。井宗秀、周一山带人在南城门外接船，麻县长也来了，仅仅不到一个月，麻县长明显地胖了，肚子挺起来，也有了双下巴。麻县长笑眯眯地对井宗秀说：这6军待咱们不薄呀，我给提出要二三十颗炮弹的，心里想着能给十五颗就不错了，没想竟给了三十颗！井宗秀说：好哇好哇，有这炮弹了就更能保卫涡镇、保卫县政府了啊！麻县长，你气色好啊！麻县长说：是不是又有些胖了？我觉得是胖了，现在粮食正缺着，你倒给那么多米面、那么多的肉啊！井宗秀说：再穷也不能穷了县长啊，只要你爱吃，涡镇还供不起你吃的肉吗?!王喜儒有做白条子甜肉的本事，我以前倒不知道的，他做的合你口味？麻县长说：好吃好吃，这是我吃过最好的肉呀，吃得再胖下去，我就上山考察不成了。井宗秀说：跑不动了就写书么，你不是要写一本书吗？井宗秀打着哈哈说写书能千古留名，将来秦岭人会给你修个庙哩，就是只字不提姓璩的事。

有了炮弹，就要试着先放一炮，在北城门外的河滩上扎了个稻草人，穿上衣服，戴了帽子，衣服上贴了白纸写上阮天保的名字，那个姓程的炮手装了炮弹，瞄准了，让井宗秀亲自发射，炮弹飞出去把稻草人炸了个粉碎。

到了清明，预备旅再次纳粮缴款，陈来祥派出了四个小分队。去东南乡的小分队四个人，正是被关过禁闭的那四个光棍，他们在东南乡的祁家庄、柳条沟村、崖砭村、五峰坪的五天里，并没收下多少粮食和税款，这天在崖砭村一富户家收纳了两担麦子，晚上却听说这富户上个月给他爹过八十大寿，凡是前去恭贺的有头有脸的人都是先招待吸一锅烟土的，便想着既然家里有烟土招待人那只缴了两担麦子是太少了，四人便连夜又去富户家要求拿一千个大洋出来。没料一进那富户家，院门一关，倒被下了枪，五花大绑地丢在地上。绑他们的也是四个人，为首的长着一对牛铃眼，留个八字胡。那人拿着一支短枪在他们脑门上敲，敲到谁，谁就裤裆湿了，说：拉稀啦？四个人绑四个人就像绑鸡娃子，你们也不会反抗啊？这就是预备旅的人?！他井宗秀请我去主事，老子不去了，那么个弹丸小镇，浅水池子就养你们这样的王八！我在秦岭里起杆子，你们就来祭旗吧。他们以为遇上了逛山刀客或是红军，嘴里一会儿逛山爷刀客爷一会儿红军爷地叫着饶命。那人嘎嘎嘎嘎地笑，说他不是逛山刀客也不是红军，他是独立自卫队的。他们没听说过独立自卫队，问独立自卫队是哪里的爷，富户就告诉他，这爷姓璩，是从平原上来的璩司令。他们就给璩司令磕头，说璩司令要起杆子，他们就护杆子，然后开始骂预备旅，骂井宗秀，说他们在涡镇吃不饱穿不暖，受人打骂，长这么大了连个女人的 × 都没见过。璩司令说：狗日的吃谁的饭砸谁的锅，我要放你们回去，是不是又骂独立自卫队，领了预备旅来打我了?！他们说：我们不回去。璩司令说：回去！

他们说：不回去。璩司令说：我叫你们回去！他们说：你能叫我们回去？璩司令说：回去把井宗秀的头提来！他们傻了眼，说：我们近不了他的身呀，他身边有夜线子、巩百林，都是指哪儿打哪儿呀。璩司令说：我知道你们提不了井宗秀的头，涡镇不是还有一门山炮吗，炸了山炮总能行吧。他们说：这可以试试。璩司令说：不是试试，一定要炸毁！当下解了绳索，安排吃饭喝酒，吸了烟土，住在富户家的牛棚里，不知从哪儿还弄来了个痴傻女的，四个人整整折腾了一夜。第二日，他们还是雇人拉着收缴来的粮食要返回涡镇，璩司令说：如果炸毁了山炮，你们就立了功，我给你们都做营长，吃香的喝辣的，想 × 谁就 × 谁。可话说清，如果回去变卦了，我不动手，也会有办法让井宗秀剁了你们！

这四个人回到涡镇，上北城门楼查看了山炮位置，于一个晚上请老魏头喝酒，老魏头喝醉了，他们偷偷把一个炸药包塞在山炮下，点着了导火索就往楼下跑，跑下楼了，炸药包却没有响，就怀疑是不是炸药潮了，或是导火索没点着。让点导火索的再去点，那人说我上去了被人发现而你们跑了，那不全是我的事？要去点，咱都去点。四个人就一块儿上去，发现导火索是燃了三分之二灭了的，割掉燃过的那导火索，重新点，可人还没离开，炸药包就炸了。

这天晌午，巩百林去虎山崖查看情况时，打了三只飞鼠，晚上提回城隍院的灶上，伙夫却不会做，井宗秀和巩百林又提到张记饭店。张记饭店拿手的菜是酸菜小鱼和血豆腐，小鱼是从黑河里捞的，两三寸长，烘晒半天，油炸了，配着酸菜和辣椒炖的，血豆腐是在豆浆里加上猪血和茴香压制成的。做飞鼠也有办法，就是将飞鼠肉切成块了，用淘米水泡过，再拌上黄米酒揉搓，然后加花椒粉、细辛末、盐、辣面和苞谷糁一块儿上笼蒸。飞鼠肉还在蒸着，井宗秀就让蚯蚓去把杜鲁成、周一山也叫来吃喝。周一山到了，杜鲁成却迟迟未来，巩百林就说起他在虎山崖看到后山的箭竹、龙头竹都开花了，这是他从没见过的，场景十分壮观。井宗秀说这坏事了，竹子开花预兆着竹子要枯死了，他小时候看见过竹子开花，前些年纸坊沟有竹子开花，怎么现在又是虎山崖的后山竹子开花？门外有了杜鲁成的声音，他又是骂骂咧咧地走来的，先骂谁家把泔水泼在街面上，又骂谁家猪不关在圈里，就拿脚踢游猪，游猪吱哇乱叫，好像蚯蚓嘟囔了他一句什么，他就再骂蚯蚓。周一山说：鲁成以前性子多好的，咋脾气越来越坏了？没想蚯蚓又顶了一句：你不骂人就不会说话了？杜鲁成再说：你说啥，你这话敢给旅长说还是敢给主任说？你这碎 × 也会见碟下菜了！我不能骂你了？我就把你骂了！巩百林说：主任，这话是不是让你听的？周一山只是笑着。杜鲁成进了店，还在大声说：张掌柜，你狗日的把飞鼠肉做好，有啥好酒就往出拿啊！看到柜台下一笼子洗好的红萝卜，弯腰拿一根红萝卜要吃，突然一声巨响，天摇地动，杜鲁成一个趔趄跌在地上，忙喊：咋啦，哪儿炸啦？房间里的井宗秀、周一山、巩百林也都跑出店，便见北城门那儿烟火冲天，以为有人来攻打镇子，撒脚都往中街北头跑，街上就乱成一锅粥了。

井宗秀他们才跑到 130 庙前的牌楼下，夜线子已经从城门楼下来，报告说：没有什么人攻镇，是楼上的山炮炸了。井宗秀说：山炮炸了？怎么会自己炸？夜线子说：狗日的有人搞破坏。他急促地吹哨子，命令立即封锁城门洞，不许任何人出镇，部队分散开到每条巷每户人家查陌生人，凡是可疑的都抓起来。井宗秀、杜鲁成、周一山、巩百林上了城门楼，楼顶塌了一半，一些木头还在燃烧，那门山炮虽没炸碎，但已彻底变形，而旁边躺着四个兵，三个都死了，不是有头没了身子，就是有身子没了头，还有一个活着，两条腿全断了，人昏迷着，嘴里往外冒血泡。毫无疑问，炸山炮的就是这四个人，井宗秀拿脚踢那个活着的，认得是三猫，猛地想起他关过三猫禁闭，骂了声：你 × 你娘的报复！着人把三猫拉到城门口老魏头的屋里审问。没想老魏头从醉酒中刚刚惊醒，知道自己失了职，就去扇三猫脸，三猫竟被扇醒了，杜鲁成却一把采住老魏头，甩出了屋去。

查明了事实真相，井宗秀怒不可遏，把三猫头发用绳系起来吊在屋梁上了，他就亲自要带夜线子、巩百林、陆林等二百人去崖砭村灭璩水来。陆林说：你不用去，我给你把人抓回来。井宗秀说：我要去，把麻县长叫上一块儿去！真的就叫上了麻县长。麻县长胖得走不动，井宗秀骑了一匹马，另一匹马让麻县长坐，麻县长坐不上去，就用两条碾杆，中间以葛条编个网，也不铺被子，抬了走。临走，三猫痛得喊叫，井宗秀对陈来祥交代：给他 × 他娘的腿上撒盐和辣椒面！但不让他死，等着我回来！陈来祥就在三猫腿上撒盐和辣椒面，三猫喊叫声更大，陈来祥顺手拿了个木柴片子塞在三猫嘴里，说：是不是疼？咬住木柴片子！

天露明赶到崖砭村，二百人围住那富户家的屋院，堵了院门和屋后窗子，二话不说，院墙头上几十条枪一齐开火。璩水来一共四人睡在东厢房里，惊醒了衣服顾不及穿就趴在厢房门后回击，但厢房门扇很快被打成马蜂窝，接着四分五裂。屋里就喊：不打了，不打了，我们认识麻县长！井宗秀给麻县长说：让他们往出走。麻县长早软成了一扑沓，从葛条网兜里爬不出来，说：这得我喊？井宗秀说：你不是推荐他吗，他听你的。麻县长喊：璩水来吗？是璩水来吗？如果真的是璩水来你出来给井旅长把事情说清楚！厢房里就走出来一个，又走出来一个，一共走出了四人，都是光身子，一丝不挂。井宗秀说：还有？打头的那个说：没了。井宗秀突然叫道：打！几十颗子弹就一股脑儿打过去，四个光身子就一堆白肉，肉全飞溅，成了一摊一摊血疙瘩块。几十人随即冲进院子，进每一个房间拿枪就打，在上房的正厅间打死了一个老汉，在西边小房间的炕上打死了一男一女和两个孩子，又在东边房间的炕洞口打死了一个老婆子。井宗秀在尸体里找璩水来，院子里的那一摊一摊的血肉疙瘩块里认不出个人形，问麻县长：姓璩的是什么样？麻县长呕吐不已，不敢到跟前来，说：还有头吗？他留着八字胡。是还有四个头，两个已成了半个葫芦瓢状，两个还算完整，但不是没鼻子，就是脸皮掉了下来，果然一个鼻子以上血肉模糊，嘴还在，嘴唇上有个八字胡，骂道：就你这熊样子，还谋算预备旅！

队伍撤离时，把所有房间里的尸体都拉出来，和院子里那些烂肉疙瘩放在一起，就捆了七颗手榴弹埋在其中引爆，尸体全成了碎块抛在空中，再像雨一样落在卧倒在院外士兵的身上，有一颗眼珠子就在井宗秀的脚前，他踩了一下，想听听响声，但没有响声。

※　　※　　※

灭了璩水来，从崖砭村回来，井宗秀去找陈皮匠。陈皮匠刚熟过一张獾皮，在收拾着刮凳、刮刀、钻子、锥钉，猛地见井宗秀，吃了一惊，说：你胖了？井宗秀说：咋能胖了，是瘦了吧。陈皮匠再看，腮帮子、眼皮子都鼓鼓的，好像是肿着，两只眼睛也没了往日的细长，光是比以前亮，但有些瘆人，说：哦，好像是虚肿，没睡好吧。井宗秀却问皮货作业都要哪些工序，陈皮匠介绍那得先收皮子，买缸，抠皮子，开刮，脱灰，清洗，漂白，熏皮子，冻皮子，刮冻皮，晾冻皮，割皮子，片皮子，裁剪，定型，然后才是做什么物件。井宗秀说：要做一面鼓呢？陈皮匠说：那得先剥张好皮子呀。井宗秀说：怎样能剥一张好皮子？陈皮匠说：那是杀了牛趁热用捅条在皮内层捅上几个道儿，然后用气管充气，充得整个牛都胀起来，好剥，剥下的牛皮厚实又匀称。井宗秀说：好，明日中午趁没死，你去剥了。陈皮匠说：牛在哪儿？井宗秀说：不是牛，是炸咱山炮的那个三猫。陈皮匠笑了一下，说：剥人，你是给我说笑话？井宗秀说：我没给你说笑话，你把工具准备好，明日晌午就在照壁前剥。陈皮匠看着井宗秀，井宗秀的脸真的虚胖着，没有了秀气，也不白净，发黑，像烟熏了一样。

皮匠铺以收皮子为主，当然也剥些交售来的野物和牲畜，可陈皮匠从来没有剥过人皮，也从来没听说过剥人皮。井宗秀一走，他吓得手脚发软，将这事说给老伴，老伴说：他井宗秀是说气话哩，还是笑笑说的？陈皮匠说：笑笑说的。老伴说：坏了！你这几日离开镇子，到深山收皮子去。陈皮匠说：那不行，跑七天八天可以，能永不见他？老伴说：这咋办？你开个皮货店，我做梦是那么多的野物和牲畜都来家里咬，这再剥了人皮，那让鬼上门啊?! 陈皮匠琢磨井宗秀要剥了三猫皮是气狠了，得有人劝劝，他气一消，或许就不会剥了，他让儿子去劝，让儿子找找杜鲁成、周一山去劝，没想陈来祥却说：他三猫活该！还不许爹去找杜鲁成和周一山：旅长定下的事，找他们也不起作用。陈皮匠说：那没人管住他了？陈来祥说：看茶总领的话能不能听。陈皮匠说：他听杨钟媳妇的?!

陈皮匠不愿意找陆菊人，井宗秀当旅长哩，怎么就能听一个寡妇的话，磨蹭了半天，没办法，还是去了茶行。陆菊人在茶行已经听说了要剥三猫皮蒙鼓的事，她不肯相信，陈皮匠来说了情况，让她去劝说井宗秀，陆菊人吃了一惊，却很快不满了陈皮匠为这事来找她。她说：陈伯咋想着让我去劝说预备旅的事。陈皮匠说：听人说井宗秀现在就听你的。陆菊人说：这是谁说的？是不是我是寡妇了，是是非非就往我门前堆？井宗秀是何等人，他能听我的？是欺负寡妇哩还是要给井宗秀脸上抹黑？陈皮匠说：你别生气，我也这想法，井宗秀如果听一个女人的主意那他怎么能干大事！陆菊人看着陈皮匠，她更不爱听这种话。陈皮匠说：可我再一想，他不是让你给他做茶总领吗？陆菊人说：陈伯，井宗秀和杨钟、来祥自小一块儿耍大的，杨钟一死，他或许是瞧着我和剩剩可怜，才让我去茶行干个事混口的。你家来祥不是也在他手下吗，这事你不要来找我！陈皮匠落了个没趣，灰沓沓地走了。

陈皮匠一走，陆菊人在茶行闷坐了半天，她倒没再生陈皮匠的气，想着井宗秀真的要剥三猫了，那三猫犯了死罪，那就枪打了、砍头了，尸体挂在树上示众都可以，怎么就要活剥人皮呢？即便活剥人皮能解恨，能镇住那些当兵的和镇上人，可从此也落个残忍的名声。狮子和狼都是吃人的，但人并不嫌狮子却嫌狼，狼残忍啊。她便怨恨起杜鲁成、周一山，井宗秀是气攻心，晕了头，身边人怎么就不说一句清醒话呢？她就起身去找井宗秀。走到街上了，突然为自己的角色好笑，怎么一有事就要去给井宗秀说呢，我就是给井宗秀递话的角色?!却又想，陈皮匠能让我去给井宗秀说话，肯定好多人都认为井宗秀会听我的，我这再去，别人又该嚼什么舌头呢？陆菊人又返回了茶行。花生这时从街上也到了茶行，说：姐，你脸色不好，是病了还是来了身子？陆菊人说：没病也没来身子，女人么，你不是三两天看着气色好，三两天气色又不好了？你去把账簿看一看，桑木分店批发的货是多少？花生就去了后边屋里翻账簿。陆菊人坐在天井下的花坛沿，指甲花上爬着一只蚂蚁，用手弹了弹，再想着嚼舌头就嚼舌头只要能对他好。他现在是旅长了，别人是他的部下，劝说他了只会发脾气，我去提醒他，或许他能冷静了听得进去。陆菊人就朝后屋喊：花生，花生。花生出来，陆菊人说：你跟我出去一下。花生说：刚才脸那么冷，这会儿咋话又软和了。陆菊人说：你去还是不去？花生说：去，去。

两人就出了门。走到街上，花生问是不是要买块布料，还是要请她吃糍粑呢吃荷包蛋醪糟，陆菊人没有言语，却站住了，想，去见了井宗秀该怎么说呢，上次为了阮氏族人的事他可是当场给了个难堪哩。花生说：姐呀，一说让你请客，你就不吭声了！从五道巷口出来了三个兵，又匆匆经过中街，进了斜对面的四道巷。陆菊人说：那三个人里是不是有周主任？花生说：是周主任，咋瘦得腰都弓了。陆菊人说：咱在巷口等他。

四道巷是条死巷子，巷子里有屠宰坊，果然不一会儿，周一山就出来，身后两个兵抬着一扇猪肉。陆菊人就迎上去，说：这肉好肥呀，听说又打了胜仗，摆庆功席呀？周一山说：这是要伺候麻县长的，他好这一口。你们咋在这儿站着？陆菊人说：在这儿等你哩。周一山说：这话是假的，但我会当真话听的。是不是要我给井旅长捎什么话？陆菊人说：你真是个人精，啥事都瞒不了你！我是想找井旅长，但又觉得不妥，要给你说说。周一山说：是剥皮蒙鼓的事吧？这事现在传得风声很大，你肯定有想法，要劝说井旅长你是可以的，而你又觉得了不妥，这是对的。陆菊人说：那是为啥？周一山说：军队上的事就是杀人么，井宗秀是一旅之长，他若朝令夕改，那还带什么兵！上次阮氏族人的事你找了麻县长，恐怕也只有那么一次。陆菊人说：这事你也知道？周一山说：嘿嘿，你是心慈么。陆菊人说：带兵的事我是不懂，可不能让他落个恶名啊！周一山说：他是魔鬼吗？他坐的椅子不一样，面对的题目不一样啊！对叛徒内奸不狠，今天有了三猫，明天还可能有四猫五猫的！所以我不给你捎这个话。陆菊人不吭声了。周一山却笑了笑，说句：花生越来越漂亮了！就带人去了县政府。

陆菊人还站在巷口，花生说：原来说这事！陆菊人没有说话，花生又说：这些男人咋越来越变了！陆菊人还是没有说话。花生说：姐，姐！陆菊人说：我在你面前站着的，你叫得这高！花生说：我以为你发呆哩。陆菊人笑了一下，说：我没了主意么。花生说：我估摸这主意就是周一山给他出的，即便不是周一山出的，他们也都是顺着他的话说话，咱还是直接找他，只有你才给他说真话。陆菊人叹了一口气，说：凭咱俩现在还能说动他吗？算了，或许是咱做女人的真不懂了这些男人。

这个晌午，陆菊人和花生没了心思料理茶行，干脆就去了130庙，她们只能去130庙，管不了，不管了，那就给地藏菩萨上上香，跟着宽展师父学吹尺八吧。可是，跪在地藏菩萨像前了，她给菩萨唠叨着：把三猫剥皮就剥皮吧，三猫罪有应得，下一世托生个好人，即便做不成人了，便托生个树，多长叶子，多生阴凉，或者变一个石头，去垒墙，去做磨盘，就是做一个墩子让人坐着也好。而剥了三猫的皮，不要影响到井宗秀的声誉，他是有情有义，是有德行的，只是他要带兵，必须拿命夺命，用人头换人头，环境逼着他才这么干的，老皂角树不是也都长着像矛戈一样的刺吗？

剥皮在按计划进行着，预备旅的全体官兵，还有很多的涡镇人，都集合在了130庙前的牌楼下，昏迷的三猫被拉来固定在一个木架子上，执行剥皮的也是陈皮匠。陈皮匠并没有拿了捅条在三猫的脖子处往下捅也没用气管充气，从怀里掏出个酒壶要往三猫的嘴里灌，但嘴里有一块木柴片咬得死死的，取不出来，硬拽了出来，右嘴角就撕裂到腮帮上，三猫是睁开眼，更醒过来了。陈皮匠把酒往三猫的嘴里灌，说：你喝上，把你喝醉。涡镇上只有我会剥皮，你做鬼了别寻我！就用刀在三猫的脑门上割了个十字，三猫一直在叫喊，场子上的人也在龇咧着牙、倒吸着凉气地呀呀地叫。等皮剥到胯部，三猫是再不叫喊了，后来场子上的人也不再叫了，差不多都在呕吐，妇女们有些晕在地上，被抬出去了五个，又被抬出去了七个。完事后，陈皮匠手软得握不住刀，刀掉在地上，腿也立不起，还是陈来祥背了爹回去的。

七天后，一面人皮鼓就挂在十字街口的老皂角树上。老皂角树上从此不见任何鸟落过，也没有了蝴蝶，也没有了蝙蝠，偶尔还在掉皂荚，掉下来就掉下来，人用脚踢到一边去。人皮鼓挂得高，谁都不曾敲过，但每当起了风雨，便有了噗噗的声音，似乎鼓在自鸣。

也就是从那时起，井宗秀正式将他家的屋院作为旅部，他搬过去住了，照例要一早一晚巡逻外，还有了预备旅深夜巡逻的列队，他们三班轮换，每个列队十二人。井宗秀的巡逻已经不再是一匹马了，还有另一匹马，两匹马一早一晚交替着。他高高坐在马上，全身武装，腰里别着两把手枪，裹腿上还插了一把匕首。但他的身体明显发生了变化，嘴角下垂，鼻根有了皱纹，脸不再那么白净，似乎还长了许多。

有了列队的巡逻，预备旅就收了警锣，不再需要老魏头了，但老魏头睡不着，夜里总要出来到街巷转一转。这一次刚走到三岔巷口，迎面过来个人，一看是三猫，知道遭遇鬼了，就和鬼打起来。正打着，井宗秀骑马过来，看到老魏头又蹦又跳、挥拳踢脚的，喊了一声：干啥哩？老魏头一下子坐在地上，衣衫不整，头发纷乱，气喘吁吁，说：我和鬼打了一架！井宗秀说：我怎么没见到鬼？老魏头说：你是旅长，杀气重，鬼哪里敢近你，我手里没警锣了，鬼才寻的。他要求能把警锣再给他，他继续巡夜。井宗秀同意了，老魏头重操了旧业。往后的日子里，老魏头是看到了更多的鬼，但他一敲警锣，鬼都离他远远的，他就在白天里要给人讲许多鬼的故事。

老魏头讲他鬼的故事，夜里人们都不敢出门，街巷里就空荡了，尤其马蹄响过去，深夜里又经过巡逻列队的节奏一致的脚步，没有了醉汉，没有了谁家窗户口传出的麻将声，连一只游狗都没有。各家商铺、饭店、客栈早已打烊关门，有的檐下偶尔还亮着一盏两盏灯笼，昏暗不清。城墙上的旗子在摇，蝙蝠飞来飞去，旗子把夜越摇越黑，蝙蝠又反复地要用翅膀把夜分割成碎片。只有黑河白河的水还在流动，流动着的声音却像是打鼾，时不时夹杂猫头鹰的叫，还有狼嚎。这样的鼾声持续了一夜，当镇人还没有醒，马蹄声便又嘚嘚响过，紧接着兵营里的号角在吹，有了鸡鸣，有了狗咬，人们这才陆续起来，打开门第一眼看到街巷白花花的，马蹄声好像才过去，仍残留着一丝铜的音响，再抬头看到密密麻麻的蝙蝠从南向北飞，如揭开了黑布，天上有了鱼肚子一样颜色，就急忙查看门环上是否挂有马鞭。

从来没有公告过，但却渐渐成了一种规则，井宗秀在黎明前的巡逻，总会把马鞭挂在了谁家的门环上。起先，井宗秀是让一户人家第二天去兵营里干活儿，为了不至于遗忘，他将马鞭挂在了那家门环上，后来能去兵营里干活儿似乎成了一种信任和荣耀，不少人给井宗秀要求过：我也要去干活儿，给我家门上挂马鞭吧。这马鞭就这样挂起来。马鞭天天都挂，天天都有镇人去兵营里垒墙呀，修路呀，收拾靶场呀。兵营里自然没有那么多的活儿要干了，他们就去井宗秀的屋院，帮忙烧水做饭，清理垃圾。而干这些杂琐事务，男的也行，女的也行，以至于后来，凡是发现门环上挂了马鞭，去干活儿的倒都成了女的。再后来，去的倒是些年轻女的，她们全要洗得干干净净，换上新衣，梳妆打扮一番了，花枝招展着才出门。

日子就这么积累着，一月一月过去，士兵们都在认真地操练，店铺的生意也都兴隆，井宗秀早晚骑在马上经过了，所有人都停下来问候，笑着，或者就远远地躲开，等他离去，又久久地注目而望。

不知不觉间，麻县长又胖了一圈，肚子鼓起一堆，走路开始摇晃。璩水来死后，他很少见到井宗秀，也很少进山察看草木动物，只是在街巷转悠一下，然后就整晌整晌的在安仁堂，他已经和那些挖药人熟悉，他们来交售药草时会特意给他带许多连涡镇人也少见的草木。这日在书房里，他记录着刺柄南星、肺筋草、油关草、射干、蛇菰、蝇子草、血水草、耧斗、茴麻、龙葵、菊苣、鹿蹄草、吉祥草、山牛蒡、结香、文冠果、佛甲草、狼尾花、云实、铺地枸子，并一一注明了这些草木的形状特征，花果期和生长的环境，就脖颈酸痛，眼睛干涩，喊白仁华来给他按摩。白仁华说：县长你又弄那些草木了？他说：嗯。白仁华说：你咋老弄那些草木？他说：嗯。却说：你觉得我不是好县长吗？白仁华吓得不敢说。他又说：我是不是有才华？白仁华不知道该怎么回答，他笑起来，说：我是一身的才华，应该有所担当的，可我就弄这些草木啊！白仁华就给他按摩，两人再没说话。按摩完了，他突然问：井旅长还一早一晚在巡逻吗？白仁华说：是一早一晚都巡逻的，雷打不动。他说：听说，我是听说井旅长在谁家门上挂马鞭了，这家就把年轻女人送他那儿？白仁华说：啊，啊我不知道呀，不可能有这事吧。他说：我也想着不可能。白仁华把麻县长的话说给了王喜儒，王喜儒叮咛白仁华这话不要信不要传播，全当什么都没听到。他去给井宗秀报告麻县长的情况时，也没报告麻县长所说的话。

麻县长的话是没有传播出来，这事却悄悄在镇上议论着，如人群里一个人打了哈欠，陆续就有人张嘴打起哈欠。而且当一个人给另一个人咬耳朵说了这样那样，还在警告：我只是给你说呀，千万不要给别人说。都这么警告着不要对别人说，却都说给了别人。

又是一年的八月，白起几次提出把杨记寿材铺转让给他经营，陆菊人没有同意，铺门就还锁着，而且门楣上都有了蜘蛛网。等到杨家门前的桂树一开花，方瑞义从平原上回来了。方瑞义交给了陆菊人一份黑茶制作的工序单，陆菊人看了，上面写着：一、收茶。每当秋季，采购毛尖茶，压榨打包。二、开包剁茶。茶包打开后，用大刀剁为小块。这是头等出力活儿。三、打吊。用秤称剁过的茶，每秤五斤。四、端苛郎。每斤茶二斤水做成湿茶，用小畚箕送至炒茶的锅内。五、畅锅，即炒茶。六、捶茶。用长一尺二宽八寸厚一寸的多层纸糊成小茶封，夹在地面修好的木制小槽内，用三尺长的锤子往封内捶。锤子上安手提把，下端为厚一寸长二尺五的铁制锤头，锤子把上套三十斤重的铁箍子。旁边坐一人叫扶帮子，注视茶叶出进，另有一人专门端送茶叶。捶茶是仅次于剁茶的重活儿，又是技术活儿。七、封茶。茶封捶成，由专人检验，逐个验收、盖印，盖印后要锥眼透风。八、晾晒。晾晒是彻底放完茶封内的水分，但只能阴干不能日晒，时间为夏季一月，冬季两月。九、堆垛。茶封晾至七八成干后，全部收集垛放，使其自行发花。封皮纸包上发出黄点，称作茶子花。出现花以后，打开垛堆分放，再晾一至两月，茶封发出芬芳香味，即可打包发售。陆菊人说：这些你都掌握了？方瑞义说：掌握了。陆菊人又问：人家那里茶作坊是怎么盖的，你又能全部记得？方瑞义说：记得。陆菊人很高兴，当即赏了二十个大洋，还送了一个她新做的桂花香包，委任为掌柜，负责盖作坊、制家当，可以在茶行里挑选所用之人。方瑞义便夜以继日地忙活起来。

九月初九，天高气爽，陆菊人去茶作坊工地看了，又拿了方瑞义画好的茶锤的图纸去铁匠铺要求打造。铁匠铺里有几个人在说话，其中巩百林的侄儿光着膀子，陆菊人说：去把衣服穿好！那小伙说：在你面前我是娃哩，不穿了。陆菊人说：还娃哩，嘴唇上都长毛了还是娃？穿去！那小伙就把衣服穿了，而别的人起身要走。陆菊人说：刚才说得那么热闹的，咋就走呀，说你们话，让我也听着。那小伙说：婶子，婶子，井旅长在没在你家门上挂过鞭子？陆菊人说：啥事？其余人却给那小伙丢眼色、发狠声，说：你不说话怕别人认你是哑巴呀！陆菊人说：啥事不肯给我说？越不想让我知道，我偏要知道的。谁都不要走，挂什么鞭子？那些人便又坐下来，才讲了井旅长每天挂马鞭的事，陆菊人顿时心慌了，伸手去桌子拿茶碗要喝，茶水洒出了一滴在桌面上，说：有这事了？我咋没有听说过。年纪稍大的一个就说：这事预备旅的兵知道，镇上的老百姓知道，只是你和花生不知道。其实呀，这有啥的，井宗秀是长官了，预备旅是他的，涡镇也是他的，啥都是他的，他和谁在街上能拉个话是谁的脸面，谁能到他屋院去是谁的福分。陆菊人说：听你说，这事就是铁板上钉了钉，实打实啦?！那人说:我也听人说的。陆菊人说：这种事没根没据的都不可信，也不要传，井宗秀的声誉不好了，咱涡镇还有啥好声誉。那人说：是呀是呀，我也怀疑这是有人要坏井旅长的事哩。这和三猫一样，应该查出来剥皮蒙鼓的！说完，他倒起身走了，他一走，其余人也都走了。

从铁匠铺回来，陆菊人心里像长了草，闷坐了半天，决定得去找井宗秀，一定得去，但她不愿意到城隍院，也不愿意到旅部，而是第二天一早在街上等蚯蚓，让蚯蚓去告诉井宗秀，纸坊沟来人说发现他爹坟上有了个老鼠洞，下雨水钻了进去，让他得去坟上看看。然后她自己先去了纸坊沟。果然，陆菊人在井宗秀爹的坟头上坐了一个时辰后，井宗秀骑马就到了沟畔，他下了马，让蚯蚓看着，自个儿急匆匆到了坟上，说：你也来了？哪里有老鼠洞了？陆菊人说：没有老鼠洞，我哄你的。井宗秀说：哄我？陆菊人说：我不哄你，也见不上你么。井宗秀就坐下来，说：我是忙，也没去茶行，也没问候你了。有啥事吗，要我爹也听着？陆菊人说：井伯听着也好。上次剥三猫皮，我是要找你的，周一山挡了我，那事过去了就不说了。可现在镇上人私下嚼舌根，说你看上谁家女人了，不论媳妇还是姑娘，就在人家门环上挂马鞭，挂了马鞭，就得去伺候你。我想这都不会是真的，可假话说得多了，别人就当了真的。井宗秀说：这是真的。陆菊人说：真的？井宗秀说：是到我那儿有媳妇也有姑娘的，但我这话只给你说，我没有对她们做啥事。陆菊人说：你是个男人你能没做啥事吗，没做啥事你让她们到你那儿，是我能信呢还是井伯能信？说着自己就哭起来。陆菊人一哭，井宗秀怎么劝也劝不住，从怀里取了围巾要给她擦眼泪，陆菊人瞧着那围巾还是她的那截褐布，突然一把夺过来就撕。井宗秀拦挡不及，围巾已被撕成了三绺，恨恨地扔在地上。井宗秀把那三绺褐布拾起来揣在了怀里，就趴在坟头上说：爹，爹，我说的是真的，我说的是真的！陆菊人是不哭了，说：你现在是旅长，是长官，说一不二，你想怎么来就怎么来。可这么下去，涡镇人能长久地拥戴你吗？五雷当年是多凶的，阮天保又是多横，你不是把他们都弄下去了？你要斩草除根阮氏族人，你要剥三猫皮，这些或许你有你的道理，但把那么多的女人召到屋院，你以为人家都心甘情愿吗，你这样做公平吗，想没想到还会有李宗秀张宗秀来弄了你井宗秀?! 井宗秀说：我是有犯糊涂的时候，也有做错的事，但乱世里没有什么公平不公平，我清楚我该要什么。你也想想，你只盼望我就当个旅长吗，只盼望我就在涡镇里闹腾着成事吗？陆菊人说：你别说我，我在你眼里算个啥，有几斤几两？井宗秀说：不仅是眼里，在我心里你是啥样的位置，你应该知道。是你给了我一把木锨，有了风才扬扬的，你指望这风更大吧，指望我扬更大的麦堆吧？陆菊人拿眼睛就看着坟头，说：我是个寡妇，我知道这贱命，可你爹睡在这里，你不能辜负了你爹和你爹睡的这个地方，你又精明能干，你也不要辜负了你自己。那你再给我说，你没有那事？井宗秀说：没有那事。陆菊人说：那你就答应我一件事。井宗秀说：你说，你说啥我都答应。陆菊人说：这一个月里，我就把花生嫁给你，她真是个好女子，也该到嫁你的时候了。你们成了家，那些闲言碎语也就止住了。你同意吗？井宗秀说：啊呀！陆菊人说：啊呀啥的？井宗秀说：我娘为啥我一直没让回来？现在局势不稳，要防外要防内，我整天都忙乱着。陆菊人说：她嫁了去好照顾你，也能把你娘接回来伺候着。这事就这么定了，你先走吧，我再到村后的玄女庙里烧烧香。

看着井宗秀一步一步下坡去了，陆菊人闭着眼睛长长地出了一口气，而一颗泪又同时掉下来。她说：你掉的啥眼泪！睁开眼了，就在坟堆上，突然站着一只朱鹮。她以前见过的朱鹮都是全身雪白，但这只朱鹮背是白的，而腋下及两翼颜色逐渐渲染，就成了粉红色，头枕部的那根羽毛那么长，样子呈矛状，就使得整个羽冠隆大又漂亮。陆菊人静静地看着，怕弄出声响惊动了朱鹮，朱鹮却在啄坟堆上长出的那株独角莲，独角莲结了籽，籽还嫩着。人传说着凤凰高贵，是只吃竹实，朱鹮稀珍，它也只是吃独角莲的籽吗？陆菊人慢慢地站起来，往村后的玄女庙走去。今年以来虎山上的竹林一片一片地死去了，而玄女庙后的山梁上竹林正堆起云，越堆越高，越堆越高，无法看到竹林是绿着还是也黄了。猛然间那云堆竟顺着梁畔往沟里倾泻，如瀑布一样，陆菊人似乎听到了巨大的轰鸣，回过头来，沟道里，那玄女庙，那村子，就已经被白云覆盖了。

※　※　※

红15军团联合逛山虽取得骆驼项战役的胜利，但战利品被逛山拿去了多半，红15军团极其不满，而在银花镇一仗，阮天保带去的人一半都是逛山的人，这些人几乎全死了，逛山对红15军团也心存了怨恨。逛山随后要攻打曹庄，就请红15军团出兵配合，宋斌有些不愿意，但最后还是让四团长张福全带了一个营去。曹庄是三合县西南的一个大镇，偏僻是偏僻，却有两样特产在秦岭里有名，一是桂花球糯米，能做出最好的粽子和汤圆，一是莲菜，别的地方的莲菜九个孔，它是十一个孔，食之无筋无渣。因这两样特产，曹庄的集市繁荣，常年也就驻有县保安队三十人。逛山由二当家孙公胜和师爷带队八十人，加上张福全的三十人，去了曹庄，却只围住在镇外放枪，张福全就躁了，给孙公胜说：咱一百多人，保安队三十人，四个人对他一个，掐都掐死了，咋不进攻？孙公胜说：我指挥还是你指挥？张福全说：你指挥，你可以让你的人歇着，我带我的人进去，没给你提着保安队三十颗人头出来，你砍我的头。孙公胜说：我来不是要灭三十个保安的，我是要来拉货的。就把包围的人撤出镇南路口，而在东、西、北三面打枪，果然三十个保安从镇南逃跑，队伍这才进镇。孙公胜命令张福全去控制镇里六户财东，张福全带人每到一家，先绳绑索捆了东家，让家人交粮交钱交布匹，有多少交多少，不得隐瞒，然后在土楼上、地窖里、夹墙中全搜寻一遍。除了给每户留下半年的口粮，其余的全部拿走，粮食和布匹就装了八大牛车，银元和手镯、戒指、项圈也装了五麻袋。而逛山的兵却端着枪到一般人家里去，进门就喊：我的新娘呢？见媳妇姑娘就强行奸污。偌大的曹庄一时鸡飞狗咬、哭喊连天。逛山们一胡作非为，张福全手下的人心也乱了，蠢蠢欲动，张福全先喊了狠话：谁敢把裤带不系紧，我就毙了谁！再又说软话：他玩他的女人，咱收咱的粮食，这么多东西运回去，军团长会记功奖赏。手下的人没办法，差不多就在财东家舀浆水喝了压火，却也嚷嚷着要吃饭喝酒。张福全说：好！让财东家开始取酒做饭，孙公胜和师爷领了兵过来，问：收了多少货？张福全说：就七八车吧。孙公胜招呼他的兵：过来把车拉上！张福全说：兄弟们肯定都腰酸腿软的，还是我们拉吧。孙公胜突然向张福全胸口上打了一枪，张福全应声倒下，没说一句话就死了。一见孙公胜打死了张福全，张福全部下就端枪，枪还未端起，逛山们早开枪撂倒了三个。孙公胜喊道：谁反抗就打死谁！愿意当逛山的就把枪扔过来！张福全的部下见周围全是逛山，知道孙公胜早有预谋，就有人把枪扔了过去，一个一扔，十几个就扔了，十几个扔了，其余的磨磨蹭蹭的，但还是全扔了。孙公胜走过去拿脚踢张福全，说：你还嫌我放走了三十个保安，我不是又有了三十人吗，哦，只有二十七了。二十七人被集中在场子里，孙公胜在训话：谁还有不情愿当逛山的？没人说话，孙公胜吼道：说话！师爷在旁提醒：不说话就是都情愿当逛山么。孙公胜说：那好。当红军当逛山，还是他蒋介石的兵冯玉祥的兵，谁不是为了吃饭！跟了我当逛山，管你吃香的喝辣的，还想不想玩女人？二十七个人里有人在嘟囔：是男人都想哩。孙公胜说：谁在吭声？站出来！站出来了一个矬子，患着白癜风，是个花豹脸，说：你给个女人我就敢上，有今没明的，我在女人身上了你再打死我。孙公胜哈哈大笑，说：这就是当逛山的料！我怎么要打你呢，只要是了逛山，咱们就是老子天下第一，我的是我的，你的也是我的，去把那些女人拉几个来，让咱新兄弟们出出火！

这一次变故，使红15军团与逛山彻底决裂，从栾庄撤往麦溪、方塌、三合三县交会的留仙坪，一方面休整，一方面建立新的根据地。留仙坪耕地面积少，又多是石砟子地，粮食从来紧缺，但因有一座西王母庙，方圆三县的人都来朝拜，逐渐形成的集市却大。村里最大的富户是有着三孔窑，烧制缸碗盆瓮，垄断着整个瓷货市场。红15军团当然没收了窑场，将窑场的匠人留下，由二团团长程育红带人接管，先是忙活了半月，洗泥、磨釉、拉坯、修坯、晾坯，再就装的是东边山坡下的老龙窑。师傅是个瘦小老头，话不多，眼睛眯着像钩子，他开始装窑，却要一个大洋，程育红给了，并帮着把坯子往窑里放，他把程育红赶出去了，说装窑不是堆积木，如果匣钵摆得不对，烧起窑了，一个匣钵歪掉了，整一摞都会倒下去，又砸在另一摞上，那就倒窑了。装好了窑，十六日点火，十五日晚上师傅就不吃饭，早上起来也不吃，给窑神上香敬酒，末了，又向程育红要了一个大洋。点火了，从窑两边的投柴口往里投柴，不停地投，不停地投，整整一天一夜。程育红这才知道烧窑这么不容易，师傅让他从投柴口往里看，里边的火苗橙红色，疯狂地舔着成摞的匣钵外壁。师傅说：现在你还看得到匣钵，等一会儿你就看不到了。程育红说：看不到？师傅说：火会太亮，跟太阳那么亮的。程育红拿了酒和师傅喝，正喝着，窑里一声闷响，说：啥响的？师傅说：倒了一摞。程育红吓得说：这要倒窑呀？师傅说：打嘴！程育红没打嘴，师傅到投柴口看了看，把投柴口封了，又到另一个投柴口投柴，说：这两边的火力不均，烧出的是啥成色就不知道了。又是一声闷响，程育红紧张得不得了，看师傅，师傅脸上没表情，只是柴投得越来越快，而且也叫着他投，直到了后晌，师傅提一桶黄泥，把最后一个投柴口封上，火光一消失，人看见啥东西都成了瞎子。等过了四天，要开窑了，师傅又是向程育红要一个大洋。程育红说：你咋没够数，要了几回啦？师傅说：只要了三回，我给财东烧窑，卖出的货他给我提一成利哩。程育红说：那你是给土豪恶霸干活儿，现在是给革命队伍烧窑。师傅说：我只是烧窑的。程育红给了一个大洋，师傅就提了一个小铁锤进了窑，窑顶黑褐色，还不时往下滴釉珠，他一边往里走，一边却用铁锤把一些烧好的瓷器敲碎在匣钵里，啪啪响，已经敲碎了十几个。程育红掏出了枪，说：你这干啥，你要使拐破坏吗？师傅说：这些都是起了泡的，我烧的窑不能有次品，那就是把我杀了，我也得留下个我是留仙坪第一烧窑把式的名声。

烧出的瓷货果然卖得非常好，宋斌、蔡一风就要求三孔窑轮换着烧，那师傅也连轴转，不得歇着。程育红问：你都没个徒弟？让徒弟都来呀！师傅说：我是个老光棍，无牵无挂的，徒弟都上有老下有小，我不会叫他们来。程育红说：你不相信我们？师傅说：反正我在你们手里，我给你们烧。连续烧出了五窑，全部一售而空，买回来了大量的粮食油盐和猪肉。而同时，井宗丞带着二百多人四处出击，连续打了几次胜仗。

第一次胜仗是在几十里外的花瓶子镇。自留仙坪有了红军，三合县的保安队来打过，没打赢就撤了，想联合方塌县和麦溪县的保安队一块再打，但方塌县和麦溪县的保安队没有答应，后来三个县的保安队便以红15军团不完全在自己的辖区内为由，就都不再前来侵犯，而花瓶子镇是三合县距留仙坪最近的镇，就在花瓶子镇驻了二十人，二十人不算多，却装备有一挺机枪。井宗丞谋算着去端了这二十人，却因花瓶子镇建在山头上，唯独南边两个崖墩间有路，而崖墩上棚了巨木，木头上修着一座观音木殿，机枪就架在殿后沿上，多少人也难以攻得上去。井宗丞了解了四月八日是洗佛日，镇上人聚会要给观音像除灰洗尘，十五里外的东川里就有皮影戏班前去助兴，他便去了皮影戏班，说明了身份，要到时扮作戏班人一块儿进镇，事毕可以付戏班二十个大洋。戏班主却一口拒绝，理由是戏班都是一个族的，若双方打起来，子弹不长眼睛，班子人一死这个家族也就死绝了。井宗丞再三劝说，班主就是不肯，井宗丞举了枪说：你答应不答应？班主说：不去是死，去了也是死，你打吧。井宗丞就打了一枪，戏班子人全都趴在地上，乖乖听从安排。在洗佛日头一天，红军百十多人提前埋伏在镇外的沟里，而井宗丞十个人换了衣服，同戏班子要进镇，井宗丞警告说：该咋演就咋演，谁若暴露我们，全戏班人都没了命。进了镇，戏班人联系先给保安队的演一场，保安们住的房子分前后院，前院正厅门口简单搭了戏台，挂上幕布，后院有东西下子房，是保安的宿舍。演出时，所有保安都拿小板凳坐在戏台前观看。锣鼓咚咚地敲，有个红军就从幕布边数坐着的保安，悄声对井宗丞说：不是说二十个吗，数来数去咋只有十九个。井宗丞说：少一个就少一个，他们有谁身上还带枪？那兵说：都拿着烟袋锅子，没带枪。井宗丞安排，戏唱到一半，看他的眼色，他和马宝宝到东下子房去收枪，范增仓、李民娃到西下子房去收枪，收了枪卸下枪栓，动作要快，不得弄出声响。戏开始演了，两个千手去幕布后摆弄牛皮刻出来的人物，人物在幕布上踢脚、打趔趄，忸怩作态，千手同时也在那里踢脚、打趔趄，忸怩作态。而那位做唱的，是中年妇女，一脸麻子，坐在那里一边拉二胡一边唱，声音沙沙的，像是男人唱。唱到了：啊嘎啦啦祥云起，呼雷电闪，一霎时，我过了万水千山。井宗丞一使眼色，四个人就从台后出去，悄然进了后院，他和马宝宝一到东下子房，里边一面大炕，上边铺着十五个被筒，靠炕沿又是十五个光面子青枕石。在那一瞬间，他脑子里闪过一个念头：若是在半夜，拿一把刀，挨着就切过去。再没多想，见墙上一排挂着十五杆枪，忙一搂子揽下来，极快地都卸了枪栓，拉过一条被单包了就塞在炕洞里，却没见有机枪，又搜查了一遍，还是没有。范增仓、李民娃到了西下子房，见墙上挂着四杆枪，范增仓直脚去收，李民娃却看到大炕角还睡着一个人，一时愣住，那人听见卸枪栓声，就往起爬，李民娃要喊不能喊，一下子扑过去按住那人头，那人甚至还挣扎，用胳膊肘狠劲儿撞了一下，又捂了嘴，那人不动了。李民娃这才看到那人满眼角的眼屎，嘴角烂着，而他按着头的手滚烫滚烫，明白是在发烧哩。范增仓卸下枪栓，往怀里塞，李民娃低声说：先扔到炕洞。可按着的那人却趁他说话，一下子挣脱了跳起来，大喊：抢枪了！抢枪了！又往炕北头跑，那里有一个柜子，打开柜子，里边竟是一挺机枪，李民娃、范增仓扑过去抢机枪，来不及，抓住了那人的腿就拽，慌乱中把裤子拽脱了，那人已抱住了机枪，这时候井宗丞跑了进来，叭的一枪把那人打死在机枪上。枪声一响，前院看戏的就都往后院跑，井宗丞四人就站在西厦子房门口端了机枪扫射，而戏台上另外六人全拿了枪从后边打。很快，十九个保安就都死了。等镇外沟里埋伏的人跑上来，井宗丞他们已把十九杆枪装好了枪栓，机枪就放在那里，旁边还放了两箱子机枪子弹。戏台上的皮影并没有停，麻脸妇女还闭着眼睛一边拉二胡一边唱，直到井宗丞过去说：好了好了。千手不动了，麻脸妇女也住了口。

在花瓶子镇不费吹灰之力灭了保安二十人，还获得一挺机枪，井宗丞有些得意，见了阮天保头仰得高高的。一次军部开会，井宗丞去得早，从口袋掏了一包纸烟，挨个发散，阮天保来得晚，一进门说：哟，都抽纸烟了，谁发的？宋斌说：问井宗丞。井宗丞却说：没了！还从口袋掏出烟盒，用手一握，扔到了墙角。阮天保有些尴尬，坐下来吸他的旱烟锅子，说：井团长有钱买纸烟呀！井宗丞说：不是买的，在花瓶子镇打死了那个保安头儿，我只说他口袋里有怀表的，他娘的没有，就这包纸烟。阮天保说：恭贺呀，把二十个保安都打死了！井宗丞说：打死的人不多，原听说镇上安着一门山炮的，他娘的没有，也就是六十担粮食和一挺机枪。阮天保脸上红一块白一块，再没说话。散会了，蔡一风和井宗丞最后走出门，井宗丞从墙角捡起扔了的烟盒，从里边又掏出一根纸烟给了蔡一风，蔡一风说：你小子还有这一手！井宗丞说：也就剩这一支了，就是不给他。蔡一风说：瞧你刚才的话，说什么山炮不山炮的，阮天保在银花镇丢了山炮，那是他的心病，说话注意点，都是同志，要团结。井宗丞说：屎本事！蔡一风说：嗯？脸色严肃起来，井宗丞就笑了，说：听你的，我就听你的。

得到群众举报，离留仙坪一百二十里外的横涧寨有个叫曹地的，曾在6军当过军需，不知什么原因跑回来，纠集了秃子万荣和背锅老五做了土匪，据说有一把驳壳枪。红15军团还没有一把驳壳枪，阮天保就来劲儿了，说：他叫曹地我叫天保，天管地，我收拾去！带人去了横涧寨，曹地却不在家，阮天保就杀了曹地一家五口，天黑又藏在院里等着曹地。曹地这日是得知平原来了一个赶了五头毛驴都驮着东西的脚客，歇在寨子东洼子一户人家里，领了秃子万荣和背锅老五去把脚客痛打了一顿，所驮的东西里竟然有八个大烟土砖块。拿走了烟土，由于天黑，一块儿掉在了地上，被另一村民拾得，因惧怕曹地，仍将那块儿大烟土还了曹地。三人张张狂狂回来，已经是后半夜，曹地却见他家的门窗没光亮，当下就站住，说：我不回来，屋里要一直点灯的，这咋是黑的？心里疑惑，就喊：铁蛋！铁蛋！铁蛋是他儿子，铁蛋没回应，他家的狗却汪汪大叫跑了出来。阮天保在杀曹地家五口人时，那狗就扑过来咬，阮天保抡起枪照头砸去，那狗就死在院子，没想狗命大，死在地上又活了。狗一跑出来，曹地三人就跑，院子里埋伏的人见有人跑，出来发现路上一堆大烟土，知道是曹地，一路打着枪追过去。一直追到天微亮，曹地钻进了一面坡的树林子里，阮天保他们也进了树林子，林子里满是黑松、青冈、白桦，树身遍生苔斑，吊挂了一嘟噜一嘟噜干藤枯蔓，十步外啥也看不清。阮天保他们只好退出来，在坡下的水沟里，正骂着煮熟的鸭子飞了，一个挖药的山民经过时向他们笑，阮天保抓住就打，说：笑啥的，笑你娘的 ×！那人说：我没笑。阮天保说：你现在还笑！那人说：我就是这个眉眼，长官。阮天保问：这是啥地方，出了林子能往哪儿去？那人说：这坡没名，林子尽头是断崖。我看见你们撵人哩，其实不用撵，就在这儿等着，进去的人终究还得从这里出来。阮天保听了，倒有了主意，当下几处点火，火势迅速向坡上蔓延，火里有哭有笑的，一时嘎嘎声、呜呜声、嚯嚯声，越响越大，沟道里就有了风，光焰如千万旗子飘荡，烟雾罩得天昏，无数的鸟叫着往空中飞，但只有一半飞出来，一半燎焦了翅膀就石头一样垂直地掉下去。阮天保他们被热浪掀倒，也咳嗽得不行，爬起来在沟水里把鞋、裤子、衣服全弄湿，就趴在了水沟外的土坎上，子弹上了膛。阮天保喊：跑出来就打，不能漏掉一个！眼看着火势烧到了半坡，烧过的大树虽然还都长着，但全成焦黑的光杆柱子，突然右边一阵乱石滚落，有个黑影跑出来，这边枪就开了，却没打中，黑影扑过了水沟，向左边的另一面坡跑，才看清是一头兽，像是熊又像是野猪，而几乎同时，各处跑出来了獾、野兔，还有一只狼和黄羊。枪声叭叭叭地响，别的都逃脱，唯独狼卧倒了，有人就大呼小叫地跑去捡，狼又跳起来，向来人扑了一下，顺着沟道又跑了。那人在地上惨叫着翻滚，众人去看时，脸只有半个，半个没了皮肉。阮天保大骂不中用，偏这时再跑出来了一只麝，这回看得清清楚楚是麝，但麝已经跑出来了又掉头往林子里跑，阮天保忙喊：打！打！几十条枪同时开火，麝就倒在地上。为避免麝还是没死，阮天保再打了两枪，说：麝香是名贵药，值钱得很，快去看麝把 × 挖了没有。一个兵就说：挖 × ？阮天保说：你他妈的啥都不懂，麝香就在麝 × 里边！三个兵跑过去，说：在哩！阮天保说：听说麝急了就会把自己的麝香挖出来扔了的，它还没来得及挖！麝被割了 ×，阮天保用草擦了擦血，塞在了自己怀里。

直到后晌，火是把整面坡都烧过了，曹地一伙没见出来，别的什么飞禽走兽也再没有，阮天保带人到坡上去。到处都是灰烬，不时可见烧焦的松鼠、野鸡、獾、黄羊和蛇，有些草木还在冒烟，热气呼呼腾腾，烤得人脸疼。终于在离坡顶三四丈远的一个土坑里发现了三具尸体，都是二尺长短，像是烧过的柴头，一个兵说：这是人吗，人有这么矮？阮天保说：看身下有没有枪。掀开尸体，是有三支枪，两支长的没有枪身，一支短的却成了一疙瘩铁。阮天保疑惑驳壳枪怎么能烧成这样。捡起来看了看，明显是被石头砸过，便骂道：麝都没挖它的 ×，你倒把枪给我砸了！气得在尸体上浇了一泡尿。

阮天保无法把曹地的头和驳壳枪拿回来，但却有了八个大烟土砖块和一只麝的 ×，他当着宋斌、蔡一风和井宗丞的面，说：曹地那股土匪全被我烧死了，这八个烟砖，一个五十两，一两可以换六捆皮棉，一捆皮棉十斤，要换两千四百捆，等于两三百亩棉花地一年的收成啊！从怀里掏出麝 × 来，再说：还有这麝香，值多少钱我说不准，可我知道身上装一包麝香从瓜地里走一遍，满地的小瓜就落了，让孕妇闻一闻，当天就流产了！他看着井宗丞，说：宗丞，你也是秦岭里长大的，你给他们说说，是不是？井宗丞说：你是个 ×！阮天保说：你骂人？井宗丞说：我是说你拿的是麝 ×。阮天保说：是麝 × 呀，我听说过麝爱晒太阳，它在阳坡里晒太阳的时候把 × 掰开，× 里有一种气味就招蚊虫，蚊虫趴在 × 上，它把 × 一合包进去了，这蚊虫包得多了，久而久之，就成了麝香。井宗丞说：那麝就再不尿了，再不交配了?！麝香都是在麝的肚脐眼里边，你知道不知道？你把那 × 切开看看，看里边有没有麝香。阮天保当下就切了那东西，果然里边什么都没有，阮天保仍是不信，去叫了留仙坪当地一个人，那人也说麝香在麝的肚脐眼里，阮天保骂了一句：他娘的 ×！

※　※　※

当红 25 军到达平原后和北方高原上的红 17 军会师，开始冬季反攻，占领了平原西部一座城市，又围困起另一座城市，省委指示红 15 军团进一步牵制国民 6 军不得去平原支援，宋斌就想集中力量先攻下防卫相对薄弱的麦溪县城，建立第一个秦岭苏维埃政权。对于宋斌的主意，蔡一风一直有些犹豫，他认为以眼下的力量还不足以能拿下麦溪县城，即便拿下，能否长久守住？但不久秦岭特委报来情况，他们发动的各县农会开展抗粮抗租的形势非常好，大大小小已有了十多个农会的武装，可以随时把这些武装组合起来。于是宋斌决心下定，一方面派人去麦溪县城收集情报、察看地形，一方面在留仙坪加紧训练。

依照以前的印象，麦溪县城的城墙比别的县城的城墙高大，井宗丞的团就被安排演练使用云梯。选中了留仙坪南边的一座断崖，练了好些天，侦察员从麦溪县城回来，说麦溪县城的城墙头上都加固了伸出去的木头，木头上又罩了铁丝网。井宗丞一听，心想以老办法登城墙肯定是不行了，倒抱怨阮天保葬送了那门山炮，如果山炮在，直接就把城墙轰开了。他问侦察员：麦溪县城墙上有没有山炮？侦察员说：山炮没有，但四面城门楼上都有机枪。井宗丞说：你知道哪个县有山炮？侦察员说：各县现在还没有，但当年 69 旅在安邑县碛口镇围住了刀客，仗打了三天三夜，双方都死了很多人，也是活该刀客不灭，那几天都是大雨，多处滑坡堵塞道路，刀客才得以逃脱的。镇上有个大财东，以烧砖瓦窑发家，年初扩大窑场在一处开坡取土时，挖出了一门山炮和许多炮弹，清洗了就私藏起来。三合县麦溪县的保安听到消息去打探过，他都矢口否认。井宗丞说：这是真的？侦察员说：也是听说的。井宗丞说：那我到西王母庙里烧高香去，但愿他真的有。

当天夜里，井宗丞也没报告宋斌和蔡一风，带了他的团倒去了碛口镇。碛口镇距留仙坪约一百里，第二天中午赶到，打问了大财东的家，就把前后屋院包围了。大财东姓柴，一家人正吃饭，见一群拿枪的人包围了屋院，他放下碗说：咱们县上的保安也来要山炮了！大老婆和两个小老婆吓得就哭，说：当家的，那东西是个祸害，你交给人家算了。姓柴的呵斥道：不准哭！吃饭，坐下来宁宁吃饭。来人不论说什么话，你们都把 × 嘴夹紧！井宗丞就进了院子，拱拳问：老者是不是柴东家？姓柴的起身笑脸相迎，说：在下就是柴广轩，这军爷是咱县保安队的？端饭呀，端饭，给贵客端饭！他叫喊着厨房里的老妈子，三个老婆倒都起身要去厨房，井宗丞却一屁股就坐在桌前的椅子上，说：柴东家不忙活了，饭不吃，水也不喝，我是红 15 军团的，只来要个东西。姓柴的嗷嗷叫着，说：我应该给红军贡献的，我出两担粮食五十个大洋吧。原本还可以多出些，只是上半月县保安队来，我出过了一担粮食三十个大洋，等我把新出窑的这批卖了，秋后你再来，我筹百儿八十大洋的。井宗丞说：谢谢你了，可今天能到你门上来，不要你的粮食也不要你的大洋，你把山炮交出来。姓柴的说：你说啥我咋听不懂。井宗丞说：你听懂了，我说山炮时你身子动了一下，你看，你拳都握紧了，是出了汗吧。姓柴的说：我真的不懂，山炮是打仗用的，我个烧砖瓦的咋能有呀。井宗丞变了脸，说：你还是不肯交吗？姓柴的说：我真的不知道交啥啊！井宗丞说：那好，我问不出来，绳能问出来！你给我找条绳来。姓柴的竟然从柜子里取出一盘皮绳。井宗丞就让三个兵进来把姓柴的用皮绳捆了，吊在屋梁上。姓柴的哭叫，井宗丞起身到院子里去了。

几个兵在院子里逼问姓柴的三个老婆，三个老婆啥也不说，只是哭泣，见了井宗丞更是缩了一团。井宗丞说：不为难妇女！让一部分人留下看守姓柴的，他又带其余人去了村里。

村人已知道红军包围了柴家，就都关门躲在家里，躲在家里了又搭梯子从院墙头往外看。井宗丞叫：老乡，老乡！墙上没了人头，院子里咚地一响，人在里边哎哟哎哟地叫唤。井宗丞破门进去，说我们是红军，是穷人的队伍，不要怕。那人不叫唤了，却也不吭声。井宗丞说：你贵姓，家里几口人？柴广轩是不是村里最富的，是不是土豪恶霸？他挖出个山炮吗？那人还是不吭声。进了上房，屋里没有柜子桌子，东边墙根放着一具棺，井宗丞知道这家肯定还有老人，因为有老人才早早备好了棺的，而现在的棺里就乱七八糟堆着一些烂棉被、破衣裳、旧鞋、臭裹脚布，别的便是装着粮食的几个瓮，旁边一堆土豆和萝卜。而屋的西边没有隔墙，直接就是一台灶，灶后连着一面土炕，炕上黑乎乎的破被褥里坐着一个老婆子，一条腿伸着，腿上却用绳子绑着一块木条子，一双手紧紧地按着一个小儿。井宗丞问老婆子：你是孩子的婆？老婆子说：我就这一个孙子了。井宗丞说：这腿咋啦，崴的？老婆子说：被人打的。井宗丞说：被人打的？你这么大年纪了谁打你？老婆子突然呜呜地哭起来。

老婆子一哭，院子里的那人就进来说娘你不要哭，但他娘却说我不哭我就憋死了，竟然就给井宗丞哭诉，说孩子他爷前年死的，狠心地不管我了他说走就走了。埋他爷的时候家里没粮，借了柴东家一担米，紧接着连续两年都旱，地里没收下多少，给人家没还上，柴东家隔三差五来催。昨日我孙子过生日，我有三个孙子，两个都长到他这么大就病死了，我怕他再出事，生日买了一斤肉，柴东家又来了，见我家有肉，就骂吃肉哩不还账啊，要拉牛，要卸门板，双方吵开来，他就踢了我一脚，当下我的腿就断了。做娘的在说着，当儿的不断打岔，说：你说这些干啥，说了财东就不来要账了还是你腿就好了？你知道人家是来干啥的？老婆子问井宗丞：你是干啥的？井宗丞说：我是来打姓柴的，我只说他藏有山炮，没想他倒这么为富不仁的。你知道他藏着山炮？老婆子说：这我不知道，他爷以前就在窑上烧砖瓦，我儿现在也给窑上砍柴的，姓柴的是油搓面的日子，却……院子里跑进来一个兵，对井宗丞说：你快过去，要招了。井宗丞起身要离开，在身上摸了摸，摸了一个大洋，放在炕头上。那儿子说不要不要，井宗丞从墙根拿了个萝卜，咬了一口，说：算我买了你的萝卜。就出了门。

到了柴家，姓柴的已经从梁上卸下来，还立不起身，哎哟着他右胳膊断了，下半身子没了。一个兵过去抓住右胳膊往上一送，嘎巴一下，骂道：脱臼了就是断了？下半身咋没有了，没有了往下尿哩?! 姓柴的是流出了尿，裤裆全湿了。井宗丞说：你要早说，就不受这罪了！山炮在哪儿？姓柴的说：我给你说了，你得给我钱，三合县保安来，给了十个大洋我没说。井宗丞说：我给你十一个大洋！姓柴的说：那把我背了，我领路。一个兵就背了他，井宗丞带着人跟着，姓柴的领路上了村后，那里是一个沟，顺沟又走了一段路，半坡上有一个石洞，说：在洞里。兵去了洞里，半天出来，说洞里啥都没有，深得很，还有水。姓柴的又说在另一个洞里，又到另一个洞里，洞里仍是没有，却说：我真的不知道，把我吊得受不了，我胡说哩。井宗丞把姓柴的拉回村，用绳绑了，这回没在屋梁上吊，就吊在门框上，脚尖能挨住地，又踏不稳，就把一只猫塞在裤裆里。猫在裤裆里急得乱撞胡抓，姓柴的叫喊不停，井宗丞说让他好好叫喊，留五个人和我在这儿，别的人分开到村里了解情况。

这回姓柴的交代了，山炮就埋在他家牛棚的地下。井宗丞没有解姓柴的绳，让人在牛棚里挖，挖出了四尺深，是挖出了一门山炮，但山炮已经锈得厉害，上面许多螺丝拧不开，拿锤子敲着，竟然就敲断了。气得井宗丞踢了一脚姓柴的，骂道：就这报废的东西，你折腾我！没想姓柴的却被踢晕了，晕了就晕了吧，从村里返来的那些兵纷纷给井宗丞报告：这村子有一半人都是几十年陆续从外地逃荒落户来的，来了姓柴的给点粮食让他们安家，从此也就还不完的高利贷，结果十有八户的劳力长期在砖瓦窑卖身打工，有的干了六年，还没赎回身子。井宗丞二话没说，把姓柴的从门框上解下来，姓柴的是醒了过来，从裤裆里掏出猫，猫都死了。井宗丞说：让你老婆做饭，馍也要蒸，面也要擀，有肉有酒都往出拿！

吃罢饭，井宗丞召集了全村所有的穷人，当着他们的面抄柴广轩的家，把那些地契、欠条以及大大小小共八本账册一把火全烧了，又分给每个人一麻袋粮食，或者是稻子、豆子，或者是小麦、苞谷，再有十个大洋，还有布匹、油盐，以及那些牛、驴、猪、羊。穷人拿着分到的粮钱和牲口都走了，可井宗丞带人离开时，发现那些穷人都坐在村头的打麦场上，那些粮钱牲口也都在，问：怎么不回家去？他们说：我们不敢回去，回去了拿人家的东西就说不清了。井宗丞说：这些都是分给你们的，拿回去就是你们的，还有啥说清说不清的。他们说：你们这不是要走吗，你们走了，人家能不来要？井宗丞说了一句：稀泥抹不上墙！带人反身再到柴家，就把一家数口都用枪打了。

※　※　※

陆菊人从纸坊沟回来，就把她和井宗秀的谈话告诉给了花生和花生她爹，便帮着花生做新衣新鞋、新的被褥，而茶作坊正修建着，隔三差五也得去查看。这么一忙，剩剩倒没时间和精力管了，先是要出门，把孩子关在院子里，让和猫玩，猫喜欢卧到门楼的瓦槽里，剩剩也就上到门楼上。这使她非常操心，又把孩子带到茶行，但她不停地要出去，给剩剩说：你到街上去玩吧，不要和别的孩子打架，也不要逗狗，狗急了会咬你的，玩一会儿就回来。剩剩一到街上，就玩野了，不是膝盖碰烂了，就是一身的泥土，常常是天都麻磕磕的黑了，还不回来，陆菊人就在茶行门口喊：剩剩哎——剩剩！路过的人说：剩剩还没吃饭吧？陆菊人说：一要把啥都忘了。那人说：这个时辰了还没吃饭？那正长身子哩！陆菊人就去了几个巷道，或去了牲口市场，剩剩不是和一伙孩子黑水汗流地玩着抢山头，就是歪着头看着那些经纪人在袖筒里捏了指头谈价，陆菊人便要揪着个耳朵拉回来，给孩子洗头洗脸、换衣服，嘟囔着骂。这样下去毕竟不是个长法，陆菊人便想着把剩剩放到安仁堂去，她去征询陈先生，陈先生应允了，还说看能不能把剩剩也收为个徒弟。陆菊人千谢万谢，甚至流下了眼泪，说她这个娘当得不好，看着剩剩一天到黑疯得放不下，她是又心疼又着急，如果陈先生能收他做个徒弟，那她一块石头就落地了，她会每月送剩剩的口粮过来。陈先生也对她说，生下孩子当然就割不断了亲情，其实孩子和父母就像夫妻一样，也是组合来的，有些孩子投胎于父母是来报前世恩的，有的则是来讨前世的账的，剩剩能到他这里来，恐怕也是他前世欠了剩剩的。说得陆菊人抹了眼泪，当日就把剩剩领了来。剩剩当然把那只猫一块儿带着，猫一来到，爬上安仁堂的门楼上坐下了，睁大了眼睛，一动不动。陆菊人就让剩剩磕头，叫着师傅。陈先生却对剩剩说：你先不要叫我师傅，你背上有没有黄豆大的一个痦子？如果有，那我就收你，如果没有，你还不是我的徒弟。陆菊人吃了一惊，说：他有的，后背上就长了个痦子。当下撩了衣服，还让陈先生用手摸。陈先生接着说了一段话：家里的畜生没有缘分不会来家里的。蛇三年就有灵性，其一定要爬到某一个地方，再爬回来，反复如此，三年之后就有灵气，可以在草上爬，再多少年就可以在草上飞。狐狸看月亮看了一定的时间就回去，从月亮处吸收精气。狗的天眼是通的，猪没有灵气不能长猪痧，这种猪常常像人一样呈坐姿，而且要晒太阳。长牛黄的牛有的草不吃。陈先生的话连陆菊人都听不明白，但她知道陈先生是肯收剩剩为徒了，让剩剩再给陈先生磕头，剩剩就连磕了三个响头。陈先生说：剩剩，你既然认我师傅，就住在这里，你不得顽皮，我叫你干啥，你就得干啥，如果你不听话，这比不得你娘惯你，我可是该打就打，该骂就骂。没想剩剩倒变了个人似的，从此乖顺了许多，平日给野猪喂食，晾晒草药，打扫屋院，有病人了或有交售药材的，他都烧水端茶，接来送往。

安顿了剩剩，陆菊人就白天在茶行忙活，晚上帮花生做绣花鞋，给花生说了剩剩到陈先生那里的事，花生却嘤嘤地哭起来。陆菊人说：要出嫁呀，想起你娘啦？花生说：不是。你整天忙茶行的事，关心着井宗秀，关心着我，而自己的孩子没时间经管。陆菊人说：你不要哭，你这一哭我也要伤心。或许我不是好娘，杨家就剩剩一个独苗，他又没了爹，我是忙，忙也不是不经管孩子的理由，我是怕我老带着他，他长大了没个男人气那怎么行，成心放他出去野着，又怕他浪荡成性了，以后成了混混，既然陈先生肯收他，那地方对于他是再好不过的，过上三天四天了，你和我都要去看看他就是了。花生就把陆菊人抱住，叫着姐，说：姐是个好娘的。我只觉得他不在你身边了，有些孤单。陆菊人说：是有些孤单，你明年加紧要了孩子，他也就有了伴。花生满脸通红，倒把头戳在了陆菊人怀里。

但是，周一山来找了陆菊人，说井宗秀托付他来协助着操办婚事，一再强调不要大张旗鼓，越简单越好。陆菊人说：咋个简单？周一山说：在旅部那屋院里收拾出一间，花生过去住就是了。陆菊人说：这不行！井宗秀是长官了，应该风风光光的，是预备旅的体面，也是涡镇的体面。再说，花生怎么能住过去就行了，是井宗秀也给刘家门上挂了马鞭吗？花生和那些挂了马鞭去的女人是一样的吗？周一山说：我原主张预备旅放天假，镇上请个戏班子的，可他把我训了一顿，就怕你办得太张扬，才特意让我来的。陆菊人说：出嫁婚娶是大事，为啥就不张扬？周一山说：是忙啊，预备旅又不停出事，旅长这会儿就去了虎山崖，昨晚一个班长和一个兵跑啦，最近是猪屎上落了鸟屎，事上加事啊！陆菊人说：他井宗秀是狮子老虎还是兔子老鼠？周一山说：他当然是狮子老虎。陆菊人说：狮子老虎捕杀猎物那是一个样子，可它们安闲了不是整晌躺在那里不动就是皮毛松弛着慢腾腾踱步子，那兔子老鼠的才总是慌慌张张忙忙迫迫的。周一山就笑了，说：你说得对，可井旅长也给我说了，他这是二婚，年龄又大，让他在众人面前穿红戴绿地拜天拜地夫妻对拜，啊？再说，一大操大办，镇上人肯定要来送礼，心里不想送的或根本送不起的也是来送，借着钱来送，他这是趁机敛财呀不是？人家来送礼，这就又逼着得搞大场面，那得花多少钱？预备旅现在一动弹都是要钱，下来镇子要改造更需要钱啊！茶行的生意怎么样？陆菊人说：还好。茶作坊盖起来了，开始自己做黑茶，前景会是不错的。周一山说：好好好，黑茶自己做，明年若收入多了，还要筹划着再办个皮货行，把镇上的所有皮货店统在一起，另外，还可以办烟丝厂和药材加工坊。陆菊人说：哎哎，你是来干啥的，你把我往哪处引呀？不办大场面就不办大场面，但得走规矩，刘家啥也不要井宗秀的，就图个花生能明媒正娶么。到时候井宗秀得高头大马地来，用花轿抬了她去！周一山说：这当然！陆菊人说：不说大摆宴席了，可总得有顿饭吧，花生她爹、镇上的老者们得一桌吧，你们预备旅得一桌吧。周一山说：好么好么，我们男方家的摆两桌，你们女方家的摆两桌，这也就够体面啦！陆菊人也笑了，说：咱俩倒成了男方女方的人了！那你给他们定个好日子。周一山说：啥时你们女方准备好了就办，每天都是好日子。陆菊人说：每天都是好日子，咋谁结婚都要选日子？周一山说：他是井宗秀呀，日在中天的，啥邪气能侵了他！陆菊人觉得也是，先定了九月十五日，十五的月儿圆么。又想，十五是单数，单数不好，那就十六，十五说的是月亮圆，其中最圆的还是十六，就十六。

陆菊人把定下的好日子去通知井宗秀，井宗秀脸肿着，眼睛都成了一条缝儿，而下巴上、手臂上也全是疖包，陆菊人吓了一跳，说：到啥时候了，偏就把脸弄成这样！杜鲁成说：他去虎山崖待了几天，不知让什么虫给叮啦。井宗秀说：这婚怕是结不成了。陆菊人说：日子定了不能改的！还有三天，你静心养着，别用手抓，也别喝酒吃辣子。她又去通知花生，刘老庚从山上回来了，买了三只羊拴在院里，而花生也是满脸发红，正从八木火堆上跳过来跳过去，口里念叨：你是七，我是八！陆菊人说：你又中漆毒了？花生说：我只说中过一次就不会中了，谁知道把我爹赶羊的漆木棍儿拿了一下就……陆菊人说：真是一个干啥都干啥。花生说：他咋啦？陆菊人并没说井宗秀脸肿的事，只问：这来回跳能治好？花生说：我还准备了韭菜，八木镇不住了，就用九，用韭菜水洗。刘老庚又给陆菊人说好话，陆菊人说：不说这些了，或许我前世欠花生的，该给她操心。刘老庚说：我想了想，没给花生陪啥，心里总是亏，就买了这些羊，是不是先给人家送过去？陆菊人说：哦，也好，出嫁时再牵过去吧。她拍了拍羊头，还要开个玩笑，说我只说我欠花生的，还有比我欠得重的，这一世要给花生做牛做驴做羊的。花生却说：嫁我哩你倒送羊，我也是羊了，过去让人吃呀？陆菊人说：胡说啥，这几天要说吉祥话！

陆菊人没顾上吃饭，再去了安仁堂。刚走到院门外，陈先生就在屋里说：剩剩，你娘来了，快接去！剩剩才出了屋门，陆菊人正进了院，说：你要出去？剩剩说：师傅让我来接你的。陆菊人拉了剩剩手，往屋里一边走一边说：这几天忙，也没来看你，你咋样？剩剩说：师傅开始教我针灸了，娘你腿疼不疼？疼了我给你扎！陈先生说：当郎中的咋能盼人有病！就把凳子拿过来让陆菊人坐，陆菊人问了几句剩剩听话不，开始教他针灸了，他是不是很笨，然后就说了井宗秀不知被什么毒虫叮得脸都肿了，有没有啥药让他很快好的。陈先生从柜子里取出一个纸包，打开了，里边是一只蟾，已经干瘪了，说：正好我夏天做了蟾墨，墨块就在蟾肚里塞着，让井旅长把墨块取出来往疔疮上搽搽，搽上三四次就消肿了。

陆菊人就重新包好蟾又去给井宗秀送药，在街上碰着了胡辣汤店掌柜的媳妇，两人都笑着，陆菊人说：生意好！那媳妇说：好，好，有你这话就更好了！陆菊人说：照你这么说，我的话能顶钱用呀！那媳妇说：可不，借你的财气么！你这身衣服好看是好看，如果是黄颜色的那才是好！陆菊人说：这又有啥说法？那媳妇说：黄是金子颜色呀，人都说你是金蟾托生的，你该穿黄的。陆菊人说：我要是你说的，穿什么黄衣服，直接穿金衣了！笑着就走过去了。走了一段路，突然想：我是蟾托生的？那我现在拿的就是个蟾，可怜肚子里塞了块墨块被风干，给人家治病去！心里有些不舒服了，却说：真是瞎扯。去了城隍院，当下就让井宗秀把墨块在脸上搽，在手臂上搽，井宗秀搽得脸成了张飞。杜鲁成说：哈，往常你说我和周一山都长得丑，这下你比我们更丑，这脸不要洗，我心理就平衡了！陆菊人说：你让人家就这样迎亲啊?!井宗秀照了照镜子，倒说：这下能配上预备旅的黑旗黑衣啊！

到了十五日晚上，陆菊人帮着缝好了两床棉花被子，取出了新衣新裤，再做了一个装着桂花瓣的香包和一个装着合欢花瓣的香包，分别缝在新衣的掖襟里和新裤的腰里层。再捣碎了指甲花包敷在十个手指头十个脚指头，鸡叫两遍了才离开。而天刚露明，她便又来了，坐在花生的卧屋里给花生开脸。开脸就是用线绞拔着额上的绒毛，绞拔一根，花生就哎哟一下，陆菊人说：有多疼的?!花生说：疼得很！陆菊人说：疼还在后头哩。花生说：嗯？陆菊人才要说些什么，刘老庚在上房门口说：她嫂，咱就真的啥也不陪了？总得陪些啥吧。陆菊人说：陪么，已经有了两床新棉花被子、一对绣花枕头，还有了三只羊，你再陪一担粮食、三丈布、五捆棉花，还有箱子呀柜子呀，灯笼、插屏、火盆么。刘老庚说：这我一样都拿不出来。陆菊人说：拿不出来那就不陪了么，咱养这么大个女儿给了他，咱还给陪什么！你安安心心地待着，等晌午了井宗秀过来先叫你一声老泰山！刘老庚不言语了，过了一会儿，又说：她嫂，我得陪对碗吧？花生悄声说：没啥陪就不陪么，给我陪一对碗？陆菊人说：不论穷家富家，女儿出嫁都要陪对碗的，这是老规程，盼女儿嫁了过去能有吃有喝有好日子。就又应声道：到了井家还怕你女儿少了饭碗子？要陪的，家里有一对新碗？刘老庚说：有一垒碗没有用过。上房里，刘老庚搭凳子上到板柜上，再从墙上钉着的木板架上取下了两只白瓷碗，洗净了，又从瓮里掏了一碗稻谷、一碗麦子。突然间，卧屋豁亮起来，似乎都听得见是呼的一声，窗子上就红堂堂一片。陆菊人说：太阳出来了！开了脸，用桂花油梳头盘髻，然后画眉、抹粉、敷胭脂，一束光从窗缝进来，就照在花生的脸上，脸又白又大又嫩，陆菊人说：甭说男人爱，我都想咬一口哩。花生眼睛一直看着那道光柱，光柱里有许多活着的东西在飞，她就把给自己换衣的陆菊人一只手拉着放在自己胸口上，说：姐，我心咋这么跳的！陆菊人说：高兴么！花生说：慌慌的。陆菊人说：慌慌的就对啦！给你打扮好了，从这阵起，你就在炕上静静坐着，晌午他来接，脸要笑着，但不能笑出声。说毕，却溜下炕穿鞋，一只鞋穿上了，另一只还没穿上，就拿梳子慌忙梳了几下自己的头，又照了镜子，用手搓了搓脸，说：我是不是有黑眼圈了？花生就拿粉给陆菊人的眼睑下敷了敷，说：你上厕所去？陆菊人说：我只说我啥都考虑到了，没想忘了去请麻县长，这么大的事，麻县长能不来吗？我这得找杜鲁成、周一山去请呀！花生说：姐，姐，你得陪我。陆菊人说：我去请了麻县长，立马就过来，井宗秀来接人，我当然得在场。花生抱住了陆菊人，竟哭起来，说：姐，我想我娘了，你就是我娘！陆菊人赶紧擦她的眼泪，说：我就给你当一回娘，嫁女是娘该哭的，你哭啥，还得补妆。花生不哭了，也下了炕，弯腰替陆菊人穿上了另一只鞋，说：这些天让你前后跑得脚都大了。陆菊人说：脚倒没大，怕是鞋底磨薄了，你将来要给我送双媒鞋啊！

※　　※　　※

和杜鲁成、周一山去县政府，大门外一群麻雀轰地就飞起了。周一山看见大门上有对联，近前先念了上联：六百里秦岭之地，每嗟雁肃鸿哀，若非鸾凤鸣岗，则依人者，将安适矣。又念下联：万千山蹊径之区，时勤狗盗鼠窃，假使豺狼当道，是教道也，安可禁乎。杜鲁成说：这啥意思？周一山说：文人么，爱发些感慨。前庭里空空荡荡，有两个干事正在二道门上贴新写的对联，右边已经贴上了，是：心将流水同清净，左边的也贴上了，贴得和右边的高低不一样，又揭下来放在地上，上边的字是：身与浮云无是非。杜鲁成说：我这是老长日子没来过了，街上也没碰见一次。周一山说：人胖得厉害，走路都不方便了。贴对联的干事说：找县长吗？他在楼上书房里。就喊起来，但喊的不是县长是王喜儒。

王喜儒一大早就被麻县长叫去了书房。因为王喜儒给县长讲过祥龙峪垴有沉香木，被雷劈了或是风吹折了，那破裂处流出的汁晾干就是做药的沉香。麻县长是知道沉香，但沉香木是什么树形、什么叶子，怎么在树上刮取那凝固的汁液，他想象不来，就托王喜儒去弄一些沉香木树枝来。王喜儒是昨日一早就去了祥龙峪垴，半夜里回来抱回一个盆子粗一尺高的沉香木桩子。麻县长一吃过早饭，让王喜儒把那沉香木抱到书房去，说：咋是一个桩子？王喜儒说：这是山里人将一棵枯死的沉香木锯了拿回家的。麻县长凑近鼻子闻了许久，并没闻出树桩子有什么香味，说：这纹路倒像是鸡翅木，但没鸡翅木硬，真的是沉香木？王喜儒说：是沉香木，你看看这个洞，是不是有烧焦的痕迹？麻县长说：像是烙出来的。王喜儒说：是呀是呀，这是山里人要人工取沉香，就把铁钎烧红在树上钻出洞，让树汁流出来。麻县长说：这残酷！却又问王喜儒：兽里谁的皮毛最好？

王喜儒说：那是狐狸。再问：人用的东西啥最好呢？王喜儒说：是不是枪？麻县长冷笑起来，喉咙里响着哼，哼哼。这时候楼下喊王喜儒，王喜儒跑到楼口问啥事，回答是：来客人了。王喜儒才要问来的是谁，杜鲁成、周一山、陆菊人就已经上了楼。

三人见了麻县长便请安问好，麻县长也是笑脸迎接，但他胖得一时从椅子上没站起来，杜鲁成就让他不要动，麻县长说：今日怎么有空来这里了？王喜儒退下去烧水沏茶了，杜鲁成就回话确实是忙，很久没来看望县长了，然后问候县长身体可好，来这里气候适应不，饭菜吃得惯吗，手下的人使唤着顺不顺，麻县长说：都好，都好，瞧我都胖得这样了！周一山说：胖了好，我还想请教咋就能胖的，井旅长是瘦子，杜参谋长是瘦子，我一天三顿吃得并不少，倒越来越成了排骨！麻县长说：你整天给我送肉的，你也该吃吃么。周一山说：给我肚里吆进头猪也胖不了，井旅长是一股风，我和参谋长都是旗子，风逼得旗子不停地摆哩，那怎么胖呀！麻县长便笑了，说：你们来不是和我说胖瘦的事吧？杜鲁成说：县长你高明，今日确实是有事，井旅长特意让我们三个来请你的。麻县长说：啥事在井旅长那儿了都不是事么，请我？杜鲁成说：井旅长今日大婚哩。麻县长愣了一下，突然抚掌道：祝福！祝福！井旅长丰神俊朗、威武有为，今日天作之美，珠联璧合，卜其昌于五世，歌好合于百年，桂馥兰馨，宜室宜家，真可谓天也欢喜，地也欢喜，人也欢喜！周一山说：现在你是出口成章啊！麻县长说：新娘子是哪里人，他怎么就事先不给我透一点消息？杜鲁成把花生的情况给麻县长说了一遍，又说了婚礼以井宗秀的主张办得简单，没有请预备旅的人，也没有请涡镇的人，什么礼都不收，就是三四桌饭，但一定要请县长去坐上席。麻县长说：我肯定去呀，就是走不动，让人背着也得去么！当即换上了中山装，戴了礼帽，口袋里装了怀表，还拿了文明拐杖。周一山就唤王喜儒去背县长，麻县长却不让，说：我还真胖得走不动了?! 我能走的，咱走慢些就是。

四人出了县政府大门，斜对面的柳树下卧着一条狗，睡着了，哼哼唧唧像是在说话，还咳嗽般地笑。杜鲁成赶一步去把狗轰走，说：咦，这狗还梦吃哩，一山，这狗在说啥的？麻县长说：狗说话人能听得懂？杜鲁成说：周主任能听得懂。周一山有些不高兴，说：我不懂，除非狗说人话。麻县长却说：啊不能让狗说人话呀，狗知道人的事情太多了！

到了旅部的屋院，有很多忙活的人。巩百林在安排桌椅，马岱和张双河在张贴门联，陆林把三只羊从一间屋子里往出拉，羊不愿意出来，过门槛时就把脖子上系着的红布带子挂掉了。而井宗秀却没在。陆菊人问新郎官呢，夜线子说：旅长和蚯蚓牵马去了。陆菊人就让杜鲁成、周一山陪县长喝茶，她倒急急忙忙去了花生家。

三只羊被拉出来咩咩地叫唤，夜线子在喊后院做饭的伙夫，伙夫就提了刀过来，杜鲁成对麻县长说：县长，你能吃羊吧？麻县长说：吃。杜鲁成给伙夫说：今日就做一道清炖羊肉，要炖烂啊！陈来祥提了一筐子菜进来，见了麻县长问候了一声，却问：这羊是从哪儿买的？陆林说：刚才花生她爹先送来的。陈来祥说：这羊不能今天吃吧？陆林说：今日不吃啥时吃?！陈来祥说：你不知道要领牲吗？麻县长说：什么是领牲？周一山说：我老家那边有领牲这一说的，涡镇也有这风俗吗？陈来祥说：当然有。周一山说：县长，秦岭里养牛养猪的多，养羊的少，杀羊就要领牲。领牲是主人许个愿，往羊身上泼水，如羊抖掉水，这便是羊领了，就可以杀，要是不抖，杀羊的人就得跪求羊领了吧，羊还是不抖，就是不领，那就不杀了。伙夫竟说：给旅长过大事哩，有啥能杀不能杀的，杀！麻县长说：这倒有意思，就泼水试试么。周一山便端了一盆水，先往一只羊身上泼了，羊一扭身子，水珠四溅，身上没了丁点水，说：这只能杀，杀了吧。几个人当下就压倒了羊，伙夫一刀捅进脖子，羊在那里不动了。周一山又拉出一只，这羊的叫唤声很大，泼了水，却就是不抖，还叫唤着。麻县长说：这只不领牲。这只羊就不杀了。而最后一只也泼了水，不叫唤也不抖，伙夫就说：你领了吧，你不领，这肉不够的。可羊还是不抖水，麻县长说：好了好了，不要杀了，肉少就少吃点。这时井宗秀回来了，在大门口拴了马，进院见杀羊，说：不能少吃，杀了杀了，羊就是人的菜么，领牲是以前羊少舍不得吃的规程，咱有的是羊，为啥不杀，羊不被人吃，羊不是白活了?!

陆菊人到了花生家，花生还真的就坐在她卧屋的炕上，而刘老庚却拉了陆菊人到厨房，脸色难看，说：她嫂，我给你说个事，不知好不好，我这心里堵堵的。陆菊人说：女儿要出嫁了，心里难受？刘老庚说：不是，我刚才把装了粮食的两个碗往圆笼里放，手一抖，一只碗掉下去打碎了。这是花生的饭碗子呀，我咋就把它打碎了，这是不是不好？陆菊人心里咯噔了一下，立马记起在县政府门口见到狗梦呓的事，想这是怪事，咋在今日老出怪事。她差点说些狠话来埋怨刘老庚，但看着刘老庚恐慌得要流眼泪，便说：这有啥哩，瓷碗就容易掉在地上碎么，打碎了一只咱再换一只。刘老庚说：你说这没事？陆菊人说：这有啥事，碎了还好，岁岁平安呀。这事你不要往心里去，不要往坏处想，往坏处想坏事就来了，往好处想那来的都是好事。又叮咛道：也不要给花生说。刘老庚说：我不说。去上房重新搭凳子上了柜，从墙上的架板上取了另一只碗，就在碗里又装粮食。

一切都收拾停当了，花生给中堂上她娘的牌位上香磕头。陆菊人说：你好好给你娘说说话，让我也歇歇。就坐到院子里的捶布石上，低了头又想刘老庚打碎了碗的事，心里说：早上过来见蔷薇都是骨朵，如果这阵花全开了，那就没事。猛一抬头朝院墙头看去，所有的骨朵全部开放了，红灿灿的耀眼，她就一下子轻松了，高声说：花生，你出来看，花全开了！

院子外有了鞭炮响，人声杂乱，马蹄脆亮，花生刚要出来，陆菊人却拦住了她，说：快上炕坐着，宗秀来啦！花生反身就进卧屋坐上了炕，脸早红得像蛋柿一样。

※　※　※

花生出嫁后，陆菊人就单身孤影的，越发的是忙，再没有回老宅屋，吃住全在了茶行里。负责做饭和打扫卫生的老妈子，每天都看着陆菊人出门的时候，今日和昨日的衣裳鞋袜从不重样，头梳得光光的，脸上有红似白，一旦从外边忙完回来，拔了头簪，让发髻披散下来，鞋也脱了，散了架似的就窝在圈椅上。可又有了重要的客来，又有了什么急事需要她再去处理，她立即就梳头施粉，换身新衣新鞋，便光鲜起来。老妈子就不止一次地给伙计们感叹：茶总领是神人么，咋有那么大的精神，如果是我，早累死七八回了，而她就像是个灯笼，只要一点上蜡，里外都透着亮！所以，陆菊人每每一进了门，老妈子总是给她沏一杯茶，说：你快歇下吧。陆菊人便端了茶，坐到院子里的花坛台上去喝，花坛里的指甲花有二尺多高了，花开了一拨，又开了一拨。

花生不在了茶行，陆菊人就把指甲花认定了花生的化身，早上出门，看一眼指甲花，指甲花或许是开花了，她就想着昨晚的花生幸福吗，心里却说：我倒是听蛐蛐叫了一宿，没睡好。说完了，又说：你啥意思？为自己的一丝醋意而发笑。如果看到指甲花开过了，甚至那肥厚的叶子上还挂了露珠，她心里就紧张起来：不会是吵架了吧？担惊之后，又给自己宽慰：吵架就吵架吧，小两口谁个不捣个嘴！她就这么每天观察着，给指甲花说话，指甲花也就听懂她的话似的，要么飞来一只蜂，翅膀扇动着像一个光点，凭空站着在吸吮花蕊，要么无风却颤活活的，露珠滚下一颗，再滚下一颗。她就给指甲花浇水，总是浇水，只害怕它渴了。老妈子说：可不敢天天浇呀，鱼是喂死的，花是浇死的。她说：哦?! 就不浇了。老妈子在这个时候，又会说：你晌午不出远门吧？她说：去和方瑞义掌柜说说茶作坊的事。老妈子说：那中午我给咱包土豆丝馅的饺子，你是不是把剩剩接回来一块儿吃？她说：这好，他爱吃。

陆菊人是七天八天了会去看望一次剩剩，偶尔有好吃的了，也就把他接回来。她每次都匆匆忙忙去，遇到饭时，即便要接剩剩回茶行吃饭，她仍是要给安仁堂先做一顿饭，饭很简单，就是擀一案子面条，切好葱花和姜末，或蒸一锅米饭了，再用土豆粉摊薄饼炒一盘粉皮腊肉，陈先生和他的徒弟都爱吃辣，就多放些青椒丝。如果不在饭时，那就给师徒们洗衣服、刷鞋子，把被褥拿出来晒太阳，还说：晒得棉花胀起来，盖上能闻着太阳味哩！陈先生的那个二徒弟憨厚，安仁堂里的杂活儿，他都干，就不让陆菊人做饭、洗衣服，说：你是茶总领了，穿得周周正正的。陆菊人说：我是女人么，你让我身上有些油烟味的好！

现在，陆菊人来到安仁堂，她又拿了一堆脏衣服洗起来，眼瞧着不时有人来看病，而后屋的四张床上，也早躺了几个人，头上身上都扎满了针，样子像刺猬似的，剩剩就在旁边的桌子上燃起一炷香。陆菊人说：剩剩你来，立到门框那儿，看长高了没。剩剩来时，陆菊人特意让他靠住门框，在身高处画了一道。剩剩靠住了门框，陆菊人双手水淋淋的近去看了，说：咋还没长？剩剩说：我就不长！陆菊人说：胡说，你要长高高大大的。剩剩说：偏不长！陆菊人有些生气，但也没再训责，说：不长就不长吧，长得高大了娘就守不住了！咋燃香的？剩剩说：师傅给他们扎上针了，让我燃上香，一炷香燃完了，就让我给他们捻捻针的。陆菊人说：你会捻针了？剩剩说：我不会在穴位上扎，我还捻不了针？陆菊人说：好，好，我剩剩能行！她又去洗衣服，看着陈先生取了手枕，坐在桌边给病人号脉。先号的是位妇女，说服过了五服药，出汗不怎么厉害了，头也不再昏愦，但还是吃东西就想呕吐。陈先生说着仍是脾气虚败，就取了一袋参附末做成的细丸，让每日三次每次三至五粒。再看的仍是一个妇女，诉说着她结婚三年了，就是怀不上，婆婆已经恶言恶语，如果再还是怀不上，人家即便不休她，她也没脸活在人世上了。陈先生号了脉，并没多说什么，也没有给配药，只让回家把香附子去毛和粗皮，米泔水浸一宿了再晒干，用好米醋在砂锅里煮，煮烂了取出来焙干为末，仍用醋糊成丸，丸如桐子大，每服五至十丸，服过一月。妇女说：这么简单的药，能成吗？陈先生说：经不调者即调，久不孕者亦孕。轮到第三个病人了，此人是个老汉，眼睛赤红，气色暗沉，陈先生皱皱鼻子闻了闻，就低头把手指搭在那人手腕上，突然说：你和人置气啦？那人说：这也能号出来?！陈先生说：肝火这么旺的你和人置气？那人说：气死我啦！我买姓石的那三间房时，房前那棵花椒树自然也是我的吧，可花椒树长大了，他却来摘花椒，说当初卖房时卖的是房并没卖花椒树，我们就吵了几架，还动过拳脚。油坊的马六子有高德，他来主持公道，先让我收一年花椒姓石的收一年花椒，可花椒树有大年小年，我收的这一年就没结几颗花椒呀。我不行，马六子又来公断，提出每年的花椒平分，平分就得全摘了平分的，他姓石的竟提前自个儿摘了一盆子，这怎么行，我又去吵了一架，回来就病了。陈先生说：多一盆少一盆算个啥呀。那人说：这是要争口气的！陈先生说：你让马六子来我这儿，我给他出个主意，这事就了断了。那人说：你是啥主意？陈先生说：他拿斧头砍了花椒树不就得了！那人说：啊，把花椒树砍了？陈先生说：砍了！那人想了想，说：砍了也好，我不吃花椒了，也让他姓石的吃不上！

院门外有人叫卖：艾哟——艾！陆菊人抬头往外一看，是个妇女背了一篓艾草，在说：要艾呀不要？剩剩就过来问：阳艾还是阴艾？妇女说：阴艾。剩剩问：咋采的？妇女说：带露水采的。剩剩说：这一篓多少钱？妇女说：两个钱。剩剩在药柜上面的匣子里取了两个钱把艾草收买了。陆菊人洗好衣服拿了往绳上晾，说：剩剩，你还知道这些？剩剩说：师傅教的。

陈先生已经号完了脉，说：阳艾就是阳坡里长的艾，叶子长，阴坡里长的艾叶子圆，厚实，带露水采的茎发白，这种艾做艾卷好。剩剩你把艾晾到后门口，香该燃完了吧。剩剩哎哟一声，就先到那些病床去了，但腿跛得又严重了一些，走路身子斜着。陆菊人就和陈先生说话，说：先生，剩剩去捻针行吗？陈先生说：还行，就是有些犟，又猴得坐不住。陆菊人说：他爹就是这毛病，我多少也是。就笑了一下，再说：你多督促他背《汤头歌》呀，学号脉呀。陈先生说：还小，这得慢慢来。陆菊人把凳子往前挪了挪，低声说：先生，我倒还有个心病，他这腿会不会越来越就变形啦？陈先生说：哦，这也是我的心病呀，上次井旅长来还悄悄给我说起这事，我托人去南边的安邑打问一位姓尹的郎中，他有祖传的绝招，但托付的人还一直没回音。陆菊人说：真是让你操心！这腿不好是不是影响长个头？他应该是长个头的时候，可这一年了，咋不见他再长，你有啥药能给他吃吃？陈先生说：这有啥药，能有啥药呢?!平日我有意买些脆骨炖了让他吃，但就是吃了，他若是土豆，土豆总是长不成萝卜么。十八岁前都还可以长的，即便再长不大，那也没啥的。陆菊人说：他和别的孩子不一样啊，没爹，腿是这样，如果再长不大个头，将来甭说英英武武去预备旅，就是种庄稼做个小买卖怕也走不到人前去。所以，你得给他个手艺。陆菊人说着，声音就不清晰了，剩剩捻完了针，过来又抱艾草，她捂着鼻子擤清涕。陈先生抬起头来，一片树叶正好从外边落在窗台上，说：是一片叶子？陆菊人说：是一片叶子。陈先生说：每片树叶往下落，什么时候落，怎么个落法，落到哪儿，这在树叶还没长出来前上天就定了的，人这一生也一样么。陆菊人说：这真是的，他活该是你的徒弟，我只担心他玩性大，学不好手艺了倒对不起你的名声。陈先生说：干哪一行的走到哪里打听的要见的都是干哪一行的，或许他前世也是个郎中哩。陆菊人便笑了一下，没有再问，也没有说出要领剩剩回去吃饺子的话。

往后的几个月，天都不正常，要热就热得要起火，镇上的男人都光了上身，还嚷嚷着热得要剥这张皮呀，所有的鸡在脱毛，狗吊着大舌头跑来跑去。可要下雨了，下了一整天，夜里下，第二天还是下，凉快是凉快了，黑河白河涨水，冲了许多田地，镇子里塌了三间旧房，130庙的东院墙也倒了三丈。天上的云变幻莫测，昨日今日是红云，红得似淌了血，明日后日可能就成了黑云，黑得似锅底，而且是云从虎山上一起头，牛群羊群似的往过跑，像后边有了狼撵。这期间涡镇有了许多怪事，比如做灶糖的刘老拐子，头一天还来茶行买茶，买了好多茶，第二天传来消息人就死了。比如，镇里的狗三五成群地去攻击拴在北门口那两只狼崽，咬得不可开交，虽然谁没咬赢谁，却一地的绒毛。比如皂角树上的人皮鼓以前在风雨时自鸣的，而现在无风无雨了半夜里也响。老魏头又遇见了鬼，那鬼并没有寻他的事，他一唾，鬼就跑了，他就给人说鬼啥都不怕，怕人吐唾沫。

而茶行的生意都是出奇的好，茶作坊开张后做出了第一批黑茶送往各个分店，各个分店的掌柜们，除了崔涛外，都把新的利润带回了涡镇。茶行就上交给预备旅大量的银钱。井宗秀让花生来给陆菊人传话，要陆菊人在许记暖锅店订一桌饭，他要慰劳一下这些掌柜。

花生一来，陆菊人正在茶行后屋里用热水泡脚，脚后跟上有了三个硬茧，拿瓷片子刮不下，用针一挑，挑出的硬茧竟是小钉子一样长的肉锥，还分着叉儿，连挑了两个，脚后跟两个小坑儿都流血。挑第三个硬茧，花生一挑门帘进来了，陆菊人猛地觉得有个人影，吓得一哆嗦，针就戳到肉里了。花生笑道：我只说你天不怕地不怕的，原来也是个小胆儿！一见脚上流血，忙蹲下抱住了，叫道：呀呀，你这是鸡眼，你脚上有三个鸡眼！陆菊人说：我是总领，这么多人干活儿，身上能不多长几个眼睛盯着？花生就帮着挑第三个硬茧，挑完了，用棉花擦了血，用布包住，套袜子穿上了鞋，两个人就坐到条凳上了。花生说：姐，姐，人家嫁出的女泼出去的水，你就再不管我了？陆菊人说：你是旅长太太了，你不来了倒怪起了我！叫我看看，这做太太的花生和茶行里的花生有了什么不同。她托着那张白脸，看鼻子直直的，嘴角翘翘的，而眉毛咋还是紧紧的像有漆胶着。花生说：你看吧，这脸越来越大了。陆菊人要说什么，又没有说，再看了看那眉毛，把脸放下了，说：在那边都好吧？花生说：还行。陆菊人说：咋还是还行?！花生说：吃的喝的都有人伺候着，只是他太忙。陆菊人说：他肯定是忙，比不得嫁到平常人家了有时间陪你。花生说：我哪里指望他陪我，但他那儿讲究多，我倒心里紧张。陆菊人说：那里是旅部，来往的人多，部队里有部队里的规矩，你别掺和他们的事。花生说：这些我知道。姐，以前他见了我们又说又笑的，其实他在家里了话少，脸老板着。他晚上成宿半夜地不睡，早晨又要多睡，就不许我打扫房子，嫌走动弄出响动。我是睡得早又醒来得早，醒来了就不敢起来，就是起来走路也蹑手蹑脚。他是早上起来了心里最烦，要在炕沿上坐很长时间，静静地想些事，谁也不许打搅他。等到旅部的人都到了，他见到谁只是点个头，不说话，只有坐在他办公桌后那个高背椅子上了，才张口叫这个喊那个，那高背椅子谁也不能去坐的，我坐了一次，他大发脾气。陆菊人没想到花生竟一口气说了这么多，她说：哦，他或许那样做是要树立他的权威么，长期养成了习气，倒不是要对你怎样。花生说：我总觉得他还是有点怪。陆菊人说：有本事的人都会有怪癖的，你就顺着他是了。没人的时候，他待你好不？花生说：你指的是什么好？陆菊人说：预备旅的事多，少不了有烦人焦心的，他闲下来了，你要会让他放松放松的。陆菊人又看着花生的眉毛，花生说：姐你咋老看我眉毛？陆菊人说：这儿也没外人，我还得提醒你，那事能解乏，但你年轻，也得节制些。花生头垂下去，说：他不来。陆菊人说：他不来？那他还和别的女人？别的女人还常去他那儿？花生说：还去的。陆菊人说：啊啊，这你都不管？花生说：他和那些女的也都没事。陆菊人说：这咋回事？花生说：我不敢说，他人不行。陆菊人一下子无语，过了一会儿，说：结婚了，女人的眉毛就散开了，你眉毛还是紧紧胶成一条线的，我还以为我看得不准，新婚的人哪能没有那事，可他不行，他怎么不行呢，以前他也是结过一次婚的呀。花生说：我先以为他不爱我，后来他说他受过伤，受伤后就不行了。我说你知道你不行为啥要娶我，他说他需要太太。一到晚上，他都要我脱光了睡在床上，他就成半夜的点了灯坐在那里看，还给我哼些戏文，哼着哼着他哭了，我也哭。陆菊人抱住了花生。花生说：他让我给他守这个秘密，不要对你说。陆菊人眼泪却流下来，说：那你为什么还对我说，你不该给我说呀，你为什么就给我说?!

在许记暖锅店里，陆菊人订了一桌，上了三个大暖锅。秦岭里的暖锅和四川的火锅差不多，但又不一样，它是铜做的大锅，中间有个火筒，燃着木炭，而火筒周围的锅里是猪蹄和鸡翅熬制的汤，烧煎了，投放腊肉、黄花、木耳、豆腐、粉条、丸子、竹笋、藕块。请来的五家分店掌柜和茶作坊的方瑞义，连同井宗秀、花生还有陆菊人自己，一共九人。满屋子热气腾腾，吃的人不一会儿都喊着辣呀，又喊着辣着香，一头一脸地出汗。井宗秀说：三合县分店的崔涛呢，他咋没来？陆菊人说：崔掌柜回来又病了，我让他去安仁堂抓了药回家歇着。井宗秀说：去安仁堂抓了药？啊那让陈先生和剩剩也一块儿来么，我好久都没见到剩剩了。花生说：那我去叫！陆菊人说：算了，剩剩是小屁孩，他坐不了这席上，而陈先生脾气怪，不一定能来。井宗秀说：剩剩咋坐不了这席，让来！给陈先生就说我请他的！

其实，这一切都是陆菊人和花生谋划啊，就说想把陈先生请来。但花生去请陈先生，陈先生果真不愿来，花生就说各位掌柜长年在外，身体都不好，你去了也给他们号号脉，开些药方。陈先生才和剩剩来了。到了店里，陈先生又不肯入席，井宗秀就搀扶了坐到桌前，陈先生还在说：井旅长你宴请掌柜们，我坐着不自在，无功不受禄么！井宗秀说：你给镇上这么多人看病的，你功德才大哩，今日不但要来，还得坐上席！陈先生只好坐在上席，众人热热闹闹吃了一顿饭。

吃毕，陈先生给六位掌柜都号了脉，开了药方，陆菊人对井宗秀说：井旅长，给你也号号？井宗秀说：我身子好着哩。陈先生说：当官能使人健康。陆菊人说：这些人里边我看就你身体好，可当旅长是官人也是苦人，陈先生有什么大力丸呀的给你服服，精神头就更旺了！井宗秀说：你们茶行生意好了，就是给我吃的最好的大力丸！花生想说什么，陆菊人看了她一下，花生也就不说了。送各位掌柜出了暖锅店，最后只剩下陆菊人、陈先生和剩剩了，走到街上，花生对井宗秀说：咱送先生回安仁堂去，让先生真的给你号号脉，看需要不需要吃些药，或者请先生到咱家去？井宗秀说：我的身体我知道。花生说：你让号号脉么，或许……井宗秀说：咹?!生了气，说：我有什么病！花生就不吭声了。

这当儿，街道上有人在拉长着声吼叫，不是要喊谁，是为了解乏或许故意要发怪声，井宗秀站住脚，训斥道：你吼得难听不难听，是鬼叫啊?!那人见是井宗秀，赶紧捂了嘴，就往巷里钻，而巷里却又出来了蚯蚓，一见到井宗秀风一样跑来，一时收不住脚，差点撞倒剩剩。井宗秀说：你是狼啊?!陈先生便笑着说：你觉得像鬼一样叫的那就是鬼，像狼一样跑的也就是狼。蚯蚓不高兴，瞪了陈先生一眼，说：参谋长让我来叫你的，说是有急事，紧火得很！井宗秀就说：瞧瞧，这鬼呀狼呀的事情这么多，我是没病，也不能得病啊！便告辞陈先生和陆菊人，走了，走出三四步远了，又回头给剩剩说：个头还没长啊，你要好好吃饭哩！

※　　※　　※

陆菊人给井宗秀说崔涛有病不能来吃席了，那是说了谎，崔涛压根还没回镇。十天前崔涛就让人捎了口信，说三合县分店生意很好，可能在六个分店要拿头名，而因一笔账，得耽搁些日子才能回镇。就在井宗秀请大家吃了暖锅的四天后，崔掌柜是回来了，但三合县分店出了事。

就在收回欠款的当天晚上，店里早已打了烊，崔掌柜和孙举来四个伙计打麻将，有人敲门说要买茶，开了门就进来了五个人。其中一个短衣打扮的先问了绿茶价，又问了黑茶价，说：这黑茶怎么样？价这高的！孙举来说：贵是贵，可钱能认得货么！那人说：这话说得好！美得裕，这牌子也好么，是平川县的？崔掌柜说：不，是涡镇的。那人说：涡镇还不是平川县？崔掌柜说：涡镇就是县城，县政府在那儿，将来就是涡镇县。那人说：有个人也是涡镇的么。崔掌柜说：谁？那人说：井宗丞。崔掌柜说：啊那是井旅长的哥哥。那人说：这就好！他哥哥要出远门，来取些盘缠。崔掌柜惊了一下，说：啥？那人说：来取些盘缠。一只手五个指头还在柜台上弹着。崔掌柜一身冷汗出来，知道要遭绑票了，面如土色，当下跪了，说：爷，爷呀，你们是什么人？这小店小买卖的，我们又都是伙计。那人说：别害怕，我们不是土匪来绑票的，只是取些盘缠。崔掌柜看着另外四人，四人都把枪掏出来拿在手里，他就叫孙举来把钱快拿出来。孙举来说：你明日不是要回镇吗，咱没钱呀。崔掌柜说：你这娃，做生意是钱在前人在后啊！他自己倒把两筐银元拿出来。那人就对孙举来说：这怎么就没钱啦，咹?！你是伙计？孙举来说：嗯。那人说：他是掌柜？孙举来说：嗯。那人说：你一辈子都当不了掌柜！崔掌柜说：娃还小，不懂得礼数。我可是把所有钱都拿出来了，你们不要杀我们。那人清点了银元，却从口兜掏出一枚戒指，说：这你收下，算是个借据。崔掌柜说：要啥借据，都是井家的么。那人说：亲兄弟明算账啊！再次把戒指放在了柜台上。

崔掌柜只身骑了头骡子赶回涡镇，把遭抢的实情给陆菊人说，说了一半去了趟厕所，回来再说。如晴天一个霹雳，陆菊人身子摇晃了一下，但她立即坐直了，却问：伤人了没？崔掌柜说：人倒没伤。陆菊人说：这就好。崔掌柜说：我咋这倒霉，去年出事你宽容了我，我只说今年将功赎罪呀，谁料到天就塌了，这像是我编故事一样，你能信吗？陆菊人说：我信。崔掌柜又往厕所跑。再回来，陆菊人说：你肚子不好？崔掌柜说：把款丢了，这肠胃病又犯了，吃啥拉啥。陆菊人说：你把那借据给我看看。崔掌柜从怀里掏出那枚戒指给了陆菊人，戒指是一枚银戒指，看不出是谁戴过的，陆菊人说：给你戒指的人就是井宗丞？崔掌柜说：我是黑河岸上人，来镇上的时候井宗丞在县城上学，好像见过一次，已记不清模样。给戒指的人个头不高，粗胳膊粗腿的。陆菊人说：那不是井宗丞，井家兄弟都高个子、白净长脸，会不会是冒充的？崔掌柜说：那人很从容，言语不恶，而且对涡镇对茶行的情况都熟悉，不像是冒充的。咱是不是得把三合分店撤了？陆菊人说：现在乱世，在外做生意，这种事谁也难保不遇上，如果真是井宗丞他们，我想肯定他们有了难处，万不得已才干了这事。分店倒用不着撤，三合县生意向来好做，若撤了，一是茶行损失大，二是必然引起外人猜疑，传播出去，对别的分店也产生恐慌。这事一定不要给任何人提说。崔掌柜说：给谁说呀，我还不嫌丢人?！陆菊人说：咱俩现在就去130庙里，给菩萨烧烧香，让宽展师父给你吹曲尺八，收收魂安一下心。明日你到安仁堂看看你的病了，尽快就回三合县。以后在店里要多放些现成的银钱，人家要来了就让人家拿去，如果来一次就罢了，若同样的人还再来，就招待人家吃喝，你招待了，他或许就不好意思来骚扰，免得再让惦记。崔掌柜点头应诺。

等从安仁堂提了一大包药草，崔掌柜回到了三合县分店，他重整业务，除分店昼夜开门营业外，还多招收了伙计，让他们带着茶叶去县各镇推销，更重要的是他和县上一个小炉匠琢磨着做出了一种煮茶壶。先前经销绿茶，绿茶是直接在壶里杯子冲泡，而黑茶必须要用大铁壶熬，不免增加许多麻烦，影响着销量。他和小炉匠做出一个大肚子壶来，在壶里装一个直管，在直管上是一个滤网，把茶叶放进滤网里，水加热后蒸汽从直管泵到滤网上的壶盖上再淋洒到茶叶上，通过滤网流回壶内。这样壶内的沸水循环淋洒滤网里的茶叶实现泡煮，泡煮出的茶既方便又汤汁清亮。这样的壶制作出后，极受欢迎，买茶的人多了，还买了壶，生意比先前又兴隆了许多。崔掌柜急于表功，让伙计带这种壶回涡镇给陆菊人汇报，陆菊人大喜过望，立即组织了镇上和白河黑河两岸的小炉匠都制作，她见到井宗秀，就大力夸奖崔掌柜是个人才。

这期间，三合县分店里，井宗丞的人再来过一次，崔掌柜就笑脸相迎，招呼着吃喝，走时给了百十个银元。只说有再一再二没有再三了，而这些人又来了，来了显得很亲热，称兄道弟的，说有需要他们办的事只管说。崔掌柜也不敢说有事让他们帮忙，只是叫苦从涡镇到三合县，路程远，花费大，茶叶的成本高，生意不好做，再加上城内又新开了四家茶店，竞争得很厉害，他们从年初到现在，销量一直下降，快难以为继了。没料，就在第三天，那四家茶店的掌柜两个就被打死在了店里，另两个下落不明。竞争对手是没有了，却满城起了风雨：从涡镇来的美得裕茶店是红军的一个窝点，专门提供资金。县保安队就来一条绳索捆着崔掌柜走了。做掌柜的一被带走，众伙计就拿了店里能拿的货，作鸟兽散，只有崔掌柜当初从涡镇带去的孙举来一个跑回了涡镇。

孙举来把噩讯告诉给陆菊人，陆菊人和账房在柜台前对账，当下趴在柜台上半天没动弹。账房觉得不对，叫着她，她还是不动弹，忙去端水过来，陆菊人这才抬起头，她是突然间昏了过去，好一阵人事不省，幸好双手是搭在柜台上，人没有跌下凳子，醒来脸色苍白，虚汗淋漓。喝了些水后，就吩咐账房：消息要严加封锁。并让给孙举来五个大洋封口费，为了保险起见，孙举来不能回家也不要到茶行干别的事，就留在账房手下。

陆菊人把自己在房间关了整整一天，都在考虑着将这事告诉不告诉给井宗秀，不告诉吧，三合县分店突然就没有了，这么大的损失他能不知不晓？何况崔掌柜被抓走了，生死不明。可是告诉了，怕井宗秀生气之下去三合县报复，而预备旅是6军的预备旅，他怎么去报复，那又会整出什么事来？头疼得厉害，又不能和别人说，给花生说不出，给陈先生也说不成，只有天黑了出了房间去到130庙。宽展师父是个哑巴，说了是不会泄密的，但她去了庙里，听着宽展师父吹了两曲尺八，她还是没有说。回来就决定还是不能告知井宗秀，等过了一段日子，想办法补救三合分店的损失后，再找机会向他说明吧。

陆菊人硬是在用纸包火，而三合县保安队抓去了崔掌柜，严刑拷问，崔掌柜肠胃病又犯了，大小便失禁，稀屎顺着裤腿流，但他不肯交代和红军有什么瓜葛，也不愿牵扯出陆菊人和井宗秀，就咬断舌头自尽了。崔掌柜一死，三合县保安队将这事上报了秦岭专署，专署下发了牒文给麻县长，责令麻县长追查此事，是不是井宗秀仍和井宗丞有联系？如果查证属实，就呈报6军。麻县长接到牒文，紧急召见井宗秀。

井宗秀因和杜鲁成、周一山研究涡镇街巷改造方案，说：正忙着，怎么去？麻县长再派王喜儒来召井宗秀，井宗秀说：啥事，一道一道圣旨?! 去了县政府，听麻县长说了情况，井宗秀竟然一改往日的客气，发了火，认为哪儿都有好人和坏人，林子大了，肯定要长几棵弯弯树的，三合县分店姓崔的通敌，那是他个人行为，该杀该剐，可把这事胡拉被子乱扯毯，是预备旅要叛变啦，是我井宗秀和红军勾搭啦，真是别有用心！好多人就是在嫉恨着预备旅的存在，当初便散布我井宗秀和井宗丞是同胞兄弟，现在又在这方面做文章，预备旅是你麻县长一手组建起来的，他们是冲着我来的还是冲着你麻县长的?! 倒说得麻县长一时无语，便让井宗秀先回去，他要再思量思量。

井宗秀一走，麻县长觉得我是奉上级之命要调查落实这事的，你井宗秀即便有理，也不能是那种口气说话。他突然想到他应该说这样那样的话就可以压住井宗秀的，怎么当时就想不起来，懊丧不已。但总得要处理这事，就又让王喜儒叫来了陆菊人。

麻县长把三合县分店的事复述了一遍，看着陆菊人双手压在膝盖上要站起来的，脸上掠过一丝痛苦，但又坐下去，他说：陆菊人，你在本县面前要说实话。陆菊人说：我说实话。他说：这事情你知道？陆菊人说：知道，我是前日从回来的伙计口中得知分店被抄，崔掌柜被抓了。他说：那你也知道分店成了红军的一个窝点，给红军提供资金？陆菊人说：这我不知道。他说：你是茶总领，你能不知道？陆菊人说：我真的不知道，但我是茶总领，无论如何也是我用人不当，经管不力。他说：这不是用人不当、经管不力的事，现在这事要取证查实了呈报专署和6军的，是预备旅还能不能存在、井宗秀还当不当旅长的事！陆菊人说：这事与预备旅和井宗秀没关系啊，这茶行是我的，我是茶总领，只是茶行在涡镇，涡镇属井旅长管辖。他说：茶行不是预备旅的，不是井宗秀的？陆菊人说：是我的。他说：茶行给预备旅提供了资金？陆菊人说：我资助过，我给过大洋。他说：哦……陆菊人说：县长，你就给上边呈报，茶行与井旅长他们无关，一切责任都是茶行，要惩治就惩治崔掌柜和我。他说：姓崔的已经死了。陆菊人说：死了?！他说：死了。陆菊人说：人都死了还要追究？他说：姓崔的死了，姓崔的是什么背景，他后边还有没有后台和主使，这都要查的！陆菊人说：我给县长说明了半天，你这不是抓住我不放么。这样吧，都是茶行的错，都是我的错，那你就把茶行收没了归预备旅，把我也关押起来好了。他看着陆菊人，半天再没有问话，却喊起王喜儒。王喜儒跑了来，陆菊人便给王喜儒说：你能让谁去茶行给我拿件换洗衣服吗？王喜儒莫名其妙，他说：拿什么换洗衣服？陆菊人说：我不知道要关押我多长时间么。他挥了一下手，给王喜儒说：送她回去。

井宗秀离开了县政府，就感到了事情的严重性，后悔对麻县长态度不好，回到城隍院把麻县长所说的事告知了杜鲁成和周一山，夜里商量着对策，又商量不出个好办法，觉得还得依靠麻县长。第二天三人就又拿了猪肉和河心水去了县政府，井宗秀道歉着他昨日是受不得诬蔑，一时火气攻心，虽然不是冲着麻县长，但也不该给麻县长说话太硬。井宗秀说：对不起呀，县长！他给麻县长鞠躬，麻县长说：你井宗秀还是有脾气么！井宗秀说：你包涵，这事还得你周旋。麻县长就笑了，说：这事我已经能解决了！井宗秀说：解决了？麻县长说：三合县分店崔涛私通红军，死有余辜，茶行被收没归预备旅，茶总领陆菊人关押一月。井宗秀说：啊，啊。麻县长说：我这样解决行吧？井宗秀、杜鲁成、周一山面面相觑。麻县长说：这你们得感谢茶总领陆菊人啊，我昨日询问她，我才想出这个解决法的。井宗秀说：你询问过陆菊人了？她是茶总领，崔涛私通红军那与她没关系啊！麻县长说：她用人不当呀，我也不忍心关押她，但必须得关押，就名义上关押她，你们告诉她藏起来一个月不要露面啊。井宗秀说：啊这好，这好！麻县长说：涡镇竟然能有这么个女人，她能行啊！井宗秀说：她是能行。麻县长说：我以前看过一本书，说是慈禧年轻的时候让人算过命，她坐在椅子上，双手撑在膝盖上要往起站的时候，眉头皱了一下，过后相面师说，此人不是万人之妻就是万人之母。井宗秀听不懂，说：眉头皱了一下就……麻县长说：她是手压住了……啊有异相么，不说这个了，不说这个人了。井宗秀到底不明白麻县长说的话。

从县政府出来，井宗秀就直脚去了茶行见陆菊人，问了麻县长询问她的过程，说：你把事情全揽了？陆菊人说：我不揽，让他们把你撤了？把预备旅解散呀？井宗秀说：我做好了准备，让他们来撤来解散么，就是赢不了也鱼死网破！陆菊人说：大不了带人带枪上山当毛毛土匪是不是?!麻县长给我说了你给他发火，你当初是咋说的、咋忍的、咋谨慎的，现在脾性这么躁呀！生气不理了井宗秀。井宗秀说：我不是又给麻县长回话了吗，现在麻县长是把事情解决了，但我是男人，让一个女人来担罪，我这心里，唉……陆菊人说：好啦好啦，那有啥的，我不是仅仅担个名吗，我藏一个月还能好好歇着哩。井宗秀说：茶行出了这么大的事你应该早早给我说，也不至于弄到这地步。陆菊人说：我原本要告诉你的，但担心会又有别的事，就没及时告诉你。女人确实办不了大事。

第三天，麻县长一方面呈报材料给秦岭专署和6军，一方面贴出了布告，宣判因三合县分店崔涛私通红军，茶行收没归预备旅所有，茶总领陆菊人关押一月。布告一贴出，涡镇一片哗然，议论着谁都知道井宗秀和井宗丞是两股道上的车，崔涛怎么就敢给红军提供资金，这不是一个人的私利就是成心要害井宗秀的。茶行明明是预备旅的，怎么收没了归预备旅所有，是井宗秀把茶行让陆菊人经营，而陆菊人暗中转化成自己的了？她辜负了井宗秀，要了井宗秀，寡妇心还这么黑啊?!

剩剩知道娘被关押了，正给野猪扔木棒，不扔了，跑去县政府门口大声喊娘。王喜儒急忙跑出来，不让喊，说你娘没关押在这儿，剩剩更是大声喊，王喜儒就扇了他一个耳光。剩剩拾起个砖头便砸王喜儒，王喜儒头一闪，砖头砸在窗子上，一根窗棂格断了。大门里跑出来三四个人，剩剩撒腿就跑，却一个趔趄，头碰在一棵树上出了血，回到安仁堂哭得呜呜呜。陈先生说：你到130庙里找你娘。剩剩没听陈先生话，他跑回老屋院，门锁着，门脑上有一个蜘蛛网，再跑到寿材铺，门也锁着，台阶上落了一群雀。他是最后跑去了130庙，宽展师父抱住了他，王妈告诉说他娘是在庙里，但天未明又去了白河岸崔掌柜家，明日或者最迟到后日就回来了，要剩剩在庙里等着。但剩剩不等，一定要见娘。宽展师父就和王妈领着剩剩去了白河岸。陆菊人是带了四十个大洋去的崔家，崔家已派人去搬尸还没回来，而家里人正在修墓，等到一天两夜，搬尸的人回来并没有搬到尸，一家人哭得天昏地暗，陆菊人就建议把崔掌柜的旧衣旧物下葬，才下葬完在坟头烧纸，宽展师父和王妈带了剩剩去，娘儿俩抱住放开声地哭起来。

一个月后，陆菊人的关押被解除了，花生一定要陪着陆菊人到街上走走。两人要出门，陆菊人既要打扮得漂亮，又不要打扮得比花生漂亮，她就上衣着件青蓝长褂，压月白花边，下身深紫色长裤，裤管扎上黑色带子，脚上穿了软底黑鞋，头上梳了大圆发髻。街上人都看见了，又惊讶，又疑惑，交头接耳，不知所措。这一拨人迎面碰上了，说：啊，啊你瘦了，瘦了好，瘦得清清秀秀多精神啊！那一拨迎面碰上了，说：呀，呀，好些日子不见胖了么，人还是要胖哩，胖了就多富态的！花生小声说：这都是些啥人呀，你到底是瘦了还是胖了！陆菊人说：你让他们咋说呀！经过老皂角树下，树上的干皂荚往下掉了五个，她们没有捡，陆菊人说：我磕磕头。趴下磕了三个头。花生说：咱到茶行去，账房和伙计已张灯结彩在等着你的。陆菊人说：我已经不是茶总领了。花生说：宗秀还是让你做总领的。陆菊人说：算了，你跟我去看看剩剩吧。

井宗秀确实还要陆菊人继续做茶总领，但杜鲁成、周一山都不同意，他们认为让陆菊人还当茶总领，怕再出别的事故来，因为麻县长不知道茶行是预备旅的，而陆菊人说收没了茶行归预备旅所有，那是瞒天过海，如果陆菊人一出来还是茶总领，这样总是不好。井宗秀就宣布账房当茶总领。账房也明白他这个茶总领是什么意思，以前该怎样现在还怎样，没人时他就依然叫陆菊人是茶总领。

※　※　※

三合县分店的事处理后，周一山主张攻打一下红 15 军团，以此来消除对预备旅的怀疑，杜鲁成却坚决反对。杜鲁成说：做生意是不能逮住碗吃饱了还不丢手的，要脑子活泛，啥赚钱干啥，可预备旅不是做生意，点子多了，不一定都能点到向上。阮天保攻镇为啥咱赢了，凭的是有城墙呀，离开了涡镇，咱是人多还是枪好？打银花镇损失那么惨重，还不吸取些教训？周一山说：你能保证人家还在信任咱们吗？失去了信任，以后预备旅的日子能好过吗？杜鲁成说：过不好总还是日子在过吧，以卵击石那还有日子过吗？咱现在是挑着鸡蛋筐子上集，不是要挤人而是防着被人挤哩！周一山说：你不懂！杜鲁成说：你懂?!两人又争吵不休，就说：宗秀你断断，看谁说得有道理。井宗秀说：你俩再说。杜鲁成说：再说就打起来啦！周一山说：打啥哩，词穷理亏了才动手哩！杜鲁成说：你那脑子就是涡潭，转得快，别转来转去把自己也卷了进去！周一山说：涡潭不能就死水啊！杜鲁成说：是不是又该说你听到什么鸟语兽言呀？周一山说：我遗憾听不懂犟驴的话！杜鲁成说：你骂我?!周一山说：我没骂！杜鲁成抬起屁股走了。杜鲁成一走，周一山也走了。井宗秀没有动，还坐在那里，一边抽烟，一边在嘴唇上、下巴上摸着拔胡子。他思谋着，这么多年了，红军四处攻城拔寨，却没有进犯过涡镇，应该说这与井宗丞在红军里有很大关系吧，如果去打红军，是能消除秦岭专署和6军对预备旅的怀疑，可凭预备旅眼下的实力，那怎么去打呢？何况红军现在在哪儿还不清楚。他说：那这样办好不好？没有回应，抬起头来，才发现杜鲁成和周一山不在了。隔窗望去，周一山是蹴在银杏树下不停地唾唾沫，而杜鲁成却从伙房里拿了五个蒸馍在那里吃，两个腮帮子鼓得圆圆的，周一山说：别噎住了。他又把一个馍塞到了嘴里。井宗秀就出了门，往院外走去。

井宗秀在茶行找到了孙举来，详细询问了红军几次在三合县分店借款的经过，问：你认识不认识那些人？孙举来说：人家来都是找崔掌柜的。井宗秀说：我问你认识不认识。孙举来说：认识。井宗秀再问：他们是从哪儿来的又去了哪儿？孙举来说：他们来无踪去无影。井宗秀说：是神呀？既然数次来，又打砸了别的四个店，肯定在城里还有联络点。孙举来说：崔掌柜可能知道。井宗秀说：我问的是你！孙举来说：好像补鞋匠也认识，补鞋匠在城东桥头有个小铺子。井宗秀说：这就对了么，你哼哼唧唧的！孙举来说：我对预备旅对茶行是一片忠心。井宗秀说：好呀！你再去一回三合县，找到那个补鞋匠，让他给那些人讲，能不能来攻打涡镇。孙举来说：攻击涡镇？这才真是通敌啊！井宗秀说：让他们来，双方做做样子。孙举来说：那这为啥？井宗秀说：别的不是你的菜。便给了十个大洋，说：这事对谁都不能说，说了你就没命了。现在就去，如果半路里逃跑，你家里的人也就没命了。我等你回来，回来只准找我。

孙举来不敢回家，当下出了北城门，心想这十个大洋不能都带在身上，就掏出了两个，将另外八个埋到那土坎梁后的路边芦草里，刚刨出个土坑埋下，还要寻一个石头压在上边做记号，巩百林和赖筐子从虎山崖回来，孙举来立即解了裤子蹲在那坑堆上。巩百林问：孙举来你干啥哩？孙举来说：屙哩。真的就努出一堆粪来。巩百林骂了一句，和赖筐子走了。

巩百林从虎山崖回来，是因为轮流进镇休息的时候，他连续抓了两个特务，井宗秀让陆林换防了他，他就依然带了赖筐子。赖筐子的爹原先在镇上摆过卦摊，给人看相算八字，爹死后，赖筐子参加了预备旅，就在巩百林手下，也是其爹的秉性，见人就痴着眼看人家的五官、身形和走势。巩百林曾推荐他去给井宗秀当警卫，赖筐子不去，巩百林说：你这个瓷尿，跟着我有啥出息。赖筐子说：井旅长颧骨高，腮帮子那么瘦，颧骨高腮帮子瘦的人是把别人的肉要贴到自己脸上的。你这圆胖脸好，我就跟着你！巩百林说：圆胖脸咋个好？赖筐子说：这话不能说，反正前途无量。巩百林知道赖筐子的意思，嘴里说这话你不敢再胡说了，心里却从此有了想法，也就没再推荐赖筐子去给井宗秀做警卫，留在自己身边，出门干啥都在一块儿。两人都是本镇的，镇上的大大小小人差不多全认识，有一天从虎山崖进镇轮休，就碰着一个人背了一篓扫炕笤帚在槐树巷里，赖筐子说：这人头小眼光像点了漆，走路急碎步，一辈子发不起来。巩百林就把那人叫住，问：你是哪里人呢？那人说：西背街三道巷的。巩百林说：你胡说，镇上的鬼我都认得，你是镇上人？那人说：我是来卖扫炕笤帚的，住在三道巷我姑家。巩百林说：你姑父是谁？那人支吾着，巩百林一把采住，夺了背篓翻看，篓里装了几十个扫炕笤帚，下边却有一把短枪，当下拉到城隍院审问，才交代是方塌县保安队的，来刺探情报的。井宗秀下了处死令，巩百林、赖筐子就把那人用绳勒死。勒死了一个特务，巩百林、赖筐子在镇上行走的时候，就格外留神那些陌生人，十几天后竟又捉住了一个来镇上耍猴的，也是逛山派来的特务。接连捉住了两个特务，镇上人都觉得惊讶，巩百林也得意自己还能有着嗅觉，而井宗秀就紧张了，一方面加强北城门口的岗哨，任何陌生人出入检查格外仔细，一方面把巩百林、赖筐子从虎山崖调回来成立了一个秘密小组，专门甄别、跟踪、调查、缉拿可能混进来的敌特人员和企图叛变出逃的可疑分子。

但巩百林、赖筐子并没有留意到孙举来的慌慌张张，孙举来拉了粪后，两天后到了三合县城，是找到了城东桥头的补鞋匠，把要捎的话捎到了，还顺便打问了崔掌柜自杀后埋在哪里，补鞋匠说：尸体投到城外的县河里，怕早被鱼鳖水怪的吃了。孙举来赶到县河边，河水汪汪，他抓了一把沙装在怀里，哭了一场。又是两天后回到了涡镇，因为正好是半下午，预备旅在北门外沙滩上操练，人很多，他没有去挖那八个大洋，而井宗秀也在，看到了他，假装到芦草边尿，悄声说：晚上到南门口外涡潭边等我。待到天黑，孙举来在涡潭边等，井宗秀来了，问：办妥了？孙举来说：妥妥的。井宗秀说：咋证明你办妥了？孙举来说：没证明，但补鞋匠还给我说了崔掌柜尸体被投到河里喂鱼了，我在河边哭了一场，抓了把沙，要给崔掌柜的儿女做个念想。他从口袋掏出沙给井宗秀看。井宗秀说：好，我信了你。你对崔掌柜还那么有情义呀？孙举来说：他周济过我，我还没报答哩他就死了。井宗秀说：哦，那你得报答。猛地一推，孙举来跌进了潭里，平静的潭面立即旋动起来，孙举来还冒了冒头，举着手，井宗秀从怀里掏了一沓阴票子也扔下去，水圈子越来越多，旋转得越来越急，什么都不见了，潭面慢慢又恢复了平静，月光像银子一样在上面闪着。

几乎一个月里，涡镇上别的事情都没有，只是一天深夜安记卤肉店关了门，突然门被敲响，安掌柜还以为是井宗秀夜巡在他家门环上挂鞭子，开了门却是孙举来。孙举来拿了一大沓钱票子要买三斤卤肉，安掌柜还说：半夜里还得吃这么多肉！收了钱票，把肉切了。第二天早晨安掌柜要拿了那些钱票去粮庄买米，却发现都是些阴票子，骂孙举来拿阴票子骗他，去了孙家论理，孙家人说孙举来好些日子都没见了，有人就嚷嚷孙举来死了，安掌柜遇见的是鬼。

孙举来到底是活着还是死了变成鬼，巩百林和赖筐子也在追究，但活不见人死不见尸，就估摸是不是出远门了，就不了了之。两人倒是几次从街上过看到杜鲁成在小酒馆里独自喝酒，巩百林说：杜鲁成比我脸还圆，圆得没下巴了，他也是能成事的？赖筐子说：咱还是和他近乎些好。就进去陪着喝酒。喝过了一次，又邀杜鲁成喝了一次，喝高了，两人勾肩搭背，还称兄道弟起来。

分了手，巩百林和赖筐子趔趔趄趄往城隍院去，130庙前的牌楼下站着个乞丐，拿了一只碗和一个脏兮兮的布袋子。赖筐子说：他不是要饭的。巩百林说：咋不是要饭的？赖筐子说：五官没长开、脑袋像个土豆的才是贫苦人，他光眉豁眼的。巩百林上前抓住，喝问：你是干啥的？乞丐竟说：你是干啥的？巩百林说：睁眼看看这身衣服，老子是预备旅的！乞丐说：我就要见预备旅的井旅长！巩百林压住就打，骂道：井旅长是你见的?！你是什么人呢？打得那人鼻青脸肿，交代了自己是红15军团的，但除了说要见井旅长，别的再不肯说。巩百林就拖着乞丐到了旅部。

井宗秀正在后屋里和几个妇女打麻将，花生进来附耳说：巩百林他们又抓了个特务，就在大门口。井宗秀说：咋又抓了个特务，让他巩百林抓特务哩，他倒越抓越有了？让进来吧。巩百林和赖筐子扭着那乞丐进来，井宗秀还在打麻将，问：哪儿来的特务？那乞丐说：红15军团的。井宗秀心里咯噔了一下，忽然想起其兄，却不便打问任何情况，说：政府军到处在追缴你们，你倒敢来刺探军情，是要攻打涡镇不是？乞丐说：我只是送信的。井宗秀说：谁的信，信呢？乞丐便从口袋里掏出一个黑馍，掰开了里面竟有叠着的纸条儿。井宗秀看了，上边写着：正要往秦岭东南去，就走虎山湾，井水不犯河水，两相平安。看毕，将纸条揣在怀里，让巩百林、赖筐子送人出十八碌碡桥。

巩百林和赖筐子送那乞丐出了北门口往虎山湾走，乞丐提出让赖筐子脱了鞋给他，他的鞋底磨破了。赖筐子说：咦，井旅长让送你出十八碌碡桥，你又要我的鞋，你到底是什么人？巩百林也说：你狗东西太狡猾，把信能藏在黑馍里，说，信上写的啥话？乞丐说：你打我已犯了错误，不该你知道你要知道，还再犯错误吗？巩百林就火了，说：我就再犯错误咋的！将乞丐压在地上，抽了裤带，就缠在脖子上勒，一时勒不紧，乞丐挣扎着起身，赖筐子就过来，两人各拉裤带一头，使劲儿地勒。勒死乞丐，在沙滩上刨出坑埋了，两人吸过一锅子旱烟才回的镇。

井宗秀看着纸条，虽然上面没有署名，已估摸这是井宗丞写的，就想这么多年了，他和井宗丞大路朝天，各走了一边，没有谋面过，也没有联系过，他是竭力避免和淡忘这个兄长，好像他们不是亲兄弟，好像涡镇从来就没有井宗丞，好像井宗丞在这个世上压根就没有活过。可每当去了纸坊沟父亲的坟上，去见到了老娘，或者清早起来脑子里闪出第一个念头，却总是井宗丞的影子，他才知道井家的藤蔓上结着他这个瓜，还结着另一个瓜，他们是兄弟，犹如门的左扇和右扇，犹如锨的锨头和锨把，是冬天的树枝，即便是被折断了，那也连着皮啊！但井宗秀细细琢磨纸条上的话时，他又是几多疑惑。红 15 军团一直都在秦岭西北一带活动，怎么就要往秦岭东南去呢？“正要往秦岭东南去”，“正”是什么意思？“就走虎山湾”，为什么是“就走”？“井水不犯河水”了，为什么还要加一句“两相平安”？便证实了这是在回应孙举来送去信的内容。井宗秀就把这事说给了杜鲁成和周一山，杜鲁成一听就紧张了，说：我最担心的事到底发生了。周一山看着纸条却嘿嘿地笑。杜鲁成说：你一直要去攻打人家，现在人家找上门，合你心意了？周一山说：是合我的心意。杜鲁成说：周一山你要清楚，带兵打仗这不是麻将桌上赌博，输赢一两个大洋无所谓，这来的不是一个县保安队，不是一个阮天保，你以为能打过红 15 军团吗？周一山说：你考虑得都对，双方力量悬殊太大，可咱们需要他们来消除怀疑，他们也需要咱们能借道去东南，纸条上不是写着井水不犯河水、两相平安吗？你知道井水不犯河水是啥意思吗？杜鲁成说：我是三岁娃娃？周一山说：这意思谁都懂，可这个井字我认为其中有兄弟情义。杜鲁成说：这不是将怀疑坐实了吗？周一山说：后边不是又写了两相平安吗？杜鲁成说：你是个鬼，看谁也都是鬼。井宗秀看他俩说不拢了又捣嘴，就说：我是这么想的，咱先派人外出打探方圆六十里之内有没有红 15 军团活动的消息，如果没有，那就罢了，如果有，这就是红 15 军团真的要通过虎山湾，那预备旅就必须拦截，这是预备旅的职责。而红 15 军团能先送信过来，这不是姓井的事，是他们还忌惮着这个预备旅，说明他们真的不是要吞食涡镇，仅仅是借道。既然是借道，咱们就让他们通过，咱首先要以预备旅和涡镇的利益为上，他们有诚意，咱们也识时务，到时心知肚明了，枪声喊声越激烈越好，子弹却往空中打。杜鲁成、周一山都同意了这种想法，当下就决定派陈来祥去黑河岸，巩百林去白河岸，打探红 15 军团的消息。

三天后，陈来祥和巩百林回来，都汇报并没有见到也没听到有红 15 军团的任何踪影。井宗秀这时候倒觉得那信是不是假的，问巩百林把那送信人送去了哪里，巩百林说：你咋问这事？井宗秀说：那是不是坏人？巩百林说：我就看他不顺眼，把他办了。井宗秀就再没说什么。

但是，茶作坊的方瑞义要去老县城进一批麻袋，返回时带了三个驴驮走到五凤梁，站在梁上看见梁下的王村起了烟火，许多人都往梁上跑，问咋回事，说是红军在村里烧了八户财东家的屋院，还将两个财东拉到村里的集市上当众镇压了。方瑞义也没问红军为啥要烧房杀人，赶回来就把这事说给了陆菊人，陆菊人又报告给井宗秀，井宗秀说：看来信是真的。立即部署杜鲁成、陈来祥带一半兵力上了虎山崖，和陆林他们进入工事，严阵以待，让周一山、夜线子、巩百林带另一半兵力守护在城墙上。巩百林还说：明明没有踪迹么，却突然就出现在五凤梁，狗日的是天兵天将啦?!

到了第二天后半夜，黑河岸窑峪方向突然有了枪声，井宗秀即刻上了城墙，周一山却让人拿了许多鞭炮，井宗秀说：拿这鞭炮干啥？周一山说：空放枪太浪费子弹么。井宗秀说：也别太自信，如果发现有攻城的，不管是什么人，不管人多人少，带的是什么精良武器，一定要守住镇，就是人全战死了，尸体也要堵住城门。然后他就骑马出了北门洞，直奔虎山而去。到了虎山下，放了马，马又跑回镇，他上了虎山崖，天已麻麻亮。当黑乎乎一片蝙蝠都吸收在了崖壁上，一队人影出现，这些人影似乎分成三部分，前边是六七十人，隔开一段距离，中间是六七十人，再隔开一段距离，后边又是六七十人。过了十八碌碡桥，前边的六七十人又分成三行，一边跑过来，一边打枪。杜鲁成也命令打枪，枪口都抬高了往空中打。枪声一时很乱，崖壁上的蝙蝠又起飞了，但它们不知了该往哪里飞，白天里眼睛看不见，就在崖前乱成了黑云。河滩里先头的六七十人已跑过了那一片耕地，后边的两部分人就撵上来，枪声比先前更激烈。子弹是都朝着虎山崖打的，但全打在崖壁上，石片子乱溅，火星子乱溅，有一颗石子迸起来伤着了一个班长，班长骂道：我 × 你娘的！举枪往崖下打，河滩上便有人倒下了，立即第一部分的人都趴在了地上往崖上打枪，第二部分沿着河边往过跑，跑过那两岔路口了，再趴下来打枪，第三部分的人就快速地撵过来，枪声如同了爆豆，崖上有人就中弹了。杜鲁成在喊：枪抬高打！班长说：我往高处打哩，人家朝我头上打哩！杜鲁成说：打了你头你也要抬高打！果然，崖头上没再朝下打，下边的也把枪往河面上打。三部分人合成了一部分，尘土腾起着往过跑。井宗秀一直观察着，对杜鲁成说：红 15 军团虽然是帽子大身子小，但也不至于就这二百多人吧？杜鲁成说：是不是一支先遣队？井宗秀说：你注意着他们有没有要往镇上去，如果往镇上去，就立即实打。杜鲁成说：好像没有去镇上的意思，真是只经过。井宗秀说：那就枪声再激烈些！又是一阵急风暴雨般的枪响，河滩里的人已经全部过了两岔路口，转向白河渡口方向，那里一片水蒲草，腾浮着红色的花粉，如火如霜，人就隐隐约约不见了。而镇北城墙上却也起了响声，并有了烟雾，杜鲁成吓了一跳，说：镇上咋这阵了枪声那么稠的？井宗秀说：咱打哩让他们也打些么。杜鲁成说：咋有了烟雾?! 井宗秀说：他们放的是鞭炮。

涡镇里的人原以为这是一场恶仗，所有人都上了四面城墙，准备了石头、砖瓦和木棒，也抬了几十个门扇要做担架的，却这么短的时间里轻轻松松地结束了。他们觉得像做梦似的，还坐在城墙上发怔，而虎山崖上的队伍开始撤下来，总共阵亡一人，伤了三人。在河滩里，陈来祥带人打扫战场，红军也是死了一个人，没有扔掉的枪支弹药，也没有遗落的帽子和鞋。他们就在龙王庙旁挖了一个坑，把两具尸体一块儿埋了。

留下一个班后，其余人撤离了虎山崖，井宗秀和杜鲁成却还在山上。两人从青冈林子走到崖边，在一块平面的白石头上坐下了，相视一笑，井宗秀说：回去让麻县长给专署和6军写个呈件，预备旅拦截了一支去秦岭东南方向的红15军团的部队，虽未拦截住，但战斗非常惨烈，敌我双方均伤亡严重。杜鲁成说：或许这次能给咱拨些军饷吧。突然，林子里嘎嘎地响了两下。杜鲁成回头看时，并没有什么人，井宗秀说：是毛栗子爆哩。又是一声嘎，就有一枚栗子飞来，在他们脚下蹦跶。杜鲁成说：栗子？这山上还有栗子？他捡起来，栗子太小，他又扔了。井宗秀说：你没注意呀？这些青冈林里就只有三棵毛栗树。杜鲁成说：毛栗子成熟了像是打枪哩。井宗秀说：你不是这里人，这种树不易活，果实成熟了就炸开四处散落，希望将来能多长些树么。杜鲁成说：还有这种传播种子的？哎，刚才你看清了那支队伍里有井宗丞吗？井宗秀说：看不清。杜鲁成说：或许他不在，或许就在里边，他如果在，这是离开后第一次回来吧，却没有进镇子。井宗秀没有回应，抬着头看着空中。杜鲁成见井宗秀没说话，他就不再说了，也朝空中看。空中已没有了一丝硝烟，有着一只鹰，鹰好像在站着。

※　　※　　※

红15军团从麦溪县和三合县交界的熊耳峡向秦岭东南的三个县开拔，而井宗丞所带的二百多人却仍在方塌县一带打土豪灭匪盗，等在留仙坪给穷人分了田地又处决了砖瓦窑主一家数口，原本也是要追赶熊耳峡的大部队，却又受不得诱惑，去了三合县的高坝村。高坝村后的山上产水晶，原先村里家家都挖了水晶运到平原上去卖，虽不甚富裕，但也日子安稳，后来出了个叫高云干的人开挖了一口大洞，而且请了匠人专做眼镜，几年间吞并了所有小洞，成为一户土豪，家里就养了三个保镖，都背有枪，还修了小炮楼，炮楼上也架着一杆枪，凡是见有陌生人，一到门前的土场沿上，怀疑来者不善，便鸣枪警告。井宗丞对水晶以及水晶眼镜没有兴趣，他惦记了那三四杆枪，去了高坝村，果然遭到高云干的抵抗，但二百多杆枪同时朝着高家屋院里打，三个保镖被打死了两个，另一个和高云干拿了两杆枪，从后窗跳出去，就往后山上跑。井宗丞穷追不舍，到了山上，山上有六七个水晶洞，高云干和保镖钻进一个洞。井宗丞不知洞的深浅，不敢贸然进去，往里扔手榴弹，又嫌炸死了高云干和保镖可能连枪也炸毁了，一定要捉活的，就在洞口守了两天两夜，高云干和保镖仍是不出来。井宗丞他们从村里搬来大量的麦草谷秆，在洞口生火放烟。熏了半天，保镖是出来了，手里提着高云干的头颅，说：我把高云干杀了，立了功，就饶我一命。井宗丞收了四杆枪，说：你是保镖，你倒杀了他?！便一枪把他打死了。

得了四杆枪，井宗丞不愿意再返回去走熊耳峡，直接从高坝村走一条近道去秦岭东南，这就是翻马连山，进桃花峪，再从桃花峪西边的骆驼梁过去进二苗沟，往南，顺着泥河到老爷坡下的石砭沟，出沟是五凤梁，过了梁便可以到达黑河岸。井宗丞清楚从黑河岸往秦岭东南只有过涡镇北的虎山湾。他想着这么转来转去的竟然要经过虎山湾，可以回一趟涡镇了，但6军的预备旅驻在那里，虽然井宗秀当旅长，但道不同不相谋，他带着队伍能回去吗？队伍还在老爷坡的时候，井宗丞就派人先去虎山湾侦察情况，得知虎山崖上驻守着预备旅的人，完全控制了湾里的通道，甭说一支队伍通过，即便一只狗，崖上的人成心要打狗，狗也是跑不过去的。井宗丞正犯愁，三合县的联络员撵了来报告了预备旅的口信，他哈哈大笑，说：人算不如天算，要瞌睡呀就来了枕头！就写了纸条让一个侦察员扮作乞丐混进涡镇去面见井宗秀，他相信井宗秀会和他达成一种默契。他们住在了王村一个财东家，警告着村人谁也不得出村走露他们的消息，偏偏村里有病人死了要埋葬，那财东参加葬礼时逃走了。得知财东逃到集市上散布了消息，他们去捉拿了并在集市上公开处决，接着又杀了另外的几户财东，烧了屋院，虽然派去送信的人迟迟没有回来，也不能再等了，就决意强行要通过虎山湾。井宗丞做好了要打一场恶仗的准备，却也心存侥幸，或许那纸条已送给了井宗秀，他就将队伍分成三部分，第一部分先行试探，以情况变化再改变队形和进攻方案。井宗丞庆幸的是预备旅果然佯装拦截，他们也就心照不宣只放空枪，队伍是仅伤亡一人而到达了白河岸，只是遗憾到涡镇北门外了没能进去见井宗秀一面。

队伍千辛万苦终于到达秦岭东南的南平县的香炉寨，得知红15军团驻扎在山阴县的马王镇，虽是两个县，但香炉寨距马王镇也就八十里，当天就可以赶过去，井宗丞却想再能筹备一些钱粮带去表功，就先派人去马王镇联络，报告他带队伍三天后就到。香炉寨虽是小寨落，但临着往东南的要道，寨后山上有个玉虚观，观里的签很灵，不但方圆几十里的村人去求财祈子问病，更常有贩盐贩菜贩水烟和瓷器的驮队，经过了都要去烧香叩头抽上一签。香炉寨的人就靠玉虚观吃饭，家家也都有客栈。队伍一到，寨子里的人跑掉了一半，没跑掉的也都关了门，井宗丞一了解，这里以前来过蒋介石的队伍，来过冯玉祥的队伍，也来过逛山和刀客，来了都是要粮要钱，把寨子里的猪羊鸡狗都吃了，还杀吃了四头牛三头驴。井宗丞就在寨子里宣传红军不是官府的兵，也不是什么土匪，只杀土豪恶霸财东，不动群众一针一线。为了证明，他把队伍分散住到那些客栈，要求在谁家睡觉就付睡觉钱，吃饭就付吃饭钱。而将那两户逃跑了的财东家院门打开，搜出八担粮食。原本是弄些粮食了带到马王镇的，这时偏就分给二十户穷困人家。分粮时，其中一户人说：你们应该每一户都分，家家都分粮，你们一走财东回来，就不会有人告密，这粮也就真能吃到肚里。井宗丞也就把粮给每一户都分了。有人又说：观里的老道没分。另一人说：玉虚观在后山上，离这儿远，他不知道咱分粮了没有。那人说：老道是神仙，啥事能瞒了他。井宗丞说：听说玉虚观的签灵，我也去抽一签。那人说：你给我们分粮哩，我给你说实话，你要去抽，咋抽都是上上签。井宗丞说：我有那么好的运气，那搜出的粮食就不是八担而是十八担了！那人说：原先观里的签有上中下，可去抽签的人，尤其那些商人，抽了下下签或中下签心情不好，该布施五个大洋的只给一个大洋，后来老道就把所有签都变成上上签，来抽签的都高兴，有多少钱就拿出多少钱。听说年初来了个贩盐的商人，抽了好签，果真发了大财，还愿时一次就布施了两百个大洋。井宗丞说：那么多?!那人说：老道是南平县城人，家里有老婆孩子，每年几趟往家里运钱的。这当了道士的怎么还有家有室的？井宗丞嘴里说：道士不比和尚，是可以有家的。心里却拿了主意。当天午后，就带兵去了玉虚观，他以为老道真能料事如神的，知道他们要去便逃走或关了山门的，可去了后，老道竟在厢房里睡觉。井宗丞自已和一个兵就坐在厢房门口守着，令别的兵在观里搜。那个兵悄悄给井宗丞说：团长，你住的客栈里有没有端饭送茶的女人？井宗丞说：有呀，客栈里当然有。那兵说：你知道这些女人白天里是给客人服务的，晚上就是妓女了？井宗丞说：胡说。那兵说：三排长给我说的。井宗丞说：你去把三排长给我叫来！那兵去叫三排长，三排长和一伙兵从观里的地窖里、夹墙里搜出了一千三百个大洋，几个人抬着筐子过来，大声喊：团长，狗日的果然有钱，我今辈子还没见过这么多的钱！他这一喊，睡在屋里的老道醒了，扑出来时被井宗丞采住了领口，说：知道我们是谁吗？老道说：不知道。井宗丞说：你是个屁神仙！这么多钱是你的？老道说：这，这，这是南平县王掌柜寄存在观里的，王掌柜做的是官府的生意。井宗丞说：哦，那就是官府的钱了，这好，我们今日就拿走了。老道说：这不行呀，抢劫吗？哪有抢窃寺里观里香火钱的！井宗丞枪一扬，一颗子弹叭地把屋檐上一只麻雀打落在地，说：麻雀叽叽喳喳的烦，你给我啰嗦？

抬了大洋离开观回寨子，井宗丞拿了根树枝，叫住了三排长，突然指着说：你给我跪下！三排长跪下了，却不知咋的，井宗丞说：你是不是嫖妓啦?!三排长说：哪儿有妓？井宗丞说：你不是说客栈那些端饭送茶的女的都是妓？三排长说：我是这么想的，那些女的屁股都大，肯定干过那事。井宗丞说：那你去骚情了？队伍初来乍到你就发情乱撩乱，要败坏红15军团的名声的是?！三排长说：天呀，我哪能有那个胆，就是有胆，我有钱吗？就发那么几个铜板，要掏睡觉钱要掏吃饭钱，我是让×舒服把嘴饿着？你看么，你看么。竟当下解裤带，掏出那东西来，用指头在那东西的口口上一沾，手指净净的，说：要是我晚上干了，这上边还会有水水的，这没有么，没有么。没料，他再用指头去沾，那东西却硬起来。井宗丞拿树枝子打了一下，那东西一下子软下去，说：给我把它管好！

把大洋分装在几个袋子里，买了一头毛驴，驮上了麻袋，队伍向马王镇进发。半天后，走到一个山垭，迎面来了一匹马，骑马人是红15军团的一个参谋，对井宗丞说：首长让我到香炉寨迎接你们，你们却上路了！井宗丞说：你身上带纸烟了没？让我先过过瘾。井宗丞知道宋斌吸烟，这个参谋总能给他买到纸烟，随身携带。参谋说：还有半包，但我只能给你一支。井宗丞点着纸烟，连吸了三口，一点烟缕都没有，全进了肚，半天才从鼻子出来。参谋说：部队驻扎在马王镇和崇村两个地方，明天要在崇村开干部会议，首长让我接到你们了，通知你就骑上这马直接去崇村报到开会，而我带他们到马王镇。井宗丞说：这么紧火的！葱村，叫这么个名字，那里盛产葱？参谋说：是崇村，上面一个山下面一个宗，就是你井宗丞的宗。井宗丞说：啊让我上山啊！参谋说：崇村离这儿五十里，你顺着倒流河一直往前去，村子就在河边，村口有哨兵的那就到了。井宗丞说：怎么是倒流河？参谋说：这河是由西往东流的，流到弃甲山那儿又往西流了。井宗丞就骑上马走了。

倒流河并不大，岸上的路一会儿爬到坡上，一会儿又落在河滩，沿途都是酸枣刺和狼牙刺，一丛一丛的，稍不留意，就剐破马腿。井宗丞心情还不错，唱起了小曲，就看到远处坡根有一缕一缕烟柱，先以为是山里人家在烧地里的禾秆，走近了却是无数堆云，还作想这云是从地里生了往天上去的，还是天上的云落下来要生根？那云柱就散开了，弥漫得看不见了河谷。井宗丞自言自语：这是腾云驾雾地上天啦?！却遗憾收了四杆枪和那么多大洋却驮去了马王镇，若自己带着，军团长见了该要表扬他了。黄昏时分到了沟谷稍开阔处，左手坡上有了一个村子，村口的大碾盘上蹲着一只狗，狗站起来了，是个哨兵。井宗丞认不得哨兵，心里想人咋还有长得这么像狗的，就问：这是崇村吗？哨兵却认得井宗丞，说：是呀井团长。井宗丞说：在哪儿开会？哨兵说：我不知道开会，阮团长他们在村子最高处那个山神庙里。井宗丞就下了马，牵着顺一条小路往上走。小路两旁都是油松，像是列队欢迎似的，井宗丞蓦地就看到了松下的一堆腐叶上长着一簇水晶兰。在涡镇的时候，井宗丞跟爹去过白河岸的山上，他是见过水晶兰的，以后的十多年里，跑动了那么多地方就再也没见过。这簇水晶兰可能是下午才长出来，茎秆是白的，叶子更是半透明的白色鳞片，如一层薄若蝉翼的纱包裹着，蕾苞低垂。他刚一走近，就有两三只蜂落在蕾苞上，蕾苞竟然昂起了头，花便开了，是玫瑰一样的红。蜂在上面爬动，柔软细滑的花瓣开始往下掉，不是纷纷脱落，而是掉下来一瓣了，再掉下来一瓣，显得从容优雅。井宗丞伸手去赶那蜂，庙前有三个小兵喊了声：井团长来了！跑下来，说：你不要掐！井宗丞当然知道这花是不能掐的，一掐，沾在手上的露珠一样的水很快变黑。但蜂仍在花上蠕动，花瓣就全脱落了，眼看着水晶兰的整个茎秆变成了一根灰黑的柴棍。井宗丞说：这儿还有娇气的水晶兰？小兵说：我们叫它是冥花。井宗丞说：多难听的名字，叫水晶兰！小兵把马牵走了，井宗丞说了句：给马擦擦汗。向山神庙走去。

山神庙也就是两间土屋，一边门扇上写着：狼是山神爷的账房。一边门扇上写着：蛇是山神爷的门锁。径直进屋，一推门，哗啦，两扇门上架着一簸箕灶灰就撒下来，弥了满脸满身，眼睛便睁不开了，便有三个人扑上来反扭他的胳膊，压倒在了地上，同时腰里的枪被下了，绑腿上的刀子也被拔了。井宗丞叫道：干啥？这干啥？手上已戴上了铐子，脚上也拴上了铁链子，铁链头吊着一个大铁锁。一个声音在说：井团长，对不住啊，我这是执行上边的命令。声音是阮天保的声音，但井宗丞的眼睛还是睁不开，他使劲儿地挤眼皮，终于睁开了半只眼，果然是阮天保，就坐在泥塑的山神像前的供案上。井宗丞说：这是咋回事？阮天保说：我这里有军团长宋斌的命令，你看看。哦，你现在没办法看，那我给你念念：阮天保团长，鉴于井宗丞犯有严重的右倾主义罪行，命令你在他一到崇村，立即逮捕。井团长，你听清了吗？井宗丞说：这不可能，军团长为什么要逮捕我？阮天保说：命令上不是写着你犯有严重的右倾主义罪行吗？井宗丞说：右倾主义？什么是右倾主义?!阮天保，是不是你伪造了命令？军团长要逮捕我那我到马王镇再逮捕就是了，为啥却在这里逮捕?!阮天保说：你想想，你是啥人，山中的狮子豹子一样的，力气大，枪法好，军团长他们能收拾住你吗？我也怕你呀，我只是逮捕你时耍了个小聪明，而命令我敢伪造吗？咱俩没仇呀，我是和你弟有过节，可那早就过去了，你我都是一个阵营里的人，我和你有什么仇呢。饭熟了吗？门口的小兵说：饭早熟了，南瓜熬豆角，就等着井团长来的。阮天保说：那去端饭呀，井团长走那么长的路应该早饥了。井宗丞说：娘的 × ！这里边肯定有猫腻，阮天保，你必须给我说个青红皂白！阮天保说：冷静，井团长，你是有文化的人，平时都不骂脏话么。井宗丞说：我就骂啦，× 他娘的，什么是右倾主义，我做错啥事了关我？吃他娘的什么饭，狗日的阮天保你给我说清楚！阮天保说：好，好，你不吃就不吃了，我可是肚子也饥了，那我得去吃呀。一走出门，屋里那三个兵也跟了出来，门就哐啷闭起来锁了。

屋里黑暗下来，只有窗户透进来的微亮使山神爷的琉璃眼睛还闪着光，外边有了呜呜地响，是风从屋后的山坡上往下跑，再往门缝里钻，吹起了供案下的那堆香灰。井宗丞窝在那里，头晕得像一盆糨糊，他似乎觉得自己在做梦，梦里发生了突如其来的变故，便努力要清醒，一个冷噤，他坐了起来，就摇了摇头，伸手还要揉揉眼睛，但伸手的时候，手上戴着铐子。井宗丞明白这一切都不是梦，自己是被逮捕了，手铐脚镣的被逮捕了。革命武装斗争了这么多年，以为自己力气大，枪法好，英英武武，原来都是因为有手脚，束缚了手脚就成了一堆肉?!井宗丞冤恨得咬牙切齿，愤怒地大声吼叫。门外边有看守的兵，一个说：让我喝一口。一个说：就剩二指了，你又没瘾，喝啥哩！他们喝着酒，不理井宗丞。

到了后半夜，阮天保和他的警卫邢瞎子点着松油节来了，把松油节插在山神爷那张开的手中，火焰忽大忽小地跳跃着，四壁的人影就如鬼一样忽高忽低。井宗丞已经吼叫得声音沙哑，阮天保掏出了一支纸烟点着了吸着，他没有再称井团长，而是软和地直叫着井宗丞的名字，说：宗丞，你用纸烟羞辱过我，我还是要给你吸一支的。就又掏出一支纸烟塞在井宗丞的嘴里，井宗丞呸地把纸烟唾了，说：我要见军团长！阮天保说：既然军团长下的命令，他还肯见你吗？何况军团长和参谋长明天才会从马王镇过来。井宗丞说：那政委呢，政委最了解我的，我要见政委！阮天保说：宗丞，有些话我不愿意给你说，你逼着我说，蔡一风在马王镇也被关起来了。井宗丞惊叫一下，说：啊蔡政委也被关了?! 这是要干啥，这是要干啥？蔡政委和我闹了这么多年革命，没有秦岭游击队哪里会有红 15 军团，倒把我抓了连蔡政委也抓了！阮天保说：宗丞，这话你不要说，就是蔡一风平日有这种情绪啊才和军团长慢慢有了矛盾的，你当着我的面说这话，让外人听到了不把我也牵连了？井宗丞说：我讲的是不是实情？就放声哭起来。阮天保是从来没见过井宗丞哭过，哭起来的声音像是气从喉咙里往出喷，断断续续，疙疙瘩瘩，但没有眼泪。他说：宗丞，你不要哭，你这哭得像刀子在我心上绞么。你讲的是实情，我不去说是秦岭游击队救了平原游击队，还是平原游击队救了秦岭游击队，可我阮天保若不是到秦岭游击队来，我现在或许叫狼吃了或许拉着个打狗棒走村串户地要着吃哩。井宗丞见阮天保突然这般说话，他就不哭了，说：我近来一直在外头弄枪弄粮的，军团里到底发生了什么事？阮天保说：你还知道你一直在外头？在外头多畅快呀，天不管地不管的，多逞能呀，就你有战功呀！井宗丞说：那么说，是有人看不惯我了，连累了蔡政委？阮天保说：是你连累了蔡一风，也是蔡一风牵连了你，你们是一伙的，眼里还有谁呀！井宗丞说：这是忌妒，这是胡说！阮天保说：这是军团长说的。我再给你说吧，在留仙坪整顿的时候，是继续留在秦岭西北还是往东南建立新的根据地，两种意见不统一，宋斌和蔡一风矛盾公开，蔡一风认为去东南太冒险，弄得不好会葬送红 15 军团，宋斌指责蔡一风表面上是胆小谨慎，实质是西北一带是他的老窝，他可以继续为所欲为。宋斌他是军团长，他还代表着省委和秦岭特委的意见啊！等到部队来到了这一带，而你竟然一而再再而三地不回归，宋斌就认定蔡一风和你是要分裂红 15 军团呀。井宗丞说：分裂红 15 军团？要分裂我还到这马王镇和崇村吗?!他宋斌懂不懂打仗，他疑心这么大……阮天保说：你不要给我说这些。井宗丞说：那我要见他！阮天保说：他明天会来的。井宗丞说：我现在就要见！阮天保，我从来没求过人，这一次我求你，你带我去见他，或许是他不了解情况，我给他当面把话说清楚，他会知道我是个什么人的。你想想，抓了蔡一风和我，原秦岭游击队的老人手怎么想，就是再抓人，全抓了，这下来的仗还怎么打？你押着我去见他吧，我不会跑的。阮天保说：你一定要见他？井宗丞说：你放开我脚上的铁链子，手继续铐着，我跑不了。阮天保说：唉，谁让咱都是从小耍大的！当下就交代了邢瞎子和门外的两个兵，押了井宗丞去马王镇。

井宗丞是没有了脚上的铁链子，手铐着，还拴了绳子，但他们并不走井宗丞从山垭来崇村的原路，而上了山神庙后边的山，邢瞎子说翻过山进那边沟里走是条近道，限天明就可以赶到马王镇。但从山后下沟的时候，经过一个崖嘴，邢瞎子说：井团长，这要抓着石头才能下的，我给你解了铐子吧。同时也解了拴在身上的绳子。井宗丞说：邢瞎子，我会念你好的！邢瞎子说：井团长，你真不该来崇村。井宗丞说：秦岭专署悬赏一千个大洋捉不住我，倒让你和阮天保不费吹灰之力就把我收拾了！邢瞎子说：你不要恨我，也不要恨阮团长，崇村是你的坎么。井宗丞说：我的坎？邢瞎子说：崇字是一座山压你宗啊！你先下，手抓牢，脚蹬实了再慢慢松手。井宗丞便先下去，说：山压宗？头正好就在了邢瞎子的身下，邢瞎子把枪头顶着井宗丞的头扣了扳机，井宗丞一声没吭就掉下去了。

邢瞎子返回崇村，阮天保还在庙里吸纸烟，问：办妥了？邢瞎子说：妥了。阮天保说：布置一下，明天军团长来了，让他也看看井宗丞逃脱的现场。

※　※　※

在辖区拦截追杀了红 15 军团，使涡镇安然无恙，秦岭专署通报嘉奖了麻县长，6 军也随后拨给了一批军火，涡镇的东西外城墙上用石灰搪了十六个圆圈，各写着固若金汤、安民一方的标语。这些圆圈有房子大，在夜里也白得生硬，狼就远远地避开，镇上的牲口市场上，即便有尾巴梢扁平的猪，仍是被人放心买走。狗似乎在减少，预备旅在许记暖锅店轮流吃过几天狗肉，所有饭店都有了狗肉，顾客不绝。而老鼠又骤然增多，从龙马关来卖老鼠药的摆了地摊，堆放了几百条新鲜的或是早已干枯了的老鼠尾巴，满口白沫地吹嘘他的药：小老鼠吃了顺地倒，大老鼠三步就……一抬头，城墙上有浮云，浮云里有了马。

那不是天上落下来的浮云，也不是浮云里有了马，是真马，马上坐着井宗秀。井宗秀除了早晚巡查外，他喜欢起了在城墙上走马。两匹马都膘肥体健了，今日骑这匹，明日骑那匹，城墙上并不宽，但马行走飞快，显得十分放松，井宗秀尤其得意着在傍晚时分，他骑在马上能将剪影映在天幕上，看到了白河黑河夹镇流过，似两条白练，岸后远远的千山万峦中残阳如血，层林尽染。

整个冬天都是暖暖和和过去着，只说过了正月，身上的棉衣棉裤该脱下了，但风却从所有的峪里往出刮，有扫帚风、刀子风、跟头风，在河湾的沙滩肆意纠缠，还于枯着的芦苇、蒲草和毛腊蒿全在呜呜，如鬼哭狼嚎，差不多有三四个夜里，涡镇总有一种很异样的响动，明明知道这是老皂角树上的人皮鼓在自鸣，但又只肯相信那是风把沙土打在窗纸上和屋瓦上的，而这一天清早起来竟发现下了雪。雪厚得一筷子插下去就没了，仍在撕棉扯絮地下。拿了推板子和锨赶紧清理，就瞧见雪上仍有了马踏出的蹄窝，说：这么大的雪旅长还巡查啊?! 对面屋檐上往下掉冰凌，有人答了话：天没亮的，我看到夜线子、陈来祥带兵就出了北门哩。这边的说：是又打仗呀？那边的说：去收钱粮的吧，趁着下雪，人都会在家里的。打什么仗，整天打仗呀?!这边的说：你嫌打仗啦？打你的嘴！他来……自家屋顶上的雪往下溜，呼啦一下雪全部溜下来把人要埋住，后边的话没说出来，巩百林和赖筐子就红鼻子红耳朵的到了跟前。被雪埋住的人又从雪里露出来，说：巩团长啊，冷不？巩百林说：冷么。那边的说：冷还在外边走呀？巩百林说：不走谁保护你呀！赖筐子就朝那人脸上看，那边的说：你看啥哩，我是特务呀还是内奸？赖筐子说：人咋就变成猪了？这边的人就进了屋，收拾着劈柴要在火盆上生火，嘟囔道：你才是猪变的人哩。

巩百林是有了特殊的差事要去老县城的，他又是叫上了赖筐子。从中街出了南门口，河边的柳树上雪压折了三枝树股，一只斑鸠卧在水边。巩百林去捉斑鸠，斑鸠没有动，原来冻死成硬疙瘩，船公正解了缆绳，他高声问：河上更冷，拿酒了吗？赖筐子把那死斑鸠扔去了涡潭，平平静静的潭面即刻旋转了，仍是轮盘。赖筐子说：井旅长咋就要你去请匠人？巩百林说：别人请不动呀！赖筐子说：那将来你也负责盖钟楼呀？巩百林说：这是镇上的大事么。赖筐子说：我咋觉得把你从秘密小组踢出来啦。巩百林说：谁踢我，我两头兼着，知道不知道重用？赖筐子却扭头喊：你没拿酒？回家拿去！

井宗秀一直谋算着改造涡镇的街巷，却总是内忧外患腾不出手，也再是粮钱毕竟短缺。就在年后一个早晨，睁眼睡醒，太阳从窗子上照进来红堂堂一片，一种莫名其妙的热流充盈在体内，于是踌躇满怀，决定实施自己的想法。他当然要征询杜鲁成、周一山的意见，只怕他们又要争争吵吵、自以为是，没料一致地赞同，觉得改造街巷既是为了实战的需要，也是关乎涡镇面子的事，他们甚至找来了方塌、三合、桑木诸县的县志来做参考。那些县志上标绘出的县城结构不是南、正、北三条街，就是南、正、北和东、正、西六条街，而相同的都分成六部，即东南部、东北部、正东部、西南部、西北部、正西部，至于巷，那就有十五巷的有二十巷的。涡镇现在的街巷虽也是布落匀称、排列有序，但如何在这褊狭的格局里把所有街巷都改修成半截，使其分而相连，隔而相通，续之又断，断之又续，既要堂而皇之，又要神秘莫测，这就需要高明的策划和设计。井宗秀就派了巩百林去请老县城的任老爷子。

任老爷子本是老县城任记钱庄的大少爷，家境殷实，却自小爱好做木匠，后被送去省城又读的是土木工程，毕业后一直在秦岭专署规划局供职，后因牵涉到一桩贪污案，心灰意冷，还乡重操了木匠旧业，竟先后有了七十二个徒弟，师徒们常被请去在各县城扩修街巷，营造仿古建筑。渐渐年事高迈，身体又不好，近些年就很少接活儿了，在家喝茶、吸烟，闭目养神。

巩百林、赖筐子当天赶到老县城，老县城的雪下得小，仅是鸡爪子雪。去了任家，说明了来意，家里人说老爷子病了，大门也没进去。第二天两人把枪藏了，还买了一封糕点，提着再去，任家人仍是说：老爷子病着，不见人的。大门只开了个缝儿随即就关了。巩百林就躁了，第三天两人再去都背了枪，用脚踢门，任家的人便都慌了，领着去后院。老爷子是端了个茶壶坐在一张藤椅上，又瘦又小，一窝白胡子，说：你们是涡镇来的？巩百林说：国民6军预备旅井宗秀旅长派我们来的，你知道井旅长吧？老爷子说：井旅长英雄！他怎么就想起要改造涡镇？巩百林说：涡镇是新县城啊！老爷子呵呵呵笑起来，突然问：你们那儿有个开寿材铺的杨掌柜？巩百林说：你还知道杨掌柜?！老爷子说：我们十二年前就认识，我还给他说，得给我留副棺啊！巩百林说：他已经死了。老爷子说：死了？他比我还小就死了！那寿材铺还在？巩百林说：在是还在。老爷子说：哦，那就好。巩百林就这样把任老爷子请到了涡镇。

井宗秀热情接待了任老爷子，亲自陪同到涡镇的每一处观看，然后在许记暖锅店请吃狗肉。任老爷子说：我从来没有见过也没有听说过哪个县城的街巷全是半截的，这要建一个迷宫啊？井宗秀说：迷宫好呀！我不喜欢直出端入的街巷，蚂蚁窝都是层层叠叠，绕来绕去，你中有我，我中有你么。涡镇改造之后，它不仅是固若金汤的军事城池，还要成为整个秦岭里最奇特的名城。任老爷子说：建是可以建，但这么建显得城里散乱，一个城要有一个城的风水，要有城的魂，得有一个什么建筑能把所有的建筑统领起来，这样看似混乱着，其实它是有尽数的，譬如钟楼。井宗秀说：钟楼？那就建个钟楼啊！我第一回到老县城，钟楼的印象很深，挂了那么大个钟，一敲响，把什么样的声音都遮住了！任老爷子说：那是声闻于天。井宗秀说：这四个字好，咱就要建钟楼，将来把这四个字刻了碑挂上去。任老爷子说：那你想把钟楼建成个什么样的？井宗秀说：咋好咋来。任老爷子说：你是主人，你要个什么样我建个什么样。井宗秀却说不出什么样子，问：老县城那个钟楼有多高？任老爷子说：十三丈高吧。井宗秀说：就那个样子，咱十四丈，站在黑河白河岸上就能看到！井宗秀非常的兴奋，他让任老爷子再仔细察看地形，选择钟楼位置，围绕着钟楼规划所有的半截街巷，尽快能拿出个草图来。

此后的七天，任老爷子就一手拄着拐杖，一手还端他那个小茶壶，在涡镇里转悠，巩百林就跟着，不能跟得太紧，也不能隔得太远，始终在视野中，保障着安全。而任老爷子要吃饭了、喝酒了，可以进任何饭店酒馆，巩百林会过去给掌柜说：这是井旅长的客人！便不需掏钱。至于住处，任老爷子在城隍院住了一宿，倒自己去寻到了杨记寿材铺，提出让他住那里画草图。井宗秀给陆菊人打过招呼后也应允了，安顿好后，还和杜鲁成、周一山专门去杨记寿材铺看望了一次。三个人返回的时候，经过老皂角树下，井宗秀说这里是镇的中心，比划着怎么砍了老皂角树，再拆掉四周的那些房子，钟楼就建在这里。周一山说：这老头还真能建钟楼呀？井宗秀说：你不是本地人不知道，老头本事大哩，秦岭这边有名的两个师傅，一个是我当年的画匠师傅，一个就是他。你问问鲁成。杜鲁成说：就是。周一山说：他是不是对咱不放心？井宗秀说：这咋讲？周一山说：他哪儿不住，要他和他以后来的徒弟就住寿材铺，是准备着棺？井宗秀说：哦？这老狐狸！就给杜鲁成说：让巩百林把吃的喝的供好，告诉他，所有的工程一完，会给他成倍的工钱哩！

隔了一夜，井宗秀却改变了主意，说先建钟楼，钟楼能弄出气势，然后再拆旧的街巷修新的街巷。任老爷子倒吃了一惊，说：那我得赶快叫几个徒弟来设计方案呀，这又得最好的木料和砖瓦了。井宗秀说：这些你不要操心。

陆菊人这些日子都是在方瑞义那儿忙活着，新的茶作坊做起黑茶后，原先的作坊就单独批发销售青茶，而开了春，即将收清明前后的新茶了，就需在黑茶作坊旁再盖几间平房。房子才盖了一半，雪下得大停了工，雪消后继续施工，陆菊人琢磨着往年都是茶贩子从秦岭东坡一带的茶场把新茶驮来，茶行何不派人去茶场直接收购呢，既降低茶的成本又能保证茶的质量，她就想到了麦溪县分店的王京平。王京平是涡镇上最懂得茶品质的人，任何一杯茶，他只要喝上一口，便能说清这茶是哪儿产的是什么牌子，存放了多久，派他去收购茶最合适。但如果把王京平抽回来，就得给麦溪分店再派临时掌柜，思来想去，只有原茶作坊的凌云飞。陆菊人已经给凌云飞谈过了话，没料凌云飞的老娘在下雪天滑了一跤，头先着地，就昏迷不醒，一家人每日都在娘耳边呼唤，仍是不应也不睁眼。陆菊人只好把这事放下，请了陈先生前去诊治，陈先生号了脉说：植物了。陆菊人说：人咋是植物？陈先生说：这不吃不喝不醒地躺着是不是和植物一样？凌云飞就哭，说：墓没拱，棺也没做，啥都没准备呀！陈先生说：这倒不急，你娘还要这么躺上一年两年的。过了三天，凌云飞来找陆菊人，说他老娘已经是这样了，也不需要伺候，有他媳妇守着，他可以去麦溪分店的。陆菊人感激着凌云飞，让他在家再守娘几天，等王京平掌柜回来了再去。

一切安顿停当，陆菊人才去了茶行，却在街上遇着账房沉甸甸挑了两个筐子，筐子上盖了麻布。账房一见陆菊人就说：茶总领，我这就交上去呀。陆菊人说：谁是茶总领，你是茶总领。账房笑了笑，说：我知道我重几斤几两，事情都过去了，我要给井旅长说，还你个名分。陆菊人说：别这么说，你当着最好。挑的啥呀要给谁交上？账房说：给杜鲁成呀，他来传的井旅长的话，我是能有多少就上交多少，也就这不到两千个大洋了。陆菊人说：预备旅咋这时候要钱？账房说：要建钟楼呀，说是要买最好的木料和砖瓦的。陆菊人说：你口口声声叫我是茶总领，这么大的事不给我吭一声？账房说：井旅长没给你说？我以为你们说好了的。陆菊人生了气，说：挑回茶行！开春要收新茶的，你把这钱上交了，还收购茶不收购，还办茶行不？担回去！账房就把两筐大洋又挑回了茶行。

刚到茶行，陆菊人虎着脸说：这钱没有我同意，谁也不能动它。就又数说起账房，账房不回嘴，只是垂头丧气，陆菊人就问：杜鲁成现在是不是还在等着？账房说：等着。陆菊人说：那你现在就去，说是我把钱扣住了，这是收购新茶的钱，神鬼都不能动的。如果硬要，我立马离开茶行，你也立马离开。账房说：我不敢说。陆菊人说：你就要说，他吃不了你！

账房去给杜鲁成回了话，杜鲁成气呼呼来茶行找陆菊人，陆菊人却不在了，伙计说：她给我交代了，说你如果来了，让到130庙里去找她。杜鲁成说：她不来见我，让我去找她?! 但他还是去了130庙，王妈却告知，宽展师父和茶总领才走的，可能去山上寻找能做尺八的竹子了吧。杜鲁成骂道：她是屁茶总领！抹了她茶总领的名分，她就这般捣乱呀！一回到城隍院便给井宗秀说陆菊人的不是：茶行是你委托她经营的，她倒拿住你了！井宗秀闷了半天，说：她说的也是个理。杜鲁成说：那这钟楼还建不建？井宗秀说：夜线子回来了没？杜鲁成说：回来了，没弄下多少钱，五十多个大洋。井宗秀没再说话，倒喊蚯蚓：蚯蚓，蚯蚓，你烧的茶呢？蚯蚓赶紧生炉子火，井宗秀自己提了壶去伙房里添水，回头说：等她回来了我去和她说。

陆菊人和宽展师父去了纸坊沟那片干枯的竹林，并没有找到适合做尺八的竹子，但她们三天不回去，就住在了玄女庙里。而井宗秀也没到茶行去打问陆菊人回来了没有，他想出了另一个办法：干脆去把老县城中的钟楼拆了复原在涡镇。他为自己这突如其来的妙想也感到了吃惊，骄傲地告诉给了周一山，周一山说：我哭呀！井宗秀说：嗯？周一山说：我咋就想不到这一点！拆了老县城中的钟楼，那不是咱省下多少钱的事，是把那里的脉毁了、气散了，县政府别再想搬回去。

陈来祥带了百十人去拆旧钟楼，一椽一砖卸下来都编成号，不能损坏，不能乱码，然后一船一船运回涡镇。钟楼的基台是青白石条，也得运回去，再挖时，挖出了一条大白蛇，几个兵就打死了蛇，正好街上一个卖唱的艺人路过，看见了要蛇，说剥了皮可以蒙做二胡，这些兵就让艺人去买酒。艺人买了十斤酒，喝罢了就把钟往渡口抬。钟很大，四个人手拉手才能合围，用绳索绑了套上八抬杠子，抬是能抬得动，但钟高，无论怎样把绳索扭挽在钟的半身上，抬起来钟沿还是蹭着地。陈来祥找来个平板木轮车，把车放在一个土坎下，让抱了钟到坎上再往车上溜。陈来祥是站在车的右边扶着钟，指挥着坎上的人拉紧绳索慢慢往下松手，没想拉绳索的其中一人突然放了个屁，大家扑哧一笑，绳索松了一下，钟突然就跌下来，先砸在车上，车一滑，钟就把陈来祥压在了下边。眼看着陈来祥半个身子被压住，血从口鼻里往出流，众人慌作一团，忙都跑到坎下掀钟，好不容易把钟掀翻了，陈来祥眼珠子暴出来，已经没了气。

这船只拉了陈来祥回镇，尸体一停在陈家的院子，陈皮匠就晕倒在地上，镇上的人挤满了院子都哭。井宗秀、杜鲁成、周一山正招呼着任老爷子和到来的十二个徒弟吃饭，得到消息，井宗秀眼泪就流下来，说：咋能出这事！打了多次仗他连一根头发都没损过，咋就这样死了?! 周一山连连打自己脸，恨在拆旧钟楼时没选个黄道吉日，也后悔为拆运的事自己还训斥过陈来祥，说：咳，这是在祭奠哩，他是要给涡镇的钟楼祭奠哩！等他们都赶到陈家，陈皮匠已经醒来，一见井宗秀就抱住老牛一样地哭。陆菊人和陈来祥媳妇在给陈来祥换衣服，旧裤子袄被血糊着脱不下来，陈来祥媳妇拿了剪子要剪，苟发明说：不能用剪子，这时候不能有铁。陆菊人就用手撕开了血衣血裤，陈来祥的肋骨和胯骨全露出来，肠子一堆，又破了，烂肉粪便血水搅在一起。陈来祥媳妇又哇哇哭，陆菊人推开她，用白布将尸体腰以下裹了，穿新裤子，苟发明说：等等。他在院子里找小石头，一时找不到细长的小石头，把玉米芯子掰下一截拿过来，先用麻纸盖了陈来祥的脸，再将玉米芯截儿塞到陈来祥的肛门，说：眼睛是魂出没的地方，肛门是魄门，别让魂魄跑了。旁边人说：人都死了还守什么魂魄！苟发明说：这是瞎子郎中给我说过的，人死了也有假死的，先守住魂魄口，说不定要活过来呢！苟发明这么一说，大家就盼望着陈来祥或许是假死吧，等把灵堂都布置了，该办的事都办了，仍还不走，一直到了夜里，陈来祥依旧硬邦邦地躺在灵床上，才说：是死了，真的死了。唉声叹气离去。井宗秀、杜鲁成、周一山是最后离开的，井宗秀给杜鲁成说：跟咱一块儿起事的，已经死了好多个了，你明日找一块好石头，让石匠把他们的名字都刻上，将来就竖在钟楼前。这些兄弟生前没跟咱过上好日子，咱应该让后世人都记住他们的名字。

※　※　※

埋葬了陈来祥，头七那天，从老县城运回了最后一船木料砖瓦，也开始挖老皂角树，移栽到了南门里西背街口的拐角场子。场子不大，历来都有人在那里摆小吃摊子，比如热豆腐，新做出的豆腐用木箱装了，盖着厚厚的棉被，顾客来了，切出那么一块，浇上辣子蒜汁醋水儿，就可以夹着吃。比如糍粑。比如荷包蛋醪糟。比如饦饦馍和各种酱萝卜片、土豆丝、碱制的青辣椒和腊肉，想要夹什么就在馍里夹什么。比如韭菜合子。比如凉粉，有绿豆做的、荞面做的、红薯粉做的，唐景死后，没人再会从山上采了软枣叶子来做神仙凉粉。老皂角树移过来后，小吃摊又增加一倍，场子里摆满了三排，光顾的人也越来越多。为了多做生意，有许多家天都黑了还不收摊，于是又有许多家效仿，甚至围着老皂角树搭起了一圈木棚草庵，很快倒形成了夜市，鸡叫头遍了这里还灯火通明。但朱鹮、苍鹭是不来了，或许天还冷着它们都到秦岭南山地方没回来，而河里有鹳呀，鹳也不来。

夜市离安仁堂不远，也离新的茶作坊不远，陆菊人也就一有空领了剩剩在夜市上吃热豆腐，吃过了让剩剩再带一碗给陈先生。自阻止了给预备旅送钱，她担心着井宗秀要来找她，但井宗秀一直没来找她，没有找她，她竟又有了另一种担心。井宗秀是生气了吗？是误了他们建钟楼吗？前一阵子到处在嚷嚷要改造街巷呀，改造街巷当然是应该的，却怎么就建钟楼？建钟楼有什么实用，为着好看吗？涡镇上能有多少闲钱来做这种虚荣的事？你一生气就不来了，这是你的茶行呀，一大堆人在茶行的，不管啦？无所谓啦？不来就不来吧，永远都不要来！陆菊人好笑着自己为这事痛苦什么呀，好笑过了，又为自己竟然觉得可笑而再次痛苦起来。她几次想去找找花生，几次走出门了又打消了念头，等王京平返回镇上，打发着凌云飞去了麦溪分店，她就反复地和账房、王京平商量着怎样去收购新茶，收购什么品种，收购多少，她事无巨细，啰啰嗦嗦，连王京平都说：这些我记住了，全记住了，我知道该咋办的，你放心！她自己也笑了，说：那好，我得去睡一觉，几天几夜都没个踏实觉了。

就在陆菊人在茶行后屋睡着了的时候，预备旅却来了十多个人，拿来了好多木椽，就在后院的空地上搭起来了一个木架。茶行里的人不明白这是要干什么，问时，那些兵说：这你问井旅长。当陆菊人在后半晌醒了，出来看见木架已经搭成，由大而小，直着上去，是有十多丈，高出房子几倍了，上边是个小平台，平台上有围栏，平台下有阶梯，一头搭在院墙上，像桥一样，铺着木板。井宗秀就来了。

井宗秀满面红光，神采奕奕，他当着茶行所有的人宣布从即日起恢复陆菊人茶总领职务。茶行是涡镇主要的经济支柱，茶总领该是茶行的主心骨。今年茶行的业务繁多，为了便于管理，减轻茶总领的来回跑动，就每日坐在高台上，身在茶行院里，既能观察到旧茶作坊，又可观察到新茶作坊。这一切事先毫无迹象，来得也太突然，陆菊人一时手脚无措、张口结舌，当账房和伙计们都高兴叫好，她说：井旅长，你搭这样个架子，这里要把我捧得那么高，是让我摔得更重吗？井宗秀说：你是应该高高在上的，茶总领！陆菊人说：我不当这个茶总领，我现在正好。井宗秀说：你是不是生我的气了？陆菊人说：生你的气？有什么气生的？没生气。井宗秀说：

有气你也消消气，我知道你有许多委屈，所以这次搭这个高台，算是我在拜将么。陆菊人说：我不当。井宗秀说：那好，不当也行，咱以后就没茶总领这一说了，只有夫人。说完，自己先鼓起掌。井宗秀第一回在众人面前称陆菊人是夫人，陆菊人吓了一跳，账房和伙计们也都愣了，见井宗秀鼓了掌，就一齐鼓掌，而掌声中井宗秀就离开了。陆菊人还站在那里，她的身子在微微抖动，极力要控制，但手握紧拳不抖了，双腿还在抖，她挪动了一下，感觉到脚指头在抠着鞋底。账房说：夫人，夫人，井旅长走了。陆菊人抬起头来，她看着井宗秀从大门里走出去了，她说：搭这么高的台子呀，我上上，看结实不结实。

自此，人人都知道了夫人，夫人也就每日到高台上，她能看到旧的茶作坊在干什么，新的茶作坊又都忙啥，也看到了修建钟楼的工地。那里挖出了一个大坑，那么大，那么深，垫埋上一尺多厚的灰土，用石础子反复捶实。咚咚的闷声似乎并不响亮，但都能隐隐地感觉到了地动。灰土层夯毕了，开始砌石头，巨大的石块用铁链子吊下去，无数的人用杠子在那里撬正着方位，石块与石块垒起来，间隙里填充了石砟和黏土，浇灌上了小米浆。终于砌出了地面，全部以石条压垒。一层一层地压垒，已经压垒到十五层了，就堆土，大量地堆土，十多辆平板木轮车不停地拉土，土堆就拍实成一个大圆包。再在圆包上砌石条、灌石缝，全部都砌完了，有人在放鞭炮。

石条与石条衔接结实了，掏掉下面的土包，钟楼底部的门洞就会形成，但这得等过半月，任老爷子师徒和所有的帮工便歇下来。任老爷子师徒都住在杨记寿材铺。歇下来，他们自己做些饭，玩玩麻将，或者到街上闲逛，回来说些乱七八糟的见闻。任老爷子身上有灵应，凡是胳膊腿一疼，天就要下雨，眼皮子一跳，也肯定有事。这一天，任老爷子端着小茶壶，一边品着，一边给徒弟们讲起这寿材铺的杨掌柜当年与他熟悉，两人曾经有过怎样的约定，突然右眼皮子不停地跳，他不愿意说破，从门前的痒痒树上摘下一片叶子贴在右眼皮上，但还是跳，就看着徒弟，说：严松呢？大家才发现没见了严松，说：是不是又去喝酒了？徒弟里边好酒的就是严松。任老爷子说：高绍你和王有吉去把他找回来，这里人惹不得，别让他喝醉了撒酒疯。高绍和王有吉便到街上的酒馆去。

柳家的酒坊在东背街的老池巷，钟楼修建开工后，巩百林让柳家酒坊给师傅们供米酒。柳家人手少，年初老掌柜病了，瘫痪在了炕上，他儿子在酒坊里忙活，儿媳妇就每日提一罐米酒送出来，严松觉得人家太忙，便有时自己去柳家取酒。他取酒都是在那里先喝几碗，醉醺醺的才提了酒罐回来。有一次去，柳家的儿子外出不在家，那媳妇正在给公公喂饭，忙放下碗说：我还没烧好哩。就开启了一盆发酵的酒，兑上热水，用筛子过滤酒糟。严松就在一边等着，问这酒是怎么发酵的，那媳妇介绍说得先做酒曲，把麦子用热水浸透，装入瓦盆，盖上三四天后，麦子发芽到半寸，放在锅里烘干，碾碎成粉，用面罗将麸皮罗出，这就是酒曲。做酒时，小米黄米也得碾成粉了，然后放入锅里蒸，蒸熟放到瓦盆，拌上酒曲，兑上冷开水，就等着发酵。那媳妇一边说着一边把启开的发酵酒兑入热水在锅里要烧开，火刚点着，突然又往公公的屋里去。出来后，严松说：你给你公公先喂饭吧。那媳妇说：稀饭已喂完了，我给他嘴里喂了一疙瘩馍。就又烧锅，烧开了，给严松舀了一碗喝着，往罐子里盛，老掌柜的儿子回来了，问：给爹喂过饭了？那媳妇说：喂过了。儿子去了爹的屋里，随即大声哭叫，那媳妇也跑进去，竟然是公公死了。公公嘴里还有馍，是噎死的。那儿子就打媳妇，出来又打严松，顺手能拿到什么就拿什么打，严松醉得手脚发软，便打得严松鼻子流血，眼眶子乌青。

出了这桩事，柳家酒坊再没给匠人们送过米酒，严松想喝酒了，自己去街上酒馆里喝。而高绍和王有吉去酒馆找严松，并没有找着，严松其实这天因没钱了只在酒馆喝了一壶酒就去街上溜达，竟到了县政府门口。麻县长曾去过施工现场两次，过后匠人们议论麻县长是自己把县政府迁来这里的还是预备旅强掳了来的，在涡镇，到底是麻县长管着井宗秀还是井宗秀管着麻县长？严松倒羡慕了麻县长那么胖，走路都让人前后扶着。他趁着酒劲儿在县政府门口看了许久，王喜儒就出来了，喝问：干啥的？严松说：麻县长就住在里面吗？王喜儒说：你是谁？严松说：我是给你们建钟楼的木匠，这衙门盖得不行么，门楣上没有木刻也没有个砖雕！王喜儒说：去去去！不是告状的谁也不准进！严松说：那我就告状呀。王喜儒说：你告谁？严松一急，编谎说：井旅长说给我们工钱的，咋没给？王喜儒脸就变了，正好巩百林、赖筐子从拐角场子过来，王喜儒说：这个人要向县长告井旅长哩。巩百林、赖筐子立即扑上来采了严松的领口就往巷子里拉，拉到没人处，问：你告井旅长？严松说：我想进去看看，他不让进，我顺嘴说的。巩百林说：顺嘴说的，嘴贱啦？严松说：是嘴贱，嘴贱。巩百林问赖筐子：这人咋样？赖筐子说：倒不像是个坏人。又说：嘴贱就得打打。啪啪啪扇了几个巴掌，门牙就掉了。严松说：不敢打了，我是任老爷子的徒弟。赖筐子说：认得你是木匠，滚吧，再要到县政府门口来，我就崩了你！严松回到杨记寿材铺，把这事没给任老爷子说，众师兄问他的门牙呢，他说喝多了跌了一跤。从此，人蔫下来，不再喝酒，也不多话，在工地上干完活儿了，回到住处老老实实待着，哪儿也不再逛。

堆起的那个土圆包终于掏走了，门洞很大，在门洞之上棚上原木，钉上木板，搭高架用铁链子把大钟拉上去吊好了，便立木柱砖头砌墙。砌到了两丈高，泥瓦工活儿就全改成木工活儿，大致有四层的楼阁，全部以旧样式安装完毕，然后安梁，架檩条，落椽子，吊上一桶水浇洒了，做回廊翘檐。再起四面木柱木栏，再安梁架檩落椽，再吊上一桶水要浇洒了。严松说让他来浇洒吧。他爬到檩条上，却偷偷把一块削成尖头的木楔插在檩条下。他耿耿于怀着柳家的儿子无故地打了他，更怨恨了巩百林、赖筐子下狠手扇掉他的门牙，他就要报复，尖头木楔能使钟楼有邪气，而邪气会影响涡镇，他嘴里叽叽咕咕念咒语，心里在说：这不怪我，要怪就怪涡镇上没好人！他做完了，上来的几个泥瓦工棚一层草席，垫上麦草，摊一层泥，然后弹线排瓦，一排又一排相互压茬又相互交融的蓝瓦布满屋顶，又在屋顶上倒水，试看下水流畅如何。一切都停当了，在顶上屋脊安六兽，压龙吻，再把檐板封上，粉刷内墙。

整整耗去了两个月，钟楼是建起来了，王京平也从秦岭东坡一带的茶场收购回来了大量的茶叶，小部分在旧茶作坊那儿焙制绿茶，大部分送到新茶作坊那儿发酵黑茶，而茶贩们所赶来的茶驮还像以往一样不断地进镇来。陆菊人规定了要将这些贩来的茶价压低，她就又坐到了木架的高台上，观察着各处的茶行伙计们在忙活，那些卸了驮的驴呀骡呀拴在了货栈和客店的门前，收购点前排起了长队。长队常常就乱起来没有了形状，贩子和收茶的伙计为价格在吵架，贩子说：这太低了，我要吐血呀，我要跳河呀！伙计说：你吐不了血的，跳不了河的，价再不可能提了。贩子说：茶总领呢？我找茶总领！伙计说：没有茶总领，只有夫人。贩子说：茶总领不是姓陆吗，怎么是夫人，夫人是谁？伙计往空中指，说：夫人在那儿！贩子以为指的是太阳，太阳光却刺得眼睛都花了，好一会儿才看清高台上坐着陆菊人。

陆菊人在盘算着今年比以往少花了三四百大洋却收购了比往年多了一倍的茶叶，她又精心描眉施粉，头梳得油光光的，上下高台也步履轻盈，还在高台上置了烧水炉和小茶桌，坐在那里能品着茶嗑瓜子了。当然请了花生也上来坐坐，她们就眺着虎山，眺着白河黑河，也瞧着新建的钟楼。钟楼上安装了一个椭圆形球状的顶，金灿灿的，光芒乍长乍短。陆菊人说：花生，我不请你就不来了?! 近来过得咋样？花生说：就那样吧，姐，你说，和他在一起久了，我咋就看不懂他，我也都不是了我。陆菊人说：嗯？花生说：我觉得我现在活得没意思，像被抽了筋，是一堆软肉。姐呀，这是咋回事，我越想爱他心里越乱越苦呢？陆菊人看着花生，她没有回答，一揽手倒把花生搂在了怀里，她感受到花生的身子在微微地抖动，而她的心也在扑扑地跳，她看着钟楼，井宗秀和杜鲁成竟爬上了楼去，在那里彩绘起梁栋和飞檐翘角，还说着什么，两人笑声朗朗，一群扑鸽正从楼顶飞过，那金顶的光就破碎了，像是撒了一片鱼鳞。慢慢地，花生身子的抖动和她的心跳节奏一样了，她说：那楼顶是金的吗？听人说那是真金做的。花生说：不是，我听周一山说了，那是铜的。陆菊人说：哦，我说哩怎么那样地闪光。花生说：真金的不闪光吗？陆菊人说：真金是没有铜闪光的。

钟楼彻底完工是在一个晚上，井宗秀晚饭后就上楼要敲钟，钟撞是一根望春木做的，木头端刻着虎头，两边吊起来，拉送着去撞，咣、咣、咣，连撞了十下，涡镇原本鸡鸣狗咬，尤其拐角场子上灯火辉煌人声嘈杂，钟声一响什么声音都被压住了，似乎全消失了，只有轰然的嗡鸣在镇子里回荡。

但是，也就在这个晚上的后半夜，拐角场子上的小吃已经收摊，而老皂角树下的一间草棚里，灶膛里的火熄灭，主人把湿柴塞进去要烘干，还在湿柴上放了一双踩了泥水的鞋，就拿扫帚扫除场子的垃圾，直到鸡叫过三遍，才回家睡去了。这湿柴在灶膛的热灰里烘干了，不知怎么竟着起了火，把那些柴烧尽了，灶上的锅发红，柴头子从灶口掉下来，引燃了灶边的豆秆，豆秆的明火起了焰，再引燃了草棚门口的布帘子，布帘子的焰又引燃了草棚，草棚一燃，火就成了两个火轮子，一个朝东滚，一个朝西滚，东边的木舍也燃起来，西边的草棚也燃起来，而火苗子舔着树，也上了树，老皂角树冠就成火云，照着场子外的人家。有一家的老头夹不住尿，夜里要起来小便四次，第四次刚下了炕，瞧见窗外红堂堂的，往外一看，半空里都是火，就光着身子出来大声喊，周围所有的人都起来了，一时惊叫着哭喊着，提了水的，拿了锨的，有的把被子褥子用尿桶里的尿浇湿也抱出来，但木舍草棚已成灰烬，只有老皂角树变成焦黑，树冠还在燃烧，火像张毡，要一片一片往下掉，但就是没有掉下来，发出叭叭的爆响，跌落无数的火疙瘩，像是落果。

当黎明前最黑暗的时候，井宗秀骑着马巡查到了大有巷，把马鞭挂在了一家姓唐的门环，屋里好像有了响动，似乎在撇打着火镰要点灯，但火镰一时打不出火，感觉有人脸就贴在窗子上了，他骑马便走开。出了巷口，鼻口发呛，突然听到人声杂乱，遥见镇南红光一片，急策马过去，中街上却跑来油坊的马六子，拦住了马头。井宗秀说：前边着火了？马六子说：旅长你不要去，已经没救了。井宗秀说：我问你，哪里着的火？马六子说：拐角场子上，那些棚舍起了火，把老皂角树烧了。井宗秀说：胡说，树那么高，是熏黑了烧不了的。马六子说：就是烧了，整个树都成了黑桩。是树自杀了。井宗秀说：树自杀了?！他在马背上沉吟了许久，后来拉转了马头，马一步一步进了两岔巷。

老皂角树一死，最惶惶不安的是那些在树下搭苫棚舍的人，他们知道井宗秀肯定会来兴师问罪的，就串通了，口径一致地认定火灾是邪乎的，怎么就有了火呢，即便烧了棚舍，火也烧不到那么高的树冠呀，何况树冠全烧了，掉下来的人皮鼓怎么完好无损？或者，是那天后半夜有了雷电，人们都睡下了没有听见，雷电把树劈了，燃火引燃了棚舍？总之，这是天灾，不是人祸。但是井宗秀就是没有来，也没有要追究的迹象，而是巩百林、赖筐子要人们不要砍倒那树桩，就那么留着，或许明年它又活了生出新枝新叶，或许是再也不活了，立在那儿，也可以提醒着注意火灾，同时将一块大石碑子栽在了树下。

有了大石碑，就要在上面刻字，镇上的那个石匠和蚯蚓就来了。石匠背着褡裢，里边装着錾子、锤子和刻刀，蚯蚓提着那面人皮鼓，石匠说：是刻老皂角树这四个字吗？蚯蚓已爬上树重新挂上了人皮鼓，说：我咋忘了！石匠说：才几个字你就忘了?！蚯蚓说：井旅长给我交代的不是四个字的，好像是老皂角树千古？石匠说：那是死了人才说的话。蚯蚓说：树也是死了呀！石匠说：树和人不一样，肯定不是这六个字。蚯蚓说：你说老皂角树是啥？石匠说：老皂角树是涡镇的魂么。蚯蚓说：那你就刻上涡镇魂老皂角树！石匠说：我不敢刻。蚯蚓说：我是井旅长的警卫，出事我顶着，你刻！石匠就刻了：涡镇魂老皂角树。

※　　※　　※

巩百林看到了石碑，去问杜鲁成，说：这是谁让在老皂角树下的石碑上刻了字？杜鲁成说：是周一山给旅长建议的。巩百林说：怎么刻那样的字？杜鲁成说：啥字？巩百林说：涡镇魂老皂角树，老皂角树就老皂角树么，前边加个涡镇魂，那现在老皂角树死了，涡镇就没魂啦?!杜鲁成说：这是咒涡镇么！巩百林说：是呀是呀，周一山这建议都能听？杜鲁成说：人家名字里有个山字么。巩百林说：山字？杜鲁成说：你不知道就算了。好了，我知道了，你忙你的去吧。巩百林还说了一句：你和旅长一块儿成的事，他应该听你的呀！杜鲁成摆了摆手，巩百林走了，他也去找井宗秀。

老皂角树被烧死后，井宗秀心里一直不美，连续多日的晚上都做梦，醒来想着梦里的人都是这些年里死去的人，就不再睡，在屋里走来走去，烦躁不安。花生也要起来，他说你睡你的。但花生怎能继续睡呢，还是起来了，井宗秀就生了气，吼道：叫你睡你就睡，起来干啥！而到吃饭的时候，井宗秀总是把饦饦馍从中分开，要夹上腊肉片、豆腐乳和辣椒丝了吃，吃了一个再吃一个，还要花生吃，花生吃不了干的想喝些粥，井宗秀又不高兴了，花生只好陪着吃。早晨这么吃，中午还这么吃，还得陪，花生实在吃不下去，井宗秀把饦饦馍往桌上一拍，说：不吃算了，我也不吃了！花生委屈得流眼泪。井宗秀也感到自己过分了，就问周一山是不是有什么不好的征兆，周一山说：我建议能在老皂角树下栽个碑子，不知栽了没？井宗秀说：我让蚯蚓寻人去办了。老皂角树长了几百年都旺旺的，一移走倒死了，那咱的钟楼占的是好风水？周一山说：应该是呀！钟楼上现在落不落鸟？井宗秀说：朱鹮、苍鹭、燕子还没有从南方回来，听蚯蚓说去过几次红腹角雉和白雕，没有落，倒是扑鸽、蓝鹊、鹌鹑不少。周一山说：鸟识得瞎好，咱去看看。

周一山是在傍晚和井宗秀去了钟楼，钟楼的梁上、前檐的画板上却栖着好多鸮，模样各不同，认了认，是灰林鸮、翎角鸮、雕鸮、纵纹腹鸮，它们好像闭眼睡着，相互发出咕咕噜噜的声音。井宗秀说：它们说啥话着？周一山说：就像人困了张嘴打哈欠一样，不是说话。井宗秀看着周一山，说：咋都是这些鸟？周一山说：鸮好呀，也是鹰么，吃老鼠吃兔子吃昆虫的，既凶猛又对庄稼有益啊！井宗秀还是狐疑，这当儿杜鲁成来了，劈头就问：鲁成，你对皂角树的死怎么看？杜鲁成说：这事是有些怪处。周一山说：就算是有怪处，咱栽了碑子么。杜鲁成说：我就是从碑子那儿来的，是应该栽碑子，但碑上不能刻涡镇魂老皂角树，那老皂角树死了，咱涡镇就也要死呀？井宗秀说：怎么刻这话，我不是给蚯蚓说刻老皂角树之碑六个字吗？去把涡镇魂三字铲了！周一山说：这倒不必，老皂角树是涡镇的魂这没错，不能理解老皂角树死了涡镇也就死了么，这碑子就是为老皂角树安魂的，给老皂角树安了魂，也是给涡镇安神么。杜鲁成说：这也说得过去。我老家那儿的村子每年要唱几次戏的，唱戏说的是给人看，其实那是给神唱的。咱是不是也请一台戏？井宗秀说：哦，这我知道了。突然叫道：不是请一台两台戏，干脆就再建个戏楼么！周一山说：建个戏楼？下来咱该改造街巷呀！杜鲁成说：改造街巷才更要先安顿神的。井宗秀没听他们争执，问杜鲁成：那些匠人走了没？杜鲁成说：我让巩百林去发工钱，不知道发了没。井宗秀说：发了也不让走。说罢，竟然就先走了。井宗秀一走，周一山埋怨杜鲁成：你咋出这点子！杜鲁成说：你以为只你有点子?! 两人也走了，但没一起走。

井宗秀当晚就去见了任老爷子，要留下他们师徒继续建戏楼，任老爷子噢了一声，说：我们回不去了！井宗秀笑着说：你们把涡镇当作第二故乡嘛！任老爷子说：戏楼你想要什么样式？井宗秀说：这你出主意，应该是你一生建得最好的，后世里也让人知道这是你建的戏楼！任老爷子说：要得好，这涡镇有了钟楼也得有鼓楼，晨钟暮鼓，这鼓楼要紧靠街巷，从街上看是鼓楼，从下边的门洞进去，回头看，又是戏楼，戏楼后是一个场子，除了演戏，也可以集合，平时还是交易市场。井宗秀说：既是戏楼又是鼓楼，那有多好啊！当场拍了板，并画了一个草图。任老爷子看着激动的井宗秀，突然问：井旅长，你小时候是不是家境富有？井宗秀说：穷苦家，我哥的裤子穿着短了就给我穿，家里老是稀饭，饭一熟，我和我哥就争先着藏铲子，有铲子了可以铲锅底的黏黏。你咋问这个？任老爷子说：穷苦出身么，现在干啥事咋这么讲究。井宗秀哈哈大笑，说：你是说丫鬟的身子小姐的命?! 任老爷子说：贵命，贵命！却又说：前五年，我带着徒弟在方塌县姓吴人家修陵园，吴家排场大呀，每一块砖都要求磨一天，四棱都得见线，辣椒面是吃过了一石五升的。井宗秀说：这你放心，活儿你们咋好咋来，涡镇有的是钱！

但是，井宗秀拿着草图和周一山、杜鲁成商议的时候，他们为钱的事熬煎了三天。清点了预备旅的积蓄是一千五百个大洋，这几百号人还要吃还要喝，让夜线子他们加紧去纳粮缴款，按以往的情况看，可以拿回来千儿八百大洋，茶行收购了新茶，新的利润还没有，是否能再挤出几百大洋，这拢共也不足三千大洋，肯定是差得远，何况要改造街巷。钱不够却一定要建，商议来商议去，最后达成了一个可行的方案，那就是，既然要改造街巷，何不全镇各家各户都得出钱呢，出钱的数额以拆迁重建的房屋间数为计，每一间五个大洋，这就是一笔很大的收入，再加上预备旅的积蓄、茶行的挤兑，还有扩大征纳，基本上就没有了问题。那么，建戏楼的事不宜宣传，宣传出去可能有人不理解，必须以改造街巷的名义，在改造街巷的过程中建戏楼。即便这样，肯定会有抵制和反对的，就得一方面请麻县长出面讲改造街巷以防敌人攻进来的必要性，使其人心所向，另一方面让巩百林、赖筐子他们密切警视，如有人挑头闹事，趁早打压，必要时不妨杀鸡给猴看。筹集钱款当然是需要些时日的，准备工作就要着手，先拿出一些钱去白河岸许庄窑买砖瓦，去黑河岸灰峪里买石灰，去虎山湾开凿石条，去黑河上游购买木料，木料是最重要的，一定要好木料。

方案定下来的第二天，黎明时分井宗秀骑了马巡查，走到中街北头，看见前边似乎有人，问：谁？那人竟拔腿就跑，井宗秀双腿一夹马追了过去，见是任老爷子的徒弟。问叫什么名字，回答叫严松，问这么早到这儿干啥，回答他想回家啊。井宗秀抽了他一鞭子，把他带回了城隍院。中午巩百林、赖筐子押了严松到杨记寿材铺，严松的稀粪从裤管里往出流，见了任老爷子只是哭。巩百林、赖筐子就收回了发散过的全部工钱，宣布定下来要建戏楼的，谁也不能离开，工钱会在建好戏楼后一并付清，绝不亏欠一分一厘，但若谁擅自逃跑，北城门口有哨兵就会开枪，逃跑一个人，其余人就都再拿不了工钱。

接下来的三个月，涡镇都在大张旗鼓地宣传要改造街巷，动员各家各户出钱。果然是阻力很大，说什么话的都有，麻县长曾经三次登上钟楼，在敲过钟后，给集合在钟楼下的人们训话，但有的人家交了，有的人家仍是不交。麻县长发感慨：这人不是动物变的就是植物变的，有些人胡搅蛮缠是菟丝子，有些人贪得就是猪笼草，有些人是菱角还是蒺藜呀，浑身都带刺！西背街的赵屠户本来人还不错，生意也好，可多年攒的钱才在中街买了三间门面，他就坚决不交，说：预备旅说是保护涡镇哩，就这样保护呀？直巷子要改个半截子，还得出钱，那还不如我到虎山建石窟去！他不交，好几家都学样，也都手拍着屁股高声叫骂。赖筐子说：你横啥哩，赵屠夫？赵屠户说：你嘴干净些，谁是屠夫?！赖筐子说：你杀猪就是屠夫！赵屠户反倒拿了个杀猪刀就坐在门槛上，说：就是屠夫看谁来让我交！赖筐子说：我可告诉你，不交就拉去关禁闭！赵屠户就说：来呀，来呀！刀子在面前晃。巩百林不吃他这一套，提了枪就往门里走，刀还在晃，一枪托打过去，刀掉在了地上，几个兵上前把赵屠户制住了。拉着赵屠户往城隍院，赵屠户大声骂，来了好多围观的，几个兵揪着赵屠户的头发使劲儿向后拉，脖子都拉直了还在骂，赖筐子抓了一把土塞在了他嘴里。

赵屠户真的就被关了禁闭。整修城墙时预备旅在东北角留了三个洞做禁闭室，洞很小，人进去直不了身，洞门锁了门外还有兵看守。赵屠户被关了一天两夜不给吃喝，第三天就再不喊了。巩百林在街巷里说：还有两个洞空着，谁完成指标呀？不交钱的人家就开始了交钱。但是，赵屠户一关起来，镇上的猪没人杀了，有人勉强去杀，捅了几刀猪翻起身还跑，再去逮住了杀，肉上的毛到底处理得不干净。

杜鲁成让巩百林、赖筐子去买木料，巩百林说：我正监视着还有没有再闹事的，去买木料又不是半月一月的。杜鲁成说：井旅长最看重木料哩，你应该立功啊！巩百林说：那我就听你的！就和赖筐子还有三个兵去了黑河上游。五天后，收买了一大批木料，扎了排三个兵顺河赶，赖筐子提前赶回，安排人要在十八碌碡桥那儿接收，巩百林却到了棣花街。棣花街距铁头镇不远，铁头镇出名的是产木耳和酱笋，棣花街虽叫街也是一个镇，出名的却是出美人和戏子，戏子多就有了两个戏班，一直走乡过县地演出。巩百林找着一个戏班，说涡镇有着新盖的戏楼，要请他们去演戏，就把戏班二十人请了回来。

戏班一到，见涡镇并没有戏楼，就要回去，还要讨赔偿费和返回的盘缠。巩百林向杜鲁成讨主意，杜鲁成就去给井宗秀说：这巩百林心急，戏楼才要建呀，他倒把戏班子请来了！井宗秀说：哪儿的戏班子？杜鲁成说：棣花街的义鸣社。井宗秀说：那是个好戏班，以前我看过龙马关的义和班的戏，那压台的老旦听说就是从义鸣社挖过去的。杜鲁成说：他们来了一看还没戏楼，要走的，你看咋办，是不是给人家些钱了打发回去？井宗秀说：给什么钱，让他们就住下么，可以搭个草台子先演呀，吃住咱都管上，等着建戏楼。杜鲁成说：好！就把义鸣社留下来，住在了 130 庙里的那些空房里，又组织人在拐角场子里用运回来的木料搭了个简易台子，叮叮咣咣便出演了一场。

涡镇从来都没有来过戏班子，以前看戏不是坐船去老县城，就是到了龙马关，现在戏班子竟到家门口来演了，镇上人就把改造街巷惹出的是是非非都先放下，换了一副心情和嘴脸传播着这消息，有的竟也在午饭后就跑去了白河黑河岸的亲戚家叫人，妇女们更是洗了脸，收拾头脚。才到傍晚，天还阴着，好像有雨，但头上衣服上并没有湿，又恢复起来的小吃摊摆满了场子的四边，老人和孩子全拿了板凳在戏台下占地方。等叮叮咣咣地开始了吵台，街巷里一溜带串的人都拥过来，场子上已经盛不下，拥来挤去，那些坐板凳的老人和孩子就无法再坐在板凳上，全站起来了，一时人窝里如风过麦田，波涛般地一会儿全都向左边倒，一会儿又都向右边倒。有人就被踩着了脚，有孩子就在直着尿，有人跌倒了爬起来哭，有人在骂，骂得凶了还动了拳头，场面混乱成一锅粥。巩百林、赖筐子在维持秩序，跳上台子不停地喊：都坐下，坐下！后边的不要挤！

要坐，坐不下，不挤，又站不稳，谁也不听他们的话，巩百林和赖筐子就各拿了个竹竿，一个在场子东一个在场子西，见哪里乱就在哪里打，终于安然了一些。

井宗秀也骑了马来，他就站在拐角场子口，巩百林立即吆喝赖筐子去驱赶戏台前的人群，放一把椅子给旅长。井宗秀却说他不进去看了，让群众看吧，就问：人还够多的？巩百林说：多得水泼不进去，就是有些乱。井宗秀说：乱就乱，乱了热闹。勒转马头，笑笑地走了。巩百林再进了场子，戏已经开演，他也没有挤到人群中去，就站在了烧焦的老皂角树下，树上爬着三个孩子，他吼道：这树才移栽的，下来，下来！孩子说：树已经死了呀！他说：死了也不能上！你爷死了你还往身上骑?!就走过来了周一山，周一山说：孩子看不到么，就让待在树上。巩百林说：你也来了，我给你在前边安个座位去。周一山说：就站在这儿看看。两人站在那儿看，周一山说：听说这戏班是你叫来的？巩百林说：改造街巷呀，有个戏了，能煽呼煽呼。周一山说：哦。再没说话。巩百林不明白周一山是啥意思，就掏纸烟给周一山，并点上火了，说：你不是涡镇人，可涡镇人现在离不得你啊，刚才赖筐子还给我说你厉害，我说，当然厉害，神人么！你就是神人！周一山说：啥事都是井旅长拿主意，我跑个腿就是。巩百林说：车跑得快，那是轱辘子跑得快么。周一山说：不说这些了，咱看戏。巩百林并不喜欢看戏，看了半天，不是出来个帝王将相，就是出来个才子佳人，他问周一山：这是哪出戏？周一山说：念词了，你听。一个角儿在道白：日头出来，日头落下，急归所出之地。人一生的劳碌，就是日光下的劳碌。万物令人困乏，人不能说尽，眼看，看不饱，耳听，听不足。已有的事，后必再作，已行的事，后必再行，有什么意思呢，日光之下，并无新事。巩百林说：这说的啥，都是淡话。周一山没有吭声，还在认真听。巩百林再说什么，见周一山不理他，他就蹴到场子边吸起纸烟来。直到戏完，人都散尽，场子上到处有断了腿的板凳、砖头、瓜子皮、花生壳，巩百林和赖筐子用脚踢着看有没有遗下的钱或女人的簪子和头帕，没有，赖筐子说：那么多的女人，说散一下子就没了？巩百林说：都有主儿的，也没见谁走错门。赖筐子踢出了两只鞋，捡一只看看，再捡一只看看，都小，就扔了。

戏班子演过了一场，都说出彩的是那个青衣，但井宗秀却没看到，杜鲁成就让戏班子到旅部屋院里唱堂会。井宗秀很高兴，他也懂戏，一唱毕还给了各位戏子一包茶叶和一封糕点。第一次堂会，井宗秀是和杜鲁成、周一山，还叫了夜线子、马岱、陆林他们，又要办第二次堂会了，井宗秀要请麻县长和任老爷子师徒，也要请镇上一些德高望重的老者掌柜，这当然就有陆菊人。花生去请陆菊人，陆菊人在茶行后屋招呼才放出来没几天的赵屠户，借给了十个大洋，送了三斤茶叶，正送着走到前院。花生一进来，赵屠户脸就变了，不看花生。陆菊人说：哎呀花生来了！赵叔赵叔，这十个大洋可是我五个花生五个，都是我们的私房钱。赵屠户还是不看花生，说：饥时给一口，强似饱时给一斗，我记你的恩！等我缓过劲儿了，就还你。陆菊人说：花生拿钱的时候说了，不指望你还，将来生意又好了，用肉顶着。赵屠户这才看了一眼花生，说了句谢谢，从院门出去了。赵屠户一走，花生疑惑地说：这是咋回事，不是才放出来吗，你给他钱了？陆菊人说：屎拉在炕上了，总得擦么。花生说：他可不是好人，拿着刀子要闹事哩。陆菊人说：他是横了些，但确实也有难处，你知道不？他被关了那些天，总有人去禁闭室那儿看望，他一回去，有上百人就在巷道迎接的。我给了他十个大洋，让他能到南北二山里多收些猪，讲明了是借的，瞧他刚才一见你脸就黑了，我才说这钱一半是你的。花生说：哦，还是姐想得长远，也想得周到。陆菊人说：你今日咋来了，人好像又瘦了，是请我去听堂会吗？花生说：姐啥都知道！今晚上戏班子又要在我那屋院里唱戏，麻县长去，任老爷子去，镇上一些老者掌柜也去，他特意让我过来请你。陆菊人说：谢谢他还有这个心，但我不去。花生说：你要嫌去的人多，咱就不见他们，我陪你坐在后房的窗子里看。陆菊人说：不是怕见人。吃饭穿衣要看家当的，才建了钟楼咋又要建戏楼？花生说：我听说是改造街巷过程中才建戏楼呀。陆菊人说：赵屠户要知道交钱还要修戏楼，那他就不是闹事，还真敢拿刀子杀人呀！花生就说：姐要不去，我也不回去听戏了，就在这儿陪你。陆菊人说：那好那好，你也别回去，咱泡了茶喝！

茶泡好了，两人喝着，陆菊人说：你真的是瘦了，还是胃口不好？花生说：是睡得不好。陆菊人说：他还是折腾着不让你睡？花生说：他倒是不折腾我。陆菊人说：那他仍要召一些人去？花生说：现在也有了戏班子几个女的。陆菊人说：这事让杜鲁成给他说的，话只杜鲁成能说。花生说：我是给杜鲁成说过，杜鲁成却说男人么，这有啥，何况他是旅长。杜鲁成这么一说，我又不能说了实情。陆菊人说：那你得把那些戏子弄走呀，也不让再唱什么堂会不堂会的才是。花生说：我咋弄走呀，我能不让唱堂会吗？陆菊人说：唉，剩剩他爹还活着的时候，他就是在外头再混账，回到家里也得宁宁的。花生说：我没姐的本事么。眼泪便噗喇喇流下来。陆菊人给花生擦了眼泪，说：不哭了，跟我回一趟老屋去，我拿个东西你交给他。

陆菊人领了花生去了老屋，在墙上的架板上取下一个罐子，罐子里又取出一个布包，打开布包，是一面铜镜。花生说：姐还有这古董？陆菊人说：这是家传的，你交给他。花生说：你是说让他卖了凑份钱？陆菊人说：这能卖几个钱？花生说：这镜子还能照么，让他照照他自己？陆菊人说：人和人交往，相互都是镜子，你回去就原原本本把我的话全转给他，他和他的预备旅说的是保护镇人的，其实是镇人在养活着他和他的预备旅哩。我这话说得难听，他或许听或许不听，不听了也好，我也就啥不干了，宁肯去130庙里当尼姑也不在茶行了。花生说：你要去庙里，我也去庙里。陆菊人看着花生，看了半天，把铜镜重新包好，塞在了花生的怀里。

※　　※　　※

中街甜水井巷有个老汉叫钱有益，也就是杜鲁成媳妇的本族二叔，早年在老县城做过小买卖，见多识广，能说会道，麻县长到了涡镇，他的老伴病死了，他也就回来。家里三个儿子，大儿子驼背，在薛家饭馆里做白案活儿，二儿子在预备旅，小儿子小，比蚯蚓还小。大儿子二儿子都结了婚，但家没分，先还和和睦睦，后来他处处偏护小儿子，两个儿媳就有看法，渐渐积了矛盾。他就没心思在家待，一天三顿饭后，便去安仁堂，安仁堂那儿人多，陈先生又有旱烟叶和茶。去得多了，认识了也到那里闲逛的戏班子的班主郭家铭，他俩能聊到一块儿。

这一天，钱有益的大儿媳要小儿子和她一块儿去巷里的水井打水，钱有益给小儿子使眼色，小儿子就不去，大儿媳便骂鸡踢狗。钱有益吊了脸出门，却在巷口等着大儿子，大儿子一出来，说爹你咋在这儿，钱有益说：噢，有事。你小兄弟快过生日呀，得给做件褂子，你掏几个钱。大儿子说：清明时不是做过一件吗，我一月就发那几个钱。钱有益说：那你看吧，你就这一个碎兄弟。大儿子从口袋摸出了几个钱。钱有益拿了钱，到安仁堂那儿，果然郭家铭也在，两人就又五马长枪地说起来。说 6 军又在哪儿打仗了，听说打得天昏地暗，死的人埋了一个大坑，坑是三丈深的坑。说逛山和刀客势力不行了，把金银财宝藏在一个山洞里，会不会东山再起呢？如果起不来，这金银财宝又会好过了谁？说红 15 军团开拔到秦岭东南一带去了，红 15 军团到哪儿都爱打土豪分田地，可他们又爱转移，一转移，土豪又回来把分去的田地收了，杀的人更多。东南一带富是富，那里瘴气重，他们有一半是平原人，就拉肚子，沿途都有拉死了的人。说麻县长来秦岭任上有好多年了吧，能提升回省城吗？如果还不提升回省城那就没前途了，方塌县的老县长是被人杀了的，桑木县的县长当了七年被撤职的，最后死在牢里。他们说的都是大事，夸夸其谈，口若悬河，听得旁边人一愣一愣的，说：你们咋知道这多！钱有益说：你还想听啥？陈先生给病人号过了脉，说：他们想听你说说你家的事。钱有益当下噎住，郭家铭说：陈先生你是哪壶不开提哪壶！大家都笑，钱有益也笑了，说：唉，都是咱儿不好。郭家铭说：世上的儿都是好儿，是媳妇不好才是儿不好了。钱有益说：是没好儿，才有不好的媳妇！郭家铭说：你那儿子我都见过，好着的，一个在饭馆里做白案一个在家门口当兵，每月还都能挣几个钱。我孩子他舅，十几岁跑去闹红哩，十多年没给家里拿过一条线，连回家给他娘磕个头都没有。钱有益说：闹红就是入了秦岭游击队，现在是红15军团么，人家不回家是不是当了什么官了？郭家铭说：是个连长吧。钱有益说：当上连长就上道儿了，很快就营长、团长、军长的，我那二儿就一直是个兵，也就是以前在大户人家里当的常在或答应。郭家铭说：屁营长团长军长的，他当个连长还叫自己人打死了，通知家里人去搬尸，还要那尸体干啥呀！钱有益说：死了？叫自己人打死了?！郭家铭说：听说被打死的七八人哩，连他们的团长都被打死了。钱有益说：内乱啊？红15军团有几个团长？不是说井宗丞也是团长吗？郭家铭说：井宗丞是谁？钱有益说：井宗丞是井旅长的哥哥。郭家铭说：啊?！我都是听人瞎说的，这话不敢多说了。你大儿在薛家饭馆是白案？那几时请我也去见识他的手艺啊！钱有益说：行么行么，你掏钱我给咱张罗，把陈先生叫上，剩剩也叫上。

这天没有闲聊到天黑，钱有益就回了家，他觉得应该把郭家铭的话告诉给杜鲁成媳妇的，而给杜鲁成媳妇告诉后，杜鲁成媳妇当然也告诉了杜鲁成，杜鲁成连夜报告了井宗秀，井宗秀先是吃惊，但立即不肯相信，他知道红15军团一共有五个团的，井宗丞是其中一个团长，哪有这么巧的，红15军团怎么会自己人打死自己人呢？还一次就打死七八个？即便是清洗叛徒内奸，井宗丞是秦岭游击队时期的人了，也不至于就清洗到他头上。杜鲁成去把郭家铭从被窝里叫到旅部屋院，郭家铭早吓得浑身哆嗦，说他老家是铁头镇，他媳妇是棣花街人，他来涡镇前，岳丈来见了他，说孩子他舅是被打死了，被打死的七八个人，还有个当团长的，他就知道这些，别的都是加盐加醋胡扯哩。就拿手打自己嘴，叭叭叭，一颗门牙都打掉了，嘴成个猪楦头。放走了郭家铭，井宗秀给杜鲁成说：你去睡吧，没事的，我兄长比我强，他不杀别人谁能杀他！但支开了杜鲁成，井宗秀心总是慌慌的，也不去睡，坐着吸纸烟，天还早就骑了马去巡查。在全镇巡查了两遍，天明时撞了钟，直脚往茶行去。

陆菊人拒绝听堂会，又让花生把那面铜镜带回去，想着井宗秀若是好的，见了铜镜能回忆起铜镜的来历，会明白其中的意思，若井宗秀是不好的，那就以为她不给他面子，不领了他的人情，也后悔了当初，要么气急败坏地来责问她，要么一怒之下就不愿再见她了。陆菊人这回是做好了准备，万一他真是来责问或不理不睬，那她也就离开茶行了。但是，这一天早晨她刚刚睡起，头还没梳好，井宗秀骑马到了茶行大门口，伙计一通报，她心里说：他来了！头梳不及了，拿帕帕包了乱发，说：接他进来吧。却坐在那里没动身。陆菊人没有想到的是，井宗秀竟瘦得眼睛贼大，颧骨贼高，那些稀疏胡子也长了，他并不是来责问的也不是来说软话的，他告诉了关于井宗丞的事情，说：你们女人能感应，你说说，这可能吗？陆菊人也是心咚咚地跳，一头雾水，说：咋能有这事，不可能吧。井宗秀说：不怕一万，就怕万一，如果可能了呢？我和他这多年没见过面，也没联系过，甚至想都没有想过，可一听到这消息倒满脑子都是他，心慌得不行，才感觉到我们是树上的两个枝股，枝股都是一棵树上长出来的啊！陆菊人说：咱不要急，都不要急，一急这脑子全乱了，同胞兄弟总是亲的，甭说你，杨钟生前也是找过他，我也常作想，他要是能回镇上，你们哥俩盘龙卧虎的，那会起多大的风云！这消息从哪儿来的，靠得住吗？井宗秀说：是戏班子的郭家铭说的，他只说红 15 军团内部处置了七八个人，其中有个当团长的。陆菊人说：戏子的话哪里能信，这得查实啊！井宗秀说：这咋查实。菊人也是坐下了站起，站起了又坐下，头上的帕帕不知啥时掉下来，头发披散着，说：可惜三合县分店出事，要不在那里就能立马查实，这样吧，我去一趟桑木分店，看能不能打听到真实情况。井宗秀说：桑木分店能行吗？陆菊人说：要么说这得我去。井宗秀说：这还得靠你！那怎么去，你坐这马上，我派几个兵？陆菊人说：坐了马又有兵那太显眼，我又不会骑马。井宗秀说：那让花生也去。陆菊人说：也好。你心放松，去查实是查实，可哪有那么巧的事，井宗丞不会有事，你爹在那里还不会护佑你们兄弟吗？井宗秀说：我想也是。

当日中午陆菊人上的路，带的花生和茶行的一个伙计，竟也有宽展师父。陆菊人在临走时去庙里烧香，要为井宗丞求个平安，见到了宽展师父，萌生了如果宽展师父也去，那宽展师父在，菩萨就在，事情或许吉祥顺利，而且有出家人一起，路上也不至于引起别的怀疑。她给宽展师父把什么都讲了，宽展师父口不能说，却微笑着点头，当下就怀揣了尺八和一本经书。四个人当天晚上到了一个镇上，寻着客栈，伙计住一个房间，陆菊人、花生和宽展师父住一个房间，陆菊人和花生睡下了，宽展师父就坐在灯下看经书。陆菊人和花生睡不踏实，一觉醒来，宽展师父还在那里看经书，陆菊人说：师父，你看的是啥经？宽展师父亮出书皮，花生认得是《地藏菩萨本愿经》，说：书上都写的啥？宽展师父手比划着，口里有声，却不是话，就揭开席角，用指头在炕面上写：记载着万物众生其生老病死的过程，及如何让人自己改变命运以起死回生的方法，并能够超拔过世的冤亲债主，令其究竟解脱的因果经。陆菊人哦了一下就坐起来，花生说：我和我姐能看吗？陆菊人说：能看的，说不定咱以后也做尼姑，趁早看看经书也好。花生说：师父，那我来念，你和我姐用耳朵听。宽展师父倒是高兴，把经书给了花生，花生翻开一页念道：其险道中，多诸夜叉，及虎狼狮子，蚖蛇蝮蝎。如是迷人，在险道中，须臾之间，即遭诸毒。有一知识，多解大术，善禁是毒，乃及夜叉诸恶毒等。忽逢迷人，欲进险道，而语之言：咄哉男子！为何事故而入此路？有何异术，能制诸毒？突然停止，说：我咋弄不懂意思。陆菊人说：你往下念么。花生又念：是迷路人忽闻是语，方知险道，即便退步，求出此路。是善知识，提携接手，引出险道，免诸恶毒，至于好道，令得安乐，而语之言：咄哉迷人！花生又停止了，说：姐，你听懂了吗？陆菊人说：好像听懂了，好像也没全听懂。宽展师父又在炕面上写字，写了：弄不懂只要你念就行。人叫人名，用不着知道名字的含义和为什么起这么个名字，但你叫了，那人就会应的。你念经书，菩萨会知道的。花生再念，后边的话越发没弄懂，而且有许多字认不得，让陆菊人看，陆菊人也认不得，她就跳开了念，这么一直念到鸡叫两遍了，三人才睡下。

第二日又走了一天，黄昏时分才到的桑木县分店，掌柜来长计喜出望外，说：咋不提前告知呀，我会用毛驴去接的！安顿住下，陆菊人交代了事情，叮咛一定要尽快查实，但又得小心谨慎，不要让外人看出意图。来长计诺诺着，就采买这样好吃的那样好喝的，竟然从街上买回来一个大草包，说：今日给你们吃个好东西！陆菊人说：这是啥？来长计就踩住草包，然后一点点扒草，最后是一个刺猬缩了个球。来长计说，桑木县城有名的菜就是酱爆刺猬肉，刺猬在山上一受惊动，就把自己缩个球向草堆滚，一边滚一边要抱干草，使自己形成一个大草包，但猎人知道它这一招，反倒更容易逮到。说着拿一个木棒在刺猬的鼻子上一敲，刺猬展开了，就用铁钎一下子扎下去，扎死了就要剥皮。陆菊人说：我来不是要好吃好喝的，你得办正经事。来长计说：你来一次不容易，晚上吃过了我还要报告分店的生意么，明日一早我就去见一个教书先生，他常来店喝茶的，他交往广。吃过了饭，来长计抱着账本给陆菊人报告分店的业务，宽展师父和花生就去街上闲逛了。桑木分店的生意一直很好，这上半年利润超过了去年上半年的一成，而来长计又提议邻县没分店，却有他们分店的一个销售点，是不是把销售点扩大也成个分店，但这个分店仍是归属桑木分店的。陆菊人同意了，说：人说你是小诸葛，真是点子多，茶行多有几个你就好了！来长计笑着，拿出一卷丝绸，要送给陆菊人，说：这可不是羊皮出在羊身上啊，是我用自己钱买的。陆菊人也就收了，说：送我礼品，你还得给跟我来的人都送。来长计就又拿出礼品，说：这我是割肉了，这一个头簪可是纯金，那就给花生吧，人家现在是旅长太太么，这一块布给宽展师父，那个伙计，明日我送他一双麻鞋。陆菊人收了礼品到住的屋里，宽展师父和花生早已从外边回来了，又在灯下翻看经书。花生见了送她的头簪，喜欢得不行，直念叨着来掌柜的好，陆菊人说：都是旅长太太了眼窝子还这么浅，我待你千好万好，倒没见你这样高兴过！花生说：人是离不得太阳月亮的，可太阳月亮日夜照着，人并没有把谢忱挂在嘴上么。没有你，来掌柜也不可能送我金簪，那我给你念一段经赞吧。她就念起来：猗欤大士，誓愿宏深。

愍念众生，长劫沉沦。悲运同体，慈起无缘。常处地狱，冀解倒悬。众生度尽，方证菩提。地狱未空，成佛无期。由此因缘，诸佛赞叹。况彼六道，能不悲恋。念毕，陆菊人说：再念念，你念一句了我也念一句，多念几遍，但愿明日有消息。花生就领着念起来。

天明后，来长计就出去找教书先生，陆菊人、花生和宽展师父就在分店门前看风景，有几个穿着保安队服装的人经过，却回过头问她们是干什么的，花生就紧张了，陆菊人扯了她一下襟，说：脸放平，你去给他们说。花生咳嗽了一声，过去说：我是美得裕的丫鬟，店里近日老是闹鬼，不干净，请了庙里师父来念经驱邪的。保安看了看宽展师父，宽展师父合掌行礼，保安说：那个女的是谁，也是丫鬟？花生说：哦，那是掌柜的太太。保安说：我还以为来了个官夫人！又看了一眼陆菊人，就走了。保安一走，花生抱了陆菊人说：姐，人家以为你是官夫人哩！陆菊人说：官夫人？官人在哪儿?！自己都笑了。而这时来长计哼着曲儿回来了，告诉陆菊人：先生说他不知道。陆菊人当下垂头丧气了，说：人家说不知道，你还唱唱歌歌的。来长计说：你不要急么，先生是不知道，但他又说他可以去打问另一个人，那人是个劁猪骟羊的，有个儿子以前在秦岭游击队，后来死了，或许那人知道。我就问那人的家是那边的秘密联络点吗？他说这谁知道！我从他眼里能看出是的。他答应去找那人打听，明日不回话，后日肯定是传过话来的。花生就说：这就好，这就好，没想到蛮顺利么，都是念经起了作用。

在分店里又待过两天，两天的夜里，花生还是给陆菊人和宽展师父念经书，第三天果然传来话：红 15 军团是清除了六七个人，其中就有井宗丞团长，人是在南平县崇村被打死的，打死井宗丞的叫邢瞎子，原是阮天保的警卫，后来当了营长，不久又和阮天保弄翻了，不干营长了，回老家三合县又当了县保安队副。来长计给陆菊人和花生复述了一遍，说：我问那人现在还能不能找到井宗丞的尸体，那人说过这么久了到哪儿找去。唉，咋出这事，真的就出了这事！井家出了两个英雄，就这样把一个没了?！花生就呜呜地哭。花生一哭，来长计和那个伙计也都哭。陆菊人倒平静了，对来长计说：怕啥真的就有啥，既然事情是这样了，你再去街上备些香烛烧纸和供品，还有，买一只白公鸡，咱搬不了他的尸，也得祭奠祭奠，把他的魂接回去。

到了后半夜，就关了店门，在后院设了个小小祭桌，放上了猪头果蔬水酒，再把公鸡放在中间，就念叨着井宗丞的名字，点烛上香，烧了纸钱，宽展师父开始吹起尺八。公鸡买来时一直扑腾，待放到祭桌上了，便安静不动，像是一块木头。花生说：他魂真是附到公鸡身上了。陆菊人说：是附上了。祭奠毕，把公鸡装在一个背篓，陆菊人说：咱们回吧。公鸡在背篓里抬了一下头，又恢复了原状，一动不动，伙计就背了背篓。来长计见没法再留，说找两个毛驴让陆菊人和花生坐了，他也护送着一块儿回涡镇，陆菊人拒绝了，说三更半夜的到哪儿再去借毛驴，也不用护送，有伙计在哩，即便路上遇到打劫，打劫鬼呀？倒是让找了两件白衫子她和花生穿了，用白布缠了头，四人就原路返去了。

又是两天一夜到了涡镇，在旅部屋院里，井宗秀知道了情况，半天坐着没有动，也没说话。杜鲁成、周一山、夜线子、巩百林、陆林都在场，把白公鸡抱了放在上房正堂的条案上，白公鸡突然一翻白眼，竟倒下去就死了。巩百林说：宗丞哥是回来了！跪下就磕了三个头。巩百林见过井宗丞，而杜鲁成、周一山他们都没有见过，巩百林跪下磕了三个头，他们也都跪下磕了三个头，然后就做井宗丞的灵位牌子，点烛上香。花生放声大哭了，屋院里一时哭声一片。陆菊人站在井宗秀旁边，她说：你要哭，你就哭，不要憋在肚里。井宗秀往地上唾了一口痰，痰里有了一颗牙，他说：冤有头，债有主，谁要了我哥的命，我就要谁的命。夜团长，你明日就去三合县，把邢瞎子给我活着捉回来！

※　　※　　※

一个月后，夜线子把邢瞎子捉回来了，夜线子是怎样寻到他又如何活捉的，涡镇的人都不知道。那天中午，王喜儒坐了船去河中的泉眼取水，看到河滩里白花花一片，当时并未留神，刚装满了两桶水，一仄头，又看到了一片花开，红艳鲜亮，而倏忽里哗哗地响，一排子白光到了空中，又一排子白光到了空中，原来蚯蚓和钱有益的小儿子在那里用弹弓打鹳雁。鹳雁是一惊动就飞起一排，过一会儿又飞起一排，蚯蚓就蹲在那里不动，只等着鹳雁再飞起来用弹弓打。王喜儒知道刚才白花花一片是鹳雁全仰头站着他看到的鹳雁身子，而红艳如花是鹳雁低头觅食了那头顶的红翎，就想：哪儿来的这么多的鹳雁呢？担了两桶水，一桶放在县政府门口让白仁华提进去，他提了另一桶去给旅部屋院送，夜线子拉着一头毛驴走过来。夜线子的脸又黑又红，像酱过一样，褂子没有扣，胸向前挺着，双手大幅度地甩。王喜儒说：吃啦？夜线子说：没。王喜儒说：那赶快去吃呀！说完了，觉得不对，又说：不是说你去捉邢瞎子了吗？夜线子说：捉邢瞎子了！到了旅部屋院门口，从驴背上卸下一个木箱，木箱上有钻出的整齐的窟窿。王喜儒说：没有捉住狗日的？夜线子说：没捉到我回来干啥！拿脚踢箱板，踢开了，里边滚出个人来。人昏死着，蜷成一团，却没有小腿，膝盖下都包着草浆疙瘩，草还未完全砸成糊状，能看到是猫眼草、狗筋蔓、白芨、刘寄奴、大蓟，没有血流出来。夜线子在说：狗日的腿太长，装不进去么。王喜儒就吓得浑身发软，桶掉下去，水像蛇一样在街面上流开。

邢瞎子是第二天中午被杀的。旅部的后院里安了张桌子，桌上摆了井宗丞的灵牌，供品堆集，烛香齐燃，预备旅营以上的长官和镇上的一些老者都到齐了，开始烧纸钱。并没有一丝风，纸钱灰却呼呼地旋转成一股黑柱，直端端有一丈多高，再突然散开，半空的灰片就像一群翻飞的蝙蝠，马六子叫了一声：宗丞！众人都猛地怔住，而陆林说：是井宗丞团长来了？看马六子，马六子脸色苍白如纸，眼睛发瓷，却再没说一句话。陆菊人和花生忙去扶，陆菊人说：宗丞是来了。扶到前边屋里歇着了。这时候蚯蚓一直站在太阳底下，满头满脸的油汗，双目盯着他的影子在缩小，在缩小，最后完全消失了，喊道：午时已到！邢瞎子就从厕所房里被拉了出来，他已经被凉水激醒，背坐在了灵桌前，眼睛一个肿得是一条线，一个却睁得很圆，射着漆一样的光。蚯蚓说：他还在瞪人！夜线子说：是不是？走过去用两个指头就把那一个眼珠子抠出来，邢瞎子便倒在了地上。夜线子以为邢瞎子还要骂人的，如果要骂，他就要抽出舌头的，但邢瞎子一声没吭。钱有益的小儿子把眼珠子捡着了，蚯蚓要夺，小儿子不给，往大门口跑，陆菊人从前边屋出来，低声说：谁让你进来的，你进来干啥?！蚯蚓也撵出了大门，但小儿子还是不给，把眼珠子藏在身后，一只鸡却从手里叼跑了。蚯蚓再回到后院，夜线子在问井宗秀：旅长，咋样个祭奠法，卸头还是剜心？井宗秀说：他不是不吭声吗，慢慢剐，剐到头了卸头，剐到心了剜心。夜线子和马岱就各拿了一把杀猪刀，口含清水，噗地在邢瞎子脸上喷了，从半截腿上开始割肉。割一条了，扔给早拉来的拴在北城门口的两只狼，一只狼就张口吞了，再割一条，还是扔给两只狼，另一只狼也张口吞了。一个骷髅架子上一颗人头，这头最后砍下来也献在了灵桌上，祭奠就结束了。而满院里有了那么多苍蝇，到处在飞，落在每一个人的头上和脸上。杜鲁成用手在面前扇着，从后院到前屋里找陆菊人，想着让陆菊人拿出些大洋奖励夜线子和马岱，但没见了陆菊人，也没见了花生。

陆菊人和花生在看到鸡叼走的是一颗眼珠子，就再没去后院，出门到了街上。街上的人很乱，都知道杀害井宗丞的凶手被捉回来了，也知道要用邢瞎子祭奠井宗丞，但他们不能到旅部屋院去，门口有石狮子，更有背枪的兵，看见陆菊人和花生从大门里出来了，想知道里面的情况，而陆菊人和花生变脸失色，又不敢近去相问。别人不敢问，眼光只是瞅，陆菊人和花生也慌手慌脚着不知该往哪里去了。街前边的葫芦巷口，一帮戏班子的人进了莫家杂酱扯面店，班主还站在店门口吆喝后来的几个戏子：往快点！吃了饭都去装台，晚上还要演出的，吃饭都这么磨蹭?！一个戏子说：不是说十天半月才演一回吗？班主说：今天是啥日子，没想想咋就让你吃饺子？猪脑子！旁边的琴师说：我知道是祭奠井旅长的兄长哩，可我弄不懂，这预备旅是6军的，6军是国民军，红15军团是共产党的，双方是对头呀，不共戴天呀，咋还祭奠呢？班主说：他们是同胞兄弟！知道不知道各为其主，知道不知道人相好或相恶，都不是因了大是大非，而都是小事上交好交恶的？花生说：姐，咱这往哪儿去，是去茶行吗？陆菊人说：你没听见晚上要演戏吗？你回屋院去，他们肯定要闹到半夜的，免得他叫你了你不在。我身上不舒服，去一下安仁堂。花生说：我也去，过后他要怪我，我就说陪你去看病了的。

两人去了安仁堂，剩剩却在院门外娑罗树下坐着，陆菊人说：你怎么在这儿？剩剩说：师傅让我来接你，前门关了，从后门进。拉着剩剩进了后门，陆菊人见剩剩个头还是没长，要说什么，麻县长背身在那里坐着，面前一堆药草，正在和陈先生说话。麻县长说：还是都穷么，要是富了，就显得客气，有仪礼，性情也温柔，吃个桃子梨的还洗呀削皮呀。人穷得三天没进食了，谁还洗呢，连皮带核，恨不得囫囵就吞了。陈先生说：也是。咱街上常吵嘴打架的，骂人没好口，打架没好手，可打起架来，你打我一拳，我踢你一脚，打一拳赶紧把拳收回来，踢一脚了脚就退后一步，都是恐惧了对方才扑出去攻击对方的。麻县长就笑起来，说：嘿嘿，咱俩就会在这里说说！我这么胖的，我都讨厌了我这身子，是吃药能瘦下来呢还是扎针能瘦下来？陈先生说：你吃肉吗？麻县长说：前半生都是不吃肉的，可后来吃开了一天没肉倒不行，人这一生是不是都有定数，寿有定数，仕途学问上有定数，吃喝上也有定数？陈先生说：这年月能天天吃肉也是口福，你嘴里有几个牙齿？剩剩，剩剩！剩剩就说：在。陈先生说：你看看他嘴里有几颗臼齿。剩剩让麻县长张开嘴，说：两个兀齿，别的都是板牙。麻县长说：兀齿就是虎牙吧？陈先生说：虎牙当然算臼齿。麻县长说：人说井旅长是双排牙，其实他就是虎牙多，长乱了。我这牙是啥说法？陈先生说：臼齿多的人多是吃肉的，板牙多的人多是吃素。老虎豹子吃肉，靠的是这种臼齿，肠子也又短又粗，消化得快。牛呀羊呀吃草，肠子就细长。鸡的肠子更细长，主要吃小米和茶叶，也吃虫子，吃了虫子就得又吃些沙子，用沙子来促进消食的。麻县长说：我肯定是细长肠子却吃肉，才长得这么胖，一胖啥病都来了！陈先生说：你那院子里有没有哪棵树身上在这一半年里长着了木疙瘩？麻县长说：这我倒没留神。陈先生说：你回去看看，如果树上有了疙瘩千万不要动，就让它长，不用再吃药的。麻县长就谢了，抱了一堆药草，起身告辞。剩剩要从后门送，陈先生说：你把前门开了，走正门。剩剩送走了麻县长，又把前门关了。

陆菊人和花生就从屏风后出来，问候了陈先生，说：麻县长也有病了？陈先生说：他肚里有个大瘤子，吃药化不了，我让他回去看树上的疙瘩，树上如果有疙瘩，那还有救，人和树是感应的，树身上慢慢长了疙瘩，人身上的瘤子就会慢慢消失的。今日你们咋来了？陆菊人说：来看看你么。陈先生说：这不是真话。井旅长祭奠他兄长的，你两个心里缪乱了来我这里的。陆菊人说：这你都知道呀？陈先生说：我嫌今日来人肯定都要说祭奠的事，所以麻县长一来我就让剩剩把前门关了。陆菊人说是井旅长要给他兄长报仇的，那个邢瞎子被拉到灵桌前了，我和花生就出来的。陈先生说：你们一走，别人怕要责怪哩。花生说：我见不得血。陈先生说：你也见不得血？陆菊人说：先生把我不当作女人啊?! 陈先生说：你是比男人强。陆菊人笑了一下，说：女人怕什么血，原本身上不是一月要有一次吗，只是见不得血是那么个流法。上次把人皮要蒙鼓，我是出了一身的红疹子，一片一片的，越挠越多，到现在还退不了，这次井旅长要替兄长报仇，报仇就报仇，但要剜心掏肝，这我就不敢看了。陈先生说：哦，那我这瞎子倒好了。陆菊人说：先生，我嫁到镇上也十多年了，来的时候镇上穷是穷，人也整天吵呀骂呀也打架，那算是个日子，但这些年生活是好了，到处都是血，今日我杀了你，明日我又被人杀了，谁都惊惊慌慌，谁都提心吊胆，这人咋都能成这样了！陈先生说：人是十二个属相么，都是从动物中来的。陆菊人说：那你看着啥时候世道就安宁啊？陈先生说：啥时候没英雄就好了。陆菊人愣了起来，说：不要英雄？先生，那井宗丞是英雄吗？陈先生说：是英雄。陆菊人说：那井宗秀呢？陈先生说：

那更是英雄呀。陆菊人就急了，说：怎么能不要英雄？镇上总得有人来主事，县上总得有人来主事，秦岭里总得有人来主事啊！是不是英雄太多了，又都英雄得不大，如果英雄做大了，只有一个英雄了，便太平了？陈先生说：或许吧。花生就插了话，说：先生尽说些云里雾里的话，咱不说这些了，姐你不是浑身不舒服吗，让先生号号脉，看抓些什么药。陈先生说：我就在给她看着病呀。花生说：你就在看着病？姐，先生在应付咱哩。陆菊人说：你别胡说，先生要生气了，以后再不让你来了。陈先生说：我不生气。花生说：姐你现在觉得咋样？陆菊人说：心口是不闷了，头也不晕啦。花生说：你就是心好，顾先生的面子！陈先生哈哈地笑，说：剩剩剩剩，你烧些水吧，咱用你娘送来的茶招待你娘和你姨吧。花生说：我来我来！说罢，剩剩也来到了后屋提火炉子。

安仁堂的前门一直没开，四个人熬茶喝到了天黑，点了灯，要换新茶，陆菊人亲自拿了一块茶砖，用茶刀撬开一个角，黑褐色的茶叶里就星星点点闪烁了金色。远处隐隐约约传来锣鼓丝弦声。剩剩说：娘，是不是今晚有戏哩？陆菊人把茶叶放进了紫砂壶里，说：有戏哩。剩剩说：我要看戏。陆菊人说：有啥看的，难得来陪你师傅喝喝茶。说毕，看着剩剩，就把剩剩拉过来让坐在她怀里。

※　　※　　※

祭奠了井宗丞，井宗秀每日早晚巡查，就带了两匹马，一匹马他坐着，一匹马上放着井宗丞的灵牌，让长兄坐着。而周一山最担心的有两点，一是麻县长来过问，即便麻县长不过问，风声传出去，秦岭专署或 6 军也会责怪麻县长，逼麻县长来惩治井宗秀的，二是，邢瞎子虽不是红 15 军团的人了，但是以红 15 军团清洗了井宗丞的事而杀的，那红 15 军团会不会恼羞成怒来攻打预备旅？七天之内，麻县长是没有来找井宗秀，据王喜儒报告，七天里没有任何陌生人来见过麻县长，麻县长甚至连县政府大门都没迈出一步，只是写他的秦岭草木志。井宗秀、周一山、杜鲁成放下了心，就专门警惕着红15军团的攻打，一面派夜线子再带人加紧纳粮缴款，一面再强化军事操练。

杜鲁成负责操练，他仍然采用着当年阮天保的那一套：列队，跑操，别人跑你能追上，你跑别人追不上，每天每人抱一块石头，从龙王庙旧址跑到纸坊沟口，又从纸坊沟口返回龙王庙旧址。再是，把龙王庙旧址那儿的大石头推倒，然后用肚皮子把石头掀起来，一放一掀必须连续做五次，不许放屁。再是，河湾里有几十亩稻田，稻子收后的稻草三捆四捆支架在那里，排了队轮番端了刺刀去戳，脚步一定要扎根，喊声一定要怒吼。上午把队伍操练了，下午在城隍院里集中讲战术，战场上怎样利用了地形地物，怎么正面进攻、迂回包围，如何两强相遇勇者胜，什么是敌进我退、敌疲我进，要做到有效地保护自己就是要最大地消灭敌人。虎山湾整日尘土飞扬，杀气腾腾，狼是很少见了，却来了那些黄皮子，它们躲在沙窝里或草丛中，那些黑河岸的峪里人来放羊了，就伺机扑出来。黄皮子嘴小，牙尖，它们咬不动羊的皮，咬羊的屁股，有的迅速抓出了羊的肠子，有的则在羊屁眼儿上打洞钻了进去吃肉。羊一死，放羊人就哭。陆林重修虎山崖上的工事，喝了点酒，傍晚下崖回镇，听见湾滩上有人哭，哭得有腔有调，他就生气了，说：这个时候哭着是晦气啊！就差人将咬死的羊背了，把放羊人赶过了黑河。

北城门口拴着的两只狼，自吃了邢瞎子的肉，皮毛油亮，但眼睛也一直发红，每有人出进，甚或牛呀驴呀的经过，它们就往前扑，铁链子扯动着哗哗响。镇子里的狗兽十只八只的来和两只狼撕咬，守门的哨兵图热闹看，咬了一个饭时难分输赢，落了一地的狗毛狼毛，才各自散开。这天陆林和背着死羊的兵回来，两只狼又朝背羊的兵嚎叫，陆林伸手去打了其中一只狼的脑袋，骂道：也想吃羊呀？手却被咬了一下，出了血。陆林并没在意，回到城隍院剥了死羊，连夜炖了一锅，他就吃了一碗，三天后竟浑身热一阵冷一阵，焦躁不安。在街上碰着白起，白起说：兄弟，兄弟！陆林说：谁是你兄弟？白起说：我就觉得你亲么！啊这天热的，你还穿这厚？陆林说：我有么！白起说：说话咋这噌的？陆林说：我热么能不噌?！白起就骂道：你狗日的疯了！陆林真的就疯了，见了蚯蚓打蚯蚓，见了拔牙的康艾山打康艾山，甚至见了夜线子，伸手去拽夜线子腰带。夜线子才纳粮缴款回来，怀里私揣了两个银元，腰带一拽脱，银元掉下来，夜线子扇了他耳光，他还说：你哪儿来的钱？伸直了脖子拿脑袋顶夜线子，夜线子一脚踹在他交裆，他倒在地上半天出不来气。等缓过来，却把气要撒在别人身上，就一路走过去，见人打人，见货摊踢货摊，吓得两边店铺纷纷关门，说：这咋成了疯狗！他竟也嗷嗷叫，脱了裤子就尿，还把一条腿蹬在树上。人就又说：这还算是团长，井旅长咋就不管？他就说：管我？没有我姐他哪能当官，没有我护坟他哪能当成官！这话说得奇怪，旁边人就说：你吹吧，给你个牛皮你吹吧！他就喊叫着是他姐把一块龙穴让井宗秀埋了爹，井宗秀才当了旅长，是他平了井宗秀爹的墓堆才没让阮天保的保安队挖坟的。正好杜鲁成带着一队兵操练回来，一声令下，七八个兵将他拿下，脱了鞋把嘴打成了个黄瓜嘴，扭着拉走了。

井宗秀非常生气，骂道：狗日的骨头里就是穷人的贱性！杜鲁成说：咱都是穷人，他是陆菊人的亲兄弟哩。井宗秀说：咱都是穷人，谁能是他这样儿！他是陆菊人的亲兄弟，他给陆菊人提鞋都不配！拔了枪就要打陆林，还是杜鲁成说：他得病了，是一群野狗咬了北门口的狼，狼又咬了他，就狂犬病了，狂犬病人胡言乱语谁信的！井宗秀就把陆林关禁闭。陆林一到禁闭室，还说：这墙洞还是我修的！进去了，里边有一坨干粪，问看守这是咋回事，看守说那是赵屠户以前拉的，陆林似乎有些清醒了，就使劲儿打门，喊：我要见我姐，去叫我姐，姐，姐，快来救我！

陆菊人在当天下午知道陆林被关了禁闭，恨弟弟惹了大祸，当时要去给井宗秀赔个不是，走到半路了又返回来，觉得给井宗秀怎么说呢，她并没有给陆林说过那块胭脂地是龙穴宝地，而只是为了防止保安队来掘坟，仅仅告诉陆林要保护的，井宗秀能相信这是陆林自己揣猜的吗？她让蚯蚓去查问陆林是怎么一下子就变成了这样，蚯蚓回来说陆林是得了狂犬病。她可怜起了她的弟弟，就想，井宗秀关陆林禁闭不是嫌陆林胡言乱语而是担心陆林伤人，那么，井宗秀就会给她解释的。陆菊人当然没去禁闭室探望陆林，她也不会去，但井宗秀没有来找她。

陆菊人是七天里没出过茶行门，每天胡乱地吃些饭了，就上了高台上坐着。这期间，账房上来给她汇报，说周一山到前房见了他，要求茶行得紧急筹措出一批银钱。陆菊人说：不是改造街巷的事搁下了吗，咋还要钱？账房说：周一山说要准备打仗呀。陆菊人说：他们要打仗就打吧。账房说：打仗那是打银钱哩。陆菊人哼了一下，说：现在账上有多少？账房说：原本有一万多大洋吧，春上收茶叶付了三千，旧作坊又添了四个炒锅，新雇了五个伙计，花去了五百，新作坊四十个茶垛，又雇了十个伙计，花去一千，新开的分店两千，杂七杂八的日常开销三百，现在还有三千多一点。陆菊人说：账上一定要保证有两千，这钱不能动，以防有什么事打住了手。你让各分店结算上半年的赢利，尽快都把钱运回来。账房说：周一山说筹措六七千大洋，这怎么完成？陆菊人说：他周一山怎么到你那儿却不来找我？账房说：这我就不清楚了，是不是因陆林的事，不好见你？陆菊人说：茶行又不是我的，咋能是不好见我。你下去吧。账房往下去的时候，差点还跌倒。

两天后花生也上来了，花生没有提陆林的事，或许她并不知晓，只惊讶陆菊人怎么气色不好，陆菊人也绝口不提陆林的事，倒问起这些天都忙些啥呀也不来看我。花生说：我有啥忙的，我不忙的，只是他忙得不回去，回去要么发脾气，要么一言不发地喝酒。陆菊人说：不是要打仗了吗，他的事多，他不愿给你多说，你该给他做饭就把饭做好，该给他沏茶就把茶沏好，没事了把自己收拾漂漂亮亮的。花生说：在家里还收拾啥呀。陆菊人说：啥时候都把自己收拾好！你邋里邋遢的，他还不叫那些戏子?！花生说：为了能让他高兴，我还去叫那些女的来家里了一次，但他也不理，倒和杜鲁成、周一山在另一个房间里说事，还把夜线子叫来，责骂纳粮缴款不力。陆菊人没有接茬，就给花生熬茶，喝过了一壶，却催着花生走，说：你早早回去，别让他觉得你不沾家。花生说：姐，我真的是不爱在家待着。陆菊人从怀里取了自己的粉盒，打开了，给花生补了补妆，说：你还是回去吧。

花生走了，陆菊人也懒得拾掇茶壶茶碗，站起来，靠在了高台左栏杆前。左栏杆下正对着中街，两边的屋顶接连着一直往前去，看着只有两个建筑似的。这边的屋顶和那边的屋顶都差不多长着一样的瓦松和茅草，有的在上面放着苞谷秆，可能是冬天里晾过柿子而再没有清理，有的可能是房会漏雨，又加了草席、油布，压着石头和砖头，油布的角在风里起落，像是有鸽子一直在那里要起飞。屋顶与屋之间伸出来的竹竿，晾着被子和衣服，还有那么多铁丝和绳子，春天里谁家孩子放的风筝又吊死在那里，已经褪了颜色，却站着一动不动的麻雀。而店铺门口都是些摊位，乱七八糟的凳子、木墩、水桶、筐子、一堆砖头、垒起来的劈柴、游狗、走猪，和熙熙攘攘的人。陆菊人从来没有感觉过街巷里竟这么多的破烂和垃圾。是没有打仗了，镇子里还没有打过仗，人们都在一起生活着，是邻居，是同族，是亲戚朋友，可谁又顾及了谁呢，沙握起来是一把，手松开了沙从指缝里全流走，都气势汹汹，都贫薄脆弱，都自以为是，却啥也不是啊。陆菊人死眼看着两排屋顶，屋顶就好像不是了屋顶，任何东西盯着久了就不是原来的东西了，比如看书上的字，比如看一个熟人，现在是两条细长无比的船，在摇晃，在水里漂泊，更是谁在甩抖两条布带子，布带子越往这边来，越甩越抖得厉害，她也就有点立脚不稳了。陆菊人回身坐在了椅子上，才知道刚才的晃荡是错觉，就长长地嘘出了一口气。

在以后的日子里，陆菊人从早晨上了高台，带那么一个两个冷馍，就一整天都不愿意下去，她不再观察茶行前后院里伙计们都在忙啥，旧作坊、新作坊又都在忙什么活计，是勤快还是偷懒，她也不要观察了，也不要监督，只是这半晌坐在北栏杆前，另半晌又坐在南栏杆前，凝视着镇子里的房子、树、街巷、店铺，以及茶行院子墙根那些兰草、月季、丁香、赤芍。它们都是有生命的吧，但它们不知道也不关心她在过去的某个时候路过，现在她又在看着它们，而它们从不回应她的凝视。

就在那个黄昏，她坐在了右栏杆前，一直盯着一个巷道的入口处，那里是个酒馆，身穿了白褂的伙计，尽管弯腰在干活儿着仍仰头看着在酒馆一张桌边喝酒的顾客，这顾客只是喝他的酒，并不看伙计。旁边的另外一老一少，少的还在玩手中的纸包，老的却急焦地看着端酒出来的另一个伙计。街道很长，就是一道白色，后来太阳要落了，又变成红色，再变成橘黄，但巷道的房子已经暗下来了，而且黑影突凸出来，就和街道的橘黄齐茬茬不一样，如是刀刃。不断地有人就从刀刃上走过。

这一夜陆菊人没有回屋，她头靠在椅背上就睡着了。她做了梦，梦里到过许多地方，不是纸坊沟，不是镇上和黑河白河两岸的任何村寨，也有许许多多的人，别人不认识，其中有娘，娘还是捂着肚子，是疼痛的样子，有陈来祥有唐景和崔涛，后来看到了杨钟，杨钟和她嬉皮笑脸，但他们全都不说话。她好像是醒了，又好像没醒，在琢磨，人是活两世吗，白天是一世，夜里又是一世？怎么梦里见到的熟人都是死去的，死去了在梦里都是不说话吗？这么琢磨着，梦里的情景就模糊了，像一点墨滴在水里渐渐就晕开散了，而她仍清晰觉得地上在潮露了，露水沿着木架的椽上来，身下的椅子开始发凉。陆菊人终于睁开了眼，远处的鸡在叫着，不知道鸡是叫了第二遍还是第三遍，就瓷呆呆望着那钟楼。钟楼在夜里好像比白天高，楼台之下都黑着，似乎就不存在门洞，只有楼顶和楼翘檐上的金球、琉璃瓦在闪着光亮，整个楼从左到右横摆着，使上面灰色的夜空变得狭长着一直往右延伸，又被一个黑云块阻断，那是城墙。城墙的影子又长长地投在街上，她就发觉了街有边缘线，店铺门前也有了台阶线，以及屋顶和屋檐线，这些线直直地、平行着过去，而屋舍却在重复，门窗之间没有连续，混混沌沌，陆菊人在这时又觉得这一切不真实了，是自己重回了梦里。

是黎明之前的缘故吧，黑来得比刚才更深，镇子越来越沉重，远处的河面和河滩却发生了变化，先是河面发白，河滩是黑的，过一会儿了，河滩发白，河面竟成了黑的，它在流动，看上去一动不动。

天亮了，能看到130庙里的大殿和巨石上的亭子，能看到自杀成焦黑的老皂角树，能看到县政府和城隍院。而对面的屋檐下，店铺在卸下门板，挂上了招牌旗子，旗子是黑色的、三角的，上面写着白字，像是刀子，所有的旗子都挂上了，整条街上都发出仇恨，而同时有无数的烟囱在冒炊烟，像是魂在跑。

城墙上坐了一排人，着装一样，好像在等待着什么，好像又只是看着前面，前面是虚空。

陆菊人站得太久了，蹲下来要生炉子，一蹲下来就腿脚发硬，坐在了台板上，而发现那水壶里却没有了水。就抓着栏杆站起来，走到那梯道口，活动着脖子，大口呼吸。梯道斜着下去，上面有白气，陆菊人想下去提水了，脚抬起来，又放下，一时眼花，这梯道是从下边长上来的吗，还是这梯道要突然掉下去？

痴呆呆的好一会儿，陆菊人终于重新坐回了椅子上，桌子上是她带来的另一个账本，就翻起来。翻着翻着，觉得旁边就坐着井宗秀，井宗秀在那里低头擦他的枪。井宗秀在专心地擦他的枪，她却没有安心翻账本了，她只是打发时间，她说：几时打仗呀？一仄头，旁边什么都没有。陆菊人哼哼地笑了一下，其实并没有笑出哼哼声。这时候，太阳从东边的山峦上冒出来了，先是西栏杆红，再红到东栏杆，一切都是那么寂静，陆菊人却瞬间不安起来，觉得所有的东西正与自己远去，越来越远。

※　　※　　※

城隍院里在开会，一直开到后半夜，伙夫给煮了龙须挂面，刚把饭端放在桌子上，屋梁上掉下来一只老鼠，正好砸在一个碗里。众人往梁上看去，那里爬着几只老鼠，同时在吱吱吱地叫，而屋角也有几只正从门槛下往出跑。井宗秀说：这多的老鼠！关了门，和杜鲁成、周一山拿了笤帚、木棍就打，打死了三只，屋里没有了，可刚才在地上跑的不止这三只呀，就移动了屋里的一些东西，还是没有。靠北边墙是一个顶箱柜，柜子的板面大，并没有紧靠墙，杜鲁成用木棍在柜子下乱捅，还是没有老鼠，端灯往柜子后一照，竟然有七八只老鼠在那里，都是身子贴着墙，而四条腿蹬着柜板就撑在半空。忙挪开柜子，老鼠掉下来又在满地跑，就一一都打死了。把死老鼠扔出去，三人继续吃饭，周一山就恶心得吃不下，他没怪花生却骂伙夫屋里怎么有这么多老鼠，往常的饭都是老鼠吃过的？伙夫忙赔话：往常就没有老鼠呀，今日不知咋这么多。其实老鼠吃过的东西干净着的，我在老家时，二、三月春荒里常掏地洞里老鼠攒的粮食。周一山指着被掉落了老鼠的那半碗饭，说：干净？你把它吃了？伙夫就把那半碗饭吃了。

从伙房出来，井宗秀问周一山：梁上的老鼠在吱吱地叫，你听到它们在说什么话？周一山说：我没留神听，咱就打开老鼠了，我也听不懂它们话。三人分了手，杜鲁成和周一山回住处去歇息，井宗秀还是骑了马巡查，马仍是两匹，一匹他坐了，一匹上放着井宗丞的灵牌。走到中街上，街上空无一人，店铺都关着，偶有几家檐下灯笼亮着，在微风中摇晃着一团黄光。他正走着，听到有细碎的声响，便有一道水从街面上漫过，勒住马定睛一看，竟然是几百只老鼠往过跑，就觉得奇怪，这是发大水呀还是老鼠也要开什么会呀？巡查完毕，回到旅部屋院，花生还是叫来了戏班的两个旦角儿，还有石条巷那个曾来过的温家的女子，四个人正打着麻将。

花生见井宗秀进了门，忙去迎接，马鞭和盒子枪就挂在柱子上，说：就等你回来哩，今日咋这么晚，你去打一圈吧。井宗秀解了皮带，说：我累了，天也快亮了。花生就从炉子上取水壶，壶里的水早烧开了就煨在炉子上，她在盆子里倒了热水，试了试太烫，又加了冷水，又试了试，再加了一点热水，把毛巾搭在盆沿上了，端给已坐在躺椅上的井宗秀，说：那你烫烫脚。天快亮了？那我让收拾了桌子。井宗秀说：你们玩，我爱看你们玩。他把脚放在了盆里，点着了一支纸烟，身子一仰，靠在躺椅上吸起来。花生见井宗秀心情不错，就继续打牌，她的手气出奇的好，连和了两把，第三把又和了，没想上手打出了个三饼，另两人也同时把牌推倒，就大呼小叫着怪了怪了！井宗秀一只脚已趿上了鞋，另一只脚还水淋淋地跷着，说：是吗？今日真怪了，刚才在街上就有几百只老鼠一块儿跑的。这时候有了叭的一声响，声音不大。花生以为谁把一只牌掉在了地上，弯腰低头寻，她说：几百只老鼠跑呀，要发大水了吗？前五年那次发水，我家院里的蔷薇蔓上都爬着老鼠。井宗秀没有回应。温家的女子说：井旅长，你过来给我看看牌么。井宗秀还是没回应。花生回头一看，井宗秀头垂在胸前，一条胳膊吊在躺椅扶手外。花生说：你瞌睡了？我扶你到炕上去睡。走过去了，突然吱哇一叫。三个女人忙跑过来，说：咋啦，咋啦？便见井宗秀前面喉耳骨处一个窟窿，后脑上也是一个窟窿，血水往外冒泡。赶紧扶起来，在炕上包扎，解开上衣，怀里的半截褐布巾全被血水浸湿。花生叫：你咋啦，宗秀！宗秀！井宗秀睁开了眼，说了句：我还要吸烟。地上是掉着一支纸烟，还燃着，捡起来给他塞进嘴唇里，纸烟头还红了一下，再没有动，人就死了。四个女人全瘫下来，一哇声地哭喊。前院的警卫跑进来三个，见躺椅后的窗子开着，窗外一丈多远就是一棵梨树，跃身从窗子跳出，树上没有人，树下却落着一些叶子。有一个警卫已风一样去城隍院报告，而别的警卫再搜查后院，后院里有一堆柴火，柴火里没人，还有一条绳上晾着衣服，衣服后没人，蛐蛐一片繁响，而墙根的草窝里有了一页瓦，瓦是墙头上的瓦。

屋子里，花生立不起身，给温家的女子说：快去叫我姐！温家的女子跑到门口了，却问：你姐？你姐是谁？花生说：陆菊人，她在茶行里。

天已经大亮，茶行的大门刚刚开，温家的女子一进门槛扑倒了，拉长哭声喊：井旅长死了！井旅长被人打死了！账房一下子捂住她的嘴，骂道：大清早的你胡说啥！温家的女子嘴被捂着，硬挣着说：快叫陆……竟昏了过去，账房这才看见那女子身上也是血，就跑到后院喊夫人夫人！陆菊人从高台上往下走，问：啥事？账房说：门口来了个女的，说井旅长被人打死了，要你赶紧过去。陆菊人啊了一下，坐在了梯道上，梯道上有露水，就滑了下来。

陆菊人跑到旅部屋院，杜鲁成、周一山已经到了，杜鲁成还光着脚，周一山的上衣都穿反了，两人又在后院查看，发现梨树下的落叶里有着一个纸条，上面写着：杀你的是阮天保！杜鲁成、周一山当即部署：周一山速去虎山崖组织兵力，严阵以待，这十天八天之内，凡是发现有任何人马朝涡镇来，立即开火，将其阻截在湾滩上。杜鲁成组织全镇军民上城墙，各个炮楼上都布置火力点，拼死守镇，派警卫骑马急去台儿镇、五莲镇通知夜线子、马岱停止纳粮缴款，必须在最短的时间里赶回来。但警卫说他不会骑马，杜鲁成就吼道：你能干个 × ！你警卫哩能让人来害了旅长?! 找蚯蚓去！两人进了后屋要给井宗秀磕头，见了陆菊人，说：事情紧急，这里就全委托你了。陆菊人点着头，却说：你光脚，穿旅长的鞋吧，你现在就是旅长。杜鲁成这才发现周一山把衣服穿反了，让周一山重新穿好，他就过去把井宗秀脱下来的那双鞋蹬上，不大不小正合脚。他又取了挂在柱子上的盒子枪挎在肩上，扑通给井宗秀跪下，说：旅长，你把魂附我身上，咱一块儿复仇，一块儿守卫咱涡镇！

杜鲁成、周一山走后，很快钟被敲起，锣声哨子声呐喊声响成一片，街巷里全是了人。陆菊人站在井宗秀尸体前看了许久，眼泪流下来，但没有哭出声，然后用手在抹井宗秀的眼皮，喃喃道：事情就这样了宗秀，你合上眼吧，你们男人我不懂，或许是我害了你。现在都结束了，你合上眼安安然然去吧，那边有宗丞，有来祥，有杨钟，你们当年是一块儿耍大的，你们又在一块儿了。但井宗秀的眼睛还是睁得滚圆。陆菊人叹了一口气，拿一张麻纸盖住了，让三个女人都不要哭，在没烧纸钱前哭声会惊散亡人魂的，而且现在也不是哭的时候，就派两个戏子去街上置办香烛烧纸，香要檀香的五筒、沉香的五筒，烛要白色的，最粗最高的六对，黄表纸十刀，白麻纸十刀。再去 130 庙请宽展师父来念经。再去西背街牛家纸扎店定制纸幡纸楼纸伞，如果店里有现成的童男童女、金山银山的就拿来三对，纸幡纸楼纸伞务必下午制作好送来。再是去冯家巷寿衣铺买白布十丈、黑布十丈，最主要的是寿衣，四套单的三套棉的，布鞋一定要好，颜色要正，针脚要匀，还有被子、褥子。再去卤锅店买猪头一个、牛头一个，猪头牛头的鼻孔里都要插上葱，卤锅店隔壁是刘家饭庄，让蒸最大的献祭馍，一升面蒸一个，蒸三个馍。那两个戏子说：哎呀，这怕跑不过来。陆菊人说：跑不过来也得跑！井旅长生前待你们好，你们也得对得起他，戏班子不是还有那么多人吗，让他们分头去办。问花生：钱在哪儿？花生说：钱在里边柜子里放着，柜子钥匙他拿着。就翻井宗秀的口袋，取了钥匙开柜，取了钱。陆菊人却没有把钱给两个戏子，交给了另一个警卫，说：你领了她们，办得越快越好，不敢有差池。警卫和两个戏子就走了，花生把钥匙给了陆菊人，说：花钱的事你经管。陆菊人说：我还经管啊?! 花生说：你不是已经在经管吗？这得你经管。陆菊人就接了钥匙，说：花生，我这么安排，是不是太豪华了？去阴间的路上，置办得豪华了，打劫的小鬼多。花生说：他在哪儿哪儿能少了打劫的？就多烧些纸钱，好打发那些小鬼。

周一山是去了虎山崖，北城门就关闭了，任何人不出，陌生人更不得进。两只狼也拴到了城门外的石礅上，不停地叫，声大如雷。杜鲁成将一个排放在北城门楼上，架了一挺机枪，城楼东边的城墙上放了一个排，西边的城墙上放了一个排，也都各架一挺机枪，而东城墙、西城墙以及南门外石堤上则是一连一连的人。苟发明和张双河负责把集合起来的青壮镇民编为九组，四面城墙上去四组，再有四组往城墙上搬运檑木滚石，剩下一组就从各家各户收面粉，都拿到城隍院，烙饼蒸馍，然后整筐整筐往城墙上送。到了后晌，夜线子、马岱陆续带着十几人赶回涡镇。夜线子一进北城门洞就放声大哭，去了旅部，井宗秀的灵堂已摆好，夜线子在灵堂前把头在地上磕得咚咚响，额头上血淋淋的，陆菊人拉都拉不起。巩百林和赖筐子也刚张罗着人从拐子巷刘木匠家抬来一副棺，夜线子就骂巩百林、赖筐子：叫你俩专门侦察监视哩，怎么就能让阮天保进来？巩百林说：锁子锁君子锁不了贼，这么大的镇子又是晚上，谁能知道阮天保是咋进来的，要说我两个没防住，镇上还有一个旅的兵力呀，旅长也是刚刚巡查了啊！夜线子说：你说的屁话！你把你的话来给旅长再说一遍?!巩百林说：你心里难过，我是和旅长打小一块儿长大的，我比你更难过。咱都不要在灵堂上说了，生有时死有地，或许旅长命里要遇这个坎，他放你出去纳粮缴款了，如果你在，他阮天保敢进来吗？却偏偏你出去了，旅长这个坎就没过去。夜线子一下跳起来，说：你这是说旅长他该死?!采住了巩百林领口挥拳就打，赖筐子扑过来要帮巩百林，被马岱一脚踢得仰八叉倒在地上。赖筐子爬起来一摸后脑勺，手上有血，叫道：马岱，你打我，你把我打死了，我陪旅长去，我死了做鬼也不饶你！陆菊人高声叫道：别打了，都啥时候了在灵堂上打！但夜线子还是照巩百林腮帮上打了一拳，把枪都掏出来了。陆菊人气得坐在了灵床边的椅子上没再起来，众人就劝解，将夜线子、马岱拉开，夜线子还骂道：等我捉住了阮天保，我再寻你的事！夜线子和马岱一走，赖筐子才爬起来，巩百林下巴却掉了，他帮着巩百林把下巴往上推了推，安上了，竟趴在灵床上拉长着声地干号。

※　　※　　※

到天黑，涡镇竟然没事，鸡不叫狗不咬的，安安静静。街上一般的店铺门还关着，而米店的、油铺的、盐行的却都打开了，多是些老人和妇女在那里抢购。掌柜们就涨价，越是涨价越是要多买，吵吵闹闹便有人打骂起来。巩百林闻讯赶过去，要驱散人群，勒令关店门。巩百林有个本族的爷，说：百林百林，我家五口，家里粮瓮见底了，我不买些米，吃风屙屁呀？巩百林说：爷，要打仗呀，要准备着敌人围困三月半年的，留下些粮得守镇啊！本族爷说：人都饿死呀，守的啥镇?!跑进店里，自己往袋子里装米。他一装，别人也都装，一时反倒全抢起了。巩百林就朝空叭地放了一枪。众人哄地散开，有人把米袋子扔了，有人还拿着米袋子，这米袋子立即被夺下，扔回店里，说：放枪了，你别连累我们！他们是散开了，但却没有离去，仍站在远处朝这边观望。枪一响，北门口的杜鲁成以为有了敌情，带着六七个兵跑了来，见是为了买米，斥责起巩百林：人心都惊着，你胡放枪?!巩百林说：不放枪镇不住么！杜鲁成说：你一放枪，全镇都乱呀！巩百林说：这边一乱那也就乱了！杜鲁成生了气，说：我说一句你倒犟一句？我指挥不了你啦?!巩百林说：你指挥，你让他们抢吧，我这是贱了，老鼠钻进风箱里，两头受气啊！说罢就走，还拉着哭腔：井宗秀，井宗秀，你当旅长哩你咋就走了啊！杜鲁成叫了他三声没叫回来，而那些站在远处观望的人，呼地又扑进店里，饿狼饿狗地抢起来，有袋子的往袋子里装，有盆子的往盆子里盛，没袋子没盆的就扎了裤管，把米往裤子里灌，鞋壳里也都塞了。杜鲁成这时倒是自己也朝空中连放了两枪，抢米的都不敢抢了，他宣布凡是米店、油铺、盐行一律不得涨价，现场的每人只能买三斤米、一斤油、半斤盐，然后停业关门，等候着全镇统一调配。米店的掌柜就搜每一个人身，身上没米的卖给三斤，身上有米的，掏出来过秤，不够三斤的补足三斤，超过三斤的都收回。总算把这些人安顿了，巩百林的本族爷还在说：我这米里咋有老鼠屎，得换呀，换呀！店门便哐啷关上了。杜鲁成再回到北城门口，又到了城墙上，刚有人担来了六七桶汤面片，杜鲁成就发了火：敌人要打来了，还有空消消停停地吃汤面片呀？吃了就脱岗去屙呀尿呀?!这是谁让做的？夜线子过来说：是我让做的，从昨天到现在都是啃冷馍，现在看来安安静静没事么，让大家吃些软和的。杜鲁成说：越是安静越是会有事的！人不下墙，枪不离手，让担走，全担走！夜线子说：已经担来了，就让吃吧，也不在乎一时半会儿。你放心，有我夜线子在，谁狗日的敢来侵犯，别说上城墙，那城壕也甭想跨过！杜鲁成不吭声了，夜线子立即高声呐喊：抓紧吃饭！吃完饭，都给我各就各位，把枪上膛，把眼睛睁大！

　　这一夜还是没有事，天快亮了，城墙上的人都困得不行，杜鲁成查看着每一个机枪点，提醒着越是黎明时越要坚持住，就看见了白起，说：你不是在南门口那儿吗，咋到城墙上来了？白起说：我来向老魏头要点麝香。杜鲁成说：这时候要的啥麝香。白起说：不知咋的我老想上厕所，可到厕所就拉那么一丁点儿，老魏头手里有麝香，吃了一点儿或许就好了。杜鲁成说：吃啥麝香，这是你紧张了，你现在回家去拿些青辣椒来，多拿些来，给每人发一个，困了就咬一口，提提神。白起说：没那么多青辣椒呀。杜鲁成说：青辣椒不够，就拿上蒜，赶快！杜鲁成在东西城墙上又走了一遍后，下来往南门口去，路过安记卤肉店，赖筐子提了把斧头正出来，就问：你咋还在这儿，吃肉啦？赖筐子说：没有，你瞧这嘴，没油么，我去要了斧子。杜鲁成说：你有枪哩，要斧子干啥？赖筐子说：我到南门口外去把那条船破了底，破釜沉舟么，断了后路，他们才会拼了命给咱守镇哩。杜鲁成想了想，说：我去看看苟发明。赖筐子从怀里掏出一小瓷罐酒，说：你喝几口，解解乏。杜鲁成说：你小子还带着酒呀！喝了一口，没想却咳嗽起来，一时止不住。赖筐子说：你不要去了，你有话我给苟发明捎过去。杜鲁成说：还是我去，我去看了才踏实的。赖筐子说：我有句话不知该不该讲。杜鲁成说：有啥不该讲的。赖筐子说：你是总指挥，你就也要像井旅长一样坐在城楼上动嘴，让别人跑么。杜鲁成说：我没井旅长的架势呀。他不在了，啥事就靠我，我不敢疏忽啊！两人走到三岔巷口，听到有哭泣声，发现一匹黑马在那儿卧着，蚯蚓就坐在马旁边哭。杜鲁成说：哎，哎，马咋卧在这儿？蚯蚓说：它几天都不吃不喝了，我拉着去城隍院要喂些黑豆料，走到这儿它就不走了，流眼泪哩。它一流眼泪，我也就哭了。杜鲁成看马果然流泪，心里也难受，对马说：你起来，你让蚯蚓带你去吃些料，咱还要给井旅长报仇哩！马果然站了起来。杜鲁成一时忍不住，眼泪唰唰地流下。这时候远处有了枪声，是虎山方向的，杜鲁成叫道：敌人来了！撒腿就要往北城门口跑，马却昂嗤昂嗤叫，蚯蚓说：你骑上马！杜鲁成原本不会骑马，但在那瞬间，一下子跃上马背，马就疾跑，他连缰绳都没拉，竟还稳稳地坐在上边，一阵风地远去了。

枪声是响在虎山方向，而晨雾已经散开了，站在北城门楼上并没有看到有什么队伍出现在河湾，连一个人影都没有。杜鲁成问夜线子：咋回事，河湾里没人，崖头上枪响，不会是走火吧？夜线子说：不是走火。枪声越来越激烈，而且有了手榴弹的爆炸声。夜线子说：敌人从崖后边奇袭了？杜鲁成说：这不可能，敌人怎么去的崖后，周一山那么精的人能叫奇袭了?!夜线子说：那有啥不可能的，阮天保都能进了镇，怎么不能神不知鬼不觉地从崖后上去？周一山鬼点子都用在人上，打仗他不行。杜鲁成说：要真是那样，周一山他们是在崖头，那是没后路的，咱得赶快去支援！夜线子说：让我再看看，敌人的目的肯定不是虎山崖，他们很快就会向镇子来的。就是去支援，咱一时上不了崖呀。杜鲁成说：丢了虎山崖敌人更容易就到镇子来的，咱上不了崖，冲出去可以分散他们的火力么！杜鲁成、夜线子等人冲出了北城门口，还没到那道沙石梁上，虎山崖上的枪声渐渐稀疏下来，后来完全沉寂。夜线子叫停了前进，说：完了，崖上的人都完了。果然崖头上的黑旗不见了，插上了红旗。杜鲁成愣在那里，说：死啦，两排人都死啦，周一山也死啦？他那么有计谋的人就死在敌人的计谋上啦?!就鬼哭狼嚎似的喊：周一——山！周一——山！喊声在河滩回响，但没有回音，虎山崖上的鸽子没有飞回来，也没有一只鹰、一只斑鸠，连一只蝙蝠都没有，而东边白河渡口上和西边黑河的十八碌碡桥上出现了黑压压的人群，急速地向镇子这边移动。

队伍急忙往镇子里撤，关闭了城门，登上城墙，夜线子在喊：各就各位，准备战斗！眼看着敌人到了河滩，就在那两岔路口，敌人集中起来，又分成了三部分，竟然有一千多人。杜鲁成和夜线子就猜疑敌人能分三部分，是要同时攻打北门和东西门，还是轮番着一拨一拨进攻？正想着对策，敌人却散开来在吃干粮，有人还跑到河边去提水。夜线子就说：狗日的在羞辱咱哩！就叭地打了一枪，他的枪一响，北城楼上的枪都响了，但子弹根本射不到两岔路口，敌人似乎理也没理，只是吃干粮。杜鲁成就下令停止射击，节约子弹，等敌人靠近时再打。夜线子说：把馍筐子拿来，咱也吃。就扔给了杜鲁成一个馍。杜鲁成没有接，馍掉在地上，滚下了城墙。城门口拴着的狼看见了馍，链子扯着，吃不着，就大声地叫。叫着叫着，一个呼啸，有什么东西从楼顶上掠过，杜鲁成喊道：有炮！红15军团也有炮?! 中街上就山摇地动爆炸了。

这一炮打在了樊记火锅店，二层楼上樊老七的娘腿不好，十天半月也不下楼一次，店里给顾客备有十几把蒲扇，却破了，她坐在炕上用布缝蒲扇边儿，炮弹就把二层楼炸飞了，老人死在斜对面的一家四合院里。一楼多亏没人，樊老七正打骂小儿子，小儿子跑出了门，樊老七还撵出来打，身后的店就坍了。这楼一坍就着了火，隔壁一家的人原本已跑到了街上，见火势凶猛，怕引着了他家的房，那老头又返回来把炕上的被子用水浇了，搭梯子就苫在自家这边的檐角上，第二颗炮弹又打了来，隔壁的房也坍了，烟尘中再没见了还在梯子上的老汉。

明显的是红15军团有两门山炮，炮都要打北城门楼的，一门山炮的两颗炮弹打过了，另一门山炮就打了一颗，落在了北城门楼上，也只是打中了楼下的城墙，将门洞外的两只狼打中，狼头抛上了楼顶，又骨碌碌滚下来掉在城墙上。夜线子拉着杜鲁成从右边跑出了楼，张双河抱了机枪从左边跑出了楼，一颗炮弹就击中了楼，接着又是一颗，北城门洞就坍了，张双河掉在了城墙里的地上。张双河以为自己死了，在乱石堆里好一会儿才睁开眼，看见城墙垛口有许多尸体，都是半个身子伸出来，要么没了头，要么没了胳膊，活着的全顺着城墙向两边跑。他这才觉得他还活着，却听到有人在叫他，原来他身后就是禁闭室，陆林头伸在那铁窗口，说：这是谁打炮哩？张双河说：正用人哩，你咋还在禁闭室？陆林说：狗日的都把我忘了！张双河说：我来给你砸门！又是一颗炮弹正好落在禁闭室上的城墙，城墙的砖石土块一下子埋了禁闭室，再没听到两个人说话。

杜鲁成和夜线子见北城门完全被轰开，城墙上的，无论是兵还是镇上人都来不及撤下，东边城墙上的顺着东边的城墙跑，西边城墙上的顺着西边城墙跑。炮弹就分别朝东西两边垛台上的炮楼打，许多人就又往城墙下跳，跳下去的有的当下摔死，有的断了胳膊腿爬不起来。刘老庚没跳下去，他的一只脚炸飞了，脚脖子的骨头被撑开着吊着肉絮絮，老魏头扑过来说：快扎腿根！抽下裤带帮着勒紧了腿根，一块石头从空而降，偏巧就砸在头上，老魏头的头陷进了腔子里。

满空里都是砖头石头、人的胳膊和腿，再就是黑旗黑衣服黑鞋子。夜线子带了人顺着西城墙跑，西城墙内就是130庙，让预备旅的兵先跳下去接应，然后别的人再往下跳。一时城墙上的人多得绾疙瘩，跳下去又是人垒人堆成了一疙瘩，他在城墙上喊：往菩萨殿里去，他们不会炸那里！人都往菩萨殿跑，就飞来了两颗炮弹，一颗落在西城墙上，一颗偏炸着了菩萨殿，殿前的那棵古柏拦腰折了，倒下了十几个人，而夜线子的一条腿掉在了巨石上的亭子顶，一条腿掉在了西城墙外的黑河里。活着的人又往庙院外跑，他们并不知道夜线子已死，跑到中街上，正遇到杜鲁成。杜鲁成一只耳朵被炮弹皮削去了一半，他用撕下来的衣襟裹住了半个头，在问：夜团长呢？有人在说：他在西城墙那边。杜鲁成骂道：把他家的，他不来找我?! 就呐喊那些兵：寻找地方躲起来，炮打过了就不打了，他们要进镇来，咱们就在巷道里和他们打！那些兵像没头苍蝇，也不知听见了他的话没有，一会儿往前边跑，一会儿又退回来往后边跑，但敌人并没有进镇来，而是没完没了地还在打炮。杜鲁成到处跑着呐喊，没有人能听他的指挥，他跑到了钟楼上，这里是全镇的制高点，能看清被炮弹击中的有城隍院，有130庙，有薛记货栈，有茶行，有粮庄、布庄，三条街道上那些高大的屋院全坍了，火光烟雾这儿一堆那儿一片。杜鲁成使劲儿地撞钟，但爆炸声和哭喊声完全淹没了钟声。他仍在撞着，希望预备旅的兵和镇上的人都能听到，或许都能看到他的身影了，向钟楼靠拢。而炮还在不停地打，呼啸声从空中掠过，每一个巨响，涡镇就晃动，钟楼也似乎颠簸不定。更多的人开始往城南门口拥，城南门口随即枪响得如爆了豆。

苟发明带着一批人守在城南门口外，遭炮击时，炮弹并没有落在那里，他们选定了有利地点，估计着敌人会绕东西城墙根过来。但敌人没有来，成群的人拥着要搭船逃走，而唯有的那只船虽然还系在柳树下，底已经被赖筐子用斧头砍破了。苟发明在叫着：船坏了，坐不成了，谁也不能逃走，只有拼死才可能活！拥来的人根本不相信苟发明的话，骂：怎么拼，拿脖子拼人家刀吗，拿脑袋拼炮弹吗？和阻拦的兵厮打，冲出去解柳树上的船，这才发现船底真的坏了，更加愤怒，拿了木棒石块反过来打苟发明他们，就有四五个兵被打烂了脑袋，又抬起胳膊腿扔进了河里。苟发明这时候下令开枪，当下打死十几人，人群才往后退，苟发明组织兵再把人群往北撵，在三道巷口把中街扎住，喊：没有后路，谁敢再往南来打死谁！人群又向两边的各个巷道里跑，跑进一些院子里，藏在猪圈里了，藏在磨盘下边了，又觉得不行，再跑出巷道到了城墙下，原是从城墙上跑下来的，还得重上城墙，一时城墙上搭了无数梯子，爬上去了就往外跳。

苟发明指挥着死守中街，他听到了钟声，隐隐约约也看见了钟楼上有人，问道：那是不是杜鲁成？旁边人说：是他，是他撞钟。苟发明就跑去了钟楼。杜鲁成一见苟发明就哭了，说：苟发明，这咋成这样了?!苟发明说：就你一个，夜线子呢，巩百林呢？杜鲁成说：已经跑散了，我也没见着。苟发明说：狗日的听见钟声怎么还不来？这打的啥仗，兵寻不着将，将寻不着兵，这是打仗吗?!杜鲁成说：咱没炮呀，咱没炮呀！苟发明说：咱那守镇方案一点都没用上，这镇已经是无法守了，你跟我走，南门口外没有了船，但抱根椽还可以从河里游走。杜鲁成说：这我不能走，我走了这算啥！苟发明说：那就鱼死网破，我那儿还有一伙人，咱拉出去打！杜鲁成说：只有你那点人怎么能往镇外打，他们把沙石梁占着，那只能有去无回。苟发明说：那就在镇里挨炮？杜鲁成说：还是想办法把部队集中，等他们进来了，就在巷道里拼。你撞钟，我撞不动了，让我歇歇。苟发明就撞钟，他撞得更响，钟楼下聚集了许多兵，能看到几个巷道里也有兵跑了来。杜鲁成坐在那里，耳朵上的血又从脖子上往下流，他突然看到了巩百林，巩百林提着枪从一个巷道里跑出来，又往另一个巷道跑，就大声喊：百林！百林——！巩百林回过头看到了钟楼上的杜鲁成，却一个趔趄倒在了地上。杜鲁成还在喊：快到这儿来！快到……话未完，一颗炮弹落在钟楼左边的屋院里，钟声停了。杜鲁成说：撞呀，再撞呀！苟发明在钟下，仰着头，脸上的鼻子没有了，在那里插着一片铁。苟发明是被飞来的弹皮击中的，而随之又一颗炮弹就在钟楼上爆炸，楼顶塌了，钟掉下来，再滚下了楼台，杜鲁成上半身没了，穿着井宗秀鞋的双脚还在楼台上。接着楼台也就坍了。

当第一颗炮弹爆炸，陆菊人同留下的几个兵还跑出屋院，见是街上樊记火锅店被炸坍了，知道仗打起来了。那些兵拿枪去了城北门口，她回到后院的厅房，宽展师父还坐在灵桌前吹尺八，花生说：是打炮吗？陆菊人说：人家咋还有山炮?! 花生说：炮会不会打到这里来呢？陆菊人说：咱还是把灵床得移个地方。两人查看了前院后院所有房间，最后并没有动灵床，因为这个厅的房子盖得最结实，就是有炮弹炸过来，房子倒了，那些椽子、梁、檩都特别粗，支撑着也不至于砸到灵床吧。但是，陆菊人还是不放心，她到前院客房里去搬那张八仙桌，想着把八仙桌搬去架在灵床上，或许能更好地挡住掉下来的木头和砖瓦。而她一个人搬不动，怨恨了那些戏子把丧葬用品买回来后竟然不知什么时候就全溜走了，她就喊：吴妈，吴妈，你来给我帮个手！吴妈一直在旅部里打扫卫生和做饭，井宗秀出事后就一直陪花生守在灵堂上。吴妈说：烛灭了，我换根烛就来！吴妈还没过来，蚯蚓却进了大门。陆菊人说：把马拉去喂了？蚯蚓说：马让杜鲁成骑走了。陆菊人说：是人家在攻镇吗？蚯蚓说：攻不进来，只打炮哩。陆菊人就要蚯蚓抬八仙桌，蚯蚓个头低，抬起一边，桌子腿却绊住了门槛，后院里轰的一声巨响，两个人同时震得跌坐在地上，地还往上跳，爬也爬不起，房子就咯吱咯吱摇，又眼看着满空都往下掉砖头、木块、瓷片、脸盆和鞋袜衣帽，花生可着嗓子在尖叫。陆菊人连爬带滚地就往后院跑。

花生是坐在灵床边用手来回扇苍蝇，那么多的苍蝇总要趴在井宗秀的脸上，扇都扇不走，说：吴妈，这哪儿来的苍蝇？吴妈在点着了烛，说：像猫头鹰一样，人一死，它们就来了。这时候炮弹就落在后院里。陆菊人跑过来，见后院那么深一个坑，厅房的一堵墙倒了，门窗全掉下来，宽展师父是卧在灵桌下，花生却倒在灵床前的地上，身上全是花坛的砖块。陆菊人赶紧扒花生身上的砖块，花生没有再叫，人昏迷了，忙掐人中，拉过手又掐指尖，说：蚯蚓，快救师父和吴妈！蚯蚓把宽展师父翻过了身，人还没事，尺八也完整，只是脑子震荡了，木呆呆坐起来一会儿眼睛才睁开来。寻吴妈，却寻不见吴妈，后来听见了哼哼，发现竟然在门外的台阶下，她的后背上有二指宽的血缝，肉白花花都翻了出来。花生终于苏醒过来，说：姐，我肚子疼。陆菊人撩开花生的衣服，皮肉没有烂，而半个胁帮子陷了下去，她说：没事，花生，你没事，我把你放平，你呼吸，尽量呼长些，慢慢就不疼了。放平了花生，再和蚯蚓把吴妈也抬过来放平，宽展师父已经能走过来，撕她的袍子，给吴妈包裹后背。蚯蚓就呜呜哭。陆菊人说：蚯蚓，你去厨房倒些水来，看盐在哪儿，放上盐。蚯蚓还是哭着把盐水端来了，陆菊人给花生和吴妈喂，吴妈只是哼哼，嘴里往外冒血泡沫，花生脸色煞白，鼻孔里耳孔里也有了血，说：姐，我疼得很。陆菊人说：你要扛住，我这就让蚯蚓去叫陈先生，陈先生能治的，你扛住花生。水喂不进去了，陆菊人抬起头来，蚯蚓要去叫陈先生，她却看见灵堂上的香烛供品全没有了，灵床上井宗秀穿戴着寿衣寿裤仰躺着，是没有砸上砖石瓦块，但蒙了厚厚的一层尘土，她说：咱再把八仙桌搬来，搬两张，一张还是架在灵床上，一张让花生吴妈躺在桌子下。陆菊人和蚯蚓就再去前院，宽展师父也跟了来，三人刚到前院，一颗炮弹就又打了来，正好就打在后院厅房上，三个人像树叶一样，被气流冲起来，摔在大门过道里。爬起来哭喊着往厅房跑，厅房只剩下两堵墙和一个大深坑，灵堂没见了，灵床没见了，花生和吴妈也没见了。陆菊人一下子瘫坐在地上，尘土扑撒下来，哗哗地弥住她的头和身子，口里喃喃道：完了，都完了。喉咙里发出了哼哼声，她是每次只哼一下，整个身子就抖一下，连续地哼哼了五声。蚯蚓在大声喊：井旅长！井旅长！手脚并用地在那里扒动着木头砖瓦，他的双手扒得血淋淋的，还在那里扒。陆菊人说：不扒了，蚯蚓。这里不能多待，你和师父走吧，出去往空地上跑。蚯蚓不肯走，她吼道：走，快走！蚯蚓这才跳过那堆瓦砾，从倒下来的木头空隙里钻出去，宽展师父还看着陆菊人，陆菊人说：你们先走，我也走。宽展师父把尺八扔给了陆菊人，陆菊人却看见了就在那倒了的墙根下有了一根簪子。

中街的三道巷那儿，堵扎的士兵已经撤了，街上还是有人在跑，安记卤肉店的掌柜却披头散发站在那里指着日头大骂。蚯蚓和宽展师父跑到槐树巷口，宽展师父要蚯蚓跟她去130庙，蚯蚓说：我不去，我不管你了，你别管我，咱各跑各的。两人分了手，蚯蚓就一边哭一边跑，卤肉店掌柜看到了，喊：井宗秀，你站住！蚯蚓愣了一下，扭过头，卤肉店掌柜说：叫你哩，井宗秀，你把涡镇就变成了这样？涡镇几百年出了你这样的英雄呀，井宗秀！蚯蚓说：你说啥，你说的 × 话！卤肉店掌柜说：井宗秀，你过来，你怎么就没有炮呢？蚯蚓说：让炮轰了你！卤肉店掌柜扑过来咬打蚯蚓，旁边人说：他疯了，甭惹他，快跑你的！卤肉店掌柜是在中街上，蚯蚓只能掉头往南跑，卤肉店掌柜还在骂：井宗秀你来轰我呀，你炮弹就往我头上打啊！真的又飞来了炮弹，但炮弹没打在卤肉店掌柜的头上，不远处的谁家院里一声爆炸。蚯蚓跑过了拐角场子，他看见了老皂角树，也看见了跑着的麻县长。麻县长戴着礼帽，还拄着拐杖，与其说是跑，比走的还慢，而且就跌倒了。蚯蚓说：麻县长，麻县长！麻县长却急着往起翻身，脚手奓着，终于爬起来了，又往前跑。蚯蚓一直撵到城南门口外，麻县长已经站在了那石堤上，人往堤下滚，滚到了那河里，河水没了他的腰，他把头往水里塞，身子就漂起来，还是把头往水里塞。蚯蚓叫道：你也疯了吗，麻县长？不敢往前了，前边就是涡潭！他在岸上寻木棍要把麻县长拉上来，但没有木棍，在柳树上折树枝，也怎么都折不下，麻县长回头看见了蚯蚓，还和蚯蚓笑了一下，竟然就双手划动着往前游，突然身子打了个棹，像是趴在了水面上，开始旋转起来，越旋转越快，瞬间里人不见了，礼帽还在水面上浮着。

蚯蚓不明白麻县长怎么就到河里去，为没能拉麻县长上岸而捶胸顿足，转身回来时还想着麻县长给他笑的样子，就又呜呜地哭。走到县政府门外了，他原本要喊叫王喜儒，告诉麻县长死在涡潭里了，脚底下却觉得有东西，软软的，看时却是用线纳起来的两个纸本，上面密密麻麻全写了字。蚯蚓认不得字，但他想着这应该是麻县长的，麻县长在往城南门口处跑时跌倒丢失的，便拿了一边还哭着一边往蝎子巷跑。

又一声剧烈的爆炸，黑烟像蘑菇一样就在蝎子巷那头冲天而起，眼看着一只毛驴从空中斜着过来，重重地砸在前边的屋檐上，再跌在巷道里。蚯蚓还在那里发瓷，被人一把拉了就钻到一家门楼过道里，蚯蚓认得是茶行的账房。账房说：蹴在门框下！把蚯蚓按下去，夺了手中那纸本，扔了，说：把头抱住，抱住头！蚯蚓说：那是麻县长的！再把纸本拾了回来。账房说：我都不要账本了，你还要那公文？拿过来看，一个纸本封皮上写着《秦岭志草木部》，一个纸本封皮上写着《秦岭志禽兽部》，账房说：他当县长还写这个?！麻县长呢？蚯蚓说：他在涡潭里淹死了。账房说：被害了！谁推的？蚯蚓说：没人推，是他自己下去的。账房说：哦，自杀了。蚯蚓这也才明白麻县长是自杀了，说：他自杀前还给我笑哩。就又哭起来。账房说：这书稿咋在你手的？蚯蚓说：他跑时丢了的，我拾的。账房说：叫你拾了，这活该要留世的。蚯蚓说：那这有用吗？账房说：说有用就有用，说没用也就没用，你家有地窖没？有地窖了赶快跑回去，你藏在窖里，把它也藏在窖里。我得回我家去看看，我老娘……没说完就跑走了。账房一走，蚯蚓拿着纸本一时不知道往哪里去。他家没有地窖，他也不晓得他家是不是被炸了，就想把纸本藏到这家门楼脑上，藏好了，又觉得不妥，看到巷子中间有一棵桐树，树上一个老鸹窝，立即跑去爬上树，就把纸本放在了老鸹窝里。桐树或许也会被炮弹击中的，可哪有那么准，偏偏就击中了树？蚯蚓却担心天上下雨淋湿了纸本，脱了身上的褂子把纸本包了，重新在老鸹窝里放好。这当儿，他还往城北门外那里望，望不到城北门外，却望到了陆菊人就走在西背街上。

陆菊人是要往安仁堂去，她还不知道剩剩和陈先生怎么样了，但她没有跑，仍是一步一步地走。街巷里到处能看到死人，她认得有预备旅的一个营长，有两个排长，还有几个也都穿黑衣黑裤的，但缺胳膊短腿，血肉模糊，已不知是谁了。在一棵丁香树下，坐着了一个女的，树上没花，叶子红灿灿的，那女子是把右脸紧贴在树身上，眼睛盯着巷口。陆菊人认得是那天还在旅部见过的戏子，要说井旅长待你多好的，你倒不给他守灵就偷偷溜了，话到口边，却说：还不快寻个地方躲起来。那戏子没有理她，眼睛仍是睁得大大的。她以为是吓傻了，拍了一下戏子肩，戏子竟倒下去，原来已经死亡，右半个脸全没有了。陆菊人就站在那里，站了好久，蹲下去用手把戏子的眼睛抹合，再重新扶起来，还是让戏子的右脸紧贴了树身，露出漂亮的左脸。出了巷道，经过钟楼，钟楼坍了一半，烟火还冒着，一伙人在扒死尸的衣服，死尸都是预备旅的兵，扒下了黑衣黑裤，就往自己身上穿，从那口钟后有声音说：要活命就快点，穿好了排上队跟我走，出了城北门口后谁也不准说话，我来应酬。突然又叫起来：筐子，筐子！陆菊人觉得这声音很熟，还没等钟后的人出来，就见赖筐子从远处跑了来，举着一根木棍，木棍上缠着一件白褂子。赖筐子也看见了陆菊人，收住了脚，拿眼睛往钟后一眨一眨，钟后走出来的是巩百林。巩百林也看见了陆菊人，说：啊你没死？陆菊人没有说话，巩百林说：杜鲁成死了，周一山死了，夜线子、苟发明、张双河、马岱都死了，没办法，预备旅的人总不能全死啊！陆菊人还是没说话。巩百林又说：人家炮轰之后肯定要来屠杀的，现在只有我来，能活着出去几个就是几个吧。剩剩呢，剩剩还在吗？你带剩剩也跟我们走。陆菊人仍是没说话。赖筐子说：她震聋了，吓哑了，咱走咱的。巩百林真的就带着一伙几十人走了，赖筐子举着木棍，木棍上缠着白褂子。

陆菊人是从拐角场子先到了新茶作坊，作坊也挨了炮击，到处是茶袋、茶饼和散落的茶叶。她在那里站了一会儿，再往安仁堂去，天上就布满了云，像碎着的瓦片。踏着茶叶，脚下是嚓嚓的响，她想着炮弹把天震破了，这日子破了，心也破了。抬起头来，而安仁堂的那几间平房却安然无恙，陈先生和剩剩，还有一个徒弟，就站在大门外的娑罗树下看着她。

他们相见，没有叫喊，也没有哭啼，甚至剩剩也没有跑入她的怀里，他抱着那只猫，猫依然睁着眼睛，一动不动。

炮弹还是不停地在镇里落着，差不多高大的屋院都塌了，残墙断壁上火还在烧，黑烟在冒。那只野猪拱倒了圈墙，跑了出来，在院子里蹦跶了一阵，从院门里再跑出大院口，几乎就是从他们身边跑过，但谁也没有理。陈先生说：今日初几了？陆菊人说：是初八。陈先生说：初八，初八，这一天到底还是来了。陆菊人说：你知道会有这一天吗？陈先生说：唉，说不得，也没法说。又一颗炮弹落在了拐角场子中，火光中，那座临时搭建的戏台子就散开了一地的木头。陆菊人说：这是有多少炮弹啊，全都要打到涡镇，涡镇成一堆尘土了！陈先生说：一堆尘土也就是秦岭上的一堆尘土么。陆菊人看着陈先生，陈先生的身后，屋院之后，城墙之后，远处的山峰峦叠嶂，以尽着黛青。

二〇一六年九月三十日草稿完

二〇一七年八月六日第二稿完

二〇一七年十月十一日第三稿完

后　记

这本书是写秦岭的，原定名就是《秦岭》，后因嫌与曾经的《秦腔》混淆，变成《秦岭志》，再后来又改了，一是觉得还是两个字的名字适合于我，二是起名以张口音最好，而志字一念出来牙齿就咬紧了，于是就有了《山本》。山本，山的本来，写山的一本书，哈，本字出口，上下嘴唇一碰就打开了，如同婴儿才会说话就叫爸爸妈妈一样（即便爷爷奶奶、舅呀姨呀的，血缘关系稍远些，都是撮口音），这是生命的初声啊。

关于秦岭，我在题记中写过，一道龙脉，横亘在那里，提携着黄河长江，统领了北方南方，它是中国最伟大的一座山，当然它更是最中国的一座山。

我就是秦岭里的人，生在那里，长在那里，至今在西安城里工作和写作了四十多年，西安城仍然是在秦岭下。话说：生在哪儿，就决定了你。所以，我的模样便这样，我的脾性便这样，今生也必然要写《山本》这样的书了。

以前的作品，我总是在写商洛，其实商洛仅只是秦岭的一个点，因为秦岭实在是太大了，大得如神，你可以感受与之相会，却无法清晰和把握。曾经企图能把秦岭走一遍，即便写不了类似的《山海经》，也可以整理出一本秦岭的草木记、一本秦岭的动物记吧。在数年里，陆续去过起脉的昆仑山，相传那里是诸神在地上的都府，我得首先要祭拜的；去过秦岭始崛的鸟鼠同穴山，这山名特别有意思；去过太白山；去过华山；去过从太白山到华山之间的七十二道峪；自然也多次去过商洛境内的天竺山和商山。已经是不少的地方了，却只为秦岭的九牛一毛，我深深体会到一只鸟飞进树林子是什么状态，一棵草长在沟壑里是什么状况。关于整理秦岭的草木记、动物记，终因能力和体力未能完成，没料在这期间收集到秦岭二三十年代的许许多多传奇。去种麦子，麦子没结穗，割回来了一大堆麦草，这使我改变了初衷，从此倒兴趣了那个年代的传说，于是对那方面的资料，涉及的人和事，以及发生地，像筷子一样啥都要尝，像尘一样到处乱钻，太有些饥饿感了，做梦都是一条吃桑叶的蚕。

那年月是战乱着，如果中国是瓷器，是一地瓷的碎片年代。大的战争在秦岭之北之南错综复杂地爆发，各种硝烟都吹进了秦岭，秦岭里就有了那么多的飞禽奔兽、那么多的魍魉魑魅，一尽着中国人的世事，完全着中国文化的表演。当这一切成为历史，灿烂早已萧瑟，躁动归于沉寂，回头看去，真是倪云林所说：生死穷达之境，利衰毁誉之场，自其拘者观之，盖有不胜悲者，自其达者观之，殆不值一笑也。巨大的灾难，一场荒唐，秦岭什么也没改变，依然山高水长，苍苍莽莽，没改变的还有情感，无论在山头或河畔，即便是在石头缝里和牛粪堆上，爱的花朵仍然在开，不禁慨叹万千。

《山本》是在二〇一五年开始了构思，那是极其纠结的一年，面对着庞杂混乱的素材，我不知怎样处理。首先是它的内容，和我在课本里学的、在影视上见的，是那样不同，这里就有了太多的疑惑和忌讳。再就是，这些素材如何进入小说，历史又怎样成为文学？我想我那时就像一头狮子在追捕兔子，兔子钻进偌大的荆棘藤蔓里，狮子没了办法，又不忍离开，就趴在那里，气喘吁吁，鼻脸上尽落些苍蝇。

我还是试图着先写吧，意识形态有意识形态的规范和要求，写作有写作的责任和智慧，至于写得好写得不好，是建了一座庙还是盖个农家院，那是下一步的事，鸡有蛋了就要下，不下那也憋得慌么。初草完成到二〇一六年年底，修改已是二〇一七年。二〇一七年是西安百年间最热的夏天啊，见到的狗都伸着长舌，长舌鲜红，像在生火，但我不怕热，凡是不开会（会是那么多呀！）就在屋里写作。写作会发现身体上许多秘密，比如总是失眠，而胃口大开，比如握笔手上用劲儿，脚指头却疼，比如写那么几个小时了，去洗手间，往镜子上一看，头发竟如茅草一样凌乱，明明我写作前洗了脸梳过头的，几小时内并没有风，也不曾走动，怎么头发像风怀其中？

漫长的写作从来都是一种修行和觉悟的过程，在这前后三年里，我提醒自己最多的，是写作的背景和来源，也就是说，追问是从哪里来的，要往哪里去。如果背景和来源是大海，就可能风起云涌、波澜壮阔，而背景和来源狭窄，只能是小河小溪或一潭死水。在我磕磕绊绊这几十年写作途中，是曾承接过中国的古典，承接过苏俄的现实主义，承接过欧美的现代派和后现代派，承接过建国十七年的革命现实主义，好的是我并不单一，土豆烧牛肉、面条同蒸馍、咖啡和大蒜，什么都吃过，但我还是中国种。就像一头牛，长出了龙角，长出了狮尾，长出了豹纹，这四不像的是中国的兽，称之为麒麟。最初我在写我所熟悉的生活，写出的是一个贾平凹，写到一定程度，重新审视我所熟悉的生活，有了新的发现和思考，在谋图写作对于社会的意义，对于时代的意义。这样一来就不是我在生活中寻找题材，而似乎是题材在寻找我，我不再是我的贾平凹，好像成了这个社会的、时代的，是一个集体的意识。再往后，我要做的就是在社会的、时代的集体意识里又还原一个贾平凹，这个贾平凹就是贾平凹，不是李平凹或张平凹。站在此岸，泅入河中，达到彼岸，这该是古人讲的入得金木水火土五行之内，出得金木水火土五行之外，也该是古人还讲的看山是山看水是水，看山不是山看水不是水，看山还是山看水还是水吧。

说实情话，几十年了，我是常翻老子和庄子的书，是疑惑过老庄本是一脉的，怎么《道德经》和《逍遥游》是那样的不同，但并没有究竟过它们的原因。一日远眺了秦岭，秦岭上空是一条长带似的浓云，想着云都是带水的，云也该是水，那一长带的云从秦岭西往秦岭东快速而去，岂不是秦岭上正过一条河？河在千山万山之下流过是自然的河，河在千山万山之上流过是我感觉的河，这两条河是怎样的意义呢？突然省开了老子是天人合一的，天人合一是哲学，庄子是天我合一的，天我合一是文学。这就好了，我面对的是秦岭二三十年代的一堆历史，那一堆历史不也是面对了我吗，我与历史神遇而迹化，《山本》该从那一堆历史中翻出另一个历史来啊。

过去了的历史，有的如纸被糨糊死死贴在墙上，无法扒下，扒下就连墙皮一块全碎了，有的如古墓前的石碑，上边爬满了虫子和苔藓，搞不清哪儿是碑上的文字哪儿是虫子和苔藓。这一切还留给了我们什么，是中国人的强悍还是懦弱，是善良还是凶残，是智慧还是奸诈？无论那时曾是多么认真和肃然、虔诚和庄严，却都是佛经上所说的，有了罣碍，有了恐怖，有了颠倒梦想。秦岭的山川河壑大起大落，以我的能力来写那个年代只着眼于林中一花、河中一沙，何况大的战争从来只有记载没有故事，小的争斗却往往细节丰富、人物生动、趣味横生。读到了李耳纳的话：一个认识上帝的人，看上帝在那木头里，而非十字架上。《山本》里虽然到处是枪声和死人，但它并不是写战争的书，只是我关注一个木头一块石头，我就进入这木头和石头中去了。

在构思和写作的日子里，一有空我仍是就进秦岭的，除了保持手和笔的亲切感外，我必须和秦岭维系一种新鲜感。在秦岭深处的一座高山顶上，我见到了一个老人，他讲的是他父亲传给他的话，说是，那时候，山中军行不得鼓角，鼓角则疾风雨至。这或许就是《山本》要弥漫的气息。

一次去了一个寨子，那里久旱，男人们竟然还去龙王庙祈雨，先是祭猪头、烧高香，再是用刀自伤，后来干脆就把龙王像抬出庙，在烈日下用鞭子抽打。而女人们在家里也竟然还能把门前屋后的石崖、松柏、泉水，封为 ×× 神、×× 公、×× 君，一一磕过头了，嘴里念叨着祈雨歌：天爷爷，地大大，不为大人为娃娃，下些下些下大些，风调雨顺长庄稼。一次去太白山顶看老爷池，池里没有水族，却常放五色光、卍字光、珠光、油光，池边有着一种鸟，如画眉，比画眉小，毛色花纹可爱，声音嘹亮，池中但凡有片叶寸荑，它必衔去，人称之为净池鸟。这些这些，或许就是《山本》人物的德行。

随便进入秦岭走走，或深或浅，永远会惊喜从未见过的云、草木和动物，仍还能看到像《山海经》一样，一些兽长着似乎是人的某一部位，而不同于《山海经》的，也能看到一些人还长着似乎是兽的某一部位。这些我都写进了《山本》。另一种让我好奇的是房子，不论是瓦房或是草屋，绝对都有天窗，不在房屋顶，装在门上端，问过那里的老少，全在说平日通风走烟，人死时，神鬼要进来，灵魂要出去。在《山本》里，我是一腾出手来就想开这样的天窗。

作为历史的后人，我承认我的身上有着历史的荣光也有着历史的龌龊，这如同我的孩子的毛病都是我做父亲的毛病，我对于他人他事的认可或失望，也都是对自己的认可和失望。《山本》里没有包装，也没有面具，一只手表的背面故意暴露着那些转动的齿轮，我写的不管是非功过，只是我知道了我骨子里的胆怯、慌张、恐惧、无奈和一颗脆弱的心。我需要书中那个铜镜，需要那个瞎了眼的郎中陈先生，需要那个庙里的地藏菩萨。

未能一日寡过，恨不十年读书，越是不敢懈怠，越是觉得力不从心。写作的日子里为了让自己耐烦，总是要写些条幅挂在室中，写《山本》时左边挂的是“现代性，传统性，民间性”，右边挂的是“襟怀鄙陋，境界逼仄”。我觉得我在进文门，门上贴着两个门神，一个是红脸，一个是黑脸。

终于改写完了《山本》，我得去告慰秦岭，去时经过一个峪口前的梁上，那里有一个小庙，门外蹲着一些石狮，全是砂岩质的，风化严重，有的已成碎石残沙，而还有的，眉目差不多难分，但仍是石狮。

贾平凹

二〇一七年十月十三日夜

图书在版编目（CIP）数据

山本 / 贾平凹著．-- 北京：作家出版社，2018.4
ISBN 978-7-5063-9937-1

Ⅰ.①山… Ⅱ.①贾… Ⅲ.①长篇小说－中国－当代
Ⅳ.①I247.5

中国版本图书馆CIP数据核字（2018）第047067号

山 本

作　　者：贾平凹
责任编辑：懿　翎　汉　睿
装帧设计：曹全弘
文字审校：杨新月
责任印制：李卫东　李大庆
出版发行：作家出版社
社　　址：北京农展馆南里10号　　邮　　编：100125
电话传真：86-10-65930756（出版发行部）
86-10-65004079（总编室）
86-10-65015116（邮购部）
E-mail:zuojia@zuojia.net.cn
http://www.haozuojia.com（作家在线）
印　　刷：保定市中画美凯印刷有限公司
成品尺寸：152×230
字　　数：500千
印　　张：33.25
印　　数：001-350000
版　　次：2018年4月第1版
印　　次：2018年4月第1次印刷
ISBN 978-7-5063-9937-1
定　　价：59.00元